ro
ro
ro

Petra Hammesfahr schrieb bereits mit siebzehn ihren ersten Roman. Seitdem hat sie einen Bestseller nach dem anderen veröffentlicht. Sie lebt mit ihrem Mann in der Nähe von Köln.

Im Rowohlt Taschenbuch Verlag liegen folgende Romane vor: «Der Puppengräber» (rororo 25704), «Lukkas Erbe» (rororo 25705), «Die Mutter» (rororo 25707), «Die Sünderin» (rororo 25706), «Meineid» (rororo 22941), «Die Chefin» (rororo 23132), «Roberts Schwester» (rororo 23156), «Merkels Tochter» (rororo 23225), «Das letzte Opfer» (rororo 25709), «Mit den Augen eines Kindes» (rororo 23612), «Ein süßer Sommer» (rororo 23625), «Die Lüge» (rororo 25708), «Seine große Liebe» (rororo 24034), «Die Freundin» (rororo 23022), «Am Anfang sind sie noch Kinder» (rororo 24350), «Bélas Sünden» (rororo 23168), «Das Geheimnis der Puppe» (rororo 22884), «Ein fast perfekter Plan» (rororo 23339), «Der Schatten» (rororo 24051) sowie «Erinnerung an einen Mörder» (rororo 24805).

Petra Hammesfahr

DER FRAUENJÄGER

Roman

Rowohlt Taschenbuch Verlag

2. Auflage August 2012
Veröffentlicht im Rowohlt Taschenbuch Verlag,
Reinbek bei Hamburg, August 2012

Umschlaggestaltung any.way, Barbara Hanke / Cordula Schmidt,
nach einem Entwurf der Hafen Werbeagentur, Hamburg
(Abbildung: © Lisa Kimberly / Getty Images; © cg-textures)
Satz aus der Adobe Garamond, Stempel Garamond
und Excelsior PostScript (InDesign) bei
Pinkuin Satz und Datentechnik, Berlin
Druck und Bindung CPI – Clausen & Bosse, Leck
Printed in Germany
ISBN 978 3 499 25636 3

DER FRAUENJÄGER

PROLOG

Es war die Schuld seiner Mutter, einzig und allein ihre Schuld, daran gab es nichts zu rütteln. Sie hatte ihm schon früh diesen Abscheu eingeimpft, aus dem später Verachtung und irgendwann Hass geworden waren. Abgrundtiefer Hass auf alle Weiber, die so waren wie sie.

Wenn er aus der Schule kam, so mit elf, zwölf Jahren, hatte sie ihm oft im Morgenmantel die Haustür geöffnet. Manchmal trug sie gar nichts darunter, manchmal Unterwäsche, die diesen Ausdruck nicht verdiente. Das Makeup in ihrem Gesicht war zerlaufen, der Lippenstift verschmiert. Und sie, ihr Bett, das ganze Schlafzimmer stank nach Kerl, war erfüllt von den Ausdünstungen zweier Körper, die das miteinander getrieben hatten, was sie als «guten Sex» bezeichnete.

Mit seinem Vater hatte sie nie guten Sex gehabt, nur ehelichen Beischlaf. «Den Unterschied wirst du hoffentlich feststellen, wenn du älter bist, Schätzchen», sagte sie einmal zu ihm. Da war er dreizehn oder vierzehn und hasste es, wenn sie ihn Schätzchen nannte. Ihn schüttelte der Ekel, wenn sie ihm das Gesicht mit dem schweißfleckigen Make-up hinhielt, die verschmierten Lippen spitzte und fragte: «Was denn, kriege ich heute keinen Kuss?»

Sie küsste ihn grundsätzlich auf den Mund. Und mit dreizehn, vierzehn wusste er längst, dass sie kurz vorher den Schwanz von irgendeinem Kerl gelutscht hatte.

Im Laufe der Zeit hatte sie viele Kerle. Zu Gesicht bekam er nur selten einen. Meist kamen sie vormittags, wenn er in einem Klassenraum saß und «nicht für die Schule, sondern fürs Leben lernte». Was für ein Quatsch! Nichts von dem, was er fürs Leben brauchte, hatte er in der Schule gelernt.

Sein Vater schuftete währenddessen bei fünfzig oder noch mehr Grad in einer Aluminiumgießerei, um der Schlampe ein angenehmes Leben zu bieten und ihr jeden Wunsch zu erfüllen. Sie musste nur eine Andeutung machen, dann überschlug sich der Alte, um sie zufriedenzustellen.

Sein Vater war fünfzehn Jahre älter als sie, ein großer, bulliger Mann, vor dem viele einen Heidenrespekt hatten. Hätte man ihm eine Lederjacke mit entsprechenden Schriftzügen angezogen und ihn auf ein Motorrad gesetzt, die halbe Welt hätte Reißaus vor dem vermeintlichen Höllenengel genommen. Er sah aus, als könne er mit Leichtigkeit ein Gesicht zu Brei schlagen. Aber er hatte das Gemüt eines Schafs, ließ sich von der Schlampe ausnutzen und auf der Nase herumtanzen, statt sie einmal in die Schranken zu weisen.

Sein Vater tat immer so, als wüsste er nicht, dass sie fremde Kerle ins Ehebett ließ, während er sich an der Aluminiumpresse die Seele und seinen Stolz aus dem Leib schwitzte. Aber vermutlich wusste er es ganz genau, litt wie ein getretener Hund und fraß den Schmerz in sich hinein, bis der ihn umbrachte.

Herzinfarkt mit achtundfünfzig, auf der Fahrt zur Arbeit, Kontrolle übers Auto verloren und so weiter. Als die Rettungskräfte an der Unfallstelle eintrafen, war sein Vater bereits tot. Allerdings war er nicht an dem Infarkt gestorben, sondern an einem Genickbruch. Für die

Schlampe zahlte sich das in barer Münze aus, weil der Tod damit als Unfallfolge durchging.

Er war neunzehn, seine Mutter dreiundvierzig. Sie bezog fortan Witwen- und Unfallrente, und nicht zu knapp. Finanzielle Sorgen kannte sie auch nach dem «tragischen Verlust ihres geliebten Gatten» keine. Sie erdreistete sich tatsächlich, es so in eine Anzeige setzen zu lassen. Nur die Kerle wurden weniger, weil sie nicht jünger wurde und ihre Ansprüche nicht herunterschraubte. Was altersmäßig zu ihr passte, war ihr nicht scharf genug.

Sie wurde unleidlich, begann ihn herumzukommandieren und zu schikanieren. Sie erwartete allen Ernstes, dass nun er sprang, wenn sie pfiff, wie der Alte es zuvor getan hatte. Bis er sie eines Besseren belehrte. Und nicht nur sie. Es gab ja noch mehr, die sich auf Kosten eines Mannes einen schönen Lenz machten und fremdgingen auf Deibel komm raus.

Diese Weiber aus der Welt zu schaffen, das war seine Bestimmung. Für ihn waren sie nicht einmal wert, bei ihren Namen genannt zu werden. Ihnen eine Nummer zu geben reichte in seinen Augen und für sein Archiv vollkommen aus.

Nummer eins gabelte er spätabends an einer Bushaltestelle auf. Obwohl das mittlerweile einige Jährchen zurücklag, erinnerte er sich noch genau an jede Einzelheit, was daran liegen mochte, dass er an dem Abend ziemlich nervös gewesen war.

Losgefahren war er mit dem Vorsatz, eine Schlampe aufzulesen, und zwar so, dass es keine Zeugen gab, die ihn mit ihr sahen und der Polizei später, wenn sie vermisst wurde, eine Beschreibung von ihm oder seinem Fahrzeug geben konnten. Aber er hatte keine Ahnung, wie er das bewerkstelligen sollte. Ob er aussteigen und eine überwältigen müsste, die so spät noch allein unterwegs war. Wie er es vermeiden könnte, dass sie um Hilfe schrie. Dass er sie gleich betäuben müsste, damit sie sich nicht wehrte, hatte er überlegt. Und dann war es so einfach.

Sie war erst Anfang zwanzig, stand da und winkte hektisch, als er sich näherte. Als er neben ihr hielt, sprang sie regelrecht auf den Beifahrersitz. Mit ihr kam ein Schwall feuchtkalter Luft herein. Es war November, und es nieselte. Angeblich war ihr der letzte Bus vor der Nase weggefahren. Der nächste käme erst morgen früh um Viertel nach fünf, behauptete sie. Möglich, dass es zutraf, er stieg nicht aus, um sich auf dem Fahrplan vom Wahrheitsgehalt ihrer Worte zu überzeugen.

Sie hatte eine Reisetasche dabei, die sie auf ihrem Schoß hielt, bis er sie von dem Teil befreite und es nach hinten auf die Rückbank warf. Da wusste er schon, dass ihr Freund sie vor die Tür gesetzt hatte, weil sie kein Kind von Traurigkeit und ihr Freund angeblich krankhaft eifersüchtig war.

Vor lauter Erleichterung, nicht die ganze Nacht in der feuchten Kälte stehen zu müssen, sprudelte sie förmlich über. Ihrem Freund würde das bald leidtun. Es sei nicht das erste Mal, dass er sie rausgeworfen hätte. Und bisher habe er noch immer nach spätestens zwei Tagen reumütig angerufen, sie um Verzeihung gebeten und angefleht zurückzukommen, weil er ohne sie nicht leben könne.

Deshalb wolle sie nicht zu weit weg und keinesfalls zu ihren Eltern. Die würden nur wieder ihrem Freund recht geben und ihr Vorträge über einen ordentlichen – sprich antiquierten – Lebenswandel halten.

«Ich brauche nur vorübergehend eine Unterkunft», sagte sie. «Ein preiswertes Hotel oder eine billige Pension. Du kennst nicht zufällig was in der unteren Preisklasse?»

Das nicht, aber er kannte einen Ort, an dem sie nicht mit Geld bezahlen musste. Genauso drückte er das aus und ergötzte sich an ihrer Dämlichkeit. Sie verstand es natürlich falsch, freute sich auch noch über sein Angebot, legte ihm eine Hand aufs Bein und schnurrte wie ein zufriedenes Kätzchen. «Lieb von dir. Du wirst es nicht bereuen.» Tat er auch nicht. Sie bereute. Knappe sechs Tage lang. Die meiste Zeit bei vollem Bewusstsein.

Nummer zwei war schon Ende dreißig und hätte ein Zwilling seiner Mutter sein können – nicht nur vom Äußeren her. Er las sie vor einer Kneipe auf. Sie war total betrunken und machte ihn dermaßen unverschämt an, dass er unweigerlich dachte, sie sei früher mal auf den Strich gegangen.

Ihr Mann schuftete als selbständiger Handwerker täglich bis weit in die Nacht hinein, damit sie es warm und gemütlich hatte. Und sie fühlte sich vernachlässigt, brauchte ab und zu was fürs Herz, brauchte das Gefühl, noch eine Frau zu sein, nach der Männer sich umdrehten, erzählte sie ihm während der Fahrt. Da glaubte sie noch, sie würde in seinem Bett landen. Sie hielt nicht mal vier volle Tage durch.

Mit Nummer drei und Nummer vier ließ er sich im Vorfeld mehr Zeit, beobachtete sie wochenlang, folgte ihnen auf Schritt und Tritt. Die Genugtuung war einfach größer, und er konnte sich seiner Sache vollkommen sicher sein, weil er sie besser kennenlernte, ehe er sie aus der Welt schaffte. Danach blieb er wochenlang in der Nähe ihrer Angehörigen.

Und wie oft bedauerte er, dass der Freund von Nummer eins, der biedere Handwerker und die Männer von Nummer drei und vier nie erfahren durften, was er für sie getan hatte. Ihren größten Fehler korrigiert, sie von einer

Schlampe befreit, von der sie sich selbst nicht hatten befreien können, weil sie zu schwach, zu nachsichtig oder beides waren. Nach seinem Eingreifen konnten sie neu beginnen mit einer Frau, die es vielleicht eher verdiente, geliebt zu werden.

Von Zeit zu Zeit schaute er nach dem Rechten und genoss diesen Triumph, den er leider mit keiner Menschenseele teilen konnte. Andere hätten sein Handeln wahrscheinlich nicht verstanden und dafür gesorgt, dass polizeiliche Ermittlungen gegen ihn eingeleitet wurden. So lebte er völlig unbehelligt in der Gewissheit, dass sein Tun gut und richtig war.

Dem Freund von Nummer eins ging es ohne das Weib entschieden besser. Er hatte schon kurz nach dem Verschwinden der Schlampe ein nettes, anständiges Mädel kennengelernt und ein Jahr später geheiratet. Mittlerweile war er stolzer Vater von zwei hübschen, gescheiten Kindern.

Der biedere Handwerker hatte sich mit einer Witwe zusammengetan, die zwar keine Schönheit war, aber gerade deswegen sehr bemüht um den Mann. Der Mann von Nummer drei war eine Zeitlang untröstlich gewesen, hatte den Verlust nur schwer verkraftet. Aber inzwischen hatte auch er einen Ersatz gefunden – eine Polizistin, bei der er ständig nach neuen Erkenntnissen gefragt hatte. Das Schicksal ging seltsame Umwege, um doch noch die Menschen zusammenzubringen, die füreinander bestimmt waren und einander zu schätzen wussten.

Der Mann von Nummer vier lebte seit zwei Jahren mit einer Kollegin zusammen, die sich rührend um ihn und den kleinen Sohn der Schlampe kümmerte. Weil sie nun selbst schwanger war, bemühte der Mann sich um eine Scheidung in Abwesenheit. Für tot erklären lassen konnte er seine vermisste Frau noch nicht. Es gab keine Leiche, und es war noch keine zehn Jahre her.

Der Mann von Nummer fünf … Das war ein Kapitel für sich, eine ärgerliche Geschichte, äußerst ärgerlich, die ihn aber nicht davon abhielt weiterzumachen.

FREUNDE

Nummer neun

Es war schwarz ringsum, nicht nur dunkel, was früh um sechs an einem eisigen Januarmorgen noch normal gewesen wäre, obwohl Werner den Rollladen nie vollständig herabließ. Es blieben immer Ritzen, die sich auf der gegenüberliegenden Wand abzeichneten, und sei es nur als schwaches, grau-gelbes Muster, hervorgerufen von einer Laterne neben dem Weg am Bach, der hinter ihrem Garten vorbeiführte.

Es gab kein Muster, weil es kein Fenster gab und keine Wand. Marlene Weißkirchen erwachte nicht in ihrem Schlafzimmer, in dem ihr Mann regelmäßig neben dem Bett sein frühmorgendliches Fitnessprogramm absolvierte, während sein Radiowecker sie mit Musik, Werbeeinblendungen und den stündlichen Nachrichten aus dem meist viel zu kurzen Schlaf plärrte. Sie erwachte auch nicht kurz vor sechs in der Frühe wie sonst an einem Wochentag. Aber wie spät es war, als ihr mühsames Auftauchen aus tiefer Bewusstlosigkeit begann, konnte nie geklärt werden.

Zuerst registrierte sie ihre unbequeme, schmerzhafte Lage – wie auf dem Nagelbett eines Fakirs. An unzähligen Stellen pikste und stach es. Allerdings war sie nicht imstande, etwas dagegen zu unternehmen. Ihr Körper fühlte sich an, als gehöre er nicht zu ihr. Arme und Beine spürte sie gar nicht. Und in ihrem Kopf schien sich eine Horde fleißiger Handwerker eingenistet zu haben, die eifrig bohrten, hämmerten und mit spitzen Werkzeugen auf die Schädeldecke einstachen.

Die Lider klebten an den Augäpfeln, wollten sich partout nicht lösen. Ihre Lippen pappten ebenfalls aufeinander wie zugeschweißt. Als es ihr nach geraumer Zeit gelang, die Zungenspitze zwischen die Lippen zu schieben, schmeckte sie Blut. Bei den vorangegangenen Versuchen, den Mund zu öffnen, waren ihre spröden Lippen eingerissen.

Die rasenden Kopfschmerzen suggerierten ihr, sie hätte wieder mal höchstens zwei oder drei Stunden geschlafen. Und der Druck im Magen machte sie glauben, sie wäre irgendwann in der Nacht aufgestanden, um doch noch eine von den freiverkäuflichen Schlaftabletten zu nehmen, die sie nicht gut vertrug und nur nahm, wenn sie sich nicht mehr anders zu helfen wusste.

Werner riet ihr regelmäßig zu Baldrian, wenn er mitbekam, dass sie dieses Teufelszeug, wie er die Schlaftabletten nannte, schluckte. Baldrian! «Da kann ich auch Bonbons lutschen», hatte sie protestiert, nachdem er sie am Mittwoch der vergangenen Woche kurz vor zwölf geweckt hatte und sie danach gar nicht mehr zur Ruhe gekommen war.

Ein ganz normales Leben

Bis zu dem Mittwoch, an dem ihr Mann sich mitten in der Nacht mit blutdurchtränktem Hemd über sie gebeugt hatte, war in Marlene Weißkirchens Leben alles nach Plan – Werners Plan – verlaufen. Was nicht bedeutete, dass sie rundum zufrieden gewesen wäre.

Sie hatte den Ausstieg aus ihrem Hausmütterchendasein verpasst und litt mal mehr, mal weniger darunter. Ihre Freundinnen hatten es geschafft oder zwangsläufig schaffen müssen.

Annette verkaufte Bücher, las natürlich auch viele und nicht bloß solche, die ihr persönlich gut gefielen. Annette konnte überall mitreden. Wenn ihr Mann mit blöden Witzen ins Fettnäpfchen trat und es betretene Mienen gab, konnte Annette mit mindestens vier brisanten Themen die Aufmerksamkeit auf sich ziehen und eine heiße Diskussion anzetteln.

Karola, deren Mann sich vor dreieinhalb Jahren aus dem Staub gemacht hatte, arbeitete seitdem beim lokalen Rundfunk, kannte Gott und die Welt und den Pressesprecher der Kreispolizeibehörde. Karola war stets informiert über die aktuelle Verbrechensrate, versorgte den halben Kreis mit guten Ratschlägen in allen Lebenslagen, wurde von zahlreichen Hörerinnen verehrt, bekam Fanpost – an den Sender adressiert –, hin und wieder sogar Heiratsanträge. Aber da sie sich nicht zur Scheidung von ihrem *Absetzer* aufraffen konnte ... «Da müsste ich erst mal wissen, wohin ich ihm die Post vom Anwalt schicken lassen sollte.»

Ulla verdiente den Lebensunterhalt für sich und ihre Familie bei Scheidweber & Co. Einem Landmaschinenhersteller, der sich vor mittlerweile drei Jahrzehnten im städtischen Industriegebiet angesiedelt hatte. Ihr Mann arbeitete in der Herrenabteilung des Einkaufscenters und stotterte mit seinem Lohn Schulden ab, womit er voraussichtlich noch bis ins Rentenalter beschäftigt war.

Und Marlene lebte auf Werners Kosten entschieden besser als die drei anderen.

Seit der Grundschule waren die vier Frauen befreundet. Es hatte sie mal einer als vierblättriges Kleeblatt bezeichnet, weil sie unzertrennlich waren. Ein verschworenes Grüppchen, zusammengeschweißt von einer Menge Unsinn, Albernheiten, gemeinsamen Erfahrungen und gemeinsamen Zukunftsplänen, die letztlich nicht in Erfüllung gegangen waren.

Ob Kino oder Disco – keine von ihnen hatte je etwas allein unternommen. Mit siebzehn waren sie in *Jenseits von Afrika* gewesen. Ulla hatte am Ende geseufzt: «War das schön. Wir wissen gar nicht, was wir versäumen mit unseren Taschenrechnern und Durchlauferhitzern.»

Und Karola hatte entschieden, dass ihr Zukünftiger wie Robert Redford aussehen und ein Abenteurer sein müsse.

Ein Zukünftiger war zu der Zeit noch nicht in Sicht, weil es doch mit einem nicht getan war. Man stelle sich nur vor, eine von ihnen hätte sich verliebt, und der Auserwählte hätte die anderen drei nicht leiden können.

Nach dem Abitur trennten sich ihre Wege tagsüber, aber nur wochentags. Marlene wurde bei einem Versicherungskonzern ausgebildet, Ulla in einem Autohaus, Annette im Buchhandel. Und Karola begann ein Studium – Archäologie und Ägyptologie, weil ihr immer noch ein Robert-Redford-Verschnitt im Hinterkopf tickte, der ihr mitten in der Wildnis die Haare wusch.

Mit neunzehn zogen sie an einem Samstagabend zu viert durch einige Kölner Discotheken, bis Karola auf ein Quartett junger Männer aufmerksam wurde und sagte: «Mädels, wenn ich mich nicht verzählt habe, sind wir hier genau richtig. Ich nehme den im blauen Hemd. Teilt den Rest unter euch auf.»

Der im blauen Hemd war Werner Weißkirchen, der Rest seine Freunde: Andreas Jäger, Christoph Barlow und Matthias Kranich. Die vier Männer waren ebenfalls seit der Schulzeit befreundet. Christoph nannte es mal einen von diesen Wahnsinnszufällen, die man in Romanen als unwahrscheinlich und unglaubwürdig abtut.

Bei näherer Betrachtung war Werner alles andere als Karolas Typ. Er sah nicht aus wie Robert Redford, sondern eher wie Peter Strauss, der Rudy Jordache aus der Fernsehserie *Reich und Arm*, von der Marlenes Mutter in den siebziger Jahren selten eine Folge verpasst hatte. Abgesehen davon, hatte er mit Abenteuern rein gar nichts im Sinn.

Werner war Bankkaufmann, allerdings keiner von den Zockern, die sich eine goldene Nase verdienten, indem sie anderer Leute Geld verspekulierten. Er war im Kreditwesen tätig, brauchte für alles Sicherheiten und machte Pläne, an die er sich hielt.

Zwischen seinen leger gekleideten Kumpels, die sich auf der Tanzfläche bereitwillig wie Hampelmänner benahmen, um beim anderen Geschlecht Eindruck zu schinden, wirkte er steif, spießig und hausbacken. Dabei war er ein ausgezeichneter Tänzer. Er hielt nur nichts von Discogezappel.

Nach Karolas Hinweis auf das Quartett sagte Annette: «Nicht so voreilig. Hier werden weitreichende Entscheidungen getroffen. Du kannst nicht über unsere Köpfe hinweg bestimmen, wer wen aufs Korn nimmt. Unter Umständen versauen wir uns damit den ganzen Abend.»

Ulla stimmte zu: «Dem schließe ich mich an. Überlassen wir es doch erst mal den Jungs. Tauschen können wir immer noch, wenn wir meinen, dass eine andere Konstellation günstiger wäre.»

Marlene äußerte sich nicht. Das tat sie eigentlich nie. Zwischen Karola, Annette und Ulla kam sie nur selten zu Wort. Bei Werner versuchte sie es gar nicht erst, er wusste ohnehin alles besser. Was nicht bedeutete, dass er besserwisserisch aufgetreten wäre. Er wusste tatsächlich schon mit zweiundzwanzig eine Menge mehr als andere. Und er hatte von der ersten Sekunde an nur Augen für sie.

Verstanden hatte Marlene das bis heute nicht. Sie war nicht hässlich, aber auch nicht so hübsch und stark wie Ulla. Sie war nicht dumm, jedoch längst nicht so gescheit und schlagfertig wie Annette. Sie war nicht feige, allerdings auch nicht so wagemutig, wortgewandt und phantasiebegabt wie Karola.

Sie war Durchschnitt, hatte zwischen zwei Brüdern daheim und im kleinen Kreis ihrer Freundinnen stets das Gefühl, nicht genug Präsenz aufbieten zu können, um als Individuum wahrgenommen zu werden. Und Werner hob sie aus der Unscheinbarkeit heraus.

Karola hatte mal in einer Illustrierten gelesen, der Geruchssinn spiele bei der Partnerwahl eine entscheidende Rolle, auch wenn einem das gar nicht wirklich bewusstwürde. Seit Karola ihr das erzählt hatte, dachte Marlene manchmal, Werner hätte in ihr auf Anhieb die Partnerin gerochen, die seinen Genen nichts entgegensetzen konnte. Es war nämlich auf keinen Fall so – wie Annette es einmal behauptete –, dass sich ausgerechnet das Schaf im Kleeblatt den Goldfisch geangelt hätte. Der Fisch hatte sich vielmehr heißhungrig auf ein Würmchen gestürzt, das am Rande der aufgewühlten See – sprich überfüllte Tanzfläche voll zuckender Leiber und schlenkernder Gliedmaßen – einsam bei ihm zurückblieb, während Annette, Ulla und Karola sich mit seinen Freunden ins Getümmel stürzten.

Karola richtete ihr Augenmerk schnell auf Andreas Jäger. Der hätte durchaus ein entfernter Verwandter von Robert Redford sein können. Damit nicht genug. Wie Karola im Damenkleeblatt war Andreas im Herrenquartett der Einzige, der studierte – allerdings nichts Exotisches, nur Maschinenbau an der Technischen Hochschule. Aber für ihn hätte der Duden umgeschrieben werden und mit dem Wort «Abenteuer» beginnen müssen.

Andreas fuhr einen uralten Jeep, Baujahr 1942, geerbt vom Großvater, der das Gefährt bei Kriegsende einem amerikanischen GI abgeschwatzt hatte. Und Andreas hielt das Museumsstück selbst in Schuss, obwohl es längst keine Ersatzteile mehr gab und er bei jeder Reparatur basteln musste.

Wenn er seinen Ingenieur in der Tasche hatte, wollte er mit

dem Gefährt die Wüsten Afrikas und den Orient durchqueren, ehe er sich in die heimische Tretmühle spannen ließ. Er träumte auch von einem Trip durch den Regenwald Südamerikas, aber da käme er mit dem Jeep nicht durch. Damit sich sein Kreislauf auf die wechselhaften Klimabedingungen einstellte, bereitete er sich jetzt schon mit stundenlangen Bädern in heißem Salzwasser auf seine Touren vor, erzählte er. Karola war hin und weg. Die beiden schienen wie füreinander geschaffen.

Ulla turtelte zwei Wochen lang mit Christoph Barlow. Der war wie Marlene in der Versicherungsbranche tätig, arbeitete jedoch für eine andere Gesellschaft und sprach davon, schon mit dreißig seine eigene Agentur zu haben. Christoph war ein Charmeur und ein Spaßvogel, wie man einen zweiten lange suchen musste. Er hatte immer ein Kompliment auf den Lippen und konnte zu jeder Gegebenheit den passenden Witz erzählen. Ein Romantiker, wie Ulla sich einen erträumte, war Christoph jedoch nicht. Beim Blick in den Sternenhimmel rechnete er aus, wie viel Weltraumschrott da oben herumflog und wie viel Schaden in den nächsten Jahren durch veraltete Satelliten oder ähnlich nutzlosen Kram verursacht werden konnte.

Und Annette hatte in der kurzen Zeit bereits festgestellt, dass Matthias Kranich für sie der falsche Partner war. Ein Vollbad bei Kerzenschein mochte im Kino oder im Fernseher toll aussehen, im eigenen Badezimmer musste man anschließend die Wachsflecken von der Wanne schrubben. Annette war ein durch und durch praktischer Typ. Sie brauchte – in Anspielung auf Karolas Schwärmerei nach *Jenseits von Afrika* – keinen Mann, der ihr in der Wildnis die Haare wusch.

Also tauschten Annette und Ulla die Männer. Christoph war damit nicht auf Anhieb einverstanden, Ulla war nun mal mit Abstand die Hübschere. Aber da Annette besser kochte und schon eine eigene kleine Wohnung hatte, fügte Christoph sich bald in sein Schicksal. Und Ulla konnte sich nach weiteren drei

Wochen kaum noch vorstellen, dass sie ohne Matthias jemals richtig glücklich gewesen sein sollte.

Zu dem Zeitpunkt plante Werner bereits ihr gemeinsames Leben bis ins Rentenalter. Manchmal dachte Marlene, er sei ein Spinner wie Andreas Jäger, der Karola mit heißen Salzwasserbädern und Wüstentrips becircte, oder ein Schwätzer wie Matthias Kranich, der mit seinen Vorstellungen von Romantik im Badezimmer bei Annette nicht so gut ankam wie bei Ulla, oder ein Witzbold wie Christoph Barlow, der einen auf den Arm nehmen konnte, ohne dass man es merkte. Bei manchen seiner Ausführungen wartete sie förmlich darauf, dass Werner am Ende lachte und sagte: «Hey, das war doch nur ein Scherz.»

Drei Jahre Probezeit räumte er ihr ein, um zu begreifen, was ihm offenbar schon in der ersten halben Stunde klargeworden war. Dass sie beide füreinander bestimmt waren und perfekt miteinander harmonierten.

«Wenn wir in drei Jahren heiraten», sagte er, «bist du zweiundzwanzig, ich bin fünfundzwanzig. Das ist ein gutes Alter. Man ist körperlich in Bestform.»

Er wollte doch so schnell wie möglich ein eigenes Haus, weil man nur dort ein freier Mann war und sich nicht der Willkür von Vermietern oder Hausverwaltern aussetzen musste. Und da er selbst zupacken wollte, um Kosten zu sparen, spielte das Alter bei Baubeginn natürlich eine Rolle.

Nach Fertigstellung des Hauses wollte er zwei Kinder, zuerst einen Sohn, dann eine Tochter – den Plan machte er ohne Mutter Natur. Bis zur Geburt des ersten Kindes sollte Marlene frei entscheiden, ob sie ihren Beruf weiter ausübte. Unbedingt notwendig sei das nach der Hochzeit nicht, sagte Werner.

Er verdiente als Kreditsachbearbeiter fast doppelt so viel wie sie bei der Versicherung. Bisher hatte er sparsam gelebt und entsprechende Rücklagen, unter anderem einen Bausparvertrag, der in drei Jahren zuteilungsreif wurde. Zudem bekam er kostengünstige Hypotheken und ein fast zinsfreies Arbeitgeberdarlehen für sein Eigenheim.

Und Marlene verabscheute ihren Job zeitweise. Mit Kollegen und Kolleginnen kam sie zwar gut zurecht. Mit Vorgesetzten gab es ebenfalls keine Probleme. Über das Betriebsklima konnte wirklich niemand meckern. Aber sie saß in der Schadensabteilung für Kfz, bearbeitete ausschließlich Sachschäden. Und da gab es so widerliche Vorkommnisse.

Da fuhr zum Beispiel jemand auf nächtlicher Straße ein Reh an, meldete einen Wildschaden an seinem Wagen und schickte zum Beweis ein Auge des Tiers mit, das auf ihrem Schreibtisch landete. Dann war da die gutgläubige alte Dame, der ein windiger Vertreter eine Vollkaskoversicherung für ihren uralten Benz aufgeschwatzt hatte. Und Marlene musste der armen Frau erklären, dass es nach einem Totalschaden im Höchstfall und nur auf Kulanzbasis noch fünfhundert Mark gab und keinesfalls einen neuen Mercedes. Die Frau bekam prompt einen Herzanfall.

Da war es beruhigend festzustellen, dass Werner sich keinen Scherz mit ihr erlaubt hatte. Sie hätte nach der Hochzeit jederzeit die Kündigung schreiben können. Er schlug es wiederholt vor. «Du musst dich wirklich nicht mit solchen Scheußlichkeiten abgeben, Marlene. Wir kommen auch mit meinem Verdienst zurecht.»

Sicher. Aber sie hätte sich schäbig gefühlt, wenn sie von seinem Angebot Gebrauch gemacht und seine Pläne damit behindert hätte. Es hätte sich doch alles verzögert.

Er saß tagsüber in der Bank und schuftete nach Feierabend am und im Haus, oft genug bis weit in die Nacht hinein. Als sie einzogen, war das Dach gedeckt, Fenster und Außentüren eingesetzt und die Heizung eingebaut, die funktionierte aber noch nicht. Es war eine Ölheizung, man hätte zuerst den Tank befüllen lassen müssen. Das hätte noch Zeit, meinte Werner.

Um die Einrichtung bräuchte man sich auch erst zu kümmern, wenn die einzelnen Räume fertig wären.

Annette, Ulla und Karola erklärten Marlene übereinstimmend für verrückt, weil sie auf einer Baustelle lebte und nicht protestierte. Seltsamerweise gefiel es ihr. Es hatte einen Hauch von Verwegenheit, mit Luftmatratze und Campingkocher zu improvisieren, sich morgens bibbernd aus dem Schlafsack zu schälen, in einer Schüssel zu waschen und zu beweisen, dass sie auch außergewöhnlichen Situationen gewachsen war. Es war fast ein wenig wie die Nächte in den Wüsten Afrikas, von denen Andreas Jäger immer noch ausdauernd schwärmte.

Nummer neun

Sie fror und ging in ihrem desolaten Zustand rein gewohnheitsmäßig davon aus, Werner habe ihr die Decke weggezogen, um sich darin einzumummeln, weil es im Schlafzimmer wieder mal saukalt war.

Kurz vor Weihnachten hatte er entschieden, auf das neue Doppelbett gehöre eine große Daunendecke für zwei statt wie bisher zwei Decken in Einzelbettgröße. «Wie in alten Zeiten», hatte er gesagt, um ihr die Sache schmackhaft zu machen. «Wir beide unter einer Decke.»

Damit hatte er sie an die ersten Monate ihrer Ehe erinnert, als ihr Haus gebaut worden war. In der Zeit hatten sie die Schlafcouch in seinem möblierten Zimmer miteinander geteilt, eng aneinandergeschmiegt.

So schliefen sie längst nicht mehr. Mit ihren Schlafproblemen hätte Marlene das gar nicht mehr gekonnt. Sie brauchte nachts ihren Platz, um sich von einer Seite auf die andere zu drehen und irgendwann aufstehen zu können, ohne jedes Mal befürchten zu müssen, dass Werner aufwachte. Und er wusste gar nicht, wie oft er die Decke seitdem zu sich hinübergezogen und sich darin einwickelt hatte, bis sie bibbernd um ihren Teil zu kämpfen begann.

Wenn es draußen erst wieder wärmer wurde, war sie ihm vielleicht dankbar für das, was Annette neulich als typisch männlichen Egoismus bezeichnet hatte, der nur nachts zum Vorschein kam, wenn Werner nicht die absolute Kontrolle über sich und sein Verhalten hatte.

Draußen herrschten seit Tagen Minustemperaturen. Nachts fiel das Thermometer bis zehn Grad unter null. Und Werner konnte nur bei offenem Fenster schlafen. Wenn er aus beruflichen Gründen in Hotels übernachten musste, was häufig der Fall war, quartierte er sich lieber in einem Vorort ein und nahm lange Anfahrtswege zu den Gesprächspartnern in Kauf, als dass er eine verkehrsreiche Straße, stark frequentierte Lokale in der Nähe oder nicht zu öffnende Fenster akzeptiert hätte. Mochte die Klimaanlage noch so geräuscharm arbeiten, Werner brauchte nachts seine Ruhe und frische Luft, auch wenn die Temperaturen draußen weit unter dem Gefrierpunkt lagen.

Wären die scheußlichen Kopfschmerzen nicht gewesen und der Druck im Magen nicht, der sich allmählich in Übelkeit verwandelte, hätte sie wohl einen Arm ausgestreckt und nach der Decke getastet, um so lange daran zu zerren, bis Werner wach genug war, ihr freiwillig die Hälfte zu überlassen und sich zu entschuldigen. Dann hätte sie bestimmt auch früher begriffen, dass ihr diesmal aus einem ganz anderen Grund so erbärmlich kalt war.

Aber sie befürchtete, dass ihr Magen bei der geringsten Bewegung seinen Inhalt im ganzen Schlafzimmer verteilen könnte. Davon abgesehen, wusste sie nicht, wo ihre Arme und Beine lagen. Sie war so desorientiert, dass sie nicht einmal hätte sagen können, ob sie auf der linken oder der rechten Seite lag oder ausgestreckt auf dem Rücken.

Die Luft roch anders, als Werner sie zum Schlafen brauchte, nicht frisch, sondern dumpf, irgendwie erdig und so trocken, dass ihre Nasenschleimhäute genauso spannten wie die spröden, eingerissenen Lippen. Das registrierte sie ebenso wie das unangenehme Piksen und Stechen an der rechten Hüfte, unter der linken Schulter und an drei Dutzend anderen Stellen.

Doch sie war noch lange nicht so weit, sich Gedanken über den ungewohnten Geruch zu machen oder ihre körperlichen Empfindungen als alarmierend zu werten. Es tat einfach nur weh, war lästig und störend und verhinderte, dass sie nochmal einschlief. Was sie sich aber auch nicht mehr leisten konnte, weil sich – wie sie meinte – Werners Radiowecker bereits eingeschaltet hatte.

Karola und Andreas

Im Juni 1989 hatten sie geheiratet – Marlene und Werner Weißkirchen, Ulla und Matthias Kranich, Annette und Christoph Barlow –, gleichzeitig, vormittags auf dem Standesamt, nachmittags in der Kirche. Eine herzergreifende Angelegenheit, die in der Stadt für viel Aufsehen sorgte und nicht nur Karola zu Tränen rührte.

Karola war damals aus der Reihe getanzt oder vorgeprescht, wie sie selbst es ausdrückte. Weil sich Nachwuchs ankündigte, hatten sie und Andreas schon sieben Monate nach dem bewussten Abend in der Kölner Diskothek geheiratet, nur standesamtlich.

Zwei Jahre später vergoss Karola dann wahre Sturzbäche, weil sie mit ihrer kleinen Stefanie auf dem Schoß neben Andreas in einer Kirchenbank saß, statt ganz in Weiß mit ihren Freundinnen – und möglichst neben Werner – vor dem Altar zu stehen.

Aber wie oft hatte Marlene vorher von ihr gehört: «Wie du es mit Werner aushältst, verstehe ich nicht. Bei dem würde ich Schreikrämpfe bekommen. Man kann doch nicht das ganze Leben berechnen und für alle Eventualitäten einen Plan machen. Wo bleibt denn da die Spannung?»

«Andreas macht doch auch Pläne», hatte Marlene den Mann verteidigt, der seine Hemden tatsächlich selbst bügelte und besser kochte als sie.

«Das kannst du doch nicht vergleichen», war sie von Karola belehrt worden. «Andreas will in lebensfeindlicher Umgebung überleben. Das muss er sorgfältig planen, die Route festlegen, genau überlegen, was er unterwegs unbedingt braucht. Supermärkte und Apotheken sind nicht in der Nähe. Dafür dürften eine Menge unvorhersehbare Überraschungen auf ihn warten.»

Für Karola gab es bald eine böse Überraschung. Nach der standesamtlichen Trauung waren sie ins Haus seiner Mutter gezogen, weil sie sich als Studenten keine eigene Wohnung leisten konnten. Aber das war wohl nur ein Vorwand gewesen, Andreas kam auch später nicht auf die Idee umzuziehen. Sein Vater war seit Jahren tot. Das Haus bot ausreichend Platz, und Andreas betrachtete es als sein Eigentum.

Nachdem er seinen Ingenieur in der Tasche hatte, hieß es für ihn erst einmal Geld verdienen, immerhin war ein Baby unterwegs. Unter diesen Voraussetzungen wurde nichts aus dem geplanten Wüstentrip oder einem Ausflug in den Regenwald. Aber aufgeschoben sei nicht aufgehoben, sagte er anfangs noch.

Er war überzeugt, seine Mutter würde sich ums Baby kümmern. «Sie hat doch sonst nichts zu tun.»

Karola sollte weiter die Uni besuchen, ihre Abschlüsse machen. Im Geist sah Andreas sich schon mit ihr im Tal der Könige weitere Pharaonengräber entdecken, Goldschätze bergen und Mumien ausbuddeln. Wenn es keine interessanten Ausgrabungen gäbe, wollte er mit ihr Urlaub in der Sahara machen, die Pyramiden von Giseh und die Sphinx besuchen.

Karola machte ihm auch diesen Traum zunichte. Sie hängte nach der Geburt ihrer Stefanie das Studium an den Nagel. Das Baby war kerngesund, aber nur vierzig Zentimeter groß und nicht ganz zwei Kilo schwer. Andreas nannte das Kind «unseren Probeschuss». Um diesen Winzling wollte Karola sich lieber selber kümmern, statt die Kleine ihrer Schwiegermutter anzuvertrauen, auch nicht für einen Urlaub.

Laut Karola kam ihre Schwiegermutter nicht mal mit sich selbst klar, schluckte ständig irgendwelche Pillen, grüßte morgens mit «Guten Abend» und mittags mit «Gute Nacht», lief den halben Tag im Morgenrock herum, ging so auch an die Tür, wenn's klingelte.

Daraufhin suchte Andreas das Abenteuer eben im Jeep auf heimischen Landstraßen. Er fand es in Gestalt junger Tramperinnen, was er Karola auch noch jedes Mal freimütig beichtete.

Annette, Ulla und Marlene waren übereinstimmend der Meinung, eine Trennung sei die beste Lösung. Dazu konnte Karola sich nicht aufraffen. Mit den Worten «Er kommt schon noch zur Vernunft» blockte sie das Thema Scheidung jedes Mal ab.

Als Annette, Ulla und Marlene zwei Jahre nach der pompösen Hochzeitstrilogie auch noch wie in geheimer Absprache gleichzeitig schwanger wurden, wollte Karola nicht erneut abseitsstehen. Sie meinte, Andreas mit einem zweiten Kind in einen biederen und treuen Familienvater verwandeln zu können. Er soll bei der Gelegenheit jedoch gesagt haben: «Du willst doch nur deinen Mutterschutz verlängern. Na schön, einmal tu ich dir den Gefallen noch. Aber bilde dir nicht ein, dass ich dir in vier oder fünf Jahren das dritte mache, damit du noch länger auf deinem faulen Hintern sitzen kannst.»

Wie auch immer: Die zweite Tochter machte eine Scheidung für Karola dann vollkommen undenkbar. «Wo soll ich denn hin mit zwei kleinen Kindern?»

Da mochte Andreas es noch so bunt treiben – nicht nur auf heimischen Landstraßen. Er begann damit, sich jedes Jahr vier Wochen Urlaub zu gönnen. Ohne seinen uralten Jeep und ohne Familie. Man konnte schließlich zwei kleine Mädchen nicht den Strapazen der Wüste aussetzen. Ob er tatsächlich in einem gemieteten Wagen zwischen riesigen Sanddünen herumgurkte oder sich auf Ibiza, Fuerteventura oder sonst wo mit anderen Frauen vergnügte, wusste keiner.

Wie viele Affären Andreas Jäger im Laufe der Zeit hatte, konnte man nur grob schätzen. Vermutlich kannte nicht einmal er selbst die genaue Zahl. Und was brachte es Karola letztlich, dass sie sich noch ein zweites Kind machen ließ, die vierwöchigen Abenteuerreisen ihres Mannes duldete und über ungezählte Seitensprünge hinwegsah?

Im Februar 2006 wagte Annette den Schritt in die Selbständigkeit. Nach ausführlicher Beratung durch Werner und gegen den erklärten Willen ihres Mannes mietete sie im Einkaufscenter ein kleines Ladenlokal und richtete *Annettes Bücherstube* ein.

Bei der Eröffnungsparty im April war Andreas Jäger noch dabei und sagte: «Du hast es richtig gemacht, Nette. Auch wenn es eine Menge Stress, viele schlaflose Nächte und noch einige Diskussionen mit Chris nach sich ziehen sollte, man muss an sich glauben und tun, wozu man sich berufen fühlt. Sonst merkt man irgendwann nicht mehr, dass man überhaupt noch lebt.»

Andreas sprach nicht einmal Ulla mit ihrem gebräuchlichen Vornamen an. Weil es daran nichts abzuknapsen gab, nannte er sie «Ulli». Werner war für ihn seit Kindertagen «Wewe», was nichts mit Wehleidigkeit zu tun hatte, es waren einfach nur die Anfangsbuchstaben von Vor- und Nachnamen.

Matthias hieß «Matti». Zu Marlene sagte er «Lenchen» – richtig ernst genommen hatte er sie nie. Und Karola war seine «Cleo» gewesen, ehe sie zu «Mutti» mutierte.

Nur ein paar Wochen später, am 16. Mai 2006, fuhr Andreas morgens wie üblich um sieben zur Arbeit, ohne etwas Besonderes von zu Hause mitzunehmen. Karola vermisste zwar tags darauf zwei seiner Outdoor-Hosen, doch wie sich herausstellte, waren die in der Wäsche.

Andreas leitete die Fertigungsabteilung bei Scheidweber & Co, wo seit geraumer Zeit auch Ulla beschäftigt war. Den Tag über unterhielt er sich noch mit ihr wie tausendmal zuvor. Kein Wort über Urlaubspläne, keine Andeutung, er wolle sich mal wieder den trockenen Wüstenwind der Freiheit und etwas Sand um die Nase wehen lassen oder endlich mal in den Dschungel.

Wann er an dem Dienstag die Firma verlassen hatte, wusste kein Mensch. Ulla machte wie alle anderen um fünf Feierabend, da saß Andreas noch in seinem Büro und gab ihr einen schönen Gruß an Matti, ihre Mutter und die Kinder mit auf den Heimweg. Danach sah ihn niemand mehr.

Obwohl er in der Firma keinen Urlaub genommen und daheim keine entsprechenden Vorbereitungen getroffen hatte, waren anfangs alle überzeugt, Andreas käme wie üblich nach vier Wochen zurück. Sogar Karola glaubte, er genehmige sich nur wieder eine Auszeit vom Familienleben – und diesmal garantiert in weiblicher Begleitung. Zur selben Zeit wie er verschwand nämlich eine junge Nachbarin, deren Mann vermutete, sie hätte etwas mit Andreas. Das Packen hätte wohl sein Techtelmechtel übernommen, mutmaßte Karola.

Die Nachbarin tauchte jedoch Ende Mai wieder auf und

protestierte vehement gegen die Unterstellung, mit Andreas unterwegs gewesen zu sein und etwas über seinen Verbleib zu wissen. *«Sehe ich aus, als würde ich mich von so einem alten Knacker besteigen lassen?»* Andreas war zweiundvierzig, weiß Gott kein Alter, um derart tituliert zu werden. Und laut Karola ließ das *«Nachbarsfrüchtchen»* sich noch von ganz anderen und wesentlich älteren Knackern besteigen.

Für Karola war es eine Katastrophe. Ihre Schwiegermutter, die eine stattliche Witwenrente bezogen hatte, war Anfang des Jahres ganz plötzlich verstorben. Überdosis Beruhigungs- und Schlafmittel, hatte der Hausarzt vermutet und einen Tod infolge Herzschwäche bescheinigt.

Karolas Eltern lebten mittlerweile in einem Seniorenheim, da blieb von der Rente nichts übrig. Geschwister, die sie eine Weile über Wasser hätten halten können, gab es nicht.

Nach dem Begräbnis seiner Mutter hatte Andreas von einer umfangreichen Renovierung des Hauses gesprochen. Ein neuer Heizkessel war in der Zwischenzeit eingebaut, aber noch nicht bezahlt worden. Es wäre noch mehr zu erneuern oder zu renovieren gewesen. Das Schlafzimmer seiner Mutter, Badezimmer, Toilette im Erdgeschoss, Türen, Fenster, Fußböden. Geld für die Handwerker hatte Andreas auf die Seite gelegt. Im Gegensatz zu Werner konnte, vielmehr wollte er nicht alles selber machen. Aber als Karola sich zur Bank bemühte, war das Sparkonto abgeräumt.

Scheidweber & Co zeigten sich kulant und überwiesen noch das volle Gehalt für Mai. Gleichzeitig machte man Karola klar, dass sie mit keinem weiteren Cent rechnen könne. Man müsse schließlich einen Ersatz für Andreas suchen und bezahlen.

Auch wenn niemand es offen aussprach, wurde deutlich, dass Andreas gegenüber der Geschäftsleitung eine Bemerkung gemacht haben musste, aus der man den Schluss zog, ihn nicht so bald wiederzusehen.

Notgedrungen plünderte Karola die Sparbücher ihrer Töchter, um den Installateur zu bezahlen, ehe der auf die Idee kam, den neuen Heizkessel wieder auszubauen. Die beiden Mädchen hatten sich Werners Motto zu eigen gemacht, dass man Geld nicht vom Ausgeben hat. Was sie im Laufe der Zeit zu Weihnachten, an Geburtstagen oder für gute Schulnoten eingesammelt hatten, hatten sie brav zur Sparkasse getragen. Es reichte nicht ganz für die Heizung, den Rest borgte Karola sich von Marlene. Bei Annette und Ulla war nichts zu holen.

Weil Karola und ihre Mädchen auch essen mussten, waren sie jeden Abend irgendwo zu Gast. Annette und Christoph streikten schon nach vierzehn Tagen. Bei Ulla und Matthias reichte es nur knapp für die eigene Familie. Und Werner wurde die erzwungene Gastfreundschaft bald zu viel. Er wollte nicht jeden Abend, den er daheim am Tisch saß, von Karola hören, sein langjähriger Freund sei ein selbstsüchtiger und verantwortungsloser Schweinehund.

Werner vermittelte Karola ein zinsgünstiges Darlehen, mit dem sie einige Monate hätte überbrücken können. Doch das war nicht in ihrem Sinne. «Und was mache ich, wenn der Mistkerl in absehbarer Zeit nicht zurückkommt?», fragte sie. «Dann stehe ich in einigen Monaten wieder genauso da wie jetzt, hab nur zusätzlich ein Darlehen an der Backe, das ich von irgendwas abstottern muss.»

Karola meldete ihren Mann bei der Polizei als vermisst. Aber wenn ein als abenteuerlustig bekannter Erwachsener Frau und Töchter sitzenließ und auf Reisen ging, durfte niemand erwarten, dass die Polizei sich darum bemühte, ihn wieder nach Hause zu holen. Ein erwachsener Mensch im Vollbesitz seiner geistigen Kräfte hatte das Recht, seinen Aufenthaltsort frei zu wählen.

Das machte man Karola klar. Sie hatte kaum etwas anderes erwartet, besann sich auf den Wagemut, die große Klappe und das Selbstvertrauen ihrer Jugend und investierte das Darlehen in einen Gebrauchtwagen. Ausgerechnet Karola.

Sie hatte ein äußerst zwiespältiges Verhältnis zum Straßenverkehr. Zwar hatte sie vor der Hochzeit den Führerschein gemacht, aber gefahren war sie danach nie mehr, weil sie den uralten Jeep nicht ausstehen konnte. Und dann stürzte sich Karola ohne Fahrpraxis mit einem sieben Jahre alten Ford Escort ins Getümmel und stellte fest, dass außer ihr größtenteils Idioten unterwegs waren. Noch zwei Monate nach dem waghalsigen Kauf schickte sie nach Möglichkeit eine ihrer Töchter hinaus, den Verkehr zu regeln, wenn sie vom heimischen Hof musste. «Man hat da nicht Augen genug», pflegte sie zu sagen.

Aber ohne Auto ging es nicht mehr – aus beruflichen Gründen. Karola bewarb sich nämlich beim lokalen Rundfunksender. Ihr war zu Ohren gekommen, da werde ein flotter, junger Moderator gesucht, der aktuelle Hits ebenso kommentieren sollte wie das Zeitgeschehen oder bedeutsame Ereignisse in der Region.

Werner schüttelte den Kopf über so viel Unvernunft und Selbstüberschätzung. Karola ging auf die vierzig zu und hatte von aktuellen Hits so viel Ahnung wie eine Kuh von Astrophysik. Abgesehen davon war sie kein Mann. Alles, was sie vorweisen konnte, war ihre zugegebenermaßen jugendlich klingende, melodische und einschmeichelnde Stimme, die Karola aber auch wie ein hysterisch keifendes Weib einsetzen konnte, und die Weisheiten, die sie jahrelang aus der Regenbogenpresse gesaugt hatte.

Und damit überzeugte sie. Seitdem fuhr Karola sechsmal die Woche zweiundzwanzig Kilometer brandgefährliche Landstraße hin und zurück. Montags, mittwochs und donnerstags moderierte sie die dreistündige Sendung am Vormittag, informierte über das Geschehen in der Region, lud interessante Gäste ins Studio ein oder plauderte am Telefon mit ihnen. Gelegentlich stellte sie aktuelle Themen zur Debatte und bat ihre Hörerinnen und Hörer: «Sagen Sie uns Ihre Meinung. Rufen Sie an oder schreiben Sie eine E-Mail …» Auf die Weise konnte man auch einen Gruß über den Äther schicken, einen Musikwunsch äußern oder kundtun, was man meinte, der Welt unbedingt mitteilen zu müssen.

Dienstags und sonntags saß Karola von acht Uhr abends bis Mitternacht vor einem Mikrophon und leistete zwischen gängigen Musiktiteln Lebenshilfe. Und freitags spielte sie – ebenfalls von abends acht bis um Mitternacht – unter ihrem Mädchennamen Heinze Studiogast in der Sendung eines Kollegen. Dann erstellte sie auf Hörerwunsch Horoskope, die sie die Woche über aus Illustrierten sammelte und mit Hilfe eines Astrologiebuches aufpeppte. Bisher war keinem Menschen der Schwindel aufgefallen.

Werner amüsierte sich jedes Mal köstlich, wenn er früh genug daheim war, um zu hören, in welch ernsthaftem, eindringlichem Ton *Frau Heinze* den Hokuspokus zelebrierte. Karola prophezeite gutgläubigen Leuten das große Glück für die nächsten Monate oder eine Pechsträhne für die nächsten Tage, abhängig davon, ob Jupiter oder Saturn mit ihren Einflüssen dominierten.

Karola hatte nicht den Schimmer einer Ahnung von Jupiters Einflüssen. Und Saturn war für sie nur der Laden, in dem sie preiswert zu einem neuen Staubsauger gekommen war. So jedenfalls drückte Werner es einmal aus. Aber er hatte nur selten Zeit für den Spaß. Meist saß Marlene alleine am Radio.

Für sie waren auch die drei Vormittagssendungen Pflicht. Im Gegensatz zu Annette und Ulla musste sie nicht frühmorgens aus dem Haus und hatte alle Zeit der Welt. Manchmal reizte es sie, im Studio anzurufen, Werner grüßen zu lassen, obwohl er es nicht hören würde, und sich einen Musiktitel zu wünschen: «The Ballad of Lucy Jordan». Aber Karola fragte immer, warum es ausgerechnet dieser Song sein musste. Die meisten erzählten dann von netten Erinnerungen. Der erste Tanz oder ein besonders schöner Abend. Sie hätte nur vom Staubsaugerschlauch erzählen können. Und Karola hätte sie wahrscheinlich sofort an der Stimme erkannt, auch wenn sie einen falschen Namen genannt hätte.

Nummer neun

Wie die Luft war auch die Musik anders als gewohnt, viel lauter. Es klang, als beschalle der kleine Lautsprecher des Radioweckers einen großen, leeren Raum und nicht ein gediegen eingerichtetes Schlafzimmer mit Polsterbett, Gardinen vor dem Fenster und Teppichen auf dem Fußboden. Doch diesen Eindruck schrieb Marlene ihren Kopfschmerzen zu. Wenn man das Gefühl hatte, der Schädel würde gleich zerspringen, neigte man zu Geräuschempfindlichkeit.

Marianne Faithfull sang die Ballade von Lucy Jordan, die mit siebenunddreißig Jahren von der Morgensonne geweckt wird und begreift, dass sie nie in einem offenen Sportwagen durch Paris fahren und den warmen Wind in ihren Haaren spüren würde. Deshalb stürzt Lucy Jordan sich abends vom Dach. So hatte Marlene den Song vor Jahren mal übersetzt und interpretiert.

Sie war als Zweitjüngste im Kleeblatt Anfang Dezember zweiundvierzig geworden, so alt wie Andreas Jäger gewesen war, als er aufbrach, sich seine Träume zu erfüllen. Und sie war schon viermal in Paris gewesen, allerdings nicht in einem Sportwagen herumgefahren. Werner bevorzugte Limousinen, wenn er Mietwagen nahm, ansonsten Taxen oder die Metro, weil es damit am schnellsten ging.

Marianne Faithfull kam zum Ende der traurigen Geschichte.

Die letzten Töne der markanten Melodie verklangen. Danach war es sekundenlang still. Kein Atemzug verriet Werners Bestreben, sich fit zu halten. Marlene hörte auch kein anderes der typischen Geräusche, die ihr Mann verursachte, ehe er ins Bad ging. Nur ein fernes Rauschen und Plätschern

Werner unter der Dusche, was sonst?

Wahrscheinlich war ihr deshalb so kalt. Womöglich hatte er ihr, ehe er hinausging, die Decke weggezogen, damit sie wach wurde und aufstand. Er ärgerte sich oft, wenn ihm auffiel, dass sie wieder mal nicht in die Gänge kam. Dann konnte er sich denken, dass sie nachts hinausgeschlichen war und eine der Schlaftabletten genommen hatte, die er verteufelte, weil sie seiner Ansicht nach abhängig machten und einen irgendwann umbrachten. Die Mutter von Andreas sei doch das beste Beispiel dafür, sagte er häufig. Irgendwann wüsste sie dann auch nicht mehr, ob es Morgen, Mittag, Abend oder Nacht sei, und liefe im Morgenrock oder im Hausanzug an die Tür, um dem Postboten oder sonst wem zu öffnen.

Die Musik setzte wieder ein. Die Stimme folgte: «*The morning sun touched lightly on the eyes of Lucy Jordan / In a white suburban bedroom, in a white suburban town …*»

Welcher Trottel hatte denn da die falsche Taste gedrückt? Egal! Allerhöchste Zeit, sich aus ihrem gediegenen Kleinstadtschlafzimmer hinunter in ihre gediegene Kleinstadtküche zu begeben und das Frühstück auf den Tisch zu bringen, ehe die Kinder das übernahmen.

Wenn nur das Hämmern, Bohren und Stechen in ihrem Kopf nicht gewesen wäre. Die fleißigen Handwerker mussten ihre Schädeldecke inzwischen perforiert haben. Ihr Magen rebellierte auch immer noch. Und dieses penetrante Piksen in der linken Schulter, an der rechten Hüfte, unter dem linken Oberschenkel … Endlich fühlte sie auch ihre Beine und die Arme, spürte jeden in der Kälte verkrampften Muskel.

Es kostete sie enorme Anstrengung und Willenskraft, die verklebten Lider nach oben zu bringen. Dann blinzelte sie in eine so vollkommene Schwärze, dass sie meinte, ihre Augen gar nicht geöffnet zu haben. Sie blinzelte erneut, riss die Augen weit auf und fasste sich ins Gesicht, weil sich nichts änderte. Dabei stieß sie mit einer Fingerkuppe in den linken Augapfel und glaubte, aus welchen Gründen auch immer über Nacht erblindet zu sein, weil der plötzliche Schmerz ihr zwar die Tränen in die Augen trieb, sie aber immer noch nichts sah, absolut nichts.

13. Januar 2010 – Mittwochmorgen

Der Mittwoch, an dem Marlenes äußerlich so wohlgeordnetes und behütetes Leben aus den Fugen geriet, ohne dass es ihr sofort aufgefallen wäre, begann wie ein gewöhnlicher Wochentag mit grau-gelben Tupfen an der linken Zimmerwand.

In der Nacht war es wieder einmal spät geworden. Obwohl Werner den Dienstag in Köln verbracht hatte, war er erst um halb eins heimgekommen. Sie hatte wie üblich auf ihn gewartet, mit einem Buch auf der Couch und der Frage, wie ihr wohl zumute wäre, wenn er eines Tages gar nicht mehr heimkäme.

Es schneite wieder. Seit Tagen waren die Straßen spiegelglatt, nicht nur in den Wohngebieten, wo sich keiner die Mühe machte, den Schnee von der Straße zu schaffen. Auch Hauptverkehrsstraßen wurden zum Risiko, weil in den Kommunen das Streusalz zur Neige ging und kein Nachschub zu beschaffen war.

Ein paarmal geriet sie in Versuchung, ihn anzurufen. Aber bei Besprechungen schaltete er sein Handy grundsätzlich ab. Und seiner Mailbox zu erzählen, die Kinder seien um zehn zu

Bett gegangen und sie habe es sich auf der Couch gemütlich gemacht, verbot sich von selbst. Es war auch überflüssig.

Werner meldete sich dreimal. Zuerst erklärte er, die Besprechung dauere leider viel länger als vorgesehen. Dann teilte er scherzhaft mit, er sei die Bande endlich losgeworden und müsse nur rasch noch einige Papiere für morgen zusammenstellen. Kurz vor Mitternacht sagte er dann, er mache sich jetzt auf den Heimweg und sei bald bei ihr.

«Fahr bloß vorsichtig», mahnte sie und horchte sekundenlang in sich hinein, ob sie es ernst meinte.

In letzter Zeit stellte sie sich häufig vor, dass ihm etwas zustieß. Eine grausame Gedankenspielerei, aber dicht an der Realität. Man musste doch nur das Radio einschalten. Bei den derzeitigen Witterungsverhältnissen hörte man stündlich von Unfällen auf irgendwelchen Straßen oder Autobahnen.

Als sie endlich nebeneinander in den Betten lagen, fühlte sie sich hellwach. Werner schlief schon nach wenigen Minuten wie ein Stein. Sie lag neben ihm und schämte sich für das, was ihr durch den Kopf zog. Dass er irgendwann zum letzten Mal anrief, wenn er sich auf den Heimweg machte. Dass wenig später die Polizei käme, um ihr die traurige Nachricht zu überbringen.

Sie sah sich auf dem Friedhof an seinem offenen Grab stehen, mit den weinenden Kindern an den Seiten und den betroffenen Mienen der anderen im Hintergrund. Sie schüttelte unzählige Hände und lauschte der allgemeinen Fassungslosigkeit, weil ihr in Eisen gegossenes Glück zerbrochen war. Darüber schlief sie ein.

Nach nicht ganz vier Stunden Schlaf war die Nacht vorbei. Um Viertel vor sechs schaltete sich Werners Radiowecker ein. Sie blinzelte in die Lichtinsel der Leselampe an seinem Bett und versuchte zu bestimmen, wen und was sie hörte. Nickelback? Nein. Bon Jovi? Auch nicht. Robbie Williams, um dessen Comeback-Single *Bodies* der Lokalsender vor Wochen so einen

Wirbel gemacht hatte, war es auf gar keinen Fall. Aber es war ein Mann, und er sang englisch.

Die Zeile: *«Love me wherever you are»,* klärte sie auf. Das war *Wire to Wire* von Razorlight. Wenn man eine Freundin beim Lokalradio hatte, wusste man so etwas. Marlene drehte sich auf die andere Seite, um noch ein paar Minuten zu dösen.

Werner saß bereits auf der Bettkante, reckte und streckte sich, gähnte noch einmal herzhaft und lag im nächsten Moment bäuchlings auf dem Fußboden, um den neuen Tag mit zwanzig Liegestützen in Angriff zu nehmen.

Im Halbdusel lauschte Marlene seinen gleichmäßig tiefen Atemzügen und dem ihrer Meinung nach traurigen Song. «Liebe mich, wer immer du bist», so übersetzte sie die Zeile, und das klang nach Einsamkeit.

Schon vor Jahren hatte sie bemerkt, dass die Musik frühmorgens über ihren Gedankenkreislauf, ihr Befinden und einiges mehr entschied. Was sie hörte, wenn sie die Augen aufschlug, tauchte im Laufe des Tages immer wieder in ihrem Kopf auf. Manchmal wurde sie es über Stunden nicht los, wie ein Endlostonband, auf dem sich nur ein einziges Lied befand.

Die jeweiligen Melodien oder Rhythmen spielten keine Rolle. Es waren die Worte, die sie verfolgten und ihr zu schaffen machten. Oft genug riefen sie diese Trostlosigkeit hervor, für die es keine rationale Erklärung gab, die sich ohne ersichtlichen Grund binnen kürzester Zeit in abgrundtiefe Trauer verwandeln konnte.

Schon aus dem Grund waren ihr englische Schlager lieber als deutsche. Von englischen verstand sie längst nicht alles, übersetzte nach eigenem Gutdünken und füllte die Lücken so, wie es ihr passend erschien. Ihr Schulenglisch war mangelhaft, weil sie es seit Jahren nicht einmal mehr brauchte, um den Kindern bei den Hausaufgaben zu helfen.

Werner sprach fließend Englisch, ebenso Französisch, Spanisch und Italienisch. Derzeit lernte er Schwedisch – im Akkord. In schätzungsweise zwei Monaten beherrschte er die Sprache wahrscheinlich fast so perfekt wie ein Einheimischer. Er hatte beruflich oft im Ausland zu tun und wollte verstehen, was in seiner Nähe gesprochen wurde. Und er konnte das eben, wie er alles konnte, was er sich vornahm oder anpackte. Als Nächstes würde er vielleicht Finnisch, Russisch, Türkisch, Japanisch oder Chinesisch lernen. Und irgendwann wäre Werner Weißkirchen der erste Mensch, der sich weltweit verständigen konnte.

Er brüstete sich nicht mit dem Talent, sich Fremdsprachen quasi einzuverleiben wie andere einen Teller Suppe. Er bildete sich auch nichts ein auf seine diversen anderen Fähigkeiten oder seinen beruflichen Erfolg. Aber er freute sich, wenn Marlene anklingen ließ, sie sei sehr stolz auf ihn.

Das war sie – gar keine Frage. Werner war ein Prestigeobjekt, von Anfang an der Garantieschein für eine sorglose Zukunft gewesen. Einer von den zeitlos gutaussehenden Männern, denen die Karriere wahrscheinlich unmittelbar nach der Geburt direkt unter den Haaransatz tätowiert worden war, um die man von Freundinnen glühend beneidet wurde. Wenn nicht sofort, dann eben später. Früher war es oft ein Triumph gewesen, am Samstagabend an seiner Seite bei den anderen zu erscheinen oder die Gastgeberin zu spielen. Inzwischen war es ihr oft unangenehm, fast ein wenig peinlich. Weil die anderen, speziell Ulla, es doch erheblich schlechter getroffen hatten.

Ulla und Matthias

Ulla war die Jüngste von ihnen und hatte das meiste Pech gehabt. Bei der Hochzeit war Matthias Kranich noch Verkäufer in der Herrenabteilung bei C&A gewesen, wollte es aber entschieden weiterbringen. Das wollten sie letztlich alle, und nur Andreas Jäger dachte dabei an Entfernungen.

Leider konnte man die Pläne, die Matthias schmiedete, nicht solide nennen. Bei ihm war nicht die Rede vom eigenen Haus und dem eigenen Geschäft, es mussten eine Villa und eine Ladenkette sein. Nach der pompösen Triplehochzeit begnügte er sich für den Anfang allerdings mit einer Mietwohnung.

Zwei Jahre nach der Geburt ihres Sohnes machte sich Matthias zum ersten Mal selbständig, eröffnete eine italienische Herrenboutique. Was sich noch mit seiner Ausbildung vereinbarte, in einer Kleinstadt mit großem Einkaufscenter am Ortsrand nur nicht so florierte, wie er sich das erhoffte. Nach vier Jahren gab er auf.

Diese Pleite trug Ulla mit Fassung, obwohl Matthias nicht mal Arbeitslosengeld bekam und ihr Sohn Thomas – gerade eingeschult – Lernschwierigkeiten hatte. Es musste jeden Nachmittag einer mit ihm üben. Matthias war dazu nicht imstande, schickte den Jungen lieber zum nächsten Bolzplatz und ergab sich vor laufendem Fernseher in sein Elend.

Damit sie nachmittags zur Stelle war, konnte Ulla sich nur um einen Halbtagsjob bei ihrem früheren Arbeitgeber, dem Autohaus Hilscher, bemühen. Aber ihre Eltern waren vermögend und unterstützten sie. So kamen sie einigermaßen über die Runden.

Dann starb Ullas Vater, sie erbte, und Matthias überredete sie, den Halbtagsjob aufzugeben und ins zweite eigene Geschäft zu investieren. Diesmal probierte er sein Glück mit Sportartikeln, hauptsächlich Fahrräder. Die hätten Zukunft, behauptete er. Da mochte er mit Blick auf Umweltschutz und Fitnesswelle sogar recht haben. Nur hätte er die richtige Ware anbieten müssen.

Als er Ende 2001 zum zweiten Mal Konkurs anmeldete, standen in seinem Lager etliche Rennmaschinen, an denen Männer wie Christian Henn und Erik Zabel ihre helle Freude gehabt hätten. Für Otto Normalverbraucher waren sie weniger geeignet und kaum erschwinglich.

Nicht nur Ullas Erbe war zum Teufel. Matthias hatte zudem ohne ihr Wissen und gegen Werners Rat Kredite aufgenommen. Er stand vor einem Schuldenberg, den Ulla nicht mit ihm abtragen wollte. Was sie letztendlich doch tat, weil sie ihn eben liebte und zum zweiten Mal schwanger war.

Notgedrungen kehrte Ulla mit Sack und Pack zurück ins Elternhaus und kam durch Vermittlung von Andreas Jäger zu dem Vollzeitjob, mit dem sie seitdem den Lebensunterhalt ihrer Familie bestritt. Zu der Zeit war Karolas Mann ja noch im Lande und besaß als Leiter der Fertigungsabteilung bei Scheidweber & Co genug Einfluss, um Ulla trotz ihrer Schwangerschaft als Schreibkraft in der Kundenbetreuung unterzubringen, wo sie nach der Geburt ihrer Tochter noch gut ein Jahr blieb, ehe sie zu Andreas in die Fertigungsabteilung wechselte.

Ullas Mutter kümmerte sich um die beiden Kinder. Matthias bewarb sich nach Androhung der Scheidung im Einkaufscenter und bekam die Stelle in der Herrenabteilung. Das entsprach zwar nicht seinen Erwartungen ans Leben, keine nennenswerten Aufstiegschancen und keine glamouröse Kundschaft. Aber er verdiente wenigstens und konnte damit den Banken seinen guten Willen demonstrieren.

Ulla arbeitete sich bei Scheidweber & Co mit Fleiß und Energie hoch – von der Schreibkraft zur Sekretärin. Nachdem Andreas verschwunden war, stieg Ulla zur inoffiziellen Leiterin der Fertigungsabteilung auf. Der Ingenieur, den man als Ersatz für Andreas eingestellt hatte, wusste von Landmaschinenbau kaum mehr als Marlene. Die meiste Zeit war Ulla damit beschäftigt, die Entscheidungen und Anweisungen ihres offiziellen Vorgesetzten diplomatisch zu korrigieren. Der Geschäftsleitung war das sehr wohl bekannt, was sich auf Ullas Gehaltsabrechnungen niederschlug.

In den letzten Jahren war Ulla mit ihrer Situation eigentlich ganz zufrieden gewesen, hatte sich nur oft Sorgen um ihren Sohn gemacht. Thomas Kranich war im selben Alter wie Marlenes Älteste, Karolas Jüngste und Annettes Einzige. Wie damals ihre Mütter waren die vier Kinder gemeinsam eingeschult worden. Und die drei Mädchen waren ein ebenso verschworenes Grüppchen.

Es wäre Ulla lieb gewesen, sie hätten Thomas nicht ausgeschlossen. Solange sie noch klein gewesen waren, hatten sie unbefangen miteinander gespielt. Nach der Einschulung änderte sich das, und das lag nicht an den Mädchen. Thomas umgab sich nun lieber mit rüpelhaften Geschlechtsgenossen. Im Unterricht haperte es bei ihm an allen Ecken und Enden. Aber wie man Zigaretten rauchte und mit Tintenpatronen spritzte, wusste er schon mit acht Jahren.

Die Mädchen wechselten nach der vierten Grundschulklasse aufs Tagesheimgymnasium, bei Thomas reichte es bloß für die Hauptschule. Den Abschluss dort hatte er im vergangenen Jahr auch nur mit Hängen und Würgen geschafft. Mit einem Zeugnis, das Ulla als katastrophal bezeichnete, hatte er sich bei einigen Handwerksbetrieben beworben. Vergebens. Doch das störte ihn nicht, er lungerte lieber mit anderen Nichtsnutzen herum.

Im September hatte Ulla ihn dann doch noch untergebracht – bei Scheidweber & Co –, allerdings nur, weil ein anderer sich doppelt beworben hatte und den Platz nicht in Anspruch nahm. Ersatzweise sollte nun Thomas Kranich zum Maschinenschlosser ausgebildet werden.

Bei ihrer Geburtstagsfeier am vergangenen Samstag hatte Ulla noch zu Marlene gesagt: «Wenn ich so zurückblicke, war die zweite Pleite das Beste, was mir passieren konnte. Sonst säße ich vielleicht immer noch halbtags im Autohaus Hilscher oder stünde mit Matthias im eigenen Laden und bekäme graue Haare, weil ich nicht wüsste, wo und mit wem unserer Filius sich herumtreibt. Ich habe drei Kreuzzeichen gemacht, als Herr Scheidweber sich bereit erklärte, Thomas eine Chance zu geben. Die Arbeit macht ihm Spaß, glaube ich. Er ist jedenfalls mit Feuereifer bei der Sache.»

Doch als dürfe die Ärmste einfach keinen Lichtstreif am Horizont sehen, nahm Thomas am Sonntagabend ihren Autoschlüssel, um mit drei seiner nichtsnutzigen Kumpels eine Spritztour zu machen. Nicht die erste, bisher war er nur erst einmal von der Polizei erwischt worden. Da hatte es eine eindringliche Ermahnung gegeben. So glimpflich kam er diesmal nicht davon.

Wegen der Witterungs- und Straßenverhältnisse herrschte so gut wie kein Verkehr. Wer nicht unbedingt fahren musste, blieb daheim. Ullas Sohn nutzte die freien Straßen auf seine Weise, raste mit schätzungsweise siebzig Stundenkilometern durch die Stadt. Als die Ampel an der großen Kreuzung bei der Kirche auf Rot sprang, konnte er nicht mehr rechtzeitig bremsen, schlitterte in den Querverkehr, rammte einen Linienbus und brach sich beide Beine. Marlene hatte es am Montagvormittag von Annette gehört, die zudem berichtete, Thomas sei auch noch bekifft gewesen.

Nummer neun

Das erste Entsetzen verwandelte sich rasend schnell in nackte Panik. Marlene taumelte von einem Schock in den nächsten. Keuchend vor Angst und Verwirrung, betastete sie ihre wieder geschlossenen Augen. Verletzungen stellte sie nicht fest. Aber es konnte im Kopf etwas passiert sein, was sie ihr Sehvermögen gekostet hatte. Ein Blutgerinnsel, ein geplatztes Gefäß, irgendwas in der Art.

Eine von Werners Angestellten hatte im letzten Sommer einen Schlaganfall erlitten, war seitdem auf einem Auge blind, konnte nicht mehr verständlich sprechen und wurde im Rollstuhl gefahren. Ihr Zustand drehe ihm das Herz um, hatte Werner neulich noch gesagt. Die Frau war erst achtundvierzig, nur sechs Jahre älter als sie.

All ihre körperlichen Empfindungen schienen dafür zu sprechen, dass es ihr nun so ähnlich ergangen war. Über Kopfschmerzen, Taubheitsgefühle und Kribbeln in den Gliedmaßen sowie Schwindelattacken hatte Werners Angestellte auch geklagt. Und so schlimm war es nach fehlendem Schlaf noch nie gewesen.

Als sie aufschrie, erschrak sie vor dem rauen, kratzigen Klang ihrer eigenen Stimme. Es klang wie das Blöken einer verängstigten Ziege. Antwort bekam sie nicht, hörte nur den Nachhall und die Musik. *«… Till the world turned to orange and the room went spinning round …»*

Gott, war ihr schwindlig. Aber das war doch wieder die erste Strophe. Hatte sie die nicht schon zweimal gehört? Wieso lief das Lied denn zum dritten Mal? Wieso meldete sich nicht endlich der Moderator zu Wort und entschuldigte das Versehen oder die technische Panne? Wieso kam kein Jingle, der nervtötende Werbung ankündigte? Oder die Nachrichten?

Sie stemmte sich mit zittrigen Armen in eine sitzende Position, was den Schwindel verstärkte und die Übelkeit auflodern ließ wie eine Stichflamme, sodass sie sich auf der Stelle übergeben musste. Immerhin gelang es ihr, den Kopf so weit zur Seite zu drehen, dass sie sich nicht selbst besudelte.

Nachdem das Schlimmste überstanden war, glitten ihre Halt suchenden Finger durch lockeren Dreck und über Unebenheiten. Es fühlte sich an, wie es roch: staubig, erdig und trocken.

Sie saß in einer flachen Kuhle, inmitten von spitzen Steinchen und scharfkantigen Gesteinssplittern, die das widerliche Stechen an Schulter, Hüfte und drei Dutzend anderen Stellen verursacht hatten. Ihr Oberkörper steckte in einem Pullover mit Rollkragen und der neuen Steppjacke. Dazu trug sie eine Hose aus weichem, wollartigem Stoff. Die neuen Stiefeletten mit den Lederschlaufen am Schaft hatte sie auch an.

Sie begriff das nicht. Wieso saß sie vollständig angezogen im Dreck zwischen Steinen statt in dem Polsterbett mit der festen, aber nicht unangenehm harten Matratze und den Leselampen zu beiden Seiten? Wenn sie nicht in ihrem Schlafzimmer war, wieso hörte sie trotzdem das Rauschen und Plätschern der Dusche, als Marianne Faithfull erneut für ein paar Sekunden schwieg? Und wieso fing dann wieder dasselbe Lied an?

Minutenlang brüllte sie sich die ausgedörrte Kehle heiser, obwohl jedes Wort wie ein Hammerschlag durch ihren Schädel dröhnte: «Hilfe! Werner! Hallo! Ich bin hier! Hallo! Hilfe! Ich sehe nichts mehr!» Bis nur noch ein schwaches Krächzen kam.

Und Marianne Faithfull sang weiter von Lucy Jordan, die abends aufs Dach stieg und morgens erwachte – noch einmal von vorne. Und noch einmal. Und noch einmal.

13. Januar 2010 – Mittwochmorgen

Razorlight wurde kommentarlos abgelöst von Silbermond, die um ein kleines bisschen Sicherheit baten: *«… in einer Welt, in der nichts sicher scheint.»* Auch nicht besser als ein Lied voller Einsamkeit, aber ein wahres Wort, fand Marlene. Obwohl in ihrer Welt seit zwanzig Jahren alles hundertprozentig sicher schien. Mit Werner war das Leben wie ein Rundum-sorglos-Paket.

Sie wünschte sich nur, sie könnte es noch genießen und hätte nicht so merkwürdige Phantasien. Sie liebte Werner, daran hatten die Jahre nichts geändert. Wie konnte sie sich da ausmalen, er käme bei einem Unfall ums Leben? Wie konnte sie mit den Szenen seiner Beerdigung vor dem geistigen Auge einschlafen? War das krankhaft oder ein Zeichen von Überfluss?

«Wenn's dem Esel zu wohl wird, geht er aufs Eis», hatte ihre verstorbene Großmutter früher oft gesagt.

Und wieso hatte sie es bisher nicht geschafft, mit Ulla über den erneuten Schicksalsschlag zu reden?

Annette war gleich am Montagmorgen von Karola über den gerammten Linienbus und den Schuldigen an diesem Unfall informiert worden. Von wem Karola es erfahren hatte, lag auf der Hand. Sie telefonierte gelegentlich während ihrer Vormittagssendungen mit dem Pressesprecher der Kreispolizei. Der wurde zwar normalerweise kurz nach acht zu den Polizeieinsätzen der letzten vierundzwanzig Stunden befragt. Das tat der Moderator, der von sechs bis neun im Studio saß. Doch wenn der Pressesprecher kurz nach acht keine Zeit zum Telefonieren hatte, übernahm Karola das eben eine Stunde später.

Am Montag war es so gewesen, das wusste Marlene mit Sicherheit, weil sie zugehört hatte. Über den Sender wurden natürlich keine Namen genannt. Aber es war denkbar, dass Karola vor oder nach dem offiziellen Teil ein paar persönliche Worte mit dem Pressesprecher gewechselt und mehr über diesen bestimmten Unfall erfahren hatte.

Wie auch immer: Nachdem Annette dann sie informiert hatte, versuchte Marlene sofort, Ulla zu erreichen. Sie wunderte sich, dass Ulla sich am vergangenen Abend nicht mehr bei ihr gemeldet hatte. Sie waren einander immer ein wenig näher gewesen als den beiden Älteren. Und nach so einem Unfall … Aber vielleicht war es zu spät geworden. Polizei, Krankenhaus, da dürfte für Ulla einiges zu regeln und zu kümmern gewesen sein.

Bei Scheidweber & Co wurde sie unter Ullas Durchwahl knapp von einer Assistentin abgefertigt. «Frau Kranich ist nicht zu sprechen. Kann ich etwas ausrichten?»

Da Privatgespräche an keinem Arbeitsplatz gern gesehen wurden, sagte Marlene: «Nein, vielen Dank», und legte auf.

Am frühen Abend probierte sie es bei Ulla daheim, bekam aber nur Ullas Mutter an die Strippe, die augenblicklich zu weinen begann, von einem Totalschaden am Auto und von komplizierten Brüchen stammelte. Wie schwer verletzt die Kumpels ihres Enkels waren, wusste sie nicht. «Mir sagt doch keiner was. Wie konnte Matthias nur den Schlüssel auf die Garderobe legen? Er wusste doch, wie gern der Junge Auto fährt.»

«Ja», sagte Marlene und dachte, es sei unfair, Matthias die Schuld zu geben. *Der Junge* war mit seinen siebzehn Jahren doch alt genug, um zu wissen, unter welchen Voraussetzungen man Auto fahren durfte und dass er diese Voraussetzungen nicht erfüllte. Das war ihm schließlich schon einmal von der Polizei erklärt worden.

Dienstags erging es ihr mit den Versuchen, zu Ulla durchzudringen, nicht anders. Wahrscheinlich probierte sie es nicht hartnäckig genug. Ihr Durchsetzungsvermögen war nicht sonderlich stark ausgeprägt. Aber: «Aller guten Dinge sind drei», hatte ihre verstorbene Großmutter früher oft gesagt. Einmal musste es ja klappen, auch wenn sie noch gar nicht wusste, was sie sagen sollte. Wie tröstete man denn eine Freundin in so einer Situation?

Finanzielle Hilfe anzubieten war vermutlich keine gute Idee. «Vergiss es, Marlene. Beim Geld hört die Freundschaft auf. Die Weisheit stammt nicht von mir, frag Werner», hatte Ulla beim letzten derartigen Angebot gesagt.

Irgendwie musste sie Ulla klarmachen, dass ihr ein paar tausend nicht wehtaten, dass Werner es nur nicht mochte, wenn er so dreist angepumpt wurde, wie Karola es gelegentlich tat. Und wenn Ulla dann sagte, dass es gar nicht um Geld ging? Oder dass man mit Geld nicht alle Probleme lösen könne?

Werner hätte diese Unterhaltung garantiert in allen Varianten durchgespielt und für jede mögliche Reaktion einen Plan gemacht. Sie musste es auf sich zukommen lassen und hoffen, dass sie die richtigen Worte fand. Und deshalb hätte sie den Tag lieber mit etwas Flottem, Aufmunterndem begonnen statt mit Einsamkeit, Unsicherheit und Weltschmerz. Peter Fox mit seinem *Haus am See* wäre nicht schlecht gewesen. *«Ich hab den Tag auf meiner Seite, ich hab Rückenwind ...»* Das spielten sie leider nicht.

Auf Silbermond folgte die Werbung, dann begannen die Nachrichten. Im Bad lief bereits der Föhn. Sie hörte es, weil Werner immer die Tür öffnete, wenn er sich die Haare trocknete. Im Nebenzimmer polterte etwas. Es klang, als sei Leonard beim Packen seiner Schultasche ein Buch aus der Hand gefallen.

Es wurde Zeit, das Frühstück auf den Tisch zu bringen, die einzige Mahlzeit, die sie noch häufig gemeinsam einnahmen.

Anfang 2002 hatte Werner sich als Unternehmensberater selbständig gemacht. Seitdem saßen sie nicht mehr oft zusammen am Tisch. Matthias Kranichs zweite Pleite hatte ihn auf die Idee gebracht, dass eine solche Tätigkeit Zukunft hätte. Das entsprechende Know-how hatte er sich zuvor größtenteils im Kreditwesen angeeignet. Er wusste jedenfalls genug über solide Finanzierungen, Fördermittel, Bedarfsrechnungen und Marktstrategien, um es zu wagen. Begann als Einmannunternehmen mit einem Büro im Keller. Mittlerweile unterhielt er eine Büroetage in Köln-Weiden und beschäftigte sieben Leute, von denen drei europaweit im Einsatz waren, die anderen hielten in Köln die Fäden zusammen.

Wie hoch sein letztes Jahreseinkommen gewesen war, wusste Marlene nicht, wie sie vieles nicht wusste, was die geschäftlichen Belange ihres Mannes betraf. Aber niedriger als das Einkommen des Vorjahres konnte es kaum gewesen sein, sonst hätte er nicht die Summe um zweihundert Euro erhöht, die er ihr monatlich für den Haushalt und persönliche Bedürfnisse auf ihr Konto überweisen ließ.

Beim Frühstück erfuhr sie, dass Werner die gestern Abend zusammengestellten Unterlagen noch aus dem Büro holen und dann zum Flughafen musste. Ein neuer Kunde in Straßburg. Das erste Gespräch führte er immer persönlich und allein, damit nicht der Eindruck einer Übermacht entstand. Wann er zurückkam, konnte er nicht sagen. Seine Sekretärin hatte zwar wie üblich einen späten Flug für ihn gebucht, aber sicherheitshalber auch ein Hotelzimmer reserviert.

Um Viertel nach sieben ging Werner zur Garage. Um halb acht folgten die Kinder seinem Beispiel, schwangen sich trotz der vereisten Schneedecke auf ihre Räder und machten sich auf den Weg zur Schule. Johanna und Leonard hießen sie – nach Marlenes Eltern. Werner hatte die Namen vorgeschlagen, zu seinen Eltern hatte er keinen so guten Draht.

Ob er enttäuscht gewesen war, als die Natur vor siebzehn Jahren seine Pläne ignorierte und ihnen zuerst die Tochter bescherte, wusste Marlene nicht. Er hatte nie etwas gesagt. Aber er hatte sich auch nicht ein zweites Mal von der Natur ins Handwerk pfuschen lassen.

Anlässlich der Krabbelkinderparty zu Johannas erstem Geburtstag hörte er von Karola, das Geschlecht des Kindes hinge vom Zeitpunkt der Zeugung ab. Der Einfachheit halber unterteilte Karola männliche Samenzellen in Männlein und Weiblein. Die Männlein seien schnell, dozierte sie, folglich zuerst am Ort des Geschehens. Aber sie seien kurzlebiger als die Weiblein, sodass ein Verkehr vor dem Eisprung mit Sicherheit zu einer Tochter führe. Erst nach dem Eisprung würden mit hoher Wahrscheinlichkeit Söhne gezeugt – vorausgesetzt, das

Scheidenmilieu stimme, wenn nicht, gab es prinzipiell nur Mädchen.

Karola bezog derartige Weisheiten aus den Illustrierten, die sie seit ihrer Hochzeit stapelweise studierte. Und normalerweise belächelte Werner ihre Ansichten. Doch bei dieser Sache meinte er, man könne es ja mal probieren. Zwei Monate lang musste Marlene ihre Temperatur messen – jeden Morgen vor dem Aufstehen, um den leichten Anstieg zu registrieren und den richtigen Zeitpunkt für die Zeugung eines Jungen exakt bestimmen zu können. Es war lästig, führte aber zum Erfolg. Zwei Jahre nach Johanna kam Leonard zur Welt.

Nun war ihr Sohn schon fünfzehn, fast eins achtzig groß, schlaksig, sportlich, ein begeisterter Fußballspieler und Werner wie aus dem Gesicht geschnitten, was bereits zu Schwärmereien unter Mitschülerinnen führte. Aber die kümmerten Leonard noch nicht. Er konzentrierte sich lieber auf den Sportverein und die Schule. Selbstverständlich besuchte er das Tagesheimgymnasium wie seine Schwester und deren Freundinnen. Die Begabung für Mathematik und Fremdsprachen hatte er ebenso von Werner geerbt wie das handwerkliche Geschick, das Gespür für Zusammenhänge und die Geduld für knifflige Arbeiten.

Sein Freundeskreis setzte sich aus sportlichen Musterschülern zusammen. Ullas Sohn gehörte nicht dazu, aber der war ja auch zwei Jahre älter. Beim Beruf schwankte Leonard noch zwischen Sporttrainer und Informatiker. Werner war überzeugt, dass sein Sohn sich innerhalb der nächsten beiden Jahre für Unternehmensberatung entschied und ein Wirtschaftsstudium anstreben würde.

Nur mit der von Werner so hochgeschätzten Ordnung haperte es bei Leonard noch ein wenig. Manchmal warf er getragene Socken neben den Wäschekorb statt hinein. Und seine Schultasche packte er grundsätzlich morgens, obwohl Werner ihm schon mehrfach erklärt hatte, es sei besser, das abends in Ruhe zu erledigen und morgens nur noch einmal zu kontrollieren, ob man nichts vergessen habe.

Johanna packte ihre Sachen abends, kontrollieren musste sie nicht, tat es aber trotzdem. Sie wollte nach dem Abitur Medizin studieren und später in die Forschung. Bei ihren Leistungen war fest damit zu rechnen, dass sie den gewünschten Studienplatz bekam und mit dem vom Vater geerbten Ehrgeiz auch alle anderen Ziele erreichte, die sie anstrebte.

Mit ihren siebzehn Jahren war Johanna überaus selbständig und zuverlässig, bügelte ihre T-Shirts und Jeans ohne Aufforderung, häufig gleich die Sachen des Bruders mit. Angeblich konnte sie sich am Bügelbrett besonders gut auf eine Klausur vorbereiten. Ihre Methode schien zu funktionieren. Sie stand in allen Fächern gut bis sehr gut und war eine Schönheit. Auch bei ihr dominierten Werners Gene.

Falls er bei ihrer Geburt so etwas wie Enttäuschung empfunden haben sollte, war das längst vergessen. Er liebte seine Tochter abgöttisch, den Sohn nicht weniger, bei Johanna jedoch zeigten sich schon erste Anflüge von väterlicher Eifersucht. Dabei legte sie noch absolut keinen Wert auf männliche Begleitung. Wie Marlene vor langen Jahren fühlte Johanna sich wohler in Gesellschaft ihrer Freundinnen Kirsten Barlow (Annettes Einzige) und Julia Jäger (Karolas Jüngste).

Über die beiden konnte man nichts Negatives sagen, ebenso wenig wie über Karolas Älteste – den Probeschuss Stefanie – oder Ullas kleine Meike. Aber die war auch erst sieben, besuchte die zweite Grundschulklasse, wurde von ihrer Großmutter liebevoll betreut und machte keine Probleme.

Mit ihrem Sohn dagegen hatte Ulla einen Schwarzen Peter aus dem Loseimer des Lebens gezogen. Wahrscheinlich bekifft mit schätzungsweise siebzig Stundenkilometern bei Rot in die Kreuzung geschleudert, mitten hinein in den Linienbus. Totalschaden an Ullas Auto, beide Beine gebrochen! Auch noch komplizierte Brüche. Wie mochte Ulla jetzt zumute sein?

Nummer neun

Es dauerte lange, sehr lange, ehe ihr Verstand Empfindungen und Wahrnehmungen auf einen Nenner brachte und sie begriff, warum niemand kam, um ihr zu helfen. Weil sie eben nicht daheim war und offenbar niemand in ihrer Nähe, zumindest keiner, der gewillt war, ihr beizustehen. Nach dieser Erkenntnis schluchzte sie noch eine Weile hilflos vor sich hin, ehe sie sich ein wenig fasste und zögernd daranmachte, ihre Umgebung zu erkunden.

Wände, Bretter, Mauern oder sonst etwas in der Art einer Begrenzung ertastete sie unmittelbar um die Kuhle herum nicht. An einer Seite fiel der Boden stark ab, so fühlte es sich jedenfalls an. Vielleicht war es nur eine weitere Mulde.

Als sie aufstehen wollte, um ein größeres Umfeld zu erforschen, zuckte ihr mit einem Mal die kraftlose, gepeinigte Stimme durch den Kopf: *«Ich werde sterben. Mein Bein ist gebrochen.»* Das hatte sie letzte Woche Mittwoch gehört, als ihr gewohntes, von Werner so perfekt geplantes Leben auf den Kopf gestellt worden war.

Instinktiv schlug sie eine Richtung ein, die bergauf zu führen schien, wenn auch nur minimal. In der Schwärze war es eher ein Gefühl als eine Gewissheit. Wie lange sie dann unverändert stark benommen und panisch, von fürchterlichen Kopfschmerzen und weiteren Schwindelanfällen geplagt, auf allen vieren durch die völlige Finsternis kroch und welche Strecke sie zurücklegte, konnte sie nicht einmal schätzen.

Marianne Faithfull begleitete sie, sang unermüdlich und ausschließlich von Lucy Jordan. Das war keine akustische Halluzination, keins von den Liedern, die sie nach dem Aufwachen durch den Tag verfolgten. Die Musik war nicht in ihrem Kopf, sie hallte und schallte um sie herum. Wie eine perfide Foltermethode, die sie langsam, aber sicher zermürben oder ihr suggerieren sollte, dass es nur eine Methode gab, der Ausweglosigkeit zu entkommen.

Mit dem Gedanken daran hatte sie einmal gespielt. Es war gut drei Jahre her. Zu der Zeit stand Annette schon in ihrer Bücherstube, und Karola saß sechsmal die Woche im Studio. Ein paar Monate nach dem Verschwinden von Andreas Jäger hatte Marianne Faithfull sie einmal mit diesem Lied geweckt und durch den Vormittag begleitet. Möglich, dass sie mit ihren Übersetzungskünsten nicht jeden Satz auf den Punkt brachte. Aber die zweite Strophe verstand sie sehr gut, und die schien wie für sie geschrieben.

Der Mann war zur Arbeit, die Kinder zur Schule. Und sie … konnte wie Lucy Jordan das Haus sauber machen, wischen und saugen, wo nichts wirklich schmutzig war. Sie konnte sich mit den Zimmerpflanzen beschäftigen. Der Garten war Werners Refugium. Darum kümmerte er sich, wenn nötig, am Wochenende. Er brauchte Rasen mähen, Rosen beschneiden, Unkraut zupfen und Löwenzahn stechen zur Entspannung. Vielleicht auch, um sich selbst zu beweisen, dass er noch mit den Händen arbeiten konnte und nicht mit seinem Erfolg abgehoben hatte, dass er eben noch dazugehörte.

Sie hätte sich auch nackt ausziehen und schreiend durch die Straßen laufen können, wie Lucy Jordan es in Erwägung gezogen hatte. Aber wer wollte denn in die Klapsmühle eingewiesen werden? Stattdessen lief sie durchs Haus, treppauf, treppab, setzte sich mal zehn Minuten vor den Fernseher, mal für eine Viertelstunde mit einem Buch auf die Terrasse und bekam das Lied einfach nicht aus dem Kopf.

The evening sun touched gently on the eyes of Lucy Jordan …

Möglicherweise hatte sie das Ende falsch übersetzt oder ihre Übersetzung falsch interpretiert. Vielleicht war wirklich eine große Limousine mit Fahrer gekommen und Lucy gar nicht vom Dach gesprungen, sondern ganz normal ins Auto eingestiegen. Das Dach wäre ihr persönlich auch viel zu unsicher gewesen. Am Ende brach man sich nur wichtige Knochen und saß den Rest seines Lebens im Rollstuhl. Aber die Garage, das Auto, ein Schlauch vom Auspuff ins Wageninnere …

Sie hatte eine Weile überlegt, ob der Schlauch vom Staubsauger wohl auf das Auspuffrohr passte und lang genug war, um durch die Seitenscheibe der Fahrertür gesteckt zu werden. Die hinteren Seitenscheiben waren nicht zu öffnen.

Ehe sie es ausprobieren konnte, war unerwartet früh Leonard nach Hause gekommen und hatte schon in der Diele gerufen: «Krieg keinen Schreck, Mama! Es ist nicht halb so schlimm, wie es aussieht.»

Ein kleiner Unfall in der Sportstunde. Eine blutende Nase, eine aufgeplatzte Lippe und eine Platzwunde am Kinn, die nach Meinung des Lehrers genäht werden sollte. Sie war mit ihrem Sohn in die Garage gegangen, mit ihm ins Auto gestiegen, mit ihm zum nächsten Krankenhaus gefahren. Und sie hatte gewusst, dass sie noch gebraucht wurde.

13. Januar 2010 – Mittwochvormittag

Nachdem Johanna und Leonard sich auf den Weg zur Schule gemacht hatten, schlüpfte Marlene in warme Kleidung und befreite als Erstes den Gehweg vor ihrem Grundstück von der frischen Schneedecke. Der Nachbar zur Linken, ein Pedant wie aus dem Bilderbuch, war damit schon fertig und hatte auch Sand gestreut.

Anschließend griff sie zum Telefon und probierte, Ulla auf deren Handy zu erreichen. Das war nicht eingeschaltet. Vermutlich hatte Ulla es gestern Abend für einen Besuch im Krankenhaus ausgemacht und vergessen, es wieder in Betrieb zu nehmen, ehe sie zur Arbeit fuhr. Wie kam Ulla jetzt überhaupt ins Industriegebiet? Matthias hatte seit Jahren kein Auto mehr, das er ihr zur Verfügung hätte stellen können.

Beim nächsten Versuch in Ullas Büro, eine halbe Stunde später, hörte Marlene vom neuen Leiter der Fertigungsabteilung, Frau Kranich werde heute erst gegen Mittag in der Firma erwartet. Nach dem Grund mochte sie den Mann nicht fragen.

Sie wählte den Privatanschluss und geriet wieder an Ullas Mutter. Die fing prompt erneut an zu weinen und schluchzte: «So ein Unglück», ehe sie erklärte, Ulla sei um halb sieben ins Krankenhaus gefahren. Darauf folgten ein paar von weiteren Schluchzern zerhackte Worte. Marlene verstand nur noch: «Der arme Junge. Was soll denn jetzt werden?»

Der dumme Junge, dachte sie. Was ging nur vor in solchen Hirnen? Man nahm nicht Mutters Autoschlüssel und setzte sich bekifft hinters Steuer, wenn man mit einem miserablen Zeugnis nur dank Mutters Bemühungen einen Ausbildungsplatz ergattert hatte. Man raste nicht mit siebzig über vereiste Straßen, wenn man seine Sinne beisammen und noch alle Tassen im Schrank hatte. Aber in Thomas Kranichs Oberstübchen vermuteten Johanna, Kirsten Barlow und Julia Jäger seit langem gewaltige Lücken.

Es widerstrebte Marlene, die aufgelöste alte Frau weiter zu bedrängen. In der Hoffnung, dass Annette in der Zwischenzeit von Matthias etwas Genaueres erfahren hatte, rief sie lieber anschließend in der Bücherstube an und hörte, da käme garantiert noch ein dickes Ende nach.

«Das war ja nicht seine erste Tour», erinnerte Annette. «Wenn die Versicherung Wind davon bekommt, treten sie zwar in Vorleistung, aber sie werden Ulla in Regress nehmen. Als Fahrzeughalterin bist du verpflichtet, den Schlüssel sicher zu verwahren, wenn du so einen Freak im Haus hast. Ulla hat immer aufgepasst. Aber Matthias war nachmittags mit dem Auto unterwegs. Als er zurückkam, hat er den Schlüssel auf die Garderobe gelegt. Nicht etwa aus Schusseligkeit, das war Absicht. Kannst du dir das vorstellen? Man müsse doch dem eigenen Kind vertrauen können, meinte er. Du siehst ja, was dabei rausgekommen ist.»

«Ja», sagte Marlene. «Ullas Mutter hat mir am Montag schon erzählt, dass Matthias das Debakel verschuldet hat. Was ist denn mit den anderen? Thomas war doch mit Freunden unterwegs.»

«Zum Glück nicht», antwortete Annette. «Er war auf dem Weg, wollte drei Jungs abholen, hatte aber noch keinen eingeladen.»

«Und wie kommt Ulla jetzt zur Arbeit?», fragte Marlene.

«Wie in alten Zeiten», sagte Annette. «Mit dem Rad. Ihr altes ist nicht mehr verkehrstauglich, aber der Tölpel braucht seins in den nächsten Wochen ja nicht.»

Nachdem sie aufgelegt hatte, räumte Marlene den Frühstückstisch ab, ging unter die Dusche, zog danach eine alte Jeans und ein einfaches Shirt an und griff zum Putzzeug. Vor Jahren hatte Werner eine Putzfrau anheuern wollen, das hatte sie ihm zum Glück ausreden können.

Sie wischte die beiden Bäder, die Kinder hatten ihr eigenes, mussten sich nur abstimmen, wer morgens als Erster reindurfte. Gerangel oder Zankerei darum gab es so gut wie nie.

Danach machte sie die Betten, wischte Staub, obwohl praktisch keiner zu sehen war. Die Böden waren auch tadellos. Sie hatte dienstags gründlich gewischt, gesaugt, die Küchenschränke ausgewaschen und die Betten frisch bezogen, um sich von

Ullas neuer Tragödie und der Verpflichtung, ihr etwas Tröstliches sagen zu müssen, abzulenken. Natürlich hatte sie die abgezogene Bettwäsche auch sofort gewaschen und getrocknet. Die lag längst wieder im Schrank. Es rächte sich wirklich alles im Leben, jetzt war es nicht mal neun Uhr, und sie hatte nichts mehr zu tun.

Früher war jeder Tag zu kurz gewesen. Die Kinder, der Haushalt und die Stunden mit den anderen. Nach den Geburten von Kirsten Barlow, Thomas Kranich, Johanna und Julia Jäger war das gemeinsame Frühstück mit Annette, Ulla und Karola für Marlene zur festen Größe geworden und hatte stets den ganzen Vormittag beansprucht.

Sie hatten sich wechselseitig besucht mit frischen Brötchen. Die jeweils betroffene Küche hatte sich binnen weniger Minuten in ein Schlachtfeld verwandelt. Der Fußboden bedeckt mit Kuscheldecken, Plüschtieren, Rasseln, Schnullern und Babys. Später waren es Bausteine, Puppen, Autos, Plüschtiere, Kekse und Krabbelkinder. Als die laufen konnten, kam Baby Leonard dazu. Dazwischen die kleine Stefanie, die mit fünf Jahren so aussah wie eine zierliche Zweijährige und mit sieben Jahren nicht viel älter. Ihren ersten Schulranzen zog sie auf einem kleinen Bollerwagen.

Am Tisch vier junge Frauen, manchmal nur drei. Karola konnte nicht immer, musste sich häufig um ihre Eltern kümmern. Dabei war es ein offenes Geheimnis, dass Karola ihre Eltern nur besuchte, um sich bei denen auszuweinen. Im Kreis ihrer Freundinnen tat sie das nicht, da schimpfte sie nur wechselweise auf Andreas oder ihre Schwiegermutter, die sich einbildete, Schwiegertöchter seien Sklavinnen. «Die tut keinen Handschlag mehr, fehlt nur noch, dass sie verlangt, ich soll ihr morgens den Kaffee ans Bett bringen oder den Hintern abwischen.»

Über Gott und die Welt, Nagelhärter und Höschenwindeln,

Weichspüler, Auflaufrezepte und die Qualität von Grillwürstchen hatten sie diskutiert, natürlich auch über ihre Männer gesprochen. Über die hochfliegenden Pläne von Matthias, an deren Verwirklichung Ulla damals noch glaubte. Über den ungebrochenen Humor von Christoph, in dem Annette erste Elemente von Sarkasmus entdeckte. Über die Nächte, die Andreas lieber im alten Jeep auf irgendeiner Straße als daheim verbrachte, über die Anhalterinnen, mit denen er sich amüsierte, während Karola ihre Töchter hütete und sich von seiner Mutter tyrannisieren lassen musste. Die ließ sich übrigens nie blicken, wenn sie alle zusammen in Karolas Küche saßen. Es war ihr zu laut mit all den kleinen Kindern.

Wenn Karola dabeisaß, war Andreas immer ein Mann ohne Verantwortungsgefühl. Fehlte Karola, waren sie einhellig der Meinung, sie sei nicht völlig frei von Schuld an der Misere. Man durfte einem Mann seine Träume nicht so rigoros beschneiden, wie Karola es getan hatte. Ihre Schwiegermutter mochte zu faul sein, um sich selber das Frühstück zu machen, und zu inkompetent, um zwei kleine Mädchen zu versorgen. Aber für ein paar Urlaubswochen in der Sahara oder sonst wo hätten sich auch Karolas Eltern um die Kinder kümmern können. Wahrscheinlich hätten die das sogar gerne getan. Aber nein! Karola hockte wie eine Glucke auf ihren Eiern, da mochte der Gockel krähen und andere Hühner besteigen, so viele er wollte.

Über Werner gab es nie viel zu sagen. Manchmal hatte Marlene das Gefühl, die anderen lauerten auf eine Blöße, eine Schwäche, irgendeinen Fehler, aber Werner machte keinen. Annette bezeichnete ihn einmal als analfixiert und brachte sie damit in arge Verlegenheit, weil sie eine sexuelle Bedeutung hinter dem Begriff vermutete. Als sie verhalten protestierte, erklärte Ulla, es habe nur etwas mit Ordnungsliebe zu tun.

Und Karola fügte hinzu: «Wenn du ihr schon erklärst, was es heißt, dann sag auch alles. Spannend wird es ja erst, wenn die Ordnung durcheinandergerät. Dann verwandelt sich so ein Musterexemplar nämlich ziemlich schnell in eine tickende Zeitbombe.» Gleich anschließend lachte Karola jedoch und sagte: «Keine Bange, Herzchen, aus mir spricht der blanke Neid.»

Und irgendwann hatte dann eine von ihnen auf die Uhr geschaut und gesagt: «Um Gottes willen, es ist ja schon fast zwölf. Ich muss noch dies und das und jenes.»

Karola, Annette und Ulla mussten immer noch, vielmehr wieder. Und für sie tat unverändert Werner, was er tun konnte. Sie hatte eben den Absprung verpasst, nie den richtigen Zeitpunkt für eine Veränderung gesehen. Sie hatte auch nicht gewusst, was sie hätte tun können, als die Kinder dem Alter entwachsen waren, in dem man stets und ständig für sie da sein musste. Zurück in den erlernten Beruf? Ohne PC-Kenntnisse? Mit eingerostetem Schulenglisch als einziger Fremdsprache? Wer hätte sie denn eingestellt? Und schon beim Gedanken an ein Bewerbungsschreiben hatte sie blutige Rehaugen vor sich gesehen und verzweifelte alte Damen weinen hören.

Still für sich spielte sie hin und wieder mit dem Gedanken an ein drittes Kind, ein Nesthäkchen, das sie noch geraume Zeit beschäftigen würde. Zu alt dafür war sie mit ihren zweiundvierzig wohl kaum, andere bekamen in dem Alter das erste Kind. Einer weiteren Schwangerschaft hatte Werner zwar einen Riegel vorgeschoben. Zwei Monate nach Leonards Geburt war er dem Beispiel von Andreas gefolgt und hatte sich sterilisieren lassen, damit sie nicht ihr halbes Leben lang Chemie schlucken musste und es keine Pannen mit anderen Verhütungsmitteln gab wie später bei Ulla und Matthias. Aber es gab auch Pannen nach Sterilisationen. Bei Männern nicht so häufig wie bei Frauen. Doch vor einigen Jahren hatte Karola einen Artikel im *Stern* entdeckt, in dem etliche Beispiele aufgeführt waren, bei denen die Natur auf wundersame Weise wieder zusammengefügt hatte, was von einem Skalpell durchtrennt worden war.

Als sie den Wäschekorb in Leonards Zimmer kontrollierte, um festzustellen, ob es sich eventuell lohnte, die Waschmaschine zu füllen, entdeckte sie obenauf eine Sportsocke mit einer dünnen Stelle an der Ferse. Sie lag so, dass man durchaus eine Absicht dahinter vermuten konnte.

Die Sportsocken sahen alle gleich aus, man konnte Paare beliebig zusammenstellen und musste nicht zwei wegwerfen, wenn eine kaputt war. Wahrscheinlich war Leonard nicht sicher gewesen, ob er diese Socke noch einmal tragen oder wegwerfen sollte. Wer wollte schon solch eine Entscheidung treffen, wenn Papa gerne erzählte, wie Mama und er früher gelebt hatten? Mit Luftmatratze, Schlafsack und Campingkocher in den Keller des Rohbaus gezogen, um die Miete fürs möblierte Zimmer zu sparen.

Marlene nahm die Socke mit in die Küche und kramte das verkratzte und angesengte Stopfei ihrer verstorbenen Großmutter aus dem Nähkästchen. Das Kästchen war ein Hochzeitsgeschenk von der anderen Großmutter, die lebte noch. Gefüllt mit allerlei Materialien, fand sich sogar ein passendes, wenn auch mit den Jahren vergrautes Garn.

Als Kind hatte sie ihrer Mutter mehr als einmal beim Stopfen von Arbeitssocken zugeschaut. Wie es ging, wusste sie, aber sie brauchte fast eine Dreiviertelstunde, um die dünne Stelle mit einem Geflecht aus Fäden zu überziehen. Es sah aus wie ein Gitter. Sie stopfte die Socke in den Mülleimer und fragte sich, warum Ulla frühmorgens zum Krankenhaus gefahren sein mochte.

An einem Klinikbett sitzen und Händchen halten passte nicht zu ihr. Das hatte Ulla nicht mal gemacht, als ihrer Mutter letztes Jahr eine Brust entfernt worden war. Da hatte sie zwar Urlaub genommen, aber jeden Tag zum Krankenhaus gefahren war Marlene. Die kleine Meike hatte sie mitgenommen, damit die ihrer Oma gut zuredete, schnell wieder gesund zu werden. «Wenn du nicht da bist, ist es ganz doof, Oma. Mama kocht nicht so leckere Sachen und liest mir keine Geschichten vor.»

Bei Thomas hätte viel eher Matthias diesen Part übernommen. Nur konnte der im Einkaufscenter nicht so ohne weiteres über seine Zeit verfügen. Ulla konnte sich bei Scheidweber & Co mehr herausnehmen. Kurz anrufen und erklären: «Ich komme heute später.» Keiner hätte Einwände erhoben. Die Geschäftsleitung war doch froh, dass Ulla überhaupt kam und dem Neuen auf die Finger schaute.

Im Radio sprach Karola über einsame Frauen, depressive Frauen, Frauen mit Todessehnsucht und merkwürdigen Liebhabern. Passend zum Thema wurde *The Ballad of Lucy Jordan* gespielt. Wie immer, wenn sie diesen Song hörte, fühlte Marlene sich seltsam berührt, hatte den Staubsaugerschlauch und das Auspuffrohr vor Augen und schämte sich in Grund und Boden.

Ob Ulla jetzt in der Firma war? Kaum anzunehmen, es war erst Viertel vor elf, noch lange nicht Mittag. Um sich mit einem Buch ins Wohnzimmer zu setzen, war es auch noch viel zu früh. Lesen war eine Beschäftigung für endlos langweilige Nachmittage und die Wartezeit am Abend. Höchstens noch akzeptabel, um bei der letzten Tasse Kaffee vom Frühstück den Morgen um ein halbes Stündchen zu verlängern. Vormittags hätte es ihr zu deutlich vor Augen geführt, dass es für sie nichts Besseres mehr zu tun gab, als Zeit totzuschlagen.

Ersatzweise rief sie kurz nach elf ihre Eltern an. Die saßen noch beim Frühstück. Ihr Vater war seit drei Jahren Rentner und tat seitdem, was er vorher angeblich nie hatte tun können, ausschlafen. Ihre Mutter schlief begeistert mit, geschlafen hatte sie schon immer mit Leidenschaft.

Annettes Spaßvogel hatte mal einen der Witze darüber gemacht, über die keiner lachen konnte. «Eines Tages könnt ihr auf den Grabstein deiner Mutter setzten lassen: Herr, gib ihr die ewige Ruhe, sie hat schon immer gerne geschlafen.»

Vom Grabstein war ihre Mutter noch weit entfernt, ihr Vater genauso. Eine lange Reihe von Großeltern und Urgroßeltern auf beiden Seiten bewies, dass es in ihrer Familie die Regel war, steinalt zu werden. Ein Urgroßvater war hundertdrei geworden. Als Jüngste waren die Großmutter, die ihr das Stopfei hinterlassen hatte, und der dazugehörige Großvater mit zweiundsiebzig und fünfundsiebzig gestorben – aus reiner Schusseligkeit. Großmutter hatte sich abends noch einen Tee aufgebrüht und offenbar das Gas nicht richtig abgedreht. Großvater verdiente als Nachtwächter etwas zur Rente dazu. Als er morgens nach Hause kam und das Licht einschaltete … So hatte die Polizei es rekonstruiert.

Mit Krankheiten oder Gebrechen plagte man sich in ihrer Familie nicht. Eines Tages wachte man einfach nicht mehr auf wie der hundertdreijährige Urgroßvater, oder man fiel bei der Apfelernte tot von der Leiter wie ein achtundneunzigjähriger Urgroßvater. Oder man sprengte sich versehentlich in die Luft.

Ihre Eltern waren bei bester Gesundheit, erkundigten sich nach Werner und den Kindern. Von Ullas Sohn wollten sie nichts hören und am Nachmittag eine Wanderung mit früheren Arbeitskollegen ihres Vaters machen. Es fror zwar, aber die eisige Luft stählte die körpereigene Abwehr.

Nach wenigen Minuten beendete Marlene das Gespräch, weil sie nicht mehr sagen konnte als: «Viel Spaß.»

Es war noch zu früh zum Kochen, trotzdem begann sie, das Mittagessen vorzubereiten. Die Woche über lohnte sich das nur mittwochs und freitags. Dabei hatte es ihr früher so viel Spaß gemacht, am Herd mit Werner zu konkurrieren und ihn zu übertreffen, ausgefallene Rezepte zu probieren oder mit wenigen Zutaten und viel Phantasie etwas auf den Tisch zu bringen.

Solange noch eines der Kinder zur Grundschule gegangen war, hatte sie zweimal täglich gekocht, mittags die Phantasie spielen lassen und für den Abend, wenn Werner mit am Tisch saß, ihre Kartensammlung durchstöbert. Sie hatte damals Rezeptkarten abonniert, besaß ein Sortiment von Kerzenständern und anderen Tischdekorationen, mit denen sich eine schlichte Mahlzeit zu einem Erlebnis machen ließ. Aber dann hatte es sich nicht mehr gelohnt.

Montags, dienstags und donnerstags ging der Unterricht für Johanna und Leonard bis um halb vier, dann aßen sie in der Schule. Große Ansprüche an ihre Ernährung stellten beide nicht. Und sie hatte sich eingebildet, mit ihren Rezeptkarten und einer Batterie von Kochbüchern Gourmets aus ihnen zu machen.

Eine Weile hatte sie noch für abends gekocht, meist nur für sich und die Kinder. Seit Werner selbständig war, aß er in der Regel irgendwo unterwegs. Johanna wurde mit der Pubertät eitel, empfand eine zweite warme Mahlzeit als Belastung für die Figur. Und Leonard entdeckte ein Fastfoodrestaurant, das mit dem neuen Mountainbike in acht Minuten zu erreichen war.

Seitdem genügte es, wenn sie wochentags Brot, Käse und ein bisschen Wurstaufschnitt bereithielt. Dazu Essiggürkchen, Silberzwiebelchen und eingelegte Maiskölbchen, und jeder war zufrieden, sogar Werner, wenn er es nicht geschafft hatte, irgendwo unterwegs etwas zu essen. Ihr Vorratsschrank und der Gefrierschrank waren zwar immer gut gefüllt, weil es ihr bisher nicht gelungen war, sich bei den Einkäufen vollkommen umzustellen. Doch dass sie sich spätabends noch für ihn an den Herd stellte, hätte Werner als Zumutung empfunden.

Aus einem unerfindlichen Grund hatte Marlene plötzlich Werners altes Autoradio vor Augen. Es hatte ein Kassettenteil gehabt, das am Bandende automatisch die Seiten wechselte und deshalb immer dieselbe Kassette abspielte, solange die nicht gewechselt wurde. Da hatte man nach einer oder anderthalb Stunden wieder dieselben Lieder gehört, natürlich nicht nur ein einziges.

Eine Kassette mit nur einem Lied, das zwanzigmal oder öfter hintereinander lief, hatte Christoph vor endlosen Jahren für Annette bespielt. Bruce Springsteen: *I'm on Fire*. *«Hey, little girl, is your Daddy home.»* Annette hatte damals gesagt, das könnte sie stundenlang hören. So war Christoph zu einem originellen und preiswerten Geburtstagsgeschenk für sie gekommen.

So schnell wie die Erinnerung aufstieg, erlosch sie auch wieder. Normalerweise dachte Marlene zu viel, war dabei oft melancholisch und manchmal chaotisch. Ulla hatte neulich gesagt, sie komme so rasch vom Hölzchen aufs Stöckchen, dass man ihren Gedankensprüngen nicht folgen könne. Aber noch stand sie unter Schock, und es war, als hätte eine gnädige Macht diese Fähigkeit in ihrem Hirn abgeschaltet, weil es besser war, jetzt nicht zu denken.

Übers Denken konnte man in völliger Schwärze leicht den Verstand verlieren. Da hätten nur die Fragen auftauchen müssen: Wo bin ich? Warum bin ich hier? Wie bin ich hergekommen, und wie komme ich wieder weg, wenn ich nichts sehe und mir keiner hilft? Die Antworten hätten verheerende Auswirkungen haben können, solange ihre angeschlagene Psyche von den letzten Energiereserven zehrte, die noch in ihr waren. Ehe sie zu denken beginnen konnte, musste ihr Verstand erst einen Hoffnungsschimmer sehen und daraus neue Kräfte schöpfen.

Sie schob sich nur vorwärts, mit Lucy Jordans nutzlosem Leben und sinnlosem Tod in den Ohren und dem Kopf voll gebrochener Knochen. *«Ich werde sterben. Mein Bein ist gebrochen.»*

Die Erinnerung an die gepeinigte Stimme hielt sie davon ab, den Fehler zu machen, der ihr leicht zum Verhängnis hätte werden können. Nur nicht aufstehen, nicht aufrecht gehen. Sie wäre wohl schneller vorangekommen, aber wahrscheinlich nicht lange.

Der Boden war sehr uneben. Und nirgendwo gab es etwas, um sich abzustützen. In der absoluten Finsternis gab es nur das Gefühl unter den Händen. Mal war es puderig wie ganz feiner Staub, mal erdig, mal krümelig, meist jedoch steinig, als krieche sie über nackten Fels.

Und überall, selbst im feinen Staub, lagen scharfkantige Steinchen und Gesteinssplitter. Es schmerzte, die Hände unbedacht aufzusetzen und mit Gewicht zu belasten oder die Knie nachzuziehen auf ein Stück, das sie zuvor nicht akribisch entschärft hatte. Die Erfahrung machte sie schon nach einer sehr kurzen Wegstrecke. Und es war nur das Bedürfnis, sich den zusätzlichen Schmerz zu ersparen, das sie veranlasste, ihren Weg zu markieren. Wie Hänsel und Gretel, die im finstren Walde Brotkrumen ausstreuten, um wieder zurückzufinden zum Elternhaus.

13. Januar 2010 – Mittwochnachmittag

Beim Mittagessen erklärte Leonard, dass er heute zusammen mit einem Freund Mathe, Englisch und Geographie machen werde. «Danach fahren wir zum Training.»

«Soll ich euch nicht fahren?», fragte Marlene. Normalerweise gehörte das zu ihren Aufgaben, wenn auch nicht regelmäßig, es hing vom Wetter ab. Deshalb hatte Werner ihr einen Van gekauft, als letztes Jahr ein neues Auto für sie fällig gewesen war. Sie hatte mit einem Cabrio geliebäugelt, aber da passte kein halber Fußballclub rein.

«Nicht nötig, wir nehmen die Räder», sagte Leonard.

«Aber es ist eiskalt und spiegelglatt», sagte Marlene.

Er grinste unbekümmert: «Und knubbelig, wenn der Matsch in den Fahrspuren wieder gefriert. Das macht echt Spaß.»

«Pass bloß gut auf», bat Marlene und fragte sich, ob Ullas Sohn am Sonntag genauso gedacht hatte.

Leonard verdrehte die Augen und antwortete, als könne er Gedanken lesen: «Ich heiße nicht Kranich, Mama. Ich bilde mir nicht ein, dass ich fliegen kann.»

Johanna wollte ebenfalls weg, musste mit Kirsten Barlow und Julia Jäger etwas Wichtiges erledigen. Um was es ging, erklärte sie nicht. Marlene fragte auch nicht nach.

Nachdem die Kinder das Haus wieder verlassen hatten und die Küche erneut aussah wie aus dem Magazin «Schöner Wohnen», hätte Marlene eigentlich nochmal versuchen können, Ulla in der Firma zu erreichen. Sie frischte lieber ihr Make-up auf, zog sich um und fuhr los, um zwei oder drei Paar Sportsocken für Leonard zu besorgen. Durchs Fußballspielen hatte er einen hohen Verschleiß. Und dann sah es nicht so nach Neugier aus.

Es war auch keine Neugier, nur Anteilnahme, gepaart mit ein bisschen Feigheit, ein bisschen Hilflosigkeit und dem Entschluss, Matthias die Art von Hilfe anzubieten, die Ulla garantiert nicht von ihr annehmen würde.

Werner musste nichts davon erfahren. Er fragte nie, was sie mit dem Geld machte, das er ihr für persönliche Bedürfnisse überweisen ließ. Und wenn er sich diesmal ausnahmsweise danach erkundigen sollte: Es war ihr eben ein persönliches Bedürfnis, Ulla zu helfen. Matthias würde ihr Angebot nicht ablehnen, da war sie sicher.

Mit einem Fünferpack Sportsocken – Sonderangebot für sieben Euro fünfundneunzig – schlenderte sie eine halbe Stunde später durch die Herrenabteilung und hielt Ausschau nach dem Mann ihrer besten Freundin. Als sie schließlich nach ihm fragte, hörte sie, Herr Kranich sei vor einer Stunde ins Krankenhaus gerufen worden. Es habe Komplikationen gegeben, man hätte seinem Sohn ein Bein amputieren müssen.

«Guter Gott, der arme Junge», sagte Marlene schockiert, obwohl sie nicht mal in dem Moment echtes Bedauern für Thomas empfand. Ulla tat ihr leid, entsetzlich leid. Sie konnte sich nun denken, warum Ulla schon früh am Morgen ins Krankenhaus gefahren war. Und Annette bestätigte es kurz darauf.

Wie immer, wenn sie im Einkaufscenter war, schaute Marlene bei Annette vorbei. Diesmal allerdings nicht, um Zeit totzuschlagen, zu plaudern und zu kaufen, was Annette ihr empfahl. Sie wollte nur reden über den neuen Berg an Problemen, der sich vor Ulla auftürmte.

Außen an der Glasfront der Bücherstube klebten drei identisch aussehende Seiten im DIN-A4-Format. Sie sah es im Vorbeigehen, blieb aber nicht stehen, um zu lesen. Im Verkaufsraum hielten sich zwei Kunden auf, als Marlene das Glockenspiel am Eingang zum Klingeln brachte. In der Kinderecke zeigte eine junge Frau einem kleinen Mädchen verschiedene Bilderbücher. Bei den Reiseführern blätterte ein älterer Mann in der *Türkei*.

Annette stand an der Kasse, behielt ihre Kundschaft im Auge und telefonierte wegen einem Stehpult und drei Dutzend Klappstühlen, die ihr am späten Nachmittag jemand bringen sollte.

«Aber nicht vor halb sechs. Kann ich mich darauf verlassen?», hörte Marlene sie sagen.

Als Annette das Gespräch beendete, nahm die junge Frau das kleine Mädchen auf den Arm und ging, ohne etwas zu kaufen.

«Das macht die jedes Mal», presste Annette in Marlenes Richtung zwischen den Zähnen hervor und steuerte auf den älteren Mann zu, der immer noch in der *Türkei* blätterte.

«Den Reiseführer kann ich Ihnen empfehlen», begann Annette ein Verkaufsgespräch. «Er wird Sie zu vielen sehenswerten Fleckchen abseits vom Touristenrummel führen.»

«Wissen Sie, dass man dort das Klopapier nach Gebrauch in einen Eimer werfen muss?», fragte der Mann und fixierte Annette mit einem durchdringenden Blick. Ehe sie ihm antworten konnte, sprach er weiter: «Unser Sohn hat's erzählt, er war in Antalya.» Nach einem letzten Blick auf das farbenprächtige Buchcover stellte er den Reiseführer zurück ins Regal und wollte wissen: «Was denken die Leute sich, wenn sie Urlaub machen? Hauptsache sonnig und billig. Das ist doch eine Zumutung für die Zimmermädchen.» Damit verließ er die Bücherstube ebenfalls.

Nun fand Annette Zeit für eine private Unterhaltung. Von der Amputation wusste sie bereits. Matthias war während seiner Frühstückspause in der Bücherstube gewesen und hatte erzählt, das Krankenhaus habe schon kurz nach sechs angerufen, weil in der Nacht eine Komplikation aufgetreten sei. Matthias hätte die Zustimmung zur Operation geben sollen, weil Thomas noch minderjährig war und sich auf gar keinen Fall ein Bein abschneiden lassen wollte.

«Ausgerechnet Matthias», sagte Annette. «Er hat es natürlich auf Ulla abgeschoben. Sie hat sich sofort ein Taxi gerufen und ist hin. Matthias hat sich erst auf den Weg gemacht, als es überstanden war. Kurz vor eins kam er nochmal rein, um Bescheid zu sagen. Er war total durch den Wind, heulte wie ein Kettenhund. Stell dir vor, sie mussten oberhalb des Knies amputieren.»

«Furchtbar», sagte Marlene.

Annette nickte zustimmend. «In Ullas Haut möchte ich jetzt wirklich nicht stecken. Das verzeiht der Knabe ihr nie. Irgendwie habe ich ein schlechtes Gewissen.»

«Wieso?», fragte Marlene verblüfft.

Annette zuckte mit den Achseln und lächelte ein klein wenig entrückt. «Na ja, der Pleitegeier küsste damals wie Rhett Butler, und was er mit seinen Händen anstellte, war phänomenal. Wenn er das nicht verlernt hat, verstehe ich sehr gut, dass Ulla an ihm klebt wie eine Fliege am Honigglas. Wenn ich nichts dagegen gehabt hätte, Wachsreste vom Badewannenrand zu schaben …»

Den Rest ließ Annette offen. Marlene fragte sich flüchtig, woher Annette wissen wollte, wie Rhett Butler küsste, aber es war kaum der richtige Moment, sich danach zu erkundigen.

Das merkwürdig verträumte Lächeln erlosch, Annettes Stimme gewann die gewohnte Festigkeit zurück. «Da ist etwas gewaltig schiefgelaufen, wenn du mich fragst. Welche Komplikationen sollen denn in der Nacht aufgetreten sein?»

«Es waren komplizierte Brüche», gab Marlene wieder, was sie von Ullas Mutter gehört hatte.

«Es waren gerichtete Brüche», hielt Annette dagegen. «Wahrscheinlich haben sie ein Bein falsch gerichtet. Aber beweis den Ärzten mal, dass sie gepfuscht haben. Das ist ja auch eine Kostenfrage. Eine Rechtsschutzversicherung haben sie nicht, auch keine Unfallversicherung. Christoph hat ihnen dazu geraten. Ulla hielt es für überflüssig. Ein nur mäßig motivierter Siebzehnjähriger mit einem miserablen Abschlusszeugnis und nur noch einem Bein, dem steht jetzt natürlich die ganze Berufswelt offen. Maschinenbau kann er vergessen. Und für einen Schreibtischjob ist der doch viel zu blöd.»

«Es gibt gute Prothesen», sagte Marlene.

«Ja», stimmte Annette zu, «wenn man gut versichert ist. Sonst kriegt man welche aus China.»

«Das verwechselst du mit Zahnersatz», meinte Marlene.

«Das glaubst aber auch nur du», widersprach Annette. «Und du bräuchtest dir nicht mal Gedanken zu machen, wenn du beide Beine ab der Hüfte verlierst. Werner würde dir drei Chinesen kaufen, die dich abwechselnd herumtragen.»

Diese dumme Bemerkung verletzte Marlene tiefer, als sie sich eingestehen mochte. Man konnte ihr doch nicht zum Vorwurf machen, dass Werner sie am liebsten auf eigenen Händen durchs Leben getragen hätte und sich mehr leisten konnte als seine Freunde.

Alle hatten sie im Laufe der Zeit ihre Schwächen und mehr oder minder gravierende Schattenseiten offenbart. Andreas mit seiner Abenteuerlust war ein Kapitel für sich. Bei Matthias waren es die Neigung zu hochstaplerischen Höhenflügen sowie der Leichtsinn im Umgang mit Geld und Ullas Autoschlüssel, den man getrost als Verantwortungslosigkeit bezeichnen durfte. Hinzu kam, dass Matthias in keiner Weise belastbar war, wie sich am frühen Morgen wieder gezeigt hatte. Wenn es kritisch wurde, verwandelte er sich sofort vom charmanten Großkotz in einen nutzlosen Jammerlappen. Annette hatte schon mehr als einmal festgestellt: «Matthias fährt die Karre in den Dreck, Ulla darf sie rausziehen und wieder flottmachen. Es bleibt immer alles an ihr hängen.»

Aber Annette war das Lachen mit Christoph auch irgendwann vergangen. Kurz nach dem Männertausch damals hatte sie noch gesagt: «Ein bisschen mollig finde ich ganz nett, sogar sexy. Aber einen Schwabbel finde ich abtörnend. Auf Dauer werde ich wohl aufpassen müssen, dass mein Spatz nicht zu viel Fett ansetzt. Zum Glück gibt es tolle Bücher mit leckeren Diätrezepten. Und im Gegensatz zu euch habe ich immer etwas zu lachen.»

Dabei hatte Annette kaum bedacht, dass sie sich eines Tages nach ernsthaften Gesprächen sehnen könnte und dass ständige

Diskussionen ums Haushaltsgeld überhaupt nicht lustig waren.

Wenn es bei Barlows Unstimmigkeiten gab, ging es immer nur um Geld, das Annette haben und Christoph nicht herausrücken wollte. Er verdiente weiß Gott nicht schlecht und investierte ein Vermögen in Wohnzimmerelektronik. Aus Stereoanlage, Fernseher und Videorekorder hatte er im Laufe der Zeit eine Multimediaanlage gemacht. Alle wichtigen Geräte waren in doppelter Ausführung vorhanden. Aber wenn Annette sich eine Jeans außer der Reihe gönnen wollte oder Kirsten Geld für einen Schulausflug brauchte, führte Christoph sich auf, als stünde er unmittelbar vor dem Offenbarungseid.

Nur Werner hatte bisher keine negativen Eigenschaften gezeigt. Nach dreijähriger Probezeit und zwanzig Ehejahren erwartete Marlene auch keine unliebsamen Überraschungen mehr. Er war der Mann im blauen Hemd geblieben, kaufte seine Hemden nur nicht mehr bei C&A. Aber er ließ sie auch nicht maßschneidern, man musste das Geld ja nicht zum Fenster hinauswerfen.

Und er liebte sie auf eine Art, die sich kaum in Worte fassen ließ. Allumfassend, unerschütterlich, unerreichbar. Für ihn war sie ein Wunder. Die Frau, die zwei wundervollen Menschen, seinen Kindern, ein höchstwahrscheinlich sehr langes Leben geschenkt hatte. Natürlich hätte er ihr keine Chinesen gekauft, aber jede Erleichterung beschafft, die es zu kaufen gab, wenn sie ein Bein verloren hätte. Ihr das zum Vorwurf zu machen war wirklich gemein.

Als Annette auffiel, dass sie ins Fettnäpfchen getreten war, wechselte sie schnell das Thema, zeigte hinter sich auf die drei DIN-A4-Seiten an der Glasfront, die man von innen nicht lesen konnte, und erklärte: «Gestern Abend rief sie an. Ich konnte nicht mal mehr eine Anzeige in die Zeitung setzen lassen. So hatte ich mir das eigentlich nicht vorgestellt.»

Marlene hatte nicht die geringste Ahnung, von wem Annette sprach. Sie war in Gedanken noch bei drei Chinesen und einem einbeinigen Siebzehnjährigen, der seiner Mutter nie verzeihen würde, obwohl die ihm den Autoschlüssel nicht griffbereit auf die Garderobe gelegt hatte. Sie fragte sich, ob Ulla sich bisher nicht bei ihr gemeldet hatte, weil sie genauso dachte wie Annette. *Wie willst du mich denn trösten? Du weißt doch gar nicht, was Sorgen sind, du hast zwei Vorzeigeexemplare von Jugendlichen und Werner.*

Die anderen hatten ihn doch damals nicht gewollt. Gut, Ulla hatte sich in dieser Hinsicht nie geäußert, und Karola hatte ihre Meinung ziemlich bald geändert. Blieb Annette, die Werner nicht nur als analfixiert bezeichnete. Sie hatte auch mal gesagt, nach drei Sätzen aus seinem Mund hätte sie gewusst, wes Geistes Kind er sei. Der Planer und Macher, der einer Frau nicht den Freiraum ließ, sich selbst zu finden. Marlene hatte noch nie nach sich gesucht.

Nummer neun

Es ließen sich nicht alle spitzen Steine beseitigen, viele, vor allem größere, waren fest mit dem Untergrund verbunden. Doch was lose herumlag, wischte Marlene zur Seite, ehe sie sich ein paar Zentimeter weiterbewegte. Auf die Weise kam sie sicher, aber extrem langsam voran, sozusagen im Schneckentempo.

Sie war durstig, mehr als das, sie fühlte sich ausgetrocknet, konnte kaum noch schlucken und gierte nach Wasser. Frisches, klares, prickelndes Wasser, das den ätzend sauren Pelz von den Schleimhäuten spülte und die heisergebrüllte Kehle frei machte. Und irgendwo in der Finsternis waren diese vertrauten Geräusche, die sie unmittelbar nach dem Aufwachen als Werner unter der Dusche gedeutet hatte.

Vermutlich hatte sie nur wegen dieser Geräusche die Mulde verlassen, in der sie zu sich gekommen war. Ihr Instinkt musste sie in Bewegung gesetzt und angetrieben haben, lange bevor es ihr bewusstwurde.

Jedes Mal, wenn Marianne Faithfull mit dem warmen Wind in Lucy Jordans Haar zum Ende der Ballade kam und die letzten Takte verklangen, hörte sie es, ehe die Musik erneut einsetzte. Und da es nicht die Dusche sein konnte, aber trotzdem so klang wie daheim, musste es sich um das Plätschern eines Bachs handeln.

Zum x-ten Mal kehrte Stille ein. Und da war es wieder für drei, vier, höchstens fünf Sekunden, dieses Plätschern, Gluckern und Gurgeln. Wie Wasser, das mit einer gewissen Geschwindigkeit über große Steine floss. Sie hatte unweigerlich das heimische Bachbett vor dem geistigen Auge.

Wenn sie im Sommer am Spätnachmittag mit einem Buch auf der Terrasse saß und es rundum still war, hörte sie das Wasser immer. Wenn sie nachts aufwachte, drang das Plätschern oft durchs geöffnete Fenster. Früher hatte es sie manchmal wieder in den Schlaf gemurmelt.

Auf Höhe ihres Gartens fiel das Bachbett um etliche Zentimeter ab, oberhalb und unterhalb dieser Bruchkante lagen viele Steine, die den Effekt einer Miniaturstromschnelle erzeugten. Und hinter dem Nachbargrundstück ragte ein Entwässerungsrohr aus der Böschung. Nach heftigen Regenfällen hätte man meinen können, an einem Wasserfall zu wohnen.

Wenn es längere Zeit nicht geregnet hatte, strömte das Wasser nur zwanzig Schritte weiter beinahe geräuschlos durch eine sauber ausgestochene Erdrinne. Dort hörte man auch bei hohem Wasserstand allenfalls ein schwaches Rauschen, wenn man unmittelbar an der Böschung stand. Werner hatte sie bei einem

Spaziergang mal auf den Unterschied hingewiesen, den ein paar Steine und eine Bruchkante im Wasser ausmachten. Darauf hatte sie vorher nie geachtet.

Nur zwanzig Schritte zwischen Plätschern und Stille! Auch wenn sie kaum schneller als eine Schnecke vorankam, musste sie inzwischen eine längere Strecke zurückgelegt haben. Es musste sich folglich um einen größeren Wasserlauf als einen Bach handeln. Sonst hätte sie ihr Ziel entweder längst erreicht oder nichts mehr davon hören dürfen. Aber die Wassergeräusche kamen ihr jetzt sogar etwas lauter und differenzierter vor als bei der Kuhle – bis die Musik aufs Neue begann und alles wieder übertönte.

Im Gegensatz zu den Lauten, die sie magisch anzogen, erschien ihr das Lied mittlerweile erheblich leiser als unmittelbar nach dem Aufwachen. Wahrscheinlich war sie inzwischen ein gutes Stück von der Musikquelle entfernt, die sie in der Nähe der steinernen Kuhle vermutete.

MONAS TAGEBUCH

13. Januar 2010 – Mittwochnachmittag

Seit Wochen lag ein unscheinbares Taschenbuch im Stapel auf dem Beistelltisch neben dem Zweisitzer im Wohnzimmer, wo Marlene immer alles hinlegte, was sie bei Annette kaufte. Zuerst hatte das schmale Bändchen auf oder unter der Schmidt-Biographie und einem Urlaubsbericht gelegen, der laut Annette witzig sein sollte. Später unter einem Wälzer von Val McDermid, einem Roman von Ken Follet und vier oder fünf Taschenbuchkrimis von relativ unbekannten Autoren, die allesamt vielversprechende, um nicht zu sagen reißerische Klappentexte hatten.

Gelesen hatte Marlene längst nicht alle von der ersten bis zur letzten Zeile. Manchmal legte sie ein Buch schon nach zehn Seiten weg, manchmal erst nach fünfzig, weil es langweilig war oder albern, uninteressant oder zu scheußlich in der detaillierten Beschreibung von Grausamkeiten und Gewalt. Manchmal vergaß sie auch eins im Stapel.

So wäre es vermutlich auch *Monas Tagebuch* ergangen, hätte nicht Ullas Sohn am Sonntagabend Ullas Auto zu Schrott gefahren und Marlene an dem verhängnisvollen Mittwoch nicht das Bedürfnis verspürt, dem Mann ihrer besten Freundin finanzielle Hilfe anzubieten, was unweigerlich zu einem Besuch der Bücherstube hatte führen müssen. Aber vielleicht hätte Annette anderenfalls doch noch im Laufe des Nachmittags bei Marlene angerufen.

Nach ihrem Tritt ins Fettnäpfchen mit der Bemerkung über die drei Chinesen war Annette sehr um Marlenes Wohlwollen bemüht. Mit Wink auf die DIN-A4-Seiten an der Glasfront der Bücherstube erklärte sie: «Die hat Christoph mir gestern Abend noch schnell am Computer gemacht. Sind gut geworden, oder? Dreißig haben wir ausgedruckt. Die Mädchen wollten sie nach der Schule in der Stadt verteilen. Ich hänge seit dem Morgen am Telefon und rufe Kunden an. So hatte ich mir das eigentlich nicht vorgestellt.»

«Worum geht es denn?», fragte Marlene ahnungslos und verärgert.

«Na, hör mal», sagte Annette beinahe entrüstet. «Soll ich die Welt anhalten, weil Ullas Tölpel ein Bein verloren hat? Er ist doch selber schuld! Gestern Abend wusste ich davon noch nichts. Und das Buch hat es verdient, dass man etwas dafür tut. Ich war noch nicht auf der letzten Seite, da habe ich schon hinter der Merz hertelefoniert. Ich hätte ihr höchstens wieder absagen können, nachdem Matthias heute Mittag hier war. Aber da hatte ich schon zwei Dutzend Kundinnen angerufen.»

Damit klärte sich die Sache halbwegs. Es ging um eine Lesung. Solche Veranstaltungen leistete Annette sich zweimal jährlich. Ein teurer Spaß für eine kleine Buchhandlung: Autorenhonorar, Reisespesen, in der Regel eine Hotelunterbringung und Werbemaßnahmen wie Anzeigen in der regionalen Presse.

Doch der Einsatz zahlte sich auf längere Sicht aus. So viel kulturelle Abwechslung gab es in der Stadt nicht. Mit vierzig bis fünfzig Zuhörerinnen und einer Handvoll Zuhörern konnte man rechnen. Einige kauften unmittelbar nach der Veranstaltung, weil es dann die Möglichkeit gab, das Buch signieren zu lassen.

Die Lesungen begannen um sechs, und spätestens um acht mussten alle draußen sein, weil dann das Einkaufscenter geschlossen wurde. So war das Publikum genau zur richtigen Fernsehzeit wieder daheim. Und Annette konnte am nächsten Morgen in der Zeitung lesen, dass sie eine engagierte Buchhändlerin war, die der Stadt wieder ein kleines Highlight beschert hatte. Das kurbelte den Verkauf nochmal an.

Doch diesmal stellte sich die Frage, ob Annette mit der Presse und einem nennenswerten Publikum rechnen durfte. Sie war nervös, wusste nicht, ob drei Dutzend Klappstühle reichten, und befürchtete, es könnten zwei Dutzend zu viel sein.

«Heute früh habe ich Karola noch schnell das Versprechen abgenommen, in ihrer Sendung die Werbetrommel zu rühren», sagte sie. «Du weißt nicht zufällig, was sie gesagt hat?»

Marlene war ziemlich sicher, nichts von einer Lesung gehört zu haben, nur etwas von depressiven Frauen und merkwürdigen Liebhabern. Sie hatte zwar nicht die ganzen drei Stunden lang aufmerksam zugehört. Aber es war gut denkbar, dass es Karola im Moment nicht kümmerte, ob der Abend für Annette ein Erfolg war oder eine Fehlinvestition. Das Verhältnis zwischen den beiden war in letzter Zeit gespannt. Den genauen Grund kannte Marlene nicht, hatte nur eine Vermutung.

Karola verdiente beim Lokalsender kein Vermögen, hatte ein Haus mit Reparaturstau, ein zehn Jahre altes Auto und zwei Töchter in kostspieligem Alter. Stefanie sah mit ihren zweiundzwanzig zwar aus wie zwölf. Aber was die Ansprüche anging, wusste sie entschieden besser als ihre siebzehnjährige Schwester, wie man bei Mutti etwas lockermachte.

Der Probeschuss studierte und bekam BAföG, das reichte vorne und hinten nicht. Karola musste jeden Monat etwas zuschießen, weil ihre Älteste sich in Köln eine winzige, aber teure Wohnung mit ihrem Freund teilte, einem kleinwüchsigen Inder, der mit Vornamen Atmajyoti hieß. Seinen Nachnamen hatte Karola noch nie erwähnt, wahrscheinlich war der unaussprechlich.

Große Sprünge konnte Karola wirklich nicht machen. Und sie erwartete, dass Annette sich in puncto Bücher ihr gegenüber großzügig zeigte. Ganz gleich, welche Bücher sie interessierten, Karola setzte voraus, dass Annette ihr die meisten ohne Bezahlung überließ. Ansonsten hieß es: «Da würde ich gerne mal reinschauen. Ich nehm's mit, einverstanden?»

Annette tat das oft genug. Und sie erwartete im Gegenzug, dass Karola bei ihren Buchbesprechungen im Radio erwähnte, wo sie die Lektüre geschnorrt hatte. Doch das war für Karola angeblich ein Riesenproblem, weil *Annettes Bücherstube* nicht die einzige Buchhandlung im Kreis war und andere sich schon wiederholt beim Sender beschwert hatten.

Marlene schüttelte den Kopf und log: «Ich hatte am Vormittag das Radio nicht an.»

«Ach», wunderte sich Annette und meinte: «Wir werden sehen. Wenn wir nur unter uns sind, habe ich eben diesmal Pech.»

Marlenes Anwesenheit wurde demnach vorausgesetzt. Bisher war sie immer dabei gewesen, freute sich sogar jedes Mal über die Abwechslung. Doch diesmal stand ihr nicht der Sinn nach einem unterhaltsamen Abend in der Bücherstube. Sie knabberte immer noch an der Bemerkung über die drei Chinesen und fühlte sich übergangen, nicht mal einen kurzen Anruf wert. Annette hatte sich wohl darauf verlassen, dass sie Radio hörte und von Karola ins Bild gesetzt wurde.

«Mit mir rechnest du besser nicht», sagte sie. «Ich fahre heute Abend zu Ulla. Wenigstens eine von uns sollte ihr jetzt beistehen.»

«Vergiss es», parierte Annette den winzigen Nadelstich. «An Ulla kommt zurzeit keiner ran. Sie igelt sich in der Firma ein. Matthias sagte, gestern Abend sei sie erst nach elf heimgekommen und sofort ins Bett gegangen. Und nach der OP heute saß sie schon wieder am Schreibtisch, als sie Matthias endlich informiert hat. Wenn du es bei Scheidweber probieren willst, tu das. Du kriegst entweder ihre Assistentin oder den Nachfolger von Andreas an die Strippe. Die schotten Ulla regelrecht ab. Und ich schätze, die Art von Beistand ist ihr lieber, als wenn eine von uns bei ihr auftaucht. Für uns ist sie seit Jahren die Bedauernswerte, die einen Berg nach dem anderen bewältigen muss. Bei Scheidweber ist sie die Frau, die einen sagenhaften Aufstieg hingelegt hat.»

Wahrscheinlich sah Annette es richtig. Das hieß aber noch lange nicht, dass sie Marlene ebenso treffsicher beurteilte. *Die kommt schon, ich muss sie nur lange genug bequatschen.* Diesmal nicht! Marlene war beleidigt. Und Werner hatte frühmorgens nicht sagen können, ob er es schaffte, sie anzurufen, um mitzuteilen, ob und wann er nach Hause käme. Aber wenn er es schaffte und sie nicht daheim wäre …

Ein Handy besaß sie nicht. Wann hätte sie das benutzen sollen? Während einer Fahrt zum Einkaufscenter oder zum Sportplatz? Weitere Strecken legte sie nur zurück, wenn sie ihren Sohn zu einem auswärtigen Fußballspiel kutschierte. Dann hatte sie meist fünf oder sechs Jungs mit Handy im Van. Wenn sie ihre Tochter mit Freundinnen zur nächsten S-Bahn-Station fuhr, waren es drei Mädchen, die notfalls einen Pannendienst anrufen konnten – zumindest auf der Hinfahrt. Ein eigenes Handy wäre Geldverschwendung gewesen.

«Ich kann heute Abend trotzdem nicht», behauptete sie und erlaubte sich einen Hinweis auf den Stachel, mit dem Annette sie verletzt hatte. «Und drei Chinesen, die ich ersatzweise herschicken könnte, habe ich leider nicht.»

Annette stutzte. «Bist du deswegen etwa eingeschnappt? Wenn du einen auf Mimose machen willst, sag beim nächsten Mal rechtzeitig Bescheid, dann lege ich jedes Wort auf die Goldwaage.»

«Ich bin nicht eingeschnappt», erklärte Marlene und log gleich weiter: «Ich habe nur Leonard versprochen, ihn zum Training zu fahren. Das fängt um sechs an. Diese Lesung kommt einfach zu plötzlich.»

«Ja, ich weiß», räumte Annette nun leicht zerknirscht ein. «Aber was hätte ich denn machen sollen? Ich hab ja versucht, die Merz auf nächste Woche zu drücken. Darauf ließ sie sich nicht ein. Entweder heute oder gar nicht. Bis nächste Woche hätte sie vielleicht keine Courage mehr, meinte sie. Ich musste zugreifen, Marlene. Kannst du Leonard nicht bitten, mit dem Rad zu fahren?»

Da er das ohnehin vorhatte, musste sie ihn nicht bitten. «Ich kann's versuchen», sagte sie – nicht mehr gar so abgeneigt. Ihre Neugier war erwacht. Courage? Wieso brauchte man Mut, um aus einem Buch vorzulesen, das man selbst geschrieben hatte?

Sie dachte an Salman Rushdies *Satanische Verse*. Hatte «die Merz» etwas Vergleichbares zu Papier gebracht? Oder war es ihr erstes Buch, und sie hatte schlichtweg Horror vor dem Publikum?

Annette legte ihr eine Hand auf den Arm und bat: «Lass mich nicht hängen, Marlene. Es wird bestimmt toll. Stell dir vor, sie bringt das Band mit. Die Mädchen holen gerade die Anlage. Christoph wird mir den Kopf abreißen, aber das nehme ich in Kauf. Ich überlege nur, ob wir auch ein Mikrophon brauchen.»

«Das glaube ich nicht», sagte Marlene. So groß war die Bücherstube nicht, und bisher war es immer ohne Mikro gegangen. Aber es wurde immer interessanter. Mit einem Band musste ein Tonband gemeint sein. Und wenn Annette sogar einen Krach mit ihrem Geizhals riskierte, um es abzuspielen, musste darauf etwas Besonderes zu hören sein.

Annette war mit ihren Gedanken bereits wieder bei zwei

Dutzend leeren Klappstühlen. Von ihrer Kundschaft hatte sie keine festen Zusagen bekommen. Mit Ulla und Matthias rechnete sie nicht, hatte Matthias nicht mal Bescheid gesagt. Christoph hatte einen unaufschiebbaren Kundenbesuch vorgeschoben.

«Ist mir lieber, wenn er nicht dabei ist», sagte sie. «Das ist nun wirklich kein Thema für seine Witze.»

Karola hatte fest zugesagt, wollte beide Töchter mitbringen und auch Stefanies Freund abholen. Aber dass der junge Inder sich überreden ließ, bezweifelte Annette. «Wahrscheinlich sind wir ein reiner Frauenclub. Macht nichts. Hauptsache, ich sitze hier nicht allein mit der Merz und Karola. Sonst reden wir am Ende nur über Andreas. Hat sie dir schon erzählt, dass er …»

Mitten im Satz brach Annette ab, schlug sich mit der flachen Hand an die Stirn und schnappte wieder das schnurlose Telefon. «Gläser! Hab ich völlig vergessen. Ich dachte, ich reiche anschließend ein Schlückchen Sekt, das lockert die Zungen, könnte für eine Diskussion ganz nützlich sein.»

Noch während sie sprach, drückte sie eine Kurzwahl und sagte übergangslos: «Kirsten, schau mal nach, wie viele von den einfachen Sektgläsern im Schrank stehen. Du weißt schon, die billigen, die Papa mal für die Weihnachtsfeier in der Agentur gekauft hat.»

Sie horchte sekundenlang, dann fluchte sie leise: «Mist, ich dachte, das wären drei Dutzend. Da kann man nichts machen. Dann nimm die Guten dazu, aber pack sie bloß ordentlich ein.»

«Du brauchst nicht drei Dutzend Gläser», sagte Marlene. «Die meisten Leute gehen garantiert sofort nach der Lesung.»

So war es bisher immer gewesen. Annette horchte ins Telefon und widersprach gleichzeitig: «Das glaubst aber nur du. Wer kommt, der bleibt, bis ich um acht alle rauswerfe. Das wirst du erleben. Wir fangen mit dem Band an. Die Merz hat mich gestern Abend reinhören lassen – grauenhaft, sage ich dir. Das arme Ding, mir blieb fast das Herz stehen.» Der nächste Satz ging wieder ins Telefon: «Dann müsst ihr eben zweimal gehen. Ihr habt doch Zeit.»

Zeit hatte Marlene ebenfalls, sogar im Überfluss. Und dass drei technisch unbedarfte junge Mädchen Christophs Multimediaanlage auseinandernahmen – man brauchte ja nicht alle Teile, um ein Tonband abzuspielen –, dass sie die notwendigen Geräte, zwei mannshohe Lautsprecherboxen, jede im Gegenwert eines Kleinwagens, etliche Kabel, zwei Dutzend billige Sektgläser und ein Dutzend, für das Annette auf der Hochzeitsreise in Venedig ein Vermögen bezahlt hatte, unbeschadet auf ihren Rädern über vereiste Straßen und schlecht geräumte Gehwege transportieren sollten, erschien ihr ziemlich viel verlangt.

«Ich kann die Sachen abholen», bot sie an.

Annette atmete erleichtert durch. «Lieb von dir. Dann bring auch das Mikro mit, sicherheitshalber. Die Merz sprach am Telefon ziemlich leise. Es müsste neben dem Receiver liegen. Und kontrollier mal, ob sie die Gläser gut eingepackt haben.»

«Mach ich», versprach Marlene und wandte sich dem Ausgang zu. Annette hielt sie am Arm zurück.

«Und du kommst heute Abend. Ich verlass mich darauf. Es lohnt sich, Marlene, glaub mir. Es ist ein Riesenunterschied, ob man es liest oder ob man es hört.»

«Ja», sagte Marlene nur und ging. Draußen schaute sie sich die drei Computerausdrucke genauer an.

Mittwoch, 13. Januar, 18 Uhr

Heidrun Merz liest aus *Monas Tagebuch.*

Eintritt frei.

Der Titel in Verbindung mit dem vollständigen Namen der Autorin ließ bei ihr zwar etwas klingeln. Aber viel klüger wurde sie nicht, dachte nur, dass es kaum eine fiktive Geschichte sein könne, so wie Annette zuletzt gesprochen hatte.

Aus *Annettes Bücherstube* ging Marlene nicht geradewegs zum Parkplatz. Sie kehrte zurück zur weitläufigen Verkaufsfläche des eigentlichen Einkaufscenters, steuerte die Haushaltswarenabteilung an und kaufte drei Dutzend schlichte, preisgünstige Sektgläser. Es war die reinste Verschwendung, aber es besänftigte das schlechte Gewissen, das wieder an ihr nagte.

Wenn sie nichts für Ulla tun konnte, dann eben für Annette, die auch nicht auf Rosen gebettet war und ihre dumme Bemerkung bestimmt nicht böse gemeint hatte.

Sie wollte die Gläser sofort zur Bücherstube bringen, was ohne Hilfe jedoch nicht zu schaffen war. Es waren sechs Kartons, sie hatte keinen Einkaufswagen dabei. Von der Haushaltswarenabteilung bis zu den Kassen übernahm eine Verkäuferin die Hälfte. Für den restlichen Transportweg stellte eine blonde Frau in den Dreißigern, die hinter ihr an der Kasse stand, ihren Wagen zur Verfügung und erkundigte sich auch nach dem Grund für die vermeintliche Feier.

Annette fasste es gar nicht. «Bist du verrückt, Marlene! Zwölf Stück hätten doch vollkommen gereicht, bei mir stehen vierundzwanzig im Schrank.» Aber Annette freute sich riesig über die großzügige Geste. Nun besaß sie sechsunddreißig identische Gläser. Ob sie am Abend gebraucht wurden oder irgendwann später, so hatte es einfach mehr Stil. Und damit waren die drei Chinesen aus der Welt.

Anschließend fuhr Marlene in die Reihenhaussiedlung, in der Annette und Christoph vor fünfzehn Jahren ein Eckhaus gekauft hatten. Es war nicht so geräumig wie das ihre, aber entschieden größer als das Häuschen, in dem Ulla mit ihrer Familie lebte.

Arme Ulla. Man musste sie doch bedauern. Mit dem Taxi

zum Krankenhaus! Und wieder zurück! Was das wohl gekostet hatte? Ulla brauchte ein neues Auto. Aber wovon? Was mochte sie am frühen Morgen empfunden haben bei der Entscheidung zur Operation? Eine grausame Vorstellung! Sie hätte das nicht gekonnt, meinte Marlene, den Ärzten zustimmen. «Wenn Sie meinen, dass es sein muss, schneiden Sie meinem Sohn ein Bein ab.»

Und was mochte Ulla empfinden, wenn sie sich nicht bei Scheidweber & Co verkriechen und mit Arbeit betäuben konnte? Wenn sie am Bett ihres Sohnes sitzen, die eigene Verzweiflung und den Zorn hinten anstellen und die verzweifelte Wut eines Siebzehnjährigen über sich ergehen lassen musste? Ein Bein verloren aus Leichtsinn, Dummheit und dem Bedürfnis, sich groß und stark zu fühlen. Die Gründe spielten doch keine Rolle, Thomas Kranich hatte am Sonntagabend in dem Moment auf der Kreuzung sein gesamtes Leben verpfuscht.

Im Grunde waren es immer nur Momente, in denen sich ein Schicksal entschied. Wenn sie damals nicht gleichzeitig mit den vier Männern in dieser Disco gewesen wären, wenn Karola nicht in der Menge das blaue Hemd entdeckt hätte oder die Würfel anders gefallen wären …

Vielleicht hatte Ulla sich schon mehr als einmal ausgemalt, wie ihr Leben verlaufen wäre, hätte sie vor dreiundzwanzig Jahren nicht mit Annette getauscht oder Karola Erfolg bei Werner gehabt und Andreas sich eine andere *Cleo* aus dem Kleeblatt pflücken müssen. Für wen der Abenteurer sich entschieden hätte, stand für Marlene außer Frage.

Dann müsste Karola nicht drei Vormittage und drei halbe Nächte pro Woche im Lokalsender sitzen und nicht fürchten, nachts auf einsamer Landstraße mit ihrem klapprigen Ford Escort liegenzubleiben und einem Sittlichkeitsverbrecher in die Hände zu fallen. Karola könnte sich nachmittags auf der

Terrasse oder im Wohnzimmer des Hauses, das Werner dann für sie gebaut hätte, mit Illustrierten und einem Astrologiebuch beschäftigen.

Matthias hätte zusammen mit Annette eine umsatzstarke Buchhandelskette aufgebaut. Annette mit ihrer praktischen Ader hätte dem Kranich schon die Flügel gestutzt und eine Pleite ebenso verhindert wie Wachsflecken auf Badewannenrändern. Küssen konnte man doch auch bei Lampenlicht.

Christoph hätte Marlene tagsüber in seiner Versicherungsagentur beschäftigt, abends über ihre Diätrezepte gelästert und sie mit seinen oft zweideutigen Scherzen zum Lachen gebracht. Und Ulla wäre mit Andreas in die Sahara entschwunden und hätte sich zwischen endlosen Sanddünen die eigenen Beine gebrochen.

Marlene fühlte eine Welle von Erleichterung durch den gesamten Leib fluten, als sie die Fahrräder von Johanna, Kirsten und Julia auf dem kurzen Plattenweg vor Barlows Haustür stehen sah.

Die Mädchen freuten sich über ihr unerwartetes Erscheinen. Sie waren im Wohnzimmer damit beschäftigt, Sektgläser in Küchenkrepp zu wickeln und in einen Wäschekorb zu legen. Ein Glas war schon zu Bruch gegangen, Gott sei Dank eins von den billigen. Der Verstärker und ein Tapedeck mit zwei Laufwerken standen transportbereit auf dem Esstisch, ebenso zwei kleine Lautsprecherboxen, die zu Annettes Kompaktstereoanlage in der Küche gehörten. Die großen Lautsprecher aus dem Wohnzimmer wären auf Fahrrädern auch nicht zu transportieren gewesen. Mit Marlenes Van schon eher. Aber wozu? Die kleinen reichten doch.

Kirsten hatte Paketschnur bereitgelegt, um die Geräte auf den Rädern zu befestigen. Nun trugen sie stattdessen alles hinaus und verstauten es im Van. Nur der Korb mit den Gläsern blieb zurück. Marlene suchte währenddessen nach dem Mikrophon.

Es lag nicht an dem von Annette bezeichneten Platz, sondern in einem Schubfach der Schrankwand.

Es wäre ihr lieb gewesen, die Mädchen im Wagen mitzunehmen. Thomas Kranich und sein verlorenes Bein gingen ihr einfach nicht aus dem Kopf, obwohl das mit einem Auto und nicht mit dem Fahrrad passiert war. Aber Julia musste nach Hause, weil Karola doch ihre Älteste und deren indischen Freund abholen wollte. Stefanie sollte mit zur Lesung, Atmajyoti derweil aufs Haus aufpassen. Julia hatte mit dem Namen keine Schwierigkeiten, ob sie ihn korrekt aussprach, stand auf einem anderen Blatt.

Marlene verstand nicht, wieso einer aufs Haus aufpassen musste. «Die Kelleraußentür geht nicht mehr richtig zu», erklärte Julia auf Nachfrage. «Das Schließblech ist total ausgebeult. Mutti sagte, das sieht aus, als hätte jemand versucht, bei uns einzubrechen. Man muss von außen nur leicht dagegen drücken, dann springt die Tür auf, auch wenn abgeschlossen ist.»

«Wann ist das denn passiert?», fragte Marlene.

Julia zuckte mit den Achseln. «Keine Ahnung. Mutti hat einen Stuhl unter die Klinke geklemmt und die alte Wäscheschleuder von Oma davorgestellt.»

«Das ist aber keine sichere Methode», meinte Marlene.

Julia zuckte noch einmal mit den Achseln. «Sagt Mutti auch. Sie will es so bald wie möglich reparieren lassen.»

Bei Karolas angespannter Finanzlage konnte das dauern. Aber Julia schien die Sache nicht sonderlich ernst zu nehmen. So wie sie es beschrieb, konnte man es auch kaum als Einbruchsversuch bezeichnen. Wenn die Tür schon bei leichtem Druck von außen aufging, war es entweder ein gelungener Einbruch – da hätte Karola aber Zeter und Mordio geschrien –, oder es war Verschleiß.

Julia verabschiedete sich lässig: «Bis später, Leute.»

Johanna und Kirsten wollten die restlichen Plakate als Handzettel verteilen. Alle waren sehr gespannt auf die Lesung und mehr noch auf das ominöse Tonband, für das der Aufwand betrieben wurde.

Nummer neun

Hin und wieder richtete Marlene den Oberkörper auf, streckte beide Hände auf Brusthöhe vor und führte sie im weiten Kreis zu den Seiten. Nirgendwo gab es unüberwindlichen Widerstand. Die Hand, die sie vorsetzen wollte, stieß zwar häufig gegen große Steine, oft genug gegen mächtige Felsbrocken, um die sie jedoch jedes Mal problemlos herumkriechen konnte.

Und zweimal tastete sie nach unten ins Leere, so weit hinunter, wie ihr Arm reichte, ohne sich dafür bäuchlings in den Dreck zu legen, was ihr wegen der neuen Steppjacke widerstrebte. Die war cremeweiß und sauteuer gewesen. Es reichte ja wohl, die Hose zu ruinieren und die Stiefeletten, denen das Krabbeln bestimmt auch nicht zum Vorteil gereichte. Weil ihre Fingerspitzen keinen Grund berührten und sie auch nicht sofort den gegenüberliegenden Rand ertasten konnte, kroch sie beide Male an dem Graben entlang weiter, bis wiederholtes Tasten anzeigte, dass er endlich schmal genug war, um auf die andere Seite zu wechseln.

Die Lautstärke des sich unentwegt wiederholenden Liedes nahm weiter ab, schwankte jedoch ständig, was wohl mit der Topographie zusammenhing. Da Marlene kaum noch hinhörte, entging ihr, dass die Musik ab einem gewissen Punkt allmählich wieder lauter schallte, das Wasserplätschern in den Pausen dagegen zunehmend leiser wurde, bis es schließlich kaum noch zu hören war.

Als sie das endlich registrierte, schoss ihr eine weitere Welle Panik durch den Leib und in die Glieder. Sie fand nur eine Erklärung für das Phänomen. Sie musste einen der großen Felsbrocken völlig umrundet haben und zurück in Richtung der Kuhle gekrochen sein. Demnach hatte sie nicht zwei Gräben überwunden, sondern nur einen!

Einmal hin, einmal her, durchzuckte es sie wie ein Stromschlag, der den gesamten Körper in Aufruhr versetzte und im Hirn ein Feuerwerk scheinbar zusammenhangloser Gedanken und Assoziationen entzündete.

Brüderchen, komm tanz mit mir. Dieses Kinderlied hatte sie vor vierzehn Jahren ihrer Tochter beigebracht. Johanna hatte es dann mit Ausdauer gesungen, kaum dass der kleine Leonard allein auf seinen Füßen stehen und ein paar Schritte tun konnte. *«Beide Hände reich ich dir, einmal hin, einmal her, rundherum, das ist nicht schwer.»* Und Leonard war herumgeschwenkt worden, bis er den Boden unter den Füßen verlor, weil er noch längst nicht so schnell im Kreis tanzen konnte wie seine Schwester.

Ich tanze, so schnell ich kann, stieg der nächste Gedankenblitz empor. Den Bestseller von Barbara Gordon hatte Annette ihr im Sommer wärmstens ans Herz gelegt mit dem Hinweis, das Buch sei schon 1983 erschienen, aber immer noch aktuell und «irre spannend».

Es ging um eine tablettensüchtige Frau, deren Freund keine Ahnung hatte, wie gefährlich ein Entzug ohne ärztliche Aufsicht war. Er war selbst nicht ganz bei Trost, sperrte die Frau ein und hielt sie längere Zeit gefangen. Beinahe wäre sie gestorben. Mehr war bei Marlene nicht haftengeblieben, dafür las sie zu viel. Aber es war ein Roman nach Tatsachen, das wusste sie auch noch.

In das Pochen unter ihrer Schädeldecke mischte sich ein ungeheuerlicher Verdacht, den sie erst einmal für völlig absurd hielt. Bei ihr konnte man doch nicht von Sucht sprechen. Hin und wieder eine freiverkäufliche Schlaftablette. Mit einer Zwanzigerpackung kam sie fast zwei Monate aus.

Werner hätte gar nicht ständig darauf hinweisen müssen, dass man von dem Zeug schnell abhängig wurde. Das wusste sie selbst und wollte in dieser Hinsicht kein Risiko eingehen. Abgesehen davon bekam es ihrem Magen nicht, hatte regelmäßig morgens diesen unangenehmen Druck zur Folge. Schon aus dem Grund lag sie lieber stundenlang wach neben ihm.

Wenn er unterwegs war und nicht die Gefahr bestand, dass er aufwachte, ihr folgte und wissen wollte, was denn schon wieder los sei, ging sie nach unten und las ein paar Seiten, bis ihre Augenlider schwer genug waren, um den nächsten Versuch zu starten. Oft genug schlief sie auch beim Lesen auf der Couch ein und erwachte erst, wenn die Kinder frühmorgens herunterkamen.

Erst wenn sie drei, vier Nächte hintereinander kaum geschlafen hatte und nicht mehr in der Lage war, Orangensaft einzugießen, ohne auf den Tisch zu kleckern, wenn ihr tagsüber der Schädel vor Müdigkeit brummte und sie immer wieder das Gefühl hatte, ihr Gehirn hätte eben für einen Moment abgeschaltet, griff sie abends zu der Packung, weil sie genau wusste: Sie konnte so erschöpft sein, dass ihr die Augen von alleine zufielen, sie konnte im Sitzen auf der Couch einschlafen, kaum dass ihr Kopf die Rückenlehne berührte; sobald sie hinaufging und sich ins Bett legte, war sie hellwach, ihr ganzer Körper kribbelte, als hätte man sie unter Strom gesetzt. Und irgendwo in ihrem Hinterkopf fragte eine abfällige, spöttische Stimme: «Wovon bist du denn müde? Vom Nichtstun?»

Sie zermarterte sich das Hirn, doch ihr wollte nicht einfallen, ob sie am vergangenen Abend eine Tablette genommen hatte. Ihr wurde nur bewusst, dass sie nicht einmal mit Sicherheit sagen konnte, was für ein Tag gestern gewesen war.

Nachdem Marlene ihren Van entladen und alles in der Bücherstube abgeliefert hatte, fuhr sie heim und überlegte, ob sie Werner mitteilen sollte, dass sie zwischen halb sechs und halb neun nicht zu Hause war. Wenn er sich während dieser Zeit telefonisch meldete, nahm niemand ab. Und wenn er wider Erwarten eine frühere Maschine erreichte, traf er niemanden im Haus an. Leonard kam nie vor halb neun vom Training. Und Johanna blieb garantiert auch in der Bücherstube, bis Annette alle rauswarf.

Irgendwie reizte sie die Vorstellung, dass Werner in ein verlassenes Haus kam und keinen Hinweis auf ihren Verbleib fand. Ob er sich gleich Sorgen machte? Wohl kaum, er würde bestimmt schnell herausfinden, wo sie steckte. Also griff sie zum Telefon. Sein Handy war nicht eingeschaltet, war es eigentlich nie, weil er meist mit Kunden zusammen, im Auto oder im Flieger saß. In der Luft und auf den Autobahnen lernte er Fremdsprachen per Kopfhörer. Sie hinterließ ihm eine Nachricht auf der Mailbox.

Dann machte sie sich auf die Suche nach *Monas Tagebuch.* Sie war ziemlich sicher, es gekauft zu haben. Lange musste sie nicht suchen. Wie nicht anders zu erwarten, lag es recht weit unten im Stapel auf dem Beistelltisch neben dem Zweisitzer im Wohnzimmer.

Ihr fiel ein, dass Annette ihr das Bändchen im August oder September zusammen mit der Schmidt-Biographie und dem angeblich heiteren Urlaubsbericht in die Hand gedrückt und gesagt hatte: «Das musst du unbedingt lesen, Marlene. Irre spannend, sag ich dir.»

Es waren nur knapp zweihundert Seiten zwischen zwei dünnen Pappdeckeln. Den vorderen verunzierte unter dem Namen der Autorin und dem Titel die Aufnahme einer schwarzhaarigen

Frau mit Pagenkopf. Das Gesicht war nicht direkt hässlich, aber so schmal, bleich und hohläugig, dass es aussah wie das einer Leiche. Schon davon fühlte Marlene sich abgestoßen.

Dem kurzen Text auf dem hinteren Einband war zu entnehmen, dass die fünfunddreißigjährige Mona T. alles hatte, wovon andere träumten: einen liebevollen Ehemann, keine finanziellen Sorgen, auch keine anderen. Trotzdem erkrankte Mona an einer schweren Depression, begann eine verhängnisvolle Affäre mit einem mysteriösen Mann und verschwand kurz darauf spurlos.

Wahrscheinlich hatte Karola am Vormittag mit den depressiven Frauen und den merkwürdigen Liebhabern doch auf die Lesung hingewiesen. Doch dass Leute spurlos verschwanden, um sich woanders ein neues Leben mit oder ohne neuen Partner aufzubauen, passierte eben. Auch Menschen, die nicht schwermütig waren, hatten irgendwann keine Lust mehr auf das, was andere für erstrebenswert hielten. Andreas war doch das beste Beispiel.

Nur Annette konnte so etwas als «irre spannend» bezeichnen. *Endlich vierzig* hatte sie empfohlen mit der Behauptung, es sei flott und spritzig geschrieben. Flott traf womöglich zu. Bei der Lektüre hatte Marlene zumindest den Eindruck gewonnen, als hätte die Autorin den Text mal eben so heruntergeschludert und danach keinen Blick mehr darauf geworfen.

Aber als Buchhändlerin musste Annette verkaufsfördernde Floskeln enthusiastisch über die Lippen bringen, wenn sie ihre Ware loswerden wollte. Das nahm Marlene ihr nicht übel, meist empfahl Annette ihr ja auch wirklich fesselnde Lektüre wie den Thriller von Peter James, den sie zurzeit las.

Thriller waren ihr am liebsten, solange nicht jede Scheußlichkeit bis ins kleinste Detail geschildert wurde. Aber wenn das Leben der Akteure völlig auf den Kopf gestellt wurde und die halbe Zeit am seidenen Faden hing, fand sie ihr eigenes entspannend und keinesfalls langweilig oder öde. Wer wollte sich denn allen Ernstes von Schwerverbrechern oder Serienmördern jagen, entführen, quälen und mit widerlichen Todesarten bedrohen oder gar um die Ecke bringen lassen?

Noch war Zeit, einen Blick in das Büchlein zu werfen und dabei eine Kleinigkeit zu essen. Sie machte sich einen Milchkaffee und einen Toast mit Käse, setzte sich mit der Lektüre an den Küchentisch und las erst mal das Vorwort.

Meine Schwester Mona verschwand am 25. Juli 2006. Am Vorabend hatten wir noch miteinander telefoniert. Über Reisepläne sprach Mona bei der Gelegenheit nicht. Sie hatte auch vorher nichts gesagt, was vermuten ließe, dass sie ihren Mann verlassen wollte. Ihre Garderobe war vollzählig vorhanden, soweit mein Schwager das beurteilen konnte.

Kosmetika, Zahnbürste, Föhn und andere Dinge des täglichen Bedarfs hatte Mona ebenfalls zurückgelassen. Sie kann nicht beabsichtigt haben, länger wegzubleiben. Ihre EC-Karte war zuletzt am 20. Juli, fünf Tage vor ihrem Verschwinden, benutzt worden. Danach kam die Karte nicht mehr zum Einsatz, ihre Kreditkarten ebenfalls nicht.

Monatelang hörten wir nichts von Mona. Erst Mitte Dezember wurde meinem Schwager ein luftgepolsterter Umschlag ohne Absenderangaben zugestellt. Laut Poststempel kam die Sendung aus Madrid. Im Umschlag befand sich weiter nichts als eine Tonbandkassette. Mona spricht darauf mit schwacher, gepresster Stimme und großen Pausen.

«Mein Bein ist gebrochen. – Ich werde sterben. – Verzeih mir, Josch. – Ich wollte das nicht so.»

Damit war klar, welches Band Annette gemeint hatte. Aber dass sie so etwas ernst nahm. Ein gebrochenes Bein mochte zu Komplikationen führen, wie Ullas Sohn bewies. Nur starb man nicht daran, vorher wurde amputiert.

Und Andreas hatte auch nichts mitgenommen, nicht mal seine Outdoor-Hosen, nur das Geld vom Sparbuch, als er im Mai

2006 verschwunden war. Angekündigt hatte er ebenfalls nichts, wohl nur bei der Geschäftsleitung eine Andeutung gemacht. Man informierte ja auch nicht alle Freunde und die Familie, wenn man vorhatte, sich abzusetzen.

Marlene blätterte einige Seiten weiter und blieb an einem der Textstücke hängen, denen das Buch seinen Titel verdankte. Die Passage lautete:

Tagebucheintrag vom 13. März 2006.

Dieses Leben bringt mich um. Es ist wie eine Route durch die Wüste. Ab und zu ein verdorrter Busch am Rand der Piste, hin und wieder eine winzige Oase. Und wir hetzen von Busch zu Busch, genießen für kurze Zeit den dürftigen Schatten, eine Handvoll Wasser für die heiße Stirn, einen Schluck für die trockene Kehle, welch ein Genuss, welch eine Freude. Dann schleppen wir uns weiter zum nächsten Busch und zur nächsten Oase. Und niemand denkt daran, dass er in der Sonne verdorren könnte, ehe er das Ende seiner Route erreicht.

Ich denke zu oft daran. Es kann nicht mehr lange dauern, dann bin ich vollkommen ausgetrocknet, zu müde, um weiterzuhetzen, zu erschöpft für die nächste Stunde. Und wenn ich zurückschaue, sehe ich nur Staub und Sonne, flirrende Hitze und die schlammigen Wasserlöcher, an denen wir kurz Rast machten.

Josch hat es wieder nicht geschafft, pünktlich heimzukommen. Es gab ein Problem mit der Maschine, sie hingen stundenlang in Lissabon fest. Und dann waren es eben nur noch zwei Tage für uns. Wo sind sie geblieben? Und wo sind all die anderen Tage, die wir zusammen verbringen wollten? Viele waren es nicht. Und die wenigen haben wir einfach gelebt. Ein paar kurze Eindrücke sind haftengeblieben, aber hätte ich sie nicht aufgeschrieben, hätte ich sie längst vergessen.

Wieder drängte sich Marlene der Vergleich mit Andreas auf. Eine Route durch die Wüste. Doch fürs Erste reichte ihr das. So etwas tat man sich nicht freiwillig an, wenn man schon überlegt hatte, ob der Staubsaugerschlauch aufs Auspuffrohr passte. Darüber hinaus war sie mit der bedauernswerten Ulla, die nicht bedauert werden wollte, und dem einbeinigen Thomas im Hinterkopf nicht in der Stimmung, sich auf das Elend einer Unbekannten einzulassen.

Sie brachte das Buch zurück ins Wohnzimmer, legte es oben auf den Stapel und ging ins Schlafzimmer, um sich umzuziehen. Aus ihrem üppig bestückten Kleiderschrank wählte sie den dunkelblauen Hosenanzug mit dezenten Nadelstreifen, den Werner so schick fand, dazu ein hellgraues Shirt aus Wildseide mit spitzenbesetztem Dekolleté. Dann ging sie ins Bad, um ihr Make-up zu erneuern und die Frisur aufzufrischen.

Zu guter Letzt packte sie den Inhalt ihrer braunen Alltagshandtasche in eine schwarze um, die zu den neuen Stiefeletten passte. Mit Ausnahme von zwei Portionstütchen Zucker und drei von Cellophan umhüllten Keksen – Beilagen zum Cappuccino vom Bäcker gegenüber der Bücherstube. So was steckte sie immer ein und vergaß oft, es sofort aus der Tasche zu nehmen.

Sie überlegte auch noch, ob sie die neue Steppjacke über den Blazer ziehen sollte. Aber es waren nur ein paar Schritte durch die frostige Luft. Wenn es in der Bücherstube voll werden sollte, müsste sie die Jacke auf dem Schoß halten oder in Annettes winzigem Büro unterbringen, wo es keine Möglichkeit gab, ein teures Kleidungsstück ordnungsgemäß aufzuhängen. Also verließ sie das Haus ohne die Jacke.

Beim Eingang zur Bücherstube stand ein Mann vom Sicherheitsdienst. Ob er aufpasste, dass nichts gestohlen wurde, oder ob er neugierig war, ließ sich nicht erkennen. Marlene tippte auf Neugier, normalerweise behielt Annette ihre Bücher selbst im Auge.

Die mittleren Regale waren zu den Seiten geschoben, die Klappstühle halbkreisförmig in drei Reihen vor einem Stehpult mit Leselampe und Wasserglas angeordnet. Neben der Kasse war ein Büchertisch aufgestellt, auf dem Annette zwanzig Exemplare von *Monas Tagebuch* so geschickt arrangiert hatte, dass sie nach der doppelten Menge aussahen.

Die kleinen Lautsprecherboxen, die sonst auf zwei Hängeschränken in Annettes Küche standen, hatten über den Kochbüchern Platz gefunden. Für den Verstärker und das Tapedeck hatten drei Dutzend Sachbücher weichen müssen. Vor der Belletristik baumelten Kabel.

Es war bereits Publikum da, sieben Frauen saßen in der letzten Stuhlreihe und hatten ihre dicken Jacken jeweils über eine Stuhllehne in der zweiten Reihe gelegt. Sie waren in unterschiedlichem Alter, aber einheitlich gekleidet, preiswert und praktisch. Die Jeans überwogen. Keine Frau sah aus, als hätte sie sich für die Veranstaltung besonders in Schale geworfen. Das war bei früheren Lesungen ein bisschen anders gewesen. Marlene fühlte sich in ihrem Anzug und dem edlen Shirt deplatziert.

Annette unterhielt sich vor der Tür zu ihrem Büro mit einer zierlichen Frau Ende dreißig, die ebenfalls Jeans, einen Rolli und einen Blazer trug und große Ähnlichkeit mit der Schwarzhaarigen auf dem Buchcover hatte. Sie war nur nicht so bleich und schmal. Von ihrer Schulter baumelte eine geräumige Umhängetasche. Langes braunes Haar war im Nacken mit einer Spange zusammengefasst, was ihr etwas Mädchenhaftes verlieh.

Johanna und Kirsten standen dabei und lauschten mit faszinierten Mienen. Marlene wollte nicht stören und sich schon zu den Frauen in die letzte Stuhlreihe setzen, als Annette sie bemerkte und heranwinkte. Also ging sie nach vorne.

Wie sie sich gedacht hatte, war die Braunhaarige Heidrun Merz. Annette stellte sie einander vor, bezeichnete Marlene als langjährige gute Freundin, was sie auch war. Doch den Hinweis, wie tief *Monas Tagebuch* Marlene berührt habe, hätte Annette sich getrost sparen können. Sie hatte doch gerade erst angefangen zu lesen und fühlte sich eher unangenehm berührt.

Glücklicherweise griff Heidrun Merz die Behauptung nicht auf, um sich nach ihrer Beurteilung zu erkundigen. Die Autorin wollte vielmehr von Annette wissen, ob jemand von der Presse zu erwarten sei. Annette wurde – wenn möglich – noch nervöser als am frühen Nachmittag. Sie schielte mit einem Auge zu den sieben Frauen in der letzten Stuhlreihe, mit dem anderen an dem Uniformierten vorbei hinaus auf den breiten Gang zwischen den Shops.

Es herrschte der typische Feierabendverkehr im Center. Hin und wieder blieb jemand vor der Glaswand stehen und riskierte einen Blick in die Bücherstube. Meist waren es jüngere Frauen mit und ohne Kinder oder ältere Paare. Manche lasen die wenigen Zeilen auf einer der DIN-A4-Seiten, andere betrachteten neugierig das Geschehen zwischen den Regalen. Herein kam niemand.

Annette versicherte eilig, sie habe am Vormittag die für den Kreis zuständigen Redaktionen informiert, man habe ihr allerdings keine feste Zusage geben können. Die Zeit sei einfach zu knapp gewesen. Aber eine Dame vom Lokalsender habe ihr Kommen in Aussicht gestellt, da gäbe es morgen auf jeden Fall eine Besprechung im Rundfunk.

«Gut», sagte Heidrun Merz grimmig. «Dann hoffen wir, dass der Mistkerl zuhört.» Von Marlene nahm sie weiter keine Notiz. Das taten die wenigsten, wenn sie ohne Werner erschien, da mochte sie noch so elegant oder unpassend gekleidet sein.

Annette warf ihrer Tochter einen beschwörenden Blick zu. Kirsten wandte sich mit einer Frage an Heidrun Merz und verschaffte ihrer Mutter damit die Gelegenheit, sich in gedrängtem Flüsterton bei Marlene zu erkundigen: «Hast du eine Ahnung, wo Karola bleibt? Kannst du rasch mal anrufen und nachfragen?»

Annette deutete verstohlen hinter sich in den winzigen Raum, den sie mit Spanplatten vom Laden abgeteilt und als Büro eingerichtet hatte. Laut sagte sie: «Natürlich habe ich Mineralwasser, Marlene. Die Gläser stehen an der Seite.»

Während Annette weitere beschwörende Blicke hinaus auf den Gang warf, um noch ein paar Leute zum Eintreten zu bewegen, ging Marlene in das Kämmerchen und schloss die Ziehharmonikatür hinter sich. Annettes Parka teilte sich den einzigen Garderobenhaken mit einem schicken Kurzmantel aus braunem Wildleder.

Im Papierkorb darunter steckten zwei mit geschmolzenem Käse verschmierte Pizzakartons. Offenbar hatte Annette den Mädchen eine Mahlzeit spendiert und sich so für die Hilfe bedankt. Seitlich an einer Wand standen die sechs Kartons mit den noch ungespülten neuen Sektgläsern, daneben ein halbes Dutzend Sektflaschen und drei mit Mineralwasser – ungekühlt. Für einen Kühlschrank wäre in dem Kabuff kein Platz gewesen.

Das schnurlose Telefon stand in der Ladestation zwischen Bücherstapeln auf einem Tisch. Bei Karola war der Anrufbeantworter eingeschaltet, was aber nichts heißen musste. Seit Karola sechsmal die Woche auf Sendung und damit ihrer Meinung nach über die Kreisgrenzen hinaus bekannt war, wollte sie daheim nicht von jedermann belästigt werden.

Sie hatte den Eintrag im Telefonbuch löschen lassen, ihre Nummer war auch über die Auskunft nicht mehr zu erfahren. Trotzdem hatte sie in der vergangenen Woche angeblich zwei obszöne Anrufe erhalten. Einen hatte sie, den zweiten ihre Jüngste entgegengenommen. Man habe jemanden keuchen und stöhnen hören, gemeldet habe sich aber keiner. Das müsse ein Perverser gewesen sein, der die Nummer noch von früher kannte, hatte Karola letzten Samstag bei Ullas Geburtstagsfeier erzählt und damit zweifellos auf Andreas abgezielt, den jedoch keiner seiner Freunde je als pervers erlebt hatte. Wie auch immer: Nun wurde jeder Anruf über den AB geleitet. Erst wenn Karola hörte, wer dran war, nahm sie eventuell ab.

«Ich bin's, Marlene», sagte Marlene nach dem Piepton. «Wenn du noch zu Hause bist, mach dich lieber auf den Weg, ehe Annette durchdreht.»

Weil die Gefahr bestand, dass Atmajyoti, der auf jeden Fall im Haus hätte sein müssen, abhob, legte sie sofort auf. Stefanies Freund sprach ein hakeliges Deutsch und fließend Englisch. Und er erwartete, dass man sich flüssig mit ihm unterhielt.

Dann fragte sie sich, womit sie auf die Schnelle einige Gläser auswischen könnte. Einen Wasseranschluss gab es nicht, auch kein sauberes Tuch.

Als sie zurück in den Verkaufsraum trat, näherte Karola sich gerade, flankiert von ihren Töchtern. Stefanie und Julia trugen ihre übliche Alltagskleidung: Jeans und minikleidähnliche Shirts unter dicken Winterjacken. Karola hatte sich wie Marlene feingemacht. Unter dem falschen Ozelot, der ihrer Schwiegermutter gehört hatte, trug sie eine cremefarbene Spitzenbluse und einen kniebedeckenden, weitschwingenden Rock, der die fülligen Hüften kaschieren sollte, was er aber nicht tat. Seit Andreas weg war, hatte Karola fünfzehn Kilo zugenommen und schob das auf ihre sitzende Tätigkeit beim Sender. Braune Stiefel mit halbhohen Absätzen rundeten die Sache ab.

Karola stoppte bei dem Mann vom Sicherheitsdienst, sprach kurz mit ihm, nickte zufrieden und dirigierte ihre Töchter mit einem energischen Wink in die erste Stuhlreihe. Dann strahlte sie Heidrun Merz an und streckte beim Näherkommen beide Hände zur Begrüßung aus. «Welch eine Freude», sagte sie überschwänglich.

Karola war voller Lob und Bewunderung. Vor allem bewunderte sie den Mut, den Heidrun Merz mit der Publikation und

Veranstaltungen wie dieser bewies. Den Blick auf den Wachmann gerichtet, erklärte sie, sie habe ihren Zuhörerinnen die Lektüre mehrfach dringend ans Herz gelegt, nicht erst am heutigen Vormittag, seit Erscheinen des Buches immer wieder. Und regelmäßig habe sie danach merkwürdige, um nicht zu sagen: bedrohliche Anrufe erhalten.

«Heute Mittag erst wieder», behauptete Karola. «Ich wollte gerade das Studio verlassen, da rief meine Sekretärin mich zurück.»

Karola hatte keine Sekretärin, sie kommandierte stattdessen eine siebenköpfige Redaktion, protzte jedenfalls immer damit. Und letzten Samstag bei Ullas Geburtstagsfeier war es nur ein Perverser gewesen, der zweimal bei Karola zu Hause angerufen hatte. Aber dass sie sich aufführte, als stehe ein Attentat zu befürchten, war normal. Karola brauchte Katastrophen wie andere Leute die Luft zum Atmen. Sie schaffte es mit Leichtigkeit, aus jeder Mücke einen Elefanten zu machen. Wenn die Mücken fehlten, produzierte sie auch das Summen.

Marlene hätte sich nicht gewundert, wenn sie nach den bedrohlichen Anrufen im Sender noch eine Verfolgungsjagd auf einsamer Landstraße erfunden hätte. Karola widmete sich stattdessen dem Buch, nannte es eine brisante Lektüre und ein absolutes Muss für jede Frau in vergleichbarer Situation.

Obwohl auch Annette darauf hingewiesen hatte, dass die Autorin Courage für die Lesung brauche, konnte Marlene sich nicht vorstellen, was gefährlich daran sein sollte, ein paar Seiten aus dem belanglosen Leben einer depressiven und seit drei Jahren verschwundenen Frau vorzulesen.

Karola belegte Heidrun Merz völlig mit Beschlag, wollte wissen, ob es neue Erkenntnisse gäbe, ließ beiläufig eigene Erfahrungen mit den polizeilichen Aktivitäten in Vermisstenfällen einfließen und verschaffte Annette damit die Atempause, ein letztes Mal zu prüfen, ob Tapedeck, Verstärker und Lautsprecher einsatzbereit waren. Das Mikro brauchten sie dann doch nicht.

Johanna und Kirsten nahmen in der ersten Reihe bei Julia und Stefanie Platz und begannen eine gedämpfte Unterhaltung mit Karolas Jüngster. Stefanie wickelte sichtlich gelangweilt einen Kaugummistreifen aus dem Papier und genoss es, für Aufruhr in der letzten Reihe zu sorgen. Zwei Frauen tuschelten miteinander und ließen dabei den Blick nicht von Karolas kleinwüchsiger Ältesten. Wahrscheinlich vertraten sie die Meinung, *Kinder* gehörten um diese Zeit vor den Fernseher, aber nicht in eine Buchhandlung, in der eine brisante Lektüre zu Gehör gebracht wurde.

Die Blonde, die Marlene beim Transport der Sektgläser geholfen hatte, erschien an der Tür, winkte Marlene lächelnd zu, als seien sie gute Bekannte, schaute sich all die leeren Stühle an und entschied sich für den äußeren linken in der mittleren Reihe. Marlene überlegte, ob sie sich ebenfalls in die zweite Reihe setzen sollte, aber mehr in die Mitte, damit es dort nicht so leer aussah.

Eine Frau mit stark ergrautem Bubikopf kam von hinten nach vorne und erkundigte sich schüchtern, ob Heidrun Merz im Anschluss an die Lesung auch Bücher signiere. Sie wolle ein Exemplar an eine Bekannte verschenken, die sich kürzlich auf eine Affäre eingelassen habe und seitdem völlig verändert sei.

Heidrun Merz nickte, warf einen Blick auf ihre Armbanduhr und einen zu Annette. Dann ging sie zum Stehpult, zog ein Buch aus ihrer Umhängetasche und trank einen Schluck Wasser. Annette verstand das als Startsignal und winkte dem Wachmann zu, er solle die Tür schließen.

Karola nahm neben ihrer Ältesten Platz und deponierte den Webpelz auf dem freien Stuhl zu ihrer Linken. Johanna winkte eifrig, also setzte Marlene sich rechts neben ihre Tochter auf den vorletzten Stuhl der ersten Reihe. So hatten sie und Karola die Mädchen zwischen sich wie Glucken, die ihre Küken schützten.

Annette begrüßte das Publikum und besonders herzlich die Autorin, genau genommen die Herausgeberin des Buchs. Der Text stamme doch überwiegend von Mona Thalmann, erklärte Annette und brachte zu guter Letzt ihre Freude zum Ausdruck, dass Frau Merz sich allen Widrigkeiten zum Trotz nicht davon abhalten ließ, ihnen einen spannungsreichen Abend zu bescheren. Dann gab sie das Wort an Heidrun Merz.

Doch ehe die es ergreifen konnte, kam noch ein Mann herein. Marlene schätzte ihn auf Mitte bis Ende dreißig. Bekleidet war er mit einer dunkelblauen Wetterjacke, einem dicken Pullover und einer Cargohose, in deren ausgebeulten Taschen er offenbar seine Habseligkeiten mit sich herumtrug. Vor seiner Brust hing ein schwerer Fotoapparat.

Annette stand noch bei Heidrun Merz am Pult und lächelte dem Neuankömmling erwartungsvoll entgegen. Der murmelte eine Entschuldigung für sein spätes Erscheinen und setzte sich auf den äußeren Stuhl rechts neben Marlene. Heidrun Merz war davon sichtlich irritiert. Nach ein paar Sekunden bedankte sie sich bei Annette für die Einführung und wandte sich an ihr spärliches Publikum.

«Wie einige von Ihnen vielleicht schon wissen», begann sie, «verschwand meine Schwester Mona im Juli vor dreieinhalb Jahren. Sie verließ ihre Wohnung um die Mittagszeit. Ein Nachbar sah sie in der Tiefgarage in ihren Wagen steigen und davonfahren. Gepäck hatte sie nicht bei sich. Ich wusste zu dem Zeitpunkt, dass Mona sich drei Monate zuvor mit einem Mann eingelassen hatte, der sie gleichermaßen faszinierte wie abstieß. Mein Schwager hatte davon keine Ahnung, bis ich es ihm dann sagte. Obwohl sie nichts mitgenommen und auch mir gegenüber keine derartige Erklärung abgegeben hatte, glaubten wir beide in den ersten Wochen nach Monas Verschwinden, wir hätten es mit einer alltäglichen Geschichte zu tun. Eine gelangweilte, frustrierte Frau bricht aus ihrer Ehe aus, um ein Abenteuer zu erleben oder mit einem anderen Mann irgendwo neu zu beginnen. Doch je mehr Zeit verging, ohne dass zumindest ich ein Lebenszeichen von Mona erhielt, umso größer wurden unsere Sorgen.»

Heidrun Merz sprach nun mit einer angenehm dunklen Stimme, von der ein fast magischer Sog ausging. Marlene hätte ihr stundenlang zuhören können. Der Mann neben ihr lauschte ebenfalls aufmerksam, zog Notizblock und Stift aus einer Tasche am linken Oberschenkel und begann mysteriöse Zeichen zu kritzeln. Es sah aus wie Stenographie, nur hätte Marlene keinem seiner Zeichen eine Bedeutung zuordnen können. Dabei war sie in Steno während ihrer Ausbildung wirklich gut gewesen. Aber wie lange war das her?

Für ein paar Sekunden verursachte ihr das Wissen um frühere Fähigkeiten, die mit der Zeit verloren gegangen waren, die nur zu gut bekannte und gefürchtete Beklemmung in der Brust. Dann versank die unterschwellige Trauer im ungeklärten Schicksal einer ihr völlig Unbekannten und in der Faszination eines Mysteriums.

Die Atmosphäre in der Bücherstube wurde dichter, die Spannung förmlich greifbar. Die Mädchen saßen wie hypnotisiert auf ihren Plätzen. Annette stand wie zur Salzsäule erstarrt vor Tapedeck und Verstärker. Aus der letzten Stuhlreihe war kein Mucks zu hören. Nur Karola verrenkte sich den Hals, um Marlene über vier Köpfe hinweg zuzuflüstern: «Ich muss sie unbedingt in meine Sendung holen. Was hältst du davon, ist das nicht furchtbar?»

Annettes Witzbold hätte jetzt garantiert gefragt, ob Karola die Autorin oder ihre Sendung furchtbar fand. Und damit hätte Christoph zweifellos die ganze Spannung verdorben. Heidrun Merz war mit ihrer Einführung bei dem luftgepolsterten Umschlag aus Madrid angelangt, den ihrer Meinung nach keinesfalls Mona selbst abgeschickt haben konnte. Der Inhalt sei dürftig gewesen, sagte sie – stand ja auch im Buch –, kein Begleitbrief, nur das Tonband.

«Es handelte sich um eine Kassette von sechzig Minuten Spieldauer, wie sie vor Jahren in Gebrauch waren. Es waren nur knapp fünf Minuten besprochen mit den im Buch zitierten Sätzen. An der Relation zwischen Text und Zeit mögen Sie ermessen, wie viel Mühe meiner Schwester das Sprechen bereitet haben muss. Sie können sich gleich einen persönlichen Eindruck verschaffen.»

Marlene hatte das Gefühl, dass hinter ihr alle die Luft anhielten.

«Aber Mona hätte sich auch in einer äußerst prekären Lage und unter größten Schwierigkeiten kaum davon abhalten lassen, einen Hinweis auf ihren Aufenthaltsort zu geben», sagte Heidrun Merz noch. «Wir vermuten, dass meinem Schwager nicht das von Mona besprochene Originalband zugeschickt wurde, sondern nur ein Auszug, wahrscheinlich der Schluss einer längeren Erklärung.»

Die Kassette – wie sich später herausstellte, war es die Kopie einer Kopie – war bereits ins Tapedeck eingelegt. Annette erwachte zum Leben, fummelte an den Reglern herum, während Heidrun Merz anfügte: «Dem Täter musste daran gelegen sein, uns keine Rückschlüsse auf seine Person zu erlauben. Ihm dürfte nicht bekannt gewesen sein, dass Mona Tagebuch geführt hatte.»

Aus den kleinen Boxen drang leises Rauschen und Knistern. Annette regulierte noch einmal die Lautstärke, so kam die Stimme unvermittelt und wie mit dem Dröhnen einer Flutwelle. Alle im Raum zuckten zusammen, der Mann neben Marlene so heftig, dass er sie mit seinem Arm anstieß. «Sorry», murmelte er und lauschte angespannt der gebrochenen Stimme.

Marlene zog unwillkürlich die Schultern ein. Es war, wie Annette am Nachmittag gesagt hatte: grauenhaft. So viel Not, so viel Qual. Und die Pausen zwischen den Worten, als habe Mona kaum noch den Atem gehabt und nicht mehr die Kraft, einen zusammenhängenden Satz zu formulieren.

«Ich – werde – sterben. Mein – Bein – ist – gebrochen. Verzeih – mir – Josch. Ich – wollte – das – nicht – so.»

Da mochten tausend Fragen offenbleiben, wie und wo das passiert und warum nicht amputiert worden war. Mit dieser atemlosen, kraftlosen, mit dieser beinahe toten Stimme war es das Todesurteil.

Nummer neun

Nach dem Schreck, zurück in Richtung Kuhle, weg vom Wasser gekrochen zu sein, und dem ungeheuerlichen Verdacht, den sie zwar für absurd hielt und trotzdem nicht völlig abschütteln konnte, mehr noch im Schock der Erkenntnis, dass ihr Gedächtnis immense Lücken aufwies, wühlte sich die zweite Welle Panik wie Feuer durch ihren Leib.

Sie musste notgedrungen eine Pause einlegen, richtete sich unsicher schwankend auf, ließ die Hosen herunter, hockte sich hin und hoffte inständig, ihre Kleidung nicht zu besudeln.

Die Sachen danach einfach wieder hochzuziehen, brachte sie nicht über sich. In Hockstellung hielt sie Hose, Strumpfhose und Slip mit einer Hand zwischen den gebeugten Knien in Position und tastete mit der anderen die äußeren Jackentaschen ab. Normalerweise hatte sie immer Papiertücher dabei, und zwar griffbereit. Wenn man plötzlich niesen und erst lange in der Handtasche suchen musste, halfen sie einem nicht.

Sie fand ein angebrochenes Päckchen und ein zerknülltes

Tuch. Außerdem streiften ihre Finger ein paar kleine Teile, die sie nicht auf Anhieb identifizieren konnte. Damit nichts verloren ging, zog sie das benutzte Tuch sehr vorsichtig aus der Tasche. Es musste für den Zweck ausreichen. Nur nichts verschwenden, predigte Werner doch immer.

Der Gedanke an ihren Mann trieb ihr Tränen in die Augen und ließ sie wie betäubt in ihrer unbequemen Position verharren. Er konnte ihr das nicht angetan haben. Er nicht! Er liebte sie doch über alles. Und er war am Montag nach Straßburg geflogen, das war ihr inzwischen wieder eingefallen. Der neue Kunde, mit dem er letzten Mittwoch ein Vorgespräch geführt hatte. Werner kam erst am Freitag zurück, wahrscheinlich spätabends. Die Kinder waren auch nicht daheim.

Ihr Problem war, sie hätte nicht sagen können, ob gestern Mittwoch, Donnerstag oder schon Freitag gewesen war. Der Montagmorgen stand ihr relativ klar vor Augen. Der Abschied von Werner, sein Versprechen, häufiger als sonst anzurufen. Dann hatte sie Leonard mit dem großen Rucksack und der prallgefüllten Sporttasche zur Schule kutschiert. Klassenfahrt. Drei Tage Skiurlaub in Tirol. Mit Hin- und Rückfahrt fünf Tage. Leonard hatte das halbe Wochenende von nichts anderem gesprochen. Und Werner hatte gesagt, dass er den Straßburg-Termin am liebsten verschieben würde.

Warum?

Mit dem unverändert heftig schmerzenden Kopf fiel es ihr unendlich schwer, diesen Erinnerungsfetzen festzuhalten und die passenden Ansatzstücke zu erhaschen.

Werner hatte sie nicht alleine lassen wollen, nachdem sie über *Monas Tagebuch* und einiges mehr gesprochen hatten, fiel ihr nach einigem Grübeln ein. Aber den Termin verschieben war unmöglich. Deshalb war er dagegen, dass Johanna ebenfalls bei Barlows übernachtete, nachdem Annette und Christoph Karolas Jüngste aufgenommen hatten.

Warum? Was war denn los gewesen?

Eine ganze Menge! Seit der Lesung in der Bücherstube hatten sich die Ereignisse überschlagen. Sie war gar nicht mehr zum Sortieren gekommen. Und jetzt brachte sie es nicht auf die Reihe, hörte nur Werner sagen: «Das kommt überhaupt nicht in Frage. Dann wäre Mama ganz allein hier.»

Johanna protestierte: «Ja und? Sie ist doch kein Baby. Mama, sag ihm, dass du gerne ein paar Tage für dich ganz allein hättest.»

Ihr graute davor, tagelang allein zu sein. Aber dienstags hatte sie ihrer Tochter erlaubt, etwas Kleidung, die Luftmatratze und den Schlafsack zu packen und sich ebenfalls bei Barlows einzuquartieren – bis Freitag. «Du bist wieder hier, ehe dein Papa am Freitag zurückkommt. Wenn du auch nur zwei Minuten später … Haben wir uns verstanden?» Genau das hatte sie gesagt.

Warum? Nur damit Johanna nicht länger schmollte und sich nicht aus dem Kreis ihrer Freundinnen ausgeschlossen fühlte? Das vielleicht auch, aber irgendwo in ihrem Hinterkopf sprach Ulla von einer sturmfreien Bude.

Und ihr wurde klar: Wenn heute nicht Samstag war … und das konnte einfach nicht sein, kein Mensch, der noch einigermaßen bei Verstand war, vergaß volle drei Tage, fast vier, vom Dienstag war ihr ja auch nur die kurze Szene mit Johanna im Gedächtnis. Wenn also nicht schon Samstag war, hielt Werner sich noch in Straßburg auf und Leonard in Tirol, oder der saß jetzt im Bus und war auf der Heimfahrt.

Dass Johanna sich vor der gesetzten Frist zu Hause blicken ließ und bei der Gelegenheit ihre Mutter vermisste, stand kaum zu erwarten. Wenn doch, würde sie nichts unternehmen. Könnte ja sein, dass Mama zum Einkaufscenter oder sonst wohin gefahren war. Johanna würde sich hüten, nochmal so einen Wirbel zu machen wie letzte Woche Donnerstag.

Aber Werner rief bestimmt an, hatte das wahrscheinlich schon getan und sich gewundert, weil niemand ans Telefon gegangen war. Vermutlich hatte Werner längst alle Welt aufgescheucht und alle Hebel in Bewegung gesetzt, um sie zu finden. Er würde garantiert nicht so lange warten wie Karola vor dreieinhalb Jahren, ehe er die Polizei einschaltete.

Nur würde die Polizei nicht sofort eine Suche starten, wenn es keine Anzeichen für ein Verbrechen gab. Weil ein erwachsener Mensch das Recht hatte, sich aufzuhalten, wo er – oder sie – sich eben aufhalten wollte.

Aber verdammt nochmal! Es kroch doch niemand freiwillig in völliger Dunkelheit über spitze Steine, ruinierte sich beide Knie, eine teure Hose und ein Paar Stiefeletten und kam dabei um vor Durst!

Für ein paar Sekunden machte die Vorstellung polizeilicher Untätigkeit sie so zornig, dass sie den schwindligen, pochenden Kopf ignorierte, sich halbwegs energisch aus der Hocke stemmte und ihre Hosen eine nach der anderen wieder hochzog. Ein langärmeliges T-Shirt hatte sie auch an, was sie zuerst verwunderte und dann den nächsten Stromschlag durch Kopf und Körper jagte.

Es schien, als hätte sie vorgehabt, sich längere Zeit im Freien aufzuhalten. Dann war wohl gestern doch schon Freitag gewesen. Eine andere Erklärung, als dass sie Leonard am Spätnachmittag mit Gepäck wieder bei der Schule abgeholt hatte, fand sie nicht.

Bei der langen Strecke konnte niemand vorhersagen, um welche Zeit genau die Busse eintrafen. Wenn es hieß, zwischen fünf und sechs, konnte es auch sieben oder acht werden.

Das hatte sie schon mal erlebt, als Johanna mit ihrer Klasse in Italien gewesen war. Da hatten sich manche Eltern die Beine in den Bauch gestanden, andere in ihren Autos gewartet. Und alle hatten sie auf ihren Nachwuchs geschimpft, der nicht auf die Idee kam, Gebrauch vom Handy zu machen und durchzugeben: «Wir sind jetzt kurz vor Köln.» Oder: «Wir stehen leider im Stau.»

Vermutlich hatte sie gedacht: Warum sollte das bei Leonards Klasse anders sein? Wieso erinnerte sie sich nicht daran? Und was war mit der sturmfreien Bude?

Egal! Sie wollte sich jetzt nicht den Kopf zerbrechen, ob, wann und in welchem Zustand sie ihren Sohn beim Gymnasium in Empfang genommen hatte, wann Werner aus Straßburg zurückgekommen und was danach geschehen war. Sie hielt es für entschieden sinnvoller, ihre Jackentaschen zu kontrollieren, um festzustellen, was sie da eben mit den Fingern gestreift hatte.

13. Januar 2010 – Mittwochabend

In den wenigen Minuten, in denen extrem lautes Bandrauschen, gepaart mit Geräuschen, die sich wie das Tosen eines Wasserfalls anhörten, und die Silben der letzten Botschaft *Annettes Bücherstube* erfüllten, wusste Marlene mit absoluter Sicherheit, dass sie zumindest akustisch Zeugin von Mona Thalmanns Todeskampf wurde und dass diese Frau bei aller Todessehnsucht nicht wirklich hatte sterben wollen. Unter der beherrschten Stimme der Autorin verlor sich das Absolute jedoch bald wieder.

Im Anschluss an die kurze Bandpassage erklärte Heidrun Merz: «Meine Schwester gehörte zu den Frauen, die von vielen um ihr scheinbar leichtes und sorgloses Leben beneidet werden. Oberflächlich betrachtet hatte Mona alles, was man braucht, um glücklich oder wenigstens zufrieden zu sein. Finanzielle Probleme kannte sie nicht. Ihr Mann war zwar beruflich stark eingespannt und viel unterwegs, aber dennoch immer sehr um sie bemüht. Sie lebten in einer geräumigen Wohnung in Düsseldorf-Derendorf. Mona hatte eine Zugehfrau und viele schöngeistige Interessen – Theater, Literatur, Kunst, Musik. Trotzdem erkrankte sie an einer Depression. Meinem Schwager blieb das verborgen, mir auch. Wir hatten nicht täglich Kontakt, und Mona verstand sich darauf, uns ein heiteres, unbeschwertes Gemüt vorzugaukeln. Statt offen mit mir oder ihrem Mann zu reden oder Hilfe bei Fachärzten zu suchen, begann sie, Tagebuch zu führen. Daraus lese ich Ihnen nun einige Passagen vor.»

Sie fing an mit dem Tagebucheintrag, den Marlene kurz zuvor gelesen hatte: *«Dieses Leben bringt mich um.»* Darauf folgten zwei längere Stücke, aus denen auch nur hervorging, dass Mona einsam war und trotz zahlreicher Aktivitäten nichts mit sich anzufangen wusste. Dann kam eine Passage aus der Sicht von Heidrun Merz über die Beziehung zu ihrer Schwester. Die war gespickt mit Vorwürfen gegen sich selbst, weil die Autorin sich nach dem letzten Telefonat mit Mona nicht die Zeit genommen hatte für ein weiteres Gespräch oder einen Besuch bei ihrer Schwester. Ein kurzer Abschnitt war Monas Mann gewidmet. Josch Thalmann war Pilot bei der Lufthansa und deshalb viel unterwegs, auch mehrere Tage hintereinander.

Nach einer knappen Stunde klappte Heidrun Merz das Buch zu und schaute ins Publikum. Ein Gesicht nach dem anderen betrachtete sie, als wolle sie etwas ablesen. Sie vergaß auch den Wachmann nicht. Der stand unverändert neben der geschlossenen Tür, wie Marlene mit einem Blick über die Schulter feststellte.

Sie war enttäuscht, fühlte sich irgendwie betrogen. Nach fünf Minuten grausamer Spannung war der gesamte Vortrag langweilig gewesen. Sinnlose Gedankenspielereien, leere Tage, aber keine Hinweise auf einen mysteriösen Liebhaber. Nicht einen Satz über den Mann, der Mona angeblich zum Verhängnis geworden war.

Während Marlene noch die Bilanz der letzten Stunde zog

und unter dem Strich Skepsis auftauchte, sagte Heidrun Merz: «Mit ihrer Depression war meine Schwester eine leichte Beute für einen perversen Sadisten. Er nutzte ihre Erkrankung schamlos aus, um sie zu manipulieren. Sie fühlte sich wertlos und überflüssig. Er suggerierte ihr das Gegenteil, animierte sie zu aberwitzigen Spielchen, um ihr zu zeigen, wie aufregend das Leben sein kann und wie Nervenkitzel prickelt. Am Ende hatte er sie völlig unter Kontrolle. Als sie begann, neuen Lebensmut zu schöpfen, als es ihr wirklich wieder Spaß machte zu leben, brachte dieses Monstrum sie um. Und ich bin sicher, Mona war nicht sein erstes und nicht sein letztes Opfer. Bei meinen Recherchen stieß ich auf sechs ähnlich gelagerte Fälle in Nordrhein-Westfalen. Vier Frauen verschwanden vor Mona, zwei nach ihr. Aber die Polizei sieht keinen Handlungsbedarf.»

Aus den Augenwinkeln sah Marlene, wie Karola zustimmend nickte. Annette eilte nach hinten, schleppte zwei Kartons mit ungespülten Sektgläsern und drei Flaschen heran, verteilte Gläser und füllte sie. Doch eine Diskussion mit den Frauen aus der letzten Reihe wollte nicht zustande kommen, daran änderte auch der warme Sekt nichts. Sie saßen wie eingeschüchtert da und wagten es kaum, den Blick von ihren Gläsern zu heben.

Die Blonde in der zweiten Reihe wollte nur wissen, ob Mona die Abkürzung von Monika sei. Heidrun Merz bejahte und bat Annette, ihr das Wasserglas nochmal zu füllen, aber mit Wasser, bitte. An ihrem Sektglas hatte sie bloß einmal genippt.

Marlene hatte etliche Fragen auf der Zunge. Was sollte man sich unter aberwitzigen Spielchen vorstellen? Mit welcher Aktion hatte Monas Liebhaber sich die Bezeichnung Monstrum verdient? Wie und wo hatte Mona den Mann kennengelernt? Wie hatte sie ihn beschrieben? Hatte sie nie seinen Namen erwähnt? Was an ihm war faszinierend, was war abstoßend gewesen? Und warum hatte Heidrun Merz nicht etwas davon vorgelesen? Sie wagte es nur nicht, sich zu Wort zu melden, um sich nicht als vollkommen ahnungslos bloßzustellen. Mit Ausnahme der letzten Frage beantwortete das Buch wahrscheinlich jede einzelne.

Der Mann neben ihr stand auf, hob den Fotoapparat vors Gesicht und drückte mehrfach auf den Auslöser. Er fotografierte nicht nur Heidrun Merz, auch das Publikum. Dann setzte er sich wieder, legte den Apparat in seinen Schoß und warf einen Blick auf seinen mit undefinierbaren Kringeln gefüllten Notizblock. Er schien ebenfalls Fragen zu haben, doch ehe er eine stellen konnte, ergriff Karola das Wort.

Sie bedankte sich bei Heidrun Merz für die bewegenden Einblicke in die Seele einer gebrochenen Frau, vergaß auch den Dank an Annette nicht, deren unermüdlicher Einsatz diesen Abend ermöglicht hatte. Wie Karola mit Worten umging und welche Formulierungen sie zusammenstellte, fand Marlene wie so oft bewundernswert. Sie hätte das nicht gekonnt, aber sie saß auch nicht sechsmal die Woche vor einem Mikrophon.

Man hätte dem Buch jedoch einen entschieden größeren Kreis von Zuhörerinnen gewünscht, meinte Karola und war damit bereits bei ihrer nächsten Sendung und der Einschaltquote. Sie verstummte erst, als Annette ihr das Sektglas noch einmal mit Schwung füllte und einen Schwall auf die Bluse kippte.

«Och», sagte Annette. «Das tut mir aber leid. Am besten wäschst du das sofort aus, sonst gibt es Flecken.»

Dann rief sie dem Wachmann bei der Tür zu: «Sind Sie so nett und begleiten Frau Jäger in den Waschraum?»

Was blieb ihm anderes übrig? Zusammen mit Karola ging der Wachmann hinaus.

Kaum waren beide außer Sichtweite, zog der Mann neben Marlene ein abgegriffenes Exemplar des Buchs aus einer Tasche am rechten Unterschenkel seiner Cargohose und wandte sich an Heidrun Merz: «Sie sprachen eingangs so, als gäbe es im Tagebuch Ihrer Schwester Hinweise auf die Identität des Mannes, der für ihr Verschwinden verantwortlich sein soll. Ich habe keine Hinweise gefunden, auch keinen Verweis auf die Agentur Sirius, habe ich etwas übersehen?»

Heidrun Merz zuckte merklich zusammen. Sie wechselte sogar die Farbe und schluckte trocken, ehe sie zu ihrem Wasserglas griff. «Nein», antwortete sie dann. «Ich wollte keine Fahndungsakte veröffentlichen.»

Der Mann nickte verstehend. «Aber es geht Ihnen doch in erster Linie darum, Frauen in ähnlicher Situation zu warnen. Oder sehe ich das falsch?»

«Nein», sagte Heidrun Merz wieder. «Das sehen Sie richtig.»

«Dann wäre eine Personenbeschreibung doch nützlich, wenn Sie schon nicht mit einem Namen aufwarten können oder wollen», hielt der Mann dagegen. «Sonst muss zwangsläufig der Eindruck entstehen, dass Sie aus einer Affäre Kapital schlagen wollen, falls Ihre Schwester tatsächlich einen gefährlichen Liebhaber hatte. Im *Generalanzeiger* wurde das bezweifelt. Da hieß es, ich zitiere wörtlich: *Mona T. führte ein parasitäres Dasein. Und Parasiten werden in der Regel von ihren Wirten ausgemerzt.* Wie äußern Sie sich dazu?»

Ausgemerzt klang in Marlenes Ohren wie eine Anspielung auf den Namen der Autorin. So war es wohl auch gemeint.

«Zu Unverschämtheiten äußere ich mich nie», entgegnete diese und fügte ein fragendes «Herr» an.

«Fischer», antwortete der Mann, warf noch einen Blick auf seine Kringel und schoss weitere Fragen ab wie spitze Pfeile: «Trifft es zu, dass Sie Zugang zu einem Tonstudio haben? Entspricht es den Tatsachen, dass Ihr Schwager in Madrid war, kurz bevor ihm das Tonband mit dem entsprechenden Poststempel zugestellt wurde? Er wurde von der Polizei verdächtigt, für das Verschwinden seiner Frau verantwortlich zu sein, nicht wahr? Und stimmt es, dass Sie seitdem mit Josch Thalmann zusammenleben?»

Statt auch nur eine dieser Fragen zu beantworten, erkundigte Heidrun Merz sich mit ausdrucksloser Miene: «Haben Sie das auch im *Generalanzeiger* gelesen, Herr Fischer? Oder vertreten Sie hier die ungedruckten Ansichten Ihrer Kollegen?»

Fischer lächelte und hob sein abgegriffenes Buch. «Auf Seite hundertzweiundsechzig ist die Rede von einer Laboruntersuchung. Dass es sich um ein Polizeilabor handelt, ist nicht erwähnt. Darf ich fragen, wer diese Untersuchung vorgenommen hat und mit welchem Ergebnis?»

Heidrun Merz erwiderte sein Lächeln. «Natürlich dürfen Sie. Aber vielleicht hat hier sonst noch jemand eine Frage.» Auskunft geben wollte sie ihm offenbar nicht. Ihre Augen wanderten zur letzten Stuhlreihe, dort regte sich nichts. Schließlich heftete sie den Blick beinahe flehentlich auf Marlene.

Zum Teufel mit der Peinlichkeit. Parasitäres Dasein! Der Ausdruck schüttelte Marlene und machte die Fragen, was es mit der Agentur Sirius auf sich haben mochte, ob Josch Thalmann seine Frau aus dem Weg geräumt hatte und ihre Schwester den Verdacht mit falschen Beweisen in eine andere Richtung lenkte, zur Nebensache. «Warum hatte Mona keine Kinder?», fragte sie.

«Sie hatte zwei Fehlgeburten», antwortete Heidrun Merz. «Die letzte lag zum Zeitpunkt ihres Verschwindens sechs Jahre zurück. Ich sehe darin die Ursache ihrer Depression.»

Fischer machte sich erneut bemerkbar. Nun wollte er wissen, ob die Frauen aus den sechs ähnlich gelagerten Fällen ebenfalls Kundinnen der Agentur Sirius gewesen seien. Ehe die Autorin ihm eine deutliche Abfuhr erteilen konnte, kam Karola zurück. Der Wachmann war dicht hinter ihr, schloss die Tür wieder und stellte sich breitbeinig mit auf dem Rücken verschränkten Armen davor. Es sah sehr martialisch aus, als wolle er verhindern, dass jemand aus der Bücherstube floh.

Karolas cremefarbene Bluse schimmerte auf Brusthöhe dunkel und ließ deutlich das Muster der Spitze und den Abschluss der BH-Körbchen erkennen. Für einen Augenblick konzentrierte sich Fischers Aufmerksamkeit darauf.

Annette nutzte die Unterbrechung und machte auf den Büchertisch aufmerksam. Zwei Frauen aus der letzten Reihe und die Blonde kauften je ein Buch. Marlene kaufte auch noch eins und ließ es von Heidrun Merz signieren. Karola tat es ihr gleich und betonte dabei, dass sie schon eins besaß, es aber nach der Sendung heute Vormittag ihrer Sekretärin habe überlassen müssen.

Auch Fischer kam mit seinem Exemplar zum Stehpult. Das bleiche, hohläugige Frauengesicht auf dem Cover wies unzählige Kratzer auf, als trüge er das Buch seit geraumer Zeit mit sich herum, ginge aber nicht achtsam damit um. Er legte es der Autorin vor und erkundigte sich mit spöttischem Lächeln: «Bekomme ich trotz der ungeheuerlichen Unterstellungen eine Widmung?»

Heidrun Merz presste verärgert die Lippen aufeinander, setzte den Stift an und schrieb quer über das Gesicht auf dem Deckblatt: «Verflucht sei die Untätigkeit – Monas Schwester.»

Fischer nahm sein Buch zurück, lächelte Marlene an und sagte: «So untätig bin ich gar nicht.» Dann ging er zur Tür.

Karola war in der Zwischenzeit von ihrer Ältesten über den Eklat informiert worden. Den an Marlene gerichteten Satz hörte sie selbst, schaute dem Mann mit dem Fotoapparat mit unwillig gerunzelter Stirn hinterher und erkundigte sich bei Annette. «Wer war denn das?»

Annette zuckte mit den Achseln. «Stadtblatt, nehme ich an. Bisher haben die nie einen geschickt, aber sie sagten, über *Monas Tagebuch* würden sie gerne …»

Karola unterbrach sie mit einem Kopfschütteln. «Beim Stadtblatt ist die Melzer für Kultur zuständig. Die bewegt ihren Hintern nicht vom Schreibtisch weg, auch nicht, wenn es um ein Buch geht, das es verdient hätte. Der musst du einen fertigen Artikel schicken, wenn du was gedruckt sehen willst.»

«Kripo Düsseldorf», erklärte Heidrun Merz, ohne aufzuschauen, während sie weitere Bücher signierte. Da niemand mehr anstand, nahm sie welche von dem Tisch neben der Kasse. Signierte Exemplare nahm kein Verlag zurück. «Die Burschen mögen es nicht, wenn man ihnen öffentlich nachsagt, dass es sie einen feuchten Dreck schert, ob ein Sadist hilflose Frauen in seine Gewalt bringt und was er ihnen antut. Wenn eine Erwachsene sich mit so einem Kerl einlässt, ist sie nach Ansicht dieser Herren selber schuld.»

«Ach», wunderte sich Annette. «Sie kannten den?»

«Nicht namentlich», erwiderte Heidrun Merz. «Ich schätze, der zuständige Beamte bleibt lieber im Hintergrund. Um mich in der Öffentlichkeit unmöglich zu machen, schickt er einen jüngeren Kollegen, den ich im Zuge der dürftigen Ermittlungen nicht persönlich kennengelernt habe. Dann ist es nicht so offenkundig. Aber das war schon die zweite Lesung, bei der dieser Fischer auftauchte. So was tun Journalisten normalerweise nicht. Beim ersten Mal hat er sich still verhalten, nur ein Buch gekauft. Jetzt hatte er es wohl gelesen.»

Anscheinend interessierte sich niemand außer Marlene für die Agentur Sirius. Der Begriff «Kundinnen» hatte ihr eine bestimmte Vorstellung vermittelt und gleichzeitig klargemacht, dass sie übel ins Fettnäpfchen treten würde, sollte sie sich ihre Vermutung bestätigen lassen wollen.

Eine der Frauen drehte ihr signiertes Buch in der Hand. Es sah fast aus, als wolle sie es zurückgeben, als sie fragte: «Leben Sie denn wirklich mit Ihrem Schwager zusammen?»

Ehe Heidrun Merz darauf antworten konnte, warf Annette einen Blick auf ihre Uhr und erklärte: «Wir müssen gehen. Die machen hier gleich dicht, und ich habe für Viertel nach acht einen Tisch bestellt.» Mit einem Lächeln in Karolas Richtung fügte sie hinzu: «Mit deiner nassen Bluse willst du sicher nicht mitkommen. Es ist verdammt kalt draußen.»

Und an Marlene gewandt: «Aber du hast bestimmt noch Zeit.»

Diesmal nicht. Nach nur vier Stunden Schlaf in der vergangenen Nacht summte die Müdigkeit vernehmlich durch ihren Kopf. Sie hätte zwar gerne gewusst, wie viel Wahrheit in dem Büchlein steckte. Nur bezweifelte sie, ehrliche Auskünfte zu bekommen. Wenn es etwas zu verbergen gab, würde die Autorin es garantiert für sich behalten. Und sie hatte auf Werners Mailbox hinterlassen, sie sei spätestens um halb neun wieder zu Hause. Wenn er um die Zeit heimkam oder anrief, um zu sagen, wann er käme, das tat er bestimmt …

Ihre Müdigkeit und die Zweifel mochte sie nicht vorbringen. Und das Argument Werner ließ Annette nicht gelten, nachdem Karola ihre feuchte Bluse als Nichtigkeit abgetan hatte. Sie aßen schließlich nicht im Freien, und für die paar Meter über den Parkplatz hatte Karola ihren warmen Ozelot.

«Johanna fährt doch nach Hause», meinte Annette. «Kirsten fährt auch, sonst wird es für euch zu spät. Ihr habt schließlich morgen Schule und müsst früh raus.»

Der letzte Hinweis ging an Karolas Jüngste, aber die kümmerte sich nicht darum, folgte «Mutti» und Stefanie nach draußen.

Annette holte ihren Parka und den schicken Ledermantel der Autorin aus dem Büro und verschloss ihren Laden. Aufräumen wollte sie früh am nächsten Morgen. Zusammen mit ihr verließ Marlene die Bücherstube.

Der Wachmann begleitete Heidrun Merz zum Ausgang des Einkaufscenters und hielt sich auch auf dem Parkplatz dicht an ihrer Seite. Sie gingen zu einem silbergrauen Peugeot, der nicht den Eindruck erweckte, als sei die Autorin darauf angewiesen,

Kapital aus einer Affäre ihrer vermissten Schwester zu schlagen. Ehe sie einstieg, drückte sie dem Wachmann etwas in die Finger.

Ein Stück entfernt ließ Karola ihre Töchter in den alten Ford Escort steigen. Johanna und Kirsten schoben ihre Räder auf die Straße zu. Die Frauen in Jeans und die Blonde verloren sich zwischen späten Kunden des Einkaufscenters.

Annette schloss ihren Mini auf, warf ihre Tasche auf den Beifahrersitz und erkundigte sich: «Was ist nun, Marlene? Kommst du mit oder nicht? Wenn du mich mit Karola sitzenlässt, verzeihe ich dir das nie.»

«Frau Merz ist doch dabei», sagte Marlene.

«Eben», stimmte Annette zu. «Ich will nicht, dass Karola sie dumm und dämlich quasselt.»

Das war nachvollziehbar. Aber gerade deshalb verstand Marlene nicht, was Annette sich von ihrer Anwesenheit versprach. Nach all den Jahren musste Annette doch wissen, dass sie die Letzte war, die Karola bremsen konnte. Statt zu antworten, deutete sie zu dem silbergrauen Peugeot hinüber. Der Wachmann ging zurück zum Gebäude. «Ich glaube, Frau Merz hat ihm Geld gegeben.»

«Umsonst ist nicht mal der Tod», erklärte Annette. «Der kostet nämlich das Leben. Meinst du, einer vom Sicherheitsdienst hätte sich zum Vergnügen die Beine in den Bauch gestanden? Hundert Euro extra hat mich der Spaß gekostet. Aber Frau Merz wollte kein Risiko eingehen, kann ich ja auch verstehen.»

«Wird sie denn tatsächlich bedroht?», fragte Marlene ungläubig und ignorierte tapfer die Kälte, die sich durch ihre viel zu dünne Kleidung bohrte.

Zugang zu einem Tonstudio! Ein Verhältnis mit dem Mann der verschwundenen Schwester! Josch Thalmann war in Madrid gewesen, bevor ihm das Tonband zugestellt wurde! Und Parasiten wurden in der Regel von ihren Wirten ausgemerzt.

Das hatte sich wie ein spitzer Dorn in ihr Fleisch gebohrt. Es war so persönlich, obwohl sie zwei Kinder und keine Putzfrau hatte.

Annette zuckte mit den Achseln. «Drücken wir es mal so aus: Es gibt anscheinend einen, dem es nicht passt, dass sie dieses Buch herausgebracht hat und auch noch öffentlich daraus vorliest. Und ich wüsste nicht, wer das sein sollte, wenn nicht der Kerl, mit dem Mona sich eingelassen hat. Frau Merz hat schon mehrere Anrufe bekommen, die ihr nicht geheuer waren. Deshalb wollte sie eigentlich keine Lesungen mehr machen. Gestern Nachmittag wurde sie wieder belästigt. ‹Jetzt erst recht›, sagte sie, als sie mich anrief. Aber du brauchst dir deswegen keine Gedanken zu machen. Wir essen nur mit ihr. Der Typ, mit dem Mona sich eingelassen hat, wird uns dabei kaum Gesellschaft leisten wollen.»

«Ich mache mir keine Gedanken», behauptete Marlene.

«Du siehst aber so aus», widersprach Annette.

«Mir ist nur kalt», gestand Marlene.

«Warum läufst du denn auch im Hosenanzug herum?», tadelte Annette. «Wir haben Januar. Wozu hast du dir die schicke neue Jacke gekauft, als Deko für die Garderobe?»

Beim Ausgang des Centers tauchte Fischer auf. Er schien nicht zu frieren, schlenderte gemächlich zu dem neuangelegten Parkplatz hinüber, auf dem auch Marlene ihren Van abgestellt hatte.

Annette schaute ihm nach und murmelte: «Mistkerl.»

«Und wenn was dran ist an dem, was er sagte?», gab Marlene zu bedenken. «Ein Polizist saugt sich so was doch nicht aus den Fingern. Wenn man ein Tonstudio zur Verfügung hat, dürfte es eine Kleinigkeit sein, so ein Band zu produzieren. Und wenn man für die Lufthansa nach Spanien fliegt …»

«Blödsinn», fuhr Annette auf. «Wenn ich was mit meinem Schwager habe und ihm helfe, meine Schwester zu beseitigen, gehe ich danach weder zur Polizei noch an die Öffentlichkeit.»

«Wahrscheinlich nicht», stimmte Marlene zu, obwohl man das ihrer Ansicht nach auch als «Flucht nach vorne antreten» bezeichnen konnte. «Aber was ist denn mit dieser Agentur Sirius? Das hat sie ziemlich aus der Fassung gebracht.»

Karolas Escort bog in die Ausfahrt. Heidrun Merz wartete mit laufendem Motor in ihrem Peugeot. Annette wurde ungeduldig. «Jetzt komm schon. Beim Essen kannst du sie selbst nach der Agentur fragen. Für mich klang das nach einem Begleitservice.»

Genauso klang es für Marlene auch. «Gut», entschied sie. «Ich komme mit.»

Annette stieg ein und fuhr los. Marlene lief zu ihrem Van hinüber. Mittlerweile hatte sie Mühe, das Zähneklappern zu unterdrücken. Zwei Parkplätze entfernt stand Fischer neben einem roten Kleinwagen mit Heckklappe und Siegburger Kennzeichen. Es war eines der Modelle, die man nur mit Hilfe des Herstelleremblems genauer bezeichnen konnte. Marlene war allerdings nicht sicher, ob dieser Wagen in Japan, Korea oder sonst wo gebaut wurde. Nach Polizeifahrzeug sah der Knirps nicht aus. Aber wenn ein Polizist inkognito unterwegs war, kam er kaum im Streifenwagen.

Allem Anschein nach wartete Fischer auf sie. Er lächelte ihr entgegen. «Tut mir leid, wenn ich Ihnen die Spannung verdorben habe», begann er, als sie nahe genug heran war. «Aber das musste einfach sein. Man kann den Leuten nicht ein Viertel vorsetzen und mit drei Vierteln hinterm Berg halten.»

Sie hätte zu gerne erfahren, was er über die drei Viertel wusste. Aber es war viel zu kalt, um noch länger im Hosenanzug auf dem zugigen Parklatz zu stehen. Sie wollte sich auch nicht mit ihm unterhalten und öffnete ihren Van. Parasitäres Dasein! Und wenn er das hundertmal nur in einer Zeitung gelesen hatte: Er hatte es ausgesprochen.

Er musterte sie von Kopf bis Fuß, ließ die Augen über den Van wandern, kam näher und erklärte dabei: «So einen habe ich seit zwei Jahren auf meinem Wunschzettel. Ist er so bequem, wie er aussieht?»

«Bequem genug für einen Parasiten», gab Marlene Auskunft, stieg rasch ein und wollte die Tür zuziehen.

Fischer verhinderte das mit einem Griff an den Türholm. Er hob die freie Hand wie zu einer Entschuldigung, aber er grinste dabei. «Sorry, ich wollte Ihnen nicht zu nahe treten. Haben Sie sich den Schuh etwa angezogen?»

Als Marlene darauf nicht antwortete, fragte er: «Haben Sie ein paar Minuten Zeit? Ich hätte gerne eine Publikumsreaktion für meinen Artikel. Und die anderen Damen waren mir zu überzeugt oder zu beeindruckt von dem Vortrag.»

«Für welche Zeitung schreiben Sie denn?», fragte Marlene. «Für die Hauspost der Düsseldorfer Polizei?»

Jetzt lachte er, richtig herzhaft und amüsiert. «Da hätte ich ja ein festes Einkommen. Aber das habe ich auch noch auf der Wunschliste. Ich bin nur ein freiberuflicher Schreiberling. Der Spiegel hat Interesse an einem Artikel über *Monas Tagebuch* bekundet. Die wollen aber keine Buchbesprechung bringen, sondern etwas über die kriminalistischen Hintergründe und die Ansichten der Leute, die das Buch gelesen haben.»

«Habe ich noch nicht», sagte Marlene und startete den Motor. Der Spiegel sagte ihr natürlich etwas, jedoch nicht genug, um schwach zu werden. Werner las die Wirtschaftswoche und die Financial Times und fand, alles andere könnte man sich sparen.

«Sie werden es aber bestimmt in den nächsten Tagen lesen», meinte Fischer. «Und so viele Seiten sind es ja nicht. Darf ich Sie nächste Woche anrufen? Sagen wir Dienstag? Wir setzen uns auf einen Kaffee zusammen, und Sie schildern mir Ihre Eindrücke. Haben Sie eine Karte?» Er meinte wohl eine Visitenkarte.

Marlene schüttelte den Kopf. Eigene Visitenkarten hatte sie nie besessen. Wozu auch? Sie hatte eine von Werner in der Brieftasche bei Führerschein und Personalausweis. Eine von den alten, die wollte sie Fischer auf gar keinen Fall geben. Adresse und Telefonnummer stammten noch aus der Zeit, in der Werner seinen Einmannbetrieb im Keller geführt hatte.

«Meine Nummer steht im Telefonbuch», sagte sie.

«Dann brauche ich nur noch Ihren Namen», erwiderte Fischer und grinste wieder.

Sein Grinsen störte sie. Und in dem Moment fiel ihr ein Witz ein, den Christoph mal erzählt hatte. «Der steht direkt davor.»

Damit zog sie ungeachtet seiner Hand am Holm die Tür zu. Ihm blieb gar nichts übrig, als loszulassen, wenn er sich nicht die Finger einklemmen lassen wollte.

Sie fuhr los, ohne sich weiter um ihn zu kümmern. Dicht hinter der Ausfahrt holte sie Annettes Mini ein. Im Rückspiegel sah sie, dass der rote Kleinwagen ihr folgte. Dreister Kerl, dachte sie. Wahrscheinlich spekulierte er darauf, dass sie nach Hause fuhr, dann hätte er die Adresse gehabt und den Namen *Weißkirchen* vom Postkasten ablesen können. Bis zur nächsten Ampel blieb er hinter ihr. Dann schaffte sie es noch knapp bei Gelb, und er musste halten.

Nummer neun

Es war ein winziger Lichtblick in totaler Schwärze. In der linken Außentasche ihrer Steppjacke identifizierten Marlenes Finger ein Zündholzbriefchen, von dem sie nicht wusste, wie es in ihren Besitz gelangt sein könnte.

Sie steckte Zuckertütchen und Kekse ein, wenn sie außerhalb ihrer vier Wände Cappuccino oder Latte macchiato trank. Zündhölzer hatte sie noch nie mitgenommen, erinnerte sich jedenfalls nicht. Sie rauchte nicht und benutzte zu Hause ein nachfüllbares Stabfeuerzeug, um Kerzen, Teelichter und den Kamin anzuzünden oder etwas zu flambieren.

Und das Briefchen war nicht alles. In der rechten Außentasche ertastete sie drei fingerkuppengroße Bröckchen, die von knisterndem Cellophan umwickelt waren. Bonbons. Woher sie die hatte, war ihr ebenfalls ein Rätsel. Sie tastete weiter. Aber noch mehr Schätze gab es nicht. Die Innentaschen der Jacke waren ebenso leer wie die Hosentaschen.

Sie ließ sich wieder auf die inzwischen höllisch schmerzenden Knie nieder und kroch weg von der stinkenden Lache, die ihr die Panik aus dem Leib getrieben hatte. Erneut musste sie spitze Steinchen beiseitewischen, eigentlich der Beweis, dass sie hier noch nicht gekrochen war. Aber vielleicht einen halben Meter weiter links oder dreißig Zentimeter rechts. Wie sollte sie das feststellen?

Doch dass sie bezüglich der Richtung nicht sicher sein konnte, berührte sie nur am Rande. Jetzt wollte sie zuerst ein Bonbon gegen den ärgsten Durst lutschen. Es wäre natürlich kein Ersatz für Wasser, aber es würde die Speichelproduktion anregen und das Schlucken erleichtern. Dann wollte sie ein Zündholz anreißen. Und wenn sie keine Flamme sah …

Was sie dann tun wollte, wusste sie noch nicht. Aber dass sie von jetzt auf gleich und ohne weitere Ausfallerscheinungen erblindet sein sollte, glaubte sie nicht mehr so recht. Der Untergrund, auf dem sie sich bewegte, sprach dagegen.

Trotzdem! Immer schön eins nach dem anderen. Pläne sollte man erst schmieden, wenn man alle Faktoren kannte, mit denen man plante. Sonst kamen nur Luftschlösser heraus, oder man schlitterte geradewegs von einer Pleite in die nächste.

«Ich heiße nicht Kranich, Mama», hörte sie im Geist ihren Sohn sagen. «Ich bilde mir nicht ein, dass ich fliegen kann.»

Sie bildete sich auch nichts ein. Bloß nicht übermütig werden wegen ein paar Bonbons, einigen Zündhölzern und einem absurden Verdacht gegen Werner. Der bei näherer Betrachtung gar nicht so absurd schien und ihr das Gefühl vermittelte, es sei alles nur halb so wild.

Als sie nichts mehr von der ekligen Lache roch, setzte sie sich und streckte die malträtierten Beine so weit aus, wie es erträglich war. Dann rieb sie den Staub so gut es ging von den Händen, zog ein Bonbon aus der Jackentasche und wickelte dicht am Mund behutsam das unerwartete Stückchen Glück aus dem Cellophan. Sie flehte alle Heiligen im Himmel an, es nicht hinunter in den Dreck fallen zu lassen, und nahm es mit staubtrockenen, eingerissenen Lippen aus der Umhüllung, als diese weit genug offen war.

Pfefferminz. Irgendwo in ihrem Hinterkopf sagte Ulla: «Die sind lecker.» Und tatsächlich hatte sie etwas so Köstliches noch nie im Mund gehabt. Es schabte den säuerlich beißenden Belag von der Zunge, machte sogar die Nase frei und kleidete die heiser gebrüllte, kratzige Kehle wie mit einem Schmierfilm aus.

Nachdem sie sekundenlang gelutscht und zweimal geschluckt hatte, fühlte sie sich insgesamt etwas besser. Sogar die Kopfschmerzen schienen abzuklingen. Sie zog das Zündholzbriefchen aus der anderen Tasche. Es enthielt nur noch sieben Hölzchen, wie sie mit von der Kälte steifen und vom Steinchenwegwischen rauen Fingern abzählte. Und genau genommen war es kein Holz, sondern gepresste Pappe.

Es kostete sie ein wenig Überwindung, eins abzureißen und die Reibefläche zu ertasten. Es kostete sie viel Überwindung, das Köpfchen zügig über diese Fläche zu streichen. Ihr Herz schlug dabei fast zum Hals heraus. Vor Anspannung hielt sie die Luft an. Jetzt würde sich zeigen, ob ihre Augen …

Es zeigte sich nichts.

Manchmal hörte man es, wenn so ein Hölzchen aufflammte. Doch solange Marianne Faithfull sang …

Brannte es nun? Oder brannte es nicht?

Es gab nur eine Möglichkeit, das festzustellen.

Weil sie in der linken Hand das Zündholzbriefchen hielt und nicht riskieren wollte, dass alle auf einmal abbrannten, sobald die Flamme ihnen zu nahe kam, hob sie die rechte Hand mit dem Pappstreifen langsam zum Kinn. Bloß nicht zu weit in Richtung Haare, wenn die Feuer fingen … Sie spürte keine Hitze, es wurde nicht mal warm.

Mit dem zweiten Versuch wartete sie, bis Marianne wieder Pause machte. Dann hörte sie zwar das Ratschen des Köpfchens über die Reibefläche. Aber hell wurde es nicht. War das Briefchen etwa feucht? Wie sollte sie das mit klammen Fingern feststellen?

Und noch einmal.

In ihrem Bauch rumorte bereits die nächste Welle Angst und maßlose Enttäuschung, als das Köpfchen beim vierten Versuch doch noch aufloderte und ihr ein völlig unangebrachtes «Gott sei Dank» entlockte. Blind war sie also wirklich nicht, sah die Flamme deutlich, musste sogar blinzeln, weil ihre Pupillen sich in der absoluten Finsternis extrem geweitet hatten.

Als Erstes hielt sie ihr linkes Handgelenk unter das Hölzchen, um das Zifferblatt ihrer Armbanduhr abzulesen. Zehn nach drei. Damit war ihr nicht geholfen, es konnte Nacht oder Nachmittag sein. Als sie den brennenden Pappstreifen hochhielt, nahm sie auf dem Zündholzbriefchen noch eine stilisierte Kaffeetasse wahr. Dann führte sie die Hand langsam in die Runde und schluchzte wieder auf. Es war nicht mehr zu sehen als das, was sie bisher gefühlt hatte: Steine, Staub und Schwärze.

13. Januar 2010 – Mittwochabend

Den Tisch hatte Annette beim Italiener bestellt, dorthin führte sie die Autoren immer. Allzu viel Auswahl an Speiselokalen bot die Stadt nicht. Zweimal gutbürgerliche Küche mit Kneipenbetrieb, damit hinterließ man keinen guten Eindruck bei gebildeten Menschen. Zwei preiswerte Chinesen, nur vertrug Annette kein halbes Pfund Glutamat im Chopsuey. Es gab noch einen Griechen, der war etwas teurer und viel zu fettig. Im Gegensatz zu Karola kämpfte Annette ständig mit ihren Pfunden und mehr noch gegen die ihres Mannes.

Der Italiener lag preislich im Mittelfeld und genoss einen ausgezeichneten Ruf, obwohl er auch nicht kalorienarm kochte. Marlene hatte keine Probleme mit ihrer Figur, weil sie die halbe Zeit keinen Appetit oder keine Lust hatte, für sich alleine etwas zu kochen. Zwei, drei Toasts mit Wurst oder Käse über den Tag verteilt, zwischendurch mal einen Apfel oder ein Joghurt, reichten ihr.

Vor der Tür traf sie mit den anderen zusammen. Im Lokal wartete man bereits auf sie. Binnen weniger Minuten waren sie alle mit Getränken und Speisekarten versorgt. Und das, obwohl man noch einen zweiten Tisch für Karola und deren Töchter anstellen musste.

Karola hatte von dem Geplänkel mit Fischer auf dem Parkplatz nichts mitbekommen und kam umgehend zur Sache. Sie wollte ihre Sendung am nächsten Vormittag um ein brisantes Thema bereichern. Das Buch noch einmal vorzustellen und etwas über die spannungsgeladene Atmosphäre in *Annettes Bücherstube* zu erzählen war eine Sache. Die Schwester einer Frau, die einem sadistisch veranlagten Psychopathen auf den Leim gegangen und einem scheußlichen Verbrechen zum Opfer gefallen war, vors Mikrophon zu bekommen war eine ganze andere. Mit so etwas konnte Karola nicht jeden Tag dienen –

bisher noch nie. Vom Kopfschütteln der Autorin ließ sie sich nicht abschrecken.

Annette erkundigte sich im Flüsterton bei Marlene, was der widerliche Bulle noch von ihr gewollt habe. Die Antwort wartete sie wie so oft nicht ab, fügte mit einem Wink auf Karola an: «Wenn sie sich einbildet, dass sie sich hier auf meine Kosten die Wampe vollschlagen und in einem Aufwasch ihren Nachwuchs satt machen kann, hat sie sich geschnitten.»

«Habt ihr Krach, oder was ist los?», fragte Marlene ebenso leise.

Bei Ullas Geburtstagsfeier letzten Samstag hatte Annette auch eine lästerliche Bemerkung fallenlassen, auf die Marlene sich keinen Reim machen konnte. Dass Annette sich nach all den Jahren dermaßen über Karolas Art aufregte, war ungewöhnlich und musste einen besonderen Grund haben.

Annette winkte ab. «Erzähl ich dir ein andermal, wenn wir unter uns sind.»

Der Kellner unterbrach Karolas Bemühungen, als er die Speisekarten wieder einsammelte und die Bestellungen entgegennahm. Heidrun Merz wollte nur einen kleinen, gemischten Salat zu ihrem Mineralwasser. «Wenn ich aus *Monas Tagebuch* gelesen habe, ist mein Magen jedes Mal wie zugeschnürt», erklärte sie. «Aber nach dem Sekt esse ich lieber einen Happen. Ich muss ja noch fahren.»

«Bleiben Sie nicht über Nacht?», erkundigte Karola sich mit einem Hauch von Enttäuschung in der Stimme.

«Das lohnt nicht», sagte Heidrun Merz.

Sie wohnte in Düsseldorf-Meerbusch – zusammen mit ihrem Schwager, wie sie nun freimütig zugab. Einen Hehl aus ihrer Beziehung zu Josch Thalmann machte sie nicht. Obwohl sie niemandem in der Runde Rechenschaft schuldig war, sagte sie: «Es hat sich so ergeben. Wir haben es nicht darauf angelegt. Aber nachdem wir einsehen mussten, dass Mona nie zurückkommt … Wir waren beide allein und sind uns eben nähergekommen.»

«Das ist menschlich und verständlich», befand Karola.

Heidrun Merz nickte versonnen. «Josch wollte nicht in der Stadtwohnung bleiben, wo alles an Mona erinnerte. Ich wollte auch nicht mitten in Düsseldorf leben. Also haben wir uns etwas anderes gesucht. Aber derzeit denke ich über einen Umzug nach. Köln wäre für mich aus beruflichen Gründen praktischer. Für Josch macht es kaum einen Unterschied.»

«Was machen Sie denn beruflich?», wollte Karola wissen.

«Fernsehen», sagte Heidrun Merz.

Annette verschluckte sich vor Schadenfreude beinahe an ihrem Orangensaft und ließ die Auskunft genüsslich über die Zunge fließen: «Frau Merz ist Redakteurin von *Wo bist du?*».

Karola war mehr als verblüfft. Die Sendung über Vermisstenfälle war ihr ein Begriff, auch wenn die nur im Regionalprogramm ausgestrahlt wurde. Doch von der Tatsache, dass Heidrun Merz mit einer Fernsehsendung entschieden mehr hätte erreichen können als sie mit lokalem Rundfunk, ließ Karola sich ebenso wenig beeindrucken wie vom anhaltenden Kopfschütteln der Autorin.

Und Heidrun Merz musste einräumen, dass übergeordnete Redakteure und die Sendeleitung es nicht gerne sahen, wenn ein Mitglied der Crew Eigenwerbung für ein Buch machte, das von der Öffentlichkeit doch sehr kontrovers aufgenommen worden war. Abgesehen davon stand sie nicht selbst vor der Kamera. Sie recherchierte, trug Material und Fakten zusammen und entschied mit, welche Fälle vorgestellt wurden. So war sie auf die sechs ähnlich gelagerten aufmerksam geworden. Frauen wie Mona, nicht unbedingt alle depressiv, aber alle unzufrieden mit ihrer persönlichen Situation. Und alle hatten sie Affären gehabt. Deshalb nahm die Polizei ihr Verschwinden nicht ernst.

Annette beteiligte sich lebhaft am Gespräch, wenn Karola ihr die Chance dazu einräumte. Marlene schwieg wie immer und hörte zu. Nach und nach wurden einige ihrer Fragen beantwortet. Entweder warfen Karola und Annette etwas auf, oder Heidrun Merz fühlte sich aus eigenem Antrieb verpflichtet, Auskünfte zu geben, um die niemand ausdrücklich gebeten hatte. So auch über die Agentur Sirius.

Mona war eben nicht gerne alleine ins Theater, ein Konzert oder eine Kunstausstellung gegangen. Wenn weder Ehemann noch Schwester es einrichten konnten mitzukommen, hatte sie sich von einer Mitarbeiterin dieser Agentur begleiten lassen. Eine durch und durch seriöse Angelegenheit. Die Agentur Sirius legte bei ihren Mitarbeiterinnen den größten Wert auf eine exzellente Allgemeinbildung und ausgezeichnete Umgangsformen. Natürlich beschäftigte sie auch Männer. Aber der Mann, in dessen Fänge Mona geraten war, hatte keinesfalls für die Agentur gearbeitet, wie die Ermittlungen der Düsseldorfer Kripo ergeben hatten.

Den Blick fest auf Karola geheftet, erklärte Heidrun Merz: «Mona hat ihn in den Schadow Arkaden kennengelernt. Das steht fest. Sie nannte ihn Andy, ein paarmal auch den Jäger.»

Karola blieb ebenso die Spucke weg wie Heidrun Merz nach Fischers Fragen. Auch sie musste einen Schluck trinken, ehe sie fragen konnte: «Wie bitte?»

«Du hast es doch gehört», sagte Annette ungerührt und wiederholte: «Andy Jäger.»

Heidrun Merz schaute zu Stefanie und Julia hin, die beide mit entgeisterten Mienen über ihren Tellern verharrten. «Andy, den Jäger», wiederholte sie mit Betonung auf dem Artikel. «Damit war kein Familienname gemeint, sondern eine Tätigkeit. Er jagte eben kein Wild, sondern Frauen und erzählte Mona freimütig davon. Das haben Sie doch sicher gelesen, Frau Jäger.»

Das hatte Karola garantiert, und sie dürfte auch kaum vergessen haben, wie freimütig Andreas ihr damals immer von seiner

Jagd nach Abenteuern auf heimischen Landstraßen berichtet hatte. Wenn Annette das an Heidrun Merz weitergegeben hatte … Marlene kam nicht umhin, an eine Absprache zu denken, getroffen für den Fall, dass man Karola in die Schranken verweisen musste.

«Aber es ist durchaus möglich», fuhr Heidrun Merz fort, «dass er sich ihr als Andy Jäger vorgestellt hat. Der Name wird falsch gewesen sein. Die Kripo hat jedenfalls keinen Andy Jäger aufspüren können, der als Täter oder auch nur als Liebhaber in Frage gekommen wäre. Andererseits …» Heidrun Merz ließ einige Sekunden verstreichen, um die Wirkung ihrer Worte zu erhöhen, «… haben sie ihr Hauptaugenmerk auf die Agentur gerichtet. Damit hatte der Kerl aber nichts zu tun. Und wenn er nach Monas Verschwinden untergetaucht ist, wie sollten sie ihn dann finden?»

Das wusste Karola wohl auch nicht. Sie zuckte mit den Achseln und widmete sich ihren Cannelloni.

Im weiteren Verlauf der Unterhaltung nannte Heidrun Merz den ominösen Liebhaber mehrfach «Herrn Biedermann». Ein Scheusal, das seine üble Fratze hinter einer gutbürgerlichen Fassade versteckte. Gut möglich, dass er verheiratet war und Kinder hatte, dass er seiner Familie, Nachbarn und Arbeitskollegen den liebevollen Ehemann und Vater vorgaukelte. Seine finstere Seite zeigte er nur seinen Opfern, und auch denen nur häppchenweise. Erst wenn er eine Frau völlig unter Kontrolle hatte, tobte er sich richtig aus, spielte alles durch, was sein krankes Hirn produzierte.

Marlene wurde den Verdacht nicht los, dass Heidrun Merz weiterhin auf Andy Jäger abzielte, um Karola in Schach zu halten. Annette stimmte zu und führte ein paar Serienmörder an – intelligente wohlgemerkt, in die Kategorie musste man auch *Herrn Biedermann* einordnen –, deren Taten und Vorgehensweisen ihr aus Büchern geläufig waren: Ted Bundy, Ed Kemper. Und nicht zu vergessen Marko Stichler, den Modefotografen, der mit Frau und Söhnchen im Nachbarort Sindorf gewohnt hatte. Von dem hatte Heidrun Merz auch gehört.

Ohne noch einmal ausdrücklich auf Fischers Anspielung einzugehen, *Monas Tagebuch* diene nur dem Zweck, von ihrem Schwager und ihr selbst abzulenken, fuhr die Autorin fort: «Wie krank dieses spezielle Hirn wirklich ist, konnte ich gar nicht drucken lassen. Das Taschenbuch enthält eine stark gekürzte und entschärfte Zusammenfassung aller Tagebücher. Da mag an einigen Stellen der Eindruck entstehen, dass ich mehr verschweige als offenbare. So ist es auch. Insgesamt hatte Mona sieben Kladden gefüllt und die achte angefangen. Ich konnte beim Lesen der letzten beiden oft nicht glauben, dass sie sich tatsächlich auf so perverse Spielchen eingelassen hatte.»

«Was, um Himmels willen, kann denn perverser sein als die Raststättenepisode oder die Sache auf der Autobahn?» Karola hatte den Dämpfer verarbeitet und mischte wieder mit. «Ich habe mich gefragt, wie verrückt eine Frau sein muss, um sich für so etwas herzugeben und auch noch das Leben von Unbeteiligten zu riskieren. Dass der Kerl sie dazu aufforderte, wollte mir auch nicht in den Kopf. Er hätte doch ebenfalls draufgehen können.»

«Wenn man sich für Gott hält, hält man sich für unsterblich», sagte Heidrun Merz und schob ein Tomatenviertel aus ihrem Salat an den Tellerrand. «Mona war nicht verrückt, Frau Jäger. Als sie sich mit ihm einließ, war sie lebensmüde. Und wir haben es nicht bemerkt. Manchmal wirkte sie zwar ein wenig bedrückt, doch das erklärte sich meist mit alltäglichen Widrigkeiten. In den letzten Wochen dagegen war sie heiter, manchmal fast überdreht, vor allem, wenn sie *Andy* erwähnte. Da dachte ich noch, dieses Schwein sei die richtige Medizin für sie.»

Das war ein Widerspruch, fand Marlene. Wenn Heidrun

Merz nicht gemerkt hatte, wie depressiv ihre Schwester war, wenn Mona nur manchmal ein wenig bedrückt gewirkt hatte – eine Frau, die wegen alltäglicher Widrigkeiten schlechte Laune hatte, brauchte nicht unbedingt Medizin.

Karola griff das Schimpfwort auf und kam noch einmal auf den Punkt zurück, der ihr besonders am Herzen lag. Es stand doch wohl außer Frage, dass man dem Schwein das Handwerk legen musste. Damit es nicht einseitig wurde und nicht gar so sehr nach Werbung fürs Buch aussah, wollte sie jemanden von der Polizei zu einer Diskussion bitten. «Den hiesigen Pressesprecher bekomme ich garantiert ins Studio», gab sie sich zuversichtlich.

Heidrun Merz verpasste ihr lächelnd den nächsten Dämpfer: «Und worüber soll ich mit ihm diskutieren, Frau Jäger? Über Ihren verschollenen Mann vielleicht und die Untätigkeit der örtlichen Polizei in dieser Angelegenheit?»

«Und wenn ich den zuständigen Beamten aus Düsseldorf vors Mikrophon bekomme?» Karola ließ nicht locker. Marlene kam nicht umhin, sie zu bewundern.

Heidrun Merz intensivierte ihr Lächeln. «Das sind sieben insgesamt. Düsseldorf ist ja nur für Mona zuständig. Die anderen sechs verteilen sich über ganz NRW. Es dürfte schwer sein, alle an einen Tisch zu bringen. Probieren Sie es lieber in Wiesbaden, das BKA verwaltet alle Fälle. Fragen Sie nach Thomas Scheib. Der hat übrigens diesen Stichler aus Sindorf zur Strecke gebracht. Früher saß er in der zentralen Vermisstenstelle, jetzt ist er bei der OFA – operative Fallanalyse, falls Ihnen das mehr sagt. Ich habe ihn letztes Jahr für *Wo bist du?* gewinnen können und mich im Vorfeld lange mit ihm unterhalten. Herr Scheib weiß, wie es ist, gegen Windmühlen zu kämpfen. Wenn Sie zu ihm vorstoßen und er bereit ist, Ihre Sendung zu bereichern, dürfen Sie mich anrufen. Frau Barlow hat meine Nummer.»

«Einverstanden», sagte Karola. Doch bevor sie sich ans BKA wandte, hätte sie gerne mehr über die anderen sechs Frauen erfahren und einen Blick in sämtliche Tagebücher geworfen.

So ungefähr hatte Marlene sich das bereits gedacht. Heidrun Merz winkte ab, ihr Lächeln verlor sich. «Vergessen Sie es. Die Kladden hat Josch vernichtet. Selbst wenn ich wollte, könnte ich sie Ihnen nicht aushändigen.»

«Und was ist mit den anderen Fällen?», bohrte Karola nach.

Heidrun Merz atmete tief durch, es klang frustriert. «Ich habe die Unterlagen im Büro. Wenn Ihnen so viel daran liegt, maile ich Ihnen Namen und Anschriften.»

«Das wäre toll», sagte Karola und notierte ihre private E-Mail-Adresse auf einem Bierfilz.

Der Kellner kam noch einmal an den Tisch, erkundigte sich nach ihrer Zufriedenheit und weiteren Wünschen. Heidrun Merz und Annette schüttelten die Köpfe. Marlene saß noch vor einem halbvollen Glas Apfelschorle und dem Rest einer üppigen Lachs-Lasagne, sie winkte ebenfalls ab. Karolas Jüngste bat um eine weitere Cola.

«Cola gibt es nicht mehr um diese Zeit», beschied Karola, als wäre Julia im Grundschulalter. Dann bestellte Karola sich noch einen Weißwein.

«Musst du nicht mehr fahren?», fragte Annette.

Karola winkte lässig ab. «Ein Glas Wein wird mich kaum beeinträchtigen.»

«Zwei», korrigierte Annette. «Ein Glas Sekt hast du auch schon intus und nur Sommerreifen drauf. Wenn du Stefanie und Ataman noch zurück nach Köln bringen musst, wäre ich an deiner Stelle vorsichtig. Sonst fährst du demnächst mit dem Taxi ins Studio. Christoph haben sie vorgestern angehalten. Kurz hinterm Sindorfer Kreisel standen sie.»

«Er heißt Atmajyoti», korrigierte Stefanie die Abkürzung.

«Weiß ich», sagte Annette. «Aber du willst mir doch nicht

weismachen, dass du ihn jedes Mal mit vollem Namen ansprichst.»

«Ich darf ihn Darling nennen», erklärte Stefanie.

Es wurde wieder profan. Karola betrachtete ihren Kampf um eine interessante Sendung als halbwegs gewonnen und kämpfte nur noch um ihre Freiheit zu trinken, wonach ihr der Sinn stand. Annette verlor sich nach dem kurzen Disput mit Stefanie in der Betrachtung polizeilicher Aktivitäten, die harmlose Bürger den geruhsamen Feierabend kosteten, während Schwerkriminelle und Psychopathen sich ins Fäustchen lachten.

Kurz darauf verabschiedete sich Heidrun Merz. Annette begleitete sie hinaus. Marlene nutzte die Zeit, um sich bei Karola zu erkundigen, ob mittags wirklich ein bedrohlicher Anruf im Sender eingegangen war, wie vor Beginn der Lesung behauptet.

«Was denkt ihr eigentlich von mir?» Karola war beleidigt. «Meint ihr, ich erfinde so etwas, um mich wichtigzumachen?»

«Deine Sekretärin war erfunden», wandte Marlene ein und schielte zu Karolas Töchtern hinüber. Es war ihr unangenehm, in Gegenwart der beiden auszusprechen, dass man *Mutti* längst nicht alles glauben durfte. Aber die Schwestern unterhielten sich angeregt über das Buch, die Lesung und alles, was eben noch aufs Tapet gekommen war, vor allem über Andy, den Jäger. Kaum anzunehmen, dass sie zuhörten.

Karola kommentierte den Hinweis mit einer resignierenden Geste. «Wenn ich vorher erfahren hätte, dass Frau Merz beim WDR ist, hätte ich eine Redaktionsassistentin ins Feld geführt. Die hat den Anruf nämlich entgegengenommen. Ein Kerl, der seine Nummer unterdrückte, wollte *Killing Me Softly* hören – mit einem schönen Gruß von Mona. Nicht etwa an Mona, sondern von. Du merkst den feinen Unterschied, ja? Ich hatte kurz vorher auf die Lesung hingewiesen. Außerdem sagte er, dass alle Weiber, die auf Kosten eines Mannes leben, unter die Erde gehören.»

«Du meinst, das war …», begann Marlene und verstummte, als Karola ihr mit einem Wink bedeutete, den Mund zu halten.

Annette kam zurück und bat den Kellner um die Rechnung für sich und ihren Gast. Marlene beglich den Rest und übernahm auch das Trinkgeld.

Draußen vor der Tür entschuldigte Annette sich: «Tut mir leid, ich weiß, dass ich dich eingeladen hatte. Aber das konnte ich nicht machen, wo Karola dabeisaß. Ich hoffe, du verstehst das.»

Natürlich verstand Marlene es. Aber dass Karola unter diesen Voraussetzungen am nächsten Vormittag eine weitere Buchbesprechung in ihre Sendung einbaute und dabei auf *Annettes Bücherstube* hinwies, musste bezweifelt werden.

Noch vor zehn war Marlene wieder daheim. Die Kinder waren schon zu Bett gegangen. Auf dem Küchenblock hatte Johanna eine Nachricht von Werner notiert. Er hatte um Viertel vor neun vom Flughafen aus angerufen und von seiner Tochter gehört, Mama sei Annettes Einladung zum Essen gefolgt. Daraufhin war er nochmal ins Büro gefahren.

Dort war wie immer um die Zeit der Anrufbeantworter eingeschaltet. Das tat Werners Sekretärin automatisch, wenn sie Feierabend machte. Aber nun erreichte Marlene ihn auf seinem Handy. Er freute sich, dass sie einen unterhaltsamen Abend gehabt hatte. Ihm waren im Flieger ein paar wichtige Aspekte für das nächste Gespräch mit dem Straßburger Kunden eingefallen, die er unbedingt heute noch hatte ausarbeiten wollen, weil es morgen mit der Zeit zu knapp war.

«Aber ich hab's gleich», sagte er. «Dann mache ich mich auf den Heimweg. Geh nur schon zu Bett, wenn du müde bist.»

«Das hatte ich vor», sagte sie.

Obwohl sie begierig war, sich einen Eindruck von abartigen Spielchen zu verschaffen, nahm sie sich im Bad die notwendige Zeit für die Zahn- und Gesichtspflege, ehe sie mit *Monas Tagebuch* unter die breite Daunendecke schlüpfte. Sie war zu müde, um Satz für Satz zu lesen. Und beim Durchblättern fand sie weder die Raststättenepisode noch die Sache auf der Autobahn.

Auf Seite hundertzweiundsechzig, die Fischer angesprochen hatte, war von einem technischen Labor die Rede, in dem die Tonbandkassette mit Monas Gestammel auf Hintergrundgeräusche untersucht werden sollte. Von einem Ergebnis stand auf den folgenden Seiten aber nichts. Da ging es nur um das Verhalten der Polizei.

Statt den Kerl zu suchen, der Mona zum Verhängnis geworden war, hatten die Beamten Josch Thalmann mit unverschämten Fragen belästigt. Was die Polizei von ihm hatte wissen wollen, war nicht angeführt. Doch nach den Einwürfen des freiberuflichen Journalisten konnte Marlene sich das denken.

Sie waren doch kurz vorher selbst in Madrid, Herr Thalmann. Haben Sie dort etwas zur Post gebracht? Ihre Schwägerin arbeitet für den WDR, da hat sie doch garantiert Zugang zu einem Tonstudio, in dem man so ein Band produzieren könnte.

Die folgenden Passagen, in denen Heidrun Merz ihrem Ärger über vermeintlich anmaßende und untätige Kriminalbeamte Luft machte, wirkten einschläfernd. Marlene dämmerte weg, ohne es zu registrieren. Es war nach einer viel zu kurzen Nacht ein langer und zuletzt auch noch aufregender Tag gewesen.

Irgendwann fühlte sie, dass Werner ihr das Buch aus den Fingern zog und einen Kuss auf ihre Stirn hauchte.

«Nicht erschrecken», sagte er, als sie ins Licht blinzelte.

Er hatte die Deckenlampe auf schummrige Beleuchtung

gedimmt. Doch die dunklen Flecken auf seiner weißen Hemdbrust hoben sich deutlich ab.

«Mir ist nichts passiert», versicherte er sofort, um sie zu beruhigen. «Der Anzug liegt im Bad. Bist du so lieb und bringst ihn morgen in die Reinigung? Vielleicht ist er zu retten.»

Natürlich erschrak Marlene trotz der behutsamen Einleitung. Ein blutverschmiertes Hemd, das Unterhemd darunter war ebenfalls dunkelrot durchtränkt. Dass ihm angeblich nichts passiert war, beruhigte sie im ersten Moment überhaupt nicht. Damals beim Hausbau war er von einer verschmierten Leitersprosse abgerutscht und hatte sich beim Sturz mit einem Spannungsprüfer in den linken Unterarm gestochen. Tagelang hatte er den Arm nicht richtig gebrauchen können. Aber ihm war «gar nichts passiert».

«Hattest du einen Unfall?», fragte sie entsetzt.

«Ich nicht», sagte er. «Es hatte schon gekracht, als ich von der Autobahn herunterkam. An der Zufahrt zur Kiesgrube.»

Marlene sah die Stelle augenblicklich vor sich. Kurz vor der Autobahnauffahrt Richtung Köln führte ein unbefestigter Weg von der Landstraße zur Kiesgrube. Sie nickte automatisch.

Werner sprach weiter: «Es hatten bereits zwei Wagen angehalten. Die Unfallstelle war gesichert, Polizei und Rettungskräfte verständigt. Ich hätte weiterfahren können. Aber keiner traute sich an die Frau in dem Unfallfahrzeug heran. Sie war eingeklemmt und bewusstlos, hatte wohl innere Verletzungen und blutete stark aus einer Kopfwunde. Viel für sie tun konnte ich nicht, sie nur durch die zerborstene Seitenscheibe halten. Man kann einem Menschen in so einer Lage doch nicht nur beim Sterben zusehen.»

«Ist sie tot?», fragte Marlene schockiert.

Werner zuckte mit den Achseln. «Als der Notarzt eintraf, war ihr Puls kaum noch tastbar.»

Er strich sich mit einem Handrücken über die Augen, als

könne er den Anblick wegwischen. Als er weitersprach, klang er wie immer. «Ich springe noch schnell unter die Dusche. Das Hemd und die Unterwäsche stopfe ich am besten gleich in den Mülleimer. Ich glaube nicht, dass die Flecken vollständig rausgehen.» Damit verließ er das Schlafzimmer wieder.

Marlene blinzelte zum Radiowecker hinüber. Achtzehn Minuten vor zwölf.

Als Werner zurückkam, bestückte er den Herrendiener mit den Sachen, die er donnerstags anziehen wollte. Es wäre ihr lieb gewesen, er hätte weitererzählt, seine Gefühle, sein Entsetzen ausgesprochen, auf die Weise etwas von seiner Ohnmacht und dem Schock angesichts einer schwerverletzten Frau verarbeitet. Doch er wollte sie damit nicht belasten.

«Lass uns lieber schlafen», sagte er, als er sich in seine Betthälfte legte und das Licht löschte. «Sonst kommen wir gar nicht mehr zur Ruhe.» Das kamen sie auch so nicht.

Als Marlene kurz nach zwei aufstand, um die scheußlichen Bilder in ihrem Kopf – ein bis zur Unkenntlichkeit demoliertes Auto und eine blutüberströmte Frau in Werners Arm – mit einer Pille auszuschalten, wollte Werner wissen: «Wo willst du hin?»

«Hab ich dich geweckt?», fragte sie.

«Nein. Aber das ist keine Antwort. Wenn du auch nicht schlafen kannst, nimm Baldrian, aber nicht wieder dieses Teufelszeug, von dem dir jedes Mal übel wird.»

«Baldrian», wiederholte sie frustriert. «Da kann ich auch Bonbons lutschen.»

«Dann tu das», empfahl Werner. «Aber lass das Zeug aus dem Leib. Sei vernünftig, Marlene. Denk an die Mutter von Andreas. So willst du doch bestimmt nicht enden.»

Natürlich nicht. Aber mit freiverkäuflichen Schlaftabletten, von denen sie nur im äußersten Notfall eine nahm, konnte sie ihrer Meinung nach auch gar nicht so enden. Doch sie wollte ihn weder verärgern noch eine endlose Diskussion vom Zaun brechen, legte sich wieder hin, schloss die Augen und probierte es noch einmal mit der Vorstellung, mit der sie in der vergangenen Nacht in den Schlaf gerutscht war. Der neue Friedhof, ein offenes Grab, Werners blumengeschmückter Sarg – oder besser eine Urne –, weinende Kinder, fassungslose Freunde …

LÜGEN

14. Januar 2010 – Donnerstagmorgen

Um zehn vor sechs holte Herbert Grönemeyer Marlene mit seinen Betrachtungen über Männer, die Geborgenheit gaben, Zärtlichkeit brauchten, heimlich weinten und am Telefon logen, aus einem kurzen, aber sehr bilderreichen Schlaf.

Ihre erneute Vorstellung von Werners Begräbnis musste irgendwann nahtlos in einen Traum von dem schrecklichen Unfall bei der Kiesgrube übergegangen sein. Nur dass keine Frau eingeklemmt in einem Autowrack gelegen hatte, sondern der Mann, der sie liebte, der seit mehr als zwanzig Jahren alles für sie tat, was in seiner Macht stand. Und sie hatte neben dem demolierten Auto gestanden und ihm beim Sterben zugesehen. Sie fühlte sich wie gerädert, als hätte sie überhaupt nicht geschlafen. Und so randvoll mit schlechtem Gewissen, dass sie den schweren Kopf kaum vom Kissen hochbrachte.

Werner lag bereits auf dem Fußboden, als wäre es ein Morgen wie jeder andere. Zwanzig Liegestütze. Er hatte kaum mehr Schlaf gehabt als sie und atmete nicht einmal schwerer als sonst.

Herbert Grönemeyer wurde von einer aktuellen Verkehrsmeldung das Wort abgeschnitten. Fußgänger auf der A 57 zwischen der Anschlussstelle Chorweiler und dem Kreuz Köln-Nord.

Sie war versucht, den Kopf zu schütteln. Idioten gab es! Man sollte es nicht glauben. Welcher vernünftige Mensch ging denn in aller Herrgottsfrühe auf der Autobahn spazieren? Wer mochte die Frau gewesen sein, mit deren Blut Werner in der Nacht heimgekommen war? Und welchen idiotischen Fehler hatte sie gemacht?

Es war trotz des vor Müdigkeit dröhnenden Schädels und des permanent schlechten Gewissens ein anderes Erwachen als sonst. Nicht gar so auf die Musik konzentriert und nicht auf einen Tag, den es irgendwie zu füllen galt. Sie hatte doch einiges zu erledigen. Als Erstes wahrscheinlich wieder Schnee schippen. Dann die Raststättenepisode und die Sache auf der Autobahn suchen und sich einen Eindruck von abartigen Spielchen verschaffen. Werners Anzug in die Reinigung bringen. Und mit Ulla reden. Heute musste sie das unbedingt tun, aber nicht am Telefon. Da wurde sie nur wieder abgeschmettert. Besser rausfahren zu Scheidweber & Co. Und wenn ihr nichts einfiel, was sie sagen könnte: Ulla nur stumm in die Arme nehmen.

Oder ihr vielleicht einfach ein neues Auto kaufen? Ein kleines würde ja reichen, um trocken und windgeschützt zur Arbeit zu kommen. So was wie der rote Knirps mit dem Siegburger Kennzeichen, den der freiberufliche Journalist gefahren hatte, gab es garantiert schon für zehntausend. Nachdem die Abwrackprämie ausgelaufen war, konnte man jeden Preis drücken. Die entsprechenden Verhandlungen könnte Werner führen und würde es bestimmt auch tun.

Nach der Warnung an die Autofahrer auf der A57 sang Emiliana Torrini von ihrem Herzen, das wie eine Dschungeltrommel schlug. Dann kam die Werbung. Eine unsäglich nervtötende Männerstimme pries ein Müsli, das sie wegen ebendieser Stimme noch nie gekauft hatte.

Werner ging aus der Bauchlage in die Hocke. Auf zwanzig Liegestütze ließ er zwanzig Kniebeugen folgen. Dann richtete er sich wieder auf, zog die Pyjamahose stramm und nahm die Unterwäsche vom Herrendiener. Hemd, Krawatte, Socken und der Anzug blieben vorerst noch hängen beziehungsweise liegen.

Werner verließ das Schlafzimmer. Sie hörte ihn wie üblich an die Türen der Kinder klopfen, hörte seinen munteren, fröhlichen Ton. Er klang so gut gelaunt wie immer. Wahrscheinlich wollte er die Kinder noch weniger mit dem Schrecken der Nacht belasten als sie. Oder berührte ihn einfach nicht, dass er eine sterbende Frau im Arm gehalten hatte? Schwer vorstellbar. Warum hätte er sonst überhaupt angehalten und helfen wollen?

Sie wartete nicht wie sonst die Nachrichten ab, zwang den Oberkörper in die Senkrechte, schwang die Beine aus dem Bett, tauschte den Pyjama gegen den wärmeren Hausanzug und ging nach unten. *Monas Tagebuch* nahm sie mit. Ein Blick unter den ein Stückchen weit hochgezogenen Rollladen vor dem Küchenfenster zeigte, dass Schneeschippen entfiel.

Als Werner im Bad zum Rasierer griff, lief bereits der Kaffee durch. Sie füllte vier Gläser mit Orangensaft, verteilte Geschirr, stellte alles andere dazu. Vollkornbrot für Werner und Leonard, Müsli für Johanna. Sie selbst aß so früh am Morgen nur einen Toast mit Konfitüre und trank dazu Milchkaffee.

Als um halb sieben das Küchenradio die nächsten Nachrichten brachte, saßen sie schon alle zusammen am Tisch. Und alles war wie immer. Werner lauschte auf weitere Verkehrshinweise, die für ihn eventuell wichtig wären. Um neun hatte er einen Termin bei einer Bank in Düsseldorf, musste aber vorher noch ins Büro. Und auf allen Autobahnen staute sich der Verkehr.

Johanna erwartete einen Bericht vom Essen mit Heidrun Merz. Marlene schilderte ihrer Tochter Karolas Bemühungen um eine Bereicherung der heutigen Sendung. Weil Werner dabeisaß und sie ohnehin nicht wusste, wie sie die Anspielung der Autorin auf Julias Vater verpacken sollte, ließ sie den Namen Andy Jäger einfach unter den Tisch fallen.

Leonard freute sich auf die bevorstehende Klassenfahrt nach Tirol und bedauerte halbherzig, dass er deswegen kommenden Mittwoch das Training versäumte.

«Das wird wohl nicht so tragisch sein», meinte Werner. «Wenn das Wetter so bleibt, könnt ihr in nächster Zeit gar nicht spielen.»

Kurz nach sieben verließ Werner das Haus, die Kinder folgten wenig später. Marlene nahm sich den letzten Kaffee, goss ordentlich Milch dazu und machte sich erneut auf die Suche nach der Raststättenepisode und der Sache auf der Autobahn.

Was mochten Mona und das Monstrum von Liebhaber denn getrieben haben, dass sie nicht nur ihr Leben, sondern auch noch das von Unbeteiligten riskiert hatten? Waren sie als Geisterfahrer unterwegs gewesen? Oder als Spaziergänger? Die gefährdeten schließlich auch nicht nur sich selbst. Wenn jemand ihretwegen eine Vollbremsung machen musste, die Kontrolle über den Wagen verlor, in die Leitplanken schleuderte …

Im Küchenradio kündigte Moderator Bernd Meisen, den Karola um neun Uhr ablöste, den Polizeibericht an. Vorher gab's nochmal Musik. Nach dem neuen Hit von Shakira teilte Meisen dann mit, jetzt habe er den Pressesprecher der Kreispolizei in der Leitung. «Einen schönen guten Morgen wünsche ich Ihnen, Herr Kolber.»

Mit Vornamen hieß Kolber Manfred, hatte Karola mal erwähnt. Die kannte ihn seit der Zeit, als Andreas abgehauen war.

«Den wünsche ich Ihnen, Ihren Zuhörerinnen und Zuhörern auch, Herr Meisen», erwiderte Manfred Kolber.

Bernd Meisen erkundigte sich in launigen Worten nach der *Kriminalitätsrate* der vergangenen vierundzwanzig Stunden. Manfred Kolber lachte pflichtschuldig und erklärte, kriminalitätsmäßig läge der Kreis wie üblich weit hinter Köln oder anderen Großstädten. Vier Wohnungseinbrüche, ein Fall von

Vandalismus auf einem Friedhof und zwei aufgebrochene Pkws.

Marlene blätterte weiter, überflog hier und dort einige Zeilen, teilte ihre Aufmerksamkeit zwischen Buch und Radio. Insgesamt waren es achtundfünfzig Polizeieinsätze gewesen, davon vierundzwanzig Verkehrsunfälle mit Blechschäden – erstaunlich wenige, wenn man die Wetterverhältnisse und die Situation auf den Straßen berücksichtigte – und ein Unfall mit einer schwerverletzten Person.

Nun war Marlene ganz Ohr. Das musste der Unfall an der Kiesgrube sein, bei dem Werner sich bis auf die Unterwäsche mit Blut besudelt hatte. Leider ging Manfred Kolber nicht ins Detail. Während sie noch auf genauere Informationen hoffte – er hätte ja wenigstens sagen können, ob die Person noch lebte oder inzwischen verstorben war –, klingelte im Wohnzimmer das Telefon.

Seit die Kinder über Handys verfügten und überall zu erreichen waren, passierte das nur noch sehr selten. So frühmorgens war es seit ewigen Zeiten gar nicht mehr vorgekommen. Beim letzten frühen Anruf, an den sie sich erinnerte, hatte ihre Mutter mitgeteilt, Oma und Opa seien soeben mitsamt ihrem Häuschen in die Luft geflogen. Schon aus dem Grund verhieß es nichts Gutes.

Marlene hastete ins Wohnzimmer. Karola war am Apparat. Sie war bereits im Studio und ziemlich außer Fassung. «Gott sei Dank bist du da.»

«Wo soll ich denn sonst sein?», fragte Marlene verständnislos.

«Annette ist nicht zu erreichen», ereiferte sich Karola. «Ihr Handy ist kaputt. In der Bücherstube geht keiner ans Telefon. Wollte sie nicht heute früh aufräumen? Sie müsste doch da sein.»

«Vielleicht frühstückt sie gerade», sagte Marlene. Das tat Annette manchmal beim Bäcker gegenüber. Da gab es kleine Sitzecken und Stehtische, lecker belegte Brötchen, guten Kaffee, noch besseren Cappuccino. Und man hatte die Bücherstube im Auge, konnte rasch hinüber, wenn Kundschaft auftauchte.

«Und warum nimmt sie das Telefon nicht mit?», schimpfte Karola weiter. Das schnurlose aus der Bücherstube hatte laut Annette eine Reichweite von dreißig Metern – in Gebäuden. Zum Bäcker gegenüber waren es höchstens acht Meter.

«Ich brauche sie dringend», erklärte Karola. «Hast du gerade den Polizeibericht gehört?»

«Ich höre ihn noch», sagte Marlene. Manfred Kolber parierte soeben eine scherzhafte Bemerkung von Bernd Meisen und verabschiedete sich danach.

Und Karola fragte: «Willst du raten, wer den abgestellten Kieslaster gestreift und sich dreimal überschlagen hat? Mein Gott, mir ist so übel. Sie haben fast eine Stunde gebraucht, um sie aus dem Wagen zu schweißen. Passiert ist es kurz vor elf. Und das kann ja wohl nicht hinkommen. Sie ist lange vor zehn weg. Ich hab nicht auf die Uhr gesehen, aber ich meine, es wäre kurz nach halb gewesen. Sie hat doch für die vier Kilometer nicht über eine Stunde gebraucht. Kolber hat von seinen Kollegen gehört, sie hätte stark nach Alkohol gerochen. Das kann auch nicht sein. Sie hatte nur den Schluck Sekt bei Annette. Du warst dabei, Marlene. Du kannst bezeugen, dass sie nichts getrunken hat und wann sie losgefahren ist. Machst du's?»

Marlene hatte zugestimmt, noch ehe sie vollends begriff, was Karola von ihr verlangte. Sie erfasste nur, dass die Rede von Heidrun Merz war.

Karola ließ ihr nicht einmal die Zeit zu duschen. Punkt neun sollte sie im Studio sein. «Sei um Gottes willen pünktlich!» So blieb ihr nur eine knappe halbe Stunde. Sie tauschte eilig den Hausanzug gegen Alltagskleidung, nahm reichlich Deo, sprühte sich zusätzlich mit Eau de Parfum ein – es war derselbe Duft –, und fuhr mit dem Kamm durchs Haar. An Make-up dachte sie nicht.

Eigentlich dachte sie gar nicht, reagierte nur. Karolas Stimme hatte in ihrem Kopf ein Vakuum hinterlassen, in dem Erinnerungsfragmente herumschwirrten. Sie sah Heidrun Merz beim Italiener die Tomatenstücke aus dem Salat klauben, sah den silbergrauen Peugeot mit laufendem Motor auf dem Parkplatz beim Einkaufscenter warten, sah die zierliche Frau Geldscheine in die Hand des Wachmanns drücken und mit unbewegter Miene die Widmung auf Fischers lädiertes Buch schreiben. Sie sah sie lesend am Stehpult und blutend in Werners Arm. Und dazwischen hörte sie immer wieder Karolas Stimme, nicht den hektisch fassungslosen Ton von eben, sondern den beleidigten vom vergangenen Abend. *«Was denkt ihr eigentlich von mir? Er wollte* Killing Me Softly *hören – mit einem schönen Gruß von Mona.»*

Erst nachdem sie die Tür hinter sich zugezogen hatte, die von der Diele in die Doppelgarage führte, stellte Marlene fest, dass sie keinen Schlüssel hatte, um abzuschließen. Sie hatte im Hinausgehen reflexartig nach der schwarzen Handtasche gegriffen, die sie gestern Abend mit zur Lesung genommen hatte. Darin befand sich neben der Brieftasche mit Ausweispapieren und ihrer Geldbörse ein Christophorus-Anhänger, an dem der Zündschlüssel für den Van, die Fernbedienung fürs Garagentor und eine winzige LED-Lampe befestigt waren.

Der Anhänger war ein Werbegeschenk von Scheidweber & Co gewesen, Andreas Jäger hatte vor vier Jahren ein halbes Dutzend davon im Freundeskreis verteilt. Christophorus war der Schutzpatron der Reisenden, genau richtig für den Autoschlüssel. Ihr Hausschlüssel hing an der Hakenleiste neben der Garderobe.

Werner trug sämtliche Schlüssel an einem Bund. Er hatte früher immer den Motor abstellen müssen, um das alte Garagentor aufzuschließen. Ihr war das damals zu lästig gewesen. Nach dem Einbau des elektrischen Tors waren die beiden Schlüsselringe für sie längst Gewohnheit.

Und jetzt war nicht die Zeit, sich zu ärgern, weil sie Werners gutgemeinten Rat in den Wind geschlagen und die Schlüssel nicht zusammengesteckt hatte. Die Tür war zu und Werner garantiert schon auf dem Weg nach Düsseldorf. Aber die Kinder hatten beide einen Schlüssel für die Haustür.

Leider wechselten Johanna und Leonard mit jedem Unterrichtsblock in einen anderen Raum. Marlene kannte die Stundenpläne nicht auswendig. Sie müsste im Sekretariat nachfragen und anschließend den Unterricht stören. Egal, vor den Kindern und einer Schulsekretärin musste sie sich nicht rechtfertigen für einen Moment der Eile und Gedankenlosigkeit. Wirklich gedankenlos war sie ja auch nicht. In ihrem Kopf überschlugen sich immer noch die Eindrücke des vergangenen Abends.

Als sie endlich im Van saß, blieben ihr noch zwanzig Minuten für eine Strecke, auf der Karola auch dann sechsmal die Woche ihr Leben riskierte, wenn die Straße nicht glatt war. Man sollte nicht glauben, wie viele Idioten tagtäglich unterwegs waren. Da wurde trotz Gegenverkehr rücksichtslos überholt, sogar im Kreisverkehr und beim Abbiegen telefoniert. Da wurden – während der Fahrt und von Fahrer oder Fahrerin – Kleinkinder auf der Rückbank versorgt und Straßenkarten gelesen oder am Navigationsgerät herumgespielt.

Abends und nachts war es nicht gar so dramatisch, was den Verkehr anging, da war es im Gegenteil sehr einsam. Und eine Frau allein unterwegs in einem alten Ford Escort, der jederzeit liegenbleiben konnte, wäre ein willkommenes Opfer für jeden potenziellen Vergewaltiger – meinte jedenfalls Karola. Sie fuhr immer nur haarscharf an den Katastrophen vorbei.

Dass Karola hinter dem schweren Unfall an der Kiesgrube alle möglichen und unmöglichen Ursachen vermutete, war nicht verwunderlich. Aber anderthalb Stunden nachdem Heidrun Merz sich beim Italiener verabschiedet hatte? Das war tatsächlich mysteriös. Und betrunken konnte die Autorin keinesfalls gewesen sein.

Sie hatte nach der Lesung nicht mal ein halbes Glas Sekt getrunken, eigentlich nur am Schaum genippt. Marlene sah es noch vor sich. Als Annette ihr das Sektglas füllte, hatte Heidrun Merz schnell abgewinkt. Als Annette nachschenken wollte, hatte sie die Hand über das Glas gehalten. Und dann um Wasser gebeten. Werner hatte in der Nacht auch keinen Alkoholgeruch erwähnt.

Der Wagen vor ihr bremste plötzlich aus unerfindlichen Gründen. Marlene registrierte es im letzten Moment und stieg ebenfalls auf die Bremse. Der Van geriet ins Schlingern, sie fing ihn irgendwie ab und verhinderte knapp einen Zusammenstoß.

Während ihr Vordermann wieder beschleunigte, machte sich in ihr ein intensives Gefühl von Unbehagen breit. Völlig unrecht hatte Karola mit den Gefahren der Straße natürlich nicht. Und so schnell konnte das gehen. Einen Moment nicht aufgepasst. Vielleicht war Heidrun Merz gestern Abend auch mit ihren Gedanken woanders gewesen und hatte nicht so blitzschnell reagieren können wie sie gerade eben.

Abgesehen von dem einen unangenehmen Zwischenfall kam sie zügig voran. Siebzig Stundenkilometer waren erlaubt, daran hielten sich auch alle notgedrungen.

Das Autoradio hatte sich in der Garage automatisch mit der Zündung eingeschaltet, nur war es auf einen Sender eingestellt, der ausschließlich flotte englische Musik spielte. Es gab fünf winzige Drucktasten mit festen Senderbelegungen, Werner hatte die Programmierung übernommen.

Auf den ersten zehn Kilometern drückte Marlene systematisch eine Taste nach der anderen und musste sich anschließend bis zum nächsten Wortbeitrag gedulden. So dauerte es jedes Mal ein Weilchen, ehe sie feststellte, dass sie den Lokalsender wieder nicht erwischt hatte. Und jedes Mal, wenn sie lauschte, geisterte ihr Herbert Grönemeyer durch den Kopf. *Männer sind etwas sonderbar. Männer sind allzeit bereit. Männer bestechen durch ihr Geld und ihre Lässigkeit … müssen durch jede Wand, müssen immer weiter.*

Hatte Werner den Alkoholgeruch nur verschwiegen, weil es ihm ohnehin unangenehm gewesen war, mit ihr über den Unfall zu reden? Warum war ihm das denn so unangenehm gewesen? Sie war doch kein Kind, das man nicht unnötig ängstigen wollte. Manchmal übertrieb er mit seiner Beschützerrolle.

Reiß dich zusammen, Marlene, rief sie sich selbst zur Ordnung, als ihr bewusstwurde, dass ihre Gedanken erneut abschweiften. Konzentrier dich auf den Verkehr und das Wesentliche. Karola erwartet von dir, dass du dem Pressesprecher der Kreispolizei erklärst, wann Heidrun Merz sich beim Italiener verabschiedet hat und dass sie zu dem Zeitpunkt stocknüchtern war.

Dass sie einmal dermaßen wichtig werden könnte, hätte sie sich nie träumen lassen. Eine unvoreingenommene Zeugin, der ein Polizist Glauben schenken musste, was bei Karola offenbar nicht der Fall war. Aber wer Karola kannte, glaubte ihr eben nur knapp die Hälfte.

Der Gedanke, dass es unüblich war, eine wichtige Aussage im Lokalsender vom Pressesprecher der Polizei aufnehmen zu lassen, kam ihr in der Aufregung nicht. Wäre ihr bewusstgeworden, worauf das Zusammentreffen hinauslief, hätte sie wohl auf der Stelle kehrtgemacht.

Endlich hörte sie den Moderator, der kurz vor halb neun mit launigen Worten Manfred Kolber begrüßt hatte. Nun klang seine Stimme getragen. Bernd Meisen gab das Wort an Karola weiter, die versprach für die nächsten Stunden eine Tragödie. «Bleiben Sie dran, ich zähle auf Sie.»

Jetzt kamen noch ein Lied, der Werbeblock und die Nachrichten. Dann ging es los. Aber Marlene war am Ziel, musste nur noch einen Parkplatz finden und den Van abstellen. Aus den Lautsprechern in den Türverkleidungen drangen die Stimmen junger Männer. *«When I Die.»* Den Song hatte vermutlich Karola ausgesucht. Er war schon älter. Die Gruppe hieß No Mercy. Wie passend, dachte Marlene bei ihrer Übersetzung: Keine Gnade, wenn ich sterbe.

Nummer neun

Ein Flämmchen im Universum. Sonderlich weit leuchtete es nicht. Nur in einem Umkreis von drei, vier Metern waren größere Steine und die Unregelmäßigkeiten im Boden relativ gut zu erkennen. Marlene konnte die beiden Streifen ausmachen, die ihre Knie auf dem letzten Stück gezogen hatten. Schemenhaft sah sie auch das Papiertuch, das bei der stinkenden Lache zurückgeblieben war. Alles, was weiter als vier, fünf Meter entfernt war, bestand aus vagen Konturen in unterschiedlichen Grautönen. Und hinter dem Grau war es schwarz.

Sie hielt das brennende Zündholz, bis es ihr die eiskalten Fingerkuppen versengte. Dann ließ sie es fallen. Und vielleicht wäre es besser gewesen, nicht zu sehen, dass es nichts zu sehen gab. Sie konnte sich danach längere Zeit nicht aufraffen, weiter ohne jede Orientierung auf wunden, pochenden Knien durch totale Finsternis zwischen Steinen herumzukriechen. Wohin denn?

Jetzt kamen die Fragen, die Panik, Benommenheit und Verwirrung bisher zurückgehalten hatten. Wo um alles in der

Welt war sie? Und wie zum Teufel war sie in dieses schwarze Loch geraten? Nicht aus eigenem Antrieb und nicht aus eigener Kraft! Darauf hätte sie geschworen, obwohl sie sich nicht erinnerte. Das führte sie zu dem Schluss, sie sei betäubt worden.

In etlichen Thrillern, die sie gelesen hatte, waren Frauen Drogen verabreicht worden, ohne dass sie etwas davon bemerkt hatten. Man hörte von solchen Fällen auch oft in Fernsehsendungen, und dann war es keine Fiktion. Liquid Ecstasy oder Gamma Hydroxy Buttersäure, kurz GHB. Sogenannte Vergewaltigungsdrogen, mit denen die Opfer außer Gefecht gesetzt wurden. Aber man musste eine betäubte Frau nicht zwangsläufig vergewaltigen. Was das anging, war ihr nichts passiert, da war sie sicher. Sonst wäre sie kaum so ordentlich und vollständig angezogen.

Der Verdacht gegen Werner, der sie seit ihrer Panikattacke beschäftigt und verhindert hatte, dass sie richtig in Panik geriet, schien damit ad absurdum geführt. Ein Mann, der ein harmloses Schlafmittel verteufelte, würde seiner Frau niemals Drogen verabreichen. Aber wer – verdammt nochmal – hatte sie dann in dieses schwarze Loch gebracht? Und schließlich die wichtigste Frage: Warum?

Ein Scherz! Es konnte nur ein bitterböser, hundsgemeiner, grausamer Scherz sein. Eine Bestrafung für die Begräbnisphantasien, obwohl davon niemand wusste, es sei denn, sie hätte mal im Schlaf gesprochen und Werner die richtigen Schlüsse aus ihren Worten gezogen. Was wiederum bedeutete, dass er doch dahintersteckte. Da waren ja auch noch die Unzufriedenheit mit dem von ihm so perfekt geplanten Leben, eine gewisse Aufmüpfigkeit und Widerstand gegen seine Wünsche und Entscheidungen in den letzten Tagen.

Nachdem sie begonnen hatte, sich mit *Monas Tagebuch* zu beschäftigen, war sie nicht mehr so nachgiebig gewesen wie in all den Jahren zuvor. Es kam jedenfalls einiges zusammen, was ein Pedant vielleicht für strafwürdig befand.

Und wenn man gute Freunde hatte, musste man nicht selbst aktiv werden. Dann erfuhr man auch nicht unbedingt, mit welchem Pülverchen oder Tröpfchen die Ehefrau außer Gefecht gesetzt worden war. Vielleicht sagte man auch: «Tu, was du für richtig hältst. Ich will es gar nicht so genau wissen. Hauptsache, sie kommt wieder zur Vernunft.»

Die ständige Wiederholung des Liedes untermauerte ihre ungeheuerliche Vermutung noch. So vielen Leuten hatte sie nicht von ihrer besonderen Beziehung zu Lucy Jordan erzählt. Einer der wenigen war Werner.

Mechanisch massierte sie ihre geschundenen Knie, kämpfte tapfer gegen die aufsteigenden Tränen an und lutschte das köstliche Pfefferminzbonbon, bis nichts mehr davon übrig war. Es hatte einen weichen Kern, der ihren Mund ganz klebrig und ihren Durst unerträglich machte. Das brachte sie dazu, sich wieder auf das Vordringliche zu konzentrieren.

Wasser! Sie musste unbedingt etwas trinken, ehe der Durst sie verrückt machte. Und eben – vor zwei oder drei Balladen – hatte sie das Plätschern doch noch deutlich gehört. So weit konnte sie sich in der kurzen Zeit nicht entfernt haben.

Sie wartete auf die nächste Pause, machte sich bereit, die Ohren zu spitzen. Hieß es nicht, dass Blinde ein erheblich besseres Gehör hatten als Sehende? Sie war doch wie blind.

Umso größer war ihre Enttäuschung, als die letzten Takte verklangen und sie angestrengt in die Dunkelheit horchte. Sie hörte etwas, aber es gluckerte und gluckste nicht, von Plätschern ganz zu schweigen. Jetzt rauschte es bloß schwach.

War es vielleicht nur Bandrauschen? So wie bei der Lesung in *Annettes Bücherstube*. War das Plätschern Einbildung gewesen? Wunschdenken, das sich in ihrem benommenen Hirn wie eine Tatsache breitgemacht hatte? Wo sollte denn hier ein

Bach fließen? Den Graben, den sie zweimal überwunden hatte, konnte sie als Wasserlauf ausschließen. Wäre darin etwas geflossen, hätte sie es hören müssen, vermutlich auch gespürt oder gerochen haben. In der staubtrockenen Luft hier unten müsste Wasser zu riechen sein, meinte sie.

Zum ersten Mal dachte sie bewusst «unten». Unter der Erde. Es war bestimmt kein schwarzes Loch im All. Es musste eine Höhle sein, genauer gesagt ein großer Raum in einer Höhle. Stillgelegte Bergwerke gab es in der Region nicht. Wohingegen es in der Eifel und im Bergischen Land Dutzende Höhlen gab.

Karolas Abenteurer hatte sich vor Jahren während einer vierwöchigen Auszeit mal einer Gruppe von Leuten angeschlossen, die Höhlen in Südamerika erforscht hatten. Nach seiner Rückkehr hatte er wochenlang von der traumhaft schönen «Gruta da Lapinha» in Brasilien geschwärmt, woraufhin Werner auf heimatliche Gefilde verwiesen hatte.

«Das kannst du nicht vergleichen», hatte Andreas gesagt und wortreich geschildert, wo er in Brasilien herumgestreunt war. 511 Meter tief unter der Erde, in elf verschiedene Salons unterteilt, die durchschnittliche Breite der Gänge läge bei vierzig Metern.

Und das war nicht die einzige Höhle, in der Andreas sich umgetan hatte. Die Einstiege seien oft unscheinbare Löcher, hatte er erzählt. Bei manchen müsse man sich noch ein Stück weit durch eine enge Röhre zwängen oder metertief abseilen. Aber wenn man erst eine gewisse Tiefe erreicht hätte …

Da gäbe es von Rissen und Spalten durchzogene Hallen und Kathedralen, in denen Felsnadeln aus dem Boden ragten und von der Decke hingen. Von Stalaktiten und Stalagmiten hatte er gesprochen. Manchmal müsse man sich durch Kriechgänge schlängeln, manchmal durch enge Spalte quetschen. Aber im Großen und Ganzen sei es geräumig unter der Erde, weitläufig und *irre spannend*.

14. Januar 2010 – Donnerstagvormittag

Marlene schaltete den Motor aus. No Mercy verstummte wie abgewürgt. Sie blieb noch ein paar Sekunden sitzen, um sich für ihre Aussage zu sammeln. Aber was konnte sie schon großartig erzählen? Sie konnte nur bestätigen, was Karola dem Pressesprecher der Polizei vermutlich schon fünfzigmal erklärt hatte. Hoffentlich hielt der es dann nicht für eine Absprache.

Das Gebäude, in dem der Lokalsender untergebracht war, kannte sie bereits von außen. Vor gut einem Jahr hatte Karola sie um den Freundschaftsdienst einer Fahrt gebeten, weil der alte Escort dringend zur Reparatur musste. Es waren dann insgesamt acht Fahrten geworden, zweimal hin und zurück für sie an den Vormittagen. Die abendlichen und nächtlichen Touren hatte Werner übernommen und dafür eigens seine Termine umgestellt. Sie nachts allein über eine einsame Landstraße fahren zu lassen sei ihm nicht geheuer, hatte er gesagt. Und über Karola lachte er, wenn sie die Gefahren dieser Straße ins Feld führte.

In die Räume des Senders begleitet hatte sie Karola vor einem Jahr nicht. Nun wunderte sie sich. Sie klingelte, ein elektrischer Türöffner summte, und schon war sie drin. Einfach so. Es fragte nicht einmal jemand, wer sie war und was sie wollte.

Sie betrat einen langen Flur, auf den mehrere Türen mündeten. Eine stand offen, dahinter befand sich eine winzige Küche mit einem Hängeschrank, einer Spüle, einer Mikrowelle und einer Kaffeemaschine. An der Maschine füllte ein junger Mann mit Glatze einen Becher mit Kaffee. Sein kahler Schädel glänzte, als wäre er lackiert.

«Hallo», grüßte Marlene. «Frau Jäger hat mich vor einer halben Stunde angerufen. Ich bin …»

Ehe sie ihren Namen aussprechen konnte, zeigte der Glatzkopf wortlos den Flur entlang. Der mündete in einen großen

Raum mit durchgezogener Fensterfront und etlichen Schreibtischen. Jeder war mit einem Flatscreen-Monitor bestückt. Es wirkte alles sehr hell und modern. Eine große Wanduhr zeigte vier Minuten vor neun und machte Marlene klar, dass sie die Strecke in Rekordzeit bewältigt hatte. Werner erzählte sie das lieber nicht.

Karola stand an einem der vorderen Tische und unterhielt sich mit einem sympathisch aussehenden Mann Ende dreißig, der im Begriff stand zu gehen. Bernd Meisen, Marlene erkannte ihn an der Stimme. Karola hob eine Hand, um ihr zu bedeuten, sie solle sich noch einen Augenblick gedulden.

Rein äußerlich war es exakt die Karola, die Marlene seit Jahren kannte. Das runde Gesicht mit dem Doppelkinn, das sie zu kaschieren suchte, indem sie den Hals reckte und den Kopf möglichst hoch trug, was ihr den Anschein von Arroganz verlieh. Das stets einen Ton zu dunkel gefärbte Haar – der letzte Rest Cleo an ihr wie der kirschrote Lippenstift, der nur die Lippenränder bedeckte, die restliche Farbe klebte immer an irgendeiner Kaffeetasse.

Der weitgeschnittene Rock mogelte zwar ein wenig vom Hüftspeck und der Bauchrolle weg. Über dem Bund wölbte sich jedoch ein Wulst, den die weiße Bluse nur unzulänglich kaschierte. Karola trug seit ihrem vierzigsten Geburtstag nur noch Röcke und Blusen. In dieser Umgebung wirkte sie großmütterlich.

Ihre weiße Bluse hatte über der rechten Brust einen großen braunen Fleck. Am vergangenen Abend hätte Marlene bei diesem Anblick noch gesagt: «Du hast dich mit Kaffee bekleckert.» Es musste Kaffee sein. Karola trank ihn literweise. Ein Wunder, dass sie nicht ständig aufs Klo rannte. Ihre Blase musste dasselbe Fassungsvermögen haben wie die eines Nilpferds. Aber normalerweise bekleckerte Karola sich nicht mit Kaffee.

Normalerweise war vorbei. Der Fleck machte ihr Karola fremd. Er erzählte von Schreck, Betroffenheit und Erschütterung. Es war nicht schwer, sich vorzustellen, dass Karola eine gefüllte Tasse in der Hand gehalten und zum Mund geführt hatte, als sie erfuhr, wessen Wagen in der Nacht bei der Kiesgrube einen abgestellten Laster gestreift und sich dreimal überschlagen hatte.

Der Glatzkopf kam mit dem Kaffeebecher herein, stellte ihn vor Karola ab, setzte sich an den Schreibtisch, an dem sie sich noch mit Bernd Meisen unterhielt, und hörte dem Gespräch zu.

Von den anderen Tischen war einer besetzt mit einer Blondine Mitte zwanzig, die im Gesicht an drei Stellen gepierct war, Oberlippe, rechte Augenbraue und linker Nasenflügel. Sie hielt einen Telefonhörer am Ohr, sprach jedoch nicht, lauschte auch nicht. Dem Anschein nach hing sie in irgendeiner Warteschleife und langweilte sich. Die Finger der freien Hand trommelten einen Takt neben die Computertastatur.

Am dritten Schreibtisch saß ein langhaariger Mann, der kaum älter sein konnte als die gepiercte Blondine. Von ihm sah Marlene nicht viel mehr als Schultern, Arme und den Scheitel. Eine Hälfte seiner Mähne war wie ein Regenbogen gefärbt oder gesprüht. Blaue, rote, grüne und lila Strähnen zogen sich vom Scheitel über die gesamte rechte Kopfseite.

Der Mann hatte beide Ellbogen auf die Tischplatte gestützt und die Hände so um den Kopf gelegt, als hielte er sich die Ohren zu. Dabei war sein Gesicht so tief über ein Exemplar von *Monas Tagebuch* gebeugt, dass seine bunten Haarsträhnen die Tischplatte berührten.

Seitlich an dem Schreibtisch saß noch ein zweiter Mann, der wie Karola deplatziert wirkte. Er war Ende vierzig, athletisch gebaut und mit einer Polizeiuniform bekleidet. Auch er las *Monas Tagebuch*. Es verschwand fast in seinen großen Händen.

Der Regenbogenmann schaute nicht einmal auf, als Marlene zögernd näher kam. Vermutlich hörte er mit den zugehaltenen Ohren nichts. Der Uniformierte hob auch nur kurz den Kopf und schnüffelte – irritiert von der Duftwolke, die sie umgab. Für zwei Sekunden brachte er ein neutrales Lächeln zustande und vertiefte sich sofort wieder in seine Lektüre.

Die gepiercte Blondine lächelte Marlene flüchtig zu, stellte das Trommeln mit den Fingern ein und sagte: «Klar bin ich noch da.» Sie horchte sekundenlang aufmerksam in den Hörer, ehe sie sich bedankte: «Du bist ein Schatz, Bärbel, hast was gut bei mir. Natürlich halten wir uns an die Spielregeln. Was denkst du denn?»

Bernd Meisen verabschiedete sich. Karola wandte sich an den Uniformierten. Der erhob sich, als Karola ihn ansprach. Es war Manfred Kolber. Aber er wollte keine Aussage von Marlene, er wollte gar nichts. Nur Karola wollte. Und nachdem Bernd Meisen gegangen war, war sie in diesem hellen, modernen Raum mit den merkwürdigen jungen Leuten die unbestrittene Autorität.

Eilig, aber trotz der Zeigerstellung auf der großen Wanduhr keineswegs hektisch, übernahm sie die Vorstellung. *Frau Weißkirchen, Herr Kolber*. Im selben Atemzug fragte sie die Blondine: «Wie steht's, Elke?»

«Ex», bekam sie zur Antwort. «Aber das ist noch nicht offiziell. Sie bleibt an der Maschine, bis die Angehörigen eingetroffen sind.» Elke lispelte ein wenig, in ihrer Zungenspitze steckte auch ein Stückchen Metall.

Karola schloss für einen Moment die Augen. «Ihr Sohn ist erst drei, darüber darf man gar nicht nachdenken.» Das tat sie offenbar auch nicht. Sie stellte mit einem Blick auf die Wanduhr fest: «Wir müssen.» Dann griff sie nach Marlenes Arm und wies den Regenbogenmann an: «Leg dir einen Zettel rein, Heiko. Du kannst heute Nachmittag weiterlesen. Ich will für den

Auftakt etwas Getragenes, aber keine Klassik. Was passt zum Thema?»

Heiko nahm die Hände herunter, hob den Kopf und schien zu überlegen. «Days of Pearly Spencer?», schlug er zögernd vor.

«Quatsch», fuhr Karola ihn an. «Ich moderiere doch nicht die Formel 1.»

Marlene fühlte sich befangen. Ex! Niemand musste ihr erklären, was das bedeutete. Elke hatte mit einem Krankenhaus telefoniert, offenbar eine gute Beziehung angezapft. Heidrun Merz war tot und hinterließ einen dreijährigen Sohn. Von einem Kind war gestern Abend nicht die Rede gewesen. Aber welche Rolle spielte das? Der Kleine würde ohne Mutter aufwachsen, weil Heidrun Merz in *Annettes Bücherstube* aus dem Tagebuch seiner Tante gelesen hatte.

Man mochte sich endlos den Kopf zerbrechen, was letztlich dazu geführt hatte, dass Mona meinte, an einem gebrochenen Bein zu sterben, und warum der silbergraue Peugeot ihrer Schwester sich mit fast anderthalb Stunden Verspätung bei der Kiesgrube dreimal überschlagen hatte. Die eigentliche Ursache für alles war das Gefühl, überflüssig zu sein.

«The Ballad of Lucy Jordan», sagte Marlene. Mit der Überlegung, die ihr jedes Mal wieder in den Sinn kam, wenn sie diesen Song hörte, ob der Staubsaugerschlauch auf das Auspuffrohr passte und lang genug war, um durchs Seitenfenster geschoben zu werden, war es fast ein Verrat an sich selbst.

Karola betrachtete sie nachdenklich und nickte. «Das habe ich gestern schon gebracht, in Zusammenhang mit dem Hinweis aufs Buch und die Lesung. Aber daran kann ich anknüpfen. Gut. Das nehmen wir. Anschließend bringen wir den Unfallbericht.»

Das ging an Manfred Kolber, mit dem nächsten Satz oder Befehl wandte Karola sich wieder an Marlene: «Danach erzählst du etwas über *Monas Tagebuch* und deine Eindrücke. So in Richtung verhängnisvolle Affäre. Du weißt schon, was ich meine.»

Nein, das wusste Marlene nicht. «Ich dachte, ich soll erklären, dass Frau Merz gestern Abend keinen Alkohol getrunken hat und wann sie aufgebrochen ist.»

Manfred Kolber betrachtete sie mit unbewegter Miene. Das Büchlein hatte er nicht aus der Hand gelegt, hielt einen Finger zwischen die Seiten, auf denen er zuletzt gelesen hatte. «Erklären?», fragte er mit einem merkwürdigen Unterton.

«Bezeugen», stellte Karola richtig. «Und das kann nicht nur Frau Weißkirchen. Die Buchhändlerin, der Restaurantbesitzer und der Kellner werden Ihren Kollegen ebenfalls bestätigen, dass Frau Merz gegen einundzwanzig Uhr dreißig und vollkommen nüchtern in ihren Wagen gestiegen ist.»

Während Karola sprach, zog sie Marlene am Arm in den Flur, öffnete eine Tür und schob sie in den dahinter liegenden Raum. Manfred Kolber schloss sich ihnen mit *Monas Tagebuch* an.

Das Studio, von dem Karola häufig erzählte, erwies sich als relativ kleiner Raum, der beherrscht wurde von einem vor Technik strotzenden Pult, über dem zwei große Flatscreens thronten. Davor stand ein rotgepolsterter Bürostuhl. Zwischen drei Dutzend Schiebereglern und unzähligen, teils beleuchteten Tasten stand das berüchtigte Mikrophon, daneben lag ein Kopfhörer. An der Seite gab es noch ein weiteres Mikrophon für Studiogäste, davor standen zwei einfache Stühle mit gepolsterten Sitzflächen. Das war schon alles, wenn man von einem Kalender, einer Wanduhr und einem Regal voller CDs absah.

Karola schob Marlene weiter durch zu den beiden Stühlen, Manfred Kolber folgte. Nachdem sie beide Platz genommen hatten – Marlene gezwungenermaßen in der hintersten Ecke –, vertiefte er sich sofort wieder in *Monas Tagebuch*.

Karola ließ sich auf dem Bürostuhl nieder, drückte sich den Kopfhörer gegen ein Ohr, legte die rechte Hand auf einen der Schieberegler, hob den linken Arm, erkundigte sich bei Marlene: «Nervös?», und sagte im gleichen Atemzug: «Musst du nicht sein. Sprich ganz normal. Die Vorstellung übernehme ich. Dann erzählst du ein bisschen …»

Es herrschte immer noch ein ziemliches Durcheinander in Marlenes Kopf. Aber die nüchterne Atmosphäre zeigte Wirkung. Sie fühlte sich hereingelegt und überrumpelt und wurde heftig. «Ich kann nichts erzählen. Ich habe das Buch noch gar nicht gelesen.»

Karola reagierte nicht sofort darauf, ihre Hand verschob den Regler, ihr Arm fuhr ruckartig nach unten. Es sah aus wie ein Beilhieb, das sollte es wohl auch darstellen. Aus dem Kopfhörer drang gedämpft eine muntere Männerstimme mit dem Hinweis: «Radiotreff.»

«Mit Karola Jäger, einen schönen guten Morgen», sagte Karola und zog den Regler wieder zurück. Dann starrte sie Marlene ungläubig an. «Warum nicht?»

Sie begriff wohl sofort, dass eine Antwort auf die Frage ihnen im Augenblick nicht weiterhalf, beugte sich zum Pressesprecher der Polizei hinüber, sagte: «Sie gestatten, Herr Kolber», zog ihm das Buch aus den Händen und hielt es Marlene hin mit den Worten: «Seite zweiundfünfzig, achtundsiebzig und hundertneun. Flieg kurz drüber, du hast vier Minuten.»

«So schnell kann ich nicht lesen», protestierte Marlene.

«Fang an», kommandierte Karola und wandte sich wieder an Manfred Kolber. «Ich denke, Sie sind einverstanden, wenn ich einen Aufruf mache. Vielleicht gibt es Zeugen für die anderthalb Stunden, die wir uns nicht erklären können.»

Er zuckte gleichmütig oder ergeben mit den Achseln.

Es drängte Marlene, aufzustehen und das Studio zu verlassen. Aber zwischen ihr und der Tür saß der Athlet in Uniform. Und als sie das Büchlein nahm, klappte es von selbst auseinander an der Stelle, an der er seinen Finger zwischen die Seiten gehalten hatte. Hundertzehn und hundertelf lauteten die Seitenzahlen.

Seite hundertzehn begann mit dem letzten Teil eines Satzes: *«... wissen müssen, warum er das Verdeck geöffnet hatte.»* Sie blätterte erst gar nicht zurück. Der nächste vollständige Satz machte ihr klar, dass es sich um die Sache auf der Autobahn handeln musste. Nach dem ersten Absatz glühte ihr Gesicht vor Peinlichkeit. So etwas las man nicht in Gegenwart von Leuten, die man als Autoritätspersonen einstufte, bestimmt nicht, wenn so eine Autoritätsperson kurz zuvor dasselbe gelesen hatte und deshalb genau wusste, was man sich zu Gemüte führte.

Mona und ihr Liebhaber waren nicht als Geisterfahrer unterwegs gewesen oder auf einer Autobahn spazieren gegangen. Sie hatten sich während der Fahrt gegenseitig befriedigt! In Monas Cabrio! Bei offenem Verdeck! Während sie eine endlose Schlange von Lastwagen überholten, deren Fahrer alle zu ihnen hinuntergafften und Stielaugen bekamen.

Der perverse Kerl steuerte mit einer Hand das Auto, befummelte Mona mit der anderen Hand und erzählte ihr dabei, wie Menschen schrien, wenn sie bei lebendigem Leib verbrannten. Dann verlangte er, sie solle den Fahrer eines Flüssiggastransporters – er nannte ihn Bruder, für ihn waren alle Männer Brüder – so ablenken, dass der Mann die Kontrolle über das Fahrzeug verlor und alles in Flammen aufging. Hinter ihnen wohlgemerkt. Der Typ wollte nicht selbst draufgehen, drosselte eigens das Tempo, um sich nach vorne ein Stück weit freie Fahrt für die Flucht zu verschaffen, während Mona ihren Gurt löste, sich über seinen Schoß beugte und tat wie befohlen. Aber die entstehende Lücke nutzte dann ein anderer Lkw, um zu überholen.

Das waren aberwitzige Spielchen! Anders konnte man das gar

nicht bezeichnen. Und das in einem Jargon … Für Marlene war es übelste Pornographie. Vielleicht war sie ein bisschen prüder als andere. Aber sogar Mona hatte ihrem Tagebuch anvertraut:

Seine Ausdrucksweise störte mich, wie sie mich immer stört. Doch ich will nicht leugnen, dass sie mich auch aufs Neue erregte. Das tut sie jedes Mal. Und er weiß das. Ich fühlte wieder seine Hand zwischen meinen Schenkeln und die gierigen Blicke seiner Brüder auf meinem Fleisch. Und ich fühlte meinen Herzschlag, mein Leben.

Warum fühle ich bei Josch nichts mehr in dieser Art? Wenn er mit mir schläft, bin ich innerlich tot. Es kann doch nicht sein, dass man die Angst braucht, um existieren zu können.

Natürlich habe ich Angst. Vor jedem neuen Rendezvous frage ich mich: Und wenn er mich nicht belügt, wenn er nicht nur prahlt mit Untaten, die er gar nicht begangen hat? Wenn tatsächlich schon vier Frauen durch seine Hand gestorben sind? Ich begreife nicht, was mit mir geschieht. Warum lasse ich mich wieder und wieder auf dieses Scheusal ein?

Berechtigte Frage, fand Marlene und blätterte nun doch zurück. Seite hundertneun enthielt die Raststättenepisode. Das Scheusal kam mit einem Motorrad. Deshalb mussten sie für die gemeinsame Tour Monas Cabrio nehmen. Und ehe er auf dem Parkplatz das Verdeck herunterließ, trieb er es mit Mona im Waschraum der Damentoilette. Während unmittelbar neben ihnen eine junge Mutter einem Kleinkind die Hände wusch und so tat, als sei sie blind und taub. Die Ausdrucksweise war im Vergleich zu dem Autobahnstück harmlos, obwohl Mona einige der verbalen Attacken wiedergab, mit denen der Kerl die junge Mutter aus der Reserve locken wollte.

Eine Höhle also! Und wo – verdammt – kam die Musik her? Das mochte eine nebensächliche Frage sein, aber es war eine, auf die Marlene schnell eine Antwort fand. Im Geist sah sie den handlichen, kleinen Kassettenrekorder vor sich, den sie als Kind besessen hatte. Märchen hatte sie damit gehört, später auch Schlager, und im Duett mit Ulla Abba-Songs aufgenommen: *Money, Money, Money, Waterloo, Fernando* und *I Have a Dream*.

Der Rekorder hatte ein eingebautes Mikrophon gehabt und – was in einer Umgebung wie dieser noch wichtiger war: Sie hatte das Schätzchen mit vier Batterien unabhängig von einem Stromnetz betreiben können. Eine Höhle war schließlich kein Wohnzimmer, wo man an jeder Wand eine Steckdose fand.

Es kam ihr so vor, als hätte sie soeben ein lebenswichtiges Rätsel gelöst. Aus ihrer Sicht war es sogar überlebenswichtig, weil es sich vortrefflich in den «Denkzettel für eine undankbare Ehefrau» einfügte.

Ein batteriebetriebener Kassettenrekorder! Natürlich hätte so ein kleiner wie der ihre mit entsprechend mickrigem Lautsprecher keine unterirdische Halle beschallen können. Aber es gab ja auch große. Und nicht alle mussten an Verstärker angeschlossen werden wie das Tapedeck aus Christophs Multimediaanlage.

Anfang Dezember hatte Leonard bei Amazon einen sogenannten Ghettoblaster entdeckt und ihr gezeigt. *«Guck mal, Mama, damit kann man CDs, MP3-Dateien und sogar deine alten Kassetten abspielen. Das ist was anderes als dein olles Küchenradio. Den könntest du richtig aufdrehen.»*

Dass er tatsächlich versuchte, ihr so ein Gerät schmackhaft zu machen, hatte Marlene bezweifelt. Es stand eher zu vermuten, dass er gerne einen Ghettoblaster zu Weihnachten bekommen hätte. Werner hatte das genauso gesehen und einen gekauft. Eine Leistung von achthundert Watt sollte das Ding haben. Selbstverständlich durfte Leonard es im Haus nicht voll aufdrehen. Werner wollte keinen Krach mit den Nachbarn.

Aber auch achthundert Watt wurden in entsprechender Entfernung zu leiser Hintergrundmusik. Wie weit mochte sie gekrochen sein? Auch wenn sie nur wie eine Schnecke vorankam, sie kroch schon sehr lange, mindestens zwei, drei Stunden, schätzte sie. *Einmal hin, einmal her, rundherum, das ist nicht schwer.* Vielleicht hundert Meter insgesamt? Oder hundertfünfzig? Hundert hin, fünfzig zurück?

Sie hatte sich noch nie hundert Meter von einem richtig aufgedrehten Ghettoblaster entfernt aufgehalten und keine Ahnung, aus welcher Distanz man die Musik noch wie laut hörte. Von ihrem Küchenradio hörte sie kaum noch etwas, wenn sie nur in die Diele ging. Doch das war auch nie richtig aufgedreht, und da war dann eine Wand dazwischen. Hier unten mochten die akustischen Verhältnisse völlig anders sein.

Sie überlegte, ob sie noch ein Bonbon gegen den quälenden Durst lutschen oder noch ein Zündholz riskieren sollte, um Ausschau nach dem Ghettoblaster zu halten. Aber im Umkreis von drei, vier Metern stand der garantiert nicht. Und bei allem, was weiter entfernt war, richtete so ein winziges Flämmchen nichts aus, wie sich ja bereits gezeigt hatte. Dabei wäre es so wichtig, Marianne das Maul zu stopfen. Endlich Ruhe haben, in die Schwärze horchen. Und wenn es dann immer noch rauschte, musste es Wasser sein.

Es gab Wasser unter der Erde! Sogar sehr viel Wasser, hatte Andreas in Zusammenhang mit den Höhlen erzählt, in denen er sich umgetan hatte. Unterirdische Quellen, die aus Ritzen im Fels brachen, aus denen das reinste Wasser sprudelte, das man sich vorstellen konnte, vollkommen unbelastet von Schadstoffen und Umweltgiften. Oder Wasserfälle, die von hoch oben heruntertosten und in kleine Seen oder Kessel platschten. Und Wasseradern, die normalerweise kleine Rinnsale waren und unvermittelt zu reißenden Strömen anschwollen, wenn es oben regnete, was man unten nicht mitbekam.

Da konnte ein Kriechgang schnell zur tödlichen Falle werden. In der einen Sekunde hörte man noch ein Rauschen, das rasch zum Dröhnen anschwoll. Und ehe man sichs versah, wurde man von der Flut weggerissen, in unterirdischen Kammern vom Wasser eingeschlossen, oder es wurde einem der Rückweg abgeschnitten, und man ertrank.

Ertrinken wollte sie nicht, verdursten noch weniger. Und allein die Vorstellung, dass es in ihrer Nähe eine Quelle, einen Wasserfall oder ein Rinnsal gab, dass sie das Wasser zwar hörte, aber nicht fand, weil sie nichts sah. Und weil das verfluchte Lied verhinderte, dass sie lange genug hinhören konnte, um die Richtung auszumachen und gezielt dorthin zu kriechen …

14. Januar 2010 – Donnerstagvormittag

Während Marlene mit merklich gerötetem Gesicht die Szene auf der Autobahn und die Raststättenepisode las, hielt Karola dem Pressesprecher der Polizei einen Vortrag über den gesunden Menschenverstand, der einem sagte, dass etwas nicht mit rechten Dingen zugegangen sein konnte, wenn Heidrun Merz anderthalb Stunden nach ihrem Aufbruch, aber nur vier Kilometer entfernt verunglückte.

«Das war kein Unfall», erklärte Karola nachdrücklich. «Frau Merz hat einen ziemlichen Wirbel veranstaltet, um den Mörder ihrer Schwester nervös zu machen. Das ist ihr gelungen. Sie wurde in den letzten Wochen massiv bedroht. Erkundigen Sie sich bei der Kripo Düsseldorf, Herr Kolber. Die hatten eigens einen Mann abgestellt, um einen Zwischenfall bei der gestrigen Lesung zu verhindern.»

Wie Karola – auch noch von einem Irrtum in Bezug auf Fischer ausgehend – die Tatsachen verdrehte, war phänomenal. Marlene hätte den Ausdruck «provozieren» treffender gefunden.

Manfred Kolber runzelte ungläubig die Stirn. «Wenn es eine konkrete Gefahr für die Frau gab, warum wurde ihr dann nicht von derartigen Veranstaltungen abgeraten?»

«Das hat man», behauptete Karola. «Man hat noch mehr getan. Man hat versucht, sie öffentlich zu diskreditieren, indem man durchblicken ließ, dass auch ihr Schwager als Täter in Frage käme. Aber es gibt sechs weitere Fälle mit verblüffenden Parallelen in NRW. Sechs Frauen, die nichts mit Josch Thalmann zu tun hatten. Also kann man ihn als Täter wohl ausschließen.»

Ehe Manfred Kolber darauf reagieren konnte, hob Karola wieder den linken Arm. Gedämpft hörte Marlene die letzten Klänge ihres Vorschlags aus dem Kopfhörer, den Karola immer noch nur gegen ein Ohr drückte. *«As she rode along through Paris with the warm wind in her hair.»*

Die ersten vier Minuten waren um. Karolas Arm schlug nach unten. Sie sprach mit ihrer weichen, einschmeichelnden und dem Anlass entsprechend leicht belegt klingenden Stimme ins Mikrophon: «Gestern um diese Zeit habe ich Sie auf eine Lesung mit der bekannten Autorin Heidrun Merz aufmerksam gemacht. Wer meinem Rat gefolgt ist, hat einen Abend voller Spannung erlebt und vielleicht daheim noch einige Seiten aus *Monas Tagebuch* verschlungen. Seit dem Verschwinden ihrer Schwester im Juli 2006 kämpft Heidrun Merz um die Wahrheit und den Beweis, dass Mona Thalmann Opfer eines grausamen Verbrechens wurde. Nun müssen wir befürchten, dass ihr Kampf Heidrun Merz das Leben kostet. Bei mir im Studio sitzt der Pressesprecher unserer Polizei, Manfred Kolber.»

Manfred Kolber hatte offenbar Erfahrung. Ohne dass Karola ihn auffordern musste, beugte er sich zu dem zweiten Mikrophon vor und sagte: «Guten Morgen.»

Karola sprach weiter: «Und Marlene Weißkirchen, die gestern Abend dabei war – bis zur letzten Minute. So kann man sagen, nicht wahr, Frau Weißkirchen?»

Abgesehen davon, dass es für Marlene ungewohnt war, von Karola als Frau Weißkirchen angesprochen zu werden, wunderte sie sich nur ein bisschen. Karola sprach, als gebe es noch Hoffnung für Heidrun Merz. Aber angesichts der Tatsache, dass die gepiercte Blondine gesagt hatte, es sei noch nicht offiziell … Es wäre pietätlos und sensationslüstern gewesen, eine nur durch Beziehungen erhaltene, nicht offizielle Auskunft in die Welt hinauszuposaunen, ehe die Angehörigen davon wussten. Pietätlos war der Lokalsender nie, im Vergleich mit anderen auch nicht besonders sensationslüstern.

Marlene war so sehr darauf fixiert, sich nicht zu blamieren, dass sie sich automatisch vorbeugte, wie Kolber es getan hatte. «Guten Morgen», sagte sie ebenfalls, ehe sie Karolas Frage beantwortete: «Ja, das kann man so sagen. Nach der Lesung waren wir noch zusammen essen. Wir sind seit der Schulzeit miteinander befreundet.»

Mit dem letzten Satz war selbstverständlich Annette gemeint. Das musste Karola genauso gut wissen wie sie. Und Karola sagte in Gegenwart des Pressesprechers der Kreispolizei ins Mikrophon und damit in zigtausend Ohren: «Umso mehr muss ich mich bei Ihnen bedanken, dass Sie nun hier sitzen und nicht bei Ihrer Freundin in der Klinik.»

Es verschlug Marlene die Sprache. Natürlich hätte sie sagen können: «Entschuldigung, das war ein Missverständnis. Ich bin mit der Buchhändlerin Annette Barlow zur Schule gegangen, nicht mit Heidrun Merz.» Der Gedanke kam ihr nur nicht sofort. Stattdessen tippte sie sich heftig an die Stirn und formulierte tonlos: «Bist du bescheuert?»

Karola machte sich nicht einmal die Mühe, es von ihren Lippen abzulesen, und wandte sich wieder an Manfred Kolber. «Herr Kolber, was können Sie uns über das tragische Ereignis der vergangenen Nacht erzählen?»

«Nicht viel», sagte der Polizist. Er hatte wirklich Erfahrung und nicht vor, sich eine Blöße zu geben. «Den bisherigen Erkenntnissen zufolge touchierte der Wagen von Frau Merz gegen dreiundzwanzig Uhr einen ordnungsgemäß abgestellten Lkw. Ob ein weiteres Fahrzeug beteiligt war, lässt sich zurzeit noch nicht sagen. Es gab keine unmittelbaren Unfallzeugen und an der Unfallstelle auch keine Hinweise auf einen dritten Wagen. Möglicherweise war die Fahrbahn stellenweise vereist und rutschig.»

«Aber hieß es nicht», versuchte Karola ihn festzunageln, «Frau Merz sei stark alkoholisiert gewesen und habe die Zufahrt zur Kiesgrube mit der Autobahnauffahrt verwechselt?»

«Bei Unfällen mit Personenschaden wird routinemäßig auf Blutalkohol getestet», erklärte Manfred Kolber, auf die Verwechslung ging er gar nicht ein. «Dem Ergebnis der Untersuchung möchte ich nicht vorgreifen.»

«Natürlich nicht», sagte Karola und tat es für ihn. «Frau Weißkirchen, was hat Heidrun Merz gestern Abend getrunken?»

«Einen Schluck Sekt nach der Lesung», antwortete Marlene wahrheitsgemäß, aber nun auf Vorsicht bedacht. «Es war nicht mal ein halbes Glas. Bei der Lesung und beim Essen trank sie nur Mineralwasser, weil sie noch fahren musste. Und mein …»

Den Rest verschluckte sie im allerletzten Moment. *Mein Mann hat keinen Alkohol erwähnt,* hatte sie sagen wollen. Doch das bedeutete ja nicht, dass Werner keinen Schnaps gerochen hätte. Und nur der Himmel wusste, was Karola daraus machte, wenn sie erklärte, Werner sei an der Unfallstelle gewesen und habe sich um die Schwerverletzte bemüht, weil er fand, man dürfe keinem Menschen beim Sterben einfach nur zusehen.

Karola nickte auffordernd, als sie so plötzlich abbrach, und bedeutete ihr mit einer Geste, weiterzusprechen. Sie winkte ab.

«Einen Schluck Sekt und Mineralwasser», wiederholte Karola daraufhin. «Das kann ich bestätigen. Ich war ebenfalls dabei, wollte es mir nicht nehmen lassen, diese großartige Frau persönlich kennenzulernen und ihr meine Bewunderung auszusprechen für ihren Mut, den Mann herauszufordern, der ihre Schwester und höchstwahrscheinlich sechs weitere Frauen auf bestialische Weise getötet hat. Es war Heidrun Merz bewusst, dass sie in Gefahr schwebte. Doch davon ließ sie sich nicht aufhalten.»

Karola versprach ihren Hörerinnen und Hörern nach der nächsten Musik einige Rätsel und Widersprüche, betätigte einen der Regler und fragte: «Was wolltest du eben noch sagen?»

«Nichts was hierhergehört», erklärte Marlene bestimmt.

Sie war immer noch wütend und überlegte, wie sie die Sache mit der Freundschaft berichtigen könnte, ohne Karola vor ihrer Zuhörerschaft bloßzustellen. In Gegenwart des Pressesprechers der Polizei mochte sie allerdings nicht energisch auf eine Richtigstellung drängen. Das hätte Karola in den Augen dieses Mannes doch unmöglich gemacht. Lieber las sie noch ein Stück.

Seite zweiundfünfzig begann mit einem Datum:

20. April 2006

Es ist kurz vor Mitternacht. Ich kann nicht schlafen. Mit meiner Konzentration ist es auch nicht weit her. Aber ich sollte zumindest versuchen, einen denkwürdigen Tag festzuhalten. Heute Mittag dachte ich noch, es lohnt nicht, eine Seite zu füllen. Wenn ich all die Gedanken wiedergeben wollte, die mir am Vormittag durch den Kopf gezogen sind, müsste ich die ganze Nacht schreiben. Dabei war es nur das Übliche. Die Stille im Haus, keine Hoffnung auf ein Geräusch, geschweige denn ein Wort.

Wozu brauche ich zwei Telefone, wenn niemand Zeit hat, mit mir zu sprechen, und ich niemanden erreichen kann? Josch ist in der Luft, Heidrun im Sender. Und die Nachbarn gehen ihrer Arbeit nach. Tagsüber ist das Haus tot.

Die Stille machte die Wohnung so eng, dass sie mich erstickte. Nach Mittag ertrug ich es nicht länger. Ich fuhr in die Stadt, nur um mich zu überzeugen, dass ich nicht allein bin im Universum. Es wimmelte in den Straßen von anderen. Denn wenn ich allein bin, sind es «andere».

Wenn ich mit Josch unterwegs bin, ist das nicht so. Wir waren am vergangenen Mittwoch im Theater an der Kö. Da waren Menschen in den Schadow Arkaden und der Umgebung. Heute war es eine fremde Spezies. Ich gehörte nicht dazu, wurde nicht wahrgenommen. Niemand grüßte mich, niemand schenkte mir ein Lächeln im Vorbeigehen.

Mit Josch hatte ich die Auslagen der Juweliere angeschaut und Gefallen geheuchelt für ein Armband. Ich dachte, ich sollte es mir kaufen, ehe mein lieber Mann das tut. Er tut es bestimmt, obwohl ihm längst aufgefallen sein müsste, dass ich mich nicht mehr mit dem Kram behänge. Wozu auch? Niemand registriert, wenn ich mir ein Vermögen um den Hals oder ein Handgelenk lege, an die Finger oder die Ohren stecke.

Achttausend Euro sind ein hoher Preis für ein bisschen Glitzer und ein paar Minuten freundlicher Behandlung. Ich wusste, dass ich Aufmerksamkeit bekäme, sobald ich den Laden betrat. Aber ich wollte mich nicht erniedrigen auf die Kaufkraft einer Kreditkarte. Also ging ich nicht hinein. Vielleicht wollte ich auch Josch nicht enttäuschen. Ich bin sicher, er wird das Ding kaufen, um mir bei nächster Gelegenheit eine vermeintliche Freude zu machen. Er begreift nicht, was ich wirklich brauche.

Ich bestellte einen Kaffee und ein Stück Kuchen in den Arkaden. Der Kuchen war zu süß. Aber er gab mir das Gefühl, für einige Sekunden wichtig zu sein für eine junge Serviererin. Anschließend bummelte ich durch ein paar Läden.

Und dann sah ich ihn wieder, den Mann, der mir letzten Freitag bis vors Haus gefolgt war und dann so tat, als habe er mich mit einer Nachbarin verwechselt. Seine Erklärung hätte mich schon am Freitag stutzig machen müssen. Aber ich hatte nicht weiter darüber nachgedacht.

Nun war ich mir im ersten Augenblick nicht völlig sicher. Er stand draußen nahe dem Eingang, war anders gekleidet als am Freitag und hielt den Kopf gesenkt. Aber als ich den Laden verließ, musste ich dicht an ihm vorbei. Und da erhielt ich Gewissheit. Es war derselbe Mann.

Ich setzte mich auf eine Bank und beobachtete ihn. Er gab sich den Anschein, als warte er auf jemanden. Wiederholt schaute er auf die Uhr und tat ungeduldig. Dabei beobachtete er mich unentwegt, das sah ich genau. Er ließ mich nicht aus den Augen.

Ich fragte mich, ob Josch ihn beauftragt haben könnte, auf mich zu achten. Aber das wäre widersinnig. Wenn Josch befürchten sollte, dass ich mir etwas antue, dann müsste er unsere Wohnung überwachen lassen. So gut sollte mein Mann mich kennen, um zu wissen, dass ich mich wie ein Tier verkrieche und nicht die Öffentlichkeit suche. Abgesehen davon glaube ich nicht, dass Josch etwas ahnt, folglich hat er keinen Grund, mir einen Aufpasser auf die Fersen zu schicken.

Ich ging zur Treppe. Der Mann wählte dieselbe Richtung. Ich verließ die Arkaden, er blieb hinter mir. Auf der Blumenstraße war er fast auf gleicher Höhe. Es war ein sonderbares Gefühl, irgendwie erregend. Ich wurde von einem Mann verfolgt und wusste nicht, warum. Ich überlegte, ob ich ihn noch einmal ansprechen sollte. Aber ich hatte Angst, dass er mich auslachte, vielleicht fragte, was ich mir einbilde, und danach einfach wegging.

An der Ecke Martin-Luther-Platz kehrte ich um. Er blieb stehen, verharrte ein paar Sekunden lang unschlüssig. Dann folgte er mir erneut, obwohl er inzwischen bemerkt haben musste, dass ich auf ihn aufmerksam geworden war.

Vielleicht ging es darum. Vielleicht sollte ich ihn bemerken, ihn noch einmal ansprechen, auf eine Erklärung drängen und ihm damit die Möglichkeit einräumen, sich zu offenbaren.

Einen flüchtigen Moment erwog ich, dass ich ihm gefiel und er nur schüchtern sei. Aber schüchtern sah er nicht aus, im Gegenteil. Er sah aus wie ein Krokodil im Wasserloch der Gazellen.

Ich betrat die Arkaden wieder von der Schadowstraße aus. Er war immer noch hinter mir, aber er war ein wenig in der Menge zurückgeblieben. Ich ging geradewegs zu den Parkdecks. Er folgte. Zwischen den Wagen verlor ich ihn sekundenlang aus den Augen. Dann sah ich ihn wieder, er stieg auf ein Motorrad und setzte einen schwarzen Integralhelm auf.

Was ich in dem Augenblick fühlte, lässt sich schwer beschreiben. Es zählt eigentlich nur, dass ich etwas fühlte und dass ich wusste, was soeben geschah. Zwei Fremde spielten das Spiel des Lebens, bei dem man nie weiß, wer am Ende der Gewinner ist. Irgendein Mann trifft irgendeine Frau. Und kurze Zeit später kann der Mann ein Liebhaber sein oder ein Mörder.

Er wollte mich nicht lieben, das wusste ich, sonst hätte er längst einen Annäherungsversuch unternommen und nicht diesen Helm aufgesetzt, der es unmöglich machte, festzustellen, wen oder was er beobachtete. Er war das Krokodil und ich die Gazelle. Er näherte sich mit unmerklichen Bewegungen dem Ufer, lauerte unter der Wasseroberfläche und wartete auf den Moment, in dem ich durstig meinen Kopf hinunterbeugte, um mich zu packen und ins Trübe zu ziehen.

Ich hätte niemandem erklären können, was mich so sicher machte. Ich wusste es eben, vielleicht nur aus einem Grund: Als ich die Wohnung verlassen hatte, war mir nicht nach Liebe gewesen.

Ich hätte den Tod begrüßt wie einen guten Freund. Nun war dieser Freund hinter mir.

Es sind immer dieselben Gedanken, die mich hinaustreiben. Das Schlimme daran ist, zu wissen, dass ich nicht wirklich sterben will. Ich will es ebenso wenig wie die Gazelle am Wasserloch. Nur meinen Durst nach Leben will ich löschen. Oder Josch bestrafen, weil er nie da ist, wenn ich ihn brauche.

Als ich das Parkhaus verließ und im Rückspiegel das Motorrad hinter mir sah, war alles anders. Wenn der Mann mir folgte, weil er in mir ein Opfer sah, müsste Josch sich fragen, warum er nicht bei mir war, als ich meinem Mörder begegnete. Quälen müsste er sich mit dieser Frage und irgendwann begreifen, dass er seinen Beruf mehr geliebt hatte als mich. Dass er erst begann, mich zu lieben, als er mich verloren hatte.

Nach drei weiteren Musiktiteln erzählte Karola ihrer Zuhörerschaft von der unerklärlichen Tatsache, dass sich Heidrun Merz' Unfall an der Kiesgrube erst anderthalb Stunden nach ihrem Aufbruch aus dem Restaurant ereignet hatte. Sie beschrieb den Peugeot von Heidrun Merz, nannte eine Telefonnummer und die E-Mail-Adresse, unter der Beobachtungen gemeldet werden sollten, und schloss mit dem Hinweis, dass auch scheinbar Unbedeutendes im Zusammenhang mit dem silbergrauen Peugeot wichtig sein könnte. Dann gab es wieder Musik.

Manfred Kolber schaute auf die Wanduhr und erhob sich. «Wenn Sie mich nicht mehr brauchen, Frau Jäger. Ich muss …»

Karola bedeutete ihm mit einer Geste, sich wieder zu setzen, und wollte wissen, wie viele vermisste Personen es derzeit im Kreis gab. Als er nur vage die Achseln anhob, lächelte Karola spöttisch. «Sie brauchen keine genaue Zahl und keine Namen zu nennen. Erzählen Sie nur etwas über das Vorgehen der Polizei, wenn ein Erwachsener verschwindet. Sonst tu ich es.»

Dann ließ sie sich darüber aus, wie es ihr vor dreieinhalb

Jahren nach dem Verschwinden ihres abenteuerlustigen Gatten ergangen war. Manfred Kolber geriet zunehmend in Verlegenheit, weil er damals einer der Kriminalbeamten gewesen war, die Karola zwar die Meinung gesagt, sonst aber nicht viel unternommen hatten.

Marlene blätterte währenddessen zur Seite achtundsiebzig. Noch ein Tagebuchauszug, diesmal vom 24. Mai 2006. Den ersten Zeilen war zu entnehmen, dass es ein Mittwoch und Mona wieder in den Schadow Arkaden gewesen war. Gazellen trieb es ja auch immer wieder zum Wasserloch. Gegen drei Uhr nachmittags hatte das Scheusal sie angesprochen.

Viel weiter kam Marlene nicht, das Datum ließ ihre Gedanken rasch abschweifen. Der 24. Mai war Werners Geburtstag. Und sie erinnerte sich noch lebhaft, wie Karola vor dreieinhalb Jahren mit ihren Mädchen gekommen war, um zu gratulieren und zu Abend zu essen.

Andreas war seit gut einer Woche auf Tour und Werner noch nicht daheim gewesen. Bis er kam, hatten sie über diesen nicht angekündigten Urlaub gesprochen, hinter dem Karola einen Ausflug mit der jungen Nachbarin vermutete. Barbara König. Den Namen hatte Marlene nicht vergessen. Er fiel auch jetzt wieder und verstärkte ihre Erinnerung.

Monatelang hatte Karola damals kein anderes Thema gehabt. «Wieso glaubt die Polizei dem Biest so unbesehen, dass sie nichts mit Andreas hatte und nicht mit ihm unterwegs war? Die sollten sich mal mit Barbaras Mann unterhalten. Aber nein! Angeblich ist der krankhaft eifersüchtig. Den darf man nicht ernst nehmen.»

Während sie ihrer Erinnerung nachhing, setzte Karola dem Polizeisprecher weiter zu. Der arme Mann bemühte sich redlich, sich und seine Kollegen zu rehabilitieren, bis Karola den Arm hob. Als der wieder herabsauste, setzte Manfred Kolber sich mit einem vernehmlichen Seufzer zurück auf seinen Stuhl.

Nun kamen die angekündigten Fragen an Marlene. Sie war wieder Frau Weißkirchen und hatte keine Antworten bis auf eine stille Wohnung, Schadow Arkaden, ein hungriges Krokodil, eine durstige Gazelle, ein Parkhaus und ein Motorrad mit einem schwarzen Mann im Rückspiegel.

In ihrem Hinterkopf sang Herbert Grönemeyer: «Männer sind etwas sonderbar», und legte ihr die ersten Worte auf die Zunge. Aberwitzige Spielchen waren auch sonderbar. Und es mochte sehr sonderbar erscheinen, wenn eine Frau sich ohne Not darauf einließ. Doch darüber wollte sie nicht reden, kein Wort über die Raststättenepisode und die Sache auf der Autobahn.

«Viele werden Mona kaum verstehen», begann sie. «Aber ich bin sicher, dass einige, auch einige Männer nachvollziehen können, wie ihr zumute war, wenn sie daheim saß und nichts zu tun hatte. Kein Mensch erträgt es auf Dauer, überflüssig zu sein.»

Karola hob anerkennend einen Daumen und signalisierte mit gewichtig zufriedener Miene, das sei ein guter Einstieg. Manfred Kolber zupfte an den Beinen seiner Uniformhose herum und vermied es, Marlene auch nur mit einem Blick zu streifen.

«In einem Presseartikel wurde Mona ein parasitäres Dasein nachgesagt», fuhr sie fort. «Arbeitslose und Hartz-IV-Empfänger werden auch häufig als Schmarotzer betitelt und wehren sich oft dagegen. Natürlich gibt es Parasiten, denen es nichts ausmacht, auf Kosten anderer zu leben. Aber die große Mehrheit der Menschen möchte Leistung bringen und Anerkennung ernten. Davon leben wir. Wir brauchen das Gefühl, dass man uns braucht. Wem das versagt wird, der geht seelisch zugrunde. In genau dieser Situation war Mona. Rein äußerlich fehlte es ihr an nichts.»

Karola ließ sie reden und gab Manfred Kolber irgendwelche Zeichen. Der kramte in den Taschen seiner Uniformjacke, zog einen Notizblock und einen Stift heraus und reichte Karola beides. Die kritzelte eilig etwas und hielt Marlene den Zettel hin.

Sie konnte es nicht entziffern und sprach noch ein paar Sätze. Dann nutzte Karola eine Atempause, um Musik anzukündigen, und sagte anschließend: «Du machst das großartig, aber bring nicht zu viel Theorie rein.»

Mit dem nächsten Satz wandte sie sich an Manfred Kolber: «Vergessen wir meinen Mann, was ist mit anderen Fällen?»

«Aus dem Stegreif fällt mir nur die alte Dame ein, die vor sechs Wochen …», begann er.

Karola winkte ab und unterbrach ihn damit. «Eine Alzheimer-Patientin passt hier kaum. Was ist mit jüngeren Frauen?»

«Wenn Anzeichen für eine Straftat fehlen, nimmt das seinen üblichen Weg», erklärte Manfred Kolber nun mit einer gewissen Schärfe. «Das wissen Sie doch, Frau Jäger. Wir tun eine Menge, auch bei Erwachsenen. Bleiben wir bei der alten Dame, sie wird ja immer noch vermisst. Wir haben die Presse eingeschaltet. Ich habe es fast jeden Morgen im Polizeibericht angesprochen. Und es wäre mir lieb gewesen, Sie hätten auch ein paar Sätze in Ihrer Sendung gebracht. Vielleicht hätten wir die Ärmste dann rechtzeitig aufgespürt. Jetzt habe ich keine Hoffnung mehr, dass wir sie noch lebend finden. Und ich habe nicht die Zeit, den Leuten da draußen drei Stunden lang Märchen zu erzählen.»

Er schaute Marlene an und stieß einen verächtlich klingenden Laut aus. «Eine gute Freundin von Heidrun Merz. Und Sie reden, als hätten Sie Mona Thalmann persönlich gekannt. Dabei hatten Sie bei Ihrer Ankunft hier noch keine Ahnung vom Leben dieser Frau. Aber in der heutigen Zeit muss man flexibel sein, nicht wahr? Wenn man nicht ins Fernsehen kommt, dann wenigstens mal ins Radio. Haben Sie nichts Besseres zu tun?»

«Leg noch einen drauf, Heiko», sagte Karola rasch ins Mikro. «Moment, Herr Kolber.»

Doch er war bereits an der Tür und ließ sich nicht aufhalten.

«Ich werde mich in Düsseldorf erkundigen, ob Frau Merz gestern Abend unter Beobachtung stand. Wenn ich mit dem zuständigen Kollegen spreche, ist das bestimmt sinnvoller.» Mit den letzten Worten trat er hinaus in den Flur.

«Blödmann», murmelte Karola, als die Tür wieder zu war. Dann lächelte sie Marlene an: «Aber das packen wir auch alleine, was?»

Nummer neun

In der nächsten Musikpause von drei, vier oder fünf Sekunden hörte Marlene das schwache Rauschen wieder und glaubte, an der klebrigen Trockenheit in Mund und Rachen zu ersticken. Noch ein Bonbon kam nicht in Frage, das würde ihren Durst ins Unermessliche steigern. Aber vielleicht ein Steinchen lutschen? Hier lagen doch so viele.

Sie tastete herum, bis ihr ein haselnussgroßes Exemplar unter die Finger geriet, das keine scharfen Kanten hatte, woran sie sich Zunge, Zahnfleisch und Gaumen hätte verletzen können. Zwischen Daumen und Zeigefinger rieb sie es sauber, scheuerte es anschließend noch in Leibhöhe über den Hosenstoff, bis sie sicher war, allen Dreck und Staub und mögliche Spuren von irgendwelchem Getier entfernt zu haben.

In völliger Dunkelheit sollte es weiße Krebse ohne Augen geben und andere Tierchen, denen es nichts ausmachte, niemals das Tageslicht zu sehen, hatte Andreas mal erzählt. Und dass solches Viehzeug wertvolle Nahrung sei, reines Protein. Bah und Igitt seien nur anerzogen, das könne man sich auch wieder abgewöhnen, und nicht nur im Notfall. Bestes Beispiel seien Gourmet-Restaurants, in denen gegrillte Heuschrecken, Würmer, Maden und anderes Ungeziefer serviert wurden.

Den Ekel abgewöhnen ging aber wahrscheinlich nicht von jetzt auf gleich, auch nicht im Notfall. Es würgte sie schon, als sie das Steinchen in den Mund nahm. Sie glaubte, alles Mögliche und Unmögliche zu schmecken, aber vermutlich bildete sie sich das nur ein. Und wenn nicht, war es trotzdem besser, einen Stein zu lutschen, als nach einem zweiten Bonbon vor Durst den Verstand zu verlieren und irgendetwas Dummes zu tun.

Das Steinchen regte nicht nur den Speichelfluss an. Auch ihre Gedanken wurden flüssiger. Eine Erinnerung an die vergessenen Tage tauchte auf. Eine Fahrt zu Scheidweber und Co. Dort stieg Ulla zu ihr in den Van. Das war am Dienstagnachmittag gewesen. Und damit hatte es sich auch schon wieder. Aber über Ulla kam sie zurück auf ihren alten Kassettenrekorder.

Der hatte am Bandende immer automatisch abgeschaltet. Ulla hatte sich mal fürchterlich erschreckt, als das während einer Aufnahme passiert war und die beiden Tasten hochsprangen, die man gleichzeitig drücken musste, wenn man sich als Gesangskünstlerin betätigen wollte.

Und bei Werners früherem Autoradio war beim automatischen Seitenwechsel eine längere Pause entstanden, in der man kein Bandrauschen, sondern mehrfach ein vernehmliches Klacken gehört hatte. «Rödeln» hatte Werner dazu gesagt.

Sie war überzeugt, dass die Musik von einer Kassette kam. Mit Kassetten war sie aufgewachsen, besaß noch mindestens vier Dutzend, bespielt mit der Musik ihrer Jugend und mit selbstgemachtem Blödsinn. Im Duett mit Ulla hatte sie nicht nur Abba-Songs interpretiert, auch die Erste Allgemeine Verunsicherung.

Tief in der Sahara auf einem Dromedara ritt ein deutscher Forscher durch den Dattelhain. Da sah der Mumienkeiler ein Mädchen namens Laila, magische Erregung fährt ihm ins Gebein.

Was man mit Kassetten alles machen konnte, wusste sie genauso gut, wie Heidrun Merz es gewusst haben musste. Man konnte sie besingen, besprechen, komplette Radiosendungen, Vogelgezwitscher oder die letzten Worte einer sterbenden Frau aufzeichnen und alles löschen, was andere nicht hören sollten.

Mit CDs und MP3-Dateien kannte sie sich nicht gut aus. Werner war in puncto Unterhaltungselektronik kein Freak wie Christoph Barlow. In ihrem Wohnzimmer standen Fernseher, Stereoanlage, Festplattenrekorder und Satellitenempfänger, damit hatte es sich. Nichts davon war auf dem neusten Stand der Technik. Und sie hielt sich an Vertrautem fest.

Ein Kassenrekorder, der automatisch die Bandseite wechselte! Und eine Kassette wie die, die Christoph mal für Annette komplett mit einem einzigen Bruce-Springsteen-Song bespielt hatte! Und Rödeln war ihr bisher nicht aufgefallen. Sie hätte dieses Geräusch bestimmt nicht überhört, meinte sie, jedenfalls nicht mehr, seit sie einigermaßen aufmerksam bei der Sache war.

Wie lange sang Marianne wohl schon? Ihr kam es vor wie eine Ewigkeit. Zu dumm, dass Batterien heutzutage so eine enorme Kapazität hatten. Eigentlich hätte Lucy Jordan längst Schreikrämpfe bei ihr auslösen müssen. Aber zum einen war sie erfahren im Umgang mit Ohrwürmern, die man einen ganzen Tag nicht loswurde. Zum anderen hatte sie bisher nur in den Pausen bewusst hingehört, war ansonsten mehr auf den Boden unter den Händen, das Hämmern im Schädel, die schmerzenden Knie und den grausamen Durst fixiert gewesen.

Einigermaßen klar im Kopf war sie erst seit der Panikattacke mit nachfolgendem heftigem Durchfall. Seitdem mochten fünfzehn Minuten vergangen sein, höchstens zwanzig, meinte sie und versuchte, die Zeit zu rekonstruieren, als hinge ihr Leben von einer möglichst genauen Schätzung ab.

Hosen hochziehen, aus der Geruchszone kriechen, Bonbon auswickeln, Zündholz anreißen, wie gelähmt dasitzen, über das Wer und Warum grübeln und die Knie massieren … Bis hin zu dem Steinchen im Mund schienen ihr zwanzig Minuten eine realistische Schätzung.

Kassetten gab es mit sechzig oder neunzig Minuten Spieldauer. Es hatte früher auch Zwei-Stunden-Bänder gegeben, die aber nicht viel taugten, da hatte es schnell Bandsalat gegeben. Also ging sie von dreißig oder fünfundvierzig Minuten pro Seite aus. Schlimmstenfalls müsste sie demnach noch fünfundzwanzig Minuten auf eine längere Pause warten. Bei optimistischer Betrachtung und einem Sechzig-Minuten-Band wären es sogar nur zehn. Und nach einer gefühlten Ewigkeit kam es auf ein paar Minuten mehr oder weniger wirklich nicht an. Ihre Knie würden auch ein halbes Stündchen Erholung begrüßen.

Sie setzte sich so bequem wie möglich hin, lutschte weiter den Stein und zählte unter Zuhilfenahme der Finger die Balladen mit. «Du hast vier Minuten», hatte Karola im Studio gesagt. Die musste es wissen.

14. Januar 2010 – Donnerstagvormittag

Der aus Sicht des Pressesprechers zweifellos berechtigte Tadel traf Marlene an derselben empfindlichen Stelle wie Annettes Bemerkung über die drei Chinesen vom vergangenen Nachmittag. Nichts Besseres zu tun! Sicher doch. Bettzeug aufschütteln, Laken straff ziehen, Staub wischen, Böden saugen, zwei Bäder putzen, Werners Anzug in die Reinigung bringen und Ulla trösten, die vielleicht gar keinen Trost wollte.

Ulla wusste doch, wo sie gebraucht wurde. Bei Scheidweber

& Co. Wenn Ulla dort nicht an ihrem Platz saß, ging es in der Fertigungsabteilung drunter und drüber, weil der Nachfolger von Andreas auch nach drei Jahren nicht mehr Ahnung von Landmaschinen hatte als bei seiner Einstellung. Ulla hatte bis heute nicht verstanden, wieso die Geschäftsleitung den Blödmann genommen hatte. Vermutlich, um ihm problemlos kündigen zu können, sollte Andreas mal wieder der Sinn nach Tretmühle stehen.

Bei ihr dagegen … Die Bäder würden nicht gleich verschimmeln, wenn sie einmal nicht geputzt wurden. Die Betten würden auch nicht zusammenbrechen, wenn Kissen und Decken ausnahmsweise so liegen blieben wie frühmorgens. Bis die Kinder kurz vor vier aus der Schule kamen, würde sie heute nicht einmal jemand vermissen.

Es ging ihr wirklich nicht darum, sich wichtig zu machen. Sie hatte nur Karola einen Gefallen tun wollen und sich dabei wichtig gefühlt. Sie war nahe daran, auf einer sofortigen Richtigstellung der Freundschaft zu bestehen. Stattdessen stellte sie etwas anderes richtig. «Der Mann gestern Abend, dieser Fischer, war nicht von der Düsseldorfer Polizei. Er war freiberuflicher Journalist.»

«Woher willst du das wissen?», fragte Karola.

«Er hat draußen auf mich gewartet.»

«Auf dich?», vergewisserte sich Karola ungläubig und ein wenig von oben herab. Es klang, als hätte sie sich die Bezeichnung «Schaf» in letzter Sekunde verkniffen.

«Das war vielleicht Zufall», räumte Marlene ein. «Er hatte neben mir geparkt, wollte etwas für den Spiegel schreiben und brauchte eine Publikumsreaktion. Die anderen Damen seien ihm zu beeindruckt von dem Vortrag gewesen, sagte er. Sein Auto hatte ein Siegburger Kennzeichen.»

«Warum sagst du das erst jetzt?», ereiferte sich Karola nun, sprang hoch, riss die Tür auf, spähte in den Flur und fluchte:

«So ein Mist.» Dann rief sie: «Elke, Bobby, seht mal, ob ihr Kolber noch erwischt.»

Als sie sich zurück auf den rotgepolsterten Bürostuhl fallen ließ, schüttelte sie anklagend den Kopf. «Du bist mir vielleicht eine Nummer. Der glaubt mir doch nie mehr ein Wort.»

«Warum behauptest du denn auch so einen Blödsinn?», erwiderte Marlene ihrerseits etwas heftiger. «Wie konntest du sagen, ich wäre mit Frau Merz befreundet?»

«Entschuldige», rechtfertigte sich Karola. «Das hast du gesagt. Ich bin nur darauf eingegangen, weil ich dich nicht öffentlich als Aufschneiderin bloßstellen wollte.»

«Aufschneiderin?», wiederholte Marlene entrüstet und tippte sich noch einmal an die Stirn. «Ich? Das musst du gerade sagen. Ich werde gleich erklären, dass es ein Missverständnis war. Dass ich mit dir, mit Ulla und Annette zur Schule gegangen bin, und nicht mit Frau Merz.»

Karola winkte heftig ab. «Mich lassen wir völlig außen vor. Ulla nutzt uns jetzt auch nichts. Annette kannst du von mir aus erwähnen, wenn du meinst, dass es unbedingt sein muss. Aber das machen wir später. Jetzt bleiben wir beim Thema. Reg dich mal wieder ab. Als Nächstes erzählst du den Leuten, wie der Kerl sich an Frauen heranmacht. Seite achtundsiebzig. Aber sag es mit deinen Worten, das kommt überzeugender.»

Was immer Heiko draufgelegt hatte, war zu Ende. Weil Marlene Seite achtundsiebzig noch nicht komplett gelesen hatte, sah sie sich gezwungen, noch einmal den Gemütszustand einer Frau auszubreiten, die sich überflüssig vorkam, was ihr dank eigener Erfahrung erstaunlich gut gelang.

Karola unterbrach sie kaum einmal. Die wenigen Fragen und Bemerkungen, die sie einwarf, klangen, als sei Karola nur noch mit halbem Herzen bei der Sache. So war es auch.

Während die nächsten drei Musiktitel liefen, ließ sich Karola haarklein erzählen, was Fischer von sich gegeben hatte. Dank

Annettes schwungvollem Einsatz der Sektflasche hatte Karola ja längst nicht alles mitbekommen und war von ihrer Ältesten nur über die unverschämten Fragen informiert worden.

«Viel mehr hat er ja auch nicht gefragt», sagte Marlene. «Er wollte nur noch wissen, warum es im Buch keine Personenbeschreibung oder sonst einen Hinweis auf die Identität des Liebhabers gibt und warum nicht erklärt wird, was bei der Laboruntersuchung herausgekommen ist.»

Sie schilderte, wie ihre Begegnung mit Fischer draußen verlaufen war. Karola notierte alles Wesentliche, auch die Buchstaben vom Autokennzeichen. Die Zahlen hatte Marlene sich nicht gemerkt, den Wagentyp konnte sie auch nicht genau bestimmen, nur Form und Farbe nennen.

Dann breitete Karola aus, was ihr eben durch den Kopf gegangen war. Wenn Heidrun Merz sich in Fischers Person geirrt hatte, konnte Marlene sich ebenso irren. Behaupten konnte so ein Kerl viel. Freiberuflicher Journalist! Das war kaum zu überprüfen. Selbst wenn er einen Presseausweis gezeigt hätte, heutzutage konnte man alles fälschen.

Dass er den Spiegel als möglichen Abnehmer für einen Artikel genannt hatte, rundete das Bild für Karola ab. Angepasste Vorgehensweise, sagte sie dazu. «So wie du herausgeputzt warst, brauchte er ein seriöses Magazin. Bei einer von den anderen hätte er wahrscheinlich Frau im Spiegel, Bild der Frau, Das goldene Blatt oder Bella genannt. Warum hat er denn nicht widersprochen, als Heidrun Merz ihm zu verstehen gab, dass sie ihn für einen Polizisten hielt? Das hat sie mit der Widmung auf seinem Buch nochmal hervorgehoben. Und statt ihr klarzumachen, dass sie sich irrte, sagte er zu dir: ‹So untätig bin ich gar nicht.› Weiß Gott nicht!»

Den Satz hatte Karola nach ihrer Rückkehr aus dem Waschraum doch selbst gehört. Und der Rest … Worauf hatten Fischers Fragen denn abgezielt? Auf die Identität des Mörders!

Er hatte in Erfahrung zu bringen versucht, ob es in Monas vollständigen Tagebüchern oder auf dem Tonband konkrete Hinweise gab. Es lief darauf hinaus, dass Fischer der Täter sein musste.

Karolas Phantasie in allen Ehren, sonst nahm Marlene das hin. Doch diesmal drängte sich ihr der Verdacht auf, dass Karola nur von *Andy Jäger* ablenken wollte. Und einen harmlosen Journalisten als Ersatz zu nehmen ging ihr entschieden zu weit. Immerhin hatte sie sich mit dem Mann unterhalten.

«Du spinnst doch», protestierte sie. «Wie soll denn der Mörder von der Lesung erfahren haben?»

«Vielleicht von Heidrun Merz persönlich», lautete die Antwort. «Sie wurde wiederholt telefonisch bedroht und nahm an, dass der Täter sie einschüchtern wollte. Zu Annette hat sie gesagt: ‹Jetzt erst recht.› Das könnte sie auch zu ihm gesagt haben.»

Annette hatte nur von Belästigungen gesprochen. Doch das zu erwähnen hätte zu nichts geführt. Marlene versuchte es stattdessen mit Logik. «Wenn ich einigermaßen bei Verstand bin, teile ich einem Kerl, der mich bedroht, doch nicht mit, wo und wann er mich finden kann.»

«Du nicht», bestätigte Karola. «Heidrun Merz war aus einem anderen Holz geschnitzt als du.»

«Und warum hielt sie ihn dann für einen Polizisten aus Düsseldorf?», brachte Marlene noch ein Gegenargument vor. «Wenn er sie wiederholt angerufen hat, hätte sie doch seine Stimme erkennen müssen.»

«Nicht unbedingt, am Telefon klingen Stimmen oft anders, vor allem, wenn von einem Handy angerufen wird», zerpflückte Karola auch diesen Einwand, um gleich anschließend einzuräumen: «Aber vielleicht wusste er es von mir. Ich habe gestern den halben Vormittag über das Buch und die Lesung gesprochen. Und es hat ein Kerl hier angerufen, der Weiber unter die Erde bringen und *Killing Me Softly* hören wollte, mit einem schönen Gruß von Mona. Das habe ich dir doch gestern Abend erzählt. Wenn er vormittags in der Nähe war, brauchte er nur ein Radio. Hat heute jeder im Auto. Ansonsten Internet, damit kannst du mich sogar in China empfangen.»

Sie beugte sich zu Marlene hinüber und wurde eindringlich: «Der Kerl hat sieben Frauen auf dem Gewissen, vielleicht sogar noch mehr. Er konnte es sich nicht leisten, Heidrun Merz noch länger mit dem Buch auf Tour gehen zu lassen. Je mehr Frauen es lesen, umso größer wird die Gefahr, dass er auffliegt. Irgendwann bekommt es eine in die Finger, die ihn kennt, sich vielleicht gerade erst mit ihm eingelassen hat. Sie liest über seine Taktik und die haarsträubenden Praktiken. Ihr gehen die Augen auf, und er ist geliefert.»

«Aber es steht doch gar nicht fest, dass er so viele Frauen …», wandte Marlene ein. Weiter kam sie nicht.

«Und wenn es nur zwei oder drei sind», schnitt Karola ihr das Wort ab. «Was spielt denn das für eine Rolle? Monas Schwester wurde ihm gefährlich, also hat er sie beseitigt. Er brauchte sich nur an deine Stoßstange …»

«Ich habe ihn abgehängt», stellte Marlene nachdrücklich klar. Sonst kam Karola noch auf die Idee, öffentlich zu verkünden, *Frau Weißkirchen* habe Monas Mörder zum nächsten Opfer geführt.

Karola zuckte mit den Achseln. «Er hatte eine gute Stunde Zeit, um herauszufinden, wo wir mit ihr essen waren. So viele Möglichkeiten gab es nicht. Er kannte ihr Auto und deins, brauchte nur ein bisschen herumzufahren, die Augen aufzusperren und abzuwarten. Ich gehe jede Wette ein, er hat sie gestoppt, vielleicht brauchte er das nicht mal. Eine rote Ampel reicht, um zuzusteigen. Er hat ihr Schnaps eingeflößt. Danach musste er sie nur wieder losfahren lassen und an der richtigen Stelle von der Straße drängen.»

Karola horchte in den Kopfhörer. «Gleich sind wir wieder dran. Dann spekulieren wir ein bisschen. Wer war der mysteriöse Fremde, der gestern Abend in *Annettes Bücherstube* auftauchte und so weiter. Auf die Weise kriege ich Annette nochmal rein. Ich stelle dir ein paar Fragen, du erzählst, dass er dich …»

«Ich glaube nicht, dass Werner einverstanden ist, wenn ich erzähle, ich hätte mich nach der Lesung mit Monas Mörder unterhalten», gab Marlene zu bedenken. Dass sie selbst auf gar keinen Fall dazu bereit war, betonte sie nicht. Darum hätte Karola sich auch garantiert nicht gekümmert. Nicht mal Werner fruchtete.

«Er hört es doch nicht, und so deutlich sollst du es ja gar nicht aussprechen», sagte Karola und wiederholte: «Wir spekulieren nur ein bisschen. Werner brauchst du das nicht auf die Nase zu binden. Jetzt stell dich nicht so an, Marlene. Du machst das wirklich toll. Ich wäre nie auf den Gedanken gekommen, Arbeitslose und Hartz-IV-Empfänger auf eine Stufe mit Mona zu stellen. Aber die sitzen jetzt am Radio. Und auch wenn sie persönlich nichts davon haben, tut es ihnen gut zu hören, dass eine Frau, die nie rechnen musste, sich genauso beschissen fühlte wie sie. Und all die anderen, die sich nur die Köpfe zerbrechen dürfen, ob es mittags Kartoffeln, Nudeln oder eine Pizza gibt, die kleben jetzt mit den Ohren an den Lautsprechern. Das ist Krimi live. Und morgen haben sie es vergessen, glaub mir. Morgen gibt es andere Sensationen. Also mach dir keine Gedanken. Wir sprechen nur eine Möglichkeit an und keine Tatsachen aus.»

Bis kurz vor zwölf saß Marlene im Studio und erzählte zigtausend Hörern von einem Mann, der einsame, unglückliche Frauen in Einkaufspassagen oder auf Parkplätzen ansprach. Mit sicherem Blick spürte er seine Opfer auf, erschlich sich ihr Vertrauen, animierte sie zu aberwitzigen Spielchen, brachte sie völlig unter seine Kontrolle, gab ihnen den Genuss am Leben zurück, um seinen eigenen Genuss zu erhöhen, wenn er sie umbrachte. Und das tat er ganz langsam und sehr qualvoll. Er verbrannte sie bei lebendigem Leib und ergötzte sich an ihren Schreien.

Anschließend weidete er sich an der Trauer und dem Schmerz der Angehörigen, schickte ihnen Tonbandkassetten, auf denen jede Minute des furchtbaren Todeskampfes festgehalten war. Verräterische Passagen auf den Bändern löschte er selbstverständlich, bevor er sie abschickte. Aber spezielle Labors waren imstande, gelöschte Stücke wiederherzustellen, sodass man letztlich doch ein paar aufschlussreiche Hinweise erhielt.

Karola ließ ihrer Phantasie freien Lauf und nutzte die Musikeinspielungen, um Marlene auf die nächste Gesprächssequenz vorzubereiten und ihr die Bedenken auszureden. Zu einer Richtigstellung ihrer Beziehung zu Heidrun Merz kam Marlene nicht mehr.

In der letzten halben Stunde trieb Karola es auf die Spitze, entlockte ihr mit geschickt formulierten Fragen die Behauptung, Fischer habe sich gestern Abend auf dem Parkplatz beim Einkaufscenter mit ihr verabreden wollen, um mehr über das Laborergebnis zu erfahren. Nachdem sie ihn abgewiesen habe, sei er ihr gefolgt. Sie habe ihn nur mit Mühe abhängen können und wahnsinnige Angst gehabt, an einer roten Ampel halten zu müssen und ihm damit die Gelegenheit zu bieten, zu ihr in den Wagen zu springen.

Dann endlich legte Karola den Kopfhörer hin, zog mehrere Regler am Pult nach unten und erhob sich. «Das war's für heute. Sehen wir mal, was es draußen gegeben hat.»

Sie gingen in den großen Raum mit den Schreibtischen. Der Glatzkopf Bobby und die gepiercte Elke telefonierten. Heiko mit dem Regenbogen im Haar bearbeitete eine Computertastatur. An einem der freien Schreibtische sortierte der nächste

Moderator Unterlagen in eine Mappe. Er wechselte ein paar Worte mit Karola. Kompliment, das war grandios und so weiter. Marlene wurde nur mit einem saloppen Nicken und einem flüchtigen Grinsen gegrüßt. Dann nahm er die Mappe und verschwand damit in dem Studio, das sie gerade verlassen hatten.

Karola nahm ihre Tasche und die Jacke und erkundigte sich bei Elke: «Schicken sie die Sachen?»

Die Blondine schüttelte den Kopf, deckte das Telefon mit einer Hand ab und erklärte: «Nichts zu machen. Wenn Heidrun Merz Unterlagen über vermisste Frauen in ihrem Büro hat, wollen sie die selbst auswerten, wenn sie das nicht schon getan haben. Die Redakteurin, mit der ich gesprochen habe, meinte, Frau Merz habe an der Quelle gesessen. Gut möglich, dass sie erst durch ihre Arbeit auf andere Fälle aufmerksam geworden sei.»

«Schade», kapitulierte Karola für Marlenes Empfinden überraschend schnell. «Und sonst?»

«Eine Menge Anrufe», sagte Elke. «Es kommen immer noch welche. Bobby kümmert sich darum.» Sie lächelte Marlene an. «Einer wollte wissen, ob Ihr Van keine Zentralverriegelung hat.»

Das bezog sich wohl auf die angebliche Furcht vor dem Halten an einer roten Ampel. Karola stutzte und bedachte Marlene mit einem bedeutungsschweren Blick. «Woher wusste der denn, welches Auto sie fährt?»

«Hat er mir nicht verraten», antwortete Elke.

«Und warum hast du den nicht durchgestellt?», fragte Karola mit unüberhörbarem Tadel.

«Du hast doch ausdrücklich gesagt, du willst heute keine Unterbrechung», rechtfertigte Elke sich. «Mails haben wir auch einige hundert. Die meisten beziehen sich aber nur aufs Buch. Ich sortiere das später. Übrigens, der Spinner von gestern hat sich wieder gemeldet. Du weißt schon, der mit der unterdrückten Nummer. Und du kommst nicht drauf, was er diesmal wollte.»

Karola schaute nur gespannt. Elke setzte ein gequältes Lächeln auf. «*Killing Me Softly*. Mit einem schönen Gruß von Barbara.»

Karola hatte wohl einen schönen Gruß von Heidrun erwartet. Sie wirkte enttäuscht. «Sonst hat er nichts gesagt?» Als Elke den Kopf schüttelte, winkte Karola frustriert ab. «Kolber habt ihr nicht mehr erwischt?»

«Leider nein», sagte Elke. «Aber ich habe Heißler an die Strippe bekommen. Er bearbeitet die Alzheimer-Sache …»

Dass Elke nur eine bedeutungsschwere Pause machte, entging Karola. «Ich kenne Heißler», sagte sie. «Er ist ganz umgänglich.»

«… und den Vermisstenfall Barbara König», brachte Elke ihren Satz zu Ende.

Karolas gut gepolsterte und deshalb glatte Stirn bekam Falten, als sie die Augen aufriss. Die Jacke rutschte ihr vom Arm, ohne dass sie Anstalten gemacht hätte, sie festzuhalten. Beinahe fiel ihr auch noch die Tasche aus der Hand. «Sag das nochmal», verlangte sie.

Das tat Elke nicht. Sie sagte stattdessen: «Ihr Mann hat sie letzte Woche als vermisst gemeldet.»

«Und davon soll Kolber nichts wissen?», regte sich Karola auf. «Ich hab ihn noch nach jüngeren Frauen gefragt. Was bildet der sich ein? Dem reiße ich den Kopf ab.»

«Frag dich lieber, ob der Spinner sie gemeint hat», riet Elke.

«Barbara König?», zweifelte Karola. «Kann ich mir nicht vorstellen. Die ist ein ganz anderer Typ als Mona. Keine Spur von Depression. Die hurt nur wie blöd herum. Wahrscheinlich ist sie wieder mit irgendeinem Typ unterwegs und kommt zurück, wenn sie den über hat.»

Elke zuckte mit den Achseln, lauschte wieder aufmerksam

ins Telefon und legte den Hörer nach einem knappen Dank auf. «Was treiben die da bloß?», fragte sie. «Es gibt wieder kein Wetter.»

«Nimm das von elf nochmal», riet Karola.

«Das war von neun», sagte Elke.

Karola hob ihre Jacke vom Boden auf und zeigte zum Fenster. Draußen spielte der Wind mit feinem Schnee. «Na und? Was hat sich denn seitdem geändert? Hau zwei Grad drauf und pack den Griesel rein, dann merkt es keiner.»

Dann lächelte sie Marlene an. «Jetzt brauche ich ein Gulasch. Magst du's scharf? Ich lade dich ein.»

Der gute Rat zum Wetterbericht rückte die Dinge für Marlene wieder gerade und machte die letzte Stunde am Mikrophon zu einem Stück Unterhaltung. Nur ein Schauermärchen, wie Karola schon viele erzählt hatte. Diesmal hatte eben sie erzählt – auf Karolas Wunsch und nach deren Vorgaben.

Der schreckliche Unfall an der Kiesgrube verlor seine unheilvolle Bedeutung. Der Tod von Heidrun Merz blieb unverändert tragisch, aber persönlich war daran nur noch Werners Bemühen um die sterbende Frau.

Der Anrufer, der sich nach der Zentralverriegelung ihres Vans erkundigt hatte, war wohl einer gewesen, der sie kannte und wusste, welches Auto sie fuhr. Vielleicht Annettes Witzbold, bei dem der Van versichert war. Wenn Christoph zu Kunden fuhr, hörte er immer Radio, und wenn er in Karolas Sendungen geriet, machte er sich regelmäßig lustig darüber.

Fischer war wieder ein harmloser, freiberuflicher Journalist, der nur einen Artikel für den Spiegel schreiben wollte und dafür eine Publikumsreaktion brauchte. Und Barbara König war bloß ein verschwommenes Gesicht in einem Hauseingang, auf das Karola irgendwann einmal gezeigt und gesagt hatte: «Schau dir das Luder an, die sieht aus, als könne sie kein Wässerchen trüben. Aber die hat's faustdick hinter den Ohren. Du kannst dir gar nicht vorstellen, mit was für widerlichen Kerlen die es treibt. Dass sie sich mit Andreas eingelassen hat – und sie hat, auch wenn sie es bestreitet –, kann ich ja noch nachvollziehen. Aber all die anderen. Du müsstest dir ansehen, was die in Kneipen aufgabelt, Marlene. Da kriegst du das kalte Grausen. Meist sind die Typen besoffen und grundsätzlich behaart wie Affen. So einen könnte ich nicht anfassen. Eines Tages gerät sie an den Falschen. Dann kommt sie nicht mit einer schnellen Nummer auf dem Männerklo davon.»

Das Männerklo hatte Marlene eine Weile intensiv beschäftigt, sich sogar einmal vor ihr geistiges Auge geschoben, als Werner mit ihr schlief. In der Vorstellung gab es natürlich keinen Gestank, nur ein erregendes Bild. Keine zwielichtige Kneipe, sondern ein schickes Restaurant. Ein Essen mit Werner. Sie ging zwischen Vorspeise und Hauptgericht zur Toilette, und irgendeiner folgte ihr. Zu Gesicht bekam sie ihn nicht. Er packte sie von hinten, drängte sie ins Männerklo, drückte sie gegen eine Wand …

Als ihr bewusstgeworden war, womit sie sich beschäftigte, war es vorbei gewesen, fast so, als hätte sie Werner tatsächlich betrogen. Dabei hätte es in der Vorstellung durchaus auch Werner sein können.

Sie hatte vor ihm keinen anderen Mann gehabt und noch nie wirklich das Verlangen verspürt, festzustellen, wie es mit einem anderen wäre. Mit Werner war der Sex von Anfang an eine gute Sache gewesen. Nicht mal beim ersten Mal hatte etwas gestört, obwohl sie so nervös gewesen war, dass zwei Kondome rissen. Zum Glück waren drei in der Packung. Mit dem dritten nahm Werner die Sache selbst in die Hand. Und das Beste war vielleicht, dass er sich nicht erkundigte, ob es für sie schön sei oder wie es ihr lieber wäre. Das wusste er einfach, und ihre Reaktionen zeigten ihm, dass er richtiglag.

Matthias hatte Ulla mit Fragen genervt. Wahrscheinlich hatte Annette ihn mit ihrem Pragmatismus und der Abneigung gegen brennende Kerzen auf Badewannenrändern total verunsichert. Ulla war es furchtbar peinlich gewesen, beim ersten Mal offen über ihre Empfindungen und Wünsche zu reden. «Er fragte mich tatsächlich, wie er meine Brüste stimulieren soll. Die ganze Stimmung war beim Teufel. Allein dieser Ausdruck – stimulieren. Vorsichtig, habe ich gesagt. Danach habe ich nichts mehr gespürt.» Beim zweiten Mal hatte Matthias den Dreh allerdings schon rausgehabt. Ulla hatte sich jedenfalls nicht noch einmal beschwert.

Christoph hatte Annette mit seinen Liebesbeteuerungen die Laune verdorben. «Irgendwann konnte ich es nicht mehr hören, dass er eigentlich vom ersten Moment an lieber mit mir zusammen gewesen wäre, weil er gleich gespürt hat, dass wir beide auf derselben Wellenlänge liegen. Da hab ich zu ihm gesagt: Junge, wie wäre es, wenn du endlich den Mund hältst und mir zeigst, was du meinst? Sonst fahre ich nach Hause und mache allein weiter. Dabei habe ich wenigstens meine Ruhe.»

Bei Karola und Andreas war es in einen Kampf gegen allerlei Getier ausgeartet. Noch Tage später war Karola völlig zerstochen gewesen.

Nur bei ihr war es perfekt gewesen und geblieben. Werner vertrat den Standpunkt, dass ein Mann grundsätzlich auf seine Kosten kam. Das war von der Natur so angelegt, vorausgesetzt, es gab keine Schwierigkeiten mit der Potenz und keine speziellen Vorlieben. Bei einer Frau sah das anders aus, da musste man sich Mühe geben. Die gab er sich – zu seinem eigenen Vergnügen, wie er stets betonte. Es wäre sehr unbefriedigend für ihn, sie unbefriedigt liegen zu lassen, hatte er einmal gesagt.

Natürlich war es mit der Zeit etwas weniger geworden, statt zwei- oder dreimal die Woche wie zu Anfang nur noch ein- oder zweimal am Wochenende. Werner hatte nun mal beruflich viel um die Ohren, war häufig unterwegs. Und die Kinder waren inzwischen alt genug, um gewisse Geräusche aus dem elterlichen Schlafzimmer richtig zu deuten, wodurch Marlene sich oft gehemmt fühlte. Aber seine Anziehungskraft auf sie war auch nach zwanzig Ehejahren ungebrochen, man hätte sie durchaus magnetisch nennen können.

Vor Jahren hatte Karola ihr mit der Weisheit vom Geruchssinn, der den Partner oder die Partnerin auswählte, damit es optimale Nachkommen gab, eine Erklärung geboten. Johanna und Leonard hätten wirklich nicht optimaler sein können. Und tief in ihr nistete neben dem Wissen um Pannen nach Sterilisationen die Überzeugung, dass ein drittes Kind sie noch mindestens zehn Jahre voll in Anspruch nehmen würde.

Ihr Zyklus lief immer noch ab wie ein Schweizer Uhrwerk. Wenn es auf den Eisprung zuging … Da mochte Werner verschwitzt aus dem Garten kommen oder sie ihm ein Gericht mit viel Knoblauch servieren. Sobald er in ihre Nähe kam, spielte das keine Rolle mehr. Ausprobiert hatte sie es einmal und sich ein bisschen schäbig gefühlt bei dem Gedanken, ihn erst zu reizen und dann zurückzuweisen mit dem Hinweis: «Du stinkst nach Knoblauch.» Das tat er auch, aber es war nicht so gravierend, dass es sie gestört hätte.

Wahrscheinlich musste sie dem Schicksal auch noch dankbar sein für das permanente Begehren. Bei Annette und Christoph war es längst in Alltag, Gewohnheit und Übergewicht untergegangen. Annette sprach offen darüber, dass sich im Ehebett nicht mehr viel tat und dass sie es oft vermisste. «Das ist ein blödes Gefühl. Du liegst da, es war wie üblich ganz nett, und du fragst dich: War das alles? Wird es für den Rest meines Lebens alles bleiben? Oder wird es eher noch weniger?»

Bei Ulla und Matthias wurde die Lust häufig von Sorgen abgeblockt. Auch Ulla machte keinen Hehl daraus. «Ich kann einfach nicht abschalten. Plötzlich habe ich den Kopf voll roter

Zahlen. Dann denke ich höchstens noch, wenn ich jetzt nein sage, ergeht es mir irgendwann wie Karola.»

Über deren Liebesleben gab es nichts zu sagen. Seit dreieinhalb Jahren hatte sie keins mehr, und vorher hatte sie nicht viel erzählt. Marlene war immer überzeugt gewesen, dass Andreas auf Karola eine ähnliche Anziehungskraft ausübte wie Werner auf sie. Dass Karola aus ganz anderen Gründen bei ihm geblieben sein könnte, der Gedanke war ihr nie gekommen, nicht einmal am vergangenen Abend, als Heidrun Merz Andy, den Jäger, angeführt hatte.

Nummer neun

Nach sieben Balladen, geschätzten achtundzwanzig Minuten, hatte noch nichts «gerödelt.» Es waren nur weitere Erinnerungen aus dem Nebel gestiegen. Drei weitere Durchläufe summte Marlene mit, um nicht die Nerven zu verlieren und weil sie das Gefühl hatte, so verginge die Zeit ein wenig schneller. Dann waren etwa vierzig Minuten um und alle zehn Finger im Einsatz gewesen. Vielleicht war es doch eine Zwei-Stunden-Kassette.

Als Marianne Faithfull aufs Neue begann, schloss Marlene beide Hände wieder zu Fäusten, spreizte den Daumen der linken ab. Elf. Dann kam der linke Zeigefinger hoch. Zwölf. Der linke Mittelfinger. Und so weiter. Als sie die Finger der rechten Hand dazu nehmen musste, machte sich die Hoffnung auf Wasser in absehbarer Zeit wieder aus dem Staub.

Das schwache Rauschen in den kurzen Pausen veränderte sich nicht, weil sie ihre Position nicht veränderte, das war ihr wohl klar. Und solange sie die Musik nicht abstellen konnte, konnte sie nicht feststellen, ob das Geräusch ebenfalls von einem Band kam. Irgendwann würde dem Ghettoblaster der Saft ausgehen, weil auch sehr leistungsfähige Batterien irgendwann schlappmachten. Aber bis dahin konnten noch einige Stunden vergehen.

Ihr schwebte eine Kompanie von Osterhasen vor Augen, die mit Kiepen voller Schokoladeneier auf den Rücken vorwärtsmarschierten und dabei auf kleine Trommeln schlugen. Einer nach dem anderen blieb stehen. Nur der Letzte, der lief und lief und lief und trommelte unermüdlich weiter.

Nach weiteren zwölf Minuten, in denen sie auf eine längere Pause wartete und in den kurzen angestrengt horchte, angelte sie das zweite Klümpchen aus ihrer Jackentasche, wickelte es ebenso behutsam wie das erste aus dem Cellophan und nahm es zwischen die Lippen, nachdem sie das Steinchen in die hohle Hand gespuckt hatte.

Sie gierte unverändert nach Wasser, doch der Durst war nicht mehr so unerträglich wie nach dem Pfefferminzbonbon mit dem weichen Kern. Das Steinchen hatte ihr ein wenig Erleichterung verschafft. Deshalb wickelte sie es ins leere Cellophan und steckte es in die Jackentasche, damit sie bei Bedarf kein neues suchen und notdürftig säubern musste. Dieses war jedenfalls sauber.

Das zweite Bonbon schmeckte säuerlich. Sie brauchte ein paar Sekunden, ehe sie den Geschmack identifiziert hatte. Cola. Auch wenn es vermutlich mehr Chemie als sonst etwas war, mobilisierte es einige Lebensgeister, die sich bisher hinter Kopfschmerzen, Übelkeit, Furcht und Ratlosigkeit versteckt gehalten hatten.

«Hilf dir selbst, dann hilft dir Gott.» Den Spruch hatte ihre verstorbene Großmutter häufig benutzt. An Gott glaubte sie nicht, an sich selbst auch nicht wirklich. Bisher hatte sie nichts Großartiges geleistet und noch nie für sich selbst kämpfen müssen. Aber sonst schien ja keiner in der Nähe zu sein.

Sie wägte ihre Möglichkeiten ab: In der Hoffnung auf Wasser weiter ins Ungewisse zu kriechen hielt sie für sinnlos und gefährlich. Wer wusste denn, wo sie hingeriet? Oder wo sie nicht mehr weiterkonnte, weil sie völlig entkräftet war?

Man musste Prioritäten setzen, sagte Werner oft. Bisher hatte sie sich von ihrem unmittelbaren Bedürfnis zu trinken leiten lassen. Mit dem Colageschmack auf der Zunge und der Illusion von Koffein im Blut gewann ihr Verstand die Oberhand. Natürlich wäre es wichtig gewesen, den Durst zu löschen. Aber viel wichtiger war etwas anderes: Raus aus dem schwarzen Loch.

Wahrscheinlich war es ein großer Fehler gewesen, die kleine Mulde zu verlassen, ehe sie ihre Sinne einigermaßen beisammengehabt hatte. Wenn es ein Scherz war – ein bitterböser, hundsgemeiner, grausamer Scherz, genau genommen eine Strafaktion, so wie man früher die kleinen Kinder in den dunklen Keller gesperrt hatte –, musste der Mistkerl irgendwann zurückkommen, um sie wieder abzuholen. Und wenn er sie nicht mehr dort fand, wo er sie vermutete …

Sie fragte sich, wie lange er sie wohl hier unten schmoren lassen wollte. Eine Antwort darauf fand sie nicht. Aber von der Kuhle aus musste es einen Weg hinaus geben, denselben Weg, auf dem sie hereingebracht worden war.

Durch einen Kriechgang geschoben oder abgeseilt worden war sie garantiert nicht. Es musste einen größeren Ein- und Ausgang geben. Dass sie eine längere Strecke getragen worden war, hielt sie auch nicht für wahrscheinlich. Sie wog zwar nur achtundfünfzig Kilo. Aber selbst für einen Herkules wäre das hier unten eine heikle Sache gewesen, in totaler Finsternis gar nicht zu bewältigen.

Und auch mit einer Taschenlampe in einer Hand und einer betäubten Frau über der Schulter lief man nicht weiter als unbedingt nötig. Selbst wenn er beide Hände frei gehabt und die Beleuchtung am Kopf befestigt hätte – einen Grubenhelm oder ein Stirnband mit LED-Lampe, wie Jogger sie bei Dunkelheit trugen –, auf derart unebenem Boden reichte ein falscher Tritt. Man war schnell mit einem Fuß umgeknickt, hatte sich einen Knöchel verstaucht, eine Sehne gezerrt, ein Bein gebrochen.

«Ich werde sterben …», stammelte die gequälte Frauenstimme wieder in ihrem Hinterkopf.

«Ich nicht», krächzte sie mit trockener Kehle. «Ich komme hier raus, und dann werde ich denen was erzählen.» Das Sprechen tat im Hals weh, aber gleichzeitig tat es gut, sich selbst auf die Weise Mut zu machen.

Geschleift worden war sie nicht. Sonst hätte ihr jetzt vermutlich alles wehgetan und ihre Kleidung in Fetzen heruntergehangen. Wahrscheinlich hatte er sie ein Stück gefahren – in einer Schubkarre, einem Bollerwagen oder auf so einem praktischen Einkaufswagen für sperrige Gegenstände, wie Baumärkte sie für die Kundschaft bereithielten. Es war nicht mehr als eine stabile Holzplatte mit vier Rollen darunter und einer Griffstange zum Schieben oder Ziehen. Damit hatte Werner damals Unmengen von Holz und anderen Materialien fürs Haus transportiert. Diese Wagen hatten gegenüber den anderen einen entscheidenden Vorteil. Man musste schwere Lasten nicht unnötig hochheben.

Doch auch mit so einer Karre holperte man nicht eine längere Strecke über Stock und Stein. Man brauchte einen einigermaßen befahrbaren Weg. Wenn sie bei der Kuhle das nächste Hölzchen anriss, sah sie wahrscheinlich Spuren, die ihr entschieden weiterhalfen als ein Schluck Wasser.

14. Januar 2010 – Donnerstagnachmittag

Weil Karola noch Besorgungen machen wollte, fuhren sie zu einem großen Einkaufspark. Das Gulasch, zu dem Karola sie dort einlud, war das einzige Gericht im Angebot einer kleinen Imbissstube und entsetzlich scharf. Es gab nur ein Brötchen dazu. Marlene brauchte zwei Gläser Wasser und lehnte den angebotenen Nachschlag dankend ab, obwohl der im Preis inbegriffen war. Ein zweites Brötchen wäre ihr lieber gewesen.

Karola nahm noch eine Kelle und ließ sich zwei Dosen zum Mitnehmen an den Tisch bringen, damit sie es nicht vergaß.

Beim Essen ließ Karola sich – wie nicht anders zu erwarten – noch einmal ausführlich über Barbara König aus. Sie wunderte sich, dass Barbaras Mann sie noch nicht vom erneuten Verschwinden seiner Angetrauten in Kenntnis gesetzt hatte.

«Vor dreieinhalb Jahren kam er gleich angerannt und wollte wissen, ob ich eine Ahnung hätte, wo die beiden stecken könnten. Er schwor Stein und Bein, dass Barbara etwas mit Andreas hatte. So bin ich ja überhaupt erst auf die Idee gekommen.»

Das hörte Marlene nicht zum ersten Mal. Um Karola zu zeigen, dass sie es nicht mehr hören konnte, konzentrierte sie sich auf das Brennen im Mund und blätterte in dem Taschenbuch, das Manfred Kolber im Studio zurückgelassen und sie mitgenommen hatte. Es gehörte Karola, wie die Widmung zeigte. Die Handschrift auf der ersten Seite versetzte ihr einen Stich und führte ihr erneut vor Augen, wie schnell ein Leben ausgelöscht war.

Ihre Methode funktionierte. Karola warf ebenfalls einen Blick auf den Namenszug, brach ihren Monolog vom verschollenen Abenteurer und seiner mutmaßlichen Gespielin aus der Nachbarschaft ab und meinte: «Scheiße, was? Wieder ein Heimkind mehr. Ich glaube kaum, dass Josch Thalmann den Kleinen mit ins Cockpit nehmen darf.»

«Was ist denn mit dem Vater des Jungen?», fragte Marlene. «Auch wenn Frau Merz nicht mit dem Mann verheiratet war, könnte der sich doch um seinen Sohn kümmern.»

Karola schüttelte den Kopf. «Der ist schon unter der Erde. Er hatte wohl ein kleines Problem mit seiner Potenz. Sie war im vierten Monat schwanger, als er sich …» Statt es auszusprechen, strich Karola sich mit einer Handkante über die Kehle.

«Er hat sich umgebracht?», fragte Marlene betroffen. «Nur weil er keinen hoch…»

Wieder schüttelte Karola den Kopf und grinste flüchtig. «Es war ein Unfall, aber ein pikanter. Der Idiot hat sich ein Stück Gardinenschnur um den Hals gelegt, um sein bestes Stück in Form zu bringen. Angeblich steht so ein Ding wie eine Eins, wenn man keine Luft mehr bekommt. Sie war unter der Dusche, kam fünf Minuten zu spät ins Schlafzimmer. Das war Anfang Mai 2006. Verständlich, dass sie danach keine Nerven mehr für Monas verhängnisvolle Affäre hatte. Mona hat ihr wohl einiges über den Typ erzählt, was in den Tagebüchern nicht auftauchte. Aber sie hat ihr nicht aufmerksam zugehört.»

«Woher weißt du das?», fragte Marlene.

«Von Annette. Seit das Buch auf dem Markt war, hat sie häufig mit Heidrun Merz wegen einer Lesung telefoniert. Da wurde es auch mal persönlich.»

«Und Frau Merz hat vorher nie erwähnt, dass Mona den Typ Andy Jäger nannte?»

«Den Jäger», korrigierte Karola und zuckte mit den Achseln. «Das musst du Annette fragen. Ich habe das gestern Abend zum ersten Mal gehört.» Wie um vom Thema abzulenken, deutete sie gleich anschließend auf das Exemplar neben Marlenes Suppentasse und erkundigte sich ungläubig: «Und du hast es wirklich noch nicht gelesen? Mal abgesehen von den paar Seiten eben im Studio.»

Jetzt war Marlene dran mit Kopfschütteln.

«Warum nicht?», fragte Karola wieder, diesmal verständnislos. «Annette hat es dir doch garantiert empfohlen.»

«Ich habe wohl mal reingeschaut, aber es hat mich nicht interessiert», erklärte Marlene.

«Warum sollte es auch?», meinte Karola daraufhin. Mit einem Mal klang sie bedrückt. «Du mit deinem fürsorglichen, unfehlbaren Göttergatten kannst Verzweiflung und Trostlosigkeit doch nicht mal buchstabieren. Man braucht wohl gewisse Erfahrungen, um sich auf so einen Stoff einzulassen. Ich hab's auch nicht gelesen, Marlene. Verschlungen habe ich es. An einem einzigen Abend. Anschließend habe ich drei Nächte nicht geschlafen und mich gefreut, dass ich noch lebe.»

Karola löffelte sorgsam den Rest ihres Nachschlags aus der Suppentasse. Den Kopf hielt sie gesenkt, als sei ihr das Geständnis peinlich. «An manchen Stellen dachte ich, das könnte ich geschrieben haben. Ich hatte ein paar Momente, wenn die Mädchen nicht gewesen wären, hätte ich mich vielleicht ...»

Mitten im Satz brach sie wieder ab, hob den Kopf und fixierte Marlene mit einer Mischung aus Misstrauen und Feindseligkeit. «Wenn das morgen bei Annette und Ulla angekommen ist, erfährt nächste Woche der gesamte Kreis, dass ich heute einer Betrügerin aufgesessen bin und du dich nur wichtigmachen wolltest.»

Das war eine unverhohlene Drohung, die noch dazu die Tatsachen verdrehte. Eigentlich hätte Marlene wütend werden müssen. Aber sie wunderte sich nur. Wie wollte Karola beurteilen, ob sie Verzweiflung oder Trostlosigkeit kannte?

«Ich glaube kaum, dass Ulla derzeit ein Ohr für deine längst verjährten Probleme hat», sagte sie.

«Wieso nicht?», fragte Karola. «Die lenken von der eigenen Bredouille ab. Und Annette hat garantiert zwei Ohren. Dafür hatte sie noch nie gravierende Probleme. Das bisschen Zoff ums Geld früher zählt nicht. Seit sie den Laden hat, ist das Thema ja auch gegessen.»

«Wenn du meinst, dass ich meinen Mund nicht halten kann, halt doch einfach deinen», empfahl Marlene. «Habe ich dich etwa gefragt, wie du dich bei der Lektüre gefühlt hast?»

Karola lächelte resignierend. «Schon gut. Ich weiß, dass ihr Andreas bedauert habt. Für euch war er der große Junge, dem ich die Tour vermasselt habe. Dabei wollte er nur im Sand spielen.» Karola schnaubte, aus ihrem bitteren Lächeln wurde ein verächtliches Lachen. «Afrika!», stieß sie hervor. «Weißt du, was passiert, wenn eine im sechsten Monat schwangere Frau ihren Kreislauf in heißen Salzwasserbädern auf die Wüste einstellt?»

Marlenes Antwort wartete sie nicht ab. «Im Normalfall gibt es vorzeitige Wehen. Der werdende Vater baute darauf, seine Liebste bald wieder durch Wald und Flur hetzen zu können. Er spielte gerne *Hasch mich* in freier Natur. Mit zunehmendem Leibesumfang war ich aber nicht mehr so gelenkig, dass ich unbedingt mitspielen wollte. Hat allerdings nicht so funktioniert, wie er sich das vorstellte. Meine Gebärmutter ließ sich nicht einheizen. Wahrscheinlich lag ich nicht lange genug in der Wanne. Mir wurde ziemlich schnell übel. Ich weiß gar nicht mehr, wie oft ich das bedauert habe. Wäre Stefanie nicht gewesen, hätte ich es riskiert, ihn zu verlassen.»

«Das hättest du auch mit Stefanie tun können», sagte Marlene. «Deine Eltern hätten euch nicht vor der Tür stehenlassen.»

«Nein», stimmte Karola zu. «Sie hätten sich wahrscheinlich noch gefreut. Fragt sich nur, wie lange. Andreas hat mehr als einmal gesagt, dass ihn keine verlässt. Er schickt die Weiber in die Wüste, wenn er ihrer überdrüssig ist. Beachte die Wortwahl. Genau so hat er es ausgedrückt. Da dachte ich mir, lass ihn mal lieber alleine Urlaub machen, ehe du irgendwo zwischen Sanddünen verschüttgehst.»

Mit einem langen Seufzer schob Karola ihre leere Suppentasse von sich und machte sich daran, die Krümel ihres Brötchens mit einer Fingerspitze vom Tisch aufzunehmen und in die Tasse zu bröseln. «Wie oft habe ich nachts im Bett gelegen und mich gefragt, wen er diesmal aufgegabelt hat und wer sie vermisst, wenn sie nicht wiederauftaucht. Solange keine Leiche gefunden wird, sieht die Polizei doch keinen Handlungsbedarf.»

«Willst du damit andeuten, er hätte Anhalterinnen …» Getötet, umgebracht, ermordet, keiner dieser Ausdrücke wollte

Marlene über die Lippen. Sie ärgerte sich, dass sie Andy, den Jäger, erwähnt hatte. Karola wäre nicht Karola gewesen, hätte sie das nicht aufgegriffen und schön schaurig ausgeschmückt.

Aber doch nicht dieser Robert-Redford-Verschnitt mit dem gutmütigen Grinsen, dem Dackelblick und dem zugegebenermaßen etwas abfällig klingenden «Lenchen». Sie sah ihn vor sich, wie sie ihn zuletzt gesehen hatte: bei der Einweihungsparty der Bücherstube, als er zu Annette sagte: «Du hast es richtig gemacht, Nette. Auch wenn es eine Menge Stress, viele schlaflose Nächte und noch einige Diskussionen mit Chris nach sich ziehen sollte, man muss an sich glauben und tun, wozu man sich berufen fühlt. Sonst merkt man irgendwann nicht mehr, dass man überhaupt noch lebt.»

Statt ihre halbe Frage zu beantworten, zerbröselte Karola noch einen Krümel über der leeren Suppentasse und sagte: «Es war verdammt nochmal nicht so, wie ihr es gesehen habt. Karola hockt wie eine Glucke auf den Eiern, und der Gockel ist abgemeldet. Nur deshalb vögelt der Ärmste fremde Weiber.»

Es wurde peinlich. Was sie damals gedacht hatten, hatte Karola treffsicher formuliert. Und sie hatten es nicht nur gedacht, sie waren davon überzeugt gewesen. Weil Karola damals doch immer wieder gesagt hatte: «Er kommt schon irgendwann zur Vernunft.» So sprach man doch nicht über einen Mörder, die kamen so schnell nicht zur Vernunft, Serienmörder bestimmt nicht. Und auf Serienmörder lief es bei all den *Abenteuern* hinaus.

«Stefanie war zwei Monate alt», fuhr Karola fort. «Da bekam sie nachts hohes Fieber. Er war unterwegs. Meine Schwiegermutter mochte ich nicht wecken. Die regte sich immer fürchterlich auf, wenn sie mitbekam, dass Andreas noch spät vom Hof fuhr. Ich glaube, sie ahnte etwas. Ich wollte mir gerade ein Taxi rufen und mit Stefanie zum Krankenhaus nach Birkesdorf fahren, als er zurückkam. Und ich dachte, das Geld fürs

Taxi kann ich sparen, so dicke hatten wir es ja damals nicht. Es schien ihm nicht recht zu sein, mich in den Jeep zu lassen. Aber er sah, dass es dem Kind wirklich nicht gutging, und ließ mich einsteigen. Im Fußraum vor dem Beifahrersitz lag ein hellblauer Büstenhalter. Den sehe ich heute noch vor mir. Es waren Röschen draufgestickt, rosafarben. Und ein dunkelrotes – dachte ich im ersten Moment. Ich hob den BH auf und sagte: ‹Dein Abenteuer hat was vergessen.› Er riss mir das Teil aus der Hand, dabei merkte ich, dass die dunkelrote Stelle keine aufgestickte Rose, sondern ein feuchter Fleck war. Und er schnauzte mich an: ‹Die braucht den nicht mehr. Und du hast nichts gesehen. Hab ich mich klar genug ausgedrückt?› Ich habe nur genickt. Was hättest du an meiner Stelle getan?»

Marlene zuckte mit den Achseln, wusste beim besten Willen nicht, was sie von dieser Geschichte halten sollte. Blut auf einem Büstenhalter! Frisches Blut, wenn der Fleck noch feucht gewesen war. Vielleicht nur eine blutende Nase, was harmlos gewesen wäre, obwohl eine Nase meist blutete, wenn man geschlagen wurde. Dachte man sich so etwas aus, um einer Horrorgeschichte die richtige Farbe zu verpassen, wenn man zwanzig Jahre lang mit einem Mann zusammengelebt und zwei Kinder von ihm bekommen hatte?

Wenn man Karola hieß, war es vermutlich eine Kleinigkeit, ein Tröpfchen frisches Blut auf einen BH zu zaubern, der möglicherweise wirklich im Jeep gelegen hatte. Karola hatte ja auch, ohne mit einer Wimper zu zucken, so tun können, als säße die Freundin von Heidrun Merz bei ihr im Studio.

Karola nickte versonnen, nahm ihre Gulaschdosen und erkundigte sich: «Musst du los, oder hast du noch Zeit?»

Zeit hatte Marlene noch mehr als genug. Daheim warteten nur der nicht abgeräumte Frühstückstisch, die ungemachten Betten, zwei benutzte Bäder, möglicherweise ein paar Staubflusen auf Fußböden und Schränken und Werners Anzug. Den konnte sie auch um halb fünf noch in die Reinigung bringen. Dann waren die Kinder garantiert daheim, und sie müsste wegen einem Hausschlüssel nicht den Unterricht am Gymnasium stören.

Neugierig war sie auch, wie weit Karola ihren privaten Thriller ausbaute. Im Stillen bewunderte sie die schauspielerische Leistung, die dabei an den Tag gelegt wurde. Karola gab sich bedrückt wie ein Mensch, der seit langen Jahren ein furchtbares Geheimnis mit sich herumtrug, das längst hätte offenbart werden müssen.

Das erste Mal im Lörsfelder Busch, wildromantisch in freier Natur. So hatte sie es damals dargestellt. Wo sollte man einen Abenteurer auch sonst das erste Mal an die Wäsche lassen?

«Unmittelbar neben einem Ameisenhaufen», sagte Karola nun. «Er hatte die Stelle bei Tag ausgesucht, schätze ich. Ich habe im Dunkeln natürlich nichts gesehen. Als die Biester sich über mich hermachten, kam er so richtig in Fahrt. Nachher sagte er, er hätte gedacht, dass ich mich vor lauter Leidenschaft winde und stöhne. Ich war völlig zerstochen oder zerbissen. Vielleicht erinnerst du dich, ich hab's euch gezeigt. Das war schließlich etwas, damit konnte keine von euch dienen.»

«Ja», sagte Marlene nur.

Und Karola erzählte weiter. Andreas hätte ein Faible für Liebe an der frischen Luft gehabt. Stefanie sei in einem Rübenacker gezeugt worden, während über ihnen ein Gewitterregen niederging. «Zur Abwechslung durfte ich auf ihm sitzen. Blitze suchen sich ja bekanntlich den höchsten Punkt in der Umgebung. Ich habe ihn gefragt, ob er keine Angst hat, ebenfalls draufzugehen, wenn ich getroffen werde. Er lachte nur und zog mich runter. Daran musste ich gestern Abend denken, als Frau Merz sagte: ‹Wer sich für Gott hält, hält sich für unsterblich.›»

Karola schob weitere, angeblich dringende Besorgungen vor, um noch mehr Horrorgeschichten zum Besten zu geben. Zum Beispiel die Sache in der Kiesgrube – ja, in genau der Grube, an deren Zufahrt Heidrun Merz letzte Nacht verunglückt war.

«Damals war das Gelände komplett umzäunt und über Nacht durch einen Schlagbaum abgesperrt. Aber der war nicht gesichert. Andreas schob ihn hoch, und wir waren drin. Er wollte meine Nerven testen. Für die geplante Wüstentour. Zu der Zeit wollte ich ja noch unbedingt mit. Es war saukalt in der Nacht, nur sechs oder sieben Grad. Ich musste mich trotzdem ausziehen bis auf die Haut. Er fesselte mir die Hände an den Kühlergrill des Jeeps, setzte sich auf einen Stein und rauchte erst mal eine. Dabei erzählte er mir, es wäre möglich, dass man in der Wüste herumziehenden Banditen in die Hände fiele. Als Frau würde man dann vergewaltigt, nicht nur von einem. Er wollte wissen, wie viel ich aushielt. Kannst du dir denken, wie es weiterging? Oder soll ich's erzählen?»

Das war nicht nötig, Marlenes Vorstellungskraft reichte.

Sie schlenderten weiter durch einige Läden. Karola kaufte hier eine Tube Zahncreme, da ein Päckchen Kaffee, dort eine Strumpfhose und phantasierte, was das Zeug hielt, bis Marlene schließlich fragte: «Warum hast du ihn überhaupt geheiratet, wenn er von Anfang an so war? Nur weil du schwanger geworden bist?»

«Nein.» Karola lachte wehmütig. «Weil ich verrückt nach ihm war. Weil ich ihn toll fand. Weil er mir etwas bot, was ich bis dahin nicht erlebt hatte: Nervenkitzel. Warum binden Leute sich Gummiseile um die Fußknöchel und lassen sich von Brücken fallen? Warum kraxeln sie ohne Sauerstoffgerät auf hohe Berge? Andreas war mein Bungee und mein Mount Everest, verstehst du? Er war Adrenalin pur. Es war wahnsinnig aufregend mit ihm. Ich wusste nie, was ihm als Nächstes in den Sinn kam. Es ist wirklich so, wie Mona schrieb. Richtig lebendig fühlt man sich erst, wenn man mit seinem Leben spielt oder andere damit spielen lässt. In welche Falle man sich manövriert, merkt man erst, wenn man nicht mehr rauskommt. Ich wette, Mona hat es erst gemerkt, als sie mit gebrochenem Bein am Boden lag und ihr ein Mikro oder ein Diktiergerät unter die Nase gehalten wurde für den letzten Gruß an die Lieben daheim.»

Während Marlene einen Januskopf vor sich sah, vorne den Robert-Redford-Verschnitt mit dem Dackelblick und hinten eine abstoßende Fratze, resümierte Karola: «So sind die Kerle eben.»

«Das kannst du doch nicht verallgemeinern», widersprach Marlene. «Nur weil Andreas dich enttäuscht …» Weiter kam sie nicht.

«Enttäuscht?», echote Karola und lachte freudlos. «Findest du nicht, das ist ein bisschen milde ausgedrückt? Enttäuscht wäre ich gewesen, wenn er mich jahrelang von unterwegs angerufen hätte, weil er noch in einer Besprechung sitzt oder den letzten Flieger verpasst hat. Dann wäre ich vermutlich aus allen Wolken gefallen, als er plötzlich nicht mehr heimkam.»

Der Vergleich weckte Marlenes Misstrauen. «Willst du damit andeuten, dass Werner mich betrügt?»

Karola lachte noch einmal. «Wenn ich wüsste, dass er es täte, würde ich es nicht andeuten. Das würde ich dir brühwarm erzählen und mich dabei wahrscheinlich auch noch gut fühlen. Matthias und Christoph könntest du mir nachwerfen, da würde ich mich nicht mal umdrehen, wenn ich es klappern oder klatschen hörte.»

Das konnte Marlene nachvollziehen. Matthias war von zwei Pleiten gezeichnet und sah zehn Jahre älter aus, als er war. Hager war er, regelrecht dürr. Die Schulden hatten ihm den Nacken gebeugt und den Kopf nach unten gedrückt. Wenn er ihn hob, sah man einen verkniffenen Ausdruck um seinen Mund, den er in jungen Jahren nicht gehabt hatte. Und die Falten auf seiner Stirn lagen nur knapp unter der Tiefe, die ein Reifenprofil brauchte, um noch durch den TÜV zu kommen – so hatte Annettes Clown mal gescherzt. Es hatte aber keiner darüber gelacht.

Christoph sah man an, dass er ein Freund von deftigen Lebensmitteln war. Sein Gesicht war glatt und rosig, weil er mindestens vierzig Kilo Übergewicht hatte. Seine Stirn zog sich bis zum Hinterkopf. Mit seinem Bauch konnte er gegen jede Hochschwangere antreten. Und seinen Humor konnte Marlene nur noch schwer ertragen. Er war mit der Zeit immer sarkastischer geworden.

Nur Werner hatte sich zu seinem Vorteil verändert. Zwar hatte er etwas vom jugendlichen Schmelz eingebüßt, kein Wunder, er war schließlich keine zweiundzwanzig mehr. Aber seine Figur war tadellos, sein Haar wuchs noch dicht und dunkel, die ersten Fältchen um die Augen musste man mit der Lupe suchen. Und mit fünfundvierzig standen ihm die Hemden entschieden besser zu Gesicht. Er wirkte darin bei weitem nicht mehr so hausbacken wie damals in der Diskothek. Im Gegenteil.

«Aber dich habe ich von der ersten Stunde an beneidet», fuhr Karola fort. «Das müsstest du eigentlich noch wissen. Ich wollte den im blauen Hemd.»

«Du hast mal gesagt, du würdest es keine drei Tage mit ihm aushalten», erinnerte Marlene sie.

«Weiß ich», räumte Karola ein. «Da war ich neunzehn und fand es spießig, im Bett zu vögeln. Andreas konnte nur draußen. Im Haus bekam er einfach keinen hoch, hatte immer Schiss, seine Mutter könnte hören, dass er ein bisschen Spaß hatte.»

Erst in einem Kaffee-Shop wechselte Karola endlich das Thema. Auf dem Weg dorthin hatte sie sich an einem Kiosk mit einigen Illustrierten versorgt, um sich auf ihre Freitagabendsendung als Frau Heinze vorzubereiten. Bei einem Pott Kaffee und einem Cappuccino für Marlene blätterte sie die Horoskope durch und las einige vor.

Das erste prophezeite Marlene eine Auseinandersetzung mit dem Partner und veranlasste sie, schon einmal zu überlegen, mit welchen Worten sie Werner ihren ersten öffentlichen Auftritt nahebringen sollte. Das zweite versprach ihr ganz allgemein eine aufregende Woche. Das dritte riet, einer neuen Bekanntschaft skeptischer gegenüberzutreten. Im vierten ging es um eine unerwartete Konfrontation mit der Vergangenheit.

In dem Blatt mit einer spärlich bekleideten jungen Blondine auf der Titelseite drehte sich alles um Leidenschaft und Erotik, entsprechend fiel die Vorhersage aus. Demnach durfte Marlene sich auf Stunden freuen, in denen ihre kühnsten Erwartungen erfüllt wurden. Dasselbe Blatt prophezeite Werner ein romantisches Wochenende und Karola immerhin noch eine aufregende Nacht.

«Hoffentlich ein Wasserrohrbruch», unkte Karola. «Dafür kann ich Christoph in die Pflicht nehmen. Ich bräuchte dringend neue Fliesen im Bad, eigentlich ein komplett neues Badezimmer. Und noch dringender ein neues Schloss für die Kellertür.»

«Ach ja», entsann Marlene sich, «Julia erzählte gestern, die Tür ginge von alleine auf, weil das Schließblech verbeult sei.»

Karola verstaute die Illustrierten in ihrer Tasche und erklärte dabei: «So sieht es aus, und von alleine verbeult so was nicht. Aber es wurde nichts durchwühlt oder gestohlen. Sogar der Schmuck von meiner Schwiegermutter ist noch da. Sieht fast so aus, als hätte sich jemand nur mal bei mir umschauen wollen.»

Karola zahlte auch Marlenes Cappuccino, kaufte noch zwei Hefeschnecken für einen gemütlichen Nachmittag mit Julia und verabschiedete sich, als sie ihre Autos erreichten, mit den Worten: «Bis Samstag. Es bleibt doch dabei? Ich mache Chili.»

Ursprünglich wäre sie am vergangenen Samstag dran gewesen, das monatliche Treffen im Freundeskreis auszurichten. Aber da es Ullas Geburtstag gewesen war, hatten sie bei der zusammengesessen und den Abend bei Karola um eine Woche verschoben.

Nummer neun

Ihre geschundenen Beine protestierten mit heftigem Schmerz in den Knien und den Schienbeinen, die auch schon einige Blessuren abbekommen hatten, als Marlene sich endlich umdrehte und sich auf den langwierigen, beschwerlichen Rückweg zu der Kuhle machte, in der sie zu sich gekommen war.

Auf dem ersten Stück orientierte sie sich an der Pfütze, die ihre Panikattacke produziert hatte. Dafür musste sie kein Zündholz opfern, obwohl sie auf dem kurzen Streifen die Steinchen nicht so sorgfältig beiseitegewischt hatte wie zuvor. Der Fäkaliengestank stieg ihr schon in die Nase, nachdem sie die Hände zweimal vorgeschoben hatte. Sie befürchtete hineinzufassen, doch das geschah nicht. Vielleicht griff sie haarscharf daneben, wie sollte sie das feststellen ohne Licht?

Dann wurde der Geruch schwächer, sie hielt an, ignorierte die rebellierenden Kniescheiben und konzentrierte sich auf ihre Hände. Es war ein mühsames Unterfangen, dauerte zwei oder drei Balladen. Sie zählte nicht mit, tastete nur Zentimeter für Zentimeter den Boden rundum ab.

Endlich glitten ihre Finger über einen Streifen, auf dem keine losen Steinchen und Splitter lagen. Sie schob die Hände weiter vor, immer noch nichts Scharfkantiges, was sich hätte wegwischen lassen. Das musste der richtige Weg sein.

Für ihr Gefühl kam sie etwas zügiger voran, legte aber schon bald die nächste Pause ein, weil die Musik leiser geworden war und das Rauschen in den kurzen Pausen lauter. Es war jetzt wieder gut zu hören. Sie richtete den Oberkörper auf, drehte den Kopf hin und her, um vielleicht doch eine bestimmte Richtung auszumachen. Es schien von rechts zu kommen – wie die Musik. Und als sie reflexartig über ihre rechte Schulter schaute, bemerkte sie ein winziges, schwachgrünes Pünktchen, genau genommen nur ein Glimmen in all der Schwärze ringsum.

Im ersten Moment hielt sie es für eine optische Täuschung. Wenn man lange genug in totale Finsternis schaute, flimmerten einem eben irgendwann bunte Punkte vor den Augen.

Aber nicht nur ein einzelner grüner, der sich auch durch mehrmaliges Blinzeln nicht vertreiben ließ!

Was – zum Teufel – war das?

Es erinnerte sie an die Lämpchen, die am Kühlschrank und am Gefrierschrank signalisierten, dass die Geräte Strom hatten und alles in Ordnung war. An ihrem alten Kassettenrekorder hatte damals auch ein grünes Lämpchen geleuchtet, wenn er eingeschaltet war. Im Aufnahmebetrieb war noch ein rotes dazugekommen.

Plötzlich wurde ihr bewusst, was sie bezüglich der Musikquelle bisher nicht bedacht hatte. Ein kleiner Kassettenrekorder konnte es keinesfalls sein, das stand fest. Und ein Ghettoblaster musste hier unten strahlen wie der Lichterschlauch mit Weihnachtsengeln im Küchenfenster daheim.

Wenn die Plärrmaschine nahe der Kuhle stand, hätte ihr die beleuchtete Skala schon kurz nach dem Aufwachen ins Auge stechen müssen. War sie ihr am Ende sogar aufgefallen, und sie hatte in ihrem Tran angenommen, es sei Werners Radiowecker?

Das glaubte sie nicht. Es war eher zu vermuten, dass der Ghettoblaster gut versteckt hinter einem Felsbrocken oder in einer Erdspalte stand, vielleicht zusätzlich noch mit einem Tuch über dem verräterischen Leuchten.

Sie brauchte einige Sekunden, um die daraus resultierende, einzig logisch erscheinende Erklärung für das grüne Glimmen zu verdauen. Es war wie ein Schlag in die Magengrube. Der Mistkerl, der sie hierhergebracht hatte, war in ihrer Nähe, stand ein Stück weit rechts von ihr, hatte irgendein Gerät mit einem grünen Lämpchen bei sich und schaute sich an, wie sie hier herumkrabbelte.

Ohne Licht? Wieso fiel er nicht auf die Fresse?

Weil es vermutlich einen sicheren Weg gab für einen, der sich hier unten auskannte. Und weil man nicht unbedingt eine Taschenlampe, einen Schutzhelm mit Scheinwerfer oder ein Stirnband mit Beleuchtung brauchte, nur die entsprechende Technik.

Nachtsichtgeräte und Restlichtverstärker richteten in völliger Schwärze wohl nichts aus. Es gab doch kein Restlicht. Aber aus Polizeihubschraubern ließen sich sogar vergrabene Leichen aufspüren, weil sie noch Wärme abstrahlten. Das hatte sie kürzlich in einem Film gesehen. Es war genau zu erkennen gewesen, wie der Körper in der Erde lag. Infrarot- oder Wärmebildkamera hießen die Zauberworte. Wärme strahlte sie jetzt garantiert mehr ab als zu Anfang in der Kuhle. Kalt war ihr momentan jedenfalls nicht.

Am liebsten wäre sie vor Scham im Boden versunken, weil sie nicht schon früher darauf gekommen war, dass ihre Not, die Ausbrüche von Angst und die hilflosen Aktionen beobachtet wurden. Dabei hatte das eine grausame, abnorme Logik. Welchen Sinn sollte es sonst haben, eine Frau in völlige Finsternis zu verschleppen und stundenlang wie eine Blindschleiche durch den Dreck kriechen zu lassen? Man musste sich in der Nähe aufhalten, wenn man etwas davon mitbekommen wollte.

Vielleicht sollte der Mistkerl später Rechenschaft abgeben, dass er eine gewisse Grenze nicht überschritten hatte. Vielleicht kam das grüne Glimmen von der Betriebsleuchte einer Kamera.

Zum Beweis, dass er Distanz hielt. Vielleicht hatte er sogar den Auftrag bekommen, alles aufzuzeichnen für eine Spezialvorstellung im Heimkino.

Ist das ein köstlicher Anblick, wie sie da über dem Graben hängt. Der nackte Hintern ist auch Klasse, aber wem sage ich das? Beinahe hätte sie sich in die Hosen geschissen, hat sie mit knapper Not runterbekommen. Und wie sie den dreckigen Stein lutscht, weil sie vor Durst halb verrückt wird. Herrlich, oder? Die macht garantiert keine Zicken mehr, das kannst du mir glauben.

«Macht's Spaß, mir zuzuschauen, wie ich hier herumkrauche, du Arsch?», rief sie. Das Schimpfwort setzte sie bewusst ein, um ihn zu reizen. Eigentlich entsprach es nicht ihrer Art, solch vulgäre Ausdrücke zu benutzen. Aber *Mistkerl* drückte nicht annähernd aus, was sie gerade fühlte.

Sie rechnete nicht wirklich mit einer Reaktion, fragte trotzdem: «Kommst du dir nicht selbst ziemlich feige vor? Es ist keine Kunst und kein Heldenstück, eine Frau mit ein paar Zündhölzern und drei Bonbons in einer Höhle auszusetzen. Hast du Angst, dass ich dir die Augen auskratze, wenn ich ein bisschen mehr Licht hätte?»

Natürlich antwortete er nicht.

«Wie wär's denn, wenn du mal die Kassette wechselst?», fragte sie. «Sonst fange ich gleich an mitzusingen. Das willst du bestimmt nicht hören. Du kannst mir auch sagen, wo die Plärrmaschine steht, dann schalte ich sie aus. Mittlerweile müsste dir Lucy Jordan doch zum Hals raushängen.»

Nichts tat sich. Als sie nach einer Weile weiterkroch, wurde die Musik noch ein wenig leiser. Der Unterschied war minimal, sie bemerkte es nur, weil sie nun angestrengt horchte, ob vielleicht irgendwo ein Steinchen kullerte oder etwas knirschte unter einem Schritt. So etwas hörte sie nicht, dafür sang Marianne wohl noch zu laut. Aber vielleicht war er auch stehen geblieben wie ein ertappter Sünder. Die Vorstellung gefiel ihr besser.

Jetzt wartete er wohl, bis sie einen gewissen Vorsprung hatte. Da konnte er lange stehen. Mal sehen, wer geduldiger war. Sie hielt wieder inne, verharrte auf allen vieren, bis Marianne erneut zum Ende kam. Und kaum waren die letzten Takte verklungen, hörte sie es so deutlich, dass vorübergehend alles andere nebensächlich wurde, sogar die Anwesenheit eines Mistkerls.

14. Januar 2010 – Donnerstagnachmittag

Der Bummel mit Karola nahm genügend Zeit in Anspruch, um Marlenes Kinder in helle Aufregung zu versetzen. Johanna und Leonard gerieten außer sich vor Sorge, als sie aus der Schule kamen. Kein Van in der Garage, aber Mamas Hausschlüssel am Haken. Ungemachte Betten, das Frühstücksgeschirr noch auf dem Küchentisch, im großen Bad ein blutverschmierter Anzug und nirgendwo eine Nachricht.

Johanna rief umgehend das Büro in Köln an, erreichte ihren Vater dort natürlich nicht. Werner war noch in Düsseldorf. Ersatzweise erschreckte Johanna die Sekretärin. Die versuchte dann ihrerseits, Werner an die Strippe zu bekommen. Als ihr das nicht gelang, sprach sie ihm eine Hiobsbotschaft auf die Mailbox. «Ihre Frau ist verschwunden, möglicherweise nicht freiwillig. Jemand hat viel Blut verloren. Der Wagen Ihrer Frau ist ebenfalls weg.»

Werner meldete sich nur eine Viertelstunde später daheim und gab bezüglich des Anzugs Entwarnung. Wo Mama war, konnte er den Kindern verständlicherweise nicht sagen. An eine Entführung mochte er zwar nicht glauben, aber man konnte nie wissen. Als Unternehmensberater machte man sich nicht überall Freunde. Der höchste Kostenfaktor in den meisten Firmen war nun mal das Personal. Deshalb wurde dort zuerst rationalisiert. Und manch einer, der danach auf der Straße stand, hatte schon Rache geschworen.

So musste erst einmal Werner beruhigt werden, als Marlene daheim eintraf. In dieser Ausnahmesituation war sein Handy eingeschaltet. Er nahm das Gespräch auch sofort an.

Sie beschränkte sich darauf, ihm zu erklären, wem er letzte Nacht Beistand geleistet hatte, dass Heidrun Merz ihren Verletzungen erlegen war und Karola sie gebeten hatte, ins Studio zu kommen, um über den vergangenen Abend zu reden.

Den Tod der Autorin fand Werner tragisch, aber absehbar. Sonderlich betroffen klang er nicht. Dafür war er zu aufgebracht. Dabei verstand er durchaus, dass sie Karola die Bitte nicht hatte abschlagen mögen. Aber eine Nachricht auf dem Küchenblock hätte gereicht. Nur drei Worte oder fünf: *Bin bei Karola im Studio*. Dann wäre es für die Kinder nicht so dramatisch gewesen.

«Ich weiß», entschuldigte Marlene sich. «Aber es ging so schnell. Ich musste mich beeilen und habe in der Aufregung nicht daran gedacht. Ich habe auch nicht damit gerechnet, dass es so spät wird. Normalerweise wäre ich um halb eins wieder hier gewesen. Aber Karola hat mich noch zum Essen und einem Kaffee eingeladen. Sie hatte einiges auf dem Herzen, was sie unbedingt loswerden musste. Das erzähle ich dir, wenn wir mehr Zeit haben.»

«Du kannst es mir beim Abendessen erzählen», erklärte Werner. «Ich schätze, dass ich gegen acht Uhr daheim bin.»

«Fein», freute sie sich, «dann koche ich uns etwas Leckeres. Was hältst du von Putenfilet, Broccoli und Kartoffelkroketten?» Das ging schnell, sie musste nur rasch Fleisch und Gemüse besorgen. Das konnte sie auf dem Weg zur Reinigung tun. Kartoffelkroketten waren im Gefrierschrank.

«Mach dir keine Mühe», sagte Werner. «Ich bringe etwas vom Chinesen mit.»

Johanna hatte mit entsetzter Miene zugehört und ihr Handy gezückt, noch während ihre Eltern miteinander sprachen. Als Werner auflegte, hörte Marlene ihre Tochter sagen: «Weißt du schon, was letzte Nacht passiert ist, Kirsten? Es ist ganz furchtbar …»

Johanna machte sich anschließend auf den Weg zu Kirsten Barlow. Kurz darauf rief Annette an, war soeben von ihrer Tochter ins Bild gesetzt worden und ebenso schockiert, wie Karola und Marlene es morgens gewesen waren. «Wieso habt ihr mir denn nicht sofort Bescheid gesagt?»

«Karola hat heute früh zuerst versucht, dich zu erreichen», erklärte Marlene und erzählte der Reihe nach.

Das dauerte ein Weilchen, weil Annette, die sonst nicht so leicht zu erschüttern war, völlig außer sich geriet und sie immer wieder unterbrach. Auch Annette war der Meinung, das könne kein selbstverschuldeter Unfall gewesen sein. Bestimmt kein Unfall unter Alkoholeinfluss. Sie machte sich Vorwürfe, weil sie Heidrun Merz so oft wegen der Lesung bedrängt hatte.

Als Marlene daraufhin Karolas Spekulationen zum *Tathergang* wiedergab: Monas Mörder kommt als freier Journalist getarnt zur Lesung, steigt an roter Ampel zu Heidrun Merz ins Auto, flößt ihr Schnaps ein und so weiter, verwandelte sich Annettes Betroffenheit in Zorn, und die Vorwürfe richteten sich gegen Marlene.

«Das hast du doch hoffentlich nicht nachgeplappert», fuhr Annette sie an. «Karola tickt nicht mehr sauber. Letzte Woche war's noch Andreas und jetzt …»

«Wieso Andreas?», unterbrach Marlene den Redeschwall.

«Das sprang einem doch förmlich ins Auge», antwortete Annette sarkastisch. «Für Karola passte alles zusammen. Mona war wie Andreas auf die Wüste fixiert und verschwand rund neun Wochen, nachdem er abgetaucht war. Ein bisschen Zeit braucht man ja für die Vorbereitungen, wenn man eine Frau zu abartigen Spielchen überreden und sie dann umbringen will. Das lässt sich mit einem Job bei Scheidweber nicht vereinbaren. Er musste sich also vorher aus dem Staub machen.»

«Aber Karola war doch überzeugt, er sei mit Barbara König …»

«Überzeugungen kann man wechseln», hielt Annette dagegen. «Barbara König hat die Affäre mit Andreas stets bestritten. Dann war das eben nicht gelogen.»

«Aber als der Typ im April 2006 Mona verfolgt hat, war Andreas noch hier und hat gearbeitet. Ein Motorrad hatte er auch nicht.»

«Erklär das Karola», schlug Annette vor. «Ich hab's probiert und musste mich belehren lassen, dass man Motorräder auch mieten kann, samt Helm. Er hätte freie Tage genommen, um nach Düsseldorf zu fahren, meinte sie.»

«Und was sagt Ulla dazu?», fragte Marlene. «Sie war seine Sekretärin, sie müsste doch wissen, ob er …»

«Wenn du dich lächerlich machen willst, kannst du Ulla gerne fragen. Aber warte damit lieber noch. Momentan dürfte Ulla kaum in der Verfassung für blöde Fragen sein. Und in ein paar Wochen ist das Thema wieder vom Tisch. Dann hat Karola eine neue Sensation. Ich weiß nicht mehr, was in ihrem Kopf vorgeht, wirklich nicht. Kaum kriegt sie dieses Buch in die Finger, wird aus einem notorischen Fremdgänger ein perverser Sadist, der jahrelang Anhalterinnen abmurkste, ehe er sich mit Mona den Traum erfüllte, den er bei Karola nur träumen durfte. Sonst hätte die Polizei ihn schnell aus dem Verkehr gezogen. Die konzentrieren ihre Ermittlungen doch immer zuerst auf die Angehörigen.»

«Hat sie dir erzählt, Andreas hätte Anhalterinnen umgebracht?» Marlene fasste es kaum. Von wegen: Wenn das morgen bei Annette oder Ulla angekommen ist. Bei Annette war offenbar noch viel mehr angekommen, und nicht erst gestern.

«Dir etwa nicht?», erkundigte Annette sich und antwortete in gewohnter Manier selbst: «Na ja, wo Werner und Andreas immer besonders gut miteinander ausgekommen sind, überlegt man sich zweimal, wo man was verkündet. Man will sich ja nicht unnötig in die Nesseln setzen und das Wohlwollen der Bank verscherzen. Wer weiß, wann man wieder einen braucht, der finanzielle Engpässe überbrücken und günstige Kredite vermitteln kann.»

Damit erklärte sich, warum Annette sich in letzter Zeit mehr als sonst über Karola aufgeregt hatte. Marlene erfuhr auch noch, dass Annette bei einem ihrer Telefonate mit Heidrun Merz von Andreas erzählt hatte: dass der Mann einer guten Freundin ebenfalls vor dreieinhalb Jahren verschwunden war und jeden Namen abgekürzt hatte, ausgenommen den eigenen. Allerdings hatte sie das erst gesagt, nachdem die Autorin erwähnt hatte, dass Mona ihren ekligen Lover Andy nannte. Das Wort Jäger war bei der Gelegenheit nicht gefallen, auch später nicht.

«Ich fand, das war ein starkes Stück gestern Abend, wo die Mädchen dabeisaßen», sagte Annette. «Aber das war garantiert nur ein Joke. Wahrscheinlich hat Heidrun Merz die Namen Andy und Jäger nur so betont, weil Karola ihr auf die Nerven ging. Wegen Julia hat es mir leidgetan. Sie soll heute früh in der Schule noch sehr bedrückt gewesen sein, erzählte Kirsten. Die wusste natürlich nicht, warum. Das arme Ding hat verständlicherweise keinen Ton gesagt.»

Mit den nächsten Worten wurde Annette wieder heftiger: «Im Gegensatz zu Karola! Die hat wirklich nicht mehr alle Tassen im Schrank. Hat sie in all den Jahren mal einen Ton verlauten lassen? Abgesehen davon, dass Andreas fremdging und sie ihn deshalb häufig als Schwein bezeichnet hat. Nein! Keinen Mucks, nicht mal eine Andeutung hat sie gemacht.»

«Vielleicht hat sie sich nicht getraut», wandte Marlene ein, obwohl sie im Grunde einer Meinung mit Annette war. «Wenn ich den Verdacht hätte, dass Werner ein Mörder wäre, würde ich damit auch nicht hausieren gehen. Vielleicht hat Andreas auch gedroht, dass er ihr etwas antut, wenn sie ihn verrät.»

«Klar», sagte Annette lakonisch. «Deshalb wollte sie ja auch unbedingt noch ein zweites Kind von ihm, als wir anderen schwanger wurden. Sozusagen als Lebensversicherung. Man weiß doch aus Erfahrung, dass Sadisten und Psychopathen sich nicht an den Müttern ihrer Kinder vergreifen. Das ist mal ein guter Witz, den muss ich Christoph erzählen. Der lacht sich krank. Warum hat sie denn nichts gesagt, nachdem Andreas abgehauen war? Da hätte ich an ihrer Stelle aber bei der Polizei die richtigen Argumente für eine Großfahndung vorgebracht.»

Nachdem sie aufgelegt hatte, fühlte Marlene sich gar nicht mehr wohl in ihrer Haut. Nachgeplappert! Treffender als Annette hätte man nicht ausdrücken können, was sich im Studio abgespielt hatte. Ihr war längst nicht jeder Satz präsent, den sie von sich gegeben hatte. Aber die Botschaft als solche hatte sie verinnerlicht. *Ich war die Freundin von Heidrun Merz. Und ich habe gestern Abend mit dem Mann gesprochen, der Mona verschleppt und auf grausame Weise getötet hat. Er hat mir aufgelauert und mich verfolgt. Ich hatte wahnsinnige Angst, dass er zu mir ins Auto springt, wenn ich an einer roten Ampel halten musste.*

Mit dem Wetterbericht von neun Uhr war es nur halb so wild gewesen. Nun tickten ihr die Horoskope im Hinterkopf. Auseinandersetzung mit dem Partner! Humbug natürlich, Horoskope waren Humbug. Aber wenn Werner erfuhr, was sie gesagt hatte …

Wer mochte der Anrufer gewesen sein, der sich nach der Zentralverriegelung ihres Vans erkundigt hatte? Wenn Christoph mitgehört hatte, erfuhr Werner spätestens am Samstag, wenn sie bei Karola Chili aßen, wozu sie sich hatte überreden lassen.

Er war eben doch schon ungehalten gewesen. So hatte sie ihn noch nie erlebt. Es wäre der erste Streit mit ihm. Und sie hatte gar keine Ahnung, wie es war, mit ihm zu streiten.

In allerlei Befürchtungen und düstere Vorahnungen versunken, stopfte sie Werners blutbefleckten Anzug in eine Tüte und schickte Leonard damit zur Reinigung. Den Frühstückstisch hatte Johanna schon abgeräumt. Die Dusche der Kinder war längst von allein getrocknet. Sie brauchte nur noch das Bettzeug in ihrem Schlafzimmer aufzuschütteln und durchs große Bad zu wischen. Und dabei hörte sie den Pressesprecher der Polizei fragen: «Haben Sie nichts Besseres zu tun?»

Doch! Der Besuch bei Ulla stand immer noch aus. Aber das musste bis morgen warten. Heute war sie nicht mehr in der Verfassung für Trostworte, würde Ulla wahrscheinlich nur fragen, ob Andreas im April 2006 freie Tage genommen habe.

Kaum war sie im Bad fertig, kam Leonard mit dem Anzug zurück. Die Reinigung hatte sich geweigert, derart mit Blut verschmutzte Sachen anzunehmen. «Die Frau an der Annahme hat ihren Chef gerufen. Der sagte, das ginge bestimmt nicht alles raus. Und dabei haben sie beide so komisch geguckt, Mama. Garantiert haben sie die Polizei angerufen, als ich wieder draußen war.»

Auch das noch! Und damit nicht genug. Leonard hatte unterwegs die alte Frau Schweren, Ullas Mutter, getroffen. «Ich soll dich schön grüßen und fragen, ob du mal vorbeikommen könntest. Sie müsste dringend mit dir reden. Sie war so traurig, Mama, fing plötzlich an zu weinen, mitten auf der Straße. Ich wusste gar nicht, was ich sagen sollte.»

Es war halb sechs, noch zweieinhalb Stunden bis zum Abendessen. Und da sie nicht kochen musste, sollte eine Stunde drin sein für eine Frau, die ihr als Kind zu Weiberfastnacht die Fingernägel lackiert und den Lippenstift zur Verfügung gestellt hatte, damit sie rote Herzchen auf ihre Wangen malen konnte. Auf Ulla zu treffen, erwartete sie nicht. Zwar war bei Scheidweber & Co offiziell um fünf Büroschluss. In der Werkhalle wurde auch nicht länger gearbeitet. Aber Ulla machte oft Überstunden und fuhr wahrscheinlich auch noch ins Krankenhaus.

«Um sieben Uhr spätestens bin ich wieder hier», sagte sie zu Leonard, als sie erneut in die Garage ging, diesmal mit ihrem Hausschlüssel.

Kurz darauf lenkte sie den Van durch Legoland. So wurde die neue Siedlung am Stadtrand bezeichnet, weil dort alles so winzig ausgefallen war. Dort lebten Ulla und Matthias seit knapp zwei Jahren mit Meike, Thomas und Ullas Mutter, für die ein Kellerraum wohnlich eingerichtet worden war.

Ullas großes Elternhaus im Stadtzentrum hatten sie aus Vernunftgründen, sprich Geldmangel, aufgegeben, als bekannt wurde, dass die Stadtverwaltung im Zuge einer Sanierung der Straße die Grundstückseigner zur Kasse bitten wollte. Vom Verkaufserlös hatte Ulla eine Bank zufriedengestellt und mit dem Rest das Häuschen in Legoland angezahlt. Es war nett und niedlich, irgendwie putzig und sehr, sehr eng. Man hatte das Gefühl, die Regenrinne von Hand auswischen zu können, wenn man vor der Haustür stand.

Marlene steuerte in die schmale Einfahrt. Frau Schweren hatte offenbar den Motor gehört und öffnete mit verweintem Gesicht die Haustür, kaum dass Marlene ausgestiegen war.

«Das ist aber lieb von dir, dass du sofort kommst», sagte sie statt einer Begrüßung, trat einen Schritt zur Seite und ließ Marlene eintreten. Während sie die Haustür wieder schloss, sprach sie weiter: «Ich habe ein paarmal überlegt, dich anzurufen. Aber es gibt Dinge, über die kann man nicht am Telefon sprechen.»

«Schon gut», sagte Marlene. «Ich bin gerne gekommen. Wie

geht es Thomas denn?» Sie nahm an, die alte Frau sei wegen ihres Enkels so aufgelöst.

«Schlecht», antwortete Ullas Mutter und brach erneut in Tränen aus. «Er hat immer noch Fieber. Sie geben ihm etwas, damit er schläft. Wenn er aufwacht, tobt er. Er will sein Bein zurück, der dumme Junge. Ulla war heute Morgen bei ihm und sagte, sie fährt nicht mehr hin. Mit dem Bus dauert es ewig, jedes Mal ein Taxi ist nicht drin. Soll Matthias sich doch beschimpfen und verfluchen lassen. Der hat ihm den Autoschlüssel ja auch hingelegt. Magst du einen Kaffee? Ich hab welchen fertig.»

Eigentlich nicht. Wenn sie so spät noch Kaffee trank, hatte sie *Monas Tagebuch* morgen früh garantiert ausgelesen. Aber ablehnen mochte Marlene auch nicht. Frau Schweren schob sie vorwärts zum Wohnzimmer. Dort saß die kleine Meike im Schneidersitz auf dem Fußboden vor dem Fernseher. Über den Bildschirm flimmerte eine Sendung auf dem Kinderkanal. Meike lächelte ihr unsicher entgegen.

«Hallo, Spatz», grüßte Marlene das Kind und nahm in einem der beiden Sessel Platz. «Geht's dir gut?»

Meike nickte. «Nur Thomas ist krank. Er hat jetzt bloß noch ein Bein. Und Oma weint immer, Papa hat gestern auch geweint.»

«Ja», seufzte Marlene. «Sie machen sich halt große Sorgen um Thomas und sind traurig, weil er ein Bein verloren hat.»

Ullas Mutter kam mit einem Tablett aus der Küche, stellte Geschirr, Milchgießer, Zuckerdose und eine Isolierkanne auf den Couchtisch und wies das Kind an: «Mach das aus, Schatz.»

Meike gehorchte sofort, verließ den Raum, kam aber nach ein paar Minuten mit einem Malbuch und einer Hand voller Stifte zurück. Sie hatte wohl Angst, etwas zu verpassen, legte sich bäuchlings auf den Fußboden und begann eine Vorlage im Buch auszumalen.

In der Zwischenzeit hatte Frau Schweren sich mehrmals mit

einem feuchten, zerknüllten Papiertaschentuch die rotgeweinten Augen gewischt und die Tassen gefüllt. Der Kaffee war wohl schon länger fertig, nur noch lauwarm und so stark, dass er auf der Zunge klebte. Marlene goss viel Milch dazu und nahm drei Löffel Zucker, während Ullas Mutter stockend aussprach, was sie wirklich auf dem Herzen hatte.

Es ging nicht um Thomas. Der hatte sich sein Elend selber zuzuschreiben. Das rechte Bein war nicht nur mehrfach gebrochen gewesen wie das linke. Der Knochen war oberhalb des Knies zertrümmert, Muskeln und Sehnen vom Motorblock zerquetscht worden. Die Ärzte hatten getan, was in ihrer Macht stand, um das Bein zu erhalten. Als sich abzeichnete, dass alle Mühe vergebens gewesen war, hatten sie mit ihrem Drängen zur Amputation Thomas zweifellos das Leben gerettet. Doch Ulla wurde nicht fertig damit, dass sie die Zustimmung hatte geben müssen, weil Matthias sich außerstande sah, solch eine Entscheidung zu treffen.

«Gestern habe ich gedacht, sie kommt gar nicht mehr nach Hause», erzählte Frau Schweren. «Es war fast Mitternacht, als endlich die Haustür ging. Vorgestern war es auch so spät. Das sind keine Überstunden, Marlene. Mir kann sie nichts vormachen. Es wird ihr alles zu viel. Sie sagt nichts. Das hat sie nie getan. Sie vergräbt sich im Büro, da hört und sieht sie nichts. Abends ist sie da doch ganz alleine. Mir ist nicht wohl bei dem Gedanken, gar nicht wohl, Marlene. Ich hab Angst, dass sie sich etwas antut. Einmal ist alle Kraft verbraucht, dann bricht auch die Stärkste zusammen. Und so stark ist sie doch gar nicht, das war sie nie. Sie tut nur so.»

Länger als eine Stunde saß Marlene in dem Sessel, nippte hin und wieder an dem viel zu starken, kalten, aber wenigstens süßen Kaffee und hörte sich an, was sie seit Jahren wusste. Dass Ulla mit allem alleine dastand und Matthias ein Fass ohne Boden war, nicht nur finanziell, auch in Gefühlsdingen.

«Sie hätte ihn vor Jahren verlassen müssen», sagte Ullas Mutter und betrachtete das malende Kind auf dem Fußboden. «Als er das Sportgeschäft in den Sand gesetzt hat. Wir beide mit den Kindern, das wäre besser gewesen. Ich hätte auch den Jungen zur Fasson gebracht, das kannst du mir glauben. Matthias hat mir doch stets und ständig dazwischengefunkt. Wenn ich hü sagte, sagte er hott. Er wusste immer am besten, wie man einen Sohn erzieht, schließlich war er der Mann von uns beiden. Was bei seiner Methode herausgekommen ist, kannte kein Maß und kein Ziel und geht jetzt als Krüppel durchs Leben.»

«Kann ich irgendetwas tun?», fragte Marlene.

Eine Antwort bekam sie nicht, die alte Frau schien ihre Frage gar nicht gehört zu haben. Wie im Selbstgespräch fuhr sie fort: «Sie reden nicht mehr miteinander. Am Dienstag haben sie gestritten wie die Kesselflicker. Sie hat ihm all das an den Kopf geworfen, was schon längst einmal hätte gesagt werden müssen. Und seitdem …», sie schüttelte den Kopf und atmete zittrig durch, «… kein Wort mehr.»

Marlene wiederholte ihre Frage, diesmal nickte Ullas Mutter. «Fahr zu Scheidweber. Tust du das? Sag ihr, sie soll nach Hause kommen. Sag ihr, dass wir sie brauchen, Meike und ich.»

«Mache ich», versprach Marlene.

Nummer neun

Wasser! Dieses Plätschern und Gurgeln! Es musste Wasser in ihrer Nähe sein. Oder – der Gedanke kam ihr zum ersten Mal – hatte der Mistkerl womöglich die Geräuschkulisse einer Miniaturstromschnelle aufgenommen und mit unterschiedlichen Lautstärken in die kurzen Pausen zwischen die Balladen kopiert? Das wollte sie einfach nicht glauben.

Was nun? In der nächsten Pause noch einmal versuchen, die Richtung, aus der die Geräusche kamen, genauer zu bestimmen? Rechts war ziemlich vage, es erstreckte sich über die gesamte Schwärze zu ihrer Rechten. Und selbst wenn sie Erfolg hätte, wer wusste denn, wie viele Hindernisse es auf dem Weg zum Wasser gab? Ob sie alle überwinden könnte, wie oft sie die Richtung wechseln musste und das Plätschern vielleicht wieder aus den Ohren verlor? Und sie wollte doch Prioritäten setzen.

Also weiter dem entschärften Weg folgen bis zu der Kuhle. Dort das zweite Zündholz anreißen. Und den Weg ins Freie entdecken! Vielleicht war es ursprünglich so beabsichtigt gewesen. Vielleicht hätte sie unmittelbar nach dem Aufwachen in ihre Jackentaschen greifen und das Zündholzbriefchen finden sollen. Vielleicht hatte sie mit ihrem unerwarteten Aufbruch seine Pläne über den Haufen geworfen, ihren Aufenthalt in der Schwärze nur unnötig verlängert und ihn gezwungen, ihr zu folgen, damit sie hier unten nicht verloren ging. Vielleicht versuchte er jetzt, sie vor sich her zum Ausgang zu treiben. Vielleicht!

Augenblicklich war das grüne Glimmen nicht auszumachen. Aber der Mistkerl musste nur hinter einem größeren Felsbrocken in Deckung stehen oder das Lämpchen mit einer Hand abdecken, um wieder vollkommen unsichtbar zu sein.

Sie war nahe daran, ihre Theorie laut auszusprechen und ihn um ein Zeichen für richtig oder falsch zu bitten. Aber sie ließ es bleiben, kroch einfach weiter. Nachdem sie ihn eben beleidigt hatte, war er vermutlich sauer und würde ohnehin nicht reagieren.

Es verging vielleicht eine halbe Stunde, da griff ihre linke Hand zum ersten Mal ins Leere. Der Graben! Die Musik war inzwischen wieder lauter geworden. Sie kümmerte sich nicht darum, wollte sich nicht den Kopf über ein Phänomen zerbrechen, für das es wahrscheinlich eine simple Erklärung gab, auf die sie nur gerade nicht kam.

Der gegenüberliegende Grabenrand war gut zu erreichen, sie musste dafür nicht einmal den Arm völlig ausstrecken. Aber sie zögerte. Was sie zuvor in ihrer Benommenheit relativ problemlos bewältigt hatte, erschien ihr mit einigermaßen klarem Kopf ein riskantes Unterfangen. Zuerst mussten beide Hände auf die andere Seite. Dort musste sie herumtasten, um ihre Spur zu finden. Dabei würde sie wie eine Brücke über dem Spalt hängen, von dem sie nicht wusste, wie tief er war. Dann musste sie das erste Bein nachziehen. Und wenn sie dafür nicht sofort festen Halt fand …

Und wenn der Mistkerl in ihrer Nähe war, ein Video drehte, einen Wärmebildfilm, würde sie die Heimkinoshow um ein weiteres Highlight bereichern. Den Gefallen wollte sie ihm – und seinem Auftraggeber – auf keinen Fall tun. Sie musste zügig auf die andere Seite wechseln, ohne Angst zu zeigen.

Während sie auf die nächste Pause wartete, suchte sie einen faustgroßen Stein. Als die letzten Töne verklungen waren, horchte sie zuerst einen Moment in die Tiefe. Es gluckerte, gluckste oder plätscherte da unten wirklich nichts. Sie ließ den Stein fallen und zählte die Sekunden: Zweiundzwanzig, dreiundzwanzig, vierundzwanzig. Bei fünfundzwanzig erfolgte das Geräusch des Aufschlags. Ganz schön tief, fand sie.

Andreas hatte mal erklärt, wie man mit dieser Methode eine Tiefe ausloten konnte. Aber wie viele Meter auf eine Sekunde kamen, hatte sie wieder vergessen.

Es war schon kurz vor sieben, als sie wieder in ihren Van stieg. Ullas Mutter stand in der Haustür und winkte noch einmal. Und ihr ging das Stück aus *Monas Tagebuch* durch den Kopf, das sie vormittags im Studio gelesen hatte. *Allein im Universum.* Ob Ulla sich so fühlte? Spielte es denn eine Rolle, ob man zerbrach, weil man nichts Sinnvolles zu tun hatte, oder ob einem von anderen so viel aufgebürdet wurde, dass man es nicht mehr tragen konnte?

Nachdem sie das enge Neubauviertel hinter sich gelassen hatte, brauchte sie auf der Umgehungsstraße nur vier Minuten bis zu Scheidweber & Co. Das Firmengelände sah verlassen aus. Der kleine Parkplatz vor dem Bürogebäude war leer – bis auf ein sportliches Herrenrad. Wahrscheinlich war Ullas Sohn noch letzte Woche damit zur Arbeit gefahren. Völlig sicher war Marlene nicht, sie hatte das Rad von Thomas Kranich nie aus der Nähe gesehen. Aber wessen Rad sollte sonst noch hier stehen?

Die Eingangstür des Flachbaus, in dem die Verwaltung untergebracht war, war verschlossen. Sie drückte wiederholt auf den Klingelknopf an der Gegensprechanlage, nichts rührte sich. Nach ein paar Minuten umrundete sie das Gebäude, spähte in sämtliche Fenster. In den Büros herrschte Dunkelheit. In der kleinen Teeküche brannte die Leuchtstoffröhre unter dem Hängeschrank über der Spüle. Die Kaffeemaschine war noch in Betrieb, wie ein rotes Lämpchen verriet. Aber von Ulla keine Spur. Es gab noch einen Waschraum, doch hinter der Milchglasscheibe war es ebenfalls dunkel. Und ringsum war es totenstill.

Sie bekam eine Gänsehaut, nicht etwa, weil ihr kalt war. Wenn Ullas Mutter mit ihren Befürchtungen richtiglag … Sie hätte sich gestern um Ulla kümmern müssen, statt den Abend mit der Geschichte einer Unbekannten zu verplempern, von der sie wohl nie erfahren würde, wie viel den Tatsachen entsprach und wie viel frei erfunden war. Und ihre beste Freundin ging derweil vor die Hunde.

Vor Unbehagen zog Marlene die Schultern zusammen, sie wusste nicht, was sie tun sollte. Nach Ulla zu rufen wäre die simpelste Methode gewesen. Das widerstrebte ihr, weil sie befürchtete, keine Antwort zu bekommen. Nach Hause fahren, auf Werner warten und ihm erzählen, dass Ullas Mutter sich Sorgen machte? Das wollte und konnte sie auch nicht so einfach, wo dieses Rad hier stand und die Kaffeemaschine in der Küche verriet, dass Ulla noch irgendwo auf dem Gelände sein musste!

Während sie den Blick über einige der draußen abgestellten Großgeräte wandern ließ, hörte sie ein fernes Klingen, als schlüge Metall auf Stein. Es schien aus der Werkhalle gekommen zu sein, die seitlich und etwas versetzt hinter dem Bürotrakt lag.

Zögernd ging sie hin. Auch die Halle schien auf den ersten Blick verlassen. Das breite Schiebetor war geschlossen. Erst im Näherkommen erkannte Marlene, dass eine Tür an der Längswand spaltbreit offen stand.

Der Spalt war zu schmal, um sich durchzuquetschen. Die Tür weiter aufzudrücken, wagte sie nicht. Der Bereich dahinter war in diffuses Zwielicht getaucht. Das reichte nur aus, um einige Maschinen, den Teil eines Förderbandes und zwei von der Decke baumelnde dicke Haken von Laufkränen zu erkennen. Weiter hinten war ein Lichtkegel auszumachen. Es sah aus, als hielte dort jemand eine starke Taschenlampe.

Marlene war nicht sicher, ob sie sich bemerkbar machen sollte. Wenn sich in der Halle jemand aufhielt, der nichts darin zu suchen hatte? Einbrecher benutzten Taschenlampen. Wenn Ulla einen Einbrecher überrascht hatte … Sie hatte nicht mal ein Handy, um Hilfe auf den Weg zu bringen.

Während ihre Gedanken sich förmlich überschlugen, hörte sie ein paar undefinierbare Geräusche und dann Stimmen.

«Und du bist sicher, dass die Lenkung ...»

Ulla! Zu sehen war niemand, aber es war eindeutig Ullas Stimme. Das Lachen, das sie unterbrach, kam aus einer Männerkehle und klang rau. «Jetzt mach dir doch nicht auch noch Gedanken um meine Maschine, Ulli. Du hast wahrhaftig schon genug am Hals. Die Lenkung kann nicht beschädigt sein. Ich hab die Karre doch nur gestreift.»

Marlene spürte, wie sich die feinen Härchen in ihrem Nacken aufrichteten. Jetzt wagte sie erst recht nicht mehr, sich bemerkbar zu machen, stand wie erstarrt vor der spaltbreit geöffneten Tür und hörte zu, wie sich der Mann in der Werkhalle über einen Unfall ausließ und über das dumme Gesicht der blöden Kuh, die total besoffen gewesen war, als er ihre Karre gestreift hatte.

Die Stimme zu hören und zu begreifen, dass der Mann, über den Karola mittags ein Schauermärchen erzählt, den Annette nachmittags verteidigt hatte, nach dreieinhalb Jahren wiederaufgetaucht war, gelang Marlene nicht auf Anhieb. Wegen des ganzen Geredes über ihn hielt sie es zuerst für eine akustische Täuschung.

Andreas hatte mehr als zwanzig Jahre den alten Jeep gefahren und immer gesagt, den gäbe er nie her. Er war auch mit dem Museumsstück abgehauen. Und der Mann in der Werkhalle sprach von einem Motorrad – Maschine.

In der Halle klirrte es erneut, als sei ein Werkzeug auf den Betonboden gefallen. Ulla verlangte: «Jetzt nimm noch ein Stück Pizza. Du kannst doch von einem nicht satt sein. Ich hole uns noch einen Kaffee, einverstanden?»

Antwort bekam Ulla nicht. Der Lichtkegel veränderte sich nicht. Marlene hörte weder Schritte noch sonst etwas, das sie gewarnt hätte. Der Spalt in der Tür wurde unvermittelt größer. Ulla stand vor ihr und starrte sie an, ob erschreckt oder nur unangenehm überrascht, konnte Marlene nicht beurteilen.

«Na so was», sagte Ulla laut genug, um noch in zehn oder fünfzehn Metern Entfernung gut verstanden zu werden. «Was machst du denn hier, Marlene?»

«Nichts», stammelte sie. «Ich wollte nur … Ich dachte, ich sollte mal … Deine Mutter bat mich, dir zu sagen, dass sie und Meike dich brauchen. Es tut mir furchtbar leid, was mit Thomas ge…»

«Ja», unterbrach Ulla ihr Gestammel kühl. «Mir auch. Aber mit Lamentieren ändert man nichts, und er ist für geraume Zeit von der Straße. Es wird eine Weile dauern, ehe sie ihm eine Prothese anpassen können. Dann kommt die Reha. Den Ausbildungsplatz hier kann er vergessen. Vielleicht kann er es später nochmal probieren. Ich habe mit Herrn Scheidweber persönlich gesprochen. Wenn er sich nächstes Jahr nochmal bewirbt, wird er bevorzugt. Mehr konnte ich nicht für ihn tun.»

Ulla trat ins Freie, zog die Tür zu, griff nach Marlenes Arm und dirigierte sie zum Bürotrakt hinüber. Und es war wie am frühen Vormittag bei Karola: nicht mehr die Ulla, die Marlene seit der Schulzeit kannte, der sie stets ein wenig näher gewesen war als den beiden anderen, mit der sie in Katastrophenfilmen gezittert und bei Tragödien geweint hatte.

Die Ulla, die ihren Arm gepackt hielt, war kalt und distanziert, brauchte weder Trost noch die Gewissheit, nicht allein im Universum zu sein. Ihr Verhalten ließ nur einen Schluss zu: Sie wollte weg von dieser Werkhalle, in der ein Mann ein Motorrad reparierte, mit dem er die Karre einer besoffenen Kuh gestreift hatte.

Und vor wenigen Stunden hatte Karola Illustrierten-Horoskope vorgelesen. Unerwartete Konfrontation mit der Vergangenheit! Humbug natürlich! Horoskope waren Humbug!

«Soll ich dich mitnehmen?», bot Marlene an, als sie den Flachbau erreichten und Ulla einen Schlüssel zum Vorschein brachte, den sie bis dahin in der freien Hand verborgen gehalten hatte. «Oder musst du noch arbeiten?»

«Ich muss nur meinen Mantel und die Tasche holen», sagte Ulla und zeigte zu dem einsamen Herrenrad hinüber. «Aber wenn ich den Drahtesel hier stehenlasse, muss ich morgen früh auf Schusters Rappen zur Arbeit, das ist mir zu weit. Also danke für dein Angebot, aber ich ...»

«Das Rad nehme ich auch mit», schnitt Marlene ihr hastig das Wort ab. «Das kriege ich bestimmt ins Auto. Ich hätte auch die Stereoboxen von Christoph darin untergebracht. Aber das war nicht nötig. Die Mädchen ...»

Sie konnte kaum glauben, dass sie mit Ulla sprach, als sei alles in bester Ordnung. Auch wenn nur sinnloses Geplapper dabei herauskam. Die kleinen Lautsprecher aus Annettes Küche, drei erleichterte Mädchen, ein zerbrochenes Sektglas, Gott sei Dank eins von den billigen. Nur nicht fragen, wer der Mann in der Werkhalle war. So tun, als hätte sie den überhaupt nicht gehört. Und abhauen, Ulla mitnehmen, Ulla in Sicherheit bringen, obwohl das nicht nötig zu sein schien. Ulla benahm sich wahrhaftig nicht so, als schwebe sie in irgendeiner Gefahr.

Ullas Hand an ihrem Arm war wie ein Stück Eis. Ullas Finger spielten mit dem Schlüssel, in Ullas Gesicht regte sich nichts. Ihre Augen waren trübe wie das Wasserloch der Gazellen, in dem das Krokodil lauerte. Und sie waren nicht trübe aus Kummer um den Sohn, nicht rot geädert und verquollen vom Weinen wie die Augen ihrer Mutter. Die schwebenden Schmutzpartikel dicht unter der Oberfläche sollten nur den Blick in die Tiefe unmöglich machen und stürzten Marlene in ein Chaos sich überschlagender Gedanken und widersprüchlicher Gefühle.

Sie wollte das nicht denken, kam aber nicht dagegen an. Ihre Phantasie machte sich selbständig, weil es doch so schön passte, dass es einem regelrecht ins Auge sprang. Andy, der Jäger! Der auch ein Motorrad fuhr, als er Mona nach dem zweiten Zusammentreffen in den Schadow Arkaden verfolgte und später, als er sich mit ihr an einer Autobahnraststätte traf.

Andreas konnte sich im April 2006 durchaus den einen oder anderen freien Tag gegönnt und ein Motorrad geliehen haben, um mal bei Tageslicht in einer Großstadt auf die Suche nach Abenteuern zu gehen. Mit so einer Maschine war man wendiger als mit einem uralten Jeep. Er war nach Düsseldorf gefahren, hatte Mona entdeckt, die mit ihrem Pagenkopf und den schwarzen Haaren entschieden mehr von Kleopatra hatte als Karola seit Stefanies Geburt.

Dass Josch Thalmann und Heidrun Merz nach Monas Verschwinden keine Kleidung vermisst hatten und Monas Kosmetikartikel vollzählig im Bad standen … Andreas hatte genug Geld dabeigehabt, um alles kaufen zu können, was sie brauchten, ohne EC-Karten einzusetzen, mit denen man ihnen bald auf die Spur gekommen wäre.

Es musste doch kein Schauermärchen gewesen sein. Das traute sie ihm einfach nicht zu. Kein krankes Hirn, nur ein Träumer. Kein Serienmörder, der sein neues Opfer zu abartigen Spielchen animierte, ehe er es genüsslich umbrachte. Nur ein Mann, den die Wüste faszinierte, der eine depressive Frau kennenlernte …

Mona hatte sich zwischen riesigen Sanddünen keinen lange gehegten Traum erfüllen wollen wie Andreas. Sie hatte nur einen Albtraum überwinden und Wege aus der Wüste ihres Lebens finden wollen. Fernab der Zivilisation konnte ein Beinbruch leicht zur Tragödie werden.

Andreas hielt bei Mona aus, ließ sie ihre Bitte um Vergebung auf Band sprechen, weil sie ihren Mann unbedingt um Verzeihung bitten wollte, und schickte die Kassette an Josch Thalmann, sobald er Spanien erreicht hatte. Geographisch war das naheliegend.

Und so hatte es nichts vom Gestank eines Männerklos, nichts

von einer Horde haariger Affen. So war es nur romantisch und melodramatisch. Und die Sache auf der Autobahn war ebenso frei erfunden wie die Raststättenepisode. Das hatte Heidrun Merz sich ausgedacht, um das Buch so scharf zu würzen wie das Gulasch von heute Mittag.

Und wie passte der tödliche Unfall an der Kiesgrube ins Bild? Ganz einfach. Andreas wollte Heidrun Merz zur Rede stellen, ihr untersagen, ihn noch länger öffentlich als Buhmann hinzustellen. Er rief ein paarmal bei ihr an und probierte es schließlich mit einem persönlichen Gespräch nach der Lesung in der Bücherstube. Als Heidrun Merz merkte, dass er ihr folgte, geriet sie in Panik und verwechselte in der Aufregung die Zufahrt zur Kiesgrube mit der Autobahnauffahrt. Oder es kam zu einem kleinen Zusammenstoß, weil sie vor Andreas fliehen und er sie aufhalten wollte.

Das war die harmlose Fassung. In die passten nur der Alkohol, Karolas nicht mehr schließende Kellertür und die Anrufe im Studio nicht hinein. Gestern: «*Killing Me Softly* mit einem schönen Gruß von Mona», weil Weiber, die auf Kosten eines Mannes lebten, unter die Erde gehörten. Heute: «*Killing Me Softly* mit einem schönen Gruß von Barbara». Und Barbara König wurde erneut vermisst. Wenn sie damals keine Affäre mit Andreas gehabt hatte, vielleicht hätte er gerne eine gehabt und war immer noch sauer, weil Barbara ihn abgewiesen hatte.

Annette hatte am vergangenen Abend beim Italiener erklärt, dass Serienmörder wie Ted Bundy, Ed Kemper und der Modefotograf aus Sindorf einen hohen Intellekt hatten und deshalb so schwer zu fassen gewesen waren. Dumm war Andreas nie gewesen, konnte er gar nicht gewesen sein, wenn er es all die Jahre verstanden hätte, dem gesamten Freundeskreis das Bild des Träumers vorzugaukeln. Sogar die Melancholie hatte er überzeugend dargeboten.

Es wurde höchste Zeit heimzufahren, ehe der ganze Unsinn aus ihr herausplatzte. Vielleicht war Werner schon da. Er würde sich um alles kümmern, wenn sie ihm erzählte, dass Ulla einem Mann, der sie Ulli nannte, erlaubte, in der Werkhalle ein Motorrad zu reparieren, mit dem der Mann die Karre einer besoffenen Kuh gestreift hatte. Und dass Karolas Kellertür aussah wie nach einem Einbruch, dass aber nichts gestohlen oder durchwühlt worden war.

Es gab bestimmt eine harmlose Erklärung für alles. Altersschwäche am Schließblech der Kellertür. Und der Mann in der Werkhalle war ein Arbeiter, der Ullas Hilfsbereitschaft ausnutzte, weil er es sich nicht leisten konnte, sein Motorrad in einer Fachwerkstatt reparieren zu lassen. Oder weil er Unfallflucht begangen hatte und befürchtete, dass die Polizei alle Fachwerkstätten aufsuchte. Warum sollte nicht irgendein Arbeitskollege Ulli zu ihr sagen, wie es früher nur Andreas getan hatte? Vielleicht hatte der Mann in der Werkhalle es vor Jahren von Andreas gehört.

Ulla betrachtete sie, als warte sie nur auf die bewusste Frage. Marlene konnte diesem Blick nicht länger standhalten und senkte den Kopf. Ein Fehler, wie sich sofort zeigte, denn nun sprudelten die chaotischen Gedanken in unsortierten Bruchstücken über ihre Lippen: «Sie ist tot und hinterlässt einen dreijährigen Sohn. Ihr Freund, der Vater des Jungen, hat sich …» Weil sie nicht wusste, wie sie einen pikanten Unfall mit Todesfolge umschreiben sollte, strich sie sich mit einer Handkante über die Kehle, wie Karola es mittags getan hatte, und fuhr fort: «Da war sie schwanger und hatte deshalb keine Nerven für Monas abartige Spielchen.»

Ulla runzelte die Stirn. In den trüben Blick mischte sich Verwirrung. Marlene sprach schnell weiter: «Sie wohnte zwar inzwischen mit ihrem Schwager zusammen. Aber Josch wird sich kaum um ein kleines Kind kümmern können. Er ist ja die meiste Zeit in der Luft. Karola meinte, der Junge muss ins Heim.»

«Was redest du da?», fragte Ulla verständnislos. «Wer ist tot? Wer ist Josch?»

«Pilot bei der Lufthansa», erklärte Marlene. «Der Schwager von Heidrun Merz, die *Monas Tagebuch* geschrieben hat. Aber nur eine stark gekürzte Fassung der Originalkladden. Die konnte sie nicht veröffentlichen. Gestern Abend war sie damit bei Annette.»

«Und was hat das mit Karola zu tun?», wollte Ulla wissen.

«Ihre Kelleraußentür ist kaputt», sagte Marlene und schielte zur Werkhalle hinüber. «Es sieht aus, als sei jemand eingebrochen, aber gestohlen oder durchwühlt wurde nichts.»

«Aha», sagte Ulla. «Dann frage ich mal anders. Was hat Karola mit einem Piloten der Lufthansa und der Autorin von diesem Tagebuch zu tun?»

«Sie hätte Frau Merz gerne in ihrer Sendung gehabt», erklärte Marlene. «Frau Merz wäre auch gekommen, wenn der Mann vom BKA zugesagt hätte. Um den braucht Karola sich jetzt aber nicht mehr zu bemühen. Sie hat sich dreimal überschlagen. Es hat über eine Stunde gedauert, sie aus dem Wrack zu schweißen.»

«Karola hatte einen Unfall?» Ulla klang ehrlich entsetzt.

«Nein, Frau Merz», stellte Marlene richtig. «Heute Morgen ist sie an ihren Verletzungen gestorben. Wir waren noch mit ihr essen. Sie hat anderthalb Stunden gebraucht vom Italiener bis zur Kiesgrube. Das sind nur vier Kilometer, Ulla. Und sie war vollkommen nüchtern. Ich habe gesehen, was sie getrunken hat. Mineralwasser und einen Schluck Sekt, nur einen winzigen Schluck. Sie kann nicht total besoffen gewesen sein. Warum erzählt er dir so etwas? Hat er im April vor seinem Verschwinden ein paar Tage freigenommen? Seit wann ist er wieder hier?»

Ulla nickte verstehend. «Ich glaube, es ist besser, wenn ich dich heimfahre. Gib mir den Autoschlüssel und rühr dich nicht vom Fleck, bis ich meine Sachen aus dem Büro …»

«Ich brauche keinen, der mich fährt», erklärte Marlene bestimmt. «Ich bin okay.»

«Den Eindruck habe ich nicht», widersprach Ulla.

«Was für einen Eindruck hast du denn?» Sie wurde heftig. «Dass ich drei Chinesen brauche, die mich nach Hause tragen? Dass ich Verzweiflung und Trostlosigkeit nicht buchstabieren kann? Oder dass ich zu dämlich bin, um ohne meinen treusorgenden Göttergatten etwas auf die Reihe zu bringen? Raus mit der Sprache, tu dir keinen Zwang an. Die anderen haben mir auch gesagt, was sie von mir halten. Aber ihr irrt euch. Ich bin nicht blöd.»

«Ich habe dich nie für blöd gehalten», sagte Ulla. «Momentan scheinst du mir nur sehr durcheinander. Und wenn du so denkst, wie du sprichst, solltest du wirklich nicht mehr Auto fahren.»

«Bin ich zu kompliziert für dich?» Nun flüchtete Marlene sich in Ironie. «Gut, dann frage ich nochmal ganz simpel. Seit wann ist er zurück? Ist er bei Karola eingebrochen? Hat er Frau Merz von der Straße gedrängt und dabei sein Motorrad beschädigt?»

«Jetzt red doch keinen Unsinn!», fuhr Ulla auf. «Bei Karola eingebrochen! Es ist sein Haus, da muss er nicht einbrechen, wenn er reinwill. Er hat immer noch einen Schlüssel. Und mit dem Unfall dieser Frau Merz hat er garantiert nichts zu tun.»

«Karola meinte aber, er hätte ihr aufgelauert und sie gezwungen zu trinken.»

«Karola meinte», wiederholte Ulla und tippte sich bezeichnend an die Stirn.

Davon ließ Marlene sich nicht beirren. «Nach allem, was ich eben gehört habe, könnte ich mir gut vorstellen, dass Karola recht hat. Er fuhr schon ein Motorrad, als Mona auf ihn aufmerksam wurde. Den Jeep zu behalten wäre riskant gewesen, wenn man es richtig bedenkt. In so einer alten Kiste fällt man auf. Er hat Mona angesprochen, eine Woche nachdem er abgehauen war. Das war Werners Geburtstag. Da haben wir über nichts anderes gesprochen. Barbara König ist auch wieder weg.»

«Entschuldige», sagte Ulla nun sichtlich genervt. «Aber wenn du jetzt wieder vom Hölzchen aufs Stöckchen kommst, kann ich dir beim besten Willen nicht folgen. Vielleicht erzählst du mir erst mal, was dich so durcheinandergebracht hat.»

Was gab es denn da zu erzählen? Marlene zeigte mit ausgestrecktem Arm zur Werkhalle hinüber. «Andreas. Ich habe ihn dadrin reden hören.» Dann fragte sie zum dritten Mal: «Seit wann ist er wieder hier?»

Ulla zuckte mit den Achseln. Gleichzeitig sagte sie: «Hier seit gestern Abend. Seit wann er wieder im Land ist, weiß ich nicht. Viel hat er noch nicht erzählt, ich wollte ihn auch nicht ausquetschen. Er sieht nicht aus, als hätte er eine traumhafte Zeit hinter sich. Und Karola sollte nichts davon erfahren. Sonst macht sie sich vielleicht Hoffnungen, die er nicht erfüllen kann. Er will nur seine Maschine in Ordnung bringen und dann weiter.»

«Ich kann mir nicht vorstellen, dass Karola sich noch Hoffnungen auf ihn macht», sagte Marlene.

Ulla lächelte geringschätzig. «Ich glaube, du kannst dir eine Menge nicht vorstellen. Wirst du den Mund halten?»

«Wenn ich weiß, welche Karre er gestreift hat und wann das passiert ist», erklärte Marlene.

Mit einem langen Blick zur Werkhalle bat Ulla: «Warte eine Sekunde, ich hol nur schnell meine Sachen aus dem Büro und sag ihm Bescheid, dass ich wegmuss.»

Natürlich dauerte es länger als eine Sekunde. Allein fürs Bescheidsagen brauchte Ulla geschlagene zehn Minuten, in denen

Marlene ihren Van in einen Kleintransporter verwandelte und immer wieder in Versuchung geriet, noch einmal an der Hallentür zu lauschen. Aber sie hatte Angst, erneut überrascht zu werden, und diesmal nicht von Ulla.

Dann kam Ulla endlich zurück, ohne den Schlüssel zum Bürogebäude. Teeküche, Waschraum und die Besuchercouch im Vorzimmer waren keine Hotelsuite, aber besser als eine Nacht im Freien, falls Andreas Zeit für eine Mütze voll Schlaf fand. So explizit erklärte Ulla es nicht, aber Marlene war wirklich nicht so naiv, wie alle dachten.

Ulla löste das Kettenschloss vom Rad, hob es in den Van und ließ ein Kompliment hören: «Ich wusste gar nicht, dass du so geschickt bist.»

«Nun weißt du es», sagte Marlene knapp, schloss die Hecktür und stieg ein.

Ulla folgte ihrem Beispiel und ließ die Werkhalle nicht aus den Augen. Es schien fast, als fürchte sie, Andreas könne beim Tor auftauchen und sie aufhalten.

«Er stand gestern Abend plötzlich vor mir», begann Ulla, während sie den Sicherheitsgurt anlegte. «Ich hatte einiges nachzuarbeiten, weil ich den ganzen Vormittag im Krankenhaus war. Um neun wollte ich Feierabend machen, und als ich die Tür öffnete … Ich dachte, ich sehe einen Geist. Er grinste mich an wie in alten Zeiten, fragte: ‹Hast du es eilig, Ulli, oder kannst du mir noch einen Kaffee machen?› Als wäre er nie weg gewesen.»

Marlene fuhr zur Straße. Im Rückspiegel wurden Werkhalle und Flachbau kleiner. Ulla entspannte sich. «Er sagte: ‹Glück muss der Mensch haben.› Er hatte sich schon den Kopf zerbrochen, wie er in die Halle kommen könnte, hatte das Gelände sondieren wollen, dabei das Rad gesehen und das Licht in meinem Büro.»

Ulla hatte ihm erst mal Kaffee gemacht und einen Pizzadienst bemüht, weil er aussah, als hätte er seit Tagen nichts in den Magen bekommen. Dann hatten sie bis Viertel vor zwölf zusammengesessen. In Thrillern nannte man das ein Alibi, im alltäglichen Polizeijargon wohl ebenso.

Nummer neun

Nach langem Zögern machte Marlene sich daran, auf die andere Seite des Grabens zu wechseln. Sie brauchte einige Zeit, ehe sie auf der gegenüberliegenden Kante ihre Spur ertastet hatte. Dass sie nicht der erste oder einzige Mensch war, der sich hier unten aufhielt, bewies das kleine Ding, das ihr dabei zwischen die Finger geriet. Der Nikotingeruch verriet ihr, dass es eine Zigarettenkippe sein musste. Sie steckte sie in eine Jackentasche. Ein Beweisstück! Und Beweise galt es zu sichern! Vielleicht war über dem Filter noch die Marke zu erkennen.

Dann konzentrierte sie sich wieder auf ihr Vorhaben. Ihr Herzschlag beschleunigte sich, als beide Hände drüben in Position waren und sie das erste Bein hinüberzog. Sie empfand den Moment als furchtbare Demütigung, kam sich vor wie ein Hund am Laternenpfahl. Sekundenlang wurde sie von Scham und Wut regelrecht geschüttelt, es mochte auch eine kräftigte Prise Furcht dabei sein, abzustürzen. Dann spürte sie festen Boden unter der Kniescheibe, nichts gab nach, nichts bröckelte. Sie zog das andere Bein nach, verharrte sekundenlang, atmete mehrfach bewusst ein und aus und beruhigte sich wieder.

Auch auf der anderen Seite war es relativ leicht, der eigenen Kriechspur zu folgen. Sie konzentrierte sich aufs Tasten, ignorierte die langsam, aber stetig lauter werdende Musik und vermied es, Ausschau nach dem grünen Glimmen zu halten. Sollte der Mistkerl doch filmen, sie wollte sich von ihm nicht erneut aus dem Konzept bringen lassen.

Nach nur viermal im Geiste mitsingen – *the morning sun touched lightly on the eyes of Lucy Jordan* und so weiter – schob sie erneut eine Hand ins Leere, diesmal die rechte. Der gegenüberliegende Rand war hier etwas weiter entfernt. Und alles in ihr sträubte sich, noch einmal wie ein Hund am Laternenpfahl mit einem erhobenen Bein über einem Abgrund zu hängen und Blut und Wasser zu schwitzen aus Angst, zu fallen, irgendwo tief unten zu liegen und mit einer Stimme, die vor Atemnot und Schmerz kaum noch ein verständliches Wort zustande brachte, zu sagen: «Ich werde sterben. Mein Bein ist gebrochen.» Oder meine Wirbelsäule oder sonst was.

Wieder ließ sie einen Stein fallen. Zu ihrer Verblüffung schlug er auf, kaum dass sie «einundzwanzig» gemurmelt hatte. Bei zweiundzwanzig hörte sie ihn noch über steinigen Untergrund kullern. Dann setzte Marianne wieder ein und übertönte alles andere.

Es konnte hier nicht so tief sein wie an der anderen Stelle. Doch auf Knien hockend, erreichten ihre Finger keinen Boden. Das war ihr beim ersten Mal ja auch nicht gelungen. Aber die cremeweiße, neue Steppjacke war ihr inzwischen so was von egal.

Sie legte sich bäuchlings hin, schob sich so dicht an die Kante heran, dass sie befürchtete abzurutschen, wenn sie eine falsche Bewegung machte. Dann reckte und streckte sie den Arm nach unten. Und gerade als sie das Gefühl bekam, sich die Schulter zu verrenken, wühlten ihre Fingerspitzen durch losen Dreck und Steinchen.

Sekunden später hatte sie ihre geschundenen Beine über den Grabenrand geschoben, rutschte auf dem Bauch hinterher, bis die Füße festen Boden erreichten. Es war ein bisschen tiefer als erwartet, die Kante reichte ihr bis zur Hüfte, und der Boden war zur Mitte des Grabens hin abschüssig. Aber sie traute sich zu, sich auf der anderen Seite wieder hinaufzustemmen. Doch das hatte keine Eile, wo sie nun relativ gut und sicher stand.

Eine komplette Ballade lang reckte und streckte sie sich, drückte die Knie durch, dehnte Waden, Oberschenkel und Oberkörper, wie es auf ihrer Fitness-DVD vorgemacht wurde. Dabei spürte sie zum ersten Mal richtig, wie erschöpft sie war. Durstig, müde, hungrig war sie inzwischen auch. Und nur gegen die Müdigkeit ließ sich etwas unternehmen. Sie beschloss, noch eine Pause zu machen und dabei aus dem wohl weiterhin auf sie gerichteten Sucher einer Wärmebildkamera zu verschwinden. Mal sehen, was passierte.

14. Januar 2010 – Donnerstagabend

Ullas Zeitangaben deckten sich mit denen, die ihre Mutter zum vergangenen Abend gemacht hatte. Trotzdem blieb bei Marlene ein merkwürdiges Gefühl, daran änderten auch Ullas nachfolgende Erklärungen nichts.

Angeblich war Andreas am vergangenen Nachmittag in einen Unfall verwickelt worden. Ob Ulla sie belog oder von Andreas belogen worden war, wagte Marlene nicht zu beurteilen. Passiert sei es auf einer Landstraße nahe Euskirchen, erzählte Ulla. Andreas sei hinter einem Fiat hergefahren, der immer langsamer wurde. Als er überholen wollte, zog der Fiat plötzlich ebenfalls nach links. Andreas konnte zwar noch ausweichen, schrammte jedoch mit dem Motorrad an der Fahrerseite vorbei und kam zu Fall. Am Fiat entstand nur leichter Blechschaden.

Wenn er bisher nicht viel erzählt hatte, musste er sich über den Unfall doch sehr ausführlich ausgelassen haben. Ulla kannte jedes Detail und sprach, als sei sie dabei gewesen.

Den Fiat fuhr eine ältere, stark angetrunkene Frau. Die Schuld lag eindeutig bei ihr. Aber Andreas legte keinen Wert darauf, die Polizei zu rufen. Er konnte sich denken, dass man ihn noch auf irgendeiner Liste hatte, und wollte daheim kein freudiges Hallo auslösen. Die Fiatfahrerin ließ sich in ihrem Zustand gerne zu einer gütlichen Einigung ohne Polizei überreden. Sie fuhr vor Andreas her zum nächsten Geldautomaten, dreihundert Euro wechselten den Besitzer.

Erst bei der Weiterfahrt merkte Andreas, dass sein Motorrad stärker beschädigt war als im ersten Moment angenommen. Auf Nebenstrecken brachte er es Richtung Heimat, konnte die meiste Zeit nur Schritt fahren. Am späten Abend erreichte er das Gewerbegebiet und tauchte bei Scheidweber & Co auf.

Nun hoffte Ulla, dass es ihm in dieser Nacht gelang, die Reparatur zu beenden. In der vergangenen Nacht hatte er das nicht geschafft und am frühen Morgen das Motorrad in Einzelteilen hinausschaffen und auf dem Werksgelände verstecken müssen. Blut und Wasser hatte Ulla geschwitzt, dass im Laufe des Tages jemand darüber stolpern könnte. Aber zum Glück war es so kalt, dass sich keiner länger als unbedingt nötig draußen aufhielt.

Nach diesen Erklärungen lächelte Ulla sie von der Seite an, wollte wissen, ob sie sich beruhigt und was es mit dem konfusen Gerede von Mona, Josch und Heidrun Merz auf sich habe.

Marlene war ruhig genug, um etwas weiter auszuholen, begann beim vergangenen Abend. Von der Lesung in *Annettes Bücherstube* wusste Ulla nichts. Auf den Namen der Autorin hatte sie nicht geachtet, als Annette ihr vor einiger Zeit *Monas Tagebuch* in die Hand gedrückt hatte.

Gelesen hatte Ulla das Büchlein, allerdings nicht Zeile für Zeile. «Dafür war mir meine Zeit zu schade», sagte sie. «Ich hab's auch gleich weggeworfen, weil ich nicht wollte, dass Meike sich damit beschäftigt. Sie liest gerne und alles, was ihr in die Finger gerät, sogar die Bedienungsanleitung für unseren alten Mixer.»

Ulla lachte leise, fröhlich klang es verständlicherweise nicht. «Letzte Woche hat sie in alten Papieren gekramt. Abends wollte sie dann von mir wissen, was ein Mahnbescheid ist. Das konnte ich ihr erklären. Bei Analfissuren hätte ich passen müssen. Sie ist doch erst sieben.»

In spröden Worten gab Ulla eine Episode abartiger Spielchen wieder, die Marlene auch noch nicht kannte. Ulla deutete an, das Vokabular habe sie stellenweise an das erste Mal mit Matthias erinnert. Hauptsache höflich.

«Na, ich weiß nicht», sagte Marlene. «Höflich war der Kerl nicht in der Passage, die ich gelesen habe.»

«Seine guten Manieren verliert er auch ziemlich schnell», erwiderte Ulla und bedauerte, von Annette nicht über die Lesung informiert worden zu sein. «Ich wäre gekommen. Dann hätte ich für ein oder zwei Stunden an etwas anderes denken können als an Thomas und seine Wut. Und ich müsste mir jetzt nicht den Kopf zerbrechen, ob Andreas in dieser Nacht mit der Reparatur fertig wird. Hoffentlich braucht er nicht noch ein Ersatzteil. Je länger es dauert, umso größer das Risiko, dass er entdeckt wird. Dass die Geschäftsleitung meine Hilfsaktion gutheißt, glaube ich nicht.»

«Wieso nicht?», fragte Marlene. «Du sagst doch immer, die wären froh, wenn Andreas zurückkäme. Dann könnten sie seinem Nachfolger wegen Unfähigkeit kündigen.»

«Wenn Andreas bleiben würde», sagte Ulla. «Das wird er aber nicht.»

«Deswegen werden sie dich aber nicht feuern», meinte Marlene.

«In der heutigen Zeit muss man mit allem rechnen», widersprach Ulla. «Für das, was ich verdiene, bekommen sie zwei Junge, die doppelt so viele Überstunden machen.»

«Aber ehe die Jungen herausgefunden haben, dass der Leiter der Fertigungsabteilung ein ahnungsloser Trottel ist, vergeht eine Weile, in der dieser Idiot eine Menge Schaden anrichten kann», sagte Marlene. «Das weiß die Geschäftsleitung garantiert, sonst würden sie dich nicht so gut bezahlen.»

Wieder lachte Ulla. «Vielleicht hast du recht, und ich sollte nicht zu schwarz sehen. Trotzdem, ich hätte mich gestern Abend entschieden lieber mit *Monas Tagebuch* auseinandergesetzt als mit einer alten Verpflichtung. Ich konnte ihn nicht wegschicken. Wenn er sich damals nicht für mich eingesetzt hätte …»

Nach ein paar Sätzen über alte Zeiten kam Ulla wieder auf die Lesung zurück: «Wirklich schade, ich hätte die Autorin gerne gefragt, wie krank eine Frau sein muss, um einen Porno der übelsten Sorte zu schreiben und ihn als nackte Tatsache auszugeben.»

Das war wieder die Ulla, die Marlene seit dem ersten Schultag kannte. Vielleicht genoss sie es nur, für ein paar Minuten an etwas anderes denken zu dürfen als das amputierte Bein ihres Sohnes und den Freund, der sie prompt in die Pflicht genommen hatte.

Ulla bezweifelte nicht, dass Mona Thalmann Tagebuch geführt und darin ihre Verlassenheit, eventuell sogar eine Todessehnsucht zum Ausdruck gebracht hatte. Ihre Zweifel richteten sich ausschließlich gegen Heidrun Merz und deren lautere Absichten.

Von Marlene zu hören, dass ein freiberuflicher Journalist namens Fischer Fragen gestellt hatte, die ein völlig anderes Licht auf Monas Verschwinden warfen, bestätigte Ulla in ihrer Ansicht.

Marlene erzählte auch noch von dem Unfall an der Kiesgrube, ihrem Aufenthalt im Studio und den Behauptungen, die sie nach Karolas Vorgaben ins Mikrophon gesprochen hatte. Mit raschen Seitenblicken versuchte sie, Ullas Reaktion zu entnehmen, ob Andreas vielleicht doch etwas mit dem Tod von Heidrun Merz zu tun haben könnte. Wenn Ulla davon gewusst hätte, meinte sie, hätte Ulla auf den Journalisten als Verdächtigen anders reagieren müssen. Aber Ulla schüttelte nur den Kopf, riet ihr, Karola bei nächster Gelegenheit den Puls zu fühlen und sich den Rest der Lektüre zu ersparen.

Als sie Legoland erreichten, ließ Ulla sich noch einmal versprechen, dass niemand von Andreas' kurzem Gastspiel in der Heimat erfuhr. Wirklich niemand, auch Werner nicht.

Werner saß bereits mit den Kindern vor gefüllten Tellern am Esstisch, als Marlene die Diele betrat. Ihre Portion wartete in einer geschlossenen Aluschale. Es duftete appetitlich, trotzdem herrschte dicke Luft. Leonard häufte mit gesenktem Kopf Reis auf seine Gabel, krönte ihn mit einer Garnele und führte die Gabel zum Mund, als läge obenauf eine dicke Made. Johanna sah betreten drein. Auf Werners Gesicht lag ein Ausdruck, den Marlene noch nie zuvor darauf gesehen hatte, aber bald zuordnen konnte – Zorn.

Die Uhr auf dem Kaminsims zeigte zehn nach acht. Doch dass sie ein paar Minuten zu spät kam, war nicht der Grund für seine Verärgerung. Neben seinem Teller lag *Monas Tagebuch*.

«Ich war noch bei Ullas Mutter», begann Marlene, obwohl er das garantiert längst von Leonard erfahren hatte. Sie setzte sich vor den leeren Teller und sprach weiter, als ließe sich die ungewohnte Spannung am Tisch mit ihrer Stimme vertreiben. «Sie bat mich, mit Ulla zu reden. Ulla war noch in der Firma, also bin ich …»

Andreas' plötzliches Auftauchen lag ihr wie ein Zentnerstein auf der Seele. Natürlich hatte sie Ulla versprochen zu schweigen und wollte auch den Mund halten – solange die Kinder in Hörweite waren. Sonst wusste Julia in spätestens fünf Minuten, wo ihr Vater sich derzeit aufhielt. Drei Sekunden später wüsste es auch Karola. Aber Werner müsse es wissen, fand sie, auch wenn Ulla das anders sah.

«Macht nichts», schnitt er ihr das Wort ab – zum ersten Mal in dreiundzwanzig Jahren. «Wer nicht kommt zur rechten Zeit, isst eben das, was übrig bleibt. Huhn mit Wiesenchampignons. Ich hoffe, es schmeckt dir. Es müsste noch heiß sein.»

Das klang noch einigermaßen humorvoll. Mit den nächsten Worten wurde er ernst: «Wie geht es Ulla denn?»

«Sie ist sehr gefasst, aber ihre Mutter war völlig verzweifelt.»

Leonard schielte mit einem Auge zu dem Buch hin und fragte: «Darf ich in meinem Zimmer weiteressen, Papa? Ich muss noch etwas für Geschichte tun.»

«Natürlich», sagte Werner. «Geh nur.»

Unfassbar! Die seltenen Mahlzeiten im Familienkreis waren ihm normalerweise heilig. Und kaum war Leonard mit seinem Teller in der Diele, schob Werner das Buch quer über den Tisch zu ihr hinüber und sagte: «Das hattest du in der Küche liegenlassen.»

«Es ging alles so schnell heute Morgen», rechtfertigte sie sich wieder. «Als Karola anrief …»

«Ja, ja», unterbrach er sie erneut und betrachtete das schmale, bleiche Frauengesicht auf dem Buchcover. «Pikante Lektüre. Vielleicht etwas zu pikant für ein Frühstück und ganz bestimmt zu scharf für einen Fünfzehnjährigen, der sich lieber mit der Französischen Revolution beschäftigen sollte. Er hatte ziemlich rote Ohren. Als ich ihn damit erwischte, informierte er sich gerade …»

«Es tut mir leid, Papa», fiel Johanna ihm ins Wort. «Ich hab dir doch gesagt, dass es meine Schuld war. Ich wollte nur etwas nachlesen.» Sie schaute Marlene an, während sie weitersprach: «Der Typ gestern Abend, dieser Fischer, war ein Idiot. Sirius ist sehr wohl erwähnt, nur nicht als Agentur und nicht mit dem

Ausdruck. An einer Stelle hat Mona über einen Besuch in der Oper geschrieben und Canis Majoris erwähnt. Wer keine Ahnung hat, könnte meinen, das wäre eine Arie oder eine Figur aus der Oper. Aber das ist das Doppelsternsystem des Sternbildes Großer Hund, der Sirius. Ich hab es Leonard erzählt. Er wollte nur sehen, ob ich recht …»

«Hast du nicht auch noch etwas für Geschichte zu tun?» Werner machte ihrer Erklärung ein Ende. «Wenn nicht, nimm Physik oder Geographie.»

Johanna erhob sich ohne Widerspruch, ließ ihren noch halb gefüllten Teller stehen und ging zur Dielentür. Dort drehte sie sich noch einmal um. «Manchmal bist du ein richtiger Spießer, Papa. Ehrlich. Wir sind doch keine kleinen Kinder mehr. Was glaubst du eigentlich, worüber an der Schule geredet wird? Schon mal was von Gang Bang gehört? Keine Angst, wir machen das nicht. Aber das da», ihr Kinn ruckte vor in Richtung Buch auf dem Tisch, «ist sogar neben der Französischen Revolution noch harmlos. In dem Buch wird keiner geköpft.»

Ehe Werner darauf reagieren konnte, wandte sie sich an Marlene: «Annette hat um sechs angerufen, Mama. Du sollst sie sofort zurückrufen, wenn du nach Hause kommst.»

«Warum?», fragte Marlene.

«Hat sie nicht gesagt, nur dass es wichtig ist.»

«Ich mach's gleich», versprach Marlene.

Johanna verschwand ebenfalls in der Diele. Werner wartete noch, bis ihre Schritte auf der Treppe verklungen waren, ehe er wissen wollte: «Hältst du mich auch für einen Spießer?»

«Bisher habe ich dich nicht für einen gehalten», sagte Marlene. «Aber wenn du so ein Theater machst, nur weil Leonard in dem Buch gelesen hat …»

Weiter kam sie nicht. «Buch», wiederholte Werner mit einer Stimme, als würge ihn etwas. «Das ist kein Buch, das ist ein Porno der übelsten Sorte.»

«Genauso hat Ulla das eben auch ausgedrückt», stellte Marlene fest, besänftigte ihn damit allerdings nicht.

«Für dieses Machwerk hat Annette also am vergangenen Abend in die Bücherstube geladen und Karola dich heute Morgen in den Sender zitiert», ereiferte er sich weiter. «Darf ich erfahren, in welcher Weise Karola den Schweinkram für ihre Sendung ausgeschlachtet hat und mit welchen Anmerkungen du dich daran beteiligt hast?»

«Wir haben nicht über Sex gesprochen», erklärte Marlene. «Nur über Monas Depression, ihr Verschwinden, den Täter und den angeblichen Unfall von Frau Merz.»

«Was heißt angeblich?», wollte Werner wissen.

«Karola und Annette meinen, es sei kein Unfall gewesen. Hat die Frau nach Alkohol gerochen, als du bei ihr warst?»

«Das ganze Auto hat gestunken wie eine Schnapsbrennerei», sagte Werner. «Sogar mein Anzug riecht danach.»

«Ist mir nicht aufgefallen», murmelte Marlene und sprach in normaler Lautstärke weiter: «Aber sie hat nichts getrunken. Ich war doch die ganze Zeit dabei. Dann muss Karola recht haben. Der Kerl hat sie abgefangen und gezwungen …» Sie erhob sich wieder, wollte zum Telefon. «Ich hör mal, was Annette auf dem Herzen hat.»

«Moment», hielt Werner sie zurück. «Wer hat wen abgefangen?»

«Monas Mörder Monas Schwester», antwortete sie, für einen nicht Eingeweihten nicht unbedingt verständlich. «Karola meinte, er hätte im Radio von der Lesung gehört. Vielleicht sollte ich jetzt hoffen, dass er heute Vormittag nicht ebenfalls zugehört hat. Wir haben so getan, als wäre ich mit Frau Merz befreundet gewesen.»

Damit war es raus. Werners Reaktion fiel nur halb so dramatisch aus wie erwartet.

«Wie bitte?», vergewisserte er sich. «Du hast dich als Freundin dieser Autorin ausgegeben? Ja, bist du denn …» Er sprach es nicht aus, machte nur eine bezeichnende Geste mit der Hand vor seiner Stirn.

Es kam für sie selbst überraschend. Statt sich schon wieder zu rechtfertigen oder zumindest einen Teil der Schuld in Karolas Schuhe zu schieben, brach sie in hysterisches Lachen aus. Es war einfach zu viel für einen einzigen Tag, nach all den Jahren, in denen sie nichts von Bedeutung zu sagen gehabt hatte.

«Klar», stimmte sie zu. «Nur Verrückte glauben an Horoskope. Die Auseinandersetzung mit dem Partner und die Konfrontation mit der Vergangenheit kann ich schon abhaken. Dann warte ich jetzt auf die neue Bekanntschaft. Und ich verspreche dir, dass ich sie skeptisch beäugen werde.»

Ihr unerwarteter Heiterkeitsausbruch beschwichtigte Werner endlich. Er entschuldigte sich sogar: «Tut mir leid, ich wollte dich nicht beleidigen.» Dass ihre Stunden am Mikrophon schwerwiegende Folgen haben könnten, glaubte er ebenso wenig wie Karola, mit der er sich aber am Samstagabend noch ausführlich darüber unterhalten wollte.

«Das tust du besser heute noch», schlug Marlene vor. «Wirf bei der Gelegenheit einen Blick auf ihre Kellertür. Die schließt nicht mehr richtig. Wenn du das reparieren kannst, ersparen wir Karola vielleicht eine aufregende Nacht.»

Hätte Werner sich nun erkundigt, welche Art von Aufregung sie meinte, wäre sie wohl auf der Stelle wortbrüchig geworden. Aber er fragte nicht, sagte nur mit einem vernehmlichen Seufzer: «Von mir aus, aber iss erst, bevor es ganz kalt wird.»

Sie tat ihm den Gefallen. Der Reis war nur noch lauwarm, weil diese Aluschale schon geraume Zeit offen stand. Doch das Huhn mit Wiesenchampignons war noch heiß genug, um ein paar Löffel Reis anzuwärmen.

Anschließend kümmerte sie sich um den erbetenen Rückruf. Weil es schon nach halb neun war, wählte sie Annettes Privatnummer. Christoph kam an den Apparat. Annette war noch nicht da, hatte ihn kurz nach sechs informiert, dass es bei ihr heute später werde, sie wolle sich nach Ladenschluss noch mit jemandem treffen, es sei wichtig.

«Wenn es dringend ist, musst du es auf dem Handy probieren», riet er. «Kannst ja vorher ein kleines Gebet sprechen. Die halbe Zeit funktioniert das Ding nicht.»

«Sie hat es dringend gemacht», erklärte Marlene. «Hast du keine Ahnung, worum es geht? Wen wollte sie denn treffen?»

«Da fragst du den Richtigen.» Christoph lachte. «Sie wird mir doch nicht auf die Nase binden, mit wem sie fremdgeht.»

Das war nur einer seiner üblichen Scherze, gleich darauf wurde er vorübergehend ernst: «Wenn ich sie richtig verstanden habe, ging es um die Frau, die gestern Abend bei ihr gelesen hat und anschließend verunglückt ist. Es hat jemand in der Bücherstube angerufen, der eine Beobachtung melden wollte.»

«Bei Annette?», wunderte Marlene sich.

Christoph lachte noch einmal. «Manche reden eben lieber mit einer Buchhändlerin als mit einem Polizisten, kann ich verstehen. Wahrscheinlich nur jemand, der sich wichtigmachen will. Ich hab gehört, du hast dich wegen dieser Sache auch schon mächtig ins Zeug gelegt. Warst am Vormittag im Radio. Was sagt denn Werner dazu, dass er jetzt eine Berühmtheit an seiner Seite hat?»

«Das kannst du ihn am Samstagabend selbst fragen», antwortete Marlene. Danach erst erkundigte sie sich so beiläufig wie möglich: «Hast du heute Morgen zugehört?»

«War mir leider nicht vergönnt», bedauerte er. «Ich hatte bis um zwei in der Agentur zu tun.»

Also konnte er nicht im Sender angerufen und sich erkundigt haben, ob ihr Van keine Zentralverriegelung hatte. Er hätte es jetzt auch garantiert erwähnt, eins seiner Witzchen über das Technikverständnis von Frauen gerissen. Wahrscheinlich war es der pedantische Nachbar gewesen. So wichtig, dass es sie beunruhigt hätte, fand Marlene es nicht. Es war ihr eher peinlich, weil es dumm gewesen war, einfach nachzuplappern, was Karola vorsagte. Aber wenn Christoph nicht zugehört hatte, würde Werner zumindest von ihm nichts erfahren. Das erleichterte sie. Den Pedanten von nebenan nahm Werner nicht ernst.

Dass sie es auf Annettes Handy probierte, verhinderte er, drängte zum Aufbruch. «Ich habe keine Lust, um zehn Uhr noch an Karolas Kellertür zu basteln», sagte er, schnappte sich *Monas Tagebuch* und wollte damit in die Diele.

«Was hast du damit vor?», rief sie, während sie ihm eilig folgte.

«Na, was wohl?», gab er zurück. «Das ist Schund, und Schund gehört in den Müll. Ich werfe es draußen in die blaue Tonne.»

«Untersteh dich», warnte sie und zog ihm, als sie ihn erreichte, das Büchlein aus der Hand.

Es war das erste Mal in all den Jahren, dass sie sich nicht widerspruchslos in eine seiner Entscheidungen fügte. Bisher war es nie notwendig gewesen, gegen seine Pläne, Ansichten und Handlungsweisen zu protestieren. Unbedingt notwendig war es auch jetzt nicht. Es lag ja noch ein Exemplar auf dem Beistelltisch.

«Wenn du eins wegwerfen willst», sagte sie, «nimm das aus dem Wohnzimmer. Oder kauf dir bei Annette selbst eins. Dieses möchte ich behalten. Es ist signiert. Die Autorin ist tot. Und ich will es lesen, auch wenn du es für Schweinkram hältst. Das ist es nicht – bis auf zwei, drei Stellen vielleicht. Der Rest ist traurig.»

Ihre Erklärung verunsicherte ihn offenbar. Er wollte wissen, ob sie bei ihm etwas vermisse.

«Nein», sagte sie, «im Gegenteil.»

«Das klingt nicht so, als wärst du mit dem Gegenteil glücklich», stellte er fest.

«Bin ich auch nicht», gestand sie. «Manchmal bin ich so traurig wie die Frau in diesem Buch. Deshalb habe ich es bisher nicht gelesen. Aber jetzt mache ich das. Und nun lass uns fahren, sonst wird es wirklich zu spät für Karolas Kellertür.»

Er nickte, betrachtete sie noch sekundenlang, als habe sie einen mysteriösen Ausschlag im Gesicht. Dann öffnete er die Tür zur Garage. Sie legte das Buch auf die Garderobe und folgte ihm.

Nummer neun

Mit der rauen Grabenwand im Rücken saß es sich auf dem abschüssigen, steinigen Boden längst nicht so bequem wie auf der Couch daheim. Aber es war doch angenehmer als alle anderen Positionen, die sie bisher eingenommen hatte. Sie zog das letzte Bonbon aus der Tasche, wickelte es aus und leckte daran. Zitrone. Die Versuchung war groß. Sie widerstand aus einem Grund, der ihr in seiner gesamten Tragweite gar nicht richtig bewusstwurde. *Wer weiß, wann ich das nächste Mal ein Bonbon oder sonst etwas Essbares in die Finger bekomme.*

Sorgfältig drehte sie das Cellophan wieder darum, steckte es zurück in die Jacke und nahm lieber noch einmal das Steinchen in den Mund. Dann zog sie die Beine an, legte die Stirn auf die von durchgescheuertem, eingerissenem und spürbar feuchtem Hosenstoff umhüllten Knie, schloss die Augen und versuchte sich zu erinnern, wann sie die letzte Tetanusimpfung bekommen hatte.

Währenddessen sang Marianne Faithfull über ihrem Kopf dreimal die Ballade einer Frau, die sich nutzlos und überflüssig fühlte. Die Musik war merklich gedämpft, aber in gleichbleibender Lautstärke.

Als Marlene zum vierten Mal die Zeile hörte, *Pretty nursery rhymes she'd memorised in her daddy's easy chair*, quälte sie sich wieder in die Höhe. Und es war eine Qual. Wenn sie noch länger sitzen geblieben wäre, wäre sie womöglich gar nicht mehr hochgekommen. Jeder Knochen tat ihr weh, die Muskeln waren steif von der Kälte und den ungewohnten Anstrengungen. Über ihre Knie dachte sie lieber nicht nach. Der feuchte Hosenstoff sprach dafür, dass beide bluteten. Es würde zwangsläufig noch eine Menge Dreck in die Wunden geraten. Und ihre letzte Tetanusimpfung lag so lange zurück, dass sie sich nicht daran erinnerte.

Sie richtete sich nicht gleich ganz auf, blieb gebückt und spähte über die Kante in die Schwärze. Immerhin bestand die Möglichkeit, dass der Mistkerl sich näher herangewagt hatte, um zu sehen, was sie trieb, nachdem sie aus seinem Blickfeld abgetaucht war.

Minutenlang hielt sie Ausschau nach dem grünen Glimmen, suchte ein paar Steine zusammen, die als Wurfgeschosse geeignet waren, und stellte sich vor, ihn mit einem davon zu treffen, und zwar so, dass es richtig wehtat. Aber nirgendwo war etwas zu sehen. Vielleicht hatte sie ihn mit ihren Rufen vorhin darauf hingewiesen, dass die Betriebsleuchte seiner Kamera ihn verriet, und er hatte das Lämpchen mit irgendwas zugeklebt. Dumm gelaufen.

Ihr wäre entschieden wohler gewesen, wenn sie gewusst hätte, wie nahe er war. Ob er ihr auf die Finger treten konnte, sobald sie … Das sah man so oft in Filmen: Da hing jemand über einem Abgrund, klammerte sich mit letzter Kraft an eine Kante, einen überstehenden Stahlträger, eine Balkonbrüstung oder sonst was. Und ein Schuh drehte sich mit der Sohle auf den Fingerspitzen. Aber sie hing doch nicht über einem Abgrund. Und wenn er sie verletzen wollte, hätte er das längst getan. Gelegenheit dazu hatte er bestimmt reichlich gehabt.

Schließlich begann sie auf der Kante nach ihrer Spur zu tasten. Und wieder geriet ihr etwas zwischen die suchenden Finger, das sich so gar nicht nach einem Stein anfühlte. Diesmal war es ein Papierchen. Der Form und Beschaffenheit nach zu urteilen, war darin mal ein Kaugummistreifen eingewickelt gewesen.

Tja, wenn man ein starker Raucher war und sich keine Zigarette anzünden durfte, weil die Glut verraten hätte, wo man sich aufhielt, brauchte man einen Ersatz. Bei dem Gedanken empfand sie eine gewisse Genugtuung. Doch die verflog rasch, als sie sich mit ihren müden Armen nach oben zu stemmen versuchte.

Die Grabenkante lag auf dieser Seite nur wenig höher als die Arbeitsflächen in ihrer Küche. Da kam sie immer leicht rauf, stellte sich mit dem Rücken dagegen, stützte die Hände auf, hopste in die Höhe und saß auch schon. Das war eine fließende Bewegung, die es ihr ersparte, die Trittleiter hin und her zu tragen, wenn sie das Fenster putzen, die Weihnachtsdeko anbringen oder abnehmen wollte.

Nur war so eine Arbeitsplatte in der Küche ein festes, stabiles Teil, da rieselte, bröckelte und brach nichts weg. In der geübten Manier war es nicht zu schaffen. Ganz abgesehen davon, dass ihre lahmen, strapazierten Kniegelenke ihr keine großen Hopser erlaubten und ihre Arme einfach keine achtundfünfzig Kilo mehr in die Höhe brachten, gab die Kante bei jedem Versuch nach.

Zweimal rutschte sie ab und schrammte nur mit den von der Steppjacke gepolsterten Schultern am rauen Fels entlang, ehe sie auf den Hintern plumpste. Beim dritten Mal fiel sie auf den rechten Arm und befürchtete, sich den Ellbogen ernsthaft verletzt zu haben, weil es höllisch wehtat.

Am liebsten wäre sie sitzen geblieben, bis sich ihr irgendwann eine helfende Hand entgegengestreckt hätte. Aber den Triumph gönnte sie dem Mistkerl nicht. Und dass nach hundert oder zweihundert weiteren Balladendurchläufen plötzlich Scheinwerfer aufflammten und Applaus aufbrandete, dass ein Fernsehteam mit Kamera und Mikrophon an den Grabenrand trat und gratulierte: *Herzlichen Glückwunsch, Frau Weißkirchen, Sie sind eine Runde weiter. Die nächste Station wäre das Dschungelcamp. Wollen Sie es riskieren oder geben Sie auf?* Die Chance darauf schätzte sie geringer als auf einen Sechser im Lotto.

Nachdem der Schmerz im Arm etwas abgeklungen war, probierte sie es vorwärts. Es war beschämend, sie zog und schob und krabbelte und drückte sich den knappen Meter hoch, ohne wirklichen Halt für Hände oder Füße zu finden. Als sie endlich bäuchlings auf der Kante lag, brauchte sie gleich noch eine Verschnaufpause, barg das Gesicht in einer Armbeuge und wartete darauf, dass ihr Atem sich wieder normalisierte und das Herz langsamer pumpte.

Das grüne Glimmen in etwa zwanzig Metern Entfernung schräg rechts hinter ihr sah sie nicht. Es wurde von einem größeren Felsbrocken verdeckt.

Nummer neun

Da Marlene kaum noch auf die beständig lauter werdende Musik achtete und die Balladen nicht mehr mitzählte, konnte sie nicht mal grob schätzen, wie lange nach ihrer Verschnaufpause auf der Grabenkante sie in die Nähe der kleinen Kuhle gelangte, in der sie endlose Stunden vorher zu Bewusstsein gekommen war.

Als die markierte Spur zu Ende war, befürchtete sie zuerst, die Mulde nicht wiederzufinden. Sie erinnerte sich nicht, ob sie nach zwei, drei oder vier Metern begonnen hatte, Steinchen beiseitezuwischen. Ein Meter mehr oder weniger machte viel aus, wenn man nur sechs Zündhölzer hatte.

Sie richtete sich auf und wartete stehend ein Weilchen, um ihre dumpf pochenden Knie zu entlasten und ihrem Peiniger die Chance einzuräumen, ihr einen Fingerzeig auf den Ausgang zu geben. Wenn er vorhatte, sie ins Freie zu lotsen, musste er nicht unbedingt persönlich in Erscheinung treten und Gefahr laufen, dass sie ihn später mit hundertprozentiger Sicherheit identifizieren konnte. Wahrscheinlich bildete er sich ein, sie hätte keinen blassen Schimmer, wem sie diesen Horrortrip verdankte. Da hätte er ihr aber zwischendurch mal andere Musik bieten müssen.

Doch er ließ nichts von sich sehen oder hören. Vielleicht hatte er sich zurückgezogen, als er sah, welchen Weg sie einschlug. Vielleicht dachte er, jetzt schaffe sie es ohne seine Hilfe.

Sie opferte das nächste Zündholz, um sich zu orientieren, musste es wie das erste viermal über die Reibefläche führen, ehe das Köpfchen endlich aufflammte. Dann machte sie in der näheren Umgebung nicht nur eine Vertiefung im Boden aus, sondern Dutzende. Der gesamte Untergrund bestand hier aus Mulden, es sah aus wie eine Mondlandschaft.

Aber nur an einer Kuhle reflektierte etwas schwach die unruhig vom Pappstreifen flackernde Flamme. Die Lache Erbrochenes schillerte noch feucht. Und das Flackern signalisierte nicht etwa einen Luftzug, es wurde von ihren zitternden Händen verursacht.

Nachdem das Zündholz erloschen war, ließ sie sich wieder auf alle viere nieder, kroch zielstrebig und mit zusammengebissenen Zähnen das letzte Stück. Dann räumte sie erst mal die Kuhle frei, um nicht zu sitzen wie ein Fakir oder die Prinzessin auf der Erbse.

Anschließend spähte sie minutenlang angestrengt in die Runde, um vielleicht irgendwo einen noch so schwachen Schimmer auszumachen, der ihr zuvor mit dem rasend schmerzenden Schädel, in der Übelkeit und der ersten Panik entgangen war. Auf dem Weg ins Freie musste es ja irgendwann mal heller werden. Aber da war nichts, absolut nichts.

Sie fingerte erneut das Zündholzbriefchen aus der Jackentasche und riss mit steifen Fingern den dritten Pappstreifen heraus, um nun Ausschau nach Reifenspuren oder Sohlenabdrücken zu halten. Die Reibefläche war von den vorherigen Versuchen schon arg in Mitleidenschaft gezogen. Diesmal musste sie fünfmal hin- und herstreichen, ehe es hell wurde.

Das Ergebnis war niederschmetternd. Sie sah nicht viel mehr als die Kuhlen rundum, die glibberige Lache nahe ihrer linken Hüfte und ein paar verschieden geformte lose Steine in unmittelbarer Nähe. Einer sah fast aus wie ein Faustkeil aus der Steinzeit und ließ ihre Gedanken kurz abschweifen. Ob hier unten mal Menschen gelebt hatten? Steinzeitmenschen? Neandertaler. Die hatten schon gewusst, wie man Feuer machte.

Damit war sie wieder bei der Sache. Sie brauchte etwas, das länger und heller brannte als so ein mickriger Streifen gepresster Pappe. Damit sie länger als ein paar Sekunden Ausschau nach Spuren von Rädern, Rollen, Schuhsohlen oder sonst etwas halten konnte, das ins Freie führte.

Sehnsüchtig dachte sie an ihre Handtasche. Eine Tasche hatte sie immer dabei, wenn sie das Haus verließ. Sie war vollständig und warm genug für einen längeren Aufenthalt im Freien angezogen, folglich musste sie es aus eigener Kraft und aus eigenem Antrieb verlassen haben. Kein Mistkerl hätte sich die Mühe gemacht, ihr ein T-Shirt und einen Pullover anzuziehen. Daraus zog sie den Schluss, dass sie nicht in ihren eigenen vier Wänden betäubt worden war.

Dann konnte es nicht passiert sein, nachdem sie Leonard samt Rucksack und Sporttasche beim Gymnasium abgeholt hatte. Wer wollte denn einen Zeugen, der erklären konnte: «Als Mama und ich nach Hause kamen …»

Dass sie vorher auf dem Weg zum Gymnasium außer Gefecht gesetzt worden war, kam ihr auch unwahrscheinlich vor.

Demnach konnte gestern nicht Freitag gewesen sein. Donnerstag, dachte sie wie eine Beschwörungsformel. Gestern war Donnerstag. Heute muss Freitag sein. Werner ist noch in Straßburg. Wenn er nach Hause kommt, wird er dafür sorgen, dass ich …

Aufträge konnte man schließlich auch telefonisch erteilen. Das war sogar ratsam, wenn man selbst nicht in der Nähe sein wollte, um über jeden Verdacht erhaben zu bleiben. Sie empfand es als entsetzlich, so zu denken und daran festzuhalten.

Aber es war um Längen beruhigender, als die Möglichkeit in Betracht zu ziehen, dass der Mistkerl ohne Werners Wissen handelte.

Wie auch immer: Sie mochte mal ohne Schlüssel in die Garage stürmen, ihre Handtasche vergaß sie nie. Und darin befand sich ihr Schlüsselring mit dem Autoschlüssel, dem Christophorus-Anhänger von Scheidweber & Co und der kleinen LED-Lampe. Die war kaum länger als ein Zeigefinger, aber dieser grelle, weiße Lichtstrahl hätte die Finsternis hier unten wie ein Schwert durchschnitten. Verständlich, dass der Mistkerl ihr die Tasche weggenommen hatte.

Und wenn sie ihre Alltagstasche mitgenommen hatte, wovon sie ausging, hätte sie höchstwahrscheinlich auch zwei oder drei Zuckertütchen und ein paar Kekse gegen den Hunger gefunden, ansonsten nur Puderdose und Lippenstift.

Dass ihr ersatzweise Zündhölzer und Bonbons in die Taschen gesteckt worden waren, hatte bei aller Gemeinheit noch etwas Tröstliches. So wie der Glaube an einen Gott etwas Tröstliches hatte, selbst wenn man an einen strafenden Gott glaubte, der seine Weisheiten für die einzig wahre Lehre hielt.

14. Januar 2010 – Donnerstagabend

Es war fast neun, als Marlene und Werner das Haus verließen und zu Karola fuhren. Sie nahmen seinen Wagen. Julia öffnete ihnen und machte keinen Hehl aus ihrer Enttäuschung. «Ich dachte, es wäre Mutti, sie hat keinen Schlüssel mitgenommen.»

Karola hatte am Nachmittag ihre Tasche abgestellt und gebeten, Julia solle Kaffee aufsetzen und die Tasche ausräumen. «Ich hab uns Schnecken mitgebracht, gleich machen wir es uns gemütlich und reden über das, was Frau Merz gestern Abend gesagt hat.» Dann hatte Karola das Haus mit dem Hinweis «Ich muss nur mal kurz zu Herrn König» wieder verlassen.

Werner ließ sich von Julia das Problem mit der Kellertür erläutern, schaute sich die Sache an, beauftragte Julia mit der Suche nach einem Hammer und verlangte von Marlene, Karola bei Herrn König herauszuholen. Der wohnte nur zwei Häuser weiter. «Was tut sie denn so lange bei dem Mann?»

«Seine Frau ist wieder weg», erklärte Marlene. Ihr wäre es lieber gewesen, er hätte Julia zum Nachbarn geschickt. «Kann sie nicht schnell gehen? Ich kenne doch Herrn König gar nicht.»

«Willst du lieber hier nach einem Hammer suchen?», fragte Werner. «Heidrun Merz und Mona Thalmann kanntest du auch nicht und konntest trotzdem drei Stunden lang über die beiden sprechen. Bei Herrn König musst du nur klingeln und Karola herausbitten, damit ich mit ihr reden kann. Sag einfach, der Kaffee wäre fertig.»

So einfach, wie er sich das vorstellte, war es nicht. Ein Junge von sieben oder acht Jahren kam an die Tür, nachdem Marlene dreimal geklingelt hatte. Sein Gesicht war ebenso dreckig wie sein T-Shirt. Dazu trug er nur ein Unterhöschen, und das wohl seit Tagen. Seine nackten, dünnen, von Schrammen und blauen Flecken übersäten Schienbeine waren erbarmungswürdig.

«Ist Frau Jäger hier?», fragte Marlene.

«Bei Papa», sagte der Junge, drehte sich um, trottete vor ihr her durch den schmalen, aber hell erleuchteten und verschwenderisch beheizten Flur und präsentierte ihr das fleckige Hinterteil seines Höschens und die mageren Waden.

Sie folgte ihm in eine Küche, wie man sie gelegentlich in Karikaturzeichnungen sah. Es war noch wärmer als im Flur. Und das schmutzige Geschirr türmte sich zu Bergen auf jeder Abstellfläche, dem Herd und der Spüle. Auf der Fensterbank standen verdreckte Gläser, von außen übersät mit braunen, roten oder fettigen Fingerabdrücken, innen verklebt mit Getränkeresten. In einigen wucherten Schimmelkulturen.

Karola saß an einem Tisch, der seit Tagen nicht abgeräumt, geschweige denn abgewischt worden sein konnte. Es standen mehrere offene Gläser mit verschiedenen Konfitürensorten und Nuss-Nougat-Cremes zwischen einem offenen Margarinebecher, einem aufgerissenen Päckchen Salami, die sich an den Kanten bereits wellte, und einem Stück Leberwurst mit graugrüner Schnittkante.

Es war ekelerregend. Marlene unterdrückte nur mit Mühe den Würgereiz. Am schlimmsten war noch die dicke Fliege, die bei dem reichhaltigen Nahrungsangebot gute Chancen hatte, den gesamten Winter zu überleben.

Der Junge verscheuchte das Vieh von einem angebissenen Brot mit Salami. Und dann biss er in das Brot. Im Stehen. An dieser Müllhalde von Küchentisch. Und das war Realität. Es gab keine offenen Fragen bei diesem Anblick und keine Zweifel am Wahrheitsgehalt. Die graugrüne Schnittkante der Leberwurst warf einem die Wahrheit förmlich ins Gesicht.

Karola kümmerte sich weder um den Dreck ringsum noch um die vor sich hin gammelnden Lebensmittel. Sie fühlte sich auch nicht gestört von der Fliege, die zwei tiefe Runden über dem Tisch drehte, nachdem der Junge sie von seinem Brot verscheucht hatte. Dann ließ das fette Vieh sich mit seinen borstigen Beinen unmittelbar vor Karola auf einem undefinierbaren Fleck nieder.

Karola bedeutete Marlene, deren Eintreten sie wohl am Rande registriert hatte, sich still zu verhalten, und blieb auf den Mann konzentriert. Herr König hockte vor einem auf dem schmierigen Fußboden sitzenden kleinen Mädchen und bemühte sich, die Schnürsenkel in den Kinderhalbschuhen zu lösen. Halbschuhe! Im Haus mochte das angehen. Aber draußen, bei der

Kälte und dem Schnee. Und den Schuhen sah man an, dass das Kind damit draußen herumgelaufen war.

Das Mädchen mochte sechs Jahre alt sein, hielt ebenfalls ein angebissenes Salamibrot in der Hand, kaute langsam und bedächtig und war genauso dreckig wie der Junge.

Und Herr König, den Marlene auf Ende dreißig schätzte, trug ein schneeweißes Hemd mit blau-grau gestreifter Krawatte zu einer dunkelgrauen Hose mit messerscharfen Bügelfalten. Über der Rückenlehne eines Stuhles am Tisch hing ein pieksauberes, dunkelgraues Jackett. Einen krasseren Gegensatz hätte es nicht geben können.

«Ich kenne mich nicht besonders gut aus damit», sagte Herr König, ohne aufzuschauen. Für Marlene klang es, als meine er die Schnürsenkel in den Schuhen seiner Tochter. Er schaffte es nicht, die aufzuknoten, zog und zupfte nur sinnlos daran herum.

«Sie war ziemlich laut», sagte er und machte damit klar, dass er von etwas anderem sprach. «Sonst hätte ich es vermutlich gar nicht gehört. Ich hatte fest geschlafen, bin von dem Lärm aufgewacht. Eigentlich müssten Sie es auch gehört haben.»

«Leider nicht», sagte Karola.

Herr König richtete sich auf und zupfte die Bügelfalten seiner Hose in Form. «Ich schätze, es war eine Harley. Der Kerl ließ Babs absteigen und den Motor noch einmal richtig aufheulen. Dann düste er weiter. Ich glaube, er hatte mich am Fenster gesehen. Aber in Lederkluft und mit Integralhelmen sehen die alle gleich aus. Da kann man nicht feststellen, ob so ein Kerl jung oder alt ist. Ehrlich gesagt könnte ich nicht mal beschwören, dass es ein Mann war. Davon gehe ich nur aus, weil Babs keine Lesbe ist. Der Helm war schwarz, einfach nur schwarz, ohne irgendwelchen Schnickschnack. Mehr kann ich Ihnen wirklich nicht sagen. Babs trug keinen Helm.» Er schüttelte tadelnd den Kopf und fügte an: «Unvernünftig. So ist sie immer.»

Dass Marlene mitten in seiner Küche stand, schien ihm noch nicht aufgefallen zu sein. Er schaute auf das Mädchen hinunter und zu dem Jungen hin. «Jetzt trödelt nicht herum, esst auf und dann ab ins Bett mit euch. Es ist spät genug.»

«Soll ich die Schuhe anlassen?», fragte das Mädchen. Es saß unverändert auf dem Fußboden und kaute in Zeitlupe auf einem Bissen Brot herum.

«Natürlich nicht», sagte Herr König, bückte sich erneut und versuchte noch einmal, die verknoteten Schnürsenkel zu lösen.

«Das Kennzeichen der Maschine haben Sie nicht gesehen?», erkundigte sich Karola.

«Das hat Heißler mich auch gefragt», antwortete er. «Aber so von schräg oben ist das im Dunkeln nicht einfach. Und wozu hätte ich mir den Hals nach dem Kennzeichen verrenken sollen? Ich habe doch nicht damit gerechnet, dass Babs wieder … Sie hat nichts gesagt. Damals, vor dreieinhalb Jahren, hat sie es angekündigt, mehr oder weniger, nicht so direkt. Nur dass sie mal rausmuss, hat sie mehrfach gesagt. Dass sie verrückt wird, wenn ich sie einsperre. Ich habe sie nie eingesperrt.»

«Natürlich nicht», stimmte Karola ihm zu.

Unvermittelt wurde er heftig, zerrte unbeherrscht an einem der Schnürsenkel, schlug mit der flachen Hand auf den Fußboden und schrie das Kind an: «Warum machst du immer Knoten rein? Ich kriege sie nicht auf! Diese verdammten Lederkerle, einem nach dem anderen könnte ich das Genick brechen. Und Heißler, ich hätte ihm sein verständnisvolles Grinsen aus dem Gesicht prügeln mögen. Ich soll mir keine Sorgen machen. Babs wäre bestimmt bald wieder da. Vom ersten längeren Ausflug sei sie ja auch zurückgekommen. Ja! Nach zwei Wochen! Jetzt sind es schon fünf. Ich konnte nur eine Woche Urlaub nehmen.»

Marlene konnte sich das Elend nicht länger anschauen. Ohne ein Wort griff sie nach seiner Schulter und zog ihn von dem kleinen Mädchen fort. Dann ging sie in die Hocke, nahm dem Kind den Brotrest aus der Hand und kümmerte sich um die Schnürsenkel. Die Knoten waren nicht mehr zu lösen, nachdem Herr König so lange daran herumgefummelt hatte. Aber die Schuhe ließen sich auch so ausziehen.

«Danke», sagte Herr König einfach und setzte sich zu Karola an den schmuddeligen Tisch.

Marlene zog das Mädchen vom Boden hoch, nahm auch dem Jungen das ekelhafte Brot aus den Fingern und schob beide Kinder zur Tür. Weder Karola noch Herr König nahmen Notiz davon.

«Wo ist das Badezimmer?», fragte sie.

Es war ein Altbau, etwas verwinkelt. Hinter der Küche machte der Flur einen Knick, dort führte eine steile Treppe ins Obergeschoss. Der Junge zeigte zum Ende des Flures. Sie trug ihm auf, frische Wäsche für sich und seine Schwester zu holen, und schob das Mädchen vor sich her auf die bezeichnete Tür zu.

Das Bad dahinter war wider Erwarten sauber, die Handtücher auf einem Ständer neben der Wanne frisch. Nur beim Waschbecken hing eines, das sie nicht hätte anfassen mögen. Es fiel ihr bereits schwer, dem Mädchen beim Ausziehen zu helfen. Warum sie es tat, konnte sie nicht einmal sich selbst erklären. Irgendeiner musste eben etwas tun. Und davon verstand sie etwas.

Die Tür zum Flur hatte sie aufgelassen, die Küchentür stand ebenfalls offen. In der Küche leistete Karola theoretische Lebenshilfe, aber diese Kinder brauchten Praxis.

Der Junge kam mit frischer Unterwäsche und zwei schmuddeligen Schlafanzügen zurück. «Hol zwei saubere», verlangte Marlene, und er trottete folgsam wieder hinaus.

Ohne Anzeichen von Scham oder Scheu vor einer Fremden ließen sich beide Kinder baden, Haare waschen und abfrottieren. Beim Anziehen und Zähneputzen brauchten sie keine

Hilfe, nur die Ermahnung, dass es mit einmal Hin und Her nicht abgetan sei.

«Man putzt von Rot nach Weiß», erklärte Marlene. «Schön rauf und runter. Drei Minuten, ich schaue auf die Uhr.»

Das tat sie nicht, registrierte stattdessen all die Kleinigkeiten, die Barbara König gehörten. Ein Fläschchen Eau de Toilette, ein Lippenstift und ein Rougepinsel auf der Ablage unter dem Spiegel. In einem Regal lag ein offenes Täschchen mit weiteren Make-up-Utensilien neben einem grobgezinkten Kamm und einem Föhn. So ungefähr musste es auch in Mona Thalmanns Badezimmer ausgesehen haben.

In ihrem Hinterkopf sagte die gepiercte Elke vom Lokalradio noch einmal mit hörbarem Unbehagen: «*Killing Me Softly*, mit einem schönen Gruß von Barbara.»

Der Junge und das Mädchen teilten sich ein Zimmer im oberen Stockwerk. Nachdem Marlene ihnen die Haare trocken geföhnt hatte, ging er voran. Auf dem oberen Flur standen zwei Türen offen. Das Schlafzimmer lag zur Straße. Die offene Tür erlaubte einen Blick auf ein Doppelbett. Beide Hälften sahen aus, als seien sie nach einer sehr unruhigen Nacht verlassen worden. Auf dem Fußboden neben dem linken Bett lag ein Haufen zerknüllter Papiertücher. Über Herrn Königs Nächte gab es nicht mehr zu sagen.

Im Zimmer der Kinder war Spielzeug auf dem Fußboden verstreut. Marlene blieb bei der Tür stehen, schaute nur zu, wie beide in ihre Betten stiegen. Es drängte sie nicht, das Bettzeug näher in Augenschein zu nehmen. Im Anschluss hätte sie vermutlich hinübergehen müssen, um saubere Bettwäsche aus dem Elternschlafzimmer zu holen. Und am Ende hätte sie dann doch den Papierberg weggeräumt und das Doppelbett frisch bezogen. Irgendwo musste man eine Grenze ziehen und es gut sein lassen.

Als sie wieder herunterkam, saß Karola unverändert am

Tisch in der überheizten Küche. Herr König stand am Ausguss, spülte ein Glas unter fließendem Wasser und erzählte von Vormittagen, an denen die Kinder aus der Schule in ein verlassenes Haus gekommen waren. Hätten sie keine Schlüssel gehabt, wären sie gar nicht hereingekommen. Wochenlang war es so gegangen, ehe Dennis – gemeint war wohl der Junge – es ausgeplappert hatte.

Natürlich hatte Herr König seine Babs daraufhin zur Rede gestellt. «Einen freien Abend in der Woche hatten wir vereinbart. Sie braucht ein bisschen Freiheit, das verstehe ich ja. Sie hat mir immer versichert, dass da nichts läuft, dass sie sich nur amüsieren will. Sie führt die Kerle gerne an der Nase herum, macht sie heiß und lässt sie dann stehen. Aber dass sie sich auch vormittags mit irgendwelchen Pennern herumtrieb und nicht daheim war, wenn die Kinder aus der Schule und dem Kindergarten kamen, das wollte ich nicht hinnehmen. Wir hatten einen heftigen Streit deswegen. Sie warf mir vor, ich sei ein Spießer.»

«Du bist ein richtiger Spießer, Papa», zirpte Marlene die Stimme ihrer Tochter durch den Kopf. In seinem Anzug und dem Hemd hätte Herr König ein Angestellter von Werner sein können.

Karola bedeutete ihr erneut, sich ruhig zu verhalten. Marlene schüttelte energisch den Kopf und gab mit einem Zeichen auf ihre Armbanduhr zu verstehen, dass sie keine Zeit mehr habe. Als Karola daraufhin abwinkte, sagte sie: «Andreas ist wieder da.»

Herr König unterbrach sich mitten im Satz, riss verblüfft die Augen auf und vergaß sekundenlang sein eigenes Elend. Karola schoss vom Stuhl hoch, als sei der unter Strom gesetzt worden. «Warum sagst du das nicht gleich?», ereiferte sie sich. «Du hast Nerven, stehst hier herum und machst den Mund nicht auf.»

«Ich stand nicht herum», korrigierte Marlene. «Ich habe die Kinder gebadet und ins Bett gebracht.»

Darauf ging Karola nicht ein. «Wo ist er?»

Marlene zeigte durch den Flur zur Haustür und wunderte sich ein wenig über sich selbst. «Draußen. Julia will ihn erst reinlassen, wenn er zugibt, dass er Monas Liebhaber war.»

Karola war etwas schneller als sie, riss die Tür auf und spähte zu ihrem Haus hinüber. «Wo?»

«Tut mir leid», sagte Marlene und schob sie ins Freie. «Ich wusste nicht, wie ich dich sonst aus dem Dreck loseisen sollte.»

«Du hast vielleicht Nerven», fuhr Karola erneut auf.

«Nicht so gute wie du», hielt Marlene dagegen und schob sie weiter. «Ich hätte nicht stundenlang in dieser Müllkippe sitzen und die Kinder anschauen können.»

«Ich bin doch nicht deren Putzfrau», verteidigte Karola sich. «König war noch nicht zu Hause, als ich kam. Ich habe seine Mutter angerufen. Auf die Idee war er noch nicht gekommen. Er gibt halt nicht gerne zu, was für ein Herzchen seine Babs ist. Seine Eltern wohnen in der Nähe von Stade. Das dauert, ehe die hier sind. Ich wollte die Kinder nicht so lange alleine lassen.»

«Das sind sie doch offenbar schon seit fünf Wochen», meinte Marlene. «Und allein gelassen hättest du sie gar nicht, wenn du den Tisch abgeräumt und die Wurst weggeworfen hättest.»

«Ich werde mich hüten, etwas wegzuwerfen, was ich nicht bezahlt habe», erklärte Karola. «Und mit dem Tisch wäre es nicht getan gewesen. Wenn du da anfängst, kannst du eine Woche einplanen, ehe du die Bude ausgemistet und einigermaßen sauber hast. Die Schlampe tut immer nur das Nötigste. Seit sie weg ist, hat keiner mehr etwas getan. Schon fünf Wochen.»

Karola schüttelte fassungslos den Kopf und sagte noch:

«Dennis hat mir etwas von Onkel Juri erzählt. So hat sie wohl den Typ genannt, mit dem sie abgehauen ist.»

Nummer neun

Irgendetwas, das länger und heller brannte! Ein Kleidungsstück, etwas anderes stand ihr doch nicht zur Verfügung. Sie überlegte, ob sie die Strumpfhose oder den Büstenhalter opfern sollte. Am ehesten hätte sie auf den Büstenhalter verzichten können. Im Gegensatz zur Strumpfhose wärmte der nicht.

Aber ehe sie den BH ausziehen konnte, musste sie die Steppjacke, den Pullover und das Shirt ausziehen. Und selbst wenn der Mistkerl nicht in ihrer Nähe war, um den Striptease genüsslich zu verfolgen und aufzuzeichnen. Es war saukalt. Jetzt fror sie wieder, die Erschöpfung forderte ihren Tribut.

Ließ sich der BH überhaupt abfackeln? Der bestand doch aus Polyamid, Polyester und Elastan. An die Beschriftung auf dem eingenähten Waschzettel erinnerte sie sich. Vielleicht brannte diese Mischung gar nicht, schmorte nur und entwickelte dabei giftige Dämpfe. Die Strumpfhose dagegen hatte einen hohen Wollanteil. Aber die herzugeben …

Über dem Wollanteil fiel ihr der Gürtel ein. Ihre Hose bestand doch auch aus einem Wollgemisch und war mit einem breiten Gürtel aus demselben Material ausgestattet. Zwischen zwei Stofflagen war noch etwas zur Verstärkung eingenäht.

Kaum hatte sie daran gedacht, nestelte sie bereits an der Schnalle. Zum Glück ließ die sich mit tauben Fingern nicht so schnell öffnen. Das verschaffte ihr die Zeit, den Gedanken weiterzuspinnen und ihr Vorhaben zu perfektionieren.

Etwas, das möglichst lange brannte, ohne ihr die Finger zu versengen. Der Gürtel würde wahrscheinlich auflodern, wenn sie ihn an der Schnalle festhielt, sodass sie gezwungen wäre, ihn rasch fallen zu lassen. Abbrennen würde er dann am Boden der Mulde, wo er ihr überhaupt nichts nützte. Sie müsste ihn hochhalten können wie eine Fackel, ihn um etwas herumwickeln.

Ein Stück Holz wäre nicht schlecht. Zwar glaubte sie nicht, dass es hier unten Holz gab, aber sie meinte, eben etwas Längliches bemerkt zu haben, das wie ein Ast ohne Rinde ausgesehen hatte. Wieder tastete sie herum, bekam alle möglichen Steine zu fassen. Einen faustgroßen runden, den sie als Wurfgeschoss verwenden konnte, wenn das grüne Glimmen nochmal in der Nähe auftauchen sollte. Einen etwas kleineren, flachen mit einer dermaßen scharfen Kante, dass sie sich beinahe in die Finger geschnitten hätte. Den steckte sie zu der Zigarettenkippe in die Jackentasche, um notfalls den Mistkerl damit zu bearbeiten, falls er ihr zu nahe käme in der Absicht: *«Wir sind hier ganz allein. Werner wird nichts davon erfahren.»*

Dann endlich geriet ihr der vermeintliche Ast unter die suchenden Hände, der ihr bei der Suche nach Reifenspuren oder Fußabdrücken aufgefallen war. Als Grundlage für eine Fackel schien er bestens geeignet, war gute vier Handbreit lang. An einem Ende, das sie zweckmäßigerweise als das untere wertete, gab es eine flache Verbreiterung, die würde verhindern, dass der brennende Gürtel herunterrutschte. Am oberen Ende befand sich ein abstehender Knubbel, an dem sie die Schnalle befestigen konnte. Wirklich perfekt.

Nachdem sie den Gürtel endlich geöffnet, aus den Schlaufen gezogen und mit der Schnalle an dem Knubbel fixiert hatte, wickelte sie ihn spiralförmig um ihren Fund, steckte das Ende unter der letzten Lage fest und fragte sich, was für ein Material das sein mochte. Ein Stein war es keinesfalls. Aber wo sie es nun in den Händen hielt, ließ sich mit ziemlicher Sicherheit sagen, dass es auch kein Ast war, dafür fühlte sich die Oberfläche zu glatt an.

Vielleicht versteinertes Holz von einem ausgestorbenen Baum. Ein Stück, das vor mehr als 30000 Jahren ein Neandertaler hierhergebracht hatte, um das wärmende Feuer für seine Sippe damit zu füttern. Neandertaler waren sehr fürsorglich gewesen, das wusste sie aus dem Geschichtsunterricht der Kinder.

Warum ihr erneut Neandertaler wichtig erschienen, wusste sie nicht. Sie kam mal wieder vom Hölzchen aufs Stöckchen. Aber es hatte etwas Tröstliches, sich vorzustellen, wie eine Neandertalersippe in so einer Mulde ums Feuer gesessen hatte. Dann waren die Männer losgezogen, um zu jagen …

Es konnte nicht weit sein von hier ins Freie. Die wären nicht so blöd gewesen, unnötige Wege zu laufen. Die hatten ja auch nicht gewusst, wann sie das nächste Mal etwas zu essen bekamen. Die hatten mit ihren Kräften haushalten müssen.

Ehe sie diesmal das Zündholzköpfchen über die Reibefläche riss, tastete sie nach einer Stelle, die noch nicht völlig abgenutzt war. Es brauchte trotzdem drei Versuche. Als das Köpfchen aufloderte, atmete sie erleichtert durch.

14. Januar 2010 – Donnerstagabend

Dass Werner nicht längst Julia geschickt hatte, um ihre Mutter und Marlene bei Herrn König abzuholen, lag wahrscheinlich an dem Brocken, den Marlene ihm vor ihrem Aufbruch hingeworfen hatte. Dem Blick nach zu urteilen, mit dem er sie betrachtete, als sie mit Karola im Schlepptau endlich zurückkam, hatte er an ihrer Traurigkeit tüchtig zu knabbern.

Aber vielleicht lag es auch daran, dass in der Zwischenzeit Annette erschienen war. Sie saßen zu dritt im Wohnzimmer. Annette hatte bereits getan, was Karola bei Kaffee und Hefeschnecken hatte tun wollen: Julia erklärt, dass mit Andy, dem Jäger, keinesfalls ihr Vater gemeint gewesen sei. Nur ein Joke, weil Mutti mit ihrer Sendung nervte. Aus Annettes Mund hatte das entschieden glaubwürdiger geklungen, als wenn Karola sich selbst um eine Beschwichtigung bemüht hätte. Es hatte nur den Nachteil, dass Werner mitgehört hatte. Doch vorerst verlor er darüber kein Wort. Es gab Wichtigeres.

Werner und Julia wussten bereits, wo Annette vor ihrem Erscheinen im Hause Jäger eine Limo getrunken und was sie bei der Gelegenheit erfahren hatte. Kurz vor sechs hatte die Blonde in der Bücherstube angerufen, die Marlene am vergangenen Nachmittag beim Gläsertransport geholfen hatte. Arndt hieß sie, ihren Vornamen hatte sie Annette nicht verraten, nur um ein Gespräch unter vier Augen gebeten und einen Treffpunkt vorgeschlagen.

Frau Arndt war alleinerziehende Mutter, hatte einen zwölfjährigen Sohn und zwei Jobs, um einigermaßen über die Runden zu kommen. Mit Steuerkarte arbeitete sie in einem Discountmarkt, ohne Karte hinterm Tresen «Bei Jogi», einer Gaststätte, die Marlene vom Hörensagen kannte. Den besten Ruf hatte die Kneipe nicht.

Annette bestätigte das mit den Ausdrücken schmuddelig und so schummrig, dass man nicht sah, ob das Glas, das einem vorgesetzt wurde, sauber war. Und ein Gespräch unter vier Augen war es nicht gewesen. Vierzehn Kneipengäste hatten sich nach kurzer Musterung einer Unbekannten – Annette war vorher noch nie «Bei Jogi» gewesen – wieder ihren Gläsern, Skatrunden oder Knobelbechern zugewandt. So hatte Frau Arndt doch *ganz im Vertrauen* loswerden können, was sie für wichtig hielt.

Nach der gestrigen Lesung hatte Frau Arndt ebenso «Bei Jogi» gearbeitet wie heute. Und zwischen halb zehn und zehn am vergangenen Abend war Heidrun Merz in der Kneipe aufgetaucht. Auf die Uhr hatte Frau Arndt nicht geschaut, es war viel zu tun gewesen. Sie konnte auch nicht auf die Minute sagen, wie lange die Autorin geblieben war – eine Stunde etwa. Aber dass Heidrun Merz in der Zeit einen Gin Tonic und zwölf Kurze getrunken hatte, wusste Frau Arndt ganz genau. Sie hatte die Zeche abgerechnet, weil der Gastwirt sich an einen Tisch gesetzt hatte, um mit ein paar Stammgästen zu würfeln. Von dort aus hatte er noch mit Heidrun Merz über den Verkauf einer Flasche Gin verhandelt. Achtzig Euro hatte die Autorin dafür hinblättern müssen.

«Man kann doch einer betrunkenen Frau nicht noch zusätzlich eine Flasche Schnaps verkaufen», entrüstete Marlene sich.

«Geschäft ist Geschäft», meinte Werner trocken. «Sie wird kaum betont haben, dass sie unterwegs noch etwas trinken will. Es hätte auch ein Mitbringsel für irgendwen sein können. Jogi wird sich gedacht haben, wenn ich ihr nichts verkaufe, fährt sie zur Tankstelle. Esso hat bis um zwei auf.»

«Verkaufen die etwa auch Schnaps?», fragte Marlene ungläubig. Sie hatte noch nie auf das Warensortiment in den Regalen vor der Kasse geachtet. «An einer Tankstelle? Das müsste verboten werden.»

«Es müsste vieles verboten werden», sagte Werner lakonisch. «Die Leute würden es trotzdem tun. Wahrscheinlich stank das Auto deshalb so. Die Flasche dürfte bei dem Unfall zu Bruch gegangen sein.»

Karola hörte mit unbewegter Miene zu.

«Was für Kurze hat sie denn getrunken?», wandte Marlene sich wieder an Annette.

«Was weiß ich.» Annette zuckte mit den Achseln. «Korn, Wodka, wahrscheinlich Gin. Den hat sie ja auch mitgenommen. Ich habe nicht nachgefragt. Sie muss das Zeug runtergekippt haben wie Wasser und soll trotzdem einen nüchternen Eindruck gemacht haben, als sie ging. Es sei ihr nicht mal peinlich gewesen, in der Frau hinter der Theke eine aus dem Publikum ihrer Lesung zu erkennen, meinte Frau Arndt.»

«Das ist typisch für Alkoholiker», warf Werner dazwischen. «Unsereiner lallt und schwankt, wenn er voll ist. Die fangen an zu zittern und bringen keinen zusammenhängenden Satz mehr heraus, wenn sie nüchtern werden. Aber wenn der Pegel stimmt, kümmert es sie nicht mehr, ob eine Audienz beim Papst oder der Königin von England ansteht oder ob nur jemand aus dem Fanclub ihren Weg kreuzt.»

Annette fixierte ihn sekundenlang. Ihr Ton sollte wohl spöttisch klingen, aber da schwang etwas mit, das nach unterdrückten Tränen klang: «Was du alles weißt. Wann warst du denn mal so voll, dass du auf eigene Erfahrungen zurückgreifen kannst?»

Sie wandte sich wieder Karola zu. «Frau Arndt hat während ihrer Frühstückspause deinen Aufruf gehört. Aber im Laden dürfe sie nicht telefonieren, sagte sie. Ich nehme an, sie hat erst mal überlegt, ob sie überhaupt etwas unternehmen soll. Bei der Polizei wollte sie sich auf keinen Fall melden. Wenn bekannt würde, dass sie noch einen Nebenjob hat, bekäme sie Ärger, meinte sie. Ich soll entscheiden, ob ich das weitergebe. Und ich soll sie raushalten. Ich könnte ja erklären, ich hätte einen anonymen Hinweis bekommen. Oder ich wäre gestern Abend *Bei Jogi* vorbeigefahren und hätte den Peugeot gesehen.»

«Wozu?», fragte Karola. «Mit einer Falschaussage machst du dich strafbar. Du hast nichts gesehen. Du musst nichts melden.»

«Doch», widersprach Annette, und nun schwamm ihre Stimme in den Tränen, die sie nicht fließen lassen wollte. «Ich muss, weil es meine Schuld ist. Ich hab mit dem Sekt den Anstoß gegeben. Aber verdammt nochmal, ich wusste nicht, dass sie ein Alkoholproblem hatte.»

Sie schaute wieder Marlene an. «Das habe ich erst gehört, nachdem wir beide heute Nachmittag telefoniert hatten. Danach habe ich Josch Thalmann angerufen. Ich wollte ihm sagen, wie leid mir das tut, dass wir uns den Unfall nicht erklären können. Und er sagte, er hätte seit Monaten befürchtet, dass so etwas passiert. Sie hätte dieses Buch nie schreiben und erst recht nicht öffentlich damit auftreten dürfen. Bei jeder Lesung hätte er damit gerechnet, dass sie nicht heil zurückkommt. Nicht, weil sie bedroht wurde. Davon wusste er gar nichts. Der Einzige, der ihr gedroht habe, nämlich damit, sie vor die Tür zu setzen, wenn sie nochmal auf Tour ginge, sei er selbst gewesen, sagte er. Sie war noch nicht lange trocken. Und wenn die Veranstalter nichts von ihrem Problem wussten, viele bieten ja etwas zu trinken an, Wein oder Sekt. Es reicht ein Schluck, um rückfällig zu werden.»

Annettes Bericht machte den Vormittag am Mikrophon endgültig zur Märchenstunde und kappte jede nur denkbare Verbindung zwischen einem demolierten Motorrad in der Werkhalle von Scheidweber & Co und dem Unfall bei der Kiesgrube.

Aber Annette klang so betroffen und schuldbewusst, dass Marlene sich verpflichtet fühlte, sie aufzurichten. «Es war doch nicht mal ein Schluck», sagte sie. «Frau Merz hat am Schaum genippt, ich hab's genau gesehen. Ich glaube eher, dass dieser Fischer sie mit seinen Fragen in die Kneipe getrieben hat.»

«Meinst du?», fragte Annette.

Ehe Marlene antworten konnte, sagte Karola: «Das sehe ich genauso. Du musst wirklich nicht melden, dass sie sich die Hucke vollgesoffen hat. Wenn sie eine Flasche im Auto hatte, hat die Polizei die bestimmt gefunden. Sie gingen heute Morgen schon von einem selbstverschuldeten Unfall aus. Inzwischen wissen sie garantiert, wie viele Promille sie hatte. Wenn es sie interessiert, bringen sie auch ohne deinen Hinweis in Erfahrung, wo sie das Zeug geschluckt hat. Und das war's dann. Wir müssen Heidrun Merz nicht unnötig mit Dreck bewerfen.»

«Meinst du?», fragte Annette noch einmal, diesmal mit Blick auf Werner. Der nickte nur.

Annette schniefte und wühlte in den Taschen ihrer Jeans nach einem Papiertaschentuch. Nachdem sie sich die Nase geputzt hatte, erzählte sie noch: «Josch hatte ihr am Dienstagnachmittag das Versprechen abgenommen, keine Lesungen mehr zu machen. Aber kaum hatte er ihr den Rücken gekehrt … Er musste am Mittwoch für einen erkrankten Kollegen einspringen. Sie wusste, dass er erst am Donnerstagmorgen zurückkäme, und hat die Gelegenheit sofort genutzt, um mich anzurufen. Bei mir konnte sie sicher sein, dass ich sofort zugreife. Verrücktes Weib. Was hat sie sich nur dabei gedacht? Ich fühle mich regelrecht benutzt.»

Zu Recht, fand Marlene. Und als sei *benutzt* das Stichwort, lächelte Karola erleichtert. «Es war trotzdem ein toller Abend und eine gute Sendung heute Vormittag, belassen wir es dabei.»

«Es war eine Sendung auf Marlenes Kosten», erwiderte Werner und nahm sie doch noch ins Visier. «Was hast du dir dabei gedacht, sie als Freundin dieser Schnapsdrossel zu präsentieren?»

Mit einem lässigen Achselzucken meinte Karola: «Wenn du keinen Aufstand deswegen machst, tut es auch sonst keiner. Morgen haben die Leute es wieder vergessen. Aber wenn du schon mal hier bist, kannst du vielleicht einen Blick auf meine Kellertür …»

«Schon erledigt», sagte Werner. «Ich habe nicht nur geblickt, ich habe auch gehämmert. Viel ausgerichtet habe ich allerdings nicht. Wegen der Uhrzeit und der Nachbarn wollte ich nicht zu lange auf dem Schließblech herumklopfen. Es liegt auch nicht am Blech. Der Rahmen ist verzogen.»

Annette verabschiedete sich. Auch Werner wollte heimfahren. Es war spät genug, Viertel nach elf. Und nur Karola konnte am nächsten Morgen ausschlafen, weil sie freitags als Frau Heinze in der Abendsendung eines Kollegen Horoskope erstellte.

Als sie vor Karolas Tür wieder in Werners Auto stieg, war Marlene zufrieden, fast stolz auf sich, weil sie bisher nicht wortbrüchig geworden war und nicht vorhatte, Andreas jetzt noch zu erwähnen. Die Behauptung, mit der sie Karola bei Herrn König losgeeist hatte, zählte nicht. Das war, wie Annette vermutlich gesagt hätte, doch nur ein Joke gewesen.

Sie rechnete damit, dass Werner sich während der kurzen Heimfahrt nach ihrer Traurigkeit erkundigte. Seiner Miene und den verstohlenen Blicken nach zu schließen, beschäftigte ihn das immer noch. Aber er erzählte ihr stattdessen etwas von trockenen Alkoholikern, der Rückfallquote und der Tatsache, dass man sich in jedem Menschen täuschen konnte. Vielleicht war das eine Anspielung auf ihre Gefühle. Möglicherweise hoffte er, dass sie von sich aus das Thema anschnitt. Doch danach war ihr nicht.

Sie sah immer noch Heidrun Merz die Hand über das Sektglas halten und um Wasser bitten, als hätte die Autorin zu dem Zeitpunkt nicht vorgehabt, sich sinnlos zu betrinken. Einerseits war sie schockiert von der Kneipengeschichte, andererseits erleichtert, weil sich der Tod von Monas Schwester so simpel erklärte, dass es müßig schien, noch einen Gedanken daran zu verschwenden. Aber natürlich dachte sie trotzdem an nichts anderes.

Eine trockene Alkoholikerin, die nach einem Schlückchen Sekt oder ein paar unangenehmen Fragen von einem freiberuflichen Journalisten rückfällig wurde. Warum mochte Heidrun Merz das Trinken überhaupt angefangen haben? Weil sie während ihrer Schwangerschaft einmal fünf Minuten zu spät ins Schlafzimmer gekommen war und ihr Freund sich in der Zeit mit einer Gardinenschnur erdrosselt hatte? Oder weil sie danach kein Ohr für Monas obszöne Liebesgeschichte gehabt hatte und sich Vorwürfe machte, nachdem ihre Schwester verschwunden war?

Und warum meinte Josch Thalmann, sie hätte dieses Buch nie schreiben und gewiss nicht damit auf Tournee gehen dürfen?

Daheim angekommen, gingen sie gleich nach oben. Und obwohl es schon so spät war, stand Werner offenbar noch der Sinn nach Zärtlichkeit und Leidenschaft. Er folgte ihr ins Bad und legte gleich los. Normalerweise genoss sie es, wenn er ihr so deutlich zeigte, dass sie auf ihn noch dieselbe erotische Wirkung hatte wie er auf sie. Doch jetzt war es ihr unangenehm. Die Eindrücke des Tages passten nicht zu einem Quickie vor dem Waschbecken. Vor allem das Elend im Hause König verhinderte, dass sie Werners Einsatz genießen konnte.

Er merkte schnell, dass sie nicht bei der Sache war und den sonst üblichen Höhepunkt nicht erreichte.

«Was ist los?», erkundigte er sich mit den Lippen an ihrem Ohr. «Bist du sauer, weil ich wegen dem blöden Buch einen Aufstand gemacht habe?»

«Nein, ich bin nur nicht in Stimmung», sagte sie. «Es ist spät, es war ein merkwürdiger Tag, und ich bin müde.»

«Natürlich», sagte er. «Ich dachte nur, ich könnte etwas gegen deine Traurigkeit unternehmen. Endorphine machen glücklich.»

«Wenn du die beiden Königskinder in all dem Dreck gesehen hättest, hättest du jetzt auch keine Lust mehr auf Endorphine», erwiderte sie. «Lass uns ins Bett gehen.»

Statt zu akzeptieren, dass man nicht jedes Mal Erfolg haben konnte, machte er weiter, kaum dass sie unter der neuen Doppeldecke lagen. Eine geschlagene halbe Stunde zog er alle Register, nichts half. Im Gegenteil, je mehr Mühe er sich gab, umso verkrampfter wurde sie, fühlte sich wie ein Glücksspielautomat, in den er Münze um Münze hineinwarf. Er hoffte und wartete auf den großen Gewinn, und es kam nichts.

Schließlich schien er einzusehen, dass es keinen Sinn hatte, wollte sie nur noch ein Weilchen im Arm halten, damit sie ihn nicht für einen Egoisten hielt und nicht wieder stundenlang wach lag.

Als würde er einem Kind ein Märchen erzählen, begann er über die Meisenknödel im Garten zu reden, über die Körnersäckchen und Fettringe, die er erst am vergangenen Sonntag aufgehängt hatte. «Die sind schon fast leer. Kein Wunder, bei dem Schnee finden sie ja sonst nichts. Wenn du morgen Einkäufe machst, denkst du daran, neues Vogelfutter mitzubringen? Es bleibt bestimmt noch eine Weile so kalt und wird garantiert auch noch mehr Schnee geben.»

Das belanglose Thema und seine leise, beiläufig klingende Stimme machten sie schläfrig. Dass er sie dabei streichelte, war angenehm und entspannend, aber nicht unbedingt erregend. Er lullte sie regelrecht ein mit seiner Sorge um Spatzen, Finken, Meisen und Amseln. Bis die Lust sie dann plötzlich überschwemmte. «Na, siehst du», sagte er.

In dem Moment hätte sie ihn ohrfeigen mögen für seine Zufriedenheit, seine Hartnäckigkeit, seine Perfektion, für die Tatsache, dass er ihr niemals, nicht einmal für zwei Minuten, einen Grund gab, mit Recht unzufrieden zu sein.

Trotzdem – oder wegen seiner Hartnäckigkeit und ein paar Endorphinen im Blut – schlief sie rasch ein und schreckte nur einmal hoch aus einem Traum, in dem Karola splitterfasernackt an den silbergrauen Peugeot von Heidrun Merz gefesselt war. Das Auto stand in der Kiesgrube, eine Horde langhaariger Affen tanzte drum herum. Und ein Motorradfahrer mit schwarzem Helm hielt direkt auf die Gruppe zu. Doch ehe er den Ring aus Affen durchbrach, fuhr ein greller Blitz aus schwarzem Himmel herunter, tauchte Karola in gleißendes

Licht und riss Marlene aus dem Schlaf. Das war um zwanzig nach drei. Sie ging aufs Klo, legte sich wieder hin und war zwei Minuten später schon wieder weg. Abgesehen von dieser kleinen Unterbrechung, war es eine erholsame, nur leider viel zu kurze Nacht.

Nummer neun

Den Gürtel zu entflammen war nicht so einfach, wie sie gedacht hatte. Wohlweislich hielt sie das brennende Zündholz an die untere Umwindung, damit der Stoff von unten nach oben abbrannte, wo er von der Schnalle gehalten wurde. Wäre der Stoff zuerst oben abgebrannt, hätte sich die Umwicklung wahrscheinlich gelöst, und der Rest wäre ihr brennend auf die Finger gerutscht.

Doch zuerst kokelte und schmorte der Stoff nur so vor sich hin, ohne einen nennenswerten Schimmer zu verbreiten. Sie musste ihn wiederholt vorsichtig anpusten, ehe er endlich richtig brannte. Dank dem verstärkenden Material zwischen den beiden Stofflagen – was immer das auch sein mochte – brannte er dann allerdings schön gleichmäßig rund um ihren vier Handbreit langen astähnlichen Fund in die Höhe.

Eine hervorragende Fackel, in deren Schein sie eine Felswand ausmachte, die fünfzehn oder zwanzig Meter von der Kuhle entfernt sein mochte. Es war bei den Lichtverhältnissen schwer zu schätzen. Es musste ja auch mehr als nur eine Wand geben, aber die anderen waren überhaupt nicht zu sehen.

Der Boden fiel zu der einen Wand hin merklich ab, das war gut zu erkennen. Etwa auf halber Strecke verlief in Schlangenlinien, trotzdem parallel zur Wand ein breiter, dunkler Streifen, der sich deutlich vom restlichen Untergrund abhob. Das musste der Graben sein. Ihre Kriechspur, die sie ein Stück weit mit den Augen verfolgen konnte, zeigte, dass sie sich von der Kuhle aus zuerst in die entgegengesetzte Richtung und dann in einem großen Bogen auf den Graben zu bewegt hatte, ehe der seinerseits einen größeren Bogen schlug und mit dem diffusen Hintergrund verschmolz. Dort hatte sie dann wahrscheinlich zum zweiten Mal die Seite gewechselt.

Ansonsten dehnte sich rundum eine von Felsbrocken und Dellen durchbrochene, schier endlose Steinwüste, die sich dort, wo der Fackelschein nichts mehr ausrichtete, in der Schwärze verlor. Keine Spuren von Rädern, Rollen oder Tritten in ihrer Nähe. Aber auf dem unebenen Untergrund war es schwer, überhaupt etwas anderes zu erkennen als Steine, den Graben und die Linien, die ihre Hände und Knie gezogen hatten.

Es war entmutigend.

Was nun?

Sitzen bleiben und abwarten, bis der Mistkerl kam oder ihr einen Fingerzeig auf den Ausgang gab? Ihre Beine plädierten dafür, das sei die einzige und vernünftige Lösung. Die Knie sahen übel aus, was zum Teil an den ausgefransten, schmutzigen Rändern der hier völlig durchgescheuerten Hose und Strumpfhose liegen mochte. Vielleicht war es in Wahrheit gar nicht so dramatisch. Ein schönes, warmes Bad, die Schürfwunden gründlich ausgewaschen, mit Jod betupft und mit Heilsalbe beschmiert. Und nächste oder übernächste Woche könnte sie vielleicht schon wieder Kniebeugen und Ausfallschritte machen, bis dahin nur Rückengymnastik und Bauchmuskelübungen auf der Matte. Nicht nur Werner hielt sich fit. Sie turnte nur nicht so regelmäßig wie er.

Aber erst mal musste sie hier raus. Und wenn der Mistkerl nicht so bald kam? Wenn er überhaupt nicht kam? Und auch nichts unternahm, um sie auf den Weg ins Freie zu bringen? Etwas in ihr begann an dem Glauben zu nagen, dass es sich um eine Strafaktion handelte. Für ihre kleinen Vergehen wäre es eine sehr drastische Strafe gewesen, was eigentlich gar nicht zu Werner passte.

Um nicht in Tränen auszubrechen, richtete sie ihr Augenmerk wieder auf die einzig sichtbare Wand. Wenigstens da gab es einiges zu entdecken. Es schien kein massiver Fels zu sein. Hier und da und dort machte sie in unterschiedlichen Höhen dunklere Stellen aus. Nischen oder Löcher im Stein, Kriechgänge womöglich.

Weiter hinten – rechter Hand aus ihrer derzeitigen Position – gab es auch einen größeren Durchlass, der sah fast aus wie ein Torbogen. Vielleicht lag der Ausgang dahinter, auch wenn es erst mal bergab ging. Dahinter ging es möglicherweise wieder bergauf. Und wenn nicht …

Sie wollte nicht wieder an Wasser denken, aber es hätte doch sein können, dass hinter diesem Durchlass welches floss. Dass sie es in den vergangenen Stunden mal lauter, mal leiser gehört hatte, weil sie sich quasi seitlich an der *Badezimmertür* vorbeibewegt hatte. Auf jeden Fall schien der Durchlass der einzige Punkt weit und breit, den zu erreichen sie für lohnend erachtete.

Sie zog mit den Augen eine möglichst gerade Linie dorthin und versuchte, sich so viele Details der Bodenbeschaffenheit wie nur möglich einzuprägen, um nicht wieder den großen Umweg zum Graben kriechen zu müssen.

Das schwächer werdende Licht zeigte an, dass ihre Fackel fast am Ende war, noch eine halbe Umwindung von Stoff unter dem abstehenden Knubbel, über den die Schnalle eingehakt war. Sie schaute automatisch hin, was sie bisher vermieden hatte, um sich nicht selbst zu blenden. Und die Form des Knubbels, den sie zuvor nur betastet hatte, war beim Betrachten seltsam vertraut. Auf Abbildungen hatte sie so ein Teil schon gesehen. Ihr fiel auch sofort ein, wo: in dem Anatomiebuch, das sie für Johanna gekauft hatte, weil ihre Tochter doch unbedingt Medizin studieren wollte.

Sie ließ ihre erlöschende Fackel nicht nur los, als habe sie sich nun doch die Finger verbrannt. Sie schleuderte das vier Handbreit lange Teil so heftig von sich, dass noch einige Funken stoben, ehe es ringsum wieder schwarz wurde und sie sich einzureden versuchte, es habe nur so ähnlich ausgesehen wie ein Oberschenkelknochen.

15. Januar 2010 – Freitagmorgen

Um zehn vor sechs holte Werners Radiowecker sie in den noch stockdunklen Tag. Ich und ich sangen vom Pflaster für die Seele. Werner lag schon neben dem Bett und machte Liegestütze. Im Nebenzimmer erkundigte sich Leonard, ob er zuerst ins Bad könne. Was Johanna ihm antwortete, verstand Marlene nicht. Das Zimmer ihrer Tochter lag zur Straße hin. Aber da er versprach, sich zu beeilen, war die Reaktion wohl in seinem Sinne.

Werner ging zu Kniebeugen über. Im Radio brachten Silbermond ihren Aufruf an alle Krieger des Lichts. Dann begann die Werbung mit einem Spot für Küchen. Derselbe Sprecher warb auch für einen Baumarkt. *«Zwanzig Prozent auf alles.»* Die gab es bei den Küchen ebenfalls. Nur nicht auf Tiernahrung. Das erinnerte sie an die Meisenknödel und Werners letztlich doch von Erfolg gekrönte Bemühungen um ihre Endorphine.

Endlich richtete er sich wieder auf, zog die Pyjamahose stramm, schaute sekundenlang auf sie herunter, als wolle er sie mit den Augen röntgen oder ihre Gedanken lesen. «Geht's dir gut?», erkundigte er sich.

«Prima», sagte sie. «Du glaubst gar nicht, was ein paar Endorphine ausmachen. Ich fühle mich wie neugeboren.»

Ihren Sarkasmus ignorierte er. Sie war noch nie zuvor sarkastisch geworden. Vielleicht war ihm ihr neuer Ton zu ungewohnt, um ihn auf Anhieb richtig einzuordnen.

«Fein», kommentierte er, raffte seine Sachen vom Herrendiener, verließ das Schlafzimmer und sang dabei eine Zeile aus dem Lied, das sie geweckt hatte: «Bevor du kamst, war ich ein Zombie, gefangen in der Dunkelheit.» Die nächsten Zeilen dichtete er um: «Doch mittlerweile fahr ich Kombi, und der ist ganz schön lang und breit.»

Da hatte er ihren Ton wohl doch richtig gedeutet. Es klang jedenfalls wie ein Vorwurf. *Was willst du denn, Marlene? Warum bist du nicht glücklich? Ich gebe mir so viel Mühe. Du bekommst von mir alles, was dein Herz begehrt …*

Gar nicht wahr! Den sportlichen Zweisitzer hatte er als unpraktisch verworfen. Und noch ein Kind konnte sie nicht bekommen. Nicht von ihm. Aber er hatte es doch nur gut gemeint mit seiner Sterilisation und dem Van, der einen halben Fußballclub ebenso problemlos transportierte wie ein Herrenfahrrad, meldete sich ihr schlechtes Gewissen. Sie hatte ja auch jedes Mal zugestimmt. Und wenn sie ehrlich war: Mit fünfzig nochmal das kleine Einmaleins und Übungsdiktate vorsagen oder für die Oma gehalten werden, wenn man das eigene Kind von der Schule abholte, das musste doch nicht sein.

Sie ärgerte sich über sich selbst und versuchte sich abzulenken mit dem Programm für den Freitag. Auch wenn nichts Besonderes anstand oder dazwischenkam, wäre sie wahrscheinlich den ganzen Tag beschäftigt. An einem Freitag hatte sie sich noch nie überflüssig gefühlt.

Das Wochenende stand vor der Tür und wollte vorbereitet werden. Der Unterricht endete für die Kinder um halb zwei, eine Viertelstunde später sollte das Mittagessen auf dem Tisch stehen, weil beide regelmäßig den Nachmittag verplant und nicht viel Zeit hatten. Vorher Hausputz. Nachdem sie gestern nicht mal Staub gewischt hatte, musste sie heute besonders gründlich zu Werke gehen. Nachmittags Einkäufe fürs Wochenende, Vogelfutter nicht vergessen. Und endlich Werners Anzug in die Reinigung bringen. Mit Ulla wollte sie auch nochmal reden, sich nach Andreas und dem Ergebnis seiner Reparaturbemühungen erkundigen.

Aber was sie wollte, spielte auch an diesem Freitag nur eine untergeordnete Rolle. Andere wollten eben etwas anderes.

Beim Frühstück fragte sie Werner: «Hast du etwas dagegen, wenn ich Ulla ein kleines Auto kaufe? Es kann ruhig ein gebrauchtes sein, das noch gut …»

«Vergiss es», unterbrach er sie. «Guterhaltene Kleinwagen sind dank unserer findigen Regierung in der Schrottpresse gelandet, weil jeder Idiot die Abwrackprämie kassieren wollte und keiner nachgerechnet hat, wie viel er woanders für sein Auto bekommt.»

«Aber Ulla kann doch nicht monate- oder sogar jahrelang bei Wind und Wetter mit dem Rad …», begann sie.

«Muss Ulla ja auch nicht», wurde sie erneut unterbrochen. «Wenn dir danach ist, ihr ein Auto zu kaufen, dann tu das. Tu, was immer du für richtig hältst, Hauptsache, du fühlst dich wohl dabei.»

Das klang nicht so, als nähme er sie ernst. Sie fühlte sich auf den Arm genommen und begehrte auf: «Ich bin kein kleines Kind, das zufrieden ist, wenn man es nach dem Haarewaschen noch ein Weilchen in der Wanne planschen lässt. Ein Auto kostet etliche tausend. Ich habe genug Geld gespart. Ich wollte nur nicht hinter deinem Rücken …»

Johanna und Leonard tauschten verstohlene, nichtsdestotrotz eindeutig schuldbewusste Blicke. Misstöne schon beim Frühstück waren sie nicht gewohnt, wo es bisher überhaupt erst einmal Misstöne gegeben hatte. Gestern Abend – wegen *Monas Tagebuch*.

«Ich weiß, was du hast», schnitt Werner ihr zum dritten Mal das Wort ab. «Ich weiß wohl nur nicht immer oder nicht genau, was du willst oder brauchst. Lass uns darüber heute Abend reden.» Nun warf er verstohlene Blicke zu den Kindern. «Das ist kein Thema, um es zwischen dem letzten Schluck Kaffee und der Türangel abzuhandeln. Ich bin heute den ganzen Tag im Büro, ich muss die Straßburg-Sache vorbereiten. Aber ich sehe zu, dass es nicht zu spät wird, einverstanden?»

Als sie nickte, sagte er noch: «Und ich würde mich freuen, wenn wir morgen mal wieder zusammen die Einkäufe fürs Wochenende machen könnten. Das haben wir lange nicht mehr getan. Wenn es etwas gibt, das wir dringend brauchen, kannst du das ja vorab besorgen. Du kannst dich auch schon mal nach einem Auto für Ulla umsehen oder umhören. Ich habe wirklich nichts dagegen, wenn du ihr aus der Klemme hilfst. Am besten telefonierst du erst mit einigen Händlern, lauf nicht gleich zu Hilscher. Da kriegst du für Ulla wahrscheinlich Sonderkonditionen, aber die bekommst du inzwischen überall.»

«Ich kann ja mal im Internet schauen», bot Leonard an.

«Gute Idee», lobte Werner und erhob sich.

Eine knappe halbe Stunde später war Marlene allein und setzte sich nicht wie am vergangenen Morgen noch einmal mit dem letzten Kaffee aus der Kanne und *Monas Tagebuch* an den Tisch. Die Raststättenepisode und die Sache auf der Autobahn kannte sie ja inzwischen. Die von Ulla angeführte dritte Pornoszene interessierte sie ebenso wenig wie ein Opernbesuch, bei dem Canis Majoris erwähnt wurde. Den Rest wollte sie langsam angehen, sich dabei kritisch mit der eigenen Situation auseinandersetzen und überlegen, wie und was sich daran ändern ließ, ohne Werners Welt in den Grundfesten zu erschüttern.

Sie räumte den Tisch ab und ging nach oben, tauschte den

Hausanzug gegen eine ältere Jeans und ein Shirt, mit dem sie auch nicht mehr aus dem Haus gegangen wäre – höchstens bis zu den Abfalltonnen im Verschlag neben der Einfahrt. Dann holte sie den Staubsauger.

Bis kurz nach elf war sie mit dem Hausputz beschäftigt. Danach wollte sie unter die Dusche, vorher hätte es ja nicht gelohnt, anschließend in die Stadt, Werners Anzug in die Reinigung bringen und ein paar frische Zutaten fürs Abendessen besorgen. Wenn er zusehen wollte, dass es auch heute nicht zu spät wurde, hätte sie ihn gerne mit einer Köstlichkeit überrascht, als Entschädigung für den Groll der vergangenen Nacht, von dem er gar nicht wusste, dass sie ihn gehegt hatte. Eine Lachslasagne vielleicht. Nachkochen, was sie woanders gegessen hatte, war eine ihrer Stärken, auch wenn sie die Lasagne wahrscheinlich nicht so hinbekäme wie der Italiener am Mittwochabend. Dazu einen knackigen Salat.

Während sie den Staubsauger zurück in den Keller brachte und dabei überlegte, ob sie zum Nachtisch noch das Schokodessert machen sollte, das Werner so gerne aß, klingelte im Wohnzimmer das Telefon. Nach all den Aufregungen des Donnerstags ging sie davon aus, dass wieder irgendwas passiert war und jemand ihre Hilfe brauchte. Ulla wahrscheinlich.

Sie ließ den Staubsauger auf der Kellertreppe stehen und hastete nach oben. Das Display zeigte einen unbekannten Anrufer. Ein wenig außer Atem meldete sie sich wie gewohnt nur mit ihrem Nachnamen. Eine Männerstimme reagierte darauf mit einem kurzen Lachen und der Erklärung: «Sie hatten recht, Ihr Name steht tatsächlich direkt vor der Nummer im Telefonbuch.»

Der aufdringliche Freiberufler mit dem Siegburger Kleinwagen. Fischer. Den Hintergrundgeräuschen nach zu urteilen, war er im Auto unterwegs. Nachdem er sich vergewissert hatte, dass sie wusste, mit wem sie sprach, begann er: «Ich habe Sie gestern Vormittag im Radio gehört.» Und er bedauerte, was ihrer Freundin zugestoßen war. «Man steckt nicht drin, nicht wahr? Geht aus dem Haus, will zur Arbeit, zu einem Termin oder wieder heim und kommt nicht mehr an. Wie geht es Frau Merz denn? Das klang gar nicht gut gestern.»

«War es auch nicht», antwortete Marlene. «Sie ist gestorben.» Auf die Freundschaft ging sie nicht ein, fragte sich nur, ob er die ganze Sendung gehört hatte, auch das Märchen vom mysteriösen Fremden, der auf Parkplätzen und in Einkaufscentern einsame Frauen ansprach.

«Das tut mir leid», sagte er. Danach war es bis auf die Fahrgeräusche sekundenlang still in der Leitung. Offenbar überlegte er, ob er sie unter diesen Umständen mit seinem Ansinnen behelligen durfte. Er hatte genauso wenig Hemmungen wie Karola oder Annette, sein Ziel anzusteuern.

«Würden Sie sich trotzdem auf einen Kaffee mit mir treffen? Es muss nicht gleich heute sein, aber viel Zeit habe ich leider nicht mehr. Ich muss den Artikel bald abliefern, sonst verliert Der Spiegel das Interesse. Wie wäre es morgen Nachmittag? Sagen wir vier Uhr, das ist eine gute Zeit für einen Kaffee, finden Sie nicht? Ich komme auch gerne zu Ihnen, wenn Sie es anders nicht einrichten können.»

Das fehlte noch. Ehe sie ablehnen oder protestieren konnte, sprach er bereits weiter: «Sie haben mir gestern einen ganz anderen Blickwinkel eröffnet. Dieser Vergleich mit der Gemütslage von Hartz-IV-Empfängern war wirklich beeindruckend. Wer kommt schon auf die Idee, dass Leute, die von vielen beneidet werden, eigentlich zu bedauern sind? Aber wenn Sie seit Kindesbeinen mit Heidrun Merz befreundet waren, haben Sie Mona Thalmann bestimmt auch gut gekannt.»

Nun wäre es höchste Zeit gewesen, die Sache mit der Freundschaft richtigzustellen, doch dazu kam Marlene vorerst nicht.

Er ließ sie nicht zu Wort kommen, redete und redete, bis sie schließlich sagte: «Morgen ist Samstag. Da ist mein Mann zu Hause.»

Das schreckte ihn nicht ab. Zwar sagte er in schuldbewusstem Ton: «Natürlich. Unsereins kennt kein Wochenende, da vergisst man schon mal, dass andere Leute ein Familienleben haben. Aber ich halte Sie nicht lange auf, versprochen. Ein Stündchen, dann bin ich wieder weg.»

«Nein», sagte Marlene. «Morgen geht es wirklich nicht. Wir haben einiges zu erledigen und sind nicht da. Ich kann Ihnen auch gar nichts über Mona Thalmann erzählen, weil ich nicht mit Heidrun Merz befreundet war. Das war ein Missverständnis. Ich bin mit der Buchhändlerin …»

Er lachte wieder und unterbrach sie damit: «Ein Missverständnis? Über volle drei Stunden? Und das soll ich Ihnen jetzt glauben?» Sein Ton bekam etwas Gönnerhaftes: «Frau Weißkirchen, ich bitte Sie!» Mit dem nächsten Satz bestimmte er, wie sie es von Werner gewohnt war: «Wir sollten uns doch heute noch treffen. Bis morgen haben Sie Ihren Mann instruiert, dann bestätigt der das Missverständnis. Jetzt geben Sie sich einen Ruck.»

Den Ruck hatte er ihr mit seinen Worten schon gegeben. Volle drei Stunden! Er hatte also die ganze Sendung gehört! Auch die letzten dreißig Minuten, in denen sie behauptet hatte, er hätte sie auf dem Parkplatz nach dem Laborergebnis gefragt und anschließend verfolgt. Gut, verfolgt hatte er sie – bis zur nächsten Ampel. Aber dass sie Angst gehabt hatte, er könne zu ihr ins Auto springen … Er hatte ihr nicht die geringste Veranlassung gegeben, sich vor ihm zu fürchten. Was mochte er von ihr denken?

Ehe sie riskierte, dass er morgen Nachmittag vor der Tür stand, was ihm bei seiner Hartnäckigkeit zuzutrauen war, und dass Werner auf die Weise erfuhr, was sie sich im Studio geleistet hatte, lenkte sie ein. «Also gut, um vier Uhr am Kölner Hauptbahnhof.»

Wenn Werner morgen gemeinsam Wochenendeinkäufe machen wollte, brauchte sie sich darum heute nicht zu kümmern, hatte sozusagen den Nachmittag frei. Der Kölner Hauptbahnhof schien ihr als Treffpunkt besser geeignet als irgendein gemütliches Café. Keiner kannte sie, keiner würde besonders auf sie achten, rundum herrschte ein stetiges Gedränge. Und sie konnte sich jederzeit verabschieden mit der Behauptung, sie müsse ihre Bahn erreichen. Gegen die vorgeschlagene Uhrzeit war auch nichts einzuwenden.

Bis zur nächsten S-Bahn-Station waren es mit dem Auto zehn Minuten, mit der Bahn nochmal zwanzig bis zum Kölner Hauptbahnhof. Wenn sie um Viertel nach drei aus dem Haus ging, war das bequem zu schaffen. Sie brauchte nicht mit dem Mittagessen zu hetzen, hatte danach sogar noch die Zeit, die Küche aufzuräumen.

«Einverstanden», sagte Fischer. «Dann sehen wir uns um vier Uhr an der Espressobar in den Markthallen. Da gibt es einen sehr guten Kaffee.»

«Mehr als eine Stunde Zeit habe ich aber wirklich nicht», erklärte sie noch. Dann wäre sie kurz vor sechs wieder daheim und müsste Werner gar nichts davon erzählen.

Nummer neun

Es war kaum möglich, die Felsbrocken und Dellen im Boden, die sie kurz vorher mit den Augen umrundet oder durchquert hatte, in Einklang mit dem zu bringen, was sie fühlte, als sie sich auf den Weg zu dem torartigen Durchlass machte, den sie im Schein ihrer provisorischen Fackel entdeckt hatte: wieder nur kleine, spitze Steinchen, die sich in ihr wundes, blutendes Fleisch bohrten und fürchterlich wehtaten, wenn sie sie nicht beiseitewischte.

Zwei, drei Meter weit versuchte sie es im Vierfüßlergang. Doch dabei hatte sie Probleme mit dem Gleichgewicht. Also wieder auf die Knie und hoffen, dass sie die Richtung hielt und dass nicht zu viele Keime oder Bakterien im Dreck steckten. So war sie hauptsächlich damit beschäftigt, ihren Weg zu entschärfen und nicht an den astähnlichen Grundstock für ihre Fackel zu denken. Was ihr Ziel anging, verließ sie sich aufs Gehör. Marianne wurde lauter – ebenso das Plätschern in der nächsten Pause.

Ihr Herz machte sich vor lauter Erwartung mit unangenehm dumpfen Schlägen bemerkbar. Und jeder Herzschlag pochte in den höllisch schmerzenden Knien. Sie biss die Zähne zusammen, bemühte sich, schneller zu räumen, um schneller kriechen zu können, und fluchte genervt: «Halt doch endlich mal deine Klappe, du blöde Tussi», als die Musik wieder einsetzte.

Hinter dem Torbogen befand sich die Dusche. Sie hörte es, spürte es, je näher sie dem Graben kam. Den musste sie noch einmal überwinden, um die Quelle oder den Wasserfall zu erreichen und endlich trinken zu können. Ein Rinnsal war es bestimmt nicht. Das plätscherte ganz ordentlich dahinten.

Aber zuerst kam der Graben, und an der Stelle, die sie erreichte, war er zu breit, um hinüberzusteigen. Und zu tief, um hinunter- und auf der anderen Seite wieder hinaufzuklettern. Sie warf zwei Steine, weil sie sich nicht sofort damit abfinden wollte, erneut ein Stück an der Kante entlangkriechen zu müssen. Aber was blieb ihr anderes übrig?

Völlig auf das Plätschern ausgerichtet, schob sie sich vorwärts. Es war jetzt sogar während der Musik zu hören, sie musste auf gleicher Höhe mit dem Durchlass sein, streckte den linken Arm zur Seite, tastete ins Leere. Keine gegenüberliegende Kante zu erreichen. Weiterkriechen, wieder tasten. Immer noch keine Kante. Weiterkriechen, noch ein Stück. Das Plätschern wurde schon wieder leiser. Kein Grund zur Verzweiflung. Jetzt wusste sie doch, wie sie ans Wasser kam. Irgendwo über den Graben und zurückkriechen. Sie könnte es gar nicht verfehlen, würde es hören. Nur die Knie mussten durchhalten.

Ehe sie eine schmale Stelle am Graben erreichte, bemerkte sie auf der gegenüberliegenden Seite wieder das schwache grüne Glimmen und spürte eine Mischung aus Wut und Furcht. Dieser elende Mistkerl! Er stand wohl nicht unmittelbar am Graben, das Glimmen war weiter entfernt, aber doch näher als vorhin. Und sie musste an ihm vorbei.

Automatisch tastete sie nach dem scharfkantigen Stein in ihrer Jackentasche und suchte am Boden einen, der leicht genug war, um ihn mit Schwung zu schleudern, und schwer genug, um Schaden anzurichten, wenn er ins Ziel traf. Das tat er kaum, vermutlich schlug er etliche Meter davor auf und jagte dem Mistkerl nicht mal einen kleinen Schrecken ein. Das Glimmen wackelte jedenfalls kein bisschen.

Sie behielt es im Auge, während sie weiterkroch. Und für einen kurzen Moment sah sie auch etwas Rotes, es war winzig – wie kreisförmig angeordnete Nadelstiche. Infrarot, dachte sie. Der verfluchte Mistkerl hatte tatsächlich eine Infrarotkamera. Aber es brauchte nur eine kleine Bewegung, um die kreisförmigen Nadelstiche wieder aus dem Blick zu verlieren.

Als ihr ein ekliger Geruch in die Nase stieg, lenkte der sie von dem grünen Glimmen ab. Sie näherte sich nicht etwa wieder der Stelle, an der sie sich Stunden zuvor entleert hatte. Zuerst roch es, wie der Mülleimer in der Küche im Hochsommer einmal gerochen hatte, nachdem sie ein mit Fleischsaft durchtränktes Einwickelpapier von Schnitzeln hineingeworfen und vergessen hatte, den Beutel sofort hinaus zur Tonne zu bringen. Dann wurde der Gestank so intensiv, dass er ihr Würgereiz verursachte.

Sie atmete nur noch flach durch den Mund und bemühte sich, nicht darüber nachzudenken, was da so entsetzlich stank. Schwächer wurde der Geruch erst wieder, als ihre ausgestreckt suchenden Finger die gegenüberliegende Grabenkante ertasteten.

Obwohl es keinen Anhaltspunkt gab, hätte sie geschworen, dass der Mistkerl sich währenddessen um keinen Zentimeter von der Stelle gerührt hatte. Er stand dahinten und erwartete sie.

«Was dagegen, wenn ich mir einen Schluck Wasser hole?», rief sie dem grünen Glimmen zu.

Keine Antwort, auch sonst keine Reaktion. Er tat so, als sei er ein Pfahl in der Landschaft oder eine Felsnadel in einer Höhlenkathedrale.

«Dann lassen wir es eben darauf ankommen», murmelte sie und tastete noch einmal nach dem scharfkantigen Stein in der Jackentasche. Völlig wehrlos war sie jedenfalls nicht, wechselte vorsichtig auf die andere Seite und kroch wieder in diesen grausamen Gestank hinein.

Auf der Grabensohle musste ein ganzer Berg von durchtränktem Einwickelpapier liegen. Oder ein verendetes Tier, das sich hierher verirrt hatte und zugrunde gegangen war. Ein Fuchs vielleicht oder etwas Größeres. Unweigerlich hatte sie wieder den vermeintlichen Ast mit dem Knubbel vor Augen, den ein Mediziner wohl Hüftkopf genannt hätte. Welches Tier hatte denn einen so geformten Oberschenkelknochen?

Zögernd bewegte sie sich weiter auf das schwache Glimmen zu. Der Mistkerl war doch eindeutig in der besseren Position, garantiert nicht müde und nicht durstig. Satt und zufrieden stand er da. Und wenn er mehr dabeihatte als eine verfluchte

Infrarotkamera? Was sollte sie mit ihrem Stein gegen ein Messer oder eine andere Waffe ausrichten?

«Scheiße, Scheiße, Scheiße», murmelte sie und wurde mit den verlockenden Geräuschen des Wassers in den Ohren immer langsamer – bis ihr der Riemen zwischen die Finger geriet.

15. Januar 2010 – Freitagnachmittag

Es war schon zehn nach vier, als Marlene die Espressobar in den Markthallen des Kölner Hauptbahnhofs erreichte. Die S-Bahn hatte Verspätung gehabt. Fischer wartete bereits an einem der Stehtische, vor sich hatte er einen Kaffee. Bei seinem Anblick hätte sie am liebsten auf dem Absatz kehrtgemacht.

In der Bahn hatte sie überlegt, ob sie ihm erklären müsste, was, vielmehr wer sie zu der Geschichte vom mysteriösen Fremden, der auf Parkplätzen und in Einkaufscentern einsame Frauen ansprach und mit dem Auto verfolgte, veranlasst hatte. Oder wie sie reagieren sollte, wenn er das Thema anschnitt. Am Ende hatte er im Sender angerufen und sich erkundigt, ob ihr Van keine Zentralverriegelung hatte. Wie peinlich.

Aber Karola in die Pfanne hauen und zugeben, dass sie einfach nachgeplappert hatte, was ihr vorgesagt worden war, wäre noch peinlicher. Damit drückte sie sich doch selbst den Stempel auf die Stirn: *Ich bringe allein nichts auf die Reihe.*

Fischer grinste ihr entgegen, wahrscheinlich hielt er das für ein freundliches Lächeln. Er wartete noch, bis sie sich mit einem Latte macchiato versorgt hatte. Dann zückte er wie in der Bücherstube Kugelschreiber und Notizblock und erklärte: «Bei der Geräuschkulisse hier ist mir die altbewährte Methode lieber als ein Aufnahmegerät.»

«Sie brauchen weder das eine noch das andere», sagte Marlene und kam ohne Umschweife zur Sache. «Ich habe Sie am Telefon nicht belogen. Ich habe Heidrun Merz am Mittwochabend zum ersten Mal gesehen und weiß von Mona Thalmann entschieden weniger als Sie. Es war eine blöde Situation im Studio. Da saß ja auch der Pressesprecher der Kreispolizei. Ich wollte Karola, ich meine Frau Jäger, nicht öffentlich widersprechen, als sie …»

Die Wahrheit, die reine Wahrheit und nichts als die Wahrheit – wenigstens in diesem Punkt. Wie hätte sie ihm sonst begreiflich machen sollen, dass sie ihm absolut nichts erzählen konnte?

Er hörte mit leicht gerunzelter Stirn zuerst misstrauisch, dann aufmerksam zu, trank hin und wieder einen Schluck Kaffee. Notizen machte er keine, stellte nur ein paar Fragen, als sie zum Ende kam. Unter anderem wollte er wissen, ob Heidrun Merz beim Italiener noch etwas von Bedeutung erzählt hatte.

«Aber sicher», antwortete Marlene und behauptete, nicht ganz den Tatsachen entsprechend: «Sie hat uns erklärt, dass Mona sich von einer Mitarbeiterin der Agentur Sirius in die Oper, ins Theater, zu Konzerten und so weiter begleiten ließ und dass es durchaus im Buch erwähnt ist. Man muss nur ein klein wenig Allgemeinbildung haben, um den Hinweis zu entdecken.»

«Mitarbeiterin», wiederholte Fischer süffisant, auf den Seitenhieb mit der fehlenden Allgemeinbildung ging er nicht ein. «Wer's glaubt, wird selig, und wer's nicht glaubt, kommt auch in den Himmel.» Er trank einen Schluck Kaffee. «Und sonst?», fragte er, als er die Tasse wieder abstellte. «Was ist mit dem Labor, in dem das Tonband untersucht worden sein soll? Hat Frau Merz das Ergebnis erwähnt? Oder was hat Sie auf die Idee gebracht, gestern im Studio zu erklären, dass spezielle Labors gelöschten Bandsequenzen noch wichtige Hinweise entlocken können?»

«Das habe ich in einem Thriller gelesen», gestand Marlene. «Aber es gibt wirklich Labors, die so etwas können.»

«Ist sogar mir bekannt», spottete Fischer. «Heutzutage gibt es für jedes Problem ein Labor, das die Lösung finden kann, solange man dafür bezahlt. Mich interessiert einfach nur, ob Heidrun Merz dieses Band tatsächlich einem Labor überlassen hat.»

«Das hat sie nicht gesagt», antwortete Marlene wahrheitsgemäß. «Wir haben auch nicht danach gefragt.»

Fischer betrachtete sie nachdenklich: «Wenn ich nur wüsste, ob und wie viel ich Ihnen jetzt glauben darf. Sie kennen doch sicher den Spruch: Wer einmal lügt, dem glaubt man nicht, auch wenn er dann die Wahrheit spricht. Wenn Sie Heidrun Merz am Mittwochabend zum ersten Mal gesehen haben und Mona überhaupt nicht kannten, wessen Gemütszustand haben Sie denn gestern so bewegend geschildert? Das waren doch hoffentlich keine eigene Erfahrungen?»

«Nein.» Sie schaffte es, unverfänglich zu lachen. «So ähnlich war Lucy Jordan zumute, ehe sie vom Dach sprang.»

Er runzelte wieder die Stirn. «Wem?»

«Lucy Jordan», wiederholte Marlene den Namen. «Kennen Sie das Lied von Marianne Faithfull nicht?»

Als er den Kopf schüttelte, begann sie leise zu singen:

«The morning sun touched lightly on
the eyes of Lucy Jordan
In a white suburban bedroom,
in a white suburban town
As she lay there 'neath the covers,
dreaming of a thousand lovers
Till the world turned to orange,
and the room went spinning round.»

Er grinste wieder und forderte: «Singen Sie weiter. Sie haben eine schöne Stimme.»

«Ich trete damit aber nur in Ausnahmefällen öffentlich auf», erklärte sie. «Gestern, das war so eine Ausnahme. Darf ich Sie jetzt auch mal etwas fragen?» Seine Antwort wartete sie nicht ab. «Sie sprachen am Mittwochabend von drei Vierteln, mit denen Heidrun Merz hinter dem Berg halten würde. Das klang für mich so, als ob Sie eine Menge mehr wüssten, als im Buch steht.»

Jetzt nickte er und lachte so wie am Telefon. «Das kann man wohl sagen. Ich recherchiere ja auch schon eine Weile.»

«Aber Sie reden nicht über die drei Viertel?», fragte Marlene.

Er betrachtete sie wieder nachdenklich, trank seinen Kaffee aus und meinte dann: «Damit Sie morgen im Rundfunk damit brillieren? Oder im Fernsehen? Wenn jemand aus der Redaktion *Wo bist du* Sie gestern gehört hat, gibt es vielleicht doch noch einen Beitrag über Monas Verschwinden. Mit Ihnen als bester Freundin der verstorbenen Schwester. Oder meinen Sie, die hätten mehr Skrupel als Karola Jäger? Die Einschaltquote zählt, weiter nichts.»

«Welche Skrupel die haben, kann ich nicht beurteilen», sagte Marlene. «Aber ich versichere Ihnen, das gestern war mein erster und letzter öffentlicher Auftritt. Wenn ich vorher geahnt hätte, was dabei rauskommt, hätte ich mich nie darauf eingelassen.»

«Na schön», meinte er gönnerhaft. «Da will ich mal nicht so sein und Ihnen trauen.»

Dann begann er zu erzählen: dass Heidrun Merz schon vor Monas Verschwinden ein Verhältnis mit Josch hatte. Mona war nach der zweiten Fehlgeburt unfruchtbar und litt angeblich sehr darunter. Vielleicht war sie deshalb so oft ins Theater, die Oper, Kunstausstellungen und Konzerte gegangen. Und noch öfter mit ihrer jeweiligen Begleitung in eine Jagdhütte in der Eifel gefahren. Ausnahmsweise hatte sie auch mal mit einem Hotelzimmer vorliebgenommen, worunter der arme Josch litt, als er dahinterkam. Kreditkartenabrechnungen und detaillierte Telefonrechnungen konnten auch Nachteile haben.

Um Schwester und Schwager gleichermaßen zu helfen, schlug Heidrun vor, als Leihmutter ein Kind für Mona auszutragen. Weil es mit der künstlichen Befruchtung auch im dritten Anlauf nicht klappte, entschloss man sich ganz leger unter Geschwistern, es mal auf die natürliche Weise zu probieren.

«Das kann allerdings auch ein wenig anders gewesen sein», räumte Fischer ein. «Möglicherweise ist meiner Quelle mit der künstlichen Befruchtung ein Bär aufgebunden worden. Der wievielte natürliche Versuch dann von Erfolg gekrönt wurde, weiß ich auch nicht. Fest steht jedoch, dass es bei ihrer Probiererei – vielleicht auch schon vorher – zwischen Josch und Heidrun mächtig gefunkt hat.»

Er setzte seine Tasse noch einmal an, doch die war leer. Also stellte er sie wieder hin und sprach weiter: «Heidrun war im fünften Monat, als ihr Freund sie und Josch im Bett erwischte. Als weiteren Versuch konnte man das schwerlich auslegen. Heidruns Freund war ein ziemlich labiler Typ. Er hatte ohnehin seine Schwierigkeiten mit dem Arrangement und nur gute Miene dazu gemacht, weil er aus Erfahrung wusste, dass Heidrun immer ihren Kopf durchsetzte. Was er zu sehen bekam, erschütterte ihn in den Grundfesten. Was er bei der Gelegenheit hörte, veranlasste ihn, sich zu erhängen. Kurz darauf verschwand Mona. Ob allein oder mit einem Liebhaber, dürfen Sie selbst entscheiden.»

«Sie meinen, Mona hat gar keine Affäre gehabt?», schlussfolgerte Marlene und genehmigte sich den Rest ihrer kaltgewordenen Latte.

«Mona nahm zwei-, dreimal die Woche die Dienste der Agentur Sirius in Anspruch», erklärte Fischer. «Wenn sie einen Liebhaber gehabt hätte, noch dazu einen wie im Buch beschrieben, warum hätte sie dann so viel Geld für Callboys ausgeben sollen?»

Er rechnete kaum ernsthaft mit einer Antwort. Marlene zuckte mit den Achseln und fragte: «Woher wissen Sie das alles?»

«Spendieren Sie mir noch einen Kaffee, dann verrate ich Ihnen auch das noch», sagte Fischer.

Marlene holte Nachschub an den Stehtisch, für sich noch einen Latte macchiato, für ihn den gewünschten Kaffee. Während er seinen Keks aus dem Cellophan klaubte, erzählte er: «Der Selbstmörder hatte ebenfalls eine Schwester, bei der er sich oft ausweinte. Deshalb war sie umfassend in die Hintergründe eingeweiht. Beim letzten Telefongespräch sagte er, den beiden, also Josch und Heidrun, wäre es am liebsten, wenn Mona sich endlich umbrächte. Und im Prinzip hätten sie recht. Das Kind bräuchte eine Mutter, die ihre Depression nicht mit drei verschiedenen Männern pro Woche bekämpfe. Wenn Mona sich nicht entscheiden könne, auf welche Weise sie aus dem Leben gehen wolle, vielleicht müsse man sie entsprechend beraten oder ihr sonst irgendwie behilflich sein. Seine Schwester interpretierte das so, dass er als Vorbild vorausgehen wollte. Sie machte sich große Vorwürfe, dass sie sich nach diesem Anruf nicht sofort auf den Weg zu ihm gemacht hat.»

«Das hat Heidrun Merz von sich behauptet», sagte Marlene.

«Tja», erwiderte Fischer wieder in diesem süffisant überheblichen Ton, «auch so kann man Bücher füllen. Hier ein Sätzchen geklaut und da eine Szene. Aber das ist gar nicht der springende Punkt. In meinen Augen ist dieses Buch ein raffiniertes Machwerk und an Dreistigkeit kaum zu überbieten. Es sollte die Polizei in die Irre führen, was offenbar gelungen ist. Nebenher lässt sich noch Geld damit verdienen. Jede Frau, die es liest, nimmt es für bare Münze und fühlt sich persönlich angesprochen, irgendetwas passt immer. Was ist es bei Ihnen?»

«Keine Ahnung», behauptete Marlene. «Ich habe es immer noch nicht gelesen.»

Er grinste wieder und schürzte kurz die Lippen. «Jetzt lügen

Sie. Sie wussten gestern von dem Mann in den Schadow Arkaden.»

«Das hatte ich kurz vorher im Studio überflogen», erklärte sie.

«Und wo stand geschrieben, ich hätte Sie auf dem Parkplatz ausfragen wollen und anschließend verfolgt?» Sein Grinsen wurde so breit wie die Sonnengesichter, die Leonard früher im Kindergarten gemalt hatte.

«Das haben Sie doch», erinnerte Marlene ihn. «Sie wollten meine Telefonnummer und meinen Namen, und Sie sind hinter mir hergefahren.»

«Und Sie hatten Angst, dass ich an einer roten Ampel zu Ihnen ins Auto springe», lästerte er.

«Haben Sie im Sender angerufen?», umging sie die Antwort.

«Warum hätte ich das tun sollen?» Er steckte sich endlich den Keks in den Mund und begann zu kauen.

«Um zu fragen, ob mein Van keine Zentralverriegelung hat.» Gott, war das peinlich!

Er prustete vor Lachen derart los, dass ein paar Kekskrümel über den Tisch flogen. Zwei oder drei landeten in ihrem frischen Latte macchiato, den Marlene daraufhin zur Seite schob.

Nachdem er sich wieder einigermaßen beruhigt hatte, stellte er fest: «Dann war ich also nicht der Einzige, den Ihre Geschichte amüsiert hat.»

Alles in allem dauerte ihr Ausflug länger als geplant. Als sie sich von Fischer verabschiedete, war aus Gleis 11 gerade eine S-Bahn Richtung Düren abgefahren. Die nächste fuhr zwanzig Minuten später. Ein Problem sah Marlene darin nicht. Auch wenn sie erst um halb sieben daheim war, blieb genug Zeit für die geplante Lachslasagne. Sie wusste zwar nicht auf die Minute genau, um welche Zeit Werner gestern nach Hause gekommen war. Aber sehr viel früher als acht käme er heute auch nicht, dachte sie.

Das Warten im Gedränge am Bahnsteig war nicht angenehm, verschaffte ihr aber die Zeit, die neuen Informationen noch einmal zu überdenken und den Alkoholismus der Autorin in einem anderen Licht zu sehen.

Ein Kind vom Schwager für die Schwester. Sich in den Schwager verliebt. Und die depressive, lästige, überflüssige Schwester, die sich Callboys kaufte, in den Selbstmord getrieben oder eigenhändig aus dem Weg geräumt? Was war glaubhafter?

Als die S-Bahn endlich kam, war sie so voll, dass es keine Sitzplätze gab. Marlene grübelte im Stehen weiter, malte sich eine dramatische Herz-Schmerz-Geschichte mit grauslichem Ende aus, die so mancher Schmonzettenautorin zur Ehre gereicht hätte. Auf der Landstraße fand sie noch mehr Zeit zum Fabulieren. Das Verkehrsaufkommen an einem Freitag zwischen sechs und sieben war entschieden höher als erwartet. Und Werner war allen Erwartungen zum Trotz schon daheim.

In *Monas Tagebuch* vertieft, saß er vor einer Tasse mit einem Rest Kaffee und einem mit Sahneklecksen und Schokostreuseln beschmierten Teller am Esstisch. Als sie durch die Diele kam, schaute er auf.

«Wie nett, dass wenigstens du endlich nach Hause findest», begrüßte er sie. «Ich dachte, wir machen uns einen gemütlichen Nachmittag mit Kaffee und Kuchen, habe eigens Torte besorgt. Aber als ich kam, waren alle ausgeflogen.»

«Die Kinder sind nachmittags nur selten hier», sagte Marlene, legte ihre Tasche ab und hängte ihre Jacke an den Garderobenhaken.

«An die Kinder habe ich auch nicht gedacht», erwiderte er. «Ich habe nur zwei Stück Torte mitgebracht. Deins steht im Kühlschrank. Wo warst du denn die ganze Zeit? Ich warte seit halb fünf.»

Sie hätte nicht sagen können, ob er enttäuscht oder ungehalten war. Vielleicht sogar wütend, wobei er sich bemühte, es sie nicht merken zu lassen.

«Tut mir leid», ging sie in die Defensive. «Ich habe nicht erwartet, dass du so früh …»

«Das habe ich dir doch heute Morgen angekündigt.»

«Du hast nur gesagt, du willst zusehen, dass es nicht zu spät wird. Von halb fünf hast du nicht gesprochen. Ich dachte, du kommst wie gestern so gegen acht.»

«Du dachtest?»

So hatte er noch nie mit ihr gesprochen. Marlene fasste es nicht. In ihrem Hinterkopf wisperte Karola von der tickenden Zeitbombe, die hochging, wenn die gewohnte Ordnung durcheinandergeriet. Fehlte nur, dass er anfügte: «Ich wusste gar nicht, dass du denken kannst.»

Stattdessen fragte er: «Hast du mal überlegt, was ich denke, wenn ich nach Hause komme, keiner ist da, und keiner kann mir sagen, wo du steckst? Ich habe Annette angerufen, ich habe Karola angerufen, die Kinder selbstverständlich und Ulla nicht zu vergessen. Ich dachte, du bist vielleicht mit ihr unterwegs, um ein Auto zu kaufen. Die Ärmste fiel aus allen Wolken, als ich sie fragte, ob ihr schon etwas Schnuckeliges gefunden habt.»

«Entschuldige», sagte Marlene in etwa demselben Ton, den sie frühmorgens zum ersten Mal angeschlagen hatte. «Ich wusste nicht, dass ich jedes Mal eine Nachricht hinterlassen muss, wenn ich aus dem Haus gehe. Warum kaufen wir keinen Peilsender? Den könnte ich mir ans Bein binden. Oder noch besser: so eine Fußfessel für Strafgefangene mit Hausarrest. Dann weißt du zu jeder Tages- und Nachtzeit, wo ich bin.»

Werner sah wohl sofort ein, dass er zu weit gegangen war, murmelte seinerseits «Entschuldige» und klopfte sich mit einer Hand auf den rechten Oberschenkel. «Komm her.»

Sie tat ihm den Gefallen, setzte sich auf seinen Schoß und ließ zu, dass er sie mit beiden Armen umfing. Er presste sein Gesicht in ihren Nacken und murmelte weiter: «Ich will dich nicht überwachen. Aber ich will dich noch weniger verlieren. Ich habe mir Sorgen gemacht, verstehst du das nicht? Gestern erzählst du mir, dass du so traurig bist wie die Frau in diesem Buch. Heute komme ich in ein verlassenes Haus und lese, was in dieser Frau vorgegangen ist, ehe sie sich mit einem Sexmonster einließ.»

Hatte er tatsächlich Angst um sie gehabt? Oder nur Angst, sie könne ihn betrügen? Seine Haltung und etwas in seiner Stimme irritierten sie. Es schien fast, als wäre er verunsichert, was gar nicht zu ihm passte. Es fehlte nicht viel, dann hätte sie ihm verraten, dass *Monas Tagebuch* vielleicht nichts weiter war als der Versuch einer mörderischen Schwester, von sich und dem Vater ihres Kindes abzulenken.

Aber Werner hätte garantiert gefragt, woher sie diese Weisheit hatte. Und ihm jetzt zu erzählen, dass sie sich mit einem Journalisten getroffen hatte, einem fremden Mann. Das musste er wirklich nicht erfahren, wo er so offensichtlich aus *Monas Tagebuch* völlig falsche Schlüsse zog.

Sie bedauerte, ihm überhaupt von ihrer Traurigkeit erzählt zu haben, für die es keine rationale Erklärung gab. Doch! Natürlich gab es eine. Sie hatte sie gestern Vormittag im Radio selbst geliefert. *Wir brauchen das Gefühl, gebraucht zu werden. Wenn man uns das versagt …*

«So schlimm ist es nicht», sagte sie. «Wenn ich unterwegs bin, suche ich weder den Tod noch tausend Liebhaber.»

«Wer tut denn so was, wo doch einer schon zu viel und brandgefährlich sein kann?», erkundigte Werner sich mit einem Anflug von Humor, dem man deutlich anhörte, wie künstlich er war.

«Lucy Jordan», führte sie zum zweiten Mal an diesem Tag

die Ballade von Marianne Faithfull an. Bei Werner musste sie nicht erklären, wer Lucy war, er kannte den Song. «Ich fühle mich nur manchmal überflüssig, weil ich nichts Vernünftiges zu tun habe.»

«Ist es unvernünftig, zwei Kinder zu erziehen und einen Haushalt zu führen?», fragte er.

«Unsere Kinder sind erzogen», hielt sie dagegen. «Ihnen kannst du nur noch Denkanstöße geben und Vorbild sein. Für beides bist du besser geeignet als ich. Der Haushalt ist pflegeleicht. Heute war ich in drei Stunden fertig. Dabei habe ich gründlich sauber gemacht, nur die Fenster nicht geputzt, dafür war es zu kalt.»

«Drei Stunden», wiederholte er, immer noch mit dem Gesicht in ihrem Nacken. Er gab einen anerkennenden Laut von sich, ehe er fragte: «Und was hast du mit dem Rest deiner Zeit angefangen?»

«Endlich deinen Anzug in die Reinigung gebracht», begann sie mit einer Aufzählung, von der sie nicht wusste, womit sie unverfänglich enden könnte. «Und der Frau hinter der Annahmetheke klargemacht, dass es eine Erste-Hilfe-Maßnahme war und kein Schlachtfest. Es war ihr peinlich, glaube ich. Dann habe ich Vogelfutter besorgt und die Zutaten fürs Abendessen. Lachslasagne, habe ich am Mittwoch beim Italiener gegessen, köstlich, sage ich dir. Und damit sollte ich jetzt anfangen. Der Lachs ist noch nicht aufgetaut. Ich habe nur tiefgefrorenen bekommen.»

Sie wollte von seinem Schoß rutschen, er hielt sie fest. «Und nach den Einkäufen?» Kein Zweifel, das war ein Verhör. Er wollte es ganz genau wissen.

«Habe ich für Mittag gekocht, aber nur eine Gemüsesuppe, weil ich den Fisch für heute Abend eingeplant hatte. Nach dem Essen stand nochmal Kücheaufräumen auf dem Programm. Danach wollte ich zu Ulla, aber ich habe mich nicht aufs Firmengelände getraut. Gestern Abend war sie nicht allein dort. Ich hatte Angst, sie wieder zu überraschen.»

«Mit wem?», wollte Werner prompt wissen. Dass es in ihrer Aufzählung noch eine große zeitliche Lücke gab, schien ihm nicht mehr so wichtig.

«Zuerst musst du mir Daumenschrauben ansetzen», verlangte sie erleichtert, weil ihr Ablenkungsmanöver so gut funktionierte. «Oder hol die glühenden Zangen aus dem Keller. Ich musste ihr hoch und heilig versprechen, keinem Menschen etwas zu verraten. Auch dir nicht.»

Er ging auf ihren Ton ein, löste die Umarmung und setzte ihr stattdessen die zu Krallen gespreizten Finger in die Taille. «Ich muss Sie warnen, Frau Delinquentin. Glühende Zangen brauchen wir nicht. Wenn Sie dem Inquisitor nicht freiwillig das Geheimnis offenbaren, wird die chinesische Kitzelfolter angewendet.»

«Andreas», sagte sie daraufhin nur.

Werner riss verblüfft die Augen auf, ließ die Hände sinken und wiederholte ungläubig: «Andreas?»

«Reparierte in der Werkhalle bei Scheidweber ein Motorrad, mit dem er seinen eigenen Worten zufolge die Karre einer total besoffenen Kuh gestreift hatte», gab Marlene Auskunft und fühlte sich kein bisschen schäbig, als sie nach einem Seufzer anfügte: «Du kannst dir gar nicht vorstellen, wie erleichtert ich bin, dass es raus ist. Was ich seit gestern Abend alles gedacht habe, erzähle ich dir lieber nicht.»

Natürlich erzählte sie es ihm haarklein, während sie sich in die Küche begab und an die Zubereitung der Lachslasagne machte. Sie begann mit Karolas Schauergeschichten einer Ehe. Werner begleitete sie, assistierte mit kleinen Handreichungen und kommentierte hin und wieder fassungslos: «Das gibt's doch nicht», oder: «Wie kann sie so etwas behaupten? Ist sie total verrückt?»

«Annette meint ja», erklärte Marlene. «Bei ihr hat Karola sogar die Vermutung geäußert, Andreas sei das Sexmonster aus *Monas Tagebuch*. So weit ist sie bei mir nicht gegangen, obwohl Frau Merz am Mittwochabend erklärt hat, der Typ hätte sich Andy Jäger genannt. Karola hat behauptet, Andreas hätte im April, als Mona den Kerl kennenlernte, ein paar Tage freigenommen. Ich habe Ulla gestern danach gefragt, aber sie hat mir nicht geantwortet.»

Werner schüttelte immer noch fassungslos den Kopf und murmelte erneut: «Das gibt's nicht.»

«Tu mir nur einen Gefallen», bat Marlene. «Lass dir morgen Abend bei Karola nichts anmerken. Ulla muss nicht wissen, dass ich es dir erzählt habe. Und Karola soll nicht wissen, dass er hier ist. Es wäre auch nicht fair gegenüber Julia und Stefanie, finde ich. Er will ja nicht bleiben.»

Werner nickte gedankenverloren, stippte mit einem Finger die Käseraspeln auf, die neben die Auflaufform gefallen waren, und sagte: «Andreas könnte keiner Fliege etwas zuleide tun.»

Nummer neun

Bei dem Riemen, der alles veränderte, handelte es sich um den Schulterriemen einer Handtasche. Ihre eigene Tasche war es nicht, wie Marlenes Finger schnell erkannten. Das Material fühlte sich billig an. Außen Kunstleder, innen flanellähnlicher Stoff. Der Form nach war es ein Beutel mit einem Kordeldurchzug anstelle eines Reißverschlusses.

Sie setzte sich und untersuchte den Inhalt. Eine Börse, in der sich außer ein paar Geldscheinen und einigen Münzen auch mehrere Plastikkarten befanden, drei gleich große und eine größere, dünnere, höchstwahrscheinlich ein Personalausweis. Ein

Handy, das nicht mehr funktionierte. Eine Pappschachtel, in der sich noch fünf Zigaretten befanden. Ein Einwegfeuerzeug, das zwar noch einen Zündfunken produzierte, aber keine Flamme mehr. Ein Päckchen mit zwei Kaugummistreifen. Und ein Band, an dem drei Schlüssel befestigt waren sowie ein Anhänger, der ihr beim Anfassen erschreckend vertraut vorkam.

Trotzdem brauchte sie ein Weilchen, ehe ihre Fingerspitzen die erhabene Figur anhand ihrer Konturen identifizierten und sie begriff, was sie fühlte. Christophorus mit dem Jesuskind auf der Schulter. Sie hätte geschworen, dass der Schriftzug auf der Rückseite *Scheidweber & Co* lautete. Das Werbegeschenk, das Andreas vor Jahren im Freundeskreis verteilt hatte. Seine junge Nachbarin hatte wohl auch einen Schlüsselanhänger bekommen – ob sie nun mit ihm auf Tour gegangen war oder nicht.

Es gab keine Gewissheit in der Finsternis, Marlene war trotzdem ziemlich sicher, Barbara Königs Tasche gefunden zu haben. Annette, Ulla und Karola, die ebenfalls solche Schlüsselanhänger bei sich trugen, besaßen keine beutelförmigen Handtaschen und rauchten nicht. Von ihnen konnte sich in den letzten Tagen auch keine in einen Zustand verwandelt haben, der die Luft im Umkreis etlicher Meter dermaßen verpestete, dass man glaubte, sich beim nächsten Atemzug übergeben zu müssen. Und irgendeine andere – die Frau eines Angestellten oder Kunden von Scheidweber & Co –, das wäre ein zu großer Zufall gewesen.

Barbara König! Seit fünf Wochen verschwunden! Nein, mittlerweile waren es sechs Wochen. Und ein Kerl auf einem Motorrad! Ein Kerl mit einem schwarzen Integralhelm ohne irgendwelchen Schnickschnack. Onkel Juri? Oder Andy, der Jäger, der im Frühjahr 2006 in den Schadow Arkaden in Düsseldorf auf die Jagd gegangen war und denselben Helm getragen hatte, als er Mona Thalmann verfolgte?

Ihr war danach, zu schreien und auf irgendetwas einzudreschen. Stattdessen wimmerte sie nur leise, betätigte wieder und wieder das leere Feuerzeug und hörte im Geist Werner sagen: «Andreas könnte keiner Fliege etwas zuleide tun.»

Wahrscheinlich nicht. Es war garantiert keine Fliege, die in dem Graben lag und schlimmer stank als eine ganze Mülldeponie voll mit Fleischsaft getränktem Einwickelpapier. Und jetzt stand der Robert-Redford-Verschnitt mit dem treuen Dackelblick dahinten, gar nicht weit entfernt, und erwartete sie.

Mit dieser Gewissheit rührte Marlene sich längere Zeit nicht vom Fleck. Zum einen brauchte sie die Zeit, um ihre Erkenntnisse, die daraus resultierenden Konsequenzen und bisherigen Irrtümer zu verarbeiten. Zum anderen fragte sie sich, warum er nicht endlich zu ihr kam und es zu Ende brachte. Ihr Überleben stand doch nicht auf seinem Plan. Aber wahrscheinlich machte es mehr Spaß, wenn das Sterben länger dauerte.

Seltsamerweise wurde sie bei diesen Gedanken ruhig, was daran liegen mochte, dass sie ihn schon so lange kannte und ihn früher niemals bösartig, hinterhältig oder sonst wie verabscheuungswürdig erlebt hatte. Es widerstrebte ihr, ihn zu fragen, warum er das tat, welchen Kick es ihm gab. Sie wollte auch nicht in Versuchung geraten, ihn anzubetteln. «Lass mich gehen. Ich werde dich nicht verraten.» Natürlich würde sie. Sobald er sie in die Nähe eines funktionierenden Telefons ließ. Und das wussten sie beide.

Irgendwann begann sie doch zu reden, mit der ausgedörrten Kehle war es nur ein Krächzen. «Werner hängt dir das Kreuz aus, wenn er dahinterkommt, wem er mein Verschwinden verdankt. Und er wird schnell dahinterkommen, das garantiere ich dir.»

Während sie sprach, schoss ihr noch einmal der Verdacht durch den Kopf, der in den vergangenen Stunden verhindert hatte, dass sie in Todesangst erstarrte oder in hysterische Aktivitäten verfiel – wie die Frauen vor ihr. Sie ging von zwei

Opfern aus: Barbara König und eine Unbekannte – vielleicht Mona Thalmann. Zu irgendeiner musste das astförmige Teil mit dem Knubbel ja gehört haben, das sie als Fackel verwendet hatte. So wollte sie nicht enden, irgendwann einmal, aber nicht jetzt und nicht hier. Und da kam ihr die Idee, ihm eine goldene Brücke zu bauen.

«Oder hat Werner dich gebeten, mir einen Denkzettel zu verpassen, weil ich in letzter Zeit oft unzufrieden war und nicht mehr zu schätzen wusste, was er mir alles bietet?»

Zehn zittrige Atemzüge lang wartete sie auf eine Reaktion. Als die ausblieb, fragte sie: «Was machen wir nun? Fahren wir zurück und tun so, als hätten wir einen Ausflug in die Unterwelt gemacht, bei dem ich gestürzt bin und mir die Knie aufgeschlagen habe? Viel mehr ist mir ja bisher nicht passiert. Ich habe nur eine Handtasche gefunden.»

Sie überlegte, ob sie auch ihre Fackel erwähnen sollte. Gesehen hatte er garantiert, was ihr da in die Finger gefallen war. Aber sie musste es ja nicht unbedingt als das erkannt haben, was es war. Antwort bekam sie nicht. Das grüne Glimmen bewegte sich um keinen Zentimeter. Sie ließ ihm noch etwas Zeit für den Rückzug, schlug vor: «Denk mal darüber nach», und verteilte den Inhalt der Handtasche auf ihre Kleidung.

Die Geldbörse und das Band mit den Schlüsseln und dem verräterischen Christophorus fanden Platz in den äußeren Jackentaschen. Dafür nahm sie den scharfkantigen Stein heraus, den wollte sie ab sofort lieber in der Hand halten.

Das Handy schob sie in die eigens dafür vorgesehene und bislang ungenutzte Innentasche. Feuerzeug und Zigarettenschachtel brachte sie in den Gesäßtaschen der Hose unter. Zwar schien es blödsinnig, ein leeres Feuerzeug und eine Schachtel mit fünf Zigaretten mitzuschleppen, wo sie doch nicht rauchte. Aber es widerstrebte ihr, etwas zurückzulassen, von dem sie noch nicht wusste, wann und ob sie es eventuell brauchte.

Das Feuerzeug war ohne Gas wohl vollkommen nutzlos. Zigaretten jedoch enthielten Nikotin. Nikotin war ein Gift. Ein oder zwei Zigaretten konnten ein Kleinkind töten, wenn es den Tabak in den Mund nahm. Vielleicht reichten fünf Zigaretten für eine Frau, die nicht wusste, wie sie einem sadistischen Psychopathen sonst entkommen sollte.

Wenn er darauf spekulierte, dass sie zu Barbara König in den Graben sprang – wahrscheinlich lief deshalb die ganze Zeit Lucy Jordan, das war die Aufforderung, den Schritt über die Kante zu tun –, hoffte er allerdings vergebens. Viel zu unsicher. *«Ich werde sterben, mein Bein ist gebrochen.»* Langsam zugrunde gehen wollte sie um keinen Preis. Lieber ein schnelles Ende mit Schrecken als ein Schrecken, dessen Ende auf sich warten ließ.

Einen der Kaugummistreifen steckte sie zum Feuerzeug, den anderen in den Mund. Er war besser als das Steinchen, das sie immer noch lutschte, um den Speichelfluss anzuregen. Barbara König hätte bestimmt nichts dagegen, brauchte doch keinen Kaugummi mehr.

Als sie wieder aufschaute, glimmte es ein Stück weiter vorne unverändert grün. «Okay», sagte sie. «Du willst es durchziehen bis zum bitteren Ende. Dann hast du aber mehr davon, wenn du mich vorbei und zum Wasser lässt. Ohne Nahrung halte ich vielleicht einige Wochen durch. Ohne Wasser nur ein paar Tage. Das weißt du vermutlich besser als ich.»

Keine Reaktion. «Gut», sagte sie. «Dann komme ich jetzt.» Sie schob die linke Hand in den leeren Kunstlederbeutel und benutzte ihn wie einen Wischlappen, während die rechte den scharfkantigen Stein umklammert hielt.

WER EINMAL LÜGT ...

16. Januar 2010 – Samstag

Nach dem ausgedehnten Frühstück hatte Werner kein anderes Thema als den Freund, den Karola am Donnerstag zum Monster erklärt hatte. Wann immer die Kinder nicht in Hörweite waren, kam er auf Andreas zu sprechen, den er doch etliche Jahre länger kannte als Marlene. Und ihm war an Andreas niemals eine bedrohliche Seite oder ein düsterer Wesenszug aufgefallen. Besonders regte ihn der hellblaue Büstenhalter mit den aufgestickten Röschen und dem Blutfleck auf. Wie konnte Karola sich so etwas ausdenken und als blanke Tatsache ausgeben?

Natürlich war Andreas kein Kind von Traurigkeit gewesen. Er hatte mitgenommen, was am Straßenrand, an Bushaltestellen oder sonst wo stand. «Taxi gefällig?», war sein Standardspruch gewesen. Und wenn ihn eine ranließ, hatte er seinen Spaß mit ihr gehabt. Aber es waren bei weitem nicht so viele eingestiegen, wie er Karola weisgemacht hatte. Und von denen, die er ein Stück weit mitgenommen hatte, hatte Andreas längst nicht jede vernascht.

Gewalt hätte er niemals angewendet, davon war Werner fest überzeugt. Mit ihm hatte Andreas oft über seine nächtlichen Touren gesprochen. Und nicht nur darüber. Werner wusste auch, warum der Abenteurer ein Faible für Liebe in freier Natur hatte. Das zumindest hatte Karola nicht erfunden, sie hatte nur den Grund verfälscht wiedergegeben: Weil das Schlafzimmer seiner bescheuerten Mutter unmittelbar neben dem Zimmer lag, das er für Karola und sich hergerichtet hatte.

«Jedes Mal klopfte seine Mutter an die Wand und zeterte, sie könne nicht schlafen, wenn er und Karola im Bett zur Sache kamen», erzählte Werner. «Ihn hat das völlig aus dem Konzept gebracht. Karola machte es anscheinend nicht viel aus. Er meinte schon vor Jahren, sie brauche Publikum, hätte das Klopfen und Schimpfen regelrecht genossen, nur noch lauter gestöhnt.»

Bei ihrer gemeinsamen Einkaufstour schlug Werner vor, nachmittags einen Spaziergang durchs Gewerbegebiet zu machen. Nur mal sehen, ob es auf dem Scheidweber-Gelände Hinweise gab, die zu einer *zufälligen* Entdeckung führen könnten. Er hätte Andreas gerne wiedergesehen und erfahren, wie es ihm in den dreieinhalb Jahren ergangen war.

Dass Ulla gesagt hatte, er sähe nicht aus, als hätte er eine traumhafte Zeit hinter sich, gab Anlass zu allerlei Befürchtungen. Irgendetwas, meinte Werner, müsse Andreas ja auch veranlasst haben, heimatliche Gefilde aufzusuchen. Vielleicht war er krank, brauchte ärztliche Hilfe. Vielleicht war er pleite und brauchte Geld.

Dreieinhalb Jahre waren eine lange Zeit, auch wenn ein Mann auf Wanderschaft weniger brauchte als ein Familienvater. So hoch war die Summe nicht gewesen, die Andreas vom Sparbuch mit auf Reisen genommen hatte. Was Marlene für Ulla tun wollte, hätte Werner gerne für seinen Freund getan.

Das Wetter war einigermaßen, frostig und windig, aber sonnig und trocken. Marlene gab sich trotzdem die größte Mühe, ihm den Spaziergang auszureden. «Wenn er noch dort ist und wir auftauchen, weiß er, dass ich geredet habe. Das wäre mir sehr unangenehm.»

«Wieso das denn?», wunderte Werner sich.

«Ich will nicht, dass er denkt, ich könnte nichts für mich behalten. Mir reicht, was die anderen von mir denken.»

«Was denn?», fragte Werner.

«Dass ich Verzweiflung und Trostlosigkeit nicht buchstabieren kann und drei Chinesen brauche, weil ich allein nichts auf die Reihe bringe.»

Das war nicht ganz korrekt wiedergegeben, aber was spielte das für eine Rolle? Werner wollte nicht einmal wissen, wer so von ihr dachte. Er schüttelte nur verständnislos den Kopf. Abstand von seinem Vorhaben nahm er erst, als sie ihm versprach, sich am Abend bei Ulla zu erkundigen, ob Andreas Geld brauche oder einen Arzt oder beides und wie man ihm etwas zukommen lassen könnte.

Unter diesen Voraussetzungen befürchtete sie, dass Werner Karola abends vor versammelter Mannschaft zur Rede stellte und sich anschließend mit Ulla in einen stillen Winkel verzog, um Einzelheiten zu erfahren. Aber er tat weder das eine noch das andere. Karola lobte er für ihr Chili, es war wie immer höllisch scharf, aber wirklich sehr lecker. Ulla nahm er zwar zur Seite, sagte jedoch nur: «Wenn ihr Hilfe braucht, weißt du hoffentlich, an wen du dich wenden kannst.»

Marlene wunderte sich, dass Ulla und Matthias überhaupt gekommen waren. Natürlich waren die monatlichen Treffen im Freundeskreis eine feste Einrichtung, an der noch nie jemand gerüttelt hatte, nicht mal, nachdem Andreas verschwunden war. Aber der verheerende Unfall eines Siebzehnjährigen war doch etwas anderes als das Abtauchen eines Erwachsenen, der sich vorher schon regelmäßig vierwöchige Auszeiten genehmigt hatte.

Doch im Gegensatz zum Donnerstagabend, als sie Marlene kühl und beherrscht, haushoch über den Dingen stehend, entgegengetreten war, wirkte Ulla an dem Samstag klein und bedrückt. Sie vermied es nach Möglichkeit, über ihren Sohn zu sprechen. Auf Annettes Frage: «Wie geht es Thomas?», antwortete sie nur knapp: «Den Umständen entsprechend.»

Zu Marlene sagte sie in einem unbelauschten Moment vor Karolas Badezimmer: «Wenn ich mir schon mal einbilde, es geht aufwärts. Ich hätte es letzten Samstag nicht beschreien dürfen.»

«Das hast du doch gar nicht», antwortete Marlene und nutzte die Gelegenheit, um ihr den Kauf eines kleinen Autos anzubieten. In einem Aufwasch brachte sie Werners Fragen nach Andreas vor – ohne Werner zu erwähnen.

«Das ist nicht dein Ernst», kommentierte Ulla das Angebot. Sie begann zu weinen, fasste sich jedoch schnell wieder und sagte: «Ich nehme dich beim Wort, verlass dich darauf. Sobald ich ein bisschen Luft habe, ziehen wir beide los und kaufen ein ganz kleines, hässliches Auto, in das Männer sich nicht reinsetzen mögen. Ich suche aus, du bezahlst.»

Dass Andreas ebenfalls finanzielle Unterstützung brauchte, glaubte Ulla nicht. «Er hatte eine dicke Geldrolle bei sich und bestand darauf, den Pizzaboten zu bezahlen», erzählte sie. «Er gab mir fünfzig Euro. Kleiner hatte er es nicht. Der Bote konnte nicht herausgeben, also hab ich es doch übernommen.»

Anschließend hatte sie Andreas den Fünfziger zurückgeben wollen und gesagt, sie könne es sich noch leisten, einen Freund zu einer Pizza einzuladen. Daraufhin hatte er ihre Finger um den Schein gedrückt und vorgeschlagen, sie solle Meike etwas Schönes davon kaufen.

Ob er sich wieder in heimatliche Gefilde begeben hatte, weil er krank war, konnte Ulla nicht sagen. Kerngesund hatte er nicht ausgesehen und von der Pizza kaum etwas gegessen. Über irgendwelche Beschwerden geklagt hatte er jedoch auch nicht. Aber das bedeutete nichts.

«Wahrscheinlich war ihm sein Motorrad wichtiger als irgendein Wehwehchen», meinte Ulla. «Ein Jammerlappen war er nie. Weißt du noch, wie er sich das rechte Bein verbrannt hat?»

Ja, daran erinnerte Marlene sich gut. Das war ein Samstagabend im Sommer vor fünf Jahren gewesen. Statt Chili gab es Würstchen, Bauchfleisch und Nackensteaks vom Grill, dazu Baguette mit Kräuterbutter und diverse Salate. Annette hatte einen Kartoffelsalat mitgebracht, weil ihr Nimmersatt sonst garantiert wieder gemeckert hätte, er sei kein Hase, von Grünzeug und Möhrchen würde er nicht satt.

Dann stand Christoph mit einem Berg Kartoffelsalat auf seinem Pappteller neben dem Grill und wartete auf das erste Nackensteak. Zwei Würstchen und zwei Scheiben Bauchfleisch hatte er sich schon einverleibt. Weil es ihm zu lange dauerte, wollte er Andreas die Grillzange aus der Hand nehmen.

«Gib mal her das Ding, das Fleisch ist doch längst durch», hörte Marlene ihn sagen.

Es kam zu einer kleinen Rangelei um die Zange, wobei Andreas aus Versehen gegen ein Standbein des Grills trat. Der kippte um. Andreas trug Shorts und Sandalen und sprang nicht schnell genug zur Seite.

«Und dienstags war er schon wieder in der Firma», sagte Ulla. «Dabei war er die ganze Woche krankgeschrieben. Er humpelte, hatte wahrscheinlich starke Schmerzen. Zweimal hab ich gesehen, wie er Tabletten nahm. Aber gesagt hat er nichts.»

Persönlich fragen, ob ihm jetzt etwas wehtat, konnte man Andreas nicht mehr. Er war mit der Reparatur seiner Maschine in der Nacht zum Freitag fertig geworden. Bei dem Motorrad hatte es sich übrigens um eine Suzuki gehandelt und nicht um eine Harley – wie Herr König eine gesehen zu haben meinte. Das erfuhr Marlene nebenbei. Jedenfalls war Andreas schon weg gewesen, als Ulla am vergangenen Morgen in die Firma gekommen war.

Sie war eigens um sechs los, um ihn notfalls aus der Werkhalle zu werfen oder zu wecken, damit keiner von den Arbeitern über ihn stolperte und Herr Scheidweber ihn nicht auf der Besuchercouch in der Verwaltung überraschte. Unterwegs hatte Ulla noch zwei belegte Brötchen gekauft und dann alleine essen dürfen. Den Büroschlüssel hatte er unter den Fußabtreter gelegt und ihr ein Schokoherzchen als Dankeschön auf den Schreibtisch gelegt.

«Schade», sagte Marlene und meinte es auch so. Sie hätte Andreas ebenfalls gerne wiedergesehen.

Nummer neun

Das grüne Glimmen blieb noch eine ganze Weile vor ihr und warf, als Marlene näher kam, einen winzigen Lichthof, der den Eindruck erweckte, als dehne es sich aus. Fast wie die Ladeleuchte der elektrischen Zahnbürste. Wenn sie im Dunkeln ins Bad ging, tauchte das winzige Lämpchen noch die Dose mit den Wattepads in einen fahlgrünen Schimmer.

Genauso wie die Zahnbürste sich nicht vom Fleck bewegte, blieb das Glimmen an derselben Stelle. Und die lag entschieden höher über dem Untergrund, als ein aufrecht stehender Mann eine Kamera gehalten hätte. Im Näherkommen fiel ihr das auf. Da bemerkte sie auch noch einmal ganz kurz die kreisförmig angeordneten roten Nadelstiche – so weit entfernt von dem grünen Licht, dass beides unmöglich zusammen an ein Gerät gehören konnte.

Die Musik wurde ebenso lauter wie das Plätschern. Sie steckte den scharfkantigen Stein zum Schlüsselband in die Jackentasche und wechselte den Kunstlederbeutel von der linken auf die rechte Hand. Sie war Rechtshänderin, so wischte es sich noch besser, vor allem schneller.

Als es immer steiler bergab ging, verschwand das grüne Leuchten seitlich aus ihrem Blickfeld. Mariannes unermüdliche

Stimme wurde schwächer. Kurz darauf übertönte das Plätschern die Musik bereits völlig. Und noch ein paar Meter weiter war es kein Plätschern mehr, sondern fast schon ein Tosen.

Der Boden fühlte sich nicht mehr staubig, sondern glitschig an, und die Luft war feucht. Ein feiner Sprühregen benetzte ihr Gesicht. Sie musste unmittelbar am Wasser sein.

Dann ging alles rasend schnell. Die Hand in dem Kunstlederbeutel rutschte ab und stieß ins Leere. Der rechte Arm schrammte über eine Felskante, die sich schmerzhaft in ihre Achselhöhle bohrte und ihr die rechte Brust quetschte. Zum Glück hatte sie die linke Hand frei, ruderte damit Halt suchend herum, bekam etwas wie eine dünne Stange zu fassen und fing so den Sturz mit knapper Not ab.

Das war zu viel! Sie konnte die Tränen nicht länger zurückhalten, weinte haltlos – vor Schreck und Wut, nicht aus Angst. Sie keuchte und fluchte gleichzeitig, beschimpfte ihn mit Ausdrücken, die ihr alle viel zu harmlos schienen. «Du verfluchter Arsch! Du elender Drecksack! Du miese Sau!» Streifte dabei den Beutel von der rechten Hand, hielt sich mit links die gestauchte Achselhöhle und rieb mit der Rechten über die geprellte Brust. Es tat höllisch weh. Und das war nicht einmal das Schlimmste.

Viel schlimmer war, zu begreifen, dass sie nun unmittelbar am Wasser kniete und es doch nicht erreichen konnte. «Du verdammter Hund», stieß sie zwischen zwei Schluchzern hervor. «Du verfluchtes Schwein! Was soll diese Scheiße?»

Der Sprühregen begann auf ihrer Haut zu perlen. Sie leckte zwei Tröpfchen von der Oberlippe, wischte sich über die feuchten Wangen. Aber die Finger leckte sie dann doch nicht ab, die waren so dreckig, dass sie die Kruste deutlich spürte.

Obwohl kaum anzunehmen war, dass er sie bei dem Getöse hörte, selbst wenn er in der Nähe gewesen wäre, weinte, fluchte und schimpfte sie weiter. Krächzte sich mit rauer, ausgedörrter

Kehle so lange den Schrecken und den Frust von der Seele, bis ihr die Kraft dafür ausging und sie sich zwangsläufig beruhigte.

Dann kroch sie ein Stück von der gefährlichen Kante zurück, um sich das Ganze mal bei Licht anzuschauen.

«Lass mich jetzt bloß nicht im Stich», murmelte sie, als sie das Zündholzbriefchen aus der Jackentasche zog. Sie drehte dem immer noch spürbaren Sprühregen den Rücken zu, riss einen Pappstreifen ab, drückte das Köpfchen mit einer Fingerspitze auf die Reibefläche und zog schnell durch.

Es brannte! Nach nur einem Versuch brannte es! Man musste auch mal Glück haben! Sie kniff kurz die geblendeten Augen zusammen, schützte die Flamme mit einer Hand, drehte sich langsam um, sah die hauchfeinen Wassertröpfchen glitzern und spürte die Luftbewegungen, die das herabprasselnde Wasser verursachte. Das Flämmchen flackerte unruhig, ließ aber genug erkennen.

Sie befand sich in einer Art Grotte, kniete etwa einen Meter vom Rand eines großen, steinernen Kessels entfernt. Wie tief der war, ließ sich nicht schätzen. Entschieden weiter als eine Armlänge von der glitschigen Kante entfernt, schoss das Wasser in vier oder fünf Metern über Bodenniveau aus mehreren Rinnen und fiel in Kaskaden in die Tiefe.

Die Kante war wohl früher gesichert gewesen. Rechts und links waren dicke Ösen in den Stein geschlagen. Der Stab, an dem sie ihren Sturz abgefangen hatte, stand genau mittig auf der Kante und hatte ebenfalls Ösen, durch die wohl mal ein Seil oder sonst etwas geschlungen gewesen war. Er war total verrostet, ein Wunder, dass er unter ihrem Gewicht nicht gebrochen und mit ihr in den großen Wasserkessel gefallen war.

Das Flämmchen erlosch. Und sie überlegte, doch noch ihre Strumpfhose zu opfern. Nicht als Fackel, sondern als Absperrung. Sie hätte beide Füßlinge mit den Ösen verknoten und den Slipteil um den Stab schlingen können. Aber um die Ösen zu erreichen, müsste sie blind auf der glitschigen Kante herumturnen. Und dass der rostige Stab ihr Gewicht noch einmal hielt, bezweifelte sie. Da konnte sie auch gleich in den Kessel springen und auf die Weise feststellen, wie tief er war.

16. Januar 2010 – Samstagabend

Als Marlene und Ulla nach ihrer Unterhaltung vor Karolas Bad wieder nach unten kamen, gruppierten sich Annette, Matthias und Karola noch um den Chilitopf auf dem Esstisch. Werner und Christoph saßen auf der verschlissenen Couch. Die meisten Möbel stammten noch von Karolas Schwiegermutter.

Werner trug Jeans wie seine Freunde. Am Wochenende machte er es sich gerne mal bequem. Nur wirkte eine Jeans bei seiner Figur anders als an einer Dachlatte oder einem Fass. Das Hemd hatte er in den Hosenbund gesteckt. Er trug es nie wie einen Sack bis über den Hintern hängend, um Fettrollen oder vorstehende Knochen zu kaschieren. Seine Taille zierte ein Gürtel der Größe neunzig. Ein attraktiver Mann. Ihr Mann. Und plötzlich fühlte Marlene den Stolz wieder und ein heißes Aufwallen hinter den Rippen, war glücklich und zufrieden, dass die Würfel damals so und nicht anders gefallen waren.

Während ihrer Abwesenheit hatte Karola begonnen, Annette und Matthias von Werners Bemühungen um das Schließblech ihrer Kelleraußentür zu berichten, die leider gar nichts gebracht hatten, weil der Rahmen völlig verzogen war.

«Ich bekomme jetzt schon Zustände, wenn ich an morgen Abend denke», erklärte sie gerade, als Marlene und Ulla sich wieder dazugesellten. «Dann ist Julia alleine hier. Wenn jemand reinwill, braucht er nur leicht von außen zu drücken.»

«Wer soll denn in deinen Keller wollen?», erkundigte Annette sich spöttisch.

«Frag mal deinen Mann, welchen Weg Einbrecher am liebsten nehmen», konterte Karola und schielte zu Christoph hinüber, der sich mit Werner über die bescheuerten Steuergeschenke der schwarz-gelben Regierung unterhielt. Und den Kommunen fehlte das Geld für dringend notwendige Instandsetzungsmaßnahmen an öffentlichen Einrichtungen wie Schulen, Hallenbädern, Sporthallen, Spielplätzen und so weiter.

Weil keiner von beiden reagierte, nahm Karola wieder Matthias aufs Korn, den sie offenbar auch zuvor schon für ihr Ansinnen hatte gewinnen wollen. «Es würde fürs Erste vermutlich reichen, wenn jemand von innen einen Riegel anbringt. Das kann nicht so schwer sein. Ich könnte wieder ruhig schlafen und müsste mir morgen Abend keine Sorgen um Julia machen, wenn ich im Sender bin.»

«Wenn es nicht schwer ist, probier es doch erst mal selber», empfahl Matthias. «Einen Riegel bekommst du im Baumarkt. Schrauben gibt es da auch. Und beides ist gar nicht teuer. Nicht immer gleich um Hilfe schreien. Selbst ist die Frau.»

«Welch wahres Wort von einem, der das beurteilen kann», konterte Karola. «Falls es dir noch nicht aufgefallen ist, morgen ist Sonntag. Im Baumarkt kann ich erst am Montag etwas besorgen.»

Sie wandte sich an Marlene. «Meinst du, Johanna wäre bereit, morgen hier zu übernachten? Wir könnten Stefanies Bett in Julias Zimmer schieben. Dann wäre sie nicht ganz allein.»

Ehe Marlene zu einer Antwort kam, mischte Ulla sich ein. Ihr gefiel es nicht, wie Karola mit Matthias gesprochen hatte. Obwohl Ulla selbst den ganzen Abend noch kein Wort mit ihm gewechselt und nicht einmal beim Essen wie sonst üblich neben ihm gesessen hatte – dass ihr Mann von einer anderen abgekanzelt wurde, duldete sie nicht. «Wieso regst du dich denn plötzlich darüber auf, dass Julia alleine hier ist? Das ist sie doch sonst auch jeden Dienstag-, Freitag- und Sonntagabend.»

«Aber sonst ruft keiner hier an und bedroht sie», erklärte Karola. «Zwischen elf und zwölf letzte Nacht hat viermal das Telefon geklingelt. Zweimal wurde sofort aufgelegt, wenn der AB sich einschaltete. Beim dritten Mal hat jemand geflucht, beim vierten Mal – das hört ihr euch besser selbst an. Julia war völlig durcheinander, als ich nach Hause kam.»

Wie kaum anders zu erwarten, waren nun alle ganz Ohr, sogar Matthias. Telefon und Anrufbeantworter standen seit Jahr und Tag auf demselben kleinen Tisch neben dem Fernseher. Karola spielte das Band ab, zweimal hörte man nur das Klacken, mit dem die Verbindung wieder getrennt wurde. Der Fluch beim dritten Anruf gab auch nicht viel mehr her. Nur ein gepresstes: «Verdammt.»

Der vierte Anruf war aufschlussreicher. «Jetzt komm schon, Süße, sei lieb und geh ran. Ich weiß, dass du allein zu Hause bist. Und ich würde dich gerne besuchen. Aber ich falle nur ungern über ahnungslose Mädchen her», sagte eine Männerstimme.

Ob es dieselbe Stimme war, die am Donnerstagabend in der Werkhalle bei Scheidweber & Co von der Karre einer total besoffenen Kuh gesprochen hatte, hätte Marlene nicht mit Bestimmtheit sagen können. Der Anrufer sprach sehr gedämpft, erschwerend hinzu kamen irgendwelche Störgeräusche.

Ulla schien auch nicht auf Anhieb sicher, warf Marlene einen undefinierbaren Blick zu, wollte es noch einmal hören und sagte erst danach: «Deswegen würde ich mir an deiner Stelle keine Sorgen machen. Das klingt nach Andreas.»

Werner stimmte zu: «Dachte ich auch gerade.»

«Blödsinn», fuhr Karola auf. «Er hat in den vergangenen Jahren nichts von sich hören lassen, warum sollte er sich ausgerechnet jetzt bei uns melden?»

«Wieso *ausgerechnet*?», fragte Ulla verständnislos. «Was ist denn jetzt anders als vorigen Monat oder letztes Jahr?»

Das wusste in dem Moment nur Karola. Und die hätte es entgegen ihrer Art lieber verschwiegen, um Annette nicht unnötig zu reizen. Deshalb probierte sie es zuerst mit einem Ausweichmanöver. «Andreas hätte Julia nicht mit einem Überfall eingeschüchtert und ihr nichts vorgestöhnt.»

«Nach Einschüchterung klang der Überfall nun nicht gerade», gab Christoph seinen Senf dazu. «Und den Stöhner hatten wir letzte Woche schon. Da warst du überzeugt, es könnte nur einer sein, der deine Nummer von früher kennt. Damit waren wir bei Andreas. Ich wüsste auch sonst keinen, der eine Veranlassung hätte, dich privat zu belästigen.»

«Andreas hätte mit Julia gesprochen», hielt Karola dagegen. «Das dumme Ding ist tatsächlich rangegangen.»

Und wenn Karolas Telefon abgenommen wurde, schaltete sich der Anrufbeantworter automatisch aus, deshalb war nichts weiter aufgezeichnet worden.

«Vielleicht hat er mit ihr gesprochen», meinte Ulla. «Und vielleicht ist es ihr unangenehm, dir zu erzählen, was er gesagt hat. Könnte doch sein, dass er dachte, Julia sei jetzt in einem Alter, in dem sie für seine Version ein wenig Verständnis aufbrächte.»

Marlene sah das genauso. Julia konnte man gerade nicht ins Kreuzverhör nehmen. Sie verbrachte den Abend mit Johanna und Kirsten im Hause Barlow, wo die drei sich eigentlich in jeder freien Minute aufhielten. Annette war von montags bis samstags in ihrer Bücherstube, Christoph in seiner Agentur. Er arbeitete auch samstags, damit Annette ihn nicht zum Hausputz, Wäschebügeln oder sonst was verdonnerte. So hatten Kirsten, Julia und Johanna die Woche über das Eckhaus ganz für sich allein.

Davon abgesehen haben Siebzehnjährige andere Interessen,

als ihre Eltern zu einem Treffen im Freundeskreis zu begleiten. Das taten nicht einmal mehr Fünfzehnjährige. Leonard war daheim geblieben, um schon mal für die Klassenfahrt zu packen. Aber wahrscheinlich focht er einen Kampf am Computer aus.

«Blödsinn», sagte Karola noch einmal, aber schon merklich lahmer. «Warum sollte Julia mich belügen? Wir haben immer offen über alles gesprochen.»

«Auch über all die Untaten ihres Vaters und den grauslichen Mord an Mona?», erkundigte Annette sich in gekonnt schockiertem Ton. «Das arme Kind. Damit hättest du sie nicht belasten dürfen. Kein Wunder, dass sie völlig durcheinander war, nachdem Frau Merz am Mittwochabend Andy, den Jäger, ins Feld geführt hatte.»

Karola warf ihr nur einen giftigen Blick zu und fragte, woher Andreas hätte wissen sollen, dass Julia alleine zu Hause war. Für Marlene lag die Antwort auf der Hand. Sie vergewisserte sich mit einem raschen Blick, dass Werner nicht daran dachte, es Karola zu erklären.

Es war anzunehmen, dass Andreas sich bei Ulla erkundigt oder die von sich aus erzählt hatte, wie es Karola und den Mädchen ging, wann und womit Karola die Brötchen verdiente, dass seine älteste Tochter bereits eine eigene Wohnung in Köln hatte und einen indischen Freund, der von der Statur her sehr gut zu Stefanie passte.

«Ich glaube eher», begann Karola zögernd, als niemand auf ihre Frage reagierte, «dass die Anrufe mit *Monas Tagebuch* und meiner Sendung nach dem Unfall von Frau Merz zusammenhängen.»

«Klar», stimmte Annette ironisch zu. «Du glaubst wahrscheinlich auch, dass du den nächsten Reißer wieder bei mir abstauben kannst. Aber da befindest du dich gewaltig im Irrtum, meine Liebe. Wenn du in Zukunft blutrünstige Thriller lesen willst, kauf sie dir in der Buchhandlung am Markt. Ich will nicht schuld sein, wenn hier demnächst Vampire ein und aus gehen. Oder Werwölfe, die sind groß im Kommen.»

«Mach dich nur lustig», murrte Karola und rückte endlich mit dem heraus, was ihr wirklich Angst machte: «Der Kerl hat nicht nur hier angerufen, auch zweimal im Sender, aber vorher.»

Den ersten dieser Anrufe, bei denen keine Nummer übermittelt worden war, hatte die Technik zu ihr ins Studio durchgestellt. Ausgestrahlt worden war die kurze Unterhaltung nicht. Gespräche mit der vermeintlichen Astrologin gingen nie live über den Sender. Es gab eine gewisse Zeitverzögerung zur Sicherheit, weil manchmal irgendwelche Idioten in der Leitung waren, die Schweinkram loswerden wollten.

Der Mann hatte mit heiserer, wahrscheinlich verstellter Stimme artig gegrüßt: «Guten Abend, Frau Heinze. Wie schön, dass ich persönlich mit Ihnen sprechen kann. Ich bin Wassermann, Aszendent Waage, und ich habe nur eine Frage. Sie wissen sicher, dass Sie eine reizende Tochter haben. Aber wissen Sie auch, wie lange noch, oder steht das nicht in den Sternen?»

«Das kann nicht Andreas gewesen sein», beharrte Karola. «Er ist Löwe, Aszendent Krebs.»

Christoph lachte über diese Argumentation. «Nach dem chinesischen Horoskop bin ich Schlange. Wenn ich wie eine aussähe, würde mein liebend Weib nicht jedes Mal wie eine Furie auf mich losgehen, nur weil ich mir ein fettarmes Joghurt aus dem Kühlschrank nehme.»

«Was verstehst du denn unter fettarm?», fragte Ulla. «Ab drei Komma fünf Prozent Fettanteil heißt es schon Sahnejoghurt.»

«Er isst gar kein Joghurt», stellte Annette richtig. «Wenn er am Kühlschrank war, fehlt immer ein Stück Käse oder sonst etwas Fettiges.»

«Warum kaufst du ihm denn auch fettiges Zeug?», fragte Werner. «Ist er nicht schon fettig genug?»

«Pass auf, was du sagst», mimte Christoph den Beleidigten. Er boxte Werner spielerisch in die Seite. «Und so was nennt sich Freund. Weißt du, was es mich gekostet hat, diese Figur zu bekommen? Das war harte Arbeit, Junge, verdammt harte Arbeit. Vom finanziellen Aspekt gar nicht zu reden.»

Sogar Matthias lächelte, wenn auch etwas gequält.

Nummer neun

Nachdem Marlene eine Weile hin und her überlegt hatte, kam ihr der Gedanke, die beutelförmige Handtasche als Schöpfeimer einzusetzen. Vielleicht fiel das Wasser gar nicht so tief, wie es klang. Vielleicht reichte der Beutel bis zur Oberfläche, tauchte ein oder lief voll. Den Schulterriemen konnte sie auf die doppelte Länge bringen, indem sie eine Verbindungsnaht so lange mit dem scharfkantigen Stein bearbeitete, bis der Riemen sich an dieser Stelle abtrennen ließ. Sie schlang ihn sich zweimal um die rechte Hand und wagte sich wieder etwas näher an die Kante heran. Wo sie sich noch relativ sicher fühlte, legte sie sich flach auf den Boden und schubste den leeren Beutel über den Rand.

Die Idee war gut gewesen, leider nicht gut genug. Entweder reichte die Länge nicht, oder der leere Beutel schwamm nur nutzlos auf der Wasseroberfläche. Mit Wasser füllte er sich jedenfalls nicht.

Minutenlang legte sie den Kopf in den Nacken, streckte die Zunge in den feinen Sprühregen und nahm so etwas Feuchtigkeit auf. Viel zu wenig, um den Durst zu löschen. Auf ihrer Stirn bildeten sich wieder Tröpfchen, einige rannen in die Augen und verursachten ein Brennen.

Als sie mit einem Ärmel über die feuchte Stirn wischte, spürte sie die Wasserperlen auf dem imprägnierten Jackenstoff und leckte die Innenseiten der Ärmel ab. Es knirschte ein wenig zwischen den Zähnen. Doch von Ekel war sie mittlerweile so weit entfernt wie von der Hoffnung, bald wieder daheim zu sein und Andy, dem Jäger, die Polizei auf den Hals hetzen zu können.

Im Gegensatz zu ihrer Jacke saugte sich der wollhaltige Hosenstoff voll Wasser. Nicht mehr lange, dachte sie, dann kann ich an meiner dreckigen Hose saugen wie an einem Schwamm. Noch während sie das dachte – und sich im Geist die Hose ausziehen sah – kam ihr der Gedanke, mit einer Stiefelette zu versuchen, was mit dem Kunstlederbeutel nicht gelingen wollte.

So kam die an den Knien durchgescheuerte Strumpfhose doch noch zum Einsatz. Sie kroch wieder ein Stück zurück bis zu einer sicheren Stelle. Während sie sich auszog, schlugen ihr die Zähne aufeinander. Kälte und Nässe machten die Grotte zu einem nicht eben behaglichen Ort. Und obwohl sie sich rasch wieder anzog, wollte das Zähneklappern danach nicht mehr aufhören. Ohne die schützende Strumpfhose pappte der feuchte Wollstoff wie ein Eiswickel auf der Haut.

Mit zittrigen Fingern fummelte sie die Füßlinge der Strumpfhose durch die beiden Zierschlaufen am Schaft der Stiefelette, über die Karola gelästert hatte: «Willst du Rodeo reiten? Die sehen ja aus wie Westernstiefel. Das ist doch gar nicht dein Stil.»

Vielleicht nicht ihr Stil, aber jetzt schien es ihre Rettung. Zwei Knoten geknüpft, kräftig an jedem gezogen, um zu testen, dass sie etwas Gewicht aushielten. Den Slipteil wickelte sie um die rechte Hand und hielt den durch Zusammendrehen der Beinlinge entstandenen Strang fest in der Faust, damit ihr das provisorische Eimerchen nicht entglitt.

Dann legte sie sich wieder auf den Bauch und robbte erneut zentimeterweise an den Kessel heran, wobei sie immer zuerst die Stiefelette ein Stückchen nach vorne schubste, ehe sie sich selbst vorwagte. Viel schneller als erwartet spürte sie den Zug in der Faust, als die Stiefelette nach unten fiel. Wie sie aufs Wasser traf, war in dem Getöse nicht zu hören. Es wurde nur schwer in der Hand, als sie eintauchte und sich füllte.

Das wärmende, aber trotzdem dünne Baumwoll-Stretchgewebe dehnte sich, als Marlene ihr Noteimerchen heraufzog. Ganz langsam, überaus vorsichtig und geplagt von der Horrorvorstellung, dass die Strumpfhose riss oder an der scharfen Felskante durchscheuerte. Oder dass sie die Stiefelette nicht mit der Öffnung nach oben über die Kante brachte.

Aber es ging alles gut. Als wäre das Glück nun, wo sie endlich wusste, dass es um ihr Leben ging, auf ihrer Seite. Und es war pures Glück, den Stiefel anzusetzen und das eiskalte Nass in den Mund rinnen zu lassen. Es schmeckte fast wie Mineralwasser. Sie trank langsam und in kleinen Schlucken.

Nachdem der ärgste Durst gelöscht war, wusch sie mit dem Rest ihre Hände. Den leeren Stiefel schubste sie gleich nochmal über die Kante, zog ihn gefüllt nach oben und suchte ein möglichst ebenes, sicheres Fleckchen, auf dem sie ihn abstellen konnte. Dann löste sie vorsichtig die Knoten und verband die Strumpfhose mit der zweiten Stiefelette.

Für die beutelartige Handtasche fand sie danach eine andere, nützliche Verwendung. Mit dem scharfkantigen Stein säbelte sie den Beutel in zwei Hälften. Das dauerte zwar ein Weilchen, und sie fühlte sich dabei wie eine blinde Neandertalerin. Aber ihr wurde wieder etwas wärmer. Und inzwischen hatte sie sich fast daran gewöhnt, überhaupt nichts zu sehen, kam für ihr Empfinden gut zurecht. Fragte sich nur, wie lange noch.

Doch darüber wollte sie nicht nachdenken, als sie sich eine Hälfte des zerteilten Beutels mit dem Schulterriemen um das rechte Knie band. Die andere Hälfte wurde zum Knieschützer für das linke Bein, gehalten von dem Schlüsselband, nachdem sie mit dem Stein Schlüssel und Christophorus-Plakette abgeschnitten und in eine Hosentasche gesteckt hatte. So waren die

Schmerzen etwas erträglicher, als sie aufbrach, um herauszufinden, was es mit dem grünen Glimmen auf sich hatte.

16. Januar 2010 – Samstagabend

Karolas Bericht von Drohanrufen im Sender schien keinen mehr zu interessieren. Fast tat sie Marlene leid, aber nur fast. Es interessierte Karola nämlich auch nicht, dass von ihren sechs Gästen vier nicht mehr zuhörten.

«Kurz darauf rief der Kerl ein zweites Mal im Sender an», erzählte sie Marlene und Ulla. «Er besaß sogar die Dreistigkeit, sich auf den ersten Anruf zu berufen. Ich hätte seine Frage nicht beantwortet, sagte er. Aber er wollte nicht nochmal zu mir durchgestellt werden, nur verkünden, dass er mir in Kürze das Schandmaul stopfen würde, damit ich nicht noch ein Weib, das unter die Erde gehöre, in den Himmel heben ließe. Jörg saß in der Technik und hat mitgeschnitten. Unter anderem sagte der Kerl: ‹Wenn Frau Jäger gleich aus ihrem Kabuff kommt, richten Sie ihr aus, beim nächsten Mal geht *Killing Me Softly* mit einem schönen Gruß von Karola über den Sender. Ich kann allerdings nicht dafür garantieren, dass Karola tatsächlich softly gekillt wird. Ich habe nämlich so eine Scheißwut auf dieses Weib, dass ich sie am liebsten in Stücke hacken würde. In sehr kleine Stücke, angefangen bei den Füßen. Dann scheibchenweise die Beine hoch.› Auf der Heimfahrt habe ich Blut und Wasser geschwitzt, das könnt ihr mir glauben.»

Das tat keiner, obwohl es mit dem erwähnten Mitschnitt einen Beweis für diesen Drohanruf geben musste und mit Jörg in der Technik einen Zeugen. Aber wer von ihnen hatte die Möglichkeit, das zu überprüfen und persönlich mit Jörg zu reden? Keiner.

Das Problem in diesen Minuten war, dass außer Marlene und Karola keiner der Anwesenden die gepiercte Elke von *Killing Me Softly* und dem Spinner mit der unterdrückten Nummer hatte reden hören. Und von Marlenes Miene war vermutlich der Spruch abzulesen, mit dem Fischer am vergangenen Nachmittag sie bedacht hatte: *Wer einmal lügt, dem glaubt man nicht, auch wenn er dann die Wahrheit spricht.*

Marlene war Karolas Bericht gegenüber auch deshalb skeptisch, weil der Anrufer beim zweiten Mal von Frau Jäger gesprochen haben sollte. Wo Karola den Freitagabendhokuspokus doch als Frau Heinze veranstaltete. Das wussten nur die Leute im Sender und Karolas Freunde.

Andreas konnte das natürlich ebenso von Ulla erfahren haben wie alles andere. Wenn ihm darüber hinaus zu Ohren gekommen war, welch einen Buhmann Karola aus ihm gemacht hatte, wäre die Scheißwut nachvollziehbar gewesen. Aber Andreas konnte nichts von *Killing Me Softly* wissen.

«Jetzt mach aber mal halblang», sagte Ulla und sprach damit aus, was Marlene dachte. «Willst du uns allen Ernstes weismachen, dass irgendein Widerling zuerst zweimal im Sender angerufen hat und danach viermal hier? Wann hast du denn dein astrologisches Pseudonym gelüftet und deine ach so geheime Geheimnummer der Öffentlichkeit bekannt gegeben?»

Sichtlich um Ruhe bemüht, atmete Karola vernehmlich durch und winkte ab. «Mit dir diskutiere ich jetzt nicht über all das, was so ein Schwein tun kann, wenn es etwas Bestimmtes in Erfahrung bringen will. Beobachten zum Beispiel. Wer weiß denn, wie lange der mich schon auf dem Kieker hat? Ich habe schon über *Monas Tagebuch* gesprochen, kurz nachdem es erschienen war.»

«Dann diskutier doch mit mir», bot Marlene an und sorgte damit für etliche Sekunden allgemeiner Verblüffung. Dass Ulla mit dem schrecklichen Unfall ihres Sohnes in die Schranken verwiesen wurde, und darauf lief es hinaus, ging ihr entschieden zu weit. Aber dass sie sich energisch zu Wort meldete, noch dazu mit einer Kampfansage, hatte bisher keiner erlebt. «Monas Mörder kann nämlich nirgendwo angerufen haben, weder hier noch im Sender.»

«Das weißt ausgerechnet du ganz genau», meinte Karola. «Du hast das Buch ja nicht mal gelesen. Du weißt doch überhaupt nicht, wie der Typ tickt.»

«Was interessiert mich, wie einer tickt, der frei erfunden ist», sagte Marlene.

«Frei erfunden?», wiederholte Karola. «Wer sagt das?»

Ehe Marlene sich im Eifer des Gefechts mit ihrer gestrigen Verabredung am Kölner Hauptbahnhof verplappern konnte, was garantiert für noch mehr Aufregung gesorgt hätte, bat Matthias: «Jetzt zankt euch doch nicht, Mädels. Ein paar blöde Anrufe sind wirklich kein Grund, sich gegenseitig die Köpfe einzuschlagen.»

«Du nimmst mir das Wort aus dem Mund», pflichtete Christoph ihm bei und wandte sich an Karola: «Julia kann bei uns übernachten, dann brauchst du dir um sie schon mal keine Sorgen zu machen. Und deine Kellertür kriegen wir garantiert auch so verbarrikadiert, dass du hier sicher bist. Was meinst du, Werner?»

Werner nickte.

«Danke», sagte Karola nur.

Christoph klatschte auffordernd in die Hände. «Abmarsch, Jungs. Wäre doch gelacht, wenn wir mit vereinten Kräften nicht verhindern könnten, dass hier ein Versicherungsfall eintritt. Karola hat vor zwei Jahren eine Lebensversicherung zugunsten ihrer Töchter abgeschlossen. Wenn die vor der Zeit fällig wird und herauskommt, dass ich es hätte verhindern können, kriege ich gewaltigen …»

Den Rest verstand Marlene nicht mehr. Christoph war bereits auf der Kellertreppe, dicht gefolgt von Werner und Matthias. Um jeder weiteren Auseinandersetzung mit Karola aus dem Weg zu gehen, schnappte Annette die Teller vom Tisch und trug sie in die Küche. Ulla folgte dem Beispiel, sammelte das Besteck ein und schloss sich an.

Als Marlene den Topf mit einem winzigen Rest Chili nehmen wollte, fragte Karola: «Also, wer hat dich auf die Idee gebracht, Monas Liebhaber sei frei erfunden? Das hörte sich eben ziemlich sicher an.»

«Ich bin auch ziemlich sicher», erklärte Marlene. «Mona hatte pro Woche zwei oder drei Männer von dieser Agentur Sirius. Für einen zusätzlichen Liebhaber hätte sie gar keine Zeit gehabt. Und Callboys hätte sie nicht bezahlen müssen, wenn es diesen speziellen Liebhaber gegeben hätte.»

«Sagt wer?», fragte Karola mit skeptisch hochgezogenen Brauen. Dass Marlene von allein darauf gekommen sein könnte, zog sie gar nicht in Betracht.

«Der Journalist, der am Mittwoch in der Bücherstube war. Fischer.» Marlene warf einen raschen Blick durch die offene Flurtür. In der Küche bestückten Annette und Ulla den Geschirrspüler, klapperten mit Tellern und Besteck und unterhielten sich über gute und weniger gute Beinprothesen. Von den Männern im Keller war nichts zu hören.

Mit gedämpfter Stimme sprach sie weiter: «Er hat uns beide am Donnerstag in deiner Sendung gehört und geglaubt, dass ich mit Heidrun Merz befreundet war. Gestern rief er mich an. Ich hab mich nachmittags mit ihm getroffen. Wenn Werner das erfährt, oder sonst jemand, von dem Werner es erfahren könnte, hast du anschließend keine Freunde mehr, die dir beim nächsten Engpass aus der Klemme helfen. Habe ich mich klar ausgedrückt?»

«Sicher», beeilte Karola sich mit ihrem Schweigegelübde. «Keine Sorge, ich halte den Mund. Es mag nicht danach aussehen, aber ich weiß, wie man etwas für sich behält. Und woher wusste dieser Fischer, dass Mona …»

«Recherche», sagte Marlene nur.

«Hat er sonst noch was …» Karola wäre nicht Karola gewesen, hätte sie sich mit dieser knappen Auskunft begnügt.

«Eine ganze Menge», sagte Marlene. «Aber das erzähle ich dir, wenn wir alleine sind. Du kannst ja nächste Woche mal auf einen Kaffee vorbeikommen, wenn du Zeit hast.»

Karola nickte in Gedanken versunken, ehe sie zum ursprünglichen Thema zurückkam. «Und wer zum Teufel hat dann viermal hier angerufen?» Die beiden Anrufe im Sender brachte sie nicht noch einmal vor, was Marlene in der Annahme bestärkte, auch die seien frei erfunden gewesen.

«Andreas», sagte sie. «Ich wüsste sonst keinen.»

Ulla und Annette kamen aus der Küche zurück. Kurz darauf tauchten auch die Männer wieder auf. Sie hatten kurzerhand die Waschmaschine abgeklemmt und vor die Kellertür geschoben. Um das schwere Gerät von der Stelle zu bewegen und die Tür aufzubekommen, wäre eine gehörige Kraftanstrengung nötig.

Christoph hatte ein paar Flaschen Rotwein entdeckt und brachte zwei mit. «Du hast hoffentlich nichts dagegen, wenn wir damit zum gemütlichen Teil des Abends kommen?», fragte er. «Ich finde, den haben wir uns verdient.»

Karola beeilte sich, Weingläser aus dem Schrank zu nehmen.

Nummer neun

Es mochten etwa vier Liter Wasser sein, die Marlene mit auf den Rückweg in die große Höhle nahm. Bis zum Rand gefüllt waren beide Stiefeletten nicht. Die triefend nasse Strumpfhose ließ sie zurück, umklammerte mit jeder Hand einen der Blockabsätze und das darüber liegende Fersenteil.

So war das Kriechen eine elende und trotz der provisorischen Knieschützer schmerzhafte Plackerei. Auf dem Weg zum Wasser hatte sie in der Eile die Steinchen nur noch nachlässig beiseitegeschafft. Jetzt konnte sie nicht gründlicher vorgehen, weil ihre Hände nicht frei waren. Nur abstützen konnte sie sich noch, wenn sie die jeweilige Hand mit der Stiefelette aufsetzte.

Dass sie den falschen Weg einschlagen könnte, stand nicht zu befürchten. Es ging wie in einer Rinne bergauf. Zum Glück nicht allzu weit, nach zwölf, höchstens fünfzehn Metern wurde die Rinne breiter und flacher. Marianne Faithfull war wieder zu hören, allerdings nur schwach, weil das Rauschen und Plätschern an dieser Stelle noch sehr laut war. Aber sie musste sich bereits wieder hinter dem Durchbruch befinden und kroch noch ein Stück weiter von der Felswand weg.

Als das Rauschen leiser und die Musik deutlicher wurde, suchte sie ein möglichst ebenes Plätzchen für ihre Wasserbehältnisse, stellte beide überaus vorsichtig ab, schabte rasch noch Steinchen zur Befestigung drum herum. Dann drehte sie sich um und setzte sich mit dem Gesicht zur Wand hin.

Das grüne Glimmen machte ihr klar, dass sie sich bezüglich der Richtung nicht irrte. Es war jetzt sehr viel näher als je zuvor, befand sich schätzungsweise zwei Meter über ihrem Bodenniveau und bewegte sich nicht. In dem schwachen Lichthof, den es verbreitete, meinte sie eine helle, glatte Oberfläche zu erkennen.

Was zum Teufel war das?

Stand der Mistkerl so nahe bei ihr, ohne sich zu rühren? Das war leicht herauszufinden. Sie tastete den Boden neben sich ab, bis sie einen faustgroßen Stein zu packen bekam. Den warf sie mit Schwung in Richtung des Grüns, traf aber nicht. Sie hörte ihn ein paar Meter weiter aufschlagen, und sonst hörte sie nichts. Der nächste Stein war etwas kleiner und flog deshalb vielleicht etwas weiter. Diesmal klang es wie Stein auf Stein. Die Wand getroffen, dachte sie und tastete nach dem dritten.

Wie viele Steine sie letztlich warf, wusste sie nicht, sehr viele, alles, was um sie herumlag und größer war als die fiesen, kleinen Folterinstrumente. Zuerst richtete sie sich auf Knien auf, um höhere Stellen an der Wand zu treffen. Weil die Knie die Belastung aber kaum noch aushielten, stand sie schließlich aufrecht und bückte sich nur noch nach dem Steinhäufchen, das sie vor ihren nackten Füßen angesammelt hatte.

Und irgendwann gab es beim Aufprall ein anderes Geräusch, dem sofort weitere folgten. Das Glimmen geriet in Bewegung, schien sich erst zu drehen, dann fiel es und erlosch mit einem letzten Poltern. Marianne verstummte – allerdings nicht völlig, weiter hinten sang sie weiter von Lucy Jordan.

Lautsprecher, dachte Marlene, und nicht bloß einer.

Sie riskierte noch ein Zündholz, das wie der überwiegende Teil seiner Vorgänger zuerst nicht brennen wollte, schließlich aber doch aufflammte und mit seinem unruhigen Schein gerade weit genug reichte, um ihr Gewissheit zu geben. Etwa drei Meter von ihr entfernt lag am Boden vor der Felswand ein kleiner Lautsprecher von der Art, wie Leonard zwei Stück an seinem Computer angeschlossen hatte.

Angeschlossen! Es durchzuckte sie wie ein Stromschlag. Kabel! Leonards Lautsprecher waren durch Kabel mit dem Computer verbunden. Und Kabel führten in der Regel irgendwohin. Nach dieser Schlussfolgerung schnappte sie hastig mit der freien Hand ihre Stiefeletten, packte beide an den Schäften zusammen und riskierte die wenigen Schritte aufrecht zur Felswand. Gerade als sie die Stelle erreichte, wo der Lautsprecher zu Boden gegangen war, erlosch die winzige Flamme. Aber es war nicht das allerletzte Zündholz gewesen.

Nachdem sie ihren Wasservorrat wieder standsicher geparkt hatte, mühte sie sich mit dem nächsten Pappstreifen auf der fast völlig abgenutzten Reibefläche ab, bis das Flämmchen aufloderte. In dessen Schein untersuchte sie hektisch den von einem Felsvorsprung gestürzten kleinen Kasten.

Das Plastikgehäuse war beim Aufprall geborsten, an der Rückseite waren zwei Kabel befestigt, ein flaches und ein rundes. Als sie daran zog, schälte sich zu ihren Füßen ein armdicker Kabelstrang aus dem steinigen, staubigen Untergrund, von dem die beiden abzweigten. Wie viele Kabel in dem Strang zusammengefasst waren, ließ sich unmöglich feststellen. Sie waren im Abstand von fünfzig oder sechzig Zentimeter von Klebeband zusammengehalten.

Der Strang verlief, wie sie bald feststellte, in beide Richtungen an der Felswand entlang. Sie entschied sich für die linke, weg von dem Durchbruch, hinter dem das Wasser rauschte.

17. Januar 2010 – Sonntag

Der Sonntag begann wie der Samstag ohne Musik, dafür gab es wieder ein ausgedehntes Frühstück. Johanna und Leonard verzogen sich danach in ihre Zimmer, sie, um zu lernen, er, um weiter für die Klassenfahrt zu packen – oder überhaupt mal damit anzufangen. Anschließend setzte er sich an den Computer, bis Marlene zum Mittagessen rief. Bei der Zubereitung hatte Werner assistiert und Karolas gestrige Behauptungen bezüglich der Anrufe im Sender ebenso bezweifelt wie die Horrorszenen der Jäger'schen Ehe und die Bösartigkeit seines Freundes.

Nach dem Essen radelte Leonard zu einem Freund und Johanna wieder zu Barlows. Werner nutzte die ungestörte Zweisamkeit, um noch einmal Marlenes Traurigkeit anzusprechen. Das ließ ihm offenbar keine Ruhe. In der heutigen Zeit müsse sich kein Mensch nutzlos oder überflüssig fühlen, meinte er. Wenn der Haushalt und die Kinder sie nicht mehr ausfüllten und sie sich die Nachmittage nicht in einem Fitnessstudio oder dem Tennisclub vertreiben wollte, es gäbe Arbeit en masse. Es wolle oder könne nur nicht immer jemand für diese Arbeit bezahlen. Vor allem im sozialen Bereich würden händeringend ehrenamtliche Helfer gesucht.

Marlene könnte sich um alleinstehende alte Leute kümmern, Besorgungen für sie machen, mit ihnen spazieren gehen, sie zum Arzt begleiten, ihnen vorlesen und so weiter. Wenn sie lieber etwas mit Kindern machen wollte, da gab es Mittagstische, Hausaufgabenbetreuung und einiges mehr. Werner wusste sogar schon, bei welchen Wohltätigkeitsorganisationen sie sich erkundigen und ihre Dienste anbieten könne.

«Du bist doch nicht darauf angewiesen, Geld zu verdienen», sagte er. «Es sei denn, du spielst mit dem Gedanken, dich von mir zu trennen, und willst finanziell auf eigenen Füßen stehen.»

«Um Gottes willen, nein», versicherte sie.

«Ich wüsste auch nicht, was ich dann täte», sagte er, betrachtete sie nachdenklich und stellte fest: «Aber meine Vorschläge sind nicht nach deinem Geschmack. Du siehst zumindest nicht so aus, als könntest du dich für ein Ehrenamt begeistern.»

Auf Anhieb gelang ihr das wirklich nicht. «Was erwartest du denn?», fragte sie. «Dass ich Hurra schreie, weil du mir freistellst, alten Leuten etwas vorzulesen oder mit fremden Kindern die Hausaufgaben zu machen? Warum bietest du mir nicht einen Job in deiner Firma an? Ich könnte am Telefon die Empfangsdame spielen und unzufriedene Kunden vertrösten.»

Jetzt grinste er – fast so selbstgefällig und überheblich wie Fischer. «Ich habe keine unzufriedenen Kunden.»

«Nein», stimmte sie zu. «Du hast nur eine unzufriedene Frau, die nicht weiß, was sie mit ihrer überflüssigen Zeit anfangen soll. Aber ich werde darüber nachdenken, ob ich mich lieber um alte Leute oder um Kinder kümmern möchte, versprochen.»

Kaum war das gesagt, sah sie eine für ihr Gefühl viel bessere Alternative: «Ich könnte ja auch Annette fragen, ob sie mich als Aushilfe nimmt. Sie braucht dringend eine Aushilfe, will es aber nicht zugeben. Wenn sie zum Zahnarzt, zum Friseur oder sonst wohin muss, spannt sie immer die Mädchen ein. Wenn sie nur mal aufs Klo will, muss sie abschließen und das Schild *Bin gleich wieder da* an die Tür hängen. Wenn ich kein Geld verdienen muss, kann sie sich mich leisten.»

«Das wäre eine Überlegung wert», meinte Werner und schloss das Thema damit ab.

Bis die Kinder nach Hause kamen, machten sie aus dem in seinem Horoskop angekündigten romantischen Wochenende noch einen gemütlichen Nachmittag. Saßen eng beieinander auf der großen Couch wie früher im Kino, schauten sich *Pretty Woman* von einer DVD an, tranken Kaffee und aßen die Kekse, die sie samstags gemeinsam eingekauft hatten.

Leonard kam als Erster heim und musste vor dem Abendessen unbedingt noch einige Sachen packen.

«Hoffentlich ist er morgen früh fertig», scherzte Werner.

Johanna trübte die angenehme Stimmung, als sie nach Hause kam. Sie hatte am vergangenen Abend nicht mehr erfahren, dass Julia bei Kirsten übernachten durfte. Und das nicht bloß einmal! Nun hatte sie bereits geklärt, dass bei Barlows keiner etwas dagegen hatte, wenn sie ebenfalls …

«Nein», sagte Werner.

«Warum nicht?», fragte Johanna in einem Ton, den man getrost als patzig bezeichnen durfte.

«Weil ich morgen früh nach Straßburg fliege und erst am Freitag zurückkomme», sagte Werner. «Dein Bruder fährt nach Tirol und ist auch fünf Tage weg. Dann wäre Mama ganz allein.»

«Ja und?», begehrte Johanna auf. «Sie ist doch kein Baby. Mama, sag ihm, dass du gerne ein paar Tage für dich allein hättest.»

Ehe Marlene dazu kam, irgendetwas zu sagen, erklärte Werner: «Es geht nicht um Tage, sondern hauptsächlich um Nächte.»

«Ja und?», fragte Johanna noch einmal. «Meinst du, Mama kann nicht schlafen, wenn sie alleine ist?»

«Was ich meine, steht hier nicht zur Debatte», sagte Werner. «Ich habe nein gesagt, und nein heißt nein.»

«Ich bin siebzehn», erklärte Johanna nachdrücklich.

«Ich weiß, mein Schatz», sagte Werner. «Und ich bin ein Spießer. Wenn du den Aufstand proben willst, gehen wir das nächstes Wochenende in aller Ruhe an, ja? Heute ist es mir dafür zu spät. Und komm morgen nicht auf die Idee, dein Glück bei Mama zu versuchen.»

Johanna verzog sich schmollend auf ihr Zimmer, kam nicht mal zum Abendessen hinunter. Darauf bestehen, dass sie etwas aß, mochte Werner nicht. Wahrscheinlich hatte es nachmittags bei Barlows reichlich Kuchen für alle gegeben. Da wäre sie wohl noch satt bis zur Halskrause, meinte er. Aber ihm war anzumerken, dass er sich unwohl fühlte wie einer, der nicht mehr alles unter Kontrolle hatte und nicht wusste, wie er die Abweichlerinnen wieder auf Linie bringen sollte.

Nummer neun

Es war ein großes Wagnis, aufrecht zu gehen. Marlene musste es riskieren, weil sie kriechend keine zwei Meter mehr hätte bewältigen können. Ihre geschundenen Knie wollten einfach nicht mehr, daran änderten auch die mühevoll gebastelten Schützer aus Kunstleder nichts.

In der linken Hand hielt sie die zusammengepackten Schäfte der noch gut zur Hälfte gefüllten Stiefeletten. Mit der Rechten zerrte sie den dicken Kabelstrang aus dem Boden. Er war nur nachlässig dicht an der Felswand in die obere, lockere Erdschicht gedrückt, stellenweise sogar einfach bloß zwischen Steine verlegt.

Zentimeter für Zentimeter schob sie die nackten Füße vorwärts, hütete sich, den Bodenkontakt zu verlieren. Hin und wieder tastete sie nach der Felswand zu ihrer Rechten und schickte Stoßgebete an einen Gott, an den sie nicht wirklich glaubte, dass die Kabel zur Stromquelle und nicht bloß zum nächsten Lautsprecher führten. Ihre Gebete wurden erhört.

Marianne Faithfull blieb weiter und weiter hinter ihr zurück, obwohl noch zweimal Kabel abzweigten und – geschickt in feine Rinnen und Schrunden der Wand gedrückt oder geklebt – nach oben führten. Als sie hinaufschaute und den richtigen Blickwinkel erwischte, sah sie beide Male die nadelstichartigen, kreisförmig angeordneten roten Punkte, die ihr weiter hinten schon zweimal aufgefallen waren. Die Linse einer Infrarotkamera, die hoch über ihrem Kopf an der Felswand befestigt war. Lautsprecher gab es hier keine mehr.

Irgendwann gelangte sie auf ein Stück Boden, der aus festgestampftem Lehm zu bestehen schien. Ihre nackten Füße waren zwar taub vor Kälte, aber völlig gefühllos waren sie noch nicht. Jedes Steinchen hatte unter den Fußsohlen gestochen. Nun stach nichts mehr, stattdessen hatte sie das Gefühl, dass es stetig bergauf ging. Der Kabelstrang ließ sich nicht mehr ziehen, er war jetzt mit Schellen unten am Fels befestigt.

Sie versuchte, nicht an die Kameras zu denken. Vollkommen ausblenden ließ sich die Vorstellung jedoch nicht, dass der Mistkerl irgendwo weiter vorne an einem Bildschirm saß, sie kommen sah und sich bereitmachte, sie zu empfangen. Aber welche Wahl hatte sie denn?

Sie tastete sich weiter an der Wand entlang, bis sie mit dem rechten Schienbein gegen ein tief angebrachtes Hindernis stieß. Holzstufen, nur vier an der Zahl. Sie führten hinauf zu einer Holztür mit einer Aussparung an der Unterkante, in welcher der Kabelstrang verschwand. Ihre suchenden Finger glitten an der Tür hoch und fanden eine alte Klinke – nur ein Stück gebogenes Eisen – die sich relativ leicht herunterdrücken ließ.

Natürlich ließ sich die Tür nur durch Niederdrücken der Klinke nicht öffnen. Was hatte sie denn erwartet? Dass sie einfach so hinaus in die Freiheit spazieren könnte, nachdem sie diesen entsetzlichen Gestank gerochen, eine Handtasche mit einer Christophorus-Plakette gefunden und ihren Stoffgürtel um etwas gewickelt hatte, das ausgesehen hatte wie ein Oberschenkelknochen? Er durfte sie nicht entkommen lassen, hatte selbstverständlich diese Tür verschlossen! Und wenn er sie öffnete …

Sie war zu erschöpft und durchgefroren, um noch so etwas wie Enttäuschung oder gar Furcht zu empfinden. Ohne sich erneut um sicheren Stand für ihren Wasservorrat zu kümmern, stellte sie die Stiefeletten ab, klopfte mit beiden Fäusten gegen das Holz und rief: «Hey, pennst du? Ich bin hier! Direkt hinter der Tür! Mach auf, mir ist kalt!»

Keine Reaktion. Natürlich nicht. Das frustrierte sie doch ein wenig. «Feige Sau», murmelte sie und warf sich mit der rechten Schulter gegen das Holz, was man aber kaum als werfen bezeichnen konnte. Es steckte keine Kraft darin, war mehr ein Sich-nach-vorne-fallen-Lassen. Sie wollte ihn dabei weiter beschimpfen und verfluchen. Doch dazu kam sie nicht mehr.

Die Tür gab sofort nach, scheuerte mit einem kratzenden Geräusch über unebenen Steinboden, während Marlene vornüber in einen Gang kippte, in dem es augenblicklich hell wurde. Geblendet schloss sie die Augen. Im Bemühen, den Sturz abzufangen, um nicht mit dem Gesicht aufzuschlagen, prellte sie sich den Ellbogen – wieder den rechten, den sie sich bereits im Graben angeschlagen hatte.

Diesmal tat es so weh, dass sie mindestens eine Minute lang mit geschlossenen Augen und nach Luft japsend halb auf den Stufen, halb auf dem Steinboden lag und den Ellbogen mit der linken Hand hielt, ehe sie sich fragte, warum der Mistkerl nichts weiter tat, nachdem er die Tür aufgerissen und das Licht eingeschaltet hatte. Sie blinzelte widerstrebend in die Helligkeit, erwartete, ihn hochaufgerichtet vor sich zu sehen. Vielleicht ein Grinsen im Gesicht, vielleicht ein Messer, einen Knüppel oder sonst etwas in der Hand. Doch da war niemand.

Wieder brauchte sie eine Weile, um ihre Verblüffung zu verarbeiten. Dann langte sie vorsichtig zurück auf die Stufen und griff nach ihren Stiefeletten. Eine kippte um, weil Ringfinger und kleiner Finger der rechten Hand durch die erneute Prellung des Ellbogens vollkommen taub geworden waren. Das kostbare Nass rann die vier Stufen hinunter. Schade drum. Jammerschade, wo es so viel Mühe gekostet hatte, das Wasser aus dem Kessel zu schöpfen. Die andere brachte sie samt Inhalt unbeschadet durch die Tür.

Die war weder verschlossen noch verriegelt gewesen, klemmte nur, wie sie feststellte, als sie sich aufrichtete und die Tür hinter sich zudrückte. Sie lehnte sich mit dem Rücken gegen das Holz, hielt ihren verletzten Ellbogen und wartete ab, ob der Mistkerl nicht doch noch zum Vorschein kam.

18. Januar 2010 – Montagmorgen

Beim Frühstück versuchte Johanna noch einmal, Werner umzustimmen. Sie führte an, dass Julia ein Riesenproblem habe und den Beistand ihrer Freundinnen brauche – beider Freundinnen wohlgemerkt. Bisher hatten sie immer alles zu dritt gemacht.

Als das nichts half, weil Werner meinte, sie könnten auch weiterhin den ganzen Tag alles zu dritt machen, aber nachts habe sie zu Hause zu sein, berief Johanna sich auf die Schule. Angeblich standen für die Woche zwei wichtige Klausuren an, auch deshalb sei es wichtig, ebenfalls bei Kirsten schlafen zu dürfen. Da könnten sie zu dritt noch in den Betten lernen. Lektionen, die man unmittelbar vor dem Einschlafen noch einmal durchginge, säßen unwiderruflich, behauptete sie.

Marlene tat sie leid, Werner blieb hart. «Du kannst deine Lektionen auch alleine durchgehen, wenn du im Bett liegst. Und zwar in deinem Bett! Ende der Diskussion.»

«Du bist so gemein.» Das letzte Wort ließ Johanna sich nicht verbieten, fehlte nur, dass sie mit einem Fuß aufstampfte.

Um halb acht verließ Werner das Haus mit seinem Rollkoffer. Marlene bekam einen langen Kuss zum Abschied und das Versprechen, sich so oft wie möglich zu melden. Feste Zeiten konnte er nicht nennen, was letztlich bedeutete, dass sie nicht aus dem Haus gehen durfte, wenn sie seine Anrufe nicht verpassen wollte.

Johanna sagte ihm nicht mal auf Wiedersehen, holte ihre Schultasche und machte sich alleine auf den Weg.

Leonard hatte noch etwas Zeit, die beiden Busse nach Tirol sollten erst um neun abfahren. Eine Viertelstunde vorher sollten sich die Schüler und Schülerinnen beim Gymnasium einfinden. Das verschaffte Marlene die Zeit, rasch zu duschen und sich zurechtzumachen, ehe sie aufbrechen mussten.

Leonards Gepäck bestand aus einem Rucksack, in dem er sein Waschzeug und den Reiseproviant verstaut hatte, und seiner prall mit Kleidung gefüllten Sporttasche. Skiausrüstungen sollten vor Ort gemietet werden, sonst hätte man noch einen dritten Bus mieten müssen. Marlene vergewisserte sich, dass er genug Geld dabeihatte, und holte noch zwei von seinen Freunden ab, deren Eltern nicht die Zeit hatten, Taxi zu spielen.

Die beiden Reisebusse trafen mit Verspätung am Gymnasium ein. Ehe alle Gepäckstücke verladen waren und alle einen Platz ergattert hatten, verging noch eine halbe Stunde. Aber endlich setzte sich der Treck in Bewegung. Wie einige andere Mütter und zwei Väter winkte Marlene den Bussen nach, obwohl vermutlich keiner der Insassen noch etwas davon sah. Die waren alle vollauf mit ihrer Vorfreude beschäftigt.

Bei der Rückfahrt graute Marlene ein wenig vor dem Nachmittag, wenn Johanna aus der Schule kam. Es war anzunehmen, dass ihre Tochter sich sofort daranmachte, das zu tun, was Werner ihr gestern untersagt hatte. Man musste ja nicht unbedingt betteln oder zetern, es gab andere Methoden, die viel mehr Wirkung zeigten. Schweigen zum Beispiel. Oder das, was nicht wortwörtlich verboten war, bis auf die letzte Sekunde ausreizen. Wie sie mit einer Siebzehnjährigen umgehen sollte, die sie wie Luft behandelte und vermutlich nur zum Schlafen nach Hause kam, wusste Marlene nicht und fand auch nicht die Zeit, großartig darüber nachzudenken und sich eine Strategie zurechtzulegen.

Sonst rief wochenlang kein Mensch an, doch an diesem Montagvormittag stand das Telefon nicht still. Kaum hatte sie die Diele betreten, meldete Werner sich zum ersten Mal. Er war gerade in Straßburg gelandet und wollte wissen, ob Leonard gut weggekommen war.

Danach rief Karola an, hatte es bereits zweimal probiert. «Mit wem telefonierst du denn die ganze Zeit?»

Das Gespräch mit Werner hatte keine zwei Minuten gedauert. Karola war jetzt im Studio – wo auch sonst? – und wollte nach ihrer Sendung vorbeikommen. «Oder ist dir das zu früh? Ich kann auch heute Nachmittag …»

«Nein, nein», sagte Marlene rasch und erleichtert. Karola

blieb bestimmt länger. «Schon in Ordnung. Komm ruhig zu Mittag. Soll ich uns was Leckeres kochen?»

«Da sage ich nicht nein», antwortete Karola.

Nicht ganz zehn Minuten später – Marlene war gerade oben und wischte das große Bad –, hatte Annette etwas Luft und musste unbedingt loswerden, was Julia gestern gestanden hatte. Sie wunderte sich, weil Marlene noch nichts davon wusste. «Hat Johanna denn nichts erzählt?»

«Sie war beleidigt», sagte Marlene und erwähnte Werners Verbot.

«Ach so.» Annette verstand und berichtete, was Johanna verschwiegen hatte. Natürlich war Andreas der Anrufer gewesen, der am Freitagabend gefordert hatte: «Jetzt komm schon, Süße, sei lieb und geh ran.» Und Julia hatte gewusst, wer da sprach, weil sie sich in den letzten Wochen mehrfach per Telefon mit ihrem Vater unterhalten hatte, während Karola gutgläubigen Hörern Horoskope erstellte oder Lebenshilfe gab. Aber nachdem Heidrun Merz beim Italiener von Andy, dem Jäger, gesprochen hatte …

«Das arme Ding», sagte Annette. «Was soll ein Kind denken, wenn es so etwas hört? Karola hat doch auch immer über ihn hergezogen. Am Freitag wollte Julia gar nicht mehr mit ihm reden. Als er von Überfall sprach, bekam sie Angst, er könnte gleich vor der Tür stehen. Da hat sie abgenommen und verlangt, er solle sie in Ruhe lassen. Dass sie verstört war, als Karola nach Hause kam, ist verständlich, oder? Sie war gestern noch total durcheinander, hat die halbe Zeit geweint. ‹Er ist doch mein Papa›, sagte sie. ‹Wie kann er denn so was machen?› Ich hab ihr mehrfach erklärt, dass Andreas gar nichts gemacht hat.»

«Und vorher?», fragte Marlene. «Ich meine, worüber haben sie gesprochen, wenn er vorher angerufen hat? Wann hat er sich denn das erste Mal wieder gemeldet? Und warum? Hat er nicht gesagt, was er wollte?»

«Was weiß ich», sagte Annette. «Bring mal eine heulende Siebzehnjährige dazu, der Reihe nach zu erzählen. Er hat wohl viel gefragt. Hauptsächlich interessierte ihn, wovon Mutti lebt, ob Mutti einen Freund hat und wie es Steffi geht.»

Demnach hatte Andreas erst mal bei Julia versucht, das Terrain zu sondieren. Blieb immer noch die Frage, warum? Das konnte Annette nicht beantworten, ebenso wenig wusste sie, ob Andreas vor der Abfuhr durch seine Jüngste zweimal im Sender angerufen und Karola gedroht hatte. Hätte er zuerst daheim angerufen und von Julia gehört, er solle sie in Ruhe lassen, hätte er einen Grund gehabt, stinksauer zu sein, meinte Annette. Er hätte garantiert gedacht, Karola habe Julia gegen ihn aufgehetzt. Aber so …

Das Argument hatte etwas für sich, stimmte Marlene nachdenklich und veranlasste sie zu erzählen, dass am Donnerstagvormittag, während sie bei Karola im Studio saß, jemand «*Killing Me Softly* mit einem schönen Gruß von Barbara» zu hören gewünscht hatte. Und dass die gepiercte Elke diesen Anrufer als den «Spinner von gestern» bezeichnet hatte. Ein Mann, der ein Telefon benutzte, dessen Nummer unterdrückt wurde. Und mittwochs habe dieser Mann – laut Karola – «*Killing Me Softly* mit einem schönen Gruß von Mona» hören wollen.

«Verdammt», sagte Annette und klang dabei längst nicht so forsch wie sonst. «Sollte denn wirklich was dran sein an Karolas Behauptung, Monas Mörder hätte sie auf dem Kieker?»

«Das kann ich mir nicht vorstellen», erklärte Marlene und berichtete auch noch, was sie am Freitagnachmittag in den Markthallen des Kölner Hauptbahnhofs von Fischer erfahren hatte.

«Der Junge ist von Josch? Das ist ja ein Ding.» Annette klang gleichermaßen erschüttert wie erleichtert. Sie bezweifelte keine Sekunde lang, was journalistische Recherche zutage gefördert hatte. Wurde sie doch dadurch von jeglicher Mitschuld am tödlichen Unfall der Autorin – sei es durch hartnäckiges Drängen auf eine Lesung oder das Schlückchen Sekt danach – freigesprochen. Schon aus dem Grund rundete sich mit Fischers Auskünften für Annette ein Bild, das zuvor einige Risse und Unebenheiten aufgewiesen hatte.

Warum – zum Beispiel – hatte Heidrun Merz von Belästigungen am Telefon gesprochen, wenn doch offenbar nur der besorgte Lebensgefährte und Vater ihres Kindes sie gebeten hatte, nicht öffentlich aus *Monas Tagebuch* vorzulesen? Und warum hatte sie bei der Lesung diese langatmigen Stücke vorgetragen und nicht die Raststättenepisode? Die ausgewählten Texte hatte Annette als genauso dröge und langweilig empfunden wie Marlene.

«Kein Wunder», resümierte sie, «dass dieser Fischer mit seinen Fragen bei ihr einen empfindlichen Nerv getroffen hat, den sie anschließend mit Schnaps betäuben musste. Wenn es überhaupt keinen Liebhaber gab, hat sie die heißen Szenen wahrscheinlich frei Schnauze und so deftig wie gerade noch vertretbar zusammengestrickt.»

«Oder Mona hatte das eine oder andere Treffen mit einem Mitarbeiter der Agentur Sirius niedergeschrieben, und Heidrun Merz hat solche Stücke ausgebaut», wandte Marlene ein.

«Du glaubst doch nicht im Ernst, dass ein Callboy sich zu einer Nummer in einer öffentlichen Toilette hergibt», sagte Annette. «Oder zu so einer Sache wie der auf der Autobahn, die ist ja noch drastischer.»

Durchs Telefon hörte Marlene das Glockenspiel an der Tür der Bücherstube. Aber es bestand wohl keine Veranlassung, das Gespräch sofort zu beenden. Annette kam noch einmal auf die Anrufe im Sender zurück und meinte: «Wenn jemand angerufen hat, ist Karola ihm wohl mit ihrer Art kräftig auf die Füße getreten. Wer weiß, wie lange der Typ sie schon im Visier hat? Er musste sich nur mal beim Sender auf die Lauer legen und ihr folgen, um herauszufinden, dass sie eine reizende Tochter hat.

Von Stefanie weiß er offenbar nichts. Julia bleibt zur Sicherheit bei uns. Und Karola sollte sich schnellstmöglich eine neue Kellertür einsetzen lassen, eine Alarmanlage könnte auch nicht schaden.» Dann rief sie in den Hintergrund: «Sekunde, ich bin sofort für Sie da.»

«Moment noch», sagte Marlene. «Was hältst du davon, wenn ich stundenweise bei dir aushelfe? Erst mal ohne Bezahlung.» Antwort bekam sie keine mehr. Annette hatte aufgelegt.

Nummer neun

Der Raum, in den Marlene blickte, war ein Gang. Etwa zwei Meter breit und ebenso hoch. Ein großer Mensch hätte wohl reflexartig den Kopf eingezogen. Die Länge war schwer zu schätzen, weil im hinteren Teil kein Licht brannte. Deshalb war auch nicht zu erkennen, ob dort Gefahr lauerte.

Auf den ersten drei, vier Metern hinter der Holztür baumelte eine nackte, trübe Glühbirne am Kabel von der niedrigen Decke. Ihr Licht war längst nicht so grell, wie Marlene es im ersten Moment empfunden hatte. Aktiviert worden durch einen Bewegungsmelder – wie sie feststellte, als sie sich in Bewegung setzte und weiter hinten noch eine Glühbirne aufflammte. Doch bis dahin vergingen etliche Minuten, in denen sie nur einen Blick auf ihre Armbanduhr warf.

Viertel nach elf. Vormittag oder später Abend? Dafür gab es immer noch keinen Anhaltspunkt. Sie war nicht einmal sicher, ob sie vor acht Stunden das erste Zündholz angerissen hatte oder vor zwanzig. Durchaus möglich, dass sie so lange herumgekrochen war. Ihr Zeitgefühl war in der Schwärze verloren gegangen.

Die Geldbörse, die sie aus der beutelartigen Handtasche

genommen hatte, in der sie einen Personalausweis vermutete, kontrollierte sie nicht. Daran dachte sie in den Minuten gar nicht, ließ nur auf sich wirken, was sie sah, und versuchte zu verstehen, warum sie es bis hierhin geschafft hatte, ohne aufgehalten zu werden. Weil es jetzt nicht mehr weiterging?

Die beiden Längswände des Ganges bestanden aus massivem Fels. Rechter Hand stand eine endlose Reihe von verrotteten Holz- und rostigen Eisenregalen, hinter denen dicht am Boden der dicke Kabelstrang verlief. Im vorderen Bereich waren alle Regale leer. Weiter hinten schienen sie vollgestopft zu sein. Dort musste es auch eine weitere Tür geben. Doch die war bei den diffusen Lichtverhältnissen nicht auszumachen.

Der Boden bestand aus kleinen, buckligen Quadern, sah aus wie Kopfsteinpflaster. Es lag nichts herum, woran sie sich hätte verletzen können. Mit beiden Stiefeletten in einer Hand setzte sie sich langsam in Bewegung. Nach wenigen Metern ging die zweite Glühbirne an und ließ erkennen, dass die Regale im hinteren Bereich relativ neu waren – und voll mit Kartons in unterschiedlichen Größen. Abgesehen von Styroporhalterungen, waren sie leer.

Es handelte sich um Verpackungsmaterial von Computern und Flatscreen-Monitoren, DVD-Rekordern und Lautsprechern wie dem, den sie von einem Felsvorsprung heruntergeworfen hatte. Infrarotkameras und Hochleistungsmikrophone rundeten die Überwachungsausstattung ab. Hinzu kamen ein Kaffeevollautomat, eine Mikrowelle und einige technische oder elektronische Geräte, mit deren Abbildungen und Bezeichnungen sie nichts anfangen konnte.

Aber es gab keine Tür am Ende des Ganges!

Wo war die Tür, durch die man an einen anderen Ort als zurück in die Höhle gelangte? Es hatte doch keinen Sinn, Regale aufzustellen an einem Platz, den man nur erreichte, wenn man eine Höhle durchquerte.

Dass die Regale nicht an der Stirnwand endeten, wie sie mit wachsender Panik annahm, fiel ihr erst auf, als sie unmittelbar vor dem vermeintlichen Fels stand und kraftlos dagegen schlug. Was im trüben Schein der etwa vier Meter entfernt hängenden 25-Watt-Funzel nicht anders aussah als das dunkelgraue Gestein ringsum, entpuppte sich als gleichfarbiger Vorhangstoff. Er hing in mehreren Bahnen hintereinander von der Decke bis auf die buckligen Kopfsteine, war mit Schrauben und Nägeln mehr schlecht als recht an der Steindecke befestigt und diente offenbar als Wärmedämmung.

Es war dickes, veloursartiges Gewebe. Das fühlen und eine Bahn herunterreißen war eins. Wieder stellte sie die Stiefeletten ab, wickelte sich den Stoff zweimal um Hüften und Beine und stopfte ihn unter der Steppjacke in den Hosenbund, damit sie den *Wickelrock* nicht die ganze Zeit festhalten musste. Von der Breite her war es genau richtig, reichte ihr bis auf die nackten Füße.

Danach erst spürte sie, dass ihr die Zähne immer noch oder wieder aufeinanderschlugen. Ihre Hände zitterten dermaßen vor Kälte und Erschöpfung, dass Wasser aus ihrem noch halbgefüllten Noteimer schwappte, als sie die Stiefeletten wieder aufnahm.

Mit der freien Hand schob sie die restlichen Vorhangbahnen etwas zur Seite. Der Gang setzte sich dahinter fort. Regale standen in dem Teil keine mehr, stattdessen einiges an Elektronik. Dicht über dem Boden und in Hüfthöhe glühte und blinkte es rundum blau, grün, rot und gelb. Sehr viel mehr sahen ihre Augen, die sich gerade erst wieder an Lampenlicht gewöhnt hatten, im ersten Moment nicht.

Sie drückte die schweren Vorhangbahnen weiter zur Seite, damit die schwache Glühbirne von hinten etwas mehr Licht ins Dunkel brachte. Bewegungsmelder gab es in diesem Teil des Ganges offenbar nicht. Stattdessen entdeckte sie einen uralten

Schalter, den man drehen musste. Nachdem sie das getan hatte, flammten unter der niedrigen Decke mit vernehmlichem Summen zwei Leuchtstoffröhren auf.

Als Erstes sah sie die Tür. Eine Eisentür mit Spuren von Rost und einem Knauf anstelle einer Klinke. Endstation, dachte sie und spürte, wie etwas in ihrem Innern zusammenbrach. Die Hoffnung vermutlich, die sie längst hätte begraben müssen. Ihr war doch schon vor der Holztür klar gewesen, dass der Mistkerl sie auf gar keinen Fall entkommen lassen durfte, weil er dann die längste Zeit ein freier Jäger gewesen wäre.

Als Nächstes sah sie die Karre. Bodenplatte aus Sperrholz, montiert auf ein Viereck aus Moniereisen. Auf der Platte lagen zwei lange Holzplanken – um den Graben zu überbrücken, vermutete sie. Unter den vier Ecken waren Gummireifen angebracht, und vorne gab es eine Griffstange, an der ein alter Fahrradlenker befestigt war.

Das Gefährt war eindeutig selbst gebastelt von einem, der längst nicht so ein geschickter Heimwerker wie Werner war. Aber er hatte sich offensichtlich an den Modellen orientiert, die Baumärkte bereithielten, um ihrer Kundschaft den Transport schwerer und sperriger Waren zu erleichtern.

Sie war ein wenig stolz auf sich, weil sie so gut kombiniert hatte. Nicht geschleift, höchstens ein kurzes Stück getragen, und den gesamten Rest der Strecke gerollt auf so einem Ding. Vielleicht hatte sie trotz der Betäubung etwas davon mitbekommen.

Mit dem, was es sonst noch zu sehen gab, versuchte sie sich von der Gewissheit abzulenken, dass ihre Zeit ablief. Die Einrichtung war karg und zweckmäßig. Massive Holzplatten, unter die dicke Stahlrohrbeine geschraubt waren, dienten als Schreibtische und Abstellflächen. Davor stand ein billiger Bürostuhl auf Rollen mit geblümtem Sitzpolster.

Alles andere war eine merkwürdige Mischung aus Hightech und elektrischen Installationen des vergangenen Jahrhunderts. Die Lichtschalter – neben der Eisentür gab es noch einen – mussten in den Fünfzigern oder noch früher installiert worden sein. Die Leuchtstoffröhren unter der niedrigen Decke stammten wahrscheinlich aus den siebziger Jahren. Zwei Videorekorder und einen Fernseher mit Bildröhre ordnete sie in die späten Achtziger oder frühen Neunziger ein.

Kaffeevollautomat, Mikrowelle, DVD-Rekorder, Computer und vier Flatscreen-Monitore, von denen zwei mit winzigen gelben Leuchten ihre Bereitschaft signalisierten, sowie ein Dutzend Geräte, deren Sinn und Zweck sich ihr nicht erschlossen, waren so gut wie neu.

Sie trat ein, ließ die Vorhänge hinter sich fallen und nahm noch einen Schluck aus der Stiefelette. Dabei spürte sie den Druck auf die Blase, den das Wasser verursachte. Sehnsüchtig näherte sie sich der Kaffeemaschine. Jetzt einen heißen Cappuccino. Es hätte auch ein Kaffee ohne Milch sein dürfen. Hauptsache heiß und mit Koffein.

Ein Becher stand da, war allerdings nicht sauber. Na und? Aus Stiefeln zu trinken war auch nicht hygienischer. Sie hätte den Becher mit ihrem letzten Wasser ausspülen können. Der Tank am Vollautomat war etwa zur Hälfte gefüllt. Aber um das Gerät in Betrieb nehmen zu können, hätte sie wohl zuerst eine Bedienungsanleitung lesen müssen.

18. Januar 2010 – Montagnachmittag

Karola kam kurz nach eins und brachte einen Korb voller Bettwäsche mit. Sie hatte sonntags die Betten abgezogen, um sich zu beschäftigen und abzulenken. Wovon, betonte sie nicht, das sollte Marlene sich wohl denken. Und anscheinend hatte Karola sich so gut abgelenkt, dass ihr total entfallen war, wo ihre Waschmaschine derzeit stand.

«Macht es dir was aus, wenn das hier kurz durchläuft, während wir essen? Sonst liegen die Sachen die ganze Woche auf dem Haufen. Vor Samstag haben die Männer bestimmt keine Zeit, meine Kellertür zu reparieren und meine Maschine wieder anzuschließen.»

Marlene hatte einen Broccoliauflauf gemacht, den Karola sich schmecken ließ. Fischers Erzählungen und Annettes Anmerkungen, die Marlene dazu servierte, schmeckten Karola nicht halb so gut. «Ich wüsste nicht, wem ich auf die Füße getreten sein soll, außer Annette», sagte sie. «Und worüber die sich so aufregt, weiß ich beim besten Willen nicht.»

«Es muss ja keiner sein, den du kennst», wandte Marlene ein. «Vielleicht hast du in einer Sendung mal etwas gesagt …»

«Außer über *Monas Tagebuch*, meinst du? Ich habe in meinen Sendungen schon eine Menge gesagt. Ich sitze ja nicht erst seit letzter Woche am Mikrophon. Aber es hat sich noch nie einer persönlich angegriffen gefühlt. Herrje, ich rede über alles, wovon ich annehme, dass es die Leute draußen interessieren könnte, auch über Bücher. *Monas Tagebuch* war nicht das erste, das ich vorgestellt habe.»

«Aber das Erste, um das du so ein Theater gemacht hast», sagte Marlene.

«Weil ich diese Geschichte für wahr halte.» Karola spießte ein Brokkoliröschen auf ihre Gabel, betrachtete es, als sehe sie so etwas zum ersten Mal, und sprach dabei weiter: «Mag sein, dass nicht jedes Wort den Tatsachen entspricht. Manchmal übertreibt man, manchmal schmückt man aus, und manchmal dichtet man im Eifer des Gefechts etwas dazu.»

«Wie ein Tröpfchen Blut auf einem hellblauen Büstenhalter mit rosa Röschen», stimmte Marlene zu. «Oder heißen Sex im

Waschraum einer Autobahnraststätte. Annette meinte, dazu hätte sich ein Callboy nicht hergegeben.»

«Die muss es ja wissen», stichelte Karola, führte die Gabel zum Mund, schob sie aber nicht zwischen die Lippen, sondern fixierte Marlene mit einem nachdenklichen Blick. «Du glaubst diesem Fischer, obwohl nichts von dem, was er dir erzählt hat, bewiesen ist», stellte sie sachlich fest. «Hast du mal überlegt, dass Mona sich auch erst nach dem Tod von Heidruns Freund mit dem Sadisten eingelassen haben könnte? Sie wusste, dass Heidrun von Josch schwanger war, wahrscheinlich wusste sie auch, dass die beiden sich liebten. So etwas spürt man. Und Mona hatte von sich selbst keine allzu hohe Meinung.»

Karola sprach wieder mal, als sei sie überall persönlich dabei gewesen und habe jedem Beteiligten tief in die Seele geblickt. «Aber sie hatte nicht die Kraft, sich selbst umzubringen und so den Weg für Josch und Heidrun frei zu machen. Also suchte sie einen, der ihr das abnahm. Dafür hätte sich ein Callboy bestimmt nicht hergegeben. Und die Schwester von Heidruns Freund hätte davon nichts mehr erfahren, diesem Fischer folglich auch nichts erzählen können. Woher nimmst du überhaupt die Gewissheit, dass Heidruns Freund tatsächlich eine Schwester hatte?»

«Fischer hatte keinen Grund, mir ein Märchen aufzutischen», meinte Marlene, während Karola endlich mit den Zähnen das Brokkoliröschen von der Gabel nahm, als sei es noch heiß. «Du erzählst ständig welche. Man weiß wirklich nicht, was man dir noch glauben darf. Wir haben Andreas auch gut gekannt, und keiner von uns hat ihm je etwas Böses zugetraut. Dass er fremdging, war kein Verbrechen. Aber dass du mir weismachen wolltest, er hätte Anhalterinnen umgebracht, ist gar nicht der springende Punkt. Du hast mich gewarnt, bei Annette oder Ulla den Mund aufzumachen. Dabei wusste Annette es längst. Was soll ich denn davon halten?»

«Tut mir leid, wenn du dich verarscht gefühlt hast», brummte Karola, es klang, als bedauere sie das wirklich. «Aber darum geht's doch jetzt gar nicht. Jetzt geht es um einen Kerl, der dich zum Kölner Hauptbahnhof bestellt hat, weil er glaubte, du wärst die Freundin von Heidrun Merz und könntest ihm etwas über die Laboruntersuchung des Tonbands erzählen. Stattdessen erklärst du ihm, das mit der Freundschaft sei ein Missverständnis gewesen. Und prompt habe ich wieder diesen Spinner am Hals, der vorher nur zweimal wegen seiner makabren Grüße angerufen hatte. Jetzt will er mich in kleine Stücke hacken, weil ich Weiber in den Himmel heben lasse, die seiner Meinung nach unter die Erde gehören. Siehst du den Zusammenhang nicht?»

«Nein», sagte Marlene. «Es sei denn, du willst wieder darauf hinaus, dass Fischer Monas Mörder ist.»

«Ist das so abwegig?»

Ehe Marlene darauf antworten konnte, klingelte im Wohnzimmer das Telefon. Werner machte gerade Mittagspause und wollte nur kurz hören, womit sie sich die Zeit vertrieb.

«Mit Karola essen und zanken», gab sie Auskunft.

«Wir zanken uns nicht!», rief Karola aus der Küche. Sie hatte keine Ahnung, mit wem Marlene sprach. «Wir unterhalten uns nur über diesen Fischer.»

«Was hat sie gesagt?», fragte Werner.

«Dass wir uns nur unterhalten», erklärte Marlene.

«Über Fische?» Er hatte den Zwischenruf wohl gehört, nur nicht komplett verstanden.

«Ja», log Marlene. «Ich habe Zanderfilets gemacht und ein paar Gräten übersehen.»

«Ach so», gab Werner sich zufrieden. «Frag Karola, ob ihr so etwas noch nie passiert ist. Und vergiss nicht, dass ich dich liebe.»

«Wie könnte ich das vergessen», sagte sie.

Karola hatte in der Zwischenzeit eine Erleuchtung gehabt.

Als Marlene zurück in die Küche kam, erkundigte sie sich: «Was haben Jäger und Fischer gemeinsam?»

«Machen wir jetzt heiteres Beruferaten?», fragte Marlene genervt. Ihre verstorbene Großmutter hatte die Sendung mit Robert Lembke geliebt. «Welches Schweinderl hätten Sie denn gerne? Oder soll ich jetzt entscheiden, wer mir als Monas Mörder lieber wäre, Andreas oder ein Fremder?»

Darauf ging Karola nicht ein. Sie erklärte stattdessen: «Beide fangen und töten ihre Beute. Heidrun Merz meinte doch, Monas Liebhaber hätte einen falschen Namen genannt. Die Namenswahl dürfte aber nicht zufällig gewesen sein. Solche Kerle können es sich nicht verkneifen, dir die Wahrheit auf ihre Weise unterzujubeln. Wenn du nicht durchblickst, bist du selber schuld.»

Ehe Marlene darauf etwas erwidern konnte, schlug Karola vor: «Warum lässt du dir nicht von Annette die Nummer von Josch Thalmann geben und erzählst ihm, was dieser Fischer behauptet hat? Wenn etwas dran ist ...»

«Wird Josch Thalmann sich hüten, einer Wildfremden zu gestehen, dass Mona sich umgebracht hat, weil ihre Schwester ein Kind von ihm erwartete», vollendete Marlene.

«Darauf musst du ihn doch nicht ansprechen. Erzähl ihm nur, was Fischer in puncto Callboys von sich gegeben hat, und hör dir an, wie Josch darauf reagiert.»

Sie tat Karola den Gefallen, rief allerdings nur Annette an. Die hatte schon versucht, Josch Thalmann zu erreichen, doch der schien nicht daheim zu sein.

«Was wolltest du denn von ihm?», fragte Marlene.

«Ich wüsste gerne, wann die Beisetzung stattfindet», antwortete Annette. «Daran teilnehmen kann ich nicht. Da müsste ich den Laden zumachen. Aber Blumen hinschicken ist das Mindeste.»

«Du brauchst unbedingt eine Aushilfe», sagte Marlene. «Was

hältst du von einer engagierten, leider ungelernten Kraft, die du während der Einarbeitungszeit nicht zu bezahlen brauchst? Über die spätere Bezahlung werden wir uns schon einig.»

Annette lachte ungläubig. «Soll das ein Angebot sein?»

«Ja», sagte Marlene.

«Hast du Zeit zu viel?»

«Ja», sagte Marlene noch einmal.

Karola vertrat anschließend die Überzeugung, dass es Annette weniger um den Termin der Beisetzung gegangen sein dürfte als vielmehr um Fischers Behauptungen. Sie blieb beim Thema, bis gegen halb vier wieder das Telefon im Wohnzimmer klingelte.

Diesmal war es Johanna, die Schulschluss hatte und wissen wollte, um welche Zeit sie zum Schlafen nach Hause kommen sollte. «Ich fahre jetzt mit zu Kirsten. Julia braucht uns beide.»

«Um halb zehn bist du hier», sagte Marlene.

Nummer neun

Der Bürostuhl verlockte sie, sich darauf niederzulassen und die malträtierten Beine auszustrecken. Aber zuerst entleerte sie ihre Blase, das musste einfach sein. Sie hockte sich vor die Eisentür, ließ es laufen und schaute mit einer gewissen Genugtuung zu, wie ihr Urin sich in den Fugen zwischen den Steinen verteilte. Wenn der Mistkerl sie umbrachte und zurück in die Höhle schaffte, wovon sie ausging, und irgendwann die Polizei hierherfand, dann gab es in diesem Raum eine Spur von ihr, die er nicht beseitigen konnte, zumindest nicht völlig.

Dann entledigte sie sich der Knieschützer und der verschmutzten, durchgescheuerten, kalt-klammen Hose, wickelte die warme Vorhangbahn wieder um den Leib und knüpfte aus dem Schlüsselband und dem Schulterriemen der Tasche einen Gürtel, den sie um die Taille band. Anschließend setzte sie sich auf den Stuhl, vor sich vier dunkle Monitore und anderes Zubehör.

Mit Computern kannte sie sich nicht allzu gut aus, hatte ihrem Sohn nur hin und wieder über die Schulter geschaut. – Und mehr als einmal gesehen, dass der Bildschirm zum Leben erwachte, wenn Leonard seine Hand auf die Maus legte.

Sie wählte die Maus, die am nächsten war, bewegte das kleine Ding auf seinem Plastikdeckchen leicht hin und her. Und hörte Musik. Marianne Faithfull sang von Lucy Jordan. Daraus schloss sie, das Lied käme von einem Computer. Kein Wunder, dass es stundenlang lief, ohne einmal zu rödeln.

Sie nahm an, in einem der Computertürme, die unter den Tischplatten standen, sei eine CD von Marianne Faithfull eingelegt. Als sie sich hinunterbeugte, entdeckte sie auf einem der Gehäuse mehrere CD-Hüllen. Die stammten allerdings kaum aus dem Handel, waren nicht beschriftet, sondern nummeriert von fünf bis acht. In jeder Hülle steckte eine silberne Scheibe, ebenfalls nur mit einer Ziffer versehen. Raubkopien aus dem Internet, glaubte sie, legte die vier Hüllen erst mal neben die Tastatur und betrachtete wieder die Monitore.

Alle vier waren gleichzeitig zum Leben erwacht, als sie die Maus bewegt hatte, auch die beiden, die nicht mit einem Lämpchen ihren Stand-by-Modus angezeigt hatten. Es war kein Vergleich zu der Helligkeit oder Farbenpracht, die Leonards Monitor zeigte, wenn er spielte, chattete oder etwas für die Schule tat. Hier gab es nur Grautöne in allen Schattierungen. Aber die Einzelheiten waren gut zu erkennen.

All die großen und kleinen Felsbrocken, all die Mulden und Kuhlen mit den spitzen Steinen, Felswände mit Rissen und Vorsprüngen. Und die Wand, die sie gesehen hatte, mit mehreren Löchern und dem breiten Durchbruch, hinter dem das Wasser floss. Der Graben schlängelte sich wie eine schwarze Schlange mal dünner, mal dicker im Zickzack durch sämtliche Bilder. Wie eine Mondlandschaft sah es aus, fehlten nur die Astronauten.

Nirgendwo regte sich etwas. Kein Wunder, sie saß ja nun hier: In der Schaltzentrale, im Elektronikraum, auf dem Beobachtungsposten oder wie immer man diesen Teil des Ganges bezeichnen wollte. Durchgefroren und hungrig, übermüdet und entkräftet auf einem Bürostuhl mit geblümtem Sitzbezug.

Ihre eiskalten Beine tauten unter dem dicken, weichen Vorhangstoff allmählich auf. Auch sonst wurde ihr langsam etwas wärmer. Hinter den Vorhängen war es entschieden angenehmer temperiert als bei den Regalen. Die Computer wirkten wie kleine Heizkörper, und die dicke Schicht aus Velours verhinderte, dass die Wärme in den hinteren Teil entwich.

Sie hätte stundenlang so sitzen und auf den Mistkerl warten können. Nur die Musik nervte. Nach all der Zeit konnte sie Marianne Faithfull wirklich nicht mehr hören. Sie beugte sich wieder hinunter zu den Gehäusen, das hatte sie auch oft genug bei ihrem Sohn gesehen. CD-ROM-Laufwerke hatten ein winziges Knöpfchen, wenn man draufdrückte, kam ein kleines Fach raus.

Sie drückte alle Knöpfe, einen nach dem anderen. Nur bei einem Computer war eine silberne Scheibe eingelegt – versehen mit der Ziffer neun. Die nahm sie heraus, tauschte sie gegen die Nummer acht und tippte den Knopf wieder an. Das Fach wurde eingezogen.

Sekunden später sang Kenny Rogers: «*You picked a fine time to leave me, Lucille/ With four hungry children and a crop in the field/ I've had some bad times/ Lived through some sad times …*»

Im nächsten Moment hörte sie eine Frau schreien, so laut und durchdringend, dass es in den Ohren schmerzte: «Was soll der Scheiß, du blöde Sau? Hol mich hier raus, du Arschloch! Hol mich sofort hier raus, sonst reiß ich dir die Eier ab und ramm sie dir in den Hals, du Dreckskerl.» Weitere Aufforderungen dieser Art, gepaart mit mehr oder weniger obszönen Schimpfworten, folgten.

Dass sämtliche Monitore nach dem Wechsel der vermeintlichen CD kurz geflackert hatten, war ihr entgangen. Dass es sich um eine DVD handelte, begriff sie, als sie hinschaute. Die Mondlandschaft war nicht mehr leer.

Die Frau stolperte umher, krümmte sich wie unter Schmerzen, schrie sich die Lunge aus dem Leib und presste ihre Handtasche gegen den Bauch, als habe sie Krämpfe. Zweimal fiel sie, rappelte sich wieder hoch, torkelte weiter. Und Kenny Rogers sang für sie, wie Marianne Faithfull für Nummer neun gesungen hatte.

Barbara König. Es war nicht allein die beutelförmige Handtasche, die Marlene zu dieser Erkenntnis verhalf. Es war mehr das Lied. Hungrige Kinder. Und die Erinnerung an den Dreck in der Küche, in der Herr König sich vergebens um die Schnürsenkel in einem Paar Kinderschuhe bemüht hatte.

19. Januar 2010 – Dienstag

Beim Frühstück kurz nach sieben erklärte Johanna, dass sie auch heute von der Schule aus mit Kirsten und Julia zu Barlows fahre. «Ist es okay, wenn ich wieder um halb zehn hier bin?»

«Es wäre mir lieber», sagte Marlene, «wenn du nach der Schule heimkommst, ein paar Sachen packst und dich bei Barlows einquartierst. Dann kann ich morgen früh ausschlafen und muss mir nicht deine gekränkte Miene ansehen.»

Johanna jubelte, fiel ihr um den Hals, wusste sich vor Freude und Dankbarkeit gar nicht zu lassen. «Du bist ein Schatz, Mama, ehrlich. Julia braucht uns jetzt wirklich dringend. Du hast keine Ahnung, in was für einem Dilemma sie steckt.»

«Doch», sagte Marlene. «Ihr Vater hat sich gemeldet und wollte vorbeikommen. Sie hat ihn abgewimmelt, weil ihr zu Ohren gekommen war, er hätte möglicherweise ein Verhältnis mit Mona Thalmann gehabt. Jetzt hat sie ein schlechtes Gewissen, weil er doch trotzdem ihr Papa ist. So habe ich es zumindest von Annette gehört. Und du bist wieder hier, ehe dein Papa am Freitag zurückkommt. Wenn du auch nur zwei Minuten später kommst als er, hast du garantiert die nächsten vier Wochen Hausarrest.»

Wie sie es Werner erklären sollte, wusste sie noch nicht. Am vergangenen Abend hatte er zwischen acht und zehn dreimal angerufen und jedes Mal nach Johanna gefragt. Angeblich nur, um zu prüfen, ob sein Verbot eingehalten wurde. Marlene hatte den Verdacht, dass er in einem Aufwasch kontrollierte, ob sie zu Hause war. Sie hoffte, dass ihr bis zum Abend eine plausible Erklärung zu Johannas Verbleib einfiel, über die er sich nicht ärgerte. Nur fand sie wieder nicht die Zeit, lange zu überlegen.

Sie war noch im Bad beschäftigt, als Ulla sich meldete. «Ich hab mir den Nachmittag freigenommen, um mir ein Auto zu kaufen», teilte Ulla ihr mit und bemühte sich, das Weitere scherzhaft klingen zu lassen, was ihr jedoch nicht so recht gelang. «Jetzt suche ich eine finanzstarke Sponsorin, die mich begleitet und bezahlt.»

«Da bist du bei mir genau richtig», erklärte Marlene. «Wann soll ich dich abholen?»

«Um zwei?» Es klang wie eine Frage.

«Passt hervorragend», sagte Marlene. «Da können wir vorher noch irgendwo eine Kleinigkeit essen. Ich war lange nicht mehr beim Chinesen.»

«Ich auch nicht», sagte Ulla. «Aber dann komm um halb zwei. Die machen nämlich von drei bis sechs zu. Wir wollen doch nicht schlingen, oder?»

«Nein», stimmte Marlene zu. «Wir wollen genießen. Dann bis halb zwei.»

Sie legte auf, ging wieder nach oben, erledigte die restliche Arbeit im großen Bad, wechselte ins Bad der Kinder, wischte auch dort mal durch die Dusche und das Waschbecken. Unten klingelte schon wieder das Telefon. Diesmal war es Werner.

«Das ist aber lieb, dass du dich meldest», begrüßte sie ihn. «Wir haben so lange nichts mehr voneinander gehört.»

«Gehe ich dir auf die Nerven, wenn ich wissen möchte, ob du gut geschlafen hast?», wollte er wissen.

«Ich habe geschlafen wie ein Engelchen auf Wolke sieben», versicherte sie. «Ohne Tablette, wenn du darauf hinauswillst. Und wenn du wissen möchtest, was ich den Tag über vorhabe: Ich werde gleich zu Annette fahren und mir anhören, was eine Aushilfe in einer Buchhandlung zu tun hat. Danach gehe ich mit Ulla essen. Anschließend kaufe ich ihr ein Auto. Wann ich wieder hier bin, kann ich dir nicht sagen. Das hängt davon ab, wie schnell wir etwas Passendes finden.»

«Das klingt nach einem vollen Terminkalender», scherzte Werner. Wie zuvor bei Ulla klang der Humor aufgesetzt und nach schlechtem Schauspieler.

Kurz darauf machte sie sich auf den Weg zum Einkaufscenter. Doch statt über den Aufgabenbereich einer Aushilfe im Buchhandel unterhielt sie sich mit Annette über Josch Thalmanns merkwürdige Reaktion. Annette hatte gestern noch ein paarmal in Düsseldorf angerufen und den Schwager und Lebensgefährten von Heidrun Merz gegen sieben Uhr endlich an die Strippe bekommen. Sie hatte sich nach dem Termin für die Beisetzung erkundigt und erfahren, dass Heidrun Merz in aller Stille und im engsten Familienkreis bestattet werden sollte.

In einem Friedwald, deshalb brauchte auch niemand Blumen zu schicken.

Natürlich hatte Annette es dabei nicht bewenden lassen, sondern ihrer Meinung nach sehr geschickt und diplomatisch einen verleumderischen Journalisten namens Fischer ins Gespräch gebracht. Der Einfachheit halber hatte Annette behauptet, Fischer sei gestern Vormittag bei ihr vorstellig geworden und habe ihr all das erzählt, was Marlene von ihm erfahren hatte.

«Was glaubst du wohl, hat Josch dazu gesagt?», fragte Annette und schickte die Antwort wie so oft gleich hinterher. «Nichts. Er hat einfach aufgelegt.» Für sie war das ein Beweis, dass Fischer die Wahrheit gesagt hatte, aber daran hatte sie ja auch vorher nicht gezweifelt.

Marlene blieb bis Viertel nach eins in der Bücherstube und betätigte sich einige Minuten lang als Aushilfe, weil Annette dringend zur Toilette musste. Es war aber nichts zu tun in der Zeit. Dann fuhr sie zu Scheidweber & Co und holte Ulla ab. Um zwanzig vor zwei gaben sie beim Chinesen ihre Bestellungen auf und ließen es sich kurz darauf schmecken.

Anschließend ging es weiter zum Autohaus Hilscher, wo Ulla gelernt und jahrelang gearbeitet hatte. Sich in einem anderen Autohaus oder bei einem Gebrauchtwagenhändler umzusehen wäre ihr wie ein Frevel vorgekommen. Sie hatte am Vormittag schon mit einem ehemaligen Kollegen telefoniert und ihren Besuch angekündigt. Müller hieß der Mann.

«Er meinte, er hätte genau das Richtige für mich», sagte Ulla. «Einen Agila, geräumig und potthässlich, fünf Jahre alt, aber noch keine zwanzigtausend gelaufen, Garagenfahrzeug, hat einer älteren Frau gehört.»

Herr Müller befand sich noch im Gespräch mit einem Kunden, als sie eintrafen. Ulla winkte ihm kurz zu und dirigierte Marlene in einen Wartebereich mit einem Getränkeautomaten und zwei kleinen Tischen, auf denen Schalen mit

Bonbons standen. Kleine, bunte Zuckerstücke, von Cellophan umhüllt.

Ulla wirkte ziemlich aufgekratzt, fast schon überdreht, griff zu, steckte sich eine Handvoll Bonbons in die Manteltasche und eins in den Mund, hielt Marlene die Schale hin und forderte: «Nimm dir auch welche, die sind lecker. Die gab es hier schon, als ich noch hinten an der Annahme saß. Magst du auch einen Kaffee?»

«Nein», sagte Marlene und steckte drei Bonbons in ihre Jackentasche, ein grünes, ein braunes und ein gelbes.

Ehe Herr Müller Zeit für sie fand, klingelte Ullas Handy. Sie warf einen Blick auf die Nummer des Anrufers, die im Display erschien, lächelte kurz, sagte zu Marlene: «Andreas», und nahm das Gespräch an. Schon ihrer Reaktion konnte Marlene entnehmen, dass es kein schöner Anlass war, der Andreas dazu brachte, sich nach wenigen Tagen wieder zu melden.

«Ach, du meine Güte», sagte Ulla, hörte zu, fragte: «Wo bist du denn jetzt?», hörte wieder zu, diesmal etwas länger, und erklärte: «Das geht nicht, wirklich nicht. Aber vielleicht gibt's eine andere Möglichkeit. Ich kläre das ab und rufe dich gleich zurück.»

Sie behielt das Telefon in der Hand, während sie Marlene informierte. Andreas hatte schon wieder einen Unfall gehabt. Und diesmal war nicht nur seine Suzuki kaputt. Sein linkes Bein hatte auch etwas abbekommen. Aber das sei nicht dramatisch, hatte er behauptet, nur eine Fleischwunde und ein paar Quetschungen. Dafür müsse er nicht im Krankenhaus bleiben. Wenn er irgendwo Unterschlupf fände für ein paar Tage …

«Ich kann ihn nicht aufnehmen», sagte Ulla. «Wie stellt er sich das vor? Natürlich ist bei mir momentan ein Bett frei. Aber das kann ich meiner Mutter nicht antun und Matthias auch nicht. Wenn er sich einen Arm gebrochen hätte, dann ja. Aber nicht mit einem verletzten Bein. Thomas hat ein Bein verloren.

Das kann ich wirklich nicht machen.» Von ihrer Miene war abzulesen, welche andere Möglichkeit ihr vorschwebte.

Werner hatte vor Jahren das Dachgeschoss zuerst zu einem Gästezimmer aus- und später zu einem Junggesellenappartement umgebaut. Gäste über Nacht hatten sie nie gehabt. Er hegte die stille Hoffnung, dass Leonard zu Hause wohnen blieb, wenn er ein Studium aufnahm. Mit dem kleinen Duschbad und der Junggesellenküche wäre er unterm Dach vollkommen unabhängig, meinte Werner. Ob Leonard ihm den Gefallen tat, stand noch in den Sternen. Vielleicht nutzte Johanna die Möglichkeit, kostenfrei zu wohnen, wenn sie einen Studienplatz an der Kölner Uni bekam.

Weil Marlene nicht sofort reagierte, fragte Ulla: «Was ist mit dir? Meinst du, Werner hätte etwas dagegen, wenn du Andreas … Nur für ein paar Tage.»

«Werner ist in Straßburg», sagte Marlene. «Leonard ist auf Klassenfahrt in Tirol, und Johanna schläft bei Barlows. Bis Freitag bin ich ganz allein.»

«Das ist doch super», meinte Ulla. «Dann kriegt nicht mal jemand mit, dass er hier ist. Machst du's? Bitte, Marlene, du hast doch genug Platz und auch noch sturmfreie Bude.»

Nummer neun

Etwa zwanzig Minuten lang schaute Marlene sich an, wie Barbara König aufbegehrte und still wurde, einen Kaugummi kaute, eine Zigarette rauchte, erneut tobte und schimpfte und das Gas aus ihrem Feuerzeug verbrauchte, um sich zu orientieren.

Auch Barbara König hörte wohl den Wasserfall. Vielleicht sah sie sogar den Durchlass und den Graben, der sie von beidem trennte. Sie hatte die Feuerzeugflamme so groß wie nur möglich gestellt. Das brachte mehr als ein mickriges Zündholz, es zauberte sogar etwas Farbe auf die Monitore, weil die Infrarotkameras auf die veränderten Lichtverhältnisse mit schärferen Bildern reagierten.

Ob Barbara zum Wasser wollte oder einfach nur auf die andere Seite des Grabens, weil sie wusste oder gesehen hatte, dass es dort hinausging, blieb ihr Geheimnis. Ehe sie den Graben erreichte, war das Gas verbraucht. Sie schrie und fluchte noch minutenlang, dann stürzte sie und wimmerte, bis Marlene es nicht länger ertrug.

Sie drückte wieder auf den Knopf, nahm die DVD aus dem Laufwerk, steckte sie zurück in die Hülle und legte die wieder zu den anderen drei. Ihr war nicht danach, sich anzuschauen, was Nummer fünf, sechs und sieben enthielten. Sie fragte sich nur, wieso Barbara König ihre Handtasche hatte behalten dürfen und sie nicht.

Dann wickelte sie erneut das letzte Bonbon aus, steckte es in den Mund und begann auf der nächststehenden Tastatur zu tippen. Mit Computern konnte man schließlich Kontakt zur Außenwelt aufnehmen. Karola eine Mail schreiben zum Beispiel. Deren private E-Mail-Adresse war die einzige, die sie auswendig kannte, weil Karola sie beim Italiener für Heidrun Merz auf einen Bierfilz notiert hatte.

Aus Thrillern wusste sie, dass man den Standort von Computern ausfindig machen konnte, wenn Mails verschickt wurden. Leider erreichte sie mit ihrer Tipperei nichts. Sie probierte es mit allen Tastaturen, die auf den Tischen standen. Aber egal, welche Taste sie drückte und welche Maus sie hin und her schob. Die Monitore waren erloschen, als sie die DVD herausgenommen hatte. Und sie blieben dunkel. Offenbar hatte sie mit ihrer Aktion die Verbindung zur Höhle unterbrochen. Ob es überhaupt eine Verbindung nach draußen gab, konnte sie nicht feststellen.

Nach einer Weile gab sie auf und fragte sich, wo der Mistkerl sich derzeit aufhielt und was ihn bewogen haben mochte, seinen Beobachtungsposten zu verlassen. Noch wichtiger schien die Frage, wann er gegangen war. Hatte er vielleicht gar nicht gesehen, wie sie den Lautsprecher herunterwarf und den Kabelstrang entdeckte?

Diese Vorstellung gab ihr neuen Auftrieb. Sie trank das restliche Wasser aus der Stiefelette, erhob sich, nahm die vier nummerierten DVD-Hüllen vom Tisch und steuerte mit Trippelschritten die Eisentür mit dem Knauf an. Die Vorhangbahn behinderte sie beim Gehen, aber um nichts in der Welt hätte sie den wärmenden Stoff abgelegt. Die Stiefeletten, deren Futter mit eiskaltem Wasser vollgesogen war, die klamme, durchgescheuerte Hose und die beiden Kunstlederstücke, die einmal eine beutelartige Handtasche gewesen waren, blieben neben dem alten Bürostuhl zurück. Wozu hätte sie die Sachen mitnehmen sollen?

So hatte sie wenigstens eine Hand frei, fasste an den Türknauf. Wundersamerweise ließ der sich drehen wie in einem amerikanischen Film. Es quietschte und knarrte zwar erbärmlich in den Angeln, doch die Tür war ganz leicht zu öffnen.

Dahinter lag ein Raum, der früher als Vorratskeller gedient haben musste. Eine Glühbirne gab es nicht. Sie sah auch keinen Lichtschalter. Durch ein kleines, verdrecktes und vergittertes Fenster mit rostigem Eisenrahmen fiel mehr Dämmer als Tageslicht ein. Das reichte für die Gewissheit: Mittagszeit. Für einen weiteren Blick auf die Armbanduhr war das Licht zu dürftig.

An der Eisentür waren ebenso wie an der Wand, in die sie eingelassen war, Haken und Regalbretter angebracht. Zudem war das Eisen auf dieser Seite mit schmutzig grauem Verputz beschmiert – getarnt traf es wohl besser. An den Haken hingen vertrocknete Kräuterbündel, die einen muffigen Geruch verströmten. Auf den Brettern standen Konservendosen und Gläser mit eingelegten Gurken, Bohnen und Rotkohl. Alles war so geschickt arrangiert, dass man von der Tür wissen musste, um den Knauf auf dieser Seite zu entdecken. Ihr Magen quittierte den Anblick der Lebensmittel mit einem vernehmlichen Knurren. Aber genießbar war hier nichts mehr. Die Kondensmilch stammte aus Zeiten, in denen Tetrapacks noch nicht die Regel gewesen waren.

In einer Ecke stand eine vor sich hin gammelnde Kiste aus erdigen Holzlatten, auf deren schräggestelltem Lattenboden eine schwärzliche, zusammengebackene Masse klebte, in der nur die erfahrene Hausfrau noch ein Häufchen steinalter, erst verfaulter, dann mumifizierter Kartoffeln erkennen konnte.

Neben der Kartoffelkiste befand sich die nächste Tür – ebenso unverschlossen wie die beiden anderen. Marlene war weit davon entfernt, sich darüber zu wundern oder gar zu freuen. Sie fragte sich nur flüchtig, ob Nachlässigkeit, Bösartigkeit oder Bequemlichkeit dahintersteckten. Wahrscheinlich erwartete er sie oben. Da hatte er es bestimmt wärmer und gemütlicher. Wenn sie überzeugt war, es geschafft zu haben, würde er sie erneut schnappen. Trotzdem ging sie weiter. Was hätte sie sonst tun sollen?

DIE LETZTEN TAGE UND STUNDEN

19. Januar 2010 – Dienstag

Nach dem Anruf von Andreas wurde der Autokauf fürs Erste verschoben. Ulla sagte Herrn Müller Bescheid, sie käme ein andermal wieder. Er solle den Agila für sie reservieren. Dann rief sie Andreas zurück. Da saßen sie schon im Van, und Marlene brauchte die Adresse des Krankenhauses fürs Navi.

Eine gute Stunde später erreichten sie das Marienhospital am Stadtrand von Euskirchen. Andreas hatte Ulla erklärt, wo er zu finden sei, sonst hätten sie wahrscheinlich lange nach ihm suchen müssen. Er saß im Eingangsbereich der Notfallambulanz, neben sich einen großen Rucksack und eine Segeltuchtasche. Seinem Gepäck sah man an, dass es viel herumgekommen und häufig wechselnden klimatischen Bedingungen ausgesetzt gewesen war.

Wäre Ulla nicht schnurstracks auf ihn zugegangen, Marlene hätte ihn nicht so schnell wiedererkannt. Er sah elend aus, ausgehungert, völlig abgemagert, fast wie ein Bruder von Matthias. Die Runzeln in seinem Gesicht waren womöglich noch tiefer. Wettergegerbt konnte man das nicht nennen. Sonnengebräunt war er auch nicht. Seine Haut war fahlgrau mit einem Stich ins Grüne.

«Tut mir leid, dass ich so viele Umstände mache», entschuldigte er sich bei Ulla, ehe er sich mit einem zerknirschten Lächeln Marlene zuwandte: «Hallo, Lenchen, gut siehst du aus.»

«Was man von dir nicht behaupten kann», stellte Ulla fest. «Wann hast du das letzte Mal etwas gegessen?»

«Gestern Abend», behauptete er.

«Und was, wenn ich fragen darf?», bohrte Ulla nach. «Zwei Würmchen, drei Käfer oder eine fette Spinne?»

Er grinste, versuchte es zumindest, aber es fiel kläglich aus. «Bei dem Schnee findet man doch nichts», antwortete er. «Es gab nur ein Nudelsüppchen ohne Proteine.»

«Dann wundert mich nichts mehr», sagte Ulla. «Wahrscheinlich ist dir vor Hunger schwummerig geworden.» Sie nahm den Rucksack und die Segeltuchtasche und marschierte ins Freie.

«Kann sein», räumte er ein, während er Ulla folgte. Marlene bildete die Nachhut und wurde das Gefühl nicht los, ihn stützen zu müssen, damit er nicht zusammenbrach.

Trotz seiner desolaten Verfassung bemühte er sich, lässig und scherzhaft zu klingen. «Aber was hätte ich machen sollen? Die holde Weiblichkeit befiehlt, ich gehorche. Du kennst mich doch. Meine Kräuterhexe hat mich auf Diät gesetzt. Fasten ist die beste Medizin, wenn man sich an zu viel Protein den Magen verkorkst hat. Aber es ist doch glimpflich ausgegangen. Ich hatte mehr Glück als Verstand. Nur eine Fleischwunde und Quetschungen am linken Bein, wirklich nicht dramatisch.»

Er hinkte zum Gotterbarmen und wirkte erleichtert, als er endlich hinten im Van Platz nehmen konnte. «Wenn es euch nichts ausmacht, strecke ich mich aus und mach die Augen zu. Ich bin vollkommen erledigt.»

«Wann hast du denn zuletzt geschlafen?», nahm Ulla ihr Verhör wieder auf.

«Vergangene Nacht», erklärte er und zeigte zurück auf den Krankenhauskomplex. «Die haben mir eine Lokalanästhesie verpasst, weil sie nähen mussten. Ich hab ihnen gesagt, dass ich so ein Zeug nicht vertrage. Das haut mich jedes Mal um. Das hat die aber nicht gekümmert.»

Ulla gab sich damit zufrieden, hievte seinen Rucksack hinten in den Van, schob die Segeltuchtasche hinterher, schloss die Hecktür und stieg auf den Beifahrersitz.

Es hatte ganz den Anschein, dass er einschlief, kaum dass Marlene losgefahren war. Ulla warf hin und wieder einen Blick über die Schulter. Aber erst auf der Autobahn meinte sie verständnislos kopfschüttelnd: «Von seiner Kräuterhexe hat er mir am Donnerstag schon erzählt. Ursprünglich wollte er von der Pizza gar nichts nehmen. Das hätte sie ihm verboten. Was denkt solch ein Weib sich, einen Mann auf Diät zu setzen, der nur noch aus Haut und Knochen besteht?»

«Ich päppele ihn schon wieder auf», versprach Marlene. «Mach dir keine Sorgen.»

«Tu ich gar nicht», behauptete Ulla mit trotzigem Unterton. «Ich habe mir letzten Mittwoch fest vorgenommen, mir niemals wieder Sorgen um Leute zu machen, die alt genug sind, um zu wissen, was richtig und was falsch ist. Wenn er meint, er müsste eine Kräuterhexe konsultieren statt einen Arzt …»

«Vielleicht ist er nicht mehr krankenversichert», meinte Marlene.

«Er hatte am Donnerstag genug Geld bei sich, um eine Chefarztbehandlung zu bezahlen», erklärte Ulla.

Sie bestand darauf, zurück zu Scheidweber & Co gebracht zu werden, weil dort das Rad stand, das sie nun noch ein paar Tage länger benutzen musste. Sie verabschiedete sich mit den Worten: «Vielleicht klappt es nächste Woche mit meinem neuen Auto. Überleg dir das bloß nicht anders.»

Andreas schlief tatsächlich fest. Marlene musste ihn wecken, nachdem sie den Van in die Garage gefahren hatte. Unbemerkt von der Nachbarschaft, brachte sie ihn und sein Gepäck ins Haus. Diesmal trug sie Rucksack und Tasche in die Diele, obwohl er erklärte: «Wegen einem Kratzer am Bein bin ich noch lange kein Invalide, Lenchen.»

«Du siehst aber aus wie einer», sagte sie. «Möchtest du dich weiter ausruhen, oder soll ich dir etwas zu essen machen? Wie wäre es mit Reis und einem Putensteak? Fettarm und nicht scharf gewürzt, kein Vergleich mit einer Pizza. Ich bring es dir auch nach oben, wenn du dich gleich hinlegen möchtest.»

«Klingt verlockend, nachdem ich gestern Abend so üppig gespeist und heute noch gar nichts in den Leib bekommen habe», meinte er. «Aber ich will dir nicht zu viel Mühe machen.»

«Es macht keine Mühe», sagte Marlene. «Ich habe ja auch noch nicht zu Abend gegessen.» Sie war auch nicht hungrig, hatte mittags beim Chinesen reichlich gespeist, was sie ihm jedoch nicht auf die Nase binden musste. «Ob ich nun eine Portion mache oder zwei, die Arbeit ist dieselbe.»

Er betrachtete sie, als denke er über ihren Vorschlag nach. Doch dann schüttelte er den Kopf. «Ehe du mir etwas ans Bett bringen kannst, bin ich garantiert längst im Reich der Träume. Und dass du mich heute noch einmal wach bekommst, bezweifle ich. Dieses Narkosezeug hat mich fix und alle gemacht. Aber bis morgen früh werde ich nicht verhungern.»

Die beiden Treppen hinauf ins Dachgeschoss schaffte er nur mit Mühe. Und diesmal protestierte er nicht, als Marlene ihm sein Gepäck hinterhertrug.

Kaum hatte er sich auf dem Bett ausgestreckt, bat er: «Du musst mir nicht Gesellschaft leisten, Lenchen. Geh mal wieder runter, mach dir dein Putensteak und tu, was immer du sonst abends tust. Ich bin froh, wenn ich mal ungestört schlafen kann. So komfortabel habe ich lange nicht mehr gelegen.»

«Wo hast du denn vergangene Nacht geschlafen?»

«Glaub mir, das willst du gar nicht wissen», erklärte er mit seinem zerknitterten Lächeln.

Statt Putensteak und Reis genehmigte Marlene sich eine Handvoll Weingummi und zwei Lakritzschnecken zum Abendessen und informierte Annette über ihren Gast, damit die nicht auf die Idee kam, Johanna heimzuschicken, ehe die Luft wieder rein war.

Werner dagegen, der kurz vor neun anrief, erfuhr erst einmal nichts von dem Mann im Dachgeschoss. Er hätte garantiert darauf bestanden, mit seinem Freund zu sprechen. Und Marlene bezweifelte, dass Andreas die Treppen heute noch einmal bewältigte, wenn sie ihn herunterrief. Ihr Telefon konnte man aus dem Wohnzimmer höchstens mit in die Küche nehmen, wenn man die lange Schnur hinter dem Zweisitzer herauszog.

Nummer neun

Vom Vorratskeller trat sie in einen schmalen, dunklen Gang, in dem es einen Wasseranschluss gab. Darunter war ein altes, gusseisernes Becken angebracht, neben dem eine Waschmaschine stand. Gegenüber der Maschine führte eine gemauerte Steintreppe nach oben. An deren Ende gab es wieder eine Tür. Und die konnte gar nicht abgeschlossen sein. Sie war mit einem altertümlichen Holzriegel gesichert, der sich einfach hochdrücken ließ.

Dann stand sie in einer gemütlichen Küche, durch zwei Fenster fiel diffuses Tageslicht ein. Draußen schneite es in dicken Flocken so dicht, dass sie die fünf oder sechs Meter vom Haus entfernt stehenden Tannen, Fichten oder sonst was – auf jeden Fall Nadelbäume – kaum in klaren Linien ausmachen konnte. Alles war so weiß, dass die Konturen verschwammen. Und nicht einmal der Sensenmann persönlich hätte es geschafft, sie jetzt zur Eile anzutreiben. So nah an der Freiheit, zog es sie angesichts des Schneegestöbers keineswegs mit Macht ins Freie.

Ihr war schwindlig und übel vor Hunger. In ihrem Kopf hielten sich Schrecken und Strapazen der letzten Stunden mit

Erschöpfung die Waage. Der angeschlagene rechte Ellbogen pochte unangenehm mit den blutigen Knien um die Wette. Zerlumpt und entkräftet, verwirrt und ungläubig schaute sie sich um.

Seitlich war die nächste Tür, eine ganz gewöhnliche, lindgrün gestrichene Zimmertür mit Oberlicht und gebogener Klinke, von der sie annahm, dass sie in den Hausflur führte.

Unter dem größeren Fenster stand eine gepolsterte Bank, die sich mit zwei dazu passenden Stühlen um einen rustikalen Tisch gruppierte. In der Tischmitte lag ein Zierdeckchen. Darauf stand eine gut gefüllte Obstschale. Sie legte die DVD-Hüllen ab und griff gierig zu. Leider waren Äpfel, Bananen, Orangen und Trauben aus Plastik. Kühlschrank mit Gefrierfach, Gasherd, Spülschrank und zwei Hängeschränke komplettierten die Einrichtung.

Neben dem zweiten, schmaleren Fenster beim Spülschrank ragte grau-brauner, rissiger Stein senkrecht in die Höhe. Das Haus war unmittelbar an den Fels gebaut und offenbar von Wald umgeben.

Draußen war mit einem rostigen Nagel ein altes Thermometer befestigt. Die Quecksilbersäule stand weit unter null. Die Küche dagegen war angenehm temperiert, nicht zu warm – was nur ihrer Erschöpfung Vorschub geleistet hätte. Auf dem Fußboden lag ein bunter Webteppich, der die Kälte der Steinplatten von den Fußsohlen abhielt.

Nach dem vergeblichen Griff in die Obstschale lockte der Kühlschrank mit gleichmäßigem Summen. Die Flaschenhalterung in der Tür enthielt einen geschlossenen Tetrapak Vollmilch und zwei Flaschen Cola. Auf den Rosten lagen ein Päckchen Salami, eine Tube Senf und ein Stück Butter im zerknitterten Einwickelpapier. Im Gegensatz dazu war das Gefrierfach proppenvoll mit Fertiggerichten für die Mikrowelle.

Ein Schubfach am Spülschrank enthielt diverse Besteckteile

und Küchenutensilien. Sie nahm ein großes Fleischermesser mit scharfer Klinge und ein kleines mit Wellenschliff. In einem der Hängeschränke stand Geschirr, im anderen entdeckte sie eine Tüte mit noch zwei stark angetrockneten Brotscheiben.

Mit dem Fleischermesser neben dem Teller fühlte sie sich einigermaßen sicher, als sie die Brotscheiben mit Butter bestrich und dick mit Salami belegte. Für die Dauer ihrer Mahlzeit machte sie es sich auf der Bank bequem. Das Fleischermesser lag in Griffnähe. Die eiskalten Füße legte sie auf einen der Stühle und wickelte auch sie noch in die Vorhangbahn.

Aber zu lange so sitzen wollte sie nicht, um nicht einzuschlafen. Die Salamibrote machten ihre Augenlider schwer. Ein Kaffee wäre gut gewesen. Doch den gab es wohl nur unten bei den Computern. In der Küche fand sich nicht mal ein Teebeutelchen oder ein Wasserkocher. Sie begnügte sich mit einem Glas Cola und einem halben Liter Milch. Dann nahm sie das Fleischermesser und wagte sich weiter.

Der Hausflur war ebenso schmal wie der Gang im Keller. Und die Haustür war die erste, die abgeschlossen war. Es steckte kein Schlüssel, es hing auch keine Hakenleiste mit Schlüsseln an einer Wand. Gegenüber der Küche mündete eine weitere lindgrün gestrichene Zimmertür mit Oberlicht auf den Flur. Im Hintergrund führte eine enge Treppe in ein oberes Geschoss.

Sie horchte angestrengt, war doch überzeugt, dass der Mistkerl sich irgendwo im Haus aufhielt. Wahrscheinlich wartete er hinter der zweiten Zimmertür auf sie, grinsend, mit einem Messer, einem Beil oder sonst einer Waffe in der Hand. Im Geist hörte sie ihn fragen: «Hat's geschmeckt, Lenchen? Eine letzte Mahlzeit war ich dir schuldig, fand ich, wo du dich für mich so ins Zeug gelegt hast. Aber jetzt gehst du brav wieder dahin, wo du hergekommen bist. Sei vernünftig, leg das Messer hin. Oder muss ich nachhelfen? Ich will dir nicht wehtun, aber ich kann dich nicht laufenlassen. Das weißt du doch.»

Und nicht einmal die Aussicht auf eine unmittelbar bevorstehende Konfrontation mit dem Tod brachte sie dazu, den Fehler zu machen, auf den er jetzt vielleicht setzte. Das Küchenfenster über der Bank hatte nur einen einfachen Griff. Sie hätte es bestimmt öffnen, hinausklettern und davonlaufen können.

Auf tauben Füßen hinein in den Schnee. Mit kaputten Knien und Beinen, deren Blutzirkulation unter dem dicken Vorhangstoff eben erst wieder richtig in Gang kam, durch das eisige Gestöber da draußen. Ohne die geringste Ahnung, wo sie sich befand, hinein in den sicheren Tod.

Sollte man irgendwann ihre Leiche finden, konnte er Unschuld heucheln und jammern: «Warum hat sie nicht auf mich gehört? Ich habe noch zu ihr gesagt, du solltest bei dem Wetter nicht mehr zurückfahren. Bleib über Nacht hier, Werner hat bestimmt nichts dagegen. Wenn du unterwegs eine Panne hast, du hast ja nicht mal ein Handy …»

Wahrscheinlich hatte er einen Unfall inszeniert, nachdem er sie in der Höhle abgelegt hatte. Ihren Van mitsamt ihrer Handtasche in irgendeinen Graben gefahren oder einen Abhang hinunterrollen lassen. Deshalb hatte er ihr die Handtasche wegnehmen müssen. Sonst wäre es nicht glaubwürdig gewesen.

Glaubwürdig war es jetzt auch nicht mehr, was er aber nicht wissen konnte. So wie sie mittlerweile aussah, würde jeder Polizist fragen: «Wieso hat die Frau sich einen Vorhang umgewickelt? Warum trägt sie keine Hose, keine Strümpfe und keine Stiefel? Wo hat sie ihre Jacke so dreckig gemacht? Und wo hat sie sich die Knie dermaßen ramponiert?»

Ins Freie schaffen und sie irgendwo draußen ablegen konnte er sie nicht mehr so ohne weiteres. Hinausjagen konnte er sie auch nicht, nur zurück. Sie umfasste den Messergriff fester und schlich zur zweiten Zimmertür.

Wie kaum anders zu erwarten, befand sich dahinter ein Wohnzimmer. Und wäre der Mistkerl auf der Couch eingeschlafen, weil er die Nacht vor den Monitoren da unten verbracht und sich angeschaut hatte, wie sie durch die Höhle irrte, sie hätte ihm das Messer an die Kehle gesetzt.

Ob sie ihn töten könnte, wusste sie nicht. Ihr Verstand sagte, sie müsse ihn töten, weil er sie sonst binnen kürzester Zeit wieder überwältigen würde. Aber wenn eine Frau einen schlafenden Mann umbrachte, wurde ihr das als Heimtücke ausgelegt – hatte sie mal gelesen. Es spielte keine Rolle, was der Mann der Frau vorher angetan hatte. Wenn er schlief, durfte sie ihn sich nicht vom Hals schaffen – nur weglaufen und hoffen, dass sie sich in Sicherheit bringen konnte. Wenn das nicht gelang, hatte die Frau eben Pech gehabt.

Es waren überflüssige Gedanken, im Wohnzimmer hielt sich kein Mensch auf. Blieb noch das Obergeschoss, vielleicht hatte er sich ins Bett gelegt, weil das bequemer und er doch ziemlich geschwächt gewesen war. Also nichts wie weg hier!

Aber nicht so! Nicht auf nackten Füßen hinaus in den Schnee, mit nackten Beinen unter einem Vorhang, der nur Trippelschritte erlaubte.

Sie wandte sich der Treppe zu in der Hoffnung, oben etwas zu finden, womit sie sich besser vor der Kälte draußen schützen konnte. Vor allem brauchte sie Schuhe oder Stiefel.

20. Januar 2010 – Mittwoch

Obwohl Marlene kaum etwas von dem glaubte, was Karola letzten Donnerstag von sich gegeben hatte, und obwohl Andreas derzeit total erschöpft, halb verhungert und von einer Lokalanästhesie außer Gefecht gesetzt war, schlug sie sich die halbe

Nacht mit blutigen Büstenhaltern und hohläugigen Anhalterinnen herum, die mit gebrochenen Beinen am Straßenrand lagen und jammerten, weil sie sterben mussten.

Einmal tanzte sie selbst splitterfasernackt inmitten einer Horde haariger Affen um ein offenes Cabrio herum. Andreas saß auf der Motorhaube und rauchte eine Zigarette. Und neben dem Auto war ein Wasserloch, in dem ein großes Krokodil darauf lauerte, dass sie durstig wurde und trinken wollte.

Eine erholsame Nacht war es wahrhaftig nicht. Nach jedem dieser Träume lag sie geraume Zeit wach und horchte nach oben. Aus dem Dachgeschoss war kein Laut zu hören. Man hätte meinen können, es sei überhaupt niemand da.

Werners Radiowecker hatte sie abgestellt, aber nicht daran gedacht, mit Johannas Wecker ebenso zu verfahren. Der gab ein rhythmisches Zirpen von sich, das allmählich an Lautstärke zulegte, bis jemand auf den Knopf drückte. Als Marlene gegen sechs von dem Geräusch aufwachte, war es schon so laut, dass Andreas es im Dachgeschoss auch nicht überhören konnte.

«Warum bist du denn schon so früh auf den Beinen, Lenchen?», rief er, als sie im Schlafanzug über den Flur tappte. Er klang entschieden munterer als am Vorabend. Vielleicht hatte ihn wirklich nur das Anästhetikum schachmatt gesetzt.

«Um den Wecker abzustellen», gab sie zurück.

«Heißt das, du legst dich nochmal hin?», wollte er wissen.

Das hätte nicht viel Sinn gehabt. Sie fühlte sich wieder mal, als hätte man sie unter Strom gesetzt. «Zwecklos», rief sie. «Ich mache ein bisschen Gymnastik und dann Frühstück, einverstanden? Du müsstest doch eigentlich ausgeschlafen sein und Hunger haben wie ein Wolf im Winter. Willst du Kaffee oder Tee?»

Sie hörte seine Schritte über ihrem Kopf, er ging zu dem kleinen Duschbad hinüber und rief dabei: «Tee. Kamille, Pfefferminz oder Fenchel. Hast du was in der Art?»

«Muss ich nachsehen», antwortete sie, dabei konnte sie Kamille und Fenchel auf Anhieb ausschließen.

«Lass dir Zeit», rief er noch. «Ich geh nur kurz dahin, wohin der Papst immer alleine geht. Dann werfe ich mich nochmal in Morpheus' Arme und dreh eine letzte Schlummerrunde.»

Kurz nach neun hatte er endlich ausgeschlafen und ging unter die Dusche. Karola war bereits seit einer halben Stunde auf Sendung, als er schließlich in der Küche auftauchte. Bekleidet mit einer Camouflagehose und einem vergrauten T-Shirt, beides hatte ihm vermutlich mal gepasst, schien aber jetzt drei Nummern zu groß. An den Füßen trug er dicke Wollsocken, die wie selbstgestrickt aussahen. Die dunklen, von grauen Strähnen durchsetzten Haare waren noch feucht und ließen ihn wie einen alten Mann aussehen. Dazu passte auch seine leicht vorgebeugte Haltung. Trotzdem sah er etwas besser aus als tags zuvor.

Weil sie keinen Lärm mit dem Staubsauger hatte machen wollen, saß Marlene mit dem letzten Schluck Milchkaffee und *Monas Tagebuch* am Tisch. Andreas nahm ihr gegenüber Platz und erkundigte sich: «Oder ist es dir unangenehm, wenn ich mich hier unten aufhalte?»

«Warum sollte mir das unangenehm sein?»

Er zuckte mit den Achseln und grinste kläglich. «Was weiß ich? Wenn jemand kommt oder von draußen einer reinguckt.»

«Hier kann keiner reingucken», versicherte sie. «Es wird auch keiner kommen. Soll ich dir jetzt einen Tee machen?»

Er nickte und lauschte Karolas Stimme, die ihrer Zuhörerschaft wie immer frisch und munter die beste Musik und interessante Themen versprach. «Bleiben Sie dran, ich zähle auf Sie.»

«Sie macht das wirklich gut», sagte er anerkennend, während

Marlene den Wasserkocher füllte. «Als Julchen mir erzählte, Mutti arbeitet im Radio, dachte ich, sie hätte da eine Putzstelle.»

«Wir haben alle den Kopf geschüttelt, als sie sich für den Job beworben hat», erzählte Marlene. «Die suchten einen jungen Moderator, der ins Team passte. Jetzt kommandiert sie das Team.»

«War nicht anders zu erwarten», kommentierte Andreas.

Pfefferminztee war auch keiner da, wie Marlene inzwischen festgestellt hatte. Nur ein lila Päckchen mit noch drei Beuteln einer Wohlfühlmischung, die Johanna mal für sich gekauft hatte. Andreas gab sich damit zufrieden, behauptete nach dem ersten vorsichtigen Schluck, das Gebräu sei wohlschmeckend. Zucker brauchte er nicht.

Stattdessen zog er ein kleines braunes Fläschchen aus einer Hosentasche, träufelte zwanzig Tropfen einer trüben Flüssigkeit auf den Löffel und schüttelte sich, nachdem er die Brühe geschluckt hatte. «Schmeckt eklig, soll aber sehr wirksam sein, behauptet meine Kräuterhexe», erklärte er.

«Wie bist du an so eine gekommen?», fragte Marlene.

Er erzählte etwas von einer Empfehlung und dass er gestern auf dem Weg zu seiner Kräuterhexe gewesen sei, als ihm plötzlich schwummrig wurde und er sich samt Motorrad in der Straßenböschung wiederfand. Zum Glück war das noch in der Zivilisation geschehen, wo bald einer vorbeigekommen war, der einen Rettungsdienst alarmiert hatte. Ein paar Kilometer weiter, da läge er wahrscheinlich jetzt noch im Schnee. Die Kräuterhexe lebte nämlich in der Eifel, mitten im Wald, wie sich das eben für eine Hexe gehörte.

Den Toast, den Marlene ihm anbot, lehnte er ab. «So früh am Morgen kriege ich keinen Bissen runter.»

«Viertel vor zehn ist nicht früh am Morgen. Und gestern hast du den ganzen Tag nichts in den Leib bekommen», erinnerte sie ihn. «Ein verdorbener Magen ist normalerweise nach einem Tag mit Tee und Zwieback auskuriert.»

«Tee und Zwieback hatte ich doch nicht», erwiderte er grinsend. «Und wann war ich je normal? Aber so bleibt man schlank.»

Marlene hätte gewettet, dass er Untergewicht hatte. «Um deine Figur würden dich die Hungerhaken auf der nächsten Modemesse beneiden», sagte sie. «Es wundert mich, dass Ulla dich nicht für Matthias gehalten hat, als du letzte Woche bei Scheidweber aufgetaucht bist. Matthias ist auch so schlank, dass die Tauben an der Kirche immer ihn füttern wollen.»

«Lenchen, du erstaunst mich», flachste er. «Du bist ja richtig witzig geworden. Wo hast du das gelernt?»

Das hätte sie selbst gerne gewusst.

Als sie sich wieder zu ihm an den Tisch setzte, meinte er: «Ich sitze wohl auf Wewes Platz, was? Wie war das noch? Er muss dir gegenübersitzen, damit er dich richtig ansehen kann. So hat er es mal ausgedrückt, das höre ich heute noch. Ist er immer noch so verliebt in dich?»

«Er behauptet es zumindest», sagte sie.

«Und immer noch höllisch eifersüchtig, was?» Ganz kurz huschte noch ein kumpelhaftes Grinsen über sein runzliges Gesicht, dann wurde er ernst. «Egal. Er sieht ja nicht, wie ich dich gerade anhimmele. Engel muss man anhimmeln. Du bist ein Engel, Lenchen. Was du hier für mich tust, kann ich nie wiedergutmachen.»

«Das brauchst du auch nicht.» Sein Dank war ihr peinlich, bisher hatte sie doch nicht mehr für ihn getan, als ihn schlafen zu lassen. «Ich bin froh, dass ich Gesellschaft habe.»

«Meinst du, Wewe wäre ebenso froh darüber?»

«Das werden wir feststellen, wenn er sich das nächste Mal meldet», sagte sie.

Darauf mussten sie nicht lange warten. Um zehn machte

Werner eine kurze Kaffeepause. Und wie am Vortag interessierte ihn, ob sie gut geschlafen hatte. Sie erzählte ihm nochmal dasselbe wie gestern, behauptete, heute sogar länger geschlafen zu haben, weil sie nicht mit Johanna habe aufstehen müssen.

«Wieso nicht?», fragte Werner, obwohl eine Siebzehnjährige nicht mehr darauf angewiesen war, dass ihr morgens jemand das Müsli hinstellte.

«Ich habe sie gestern zu Annette und Christoph geschickt, damit ich sturmfreie Bude habe», antwortete Marlene.

Im ersten Moment hielt Werner das wohl für einen Scherz – oder für ihre Art, die eigene Hilflosigkeit und das mangelnde Durchsetzungsvermögen zu kaschieren. «Marlene», setzte er zu einem Vortrag über untergrabene Autorität an.

«Ich habe nämlich Besuch von einem Freund», unterbrach sie ihn, ehe er richtig loslegen konnte. «Den muss Johanna nicht unbedingt sehen. Sonst erzählt sie es noch ihrer Freundin Julchen.»

Jetzt begriff Werner. Er lachte überrascht auf. «Ist Andreas wieder da? Das ging aber schnell. Gib ihn mir mal.»

Marlene zerrte die Schnur hinter dem Zweisitzer heraus, trug das Telefon durch die Diele in die Küche und hielt Andreas den Hörer hin. «Hallo, Wewe», sagte er. «Deine Frau war so nett, einen gestrandeten Wal aufzunehmen.»

«Er lügt!», rief Marlene. «Ausgenommener Hering trifft es besser.» Sie hörte Werner lachen, obwohl sie einen halben Meter von Andreas entfernt stand.

Während die beiden Männer sich unterhielten, ging sie nach oben und machte sich ausgehfertig, um Pfefferminztee, Kamillentee, Fencheltee, Zwieback und alles, was Andreas sonst noch brauchte, zu besorgen. Aber er brauchte nichts, wollte – wie er erneut betonte, als sie ihn fragte – keine Umstände machen.

Sie fuhr trotzdem los, kaufte drei verschiedene Sorten Tee,

Zwieback, Salzstangen, Bananen, Haferflocken und alles, was ihr sonst noch zu einem verdorbenen Magen einfiel.

Als sie zurückkam, saß Andreas immer noch in der Küche, hörte sich die Sendung seiner Frau an und las gleichzeitig in dem Buch, das sie auf dem Tisch hatte liegenlassen.

«Starker Tobak», meinte er, während sie Wasser aufsetzte und einen Beutel Kamillentee in einen Becher hängte. «Ich hätte nie gedacht, dass du auf schrägen Sex stehst, Lenchen.»

«Tu ich auch nicht», erwiderte sie, nahm zwei Zwieback aus dem Päckchen, legte sie auf einen Teller und überlegte, ob sie beim Thema bleiben sollte, um herauszufinden, ob Karola letzten Donnerstag überhaupt ein wahres Wort von sich gegeben hatte. Warum eigentlich nicht? Wo er damit begonnen hatte, bot es sich an, also sprach sie weiter: «Werner zum Glück auch nicht. Er käme nie auf die Idee, es im Waschraum einer öffentlichen Toilette, in einer Kiesgrube oder während einer Fahrt auf der Autobahn zu treiben.» Sie war stolz auf sich, weil sie die Kiesgrube so brillant in die Mitte gelegt hatte, als gehöre die zu Monas Geschichte.

Andreas wirkte nur für eine Sekunde irritiert, dann begann er zu grinsen. «Kiesgrube?», wiederholte er. «Das hast du aber nicht aus dem Buch, oder?»

«Nein, davon hat Karola mir erzählt.»

«In allen schockierenden Einzelheiten?», wollte er unverändert grinsend wissen, peinlich war es ihm keinesfalls.

«Woher soll ich das wissen?», fragte Marlene. «Ich war doch nicht dabei, folglich kenne ich die Einzelheiten nicht.»

Sie schob ihm den Teller mit Zwieback hin. «Hier. Du musst etwas essen. Zwieback schadet deinem Magen bestimmt nicht.»

Er machte keine Anstalten, einen Zwieback zu nehmen. «Sollen wir mal vergleichen?», fragte er. «Ich zähle auf, was mir noch im Gedächtnis ist, und du stellst fest, ob Karola etwas vergessen oder etwas dazugedichtet hat. Oder du erzählst mir, was du von Karola gehört hast, und ich ergänze oder streiche.»

«Sie hat kein gutes Haar an dir gelassen», wich Marlene aus.

«Das darf auch keiner erwarten, der seine Frau mit zwei Kindern Knall auf Fall sitzenlässt», erwiderte er ernsthaft. «Jetzt komm schon, Lenchen. Mach's nicht so spannend. Was hat sie erzählt?»

Marlene nahm ihm den Teller weg, schob ihm stattdessen das offene Päckchen zu und schlug vor: «Für jeden Zwieback eine Geschichte.»

Er gab sich verwundert. «Was denn? So viele? Ich dachte, sie hätte nur von der Kiesgrube erzählt.»

«Wo denkst du hin», sagte Marlene. «Auch von Ameisenhaufen, von blauen Büstenhaltern mit rosa Röschen und Blutstropfen. Von freien Tagen, an denen du in Düsseldorf Abenteuer gejagt hast. Wenn Karola anfängt, findet sie kein Ende.»

Er zog den Teller wieder zu sich heran, nahm einen Zwieback und verlangte: «Leg los. Am besten fängst du mit der Jagd in Düsseldorf an. Die Geschichte kenne ich nämlich gar nicht.»

Er begann zu knabbern, während Marlene ihm erzählte, was Karola bei der Lektüre von *Monas Tagebuch* förmlich ins Auge gesprungen war. Sie dachte, es hätte ihn ebenso wütend gemacht wie Annette, aber er amüsierte sich anscheinend nur, betrachtete das bleiche, hohläugige Frauengesicht auf dem Buchcover und meinte: «Das klingt fast, als sei meine Cleo wieder zum Leben erwacht. Sollte sie von den Toten auferstanden sein, als sie plötzlich für sich selbst sorgen musste?»

Der Spruch hatte etwas, fand Marlene. Zum Leben erwacht! Und zum Tode verurteilt, wenn einem jede Sorge abgenommen wurde.

Bis Karola sich kurz vor zwölf von ihren Hörerinnen und Hörern verabschiedete, saßen sie in der Küche, lauschten den Wortbeiträgen und unterhielten sich während der Musikeinspielungen. Er stellte Fragen, Marlene antwortete. So sprach die meiste Zeit sie, auch über den Mittwoch der vergangenen Woche, über Heidrun Merz und deren Erklärung zu Andy, dem Jäger, und über den Donnerstagvormittag, als sie selbst bei Karola im Studio gesessen und die Gemütslage einer überflüssigen Frau so treffend beschrieben hatte. Darüber kam sie auf Lucy Jordan. Und Andreas war der Erste und Einzige, dem sie vom Staubsaugerschlauch und dem Auspuffrohr erzählte.

«Das klingt aber gar nicht gut, Lenchen», meinte er sehr ernst. «Weiß Werner davon?»

Sie schüttelte den Kopf. «Ich will auch nicht, dass er es erfährt.»

«Keine Angst», sagte er. «Von mir erfährt kein Mensch etwas. Ich hoffe nur, du hast den Punkt weit hinter dir gelassen. Mit Depressionen geht man zu einem Arzt, aber nicht in die Garage.»

«Mit einem verkorksten Magen geht man auch zum Arzt und nicht zu einer Kräuterhexe», hielt sie dagegen.

«Und dann geht man mit dem Rezept vom Arzt in die nächste Apotheke», ergänzte er. «Aber muss man denn immer gleich mit Kanonen auf Spatzen schießen und die geballte Pharmaindustrie gegen eine Gastritis auffahren? Ich finde nicht. Abgesehen davon hat so eine Hexe noch andere Vorteile. Wenn's draußen Stein und Bein friert, findet man bei ihr ein warmes Plätzchen.»

«Dann hast du vorletzte Nacht bei ihr geschlafen?»

«Nein», sagte er knapp.

Im Obergeschoss gab es zwei Schlafzimmer und ein kleines Bad. Die drei Türen standen offen, so sah Marlene auf Anhieb, dass sich auch oben niemand aufhielt. Was sie davon halten sollte, wusste sie nicht. Wo mochte der Mistkerl stecken? Warum hatte er das Haus verlassen? Einkäufe machen, etwas Besseres fiel ihr nicht ein. Der Kühlschrank war doch so gut wie leer, die Brottüte auch. Er brauchte Brot und Butter, Wurst, Käse und Kaffee, vielleicht auch nur Tee und Zwieback, um sich übers Wochenende an den Computern zu amüsieren.

Sie durfte getrost Geräusche verursachen. Das Bad lag gleich bei der Treppe. Und jetzt drückten das Glas Cola und der halbe Liter Milch auf die Blase. All die Stunden in der Kälte, die letzten davon in einer feuchten Hose, trugen wohl ihren Teil dazu bei.

Die WC-Brille war ebenso hochgeklappt wie der Deckel. Typisch Mann, dachte sie, klappte die Brille nach unten, setzte sich und ließ den Blick schweifen. Auf dem Badewannenrand standen ein Haarshampoo und ein billiges Duschgel. Auf der Ablage über dem Waschbecken lag ein Elektrorasierer neben einer Tube Zahncreme, dabei stand ein Becher, aus dem eine Zahnbürste ragte. Nichts, was eine weibliche Note gehabt hätte.

Das Becken war mit getrockneten Zahnpastaspritzern gesprenkelt. Auf dem Rand stand ein Spender mit Flüssigseife. Sie wusch sich gründlich die Hände und öffnete dann das Schränkchen mit den verspiegelten Schiebetüren über der Ablage. Darin waren die Utensilien einer älteren Frau untergebracht. Eine Dose Nachtcreme für reife Haut, eine Haarbürste, Haarspray, eine Packung Gebissreinigertabletten und ein Deo mit blumigem Duft.

Dahinter entdeckte sie ein Päckchen mit Heftpflasterstreifen und drei Röllchen Verbandmull, deren Cellophanhülle vergilbt und knittrig war. Dennoch war der Mull besser als der Vorhangstoff, von dem niemand wusste, wie viel Dreck und wie viele Keime er im Laufe der Zeit aufgenommen hatte. Bei jedem Schritt scheuerte der Velours über die offenen Wunden an ihren Knien.

Mit einem der Mullröllchen und viel heißem Wasser reinigte sie beide, so gut es eben ging. Ihre Knie sahen übel aus, stellenweise rohes Fleisch, das sofort wieder zu bluten begann, als sie es behutsam abtupfte. Die anderen beiden Röllchen benutzte sie als Verbände und befestige die Enden mit Heftpflaster.

Dann wickelte sie sich wieder in die Vorhangbahn, nahm das Fleischermesser vom Wannenrand und ging ins nächste Zimmer. Es wurde wie das Bad durch ein zugeschneites Dachfenster nur notdürftig erhellt und gehörte dem Anschein nach einem größeren Jungen. An den Wänden hingen alte Filmposter aus *Rocky* und *Krieg der Sterne.* Auf einem Regal standen Comicfiguren aus Plastik. Sie erkannte Spiderman, weil der kürzlich nochmal im Fernsehen ausgestrahlt worden war. Den zerknitterten Bettbezug zierten Rennwagen.

Dem Zimmer daneben sah man an, dass es von einer älteren Frau eingerichtet worden war. Über dem Doppelbett lag ein bestickter Überwurf, gekräuselte Volants hingen bis auf den Boden. Im Kleiderschrank fand sie Damengarderobe. Es war alles da, was sie brauchte, um sich für eine Flucht durch den Schnee auszustaffieren, sogar gefütterte Stiefel.

Sie nahm zwei lange Hosen, einen wadenlangen Mantel, Schal, Mütze und Handschuhe. Alles war ihr viel zu groß. Bei dem Strickzeug machte das nichts, bei Hosen und Mantel störte es auch nicht, im Gegenteil. Die beiden Hosen zog sie übereinander an und schnürte sie mit einem Ledergürtel auf ihre Taillenweite. Der Mantel war weit genug, um über ihrer Steppjacke getragen zu werden, ohne dass sie sich zu sehr eingeengt fühlte.

Nur die Stiefel waren ihr nicht geheuer, weil ihre tauben Füße darin keinen richtigen Halt fanden. Sie rutschten bei jedem Schritt vor und zurück. So würde sie nicht schnell genug vorankommen. Aber es musste auch irgendwo Strümpfe geben – vielleicht in den kleinen Kommoden neben dem Doppelbett.

Beide Kommoden lagen im Halbdunkel unter der Dachschräge, deshalb sah Marlene das Telefon erst, als sie unmittelbar davor stand. Ein Mobiltelefon im Ladegerät, dasselbe Modell, das Annette in der Bücherstube hatte. Und es war in Betrieb. Sie starrte es ungläubig an, nahm es in die Hand, drückte auf die Taste mit dem grünen Hörersymbol und lauschte fassungslos dem Dauerton, ehe ihre Finger sich selbständig machten.

Jede andere in ihrer Situation hätte höchstwahrscheinlich den Notruf gewählt. Man rief nun mal die Polizei, wenn man in Gefahr schwebte, dringend Hilfe brauchte und seine Sinne noch alle beisammenhatte. Dann sagte man Sätze wie: «Bitte kommen Sie schnell. Ich wurde entführt und bin jetzt …»

Da hakte es bei ihr bereits. Sie wusste doch nicht genau, wo sie war. Irgendwo in der Eifel, nahm sie an. Mitten im Wald. Im Haus der Kräuterhexe, die einen heranwachsenden Sohn haben musste. Wahrscheinlich konnte sie deshalb nur sporadisch einen Mann aufnehmen, der Frauen unter die Erde brachte.

Sie war am Ende ihrer psychischen und physischen Kräfte, hatte in den letzten Stunden mehr Schrecken, Furcht und Entsetzen durchlebt als zuvor in den gesamten zweiundvierzig Jahren ihres Lebens. Sie war verletzt, verwirrt, stand wohl auch unter Schock, weil die DVD mit der Nummer acht ihr drastisch vor Augen geführt hatte, dass Barbara König nie mehr wie blöd herumhuren würde.

Und sie war immer noch überzeugt, dass Andreas sie hergebracht hatte, sah gar keine andere Möglichkeit. Das machte es zu einer Privatsache, die man erst mal untereinander regelte, sobald man die Chance dazu bekam.

Mit zwei Salamibroten im Leib und zwei alten Mullbinden um die Knie fühlte sie sich auch durchaus imstande, sich selbst zu befreien. Wozu hätte sie noch die Polizei zu Hilfe rufen sollen? Sie musste doch nur durch eins der Fenster im Erdgeschoss ins Freie steigen. Was spielte es für eine Rolle, dass sie vor jedem dieser Fenster – im Wohnzimmer gab es auch zwei – nur verschneite Nadelbäume und rauen Fels gesehen hatte? Wo ein Haus stand, musste ein Weg sein.

Und wie hätte sie einem fremden Polizisten erklären sollen, wer sie in diese Lage gebracht hatte? «Eine Freundin hat mich gebeten, einen Freund aufzunehmen. Mein Mann war auf Geschäftsreise …» Und in ihrem Hinterkopf fragte der Pressesprecher der Kreispolizei: «Haben Sie nichts Besseres zu tun?»

21. Januar 2010 – Donnerstag

Morgens verschmähte Andreas den Zwieback, aß zum Frühstück zwei Toasts mit Konfitüre, trank dazu Milchkaffee wie Marlene und behauptete, es gehe ihm entschieden besser. Kein Wunder, fand sie. Er hatte den halben Mittwochnachmittag verschlafen, während sie ein bisschen Hausputz gemacht hatte. Zum Abendessen hatte er etwas Haferbrei gegessen und offenbar eine sehr ruhige Nacht gehabt. Jedenfalls hatte sie ihn nicht einmal oben herumlaufen hören.

Wieder blieben sie den ganzen Vormittag in der Küche, hörten sich Karolas Sendung an und unterhielten sich. Doch wo und wie er sich die dreieinhalb Jahre vertrieben hatte, erfuhr Marlene auch diesmal nicht. «Es war nicht halb so romantisch und abenteuerlich, wie du es dir wahrscheinlich vorstellst», blockte er jede diesbezügliche Frage ab.

Da er für ihr Empfinden gut gefrühstückt und anschließend

nicht über Beschwerden geklagt hatte, machte sie zu Mittag ein großes Bauernomelett. Viel davon aß er allerdings nicht. «Tut mir leid, Lenchen. Es schmeckt wirklich so lecker, wie es riecht und aussieht. Aber den Rest musst du alleine essen. Bei deiner Figur kannst du dir doch eine doppelte Portion Bratkartoffeln leisten.»

«Das sind keine Bratkartoffeln, du Banause.»

«Es sieht aber so aus. Und zu viel Gebratenes verträgt mein Magen offenbar noch nicht. Wenn es dir nichts ausmacht, würde ich gleich gerne noch einen Abstecher zu meiner Kräuterhexe machen. Meine Tropfen sind alle, ich brauche Nachschub.»

Nachmittags musste er wegen der Unfallverletzung am Bein zur Nachsorge in die Ambulanz des Marienhospitals. Marlene fuhr ihn nach Euskirchen. Auf der Autobahn drückte er wiederholt eine Hand in die Magengegend. Als sie ihn fragte, ob er Schmerzen habe, erklärte er: «Nicht der Rede wert.»

«Du solltest trotzdem mal mit einem Arzt über deine Magenprobleme reden», empfahl Marlene.

«Schaden kann's ja nicht, wenn einer von denen mal einen Blick drauf wirft», stimmte er zu.

«Draufblicken nutzt nichts», sagte Marlene. «Ein Blick hinein wäre sinnvoll. Aber für eine Magenspiegelung brauchst du garantiert einen Termin.»

«Ich kann mir ja einen geben lassen», sagte er. «Und bis dahin nehme ich weiter die Tropfen, die helfen mir. Oder hast du keine Lust, mich auch noch in die Wildnis zu fahren?»

«Solange ich in der Wildnis fahren kann, macht es mir nichts aus», erklärte sie. «Aber ich habe nur Winterreifen, keine Schneeketten.»

«Wo ich mit der Maschine raufkomme, schaffst du es mit dem Van allemal», meinte er zuversichtlich.

Im Wartebereich vor der Ambulanz saßen etliche Patienten. Keiner konnte sagen, wie lange es dauerte. Aber das hatte

Marlene einkalkuliert, extra noch ein Shirt unter den Pullover gezogen, um einen Spaziergang zu machen, während Andreas in der Ambulanz saß.

«Trink lieber irgendwo einen Kaffee, Lenchen», schlug er vor. «Es ist zu kalt, um lange draußen herumzulaufen.»

Er empfahl ihr ein Café im Stadtzentrum.

«Und was ist mit dir?», fragte sie. «Soll ich in anderthalb oder zwei Stunden wieder herkommen? Oder rufst du in diesem Café an, wenn ich dich abholen soll?»

«Ach was», er winkte ab. «Ich komme nach, wenn ich fertig bin.»

«Zu Fuß?», fragte sie.

«Das wäre ein bisschen weit.» Er grinste. «Aber es gibt Taxen, Lenchen.»

Und ihr fiel die Rolle Geld ein, die er laut Ulla bei sich hatte.

Nummer neun

Am liebsten hätte sie Werner angerufen. Seine Büronummer hätte sie wohl auch aus dem Gedächtnis wählen können. Aber er war vermutlich noch in Straßburg. Seine Handynummer kannte sie ebenso wenig auswendig wie die der Kinder. Die befanden sich daheim im Telefonspeicher wie auch die Nummern von Annette, die in den letzten Jahren zweimal den Telefonanbieter gewechselt hatte, sowohl fürs Handy als auch fürs private Festnetz und die Bücherstube.

Karola, der sie unten an den Computern noch gerne eine E-Mail geschickt hätte, war vielleicht doch nicht die Richtige, die würde noch eine Sendung daraus machen. *«Hier bei mir im Studio sitzt Marlene Weißkirchen, die von einem perversen*

Sadisten verschleppt wurde wie Mona Thalmann und Barbara König …»

Der Anschluss von Scheidweber & Co war seit Jahr und Tag gleich, bestand nur aus vier Ziffern. Die letzte entfiel, wenn man Ullas Durchwahl anhängte. Einschließlich der Vorwahl waren es dann genau zehn Zahlen, die hätte sie im Schlaf in ein Telefon tippen können. Und Ulla musste unbedingt Bescheid wissen, damit sie nicht noch einmal auf Andreas hereinfiel, wenn der erneut bei ihr auftauchen sollte.

All das waren keine rationalen und bewussten Überlegungen. Die Nummer zu wählen war mehr ein Reflex. Zweimal ertönte das Freizeichen, dann klang ihr Ullas routiniert freundliche Geschäftsstimme im Ohr. «Scheidweber und Co, Fertigungsabteilung. Sie sprechen mit …»

«Ich bin's, Marlene», kürzte sie hastig die Vorstellungslitanei ab. «Ich weiß nicht, wo ich bin. Ich werde jetzt losgehen und …»

«Moment, Moment», fiel Ulla ihr ins Wort. «Wieso weißt du nicht, wo du bist?»

«Hier schneit es. Ich kann nur Bäume sehen. Und den Berg neben dem Küchenfenster, aus dem ich abgehauen bin.»

«Du bist aus einem Küchenfenster abgehauen?», fragte Ulla konsterniert.

«Nein, aus dem Berg», stellte sie richtig. «Da ist eine Höhle drin mit einem Graben und einem Wasserfall.»

«Ah ja», sagte Ulla gedehnt und wollte wissen: «Hast du gekifft oder sonst was genommen?»

«GHB wahrscheinlich», sagte sie. «Das tun die einem ins Glas, wenn man nicht hinschaut. Ich hab es so oft gelesen. Man glaubt nur nicht, dass es einen mal selbst trifft. Andreas hat mich verschleppt. Zu seiner Kräuterhexe, glaube ich.»

«Glaubst du», wiederholte Ulla in einem Ton, der deutlich machte, dass sie es nicht glaubte.

«Ich bin sicher», erklärte Marlene. «Er wollte am Donnerstag noch zu der Hexe. Was für ein Tag ist heute?»

«Freitag», sagte Ulla merklich zurückhaltend. Das Tackern im Hintergrund verriet, dass sie ihre Arbeit am Computer wiederaufgenommen hatte. «Wie meinst du das, verschleppt?»

«Ich habe ihn nach Euskirchen gefahren, zum Krankenhaus. Er hat mich in die Innenstadt geschickt, einen Kaffee trinken. Er wollte nachkommen. Dann bin ich hier aufgewacht. Barbara König war auch hier. Ich hab gesehen, wie sie in den Graben gefallen ist. Du kannst dir nicht vorstellen, wie das gestunken hat. Da lagen auch Knochen. Ich hatte mir eine Fackel gemacht mit etwas, das sah aus wie ein Bein.»

«Jetzt mach aber mal einen Punkt», verlangte Ulla energisch. «Barbara König! Knochen! Willst du Karola Konkurrenz machen?»

Bis zu Ulla war die Nachricht, dass Karolas Nachbarin erneut verschwunden war, noch nicht gedrungen. Als Marlene es erwähnte, wurde Ulla ein wenig kleinlauter: «Aber du bist jetzt nicht wirklich in einer Höhle, oder?»

«Nein, jetzt bin ich im Schlafzimmer», sagte Marlene. «Aber ich muss hier raus, ehe er zurückkommt. Ich steige gleich unten aus dem Fenster. Und ich will, dass du weißt …»

«Gerdamarie Ammer», schnitt Ulla ihr noch einmal das Wort ab.

«Was?» So schnell konnte sie nicht umschalten.

«Du telefonierst von einem Anschluss, der auf den Namen Gerdamarie Ammer eingetragen ist», erklärte Ulla.

«Die Kräuterhexe», schlussfolgerte Marlene. «Hat Andreas dir gesagt, wie sie heißt?»

«Die Nummer wird übertragen. Ich habe eine Rückwärtssuche gemacht. Du bist in …» Ulla stockte als sie weitersprach, klang sie verunsichert. «Was ist das denn? Flurstück drei. Das ist doch kein Ort.»

«Hier ist auch kein Ort», stimmte Marlene zu. «Die Hexe lebt mitten im Wald.»

«Ja, ja», sagte Ulla genervt und bat: «Erzähl mal der Reihe nach, was du noch weißt.»

Während Marlene übers Festnetz berichtete, woran sie sich erinnerte, probierte Ulla mit ihrem Handy, Andreas an die Strippe zu bekommen. Nach etlichen Sekunden teilte sie mit: «Bei dir zu Hause geht keiner ran.»

«Ist doch auch keiner da», sagte Marlene. «Werner muss noch in Straßburg sein, Johanna in der Schule, Leonard kommt erst heute Nachmittag aus Tirol zurück. Und Andreas treibt sich hier irgendwo herum. Wahrscheinlich sind sie einkaufen. Im Kühlschrank lag nur ein Päckchen Salami, die habe ich aufgegessen. Das Brot ist auch alle.»

Ulla hörte ihr gar nicht zu, sondern fiel ihr ins Wort: «Er geht auch nicht an sein Handy.»

Trotzdem konnte Ulla sich beim besten Willen nicht vorstellen, dass Andreas für Marlenes Aufenthalt im Haus einer Gerdamarie Ammer verantwortlich sein sollte. Vom Aufenthalt in einem Berg oder einer Höhle ganz zu schweigen. Daran änderte auch Barbara Königs Geldbörse nichts, die Marlene dann doch noch aus der Jackentasche zog. Die größere Plastikkarte war tatsächlich der Personalausweis von Karolas Nachbarin.

«Du willst einfach nicht glauben, dass Andreas zu so was fähig ist», stellte Marlene fest. «Ich konnte es mir auch nicht vorstellen, bis ich es glauben musste. Und jetzt hau ich ab, ehe er zurückkommt und …»

«Nichts da», unterbrach Ulla sie zum letzten Mal. «Du steckst mitten in der Pampa und rührst dich nicht vom Fleck, bis die Polizei bei dir ist. Die rufe ich jetzt an. Unter der Vorwahl wird es wohl irgendwo einen Polizeiposten geben, und die müssen wissen, wo sie Flurstück drei finden. Wenn es brenzlig wird, ehe sie da sind, schlag dich von mir aus in die Büsche, aber bleib in der Nähe dieses Hauses, versprich mir das.»

22. Januar 2010 – Freitag

Schlag dich in die Büsche! Wenn sie das erst tat, sobald es brenzlig wurde, war es zu spät. Das wusste Marlene schon, als sie im oberen Schubfach der Kommode, auf der die Ladestation des Telefons stand, etwas Unterwäsche und einige Paar dünner Perlonstrümpfe entdeckte. Im unteren Schubfach lagen dicke Wollsocken. Wie bei den Hosen zog sie zwei Paar übereinander, so passten die Stiefel.

Dick vermummt stieg sie die Treppe wieder hinunter. Das Telefon nahm sie mit. Annette hatte doch mal erwähnt, es hätte eine Reichweite von dreißig Metern. *Bleib in der Nähe!* Da konnte der Handapparat auch draußen im Notfall noch nützlich werden.

Bei einem Blick aus dem Küchenfenster verspürte sie nicht die geringste Lust hinauszusteigen. Sie hätte entschieden lieber in der gemütlichen, warmen Küche auf die Polizei gewartet. Auf der gepolsterten Bank gesessen, die Füße auf einen Stuhl gelegt. Ober umgekehrt, damit sie aus dem Fenster schauen konnte.

Aber es gab keinen Hinterausgang. Wer immer sich dem Haus näherte, bei dem dichten Schneetreiben würde sie ihn durchs Küchenfenster erst im letzten Moment sehen. Aus dem nach vorne liegenden Wohnzimmerfenster auch nicht früher. Da könnte sie dann zwar notfalls noch aus dem Fenster in der Giebelwand steigen, würde dabei jedoch eine Spur wie ein Bison in den frischen Schnee stapfen.

Sie nahm die vier DVD-Hüllen vom Küchentisch und verteilte sie auf die großen, aufgesetzten Manteltaschen, das Telefon passte noch dazu. Das Fleischermesser wollte sie sicherheitshalber auch mitnehmen, legte es griffbereit auf die Bank, dann öffnete sie das Fenster. Es klemmte nur ein wenig, weil der Rahmen außen vereist war.

Gerade als sie hinaussteigen wollte, rief Ulla zurück. Sie hatte Hilfe auf den Weg gebracht, meinte jedoch, es könne eine Stunde dauern, bis die Polizisten bei ihr seien. Sie kamen aus Euskirchen. Bei den vorherrschenden Wetter- und Straßenverhältnissen war ein Streifenwagen auch nicht schneller als ein privater Pkw.

«Ich glaube nicht, dass hier überhaupt ein Auto fahren kann», sagte Marlene. «Die werden zu Fuß heraufkommen müssen. Ich gehe ihnen entgegen.»

«Lieber nicht», mahnte Ulla. «Versteck dich und komm erst raus, wenn du sicher bist, dass es die Polizei ist. Ich habe erklärt, du wärst wahrscheinlich in einem Café betäubt worden und könntest dich an nichts erinnern. Sag ihnen, wohin Andreas dich geschickt hat. Weißt du noch, wie das Café hieß?»

Natürlich wusste sie es noch. Sie wusste nur nicht, ob sie die Euskirchener Innenstadt erreicht hatte, erinnerte sich nicht einmal mehr, auf dem Krankenhausparkplatz in ihren Van gestiegen zu sein. Der Faden riss im Wartebereich vor der Ambulanz.

Sie beendete das Gespräch und steckte das Telefon zurück in die rechte Manteltasche. Die Strickmütze tief in die Stirn und über die Ohren gezogen, den Schal so umgelegt, dass er noch das halbe Gesicht bedeckte, die Hände von Handschuhen geschützt, kletterte sie über die Bank ins Freie und versank bis zu den Stiefelschäften in der unberührten weißen Pracht. Mindestens dreißig Zentimeter Neuschnee waren in den letzten Stunden gefallen – auf den Schnee der letzten Tage. Aber es war längst nicht so kalt wie erwartet, wahrscheinlich war das Thermometer neben dem kleineren Fenster kaputt.

Sie griff noch einmal nach innen, nahm das Messer von der Bank und zog das Fenster von außen wieder zu. Dann stampfte sie los und hinterließ eine Spur wie eine kleine Planierraupe. Der Mantelsaum schleifte hinter ihr her über die Löcher, die ihre Beine hinterließen. So viel konnte es in den nächsten Stunden gar nicht schneien, dass der Mistkerl bei seiner Rückkehr nicht noch gesehen hätte, in welche Richtung sie entkommen war.

Sie hatte vorgehabt, Ullas Rat zu folgen und sich in die Büsche gegenüber dem Haus zu schlagen, sich zwischen den verschneiten Nadelbäumen mit ihren tiefhängenden Zweigen zu verkriechen. Dort hätte sie das Haus und die nähere Umgebung im Blick gehabt. Aber plötzlich wollte sie weg von hier, nur noch weg.

Also wechselte sie zwar zu den Bäumen hinüber, stapfte dann aber am Waldsaum entlang den Berg hinunter und hörte sich dabei selbst sagen: «Ich glaube nicht, dass hier überhaupt ein Auto fahren kann.»

Wie war sie denn auf diesen Berg gekommen? Selbst wenn gestern nicht gar so viel Schnee gelegen hatte, unter der frischen Schneedecke dürfte der Weg vereist sein. Bei der Steigung hätte der Van das trotz seiner Winterreifen nicht bewältigt.

Weiter vorne schlug der Weg einen Bogen. Nach der Biegung blieb sie zum ersten Mal stehen, zog das Telefon aus der Manteltasche und prüfte, ob es noch Empfang hatte. Von dem Haus war schon nichts mehr zu sehen. Doch das Telefon funktionierte noch eine ganze Weile.

Vor der zweiten Kehre, die der Weg machte, klingelte es erneut. Diesmal war es ein Polizeikommissar namens Oliver Lambrecht, der Stimme nach ein junger Mann. Er teilte mit, dass man in Kürze bei ihr sei, und wollte wissen, wo sie sich befand.

«Ein Stück den Berg runter, vom Haus aus kurz vor der

zweiten Kurve.» Genauer konnte sie es nicht sagen. Bei dem Schnee waren keine Wegmarkierungen zu erkennen. Und die verschneiten Bäume sahen alle gleich aus.

«Sind Sie verletzt?», fragte Lambrecht. «Geschlagen oder sonst wie misshandelt worden?» Er wollte offenbar wissen, ob sie vergewaltigt worden war, und scheute sich, es so direkt auszusprechen.

«Nein, nur meine Knie sind kaputt», gab sie Auskunft. «Aber ich habe sie verbunden. Und zweimal bin ich auf den Arm gefallen, der tut noch weh, wenn ich ihn bewege.»

«Der Weg mündet auf eine Landstraße nahe dem Ortseingang», erklärte Lambrecht daraufhin. «Wenn Sie diese Straße erreichen, ehe wir bei Ihnen sind, gehen Sie nicht weiter. Suchen Sie Deckung.» Anschließend wollte er wie Ulla alles von ihr wissen, was ihr vom gestrigen Nachmittag im Gedächtnis war. Ihr Aufenthalt in der Höhle schien ihn nicht sonderlich zu interessieren.

Natürlich erzählte sie hauptsächlich davon, weil es zum Donnerstagnachmittag nicht viel zu sagen gab. Während sie berichtete, wurde die Verbindung schwächer und brach zusammen, ehe sie erwähnen konnte, dass sie aus der Höhle in einen Gang mit Computern gelangt war. Deshalb erfuhr Polizeikommissar Lambrecht nichts von der getarnten Tür in dem alten Vorratskeller, durch die man in den Überwachungsbereich gelangte. Ebenso wenig hörte er, dass sie vier DVDs bei sich hatte und auf einer davon eine Frau zu sehen war, die seit Wochen vermisst wurde.

In dem wirren und unvollständigen Bericht sah Lambrecht nicht unbedingt einen bedrohlichen Aspekt. Ihm daraus einen Vorwurf zu machen wäre unfair. Zusammen mit Ullas knappen Auskünften ergab sich für ihn folgendes Bild: Eine Frau bringt einen guten Bekannten ins Marienhospital. Um sich die lange Wartezeit zu vertreiben, will sie im Zentrum von Euskirchen irgendwo einen Kaffee trinken. – Das zumindest erzählt sie einer Freundin. Das muss aber nicht unbedingt stimmen. Vielleicht hatte sie noch eine Verabredung gehabt.

Dann erwacht sie angeblich an einem unwirtlichen Ort. Sie ist weder misshandelt noch gefesselt worden. Nach einer Odyssee durch eine stockfinstre Höhle, in der es fürchterlich stinkt und Knochen herumliegen, gelangt sie in ein Haus, in dem sich niemand aufhält, aber ein funktionstüchtiges Telefon steht, das sogar seine Nummer überträgt.

Da klang der Teil mit der Höhle nach dem, was Ulla im ersten Moment vermutet hatte. *«Hast du gekifft oder sonst was genommen?»*

Irgendein Rauschmittel und ein Horrortrip, das nahm auch Oliver Lambrechts Kollegin Silke Schmitter an, die mitgehört hatte. Nicht jeder sah die Welt in schillernd bunten Farben, wenn er – oder sie – an einem Joint gezogen oder ein Pillchen eingeworfen hatte. Und eine Frau unter Drogeneinfluss ließ man nicht auf einer vielbefahrenen Landstraße herumlaufen. Nur aus dem Grund hatte Lambrecht ihr geraten, bei Erreichen der Straße Deckung zu suchen.

Sie stapfte weiter, bis eine halbe Stunde später ein Schemen vor ihr auftauchte. Da erschrak sie, erinnerte sich an zwei Dutzend Thriller, in denen das Opfer auf der Flucht seinem Peiniger wieder in die Arme lief. Aber es war nicht Andreas, der ihr entgegenkam.

Andreas Jäger lag zu diesem Zeitpunkt in einem Mehrbettzimmer des Marienhospitals in Euskirchen. Er hatte am vergangenen Nachmittag im Wartebereich der Ambulanz einen Magendurchbruch erlitten. Eine Operation hatte sein Leben gerettet.

Die Nacht hatte er auf der Intensivstation verbracht. Im Laufe des Vormittags hatte sich sein Zustand so weit stabilisiert, dass man ihn in das Mehrbettzimmer verlegen konnte. Eine Krankenschwester, die seine Kleidung in einen Schrank räumte und nach Hinweisen auf Personen suchte, die man verständigen müsste, entdeckte in einer Jackentasche einen Zettel mit einer Adresse, einer Handynummer und dem Namen Steffi.

Andreas war sehr geschwächt und stand unter dem Einfluss starker Medikamente. Auf die Frage, ob Steffi eine Angehörige oder eine Freundin sei, nickte er nur. Daraufhin rief die Schwester seine älteste Tochter an. Stefanie informierte umgehend ihre Mutter, die ihrerseits Annette ins Bild setzte, ehe sie sich in ihrem alten Ford Escort ohne Winterreifen auf den Weg nach Euskirchen machte. An Ulla dachte niemand.

Karola dachte auch nicht daran, bei Marlene anzurufen. Nach den Horrorgeschichten, die sie vor einer Woche zu dem höllisch scharfen Gulasch serviert hatte, wäre ihr das peinlich gewesen. Wie hätte sie Marlene denn erklären sollen, was sie so eilig zu dem Mann zog, der sie fürs erste Mal in einen Ameisenhaufen gelegt und ein andermal an den Kühlergrill seines uralten Jeeps gefesselt, der sie betrogen und schließlich verlassen hatte? Sie wollte sich nicht etwa an seinem jetzigen Elend weiden, ihm keinen Vortrag halten: *«Das hast du nun davon.»* Er war nur ihr Bungee, immer noch.

Annette meinte, Marlene sei Zeugin des Zusammenbruchs gewesen. Sie war eingeschnappt, weil Marlene ihr das nicht umgehend mitgeteilt hatte.

Vermisst hatte Marlene noch niemand. Während seiner *Kaffeepause* am Donnerstag hatte Werner von der Fahrt nach Euskirchen gehört. Den Kontrollanruf am Donnerstagabend hatte er sich verkniffen, damit Andreas nicht auf den Gedanken kam, er sei immer noch höllisch eifersüchtig und misstraue ihm. Dass am Freitagvormittag niemand abhob, hatte Werner nicht stutzig gemacht. Freitags ging Marlene doch immer auf Einkaufstour. Und Andreas – in einem fremden Haus ging man nicht ans Telefon, wenn man mit einem verletzten Bein zwei Treppen hinuntersteigen musste und offiziell gar nicht da war.

Johanna beabsichtigte, fünf Minuten vor ihrem Vater, also kurz vor neun Uhr abends, daheim zu sein. Leonard saß noch in einem der Busse, die seine Jahrgangsstufe aus Tirol zurückbrachten. Er wäre wohl der Erste gewesen, der vergebens Ausschau nach seiner Mutter gehalten hätte. Doch ehe es dazu kam, hatte Ulla sich Annettes Mini geliehen, Annette ins Bild gesetzt und ihrerseits erfahren, dass Andreas wirklich nicht der Übeltäter sein konnte.

Dann stand Ulla bereit, um Marlenes Sohn in Empfang zu nehmen. Um Leonard nicht unnötig zu beunruhigen, erzählte sie ihm, Marlene habe am vergangenen Nachmittag einen Freund nach Euskirchen gefahren. Da Karola inzwischen Bescheid wusste, brauchte man um Andreas kein Geheimnis mehr zu machen. Auf der Heimfahrt – behauptete Ulla – sei Marlene in einen kleinen Unfall verwickelt und leicht verletzt worden.

Der Mann, der Marlene auf dem verschneiten Weg zum Flurstück drei entgegenkam, trug eine dicke Steppjacke über der Uniform. Es war Polizeikommissar Oliver Lambrecht, mit dem sie telefoniert hatte. Den Rest des Wegs stützte er sie fürsorglich und bedrängte sie nicht mit weiteren Fragen. Im Streifenwagen am Straßenrand weiter unten wartete Silke Schmitter, die Marlene nur aufmunternd anlächelte.

Auf den Gedanken, sie zu durchsuchen, kam keiner. Lambrecht verlangte ihr nur das Messer und das Telefon ab und half ihr beim Einsteigen in den Wagenfond, ehe er sich vorne neben Silke Schmitter setzte und mit Blick über die Schulter sagte: «Wir bringen Sie jetzt ins Krankenhaus, Frau Weißkirchen. Ihre Anzeige können wir aufnehmen, wenn Sie sich ausgeruht haben und besser fühlen.»

Sie brachten Marlene genau dahin zurück, wo sich die Lücke in ihrem Gedächtnis auftat: In die Notfallambulanz des Marienhospitals Euskirchen. Mit Hinweis auf möglichen Drogenkonsum wurde sie an eine gestresste Krankenschwester weitergereicht.

Silke Schmitter ging gleich zurück zum Wagen, um Meldung zu machen. Lambrecht erkundigte sich nach Andreas Jäger und warf noch einen Blick in das Mehrbettzimmer. Andreas schlief. Karola war eine halbe Stunde vorher wieder aufgebrochen, musste doch um acht im Studio sein und als Frau Heinze Horoskope erstellen, die sie wie üblich aus Illustrierten ausgeschnitten und mit ihrem Astrologiebuch aufgepeppt hatte.

Dann fuhren Oliver Lambrecht und Silke Schmitter zurück. Den Streifenwagen stellten sie am Rand der Landstraße ab und kämpften sich durch anhaltendes Schneegestöber diesmal beide den Berg hinauf, um sich das Haus anzusehen, aus dessen Küchenfenster Marlene gestiegen war.

Dass es einer gewissen Gerdamarie Ammer gehörte, hatten auch sie von Ulla erfahren. Durch Zugriff auf die Daten der Meldebehörde waren sie jedoch etwas klüger als Ulla. Ihnen war auch bekannt, dass Gerdamarie Ammer neunundfünfzig Jahre alt war und einen fünfunddreißigjährigen Sohn mit Namen Gerd hatte, der ebenfalls unter der Adresse Flurstück drei gemeldet war.

Mit Gerd Ammer hätte Lambrecht sich gerne unterhalten. Ihn gefragt, wo er am vergangenen Nachmittag zwischen fünfzehn und siebzehn Uhr gewesen war. Auf sein Klopfen an der Haustür reagierte niemand. Eine Klingel gab es nicht. Das Küchenfenster war noch so, wie Marlene es zurückgelassen hatte.

Silke Schmitter blieb zur Sicherheit draußen. Lambrecht stieg ein und kontrollierte das Häuschen einschließlich des Kellers. Er traf niemanden an und entdeckte keine Hinweise auf ein Verbrechen. Alles sah normal und ordentlich aus, wenn man von der langen Bahn aus Veloursstoff absah, die Marlene auf dem Fußboden im Schlafzimmer zurückgelassen hatte.

Die Garderobe im Kleiderschrank des Jugendzimmers gehörte zweifellos einem erwachsenen Mann. Aber wenn ein Fünfunddreißigjähriger meinte, er müsse Bettwäsche mit Rennwagen haben und sich Plastikfiguren in ein Regal stellen …

Die getarnte Tür mit dem Knauf hinter steinalten Konservendosen, Gläsern und muffigen Kräuterbündeln entging Lambrecht. Er war kein Einheimischer. Und selbst von denen wussten nur noch wenige, dass es in dem Berg, auf dem das Haus stand, mehrere miteinander verbundene Höhlen und einen Zugang von oben gab.

Der allseits bekannte Eingang zu einem weiter unten gelegenen Hohlraum befand sich an der Landstraße nahe dem Ortseingang. Eine stets verschlossene und mit den Jahren verwitterte zweiflügelige Eisentür von den Ausmaßen eines Garagentors. Sie unterschied sich farblich kaum noch vom grau-braunen Stein der sie umgebenden, aufragenden Bergflanke. In den letzten Kriegsjahren hatte die Bevölkerung bei Fliegeralarm Zuflucht hinter dieser Tür gesucht. Die Alten im Ort wussten das noch. Die Jüngeren wollten nichts mehr davon wissen, einmal musste es doch gut sein mit den alten Geschichten von Angst und Schrecken, Wahnsinn und Zerstörung.

Gerd Ammer besaß einen Schlüssel zu der Eisentür. Den Winter über stellte er sein Motorrad im vorderen Bereich des ehemaligen Bunkers ab. Gelegentlich auch unauffällige Kleinwagen, die er preisgünstig mal hier, mal dort mietete. Derzeit stand Marlenes Van hinter der Doppeltür. Ihre Handtasche lag auf dem Beifahrersitz.

Ulla hatte auch Werner informiert, als der am Freitagabend nach Hause gekommen war. Da war es glücklicherweise zu spät, um noch nach Euskirchen zu fahren und Marlene in die Mangel zu nehmen. *Wie konnte das passieren? Wo hast du dich herumgetrieben, dass du unbemerkt von Passanten oder sonst wem verschleppt werden konntest? Wen hast du so nahe an dich herangelassen, dass er dir ein Betäubungsmittel verabreichen konnte? Stimmt das überhaupt? Oder bist du wie diese Mona aus freien Stücken mit irgendeinem widerlichen fremden Kerl gegangen und hast Andreas nur vorgeschoben?*

Die erzwungene Wartezeit mit all ihren sich aufdrängenden Schreckensszenarien verhalf Werner zu der Einsicht, dass Marlene jetzt viel eher Ruhe und das Gefühl von Sicherheit brauchte als einen wütenden Ehemann, der sie mit Fragen bombardierte und am liebsten Amok gelaufen wäre, obwohl sich das gar nicht mit seinem Naturell vereinbarte.

Nach der für ihn weitgehend schlaflosen Nacht war Werner samstags schon kurz nach acht bei ihr. Natürlich erwartete sie, dass er mit Fragen über sie herfiel. Aber er nahm sie stumm in die Arme und drückte sie eine volle Minute lang an sich. Als er sie endlich wieder losließ, erzählte er ihr, dass Andreas dieses Krankenhaus am Donnerstagnachmittag nicht mehr verlassen hatte, weil er im Wartebereich der Ambulanz zusammengebrochen und schnurstracks in einen Operationssaal geschafft worden war.

Anschließend nervte Werner ersatzweise einen ohnehin überforderten Arzt so lange, bis der ihm zustimmte, Marlene aus dem Krankenhaus zu entlassen. Es gab keinen Grund, sie dazubehalten. Bei ihrer Einlieferung war sie stark unterkühlt und völlig erschöpft gewesen, inzwischen war ihre Körpertemperatur wieder normal und sie – dank einer nicht freiverkäuflichen Schlaftablette – relativ ausgeruht. Ein Drogennachweis war nicht – oder nicht mehr – gelungen. Manche Substanzen wurden binnen weniger Stunden abgebaut. Und keine ihrer Verletzungen war so gravierend, dass die weitere Behandlung nicht auch durch den Hausarzt erfolgen konnte. Also wurde sie auf eigenen Wunsch – vielmehr den ihres Mannes – entlassen.

Werner hatte ihr frische Kleidung mitgebracht, sogar ihre alte Winterjacke. Er war davon ausgegangen, die Polizei hätte ihre Sachen zwecks Beweissicherung mitgenommen. Dass dies nicht geschehen war und sie ihre Aussage machen sollte, wenn sie sich besser fühlte, bezeichnete er vorerst noch als rücksichtsvoll.

Nur an Schuhe oder Stiefel hatte er nicht gedacht. Außer ihr wusste noch keiner, was sie mit ihren Stiefeletten gemacht hatte. «Dann musst du eben diese Stiefel nochmal anziehen», meinte er. «Wem gehören die denn?»

«Gerdamarie Ammer, nehme ich an», sagte Marlene. «Das Telefon gehörte ihr ja auch. Ich habe alles aus dem Schrank im Schlafzimmer genommen.»

Aber wer war Gerdamarie Ammer, wenn sie nicht die Kräuterhexe sein konnte, die Andreas mit unwirksamen Magentropfen versorgt hatte? Und wer, wenn nicht Andreas, hatte sie … und wann und wo? Mit seinem knappen Bericht hatte Werner sie vor riesengroße Fragezeichen gestellt.

«Dann bringen wir die Sachen am besten zur Polizei, ehe wir heimfahren», sagte er. «Du kannst auch gleich deine Aussage machen, wenn du dich dazu in der Lage fühlst. Dann haben wir das restliche Wochenende vielleicht für uns, und du kannst dich ungestört erholen.»

Er faltete die beiden Hosen zusammen und packte sie zu Schal, Mütze und Handschuhen in die Tasche, in der er Marlenes Sachen mitgebracht hatte. Als er mit dem langen Mantel ebenso verfahren wollte, wurde er auf den Tascheninhalt aufmerksam, zog die vier DVD-Hüllen heraus und erkundigte sich: «Was ist das?»

«Ach Gott.» Marlene fasste sich schuldbewusst an die Stirn. «Die hätte ich den Polizisten wohl sofort geben müssen. Das sind Filme. Nummer acht ist Barbara König. Die drei anderen habe ich mir nicht angeschaut.»

Daraufhin stopfte Werner die DVD-Hüllen kommentarlos zu den Kleidungsstücken in die Tasche, packte Marlenes ruinierte Steppjacke, in deren Taschen immer noch das Zündholzbriefchen und die sichergestellte Zigarettenkippe steckten, obenauf, zog den Reißverschluss zu und fragte: «Gehen wir noch kurz zu Andreas? Ich hab seine Zimmernummer. Oder wird dir das zu viel?» Sie schüttelte nur den Kopf und folgte ihm.

Noch grauer und eingefallener als am Dienstag lag Andreas in dem weißen Bett. Er wusste noch nicht, was Marlene widerfahren war. So begriff er gar nicht, wovon sie sprach, als sie gestand: «Ich hatte dich in einem schrecklichen Verdacht.»

«Macht nichts, Lenchen», sagte er mit matter Stimme. «Was soll man auch von mir denken, wenn Karola loslegt? Dabei war die Kiesgrube ihre Idee. Und mit dieser Mona hatte ich wirklich nichts zu tun. Dass du mich trotzdem aufgenommen hast, kann ich dir gar nicht hoch genug anrechnen.» Er wandte sich an Werner. «Weißt du, dass sie ein Engel ist, Wewe? Wenn sie nicht gewesen wäre, hätte es mich wahrscheinlich irgendwo draußen erwischt. Da wäre ich hopsgegangen.»

«Jetzt übertreib mal nicht», erstickte Werner die Rührseligkeit im Keim. «Mach die Augen zu und schlaf dich gesund.»

«Das ist ein Krankenhaus und kein Hotel. Hier kommst du nicht zum Schlafen», behauptete Andreas, schloss aber trotzdem die Augen und war vermutlich bereits eingenickt, als sie zur Tür gingen.

Statt zur Polizei fuhr Werner in die entgegengesetzte Richtung – zur Autobahn. Er wollte die Filme sehen, ehe er die

DVDs ablieferte. Davon erhoffte er sich entschieden mehr Aufschluss als von Marlenes Aussage oder einem Gespräch mit Kriminalbeamten. Trotz des Wochenendes ging er selbstverständlich davon aus, dass Kriminalbeamte bereits Ermittlungen aufgenommen hatten.

Daheim angekommen schaffte Werner die Kinder mit Geld und einer Einkaufsliste aus dem Haus. «Mama ist nicht in der Verfassung, Einkäufe zu machen, das seht ihr doch. Und dass ich Mama jetzt nicht alleine lassen möchte, versteht ihr bestimmt.»

Bei Johanna hatte das Märchen vom Autounfall nicht mehr funktioniert, weil sie noch bei Barlows gewesen war, als Annette aus der Bücherstube nach Hause gekommen war und Christoph eingeweiht hatte. «Du glaubst nicht, was Marlene passiert ist.» Johanna hatte anschließend ihren Bruder aufgeklärt. Verständlicherweise brannten beide darauf, Einzelheiten zu erfahren, wagten jedoch keinen Widerspruch.

Kaum war die Haustür hinter ihnen zugefallen, legte Werner die erste DVD in den Rekorder. Pedantisch, wie er nun einmal war, begann er mit der Nummer fünf. Marlene wollte sich das eigentlich nicht antun, aber sie musste: Sehen, wer außer ihr und Barbara König da unten gewesen war. Hören, wie ihre Vorgängerinnen geweint, geschrien, getobt, geflucht und gebettelt hatten. Und begreifen, wie viel Glück sie gehabt hatte.

Auf dem großen Fernsehbildschirm wirkte es noch bedrückender als auf den Flatscreen-Monitoren im Gang hinter der getarnten Tür. Nummer fünf lag in einer der Kuhlen, zusammengekrümmt wie ein getretener Wurm. Im Gegensatz zu Marlene, die in ihrer Winterkleidung etwas Schutz gegen die Kälte gefunden hatte, trug Nummer fünf nur ein dünnes Shirt, eine Caprihose und Riemchensandalen an den nackten Füßen. Aber vielleicht war es im Sommer in der Höhle nicht gar so kalt.

Aus den Fernsehlautsprechern drang schwaches Rauschen und Musik. Eine Frau sang: *«Stromin my pain with his fingers / Singin my life with his words / Killing me softly with his song / Killing me softly with his song / Telling my whole life with his words …»*

«Aretha Franklin», kommentierte Werner automatisch. Er saß angespannt und vorübergebeugt auf der Kante des Sessels.

«Mona Thalmann», sagte Marlene, als Nummer fünf den Kopf hob, den Oberkörper aufrichtete, zitternd ihre nackten Arme vor der Brust verschränkte und sich verwirrt umschaute. «Andy?», rief sie mit einer Stimme, der man deutlich die Benommenheit anhörte. Man hätte glauben können, sie sei volltrunken. «Karel? Macht das Licht an und die Musik aus, Jungs. Mir platzt der Schädel. Und bringt mir eine Decke, mir ist lausig kalt.»

Es erging ihr nicht anders als Marlene. Nirgendwo regte sich etwas, niemand gab Antwort. Wieder rief sie nach Andy und Karel, wollte wissen: «Was ist das für ein Spiel? Wo sind meine wilden Jäger mit ihren scharfen Speeren?»

«Du meine Güte», sagte Werner gleichermaßen schockiert wie abfällig. «Wie ist die denn drauf?»

«Es ist stockdunkel dadrin», meinte Marlene erklären zu müssen. «Sie sieht die Hand vor Augen nicht.»

«Das ist mir schon klar», erwiderte er gereizt.

«Und sie denkt, die Männer, mit denen sie zuletzt zusammen war, hätten sie dahin gebracht.»

«Woher willst du wissen, was sie denkt?», fuhr er sie an.

«Weil ich dasselbe gedacht habe», sagte sie und schluckte trocken, ehe sie ihn zurechtwies: «Schrei mich nicht an. Ich weiß, dass du wütend auf mich bist, weil mir so etwas passiert ist.»

«Ich bin doch nicht wütend auf dich», versicherte Werner eilig. «Es ist nur … Es ist furchtbar. Die Frau ist tot. Du solltest dir das nicht ansehen. Geh lieber hinauf, leg dich ins Bett und ruh dich aus. Du musst dir das nicht antun, wirklich nicht.»

Marlene hatte eher das Gefühl, dass er sich etwas antat, womit er nicht so leicht fertigwurde, wie er sich das wohl vorgestellt hatte. Vermutlich sah er statt Mona sie in der Kuhle sitzen, hörte sie rufen, betteln, weinen.

Es dauerte geschlagene zehn Minuten, in denen Mona bibbernd ihre nackten Arme rieb und sich nicht von der Stelle rührte, ehe sie in Tränen ausbrach. Ein regelrechter Weinkrampf schüttelte sie, wobei wieder einige Minuten vergingen. Und vermutlich weinte sie entschieden länger, als es gezeigt wurde. Mehr als einmal brach Aretha Franklin mitten in einer Zeile ab, um an anderer Stelle wieder einzusetzen.

Nachdem sie sich ein wenig beruhigt hatte, änderte Mona ihre Strategie. Nun drohte sie ihren wilden Jägern: «Das wird euch teuer zu stehen kommen, ihr Wichser. Für so eine Scheiße bezahle ich euch nicht. Ich will hier raus. Bringt mich sofort zurück in die Stadt, ihr Scheißkerle!»

Als auch das nicht half, weinte sie erneut und wahrscheinlich wieder viel zu lange, um den zweiten Ausbruch von Verzweiflung in Gänze auf eine DVD zu brennen. Schon nach wenigen Sekunden flackerte das Bild kurz, danach saß Mona nicht mehr in der Kuhle. Sie stolperte mit ausgestreckten Armen umher, tastete unentwegt ins Leere, fiel hin, stand auf, stolperte weiter, fiel wieder hin, rappelte sich erneut hoch, weinte und beschimpfte Aretha Franklin, die nun wirklich nichts dafür konnte: «Halt doch endlich deine Schnauze, du dumme Kuh! Was soll dieser Mist?»

Als die Kinder mit den Einkäufen zurückkamen, saß Mona wieder irgendwo auf dem steinigen Untergrund und hielt Zwiesprache mit ihrem Mann. Das Bein hatte sie sich noch nicht gebrochen. Aber dass sie sterben würde, war ihr bereits klar.

Inzwischen war sie nämlich zu der Überzeugung gelangt, dass diesmal Josch ihre wilden Jäger bezahlt hatte, damit die ihm den Weg frei machten für seine neue Liebe und das Balg, das Heidrun erwartete.

«Denkt ihr, ich hätte euch geglaubt, als es hieß, ihr tut das nur für mich? Ich habe Augen im Kopf. Ich weiß, dass ihr es noch miteinander getrieben habt, als das Balg sich schon in ihr eingenistet hatte. Warum glaubt ihr wohl, hat Holger sich erhängt? Ich habe ihm erzählt, dass seine geliebte Heidrun lieber mit meinem Mann fickt als mit ihm.»

«Den Rest schauen wir uns später an», entschied Werner, als die Haustür aufgeschlossen wurde. Er schaltete den Fernseher aus und ging in die Küche, um beim Einräumen der Lebensmittel und bei der Zubereitung des Mittagessens zu helfen. Johanna erbot sich, Geschnetzeltes mit Reis und einer fertigen Gemüsemischung zu machen.

Marlene blieb mit hochgelegten Beinen auf der großen Couch sitzen. In ihren Knien pochte es verhalten, der rechte Ellbogen schmerzte ebenfalls noch bei jeder Bewegung. In ihrem Kopf sang Aretha Franklin mit Kenny Rogers und Marianne Faithfull um die Wette: *«Stromin my pain with his fingers / You picked a fine time to leave me, Lucille / The morning sun touched lightly on the eyes of Lucy Jordan …»* Irgendwo dazwischen veranstaltete Karola ein heiteres Beruferaten. «Was haben Jäger und Fischer gemeinsam? Beide fangen und töten ihre Beute.» Und dann wollte Karola wissen: «Woher nimmst du überhaupt die Gewissheit, dass Heidruns Freund tatsächlich eine Schwester hatte?»

Es gab keine Gewissheit, bis auf die eine: Mona selbst hatte all das verraten, was ein Fischer wissen musste, um als Journalist mit *recherchiertem* Wissen zu glänzen.

Kurz darauf rief Ulla an, wollte wissen, wie sie sich fühle, ob ihr inzwischen eingefallen sei, wer sie ins Haus von Gerdamarie

Ammer gebracht und ob die Polizei den Betreffenden schon vernommen habe.

Der Einfachheit halber sagte sie ja, weil sie wie Werner davon ausging, dass die Kriminalpolizei umgehend ihre Ermittlungen aufgenommen und den Mistkerl bei seiner Rückkehr festgenommen hatte. Vor ihrem geistigen Auge war die Höhle von unzähligen Scheinwerfern in gleißend helles Licht getaucht. Es wimmelte nur so von Männern und Frauen in den weißen Schutzanzügen der Spurensicherung, die alles einsammelten, was von Bedeutung war.

Wenig später meldete sich Annette und stellte dieselben Fragen wie Ulla. Nur Karola ließ nichts von sich hören, obwohl Annette sie am Freitagabend noch erwischt hatte, ehe sie zum Sender fuhr. Und eigentlich hätte es doch eine Story ganz nach Karolas Geschmack sein müssen.

24. Januar 2010 – Sonntag

Wie Mona sich das Bein brach und zu der Einsicht gelangte, dass sie es zu weit getrieben hatte mit den Begleitern der Agentur Sirius. Wie sie Josch um Verzeihung bat und sich wünschte, er würde irgendwann erfahren, wie leid ihr das alles wirklich täte. Und wie sie schließlich starb sowie Auszüge aus den anderen drei Filmen schaute Werner sich alleine an, als nicht mehr die Gefahr bestand, dass eins der Kinder ins Wohnzimmer platzte.

Er kam erst nach fünf in der Früh ins Schlafzimmer. Seine Augenlider waren verquollen von Übermüdung, die Augäpfel gerötet vom Weinen. Marlene wachte auf, weil er sich zu ihr ins Bett legte, sie mit einem Arm umfing und sein Gesicht gegen ihre Schulter drückte.

«Was hätte ich denn tun sollen, wenn du da nicht mehr

rausgekommen wärst?», murmelte er. «Ich hätte nicht einmal gewusst, wo du bist. Die Männer der anderen wissen es wahrscheinlich auch nicht. Was ist das für eine Bestie, die so etwas tut? Man kriegt ihn nicht zu Gesicht.»

«Ich weiß jetzt aber, wer er ist», sagte sie.

«Das ist gut», flüsterte Werner, küsste sie auf den Nacken und war zwei Minuten später eingeschlafen.

Er schlief noch fest, als um neun das Telefon klingelte. Er wachte auch nicht auf, als Marlene sich aus seiner Umarmung befreite und nach unten ging. Es war nochmal Annette.

«Passt es euch, wenn Christoph und ich heute Nachmittag zum Kaffee kommen? Nur Kaffee, Werner braucht keinen Kuchen zu besorgen. Dann können wir nochmal über dein Angebot reden, als Aushilfe bei mir anzuheuern. Natürlich auch über alles andere. Du musst darüber reden, Marlene. Friss es nicht in dich hinein. Manchmal fällt einem auch noch das eine oder andere ein, wenn man darüber redet.»

«Lass mich erst mal mit der Polizei reden», blockte Marlene ab. «Sie müssen meine Aussage noch aufnehmen.»

Werner schlief bis nach elf. So fand sie Zeit, den Kindern das Nötigste zu erzählen. Über die Filme verlor sie kein Wort.

Johanna geriet außer sich. Sie erinnerte sich lebhaft an den Mann mit dem Fotoapparat, der Heidrun Merz unangenehme Fragen gestellt hatte. Und sie behauptete, sie hätte diesen Fischer gesehen.

«Am Freitagabend, Mama. Er war es ganz sicher. Kirsten hat ihn auch erkannt. Julia brauchte frische Sachen, wir sind natürlich mit ihr gegangen. Er kam bei Königs raus, hat vor der Tür noch ein paar Fotos gemacht, ehe er uns bemerkte. Dann lief er zu einem Auto und fuhr weg.»

«Was für ein Auto?», fragte Marlene.

«Ein rotes, so ein niedlicher kleiner Cityflitzer. Daihatsu Charade, glaube ich. Das Kennzeichen fing mit SU an.»

«Das war er», sagte Marlene und spürte Beklemmung aufsteigen. Freitagabend! Wenn er nun bei seiner Rückkehr gesehen hatte, dass Polizei in seinem Haus war? Wenn er es gesehen hatte, ehe er bemerkt wurde?

«Haltet euch in den nächsten Tagen von Jägers Haus fern», bat sie. «Nur zur Sicherheit, bis wir genau wissen, dass der Kerl im Gefängnis ist.»

Johanna nickte hektisch und zückte ihr Handy, um Kirsten und Julia zu warnen. Marlene griff ebenfalls zum Telefon. Killing Me Softly, dachte sie, mit einem schönen Gruß von Karola. Wobei es keine Garantie gab, dass Karola tatsächlich softly gekillt wurde, weil der Mistkerl eine Scheißwut auf sie hatte.

Warum? Was hatte Karola dieser dreisten Bestie denn getan? Ein Weib in den Himmel gehoben, das seiner Meinung nach unter die Erde gehörte. Wie das nun alles einen Sinn ergab. Aber was um alles in der Welt hatte der Mistkerl bei Herrn König gewollt? Sich die beiden Kinder anschauen, deren Mutter er auch unter die Erde gebracht hatte? Oder Herrn König über die Nachbarschaft aushorchen?

Bei Karola meldete sich wie üblich der Anrufbeantworter. «Ich bin's, Marlene», sagte sie nach dem Piepton. «Nimm ab, es ist wichtig.» Sie wartete etliche Sekunden, dann sagte sie: «Du hattest recht, was den Kerl anging, der zur Lesung kam und sich mit mir im Kölner Hauptbahnhof getroffen hat. Er hat Mona auf dem Gewissen und Barbara König und einige andere. Und er war am Freitagabend bei Barbaras Mann. Wahrscheinlich ist er danach der Polizei in die Arme gelaufen. Aber das weiß ich nicht sicher. Pass auf dich auf.»

Werner ließ sich von ihren Befürchtungen und der damit verbundenen Nervosität nicht anstecken. «Jetzt mach dich nicht verrückt», sagte er. «Die Polizei ist nicht blöd. Sie werden den Kerl unten an der Landstraße in Empfang genommen haben, damit die Spuren auf dem Berg ihn nicht vorwarnen konnten.»

Sich das durch einen Anruf bestätigen zu lassen, sah er nicht ein. «Am Telefon bekommen wir sowieso keine Auskünfte. Wir fahren zur Polizei nach Euskirchen, gleich nach dem Essen. Jetzt beruhige dich.»

Damit sie sich nicht an den Herd stellen musste, besorgte er nochmal etwas vom Chinesen. Ihre Knie sahen immer noch mitleiderregend aus. An einigen Stellen hatte sich Wundschorf gebildet, der bei jeder Bewegung spannte.

Wie versprochen, trug er sofort nach dem Essen die Reisetasche mit Gerdamarie Ammers Kleidung und den vier DVDs, die er wieder in die Manteltaschen gesteckt hatte, zu seinem Wagen. Während der Fahrt erzählte Marlene ihm endlich, dass der angebliche Fischer sie angerufen und sie sich mit ihm im Kölner Hauptbahnhof getroffen hatte. Werner hörte sich das an, ohne eine Miene zu verziehen. Als sie zum Ende kam, meinte er: «So lange du dich nicht erinnerst, ob und wo dieser Fischer am Donnerstag deinen Weg gekreuzt hat, ist das als Beweis ziemlich dürftig.»

Um ihre Erinnerung eventuell aufzufrischen, steuerte er das Marienhospital an. Es lag näher an der Autobahnausfahrt als die Wache, in der er die Sachen aus der Tasche abgeben wollte. Bei der Gelegenheit statteten sie Andreas noch einen Besuch ab.

Der sah schon etwas besser aus. Sein Gesicht war nicht mehr fahl und grau, sondern rosig angehaucht. Was vielleicht daran lag, dass Karola an seinem Bett saß und ihm das ein wenig peinlich war, als Werner loslegte: «Was machst du denn hier? Hältst du Wache, damit er nicht entwischt, ehe die Polizei ihn wegen mehrfachen Mordes an unbekannten Anhalterinnen festnehmen kann?»

Karola blickte angestrengt in Richtung Fenster.

«Lass gut sein, Wewe», sagte Andreas. «Cleo hat nun mal eine blühende Phantasie. Aber sie meint es nicht böse.»

«Cleo», wiederholte Werner mit unüberhörbarem Sarkasmus. «So weit seid ihr schon wieder? Alle Achtung, das geht ja genauso fix wie damals.»

Andreas grinste kläglich. «Hey, ich bin der böse Bube, schon vergessen? Ich bin der Kerl ohne Verantwortungsgefühl, der Frau und Kinder ihrem Schicksal überließ, weil er unbedingt in die Wüste wollte. Wenn sie darüber hinwegsehen kann, solltest du nicht so kleinlich sein, ihr ein Märchen übelzunehmen. Damit hat sie keinem wehgetan.»

Das sah Marlene ein wenig anders. Karola hatte schließlich mehr als ein Märchen erzählt und sie angehalten mitzumachen. Wenn Karola ihr gestattet hätte, die Sache mit der Freundschaft noch im Studio richtigzustellen, hätte der angebliche Fischer keine Veranlassung gehabt, sie anzurufen. Oder doch? Hatte er sie nicht schon unmittelbar nach der Lesung im Visier gehabt? Warum sonst hätte er sie auf dem Parkplatz erwartet und sich mit ihr verabreden wollen?

«Bist du schon lange hier?», fragte sie Karola. Und als die nickte, sagte sie: «Ich habe dir etwas auf den AB gesprochen. Und ich an deiner Stelle würde heute noch mit Herrn König reden. Frag ihn, was der Typ am Freitagabend von ihm wollte.»

Weil ihr auf dem Krankenhausparkplatz absolut nichts eingefallen war, kutschierte Werner Marlene erst noch in die Innenstadt. Die Polizeiwache war rund um die Uhr besetzt. «Dahin kommen wir noch früh genug», meinte er. «Irgendwo muss ja dein Auto stehen.»

Er schien wie besessen davon, der Polizei mehr Beweise zu bringen als die Sachen in der Tasche. Auf der Suche nach Marlenes Van klapperten sie die Straßen im Zentrum ab. Natürlich vergebens. Und nicht ein Fetzen Erinnerung stieg aus dem schwarzen Loch empor.

Schließlich parkte Werner für den allerletzten Versuch. Zu Fuß gingen sie zu dem Café, das Andreas ihr am Donnerstag empfohlen hatte. Es war gut gefüllt, aber freie Plätze gab es noch. Als Marlene sich hinsetzte, fiel ihr Blick auf den Kerzenhalter in der Tischmitte, darin klebte ein Wachsrest, den anzuzünden es nicht mehr lohnte. Und daneben lag ein Zündholzbriefchen mit einem Werbeaufdruck und einer stilisierten Kaffeetasse.

«Genauso eins steckte in meiner Jackentasche», sagte sie. «Zusammen mit den Bonbons, die Ulla mir bei Hilscher aufgeschwatzt hatte. Ich muss hier gewesen sein. Aber ich kann mir nicht erklären, warum ich Zündhölzer eingesteckt habe.»

«Das ist auch vollkommen nebensächlich», meinte Werner, griff über den Tisch nach ihrer Hand und hielt sie fest. «Du hast sie eingesteckt, das zählt. Du hattest Licht, nur deshalb bist du dem Schwein entwischt, und wir sitzen jetzt beide hier.»

«Barbara König hatte mehr Licht als ich», widersprach sie. «Und die wird nie wieder irgendwo sitzen.»

«Weil sie nicht sorgsam umgegangen ist mit dem, was sie hatte», sagte Werner. «Weil sie unbeherrscht herumgebrüllt hat und ziellos herumgelaufen ist. Sie war entsetzlich wütend auf irgendeinen Juri.»

«Wütend war ich auch», sagte Marlene. «Das bin ich immer noch.»

Eine ältere Frau mit weißer Spitzenschürze über einem engen schwarzen Rock kam an den Tisch und erkundigte sich nach ihren Wünschen. Werner bestellte einen Kaffee, eine Latte macchiato und zwei Stücke Schokosahnetorte. «Und eine Auskunft hätten wir gerne», sagte er und deutete auf Marlene. «Meine Frau war am Donnerstagnachmittag hier, erinnern Sie sich?»

Das tat die Bedienung nicht, weil sie am Donnerstag nicht

gearbeitet hatte. «Da müssen Sie meine Kollegin fragen, die hat aber heute frei. Worum geht's denn?»

«Ich habe meinen Hausschlüssel verloren», behauptete Marlene, ehe Werner etwas anderes sagen konnte. «Es könnte sein, dass er mir hier aus der Tasche gefallen ist.»

«Ich frage mal, ob ein Schlüssel abgegeben wurde», erbot sich die Kellnerin und ging zum Kuchentresen. Als sie die Bestellung an den Tisch brachte, bedauerte sie.

Durch die Kaffeepause betraten sie die Polizeiwache an der Kölner Straße erst nach fünf. Draußen war es bereits dunkel. Und Werner begriff schnell, dass nicht schiere Rücksichtnahme auf ein Opfer Marlene bislang davor bewahrt hatte, Kriminalbeamten Auskünfte zu geben. Für Marlene war es ein Schock, ihre Befürchtungen noch viel schlimmer als angenommen bestätigt zu finden.

Der junge Polizist, der sich nach ihrem Anliegen erkundigte – er war höchstens Mitte zwanzig –, wusste nichts von Flurstück drei und nichts von einer entführten Frau, die einer seiner Kollegen auf irgendeinem Berg im Empfang genommen hatte.

Lambrecht – an den Namen erinnerte Marlene sich – hatte frei, Silke Schmitter, mit der er am Freitag diesen Einsatz gefahren hatte, ebenso.

«Ja, warum auch nicht», gab Werner sich gönnerhaft. «Es ist schließlich Wochenende. Und das wäre auch eher eine Aufgabe für die Kollegen vom Ermittlungsdienst. Richten Sie denen bitte aus, dass sie morgen oder übermorgen oder wann immer sie die Zeit finden, die Aussage meiner Frau aufnehmen und den Inhalt dieser Tasche hier bei uns abholen können.»

Er hob die Reisetasche an, damit sein Gegenüber einen Blick darauf werfen konnte, und fügte noch einen Seitenhieb hinzu: «Hierlassen möchte ich die Sachen jetzt nicht, sonst weiß nachher keiner, wo sie geblieben sind.»

«Was ist denn in dieser Tasche?», fragte der Polizist prompt. Die Beleidigung schluckte er, ohne mit einer Wimper zu zucken.

«Beweisstücke», erklärte Werner. «Darunter vier Filme auf DVD, in denen Frauen zu sehen sind, die nicht geschafft haben, was meiner Frau am Freitag gelungen ist.»

Der ahnungslose junge Mann wollte sofort Ermittlungsbeamte im Bereitschaftsdienst herzitieren.

«Schicken Sie lieber alle, die Sie erreichen können, zu Flurstück drei, wo immer das sein mag», empfahl Werner. «Mit ein bisschen Glück treffen Ihre Kollegen den Entführer an. Wenn nicht, liegen da immer noch die Frauen, die nicht entkommen sind. Zwei sind uns namentlich bekannt, Mona Thalmann und Barbara König.»

Natürlich verließen sie die Wache nicht mit der gefüllten Tasche. Verblüffend schnell hatte der junge Mann Verstärkung um sich geschart und den Kollegen Lambrecht auf dessen Handy erreicht. Er reichte den Hörer an Marlene weiter. Dann durfte sie auch etwas sagen, nämlich erklären, wie man vom Vorratskeller in den Gang mit den Computern gelangte.

25. Januar 2010 – Montag – und die Zeit danach

Am späten Nachmittag kamen zwei Beamte vom LKA. Die Kinder waren längst aus der Schule zurück und schon wieder weg: Johanna zu Barlows, wo Karolas Jüngste immer noch Obdach fand, Leonard war mit einem Freund unterwegs. Werner war kurz zuvor heimgekommen, er ließ die beiden Männer ins Haus. Als Schultze und Gröbel stellten sie sich vor und erklärten etwas umständlich, es handle sich um eine landesweite Ermittlung, deshalb habe das LKA Düsseldorf die Leitung übernommen.

Sie legten Marlene einige Fotos vor. Passbilder, um genau zu sein, in aller Eile von Meldeämtern und ein paar Freiwilligen beschafft. Erkennungsdienstlich behandelt worden war der Mann, der sich nach der Lesung in *Annettes Bücherstube* Fischer genannt hatte, bisher noch nie. Marlene erkannte ihn auf Anhieb.

«Er heißt Gerd Ammer», sagte Schultze. Und Gröbel wollte wissen: «Wie oft haben Sie sich mit diesem Mann getroffen?»

«Getroffen habe ich ihn nur einmal», antwortete Marlene mit raschem Seitenblick auf Werner. Erleichtert, weil sie ihm schon davon erzählt hatte, berichtete sie der Reihe nach.

Werner war nur an einem interessiert: «Haben Sie den Kerl festgenommen?»

Hatten sie nicht. Noch nicht, aber das sei nur eine Frage der Zeit, betonte Gröbel. Die bundesweite Fahndung war noch am vergangenen Abend eingeleitet worden.

«Von seiner Mutter, Gerdamarie Ammer, fehlt auch jede Spur», ergänzte Schultze und räumte damit indirekt ein, dass sie keine Ahnung hatten, wo Gerd Ammer sich derzeit aufhalten könnte. Aber sie hatten in der kurzen Zeit schon eine Menge in Erfahrung gebracht.

Offiziell war Gerdamarie Ammer ein Pflegefall. Vor rund zehn Jahren sollte sie einen Schlaganfall erlitten haben und in einer Pflegeeinrichtung untergebracht worden sein. Das hatte ihr Sohn der damaligen Nachbarschaft erzählt, als er sein Elternhaus in Siegburg verkaufte, um mit dem Erlös angeblich die Heimkosten zu finanzieren.

An seinem damaligen Arbeitsplatz – er volontierte bei einer Tageszeitung – hatte er eine andere Geschichte zum Besten gegeben. Schlaganfall ja, Pflegefall ja, aber keine Unterbringung in einem kostspieligen Heim. Das würde alles verschlingen, wofür sein Vater – Gott hab ihn selig – geschuftet hätte. Er wolle seine

Mutter selbst pflegen, das große Elternhaus mit Treppe verkaufen und einen Bungalow in ländlicher Gegend erwerben.

Pflegegeld oder irgendwelche Hilfsmittel hatte er nie beantragt. Und statt eines Bungalows hatte er – angeblich im Auftrag seiner Mutter und ausgestattet mit entsprechenden Vollmachten – das Häuschen auf Flurstück drei gekauft.

Das Telefon im Schlafzimmer hatte ursprünglich wohl dem Zweck gedient, die Legende von der ans Bett gefesselten Frau zu stützen. Man hatte alte Tonbandkassetten mit Aufnahmen einer Frauenstimme gefunden, die in weinerlichem Ton erzählte, wie schlecht es ihr ging und wie lieb Gerd sich um sie kümmere.

Dass Gerdamarie Ammer einmal leibhaftig in den Handapparat gesprochen hätte, wurde bezweifelt. Zu Gesicht bekommen hatte sie seit rund zehn Jahren niemand, auch kein Arzt, was bei einer pflegebedürftigen Frau nicht nur als ungewöhnlich, sondern als alarmierend zu bezeichnen war.

Ihre stattliche Witwen- und Unfallrente wurde auf ein Konto bei der Sparkasse Euskirchen überwiesen. Das Konto wurde online geführt, die Post in ein Postfach sortiert, wofür die Zustellerin dankbar war, sie musste jedenfalls nicht für jedes Reklameschreiben den Berg rauf.

Natürlich gaben die Männer vom LKA diese Informationen und die daraus resultierende Schlussfolgerung, dass Gerd Ammer vor rund zehn Jahren seine Mutter getötet hatte und nach ihr mindestens acht junge Frauen, nicht an Werner und Marlene weiter. Werners Frage, ob sie glaubten, Gerdamarie Ammer sei zusammen mit ihrem Sohn untergetaucht, beschied Gröbel mit einem knappen Nein.

Danach ergriff Schultze wieder das Wort. Mit Blick auf Marlene erklärte er: «Wir nehmen an, dass Ammer irgendwann am Freitagabend nach Hause gekommen ist und feststellte, dass Ihnen die Flucht gelungen war. Daraufhin dürfte er es vorgezogen haben, sich aus dem Staub zu machen.»

«Er war am Freitagabend hier», sagte Marlene. «Also nicht direkt hier. Meine Tochter hat ihn aus dem Haus der Familie König kommen sehen. Barbara König war die Nummer acht.»

Letzteres wussten sie. Und zu Herrn König wollten sie ohnehin noch. Einer musste dem Mann schließlich sagen, dass seine Frau nie mehr heimkäme, sich aber auch nie wieder mit fremden Kerlen herumtreiben würde.

Sie verabschiedeten sich mit der Warnung, in nächster Zeit vorsichtig zu sein.

In den folgenden Tagen setzten weder Marlene noch die Kinder einen Fuß vor die Haustür. Ulla besorgte ihr noch am Montagabend im Autohaus Hilscher einen Mietwagen mit Zentralverriegelung. Ein- und aussteigen konnten sie in der Garage bei geschlossenem Tor. Und wenn das Tor sich öffnete, war jede Tür am Auto verriegelt.

Am Dienstagmorgen fuhr Marlene die Kinder zum Gymnasium, holte sie nach Schulschluss wieder ab, brachte Johanna nachmittags zu Barlows und Leonard zu einem Freund.

Annette und Ulla riefen mehrmals an, um sich zu vergewissern, dass alles in Ordnung war. Das war es nicht und würde es wohl auch nie wieder sein. Marlene konnte sich kaum auf die Hausarbeit konzentrieren, saß herum und grübelte oder blätterte in *Monas Tagebuch*, las hier und dort ein Stückchen und fragte sich, was in Heidrun Merz vorgegangen sein mochte, als sie diese Zeilen schrieb.

Am Mittwoch übernahm Werner die Fahrt zur Schule, weil Marlene erst gegen Morgen in einen leichten Schlaf gefallen war und die Augen kaum aufbekam, als sein Radiowecker losplärrte. Robbie Williams sang von Körpern auf dem Friedhof.

«Schlaf weiter», sagte Werner.

Das tat sie, bis es gegen elf an der Haustür Sturm klingelte. Diesmal war es nur einer der beiden LKA-Männer, Gröbel.

Und er kam bloß, um ihr persönlich zu sagen, dass eine Kellnerin in dem Café eine aufschlussreiche Aussage gemacht hatte. Die Frau hatte Marlene auf einem Foto wiedererkannt und sich erinnert.

«Sie haben einen Milchkaffee bestellt und sind zur Toilette gegangen, ehe serviert wurde», gab Gröbel wieder.

«Latte macchiato», korrigierte Marlene. «Am Sonntagnachmittag habe ich einen bekommen, dann habe ich garantiert auch am Donnerstag einen bestellt.»

«Ist doch fast dasselbe», meinte Gröbel und berichtete weiter: «Weil die Kellnerin nicht wusste, wo Sie Platz nehmen wollten, hat sie den Becher auf dem Tresen abgestellt. Ob sich jemand daran zu schaffen gemacht hat, konnte sie uns leider nicht sagen. Aber dass Ihnen nach kurzer Zeit übel geworden ist, wusste sie noch genau. Ein Mann hat für Sie bezahlt und Sie nach draußen gebracht. Er gab sich als Ihr Freund aus, die Kellnerin hatte auch den Eindruck, dass Sie ihn kannten.»

«Gerd Ammer?», fragte Marlene.

«Wir nehmen es an», sagte Gröbel. «Bei seinem Passfoto wollte die Kellnerin es nicht beschwören. Aber bei einer Gegenüberstellung würde sie ihn bestimmt wiedererkennen, meinte sie.»

«Dafür müssen Sie ihn erst einmal haben», sagte Marlene.

«Keine Sorge», versicherte Gröbel. «Den kriegen wir.»

Karola meldete sich erst nach ihrer Sendung am Donnerstag. Marlene hatte den halben Vormittag in der Küche gesessen, mit halbem Ohr zugehört und gegrübelt: *heute vor einer Woche*. Nur wenn die Nachrichten kamen, war sie konzentriert bei der Sache, wartete unbewusst auf eine ganz bestimmte Meldung.

Karolas Anruf zwang sie vom Küchentisch ins Wohnzimmer. Es hatte wieder jemand im Studio angerufen, um einen Musikwunsch zu äußern und Grüße durch den Äther zu schicken.

Die Telefonnummer war nicht übertragen worden. Vermutlich ein Handy, dessen Nummer unterdrückt wurde, meinte Karola.

«Was wollte er denn?», fragte Marlene.

«*Lucille* von Kenny Rogers», wiederholte Karola den Wunsch des Anrufers. «Mit einem besonders lieben Gruß an Herbert, dem es gerade sehr schlechtgeht. Herbert soll den Kopf nicht hängen lassen, es kommen bald bessere Zeiten. – König heißt mit Vornamen Herbert.»

«Das war Ammer», sagte Marlene.

«Ja», stimmte Karola zu. «Kolber und Heißler meinten das auch. Wir haben sie sofort informiert. Sie haben zwei Leute bei König einquartiert, falls der Kerl dort noch einmal auftauchen sollte. Aber so blöd wird der nicht sein.»

«Das glaube ich auch nicht», sagte Marlene. «Der ist bestimmt längst über alle Berge.»

Danach erst fragte Karola: «Wie geht's dir denn?»

«Geht so», sagte Marlene. «Meine Knie sehen fast aus wie neu, ganz rosig. Ich hab gutes Heilfleisch. Nur der Arm macht mir noch zu schaffen. Da drückt ein mächtiger Bluterguss aufs Gelenk.»

«Kannst du schlafen?»

«Stundenweise. Aber das Problem hatte ich vorher schon.»

«Hast du Albträume?»

«Keine, an die ich mich erinnere», sagte sie und wechselte das Thema. «Wie geht's Andreas? Ich hätte ihn gerne nochmal besucht, aber ich soll nicht unnötig in der Gegend herumfahren.»

«Er hat auch gutes Heilfleisch», sagte Karola. «Und seit er weiß, dass ich sein Bett nicht abgebrochen habe, kann er es gar nicht erwarten, mal wieder richtig auszuschlafen. Im Krankenhaus kommt er nicht dazu.» Unvermittelt begann sie zu weinen. «Es tut mir so leid.»

«Was?», fragte Marlene, verblüfft von diesem Ausbruch, der so gar nicht zu Karola passte.

«Alles», stammelte Karola. «Einfach alles.» Dann legte sie auf.

Marlene ging zurück in die Küche, setzte sich wieder vor ihren Milchkaffee an den Tisch und wartete auf die nächsten Nachrichten. Jede halbe Stunde bestand die Chance, dass die Sprecherin die Festnahme eines Mannes verkündete, der Frauen unter die Erde gebracht hatte, darunter Mona Thalmann, deren Schwester ein Buch herausgebracht hatte und kürzlich bei einem Unfall ums Leben gekommen war. Jede halbe Stunde. Und vorher die Werbung. Und dazwischen Musik. Und wenn sie nicht genau hinhörte, sang immer nur Marianne Faithfull die Ballade von einer jungen Frau, die mit ihrem Leben nichts mehr anzufangen wusste.

EPILOG

Nummer fünf war eine wirklich ärgerliche Geschichte. Schon im Vorfeld waren ihm Fehler unterlaufen. Zweimal war er ihr so nahe gekommen, dass sie ihn bemerkt hatte. Aber dass sie Tagebuch führte, ihn darin erwähnte, ihn sogar als ihren Tod bezeichnete, hatte er doch nicht erwarten können. Als ob sie es geahnt hätte.

Sein größter Fehler war allerdings gewesen, ihrem Mann eine geraffte Fassung ihrer letzten Tage in den Postkasten zu werfen. Natürlich keine Bilder, nur Worte. Er hatte gedacht, dem sauberen Pärchen Josch und Heidrun damit einen Dienst zu erweisen. Dass die beiden mehr füreinander empfanden als unter Verschwägerten üblich, war ihm schon klar gewesen, als er die hohläugige Schlampe noch im Visier gehabt hatte. Und wenn Heidrun ein Kind von Josch erwartete …

Er hatte wirklich geglaubt, ihnen eine Last von den Schultern zu nehmen, wenn er sie begreifen ließ, dass sie keine Rückkehr der widerlichen Hure befürchten mussten. Wenigstens einmal sollte ein Mann erfahren, dass der Weg ins neue Glück frei war.

Eine Gefahr für sich hatte er nicht gesehen, wo die Schlampe so freimütig ihre Ansicht preisgab, der gute Josch habe ihre wilden Jäger für ihren Abgang bezahlt. So ein Tondokument konnte man nicht der Polizei aushändigen, wenn man ohnehin bereits unter Verdacht stand.

Und was tat dieses dreiste Biest von einer Schwester? Schnitt aus Monas Ergüssen zwei Sätzchen aus, ließ den guten Josch damit nach Madrid fliegen, schrieb ein Buch und dichtete ihm darin eine ekelhafte Affäre mit der magersüchtigen Schlampe an. Als ob er sich mit so einer eingelassen hätte. Er doch nicht!

Aber die clevere Heidrun hatte ihre Strafe bekommen. Da sollte man nicht an eine höhere Gerechtigkeit glauben, die gute Taten zu würdigen wusste. Dass es ihn trotzdem erwischte, weil Nummer neun entkommen war …

Nachdem er an einem Bankautomaten in der Kölner Innenstadt etwas Bargeld abgehoben hatte, wurde er kurz darauf in einem preiswerten Hotel festgenommen. In der ersten Vernehmung vertraten zwei LKA-Fritzen die Überzeugung, er hätte mit Nummer neun keine Schlampe, sondern eine liebevolle und treue Ehefrau und Mutter erwischt – und entkommen lassen.

Sie glaubten offenbar, er habe ihr die Flucht ermöglicht, jedenfalls nichts getan, um sie daran zu hindern, weil er nur mit halbem Herzen bei der Sache war. Marlene Weißkirchen habe für ihn nur einen Ersatz dargestellt. Er hätte viel lieber ihre Freundin, diese Moderatorin, die Nachbarin von Nummer acht, in die Finger bekommen.

Von wegen! Nummer neun war ein verlogenes Weib, stellte übers Radio falsche Behauptungen auf. Und ging fremd! Das hatte er ihr ja auch nicht zugetraut. Aber kaum war ihr fleißiger und attraktiver Mann auf Geschäftsreise und die Kinder aus dem Haus, holte sie sich einen kranken Penner ins Bett. Sie war um keinen Deut besser als Nummer acht gewesen.

Und was ihre Freundin anging … Natürlich hatte er eine Scheißwut auf Karola Jäger, die das Maul dermaßen aufriss und immer wieder auf dem verfluchten Tagebuch herumritt, das – soweit es ihn betraf – erstunken und erlogen war. Aber Karola Jäger machte sich nicht auf Kosten eines Mannes einen schönen Lenz. Sie sorgte selbst für sich und ihre reizende Tochter, hatte mit Männern gar nichts im Sinn. Sie hätte er allenfalls erschlagen, erstechen oder sonst wie zu Tode bringen können. Das wäre Mord gewesen. Und er war kein Mörder!

Die Sensationspresse nannte ihn sogar einen Serienmörder. Eine bodenlose Unverschämtheit, über die er sich fast noch mehr aufregte als über Karola Jägers dämliches Geschwätz. Er hatte nicht getötet, weder seine Mutter noch eine dieser Schlampen. Nicht einmal Mona, die darum gewinselt hatte, sie zu erschlagen wie eine räudige Hündin, als sie mit gebrochenem Bein hinter dem Durchgang zum Wasserfall lag, wo man die Musik nicht hörte, nur das Rauschen und Tosen des Wassers.

Er war nicht mal in der Nähe gewesen, wenn eine von ihnen krepierte. Wollte nicht in Versuchung geraten, nachzusehen und nachzuhelfen. Lieber hielt er sich währenddessen in der Nähe ihrer Angehörigen auf, beobachtete die Männer und Kinder, falls es Kinder gab. Wenn sie bereit dazu waren, suchte er als freiberuflicher Journalist das Gespräch mit ihnen und malte sich aus, wie erleichtert und glücklich, wie befreit sie waren, wenn er nach einiger Zeit wieder bei ihnen vorbeischaute.

Da alles aufgezeichnet wurde, schaute er sich später an, wie die Schlampen in der Schwärze herumstolperten und nicht begriffen, wie ihnen geschah. Wie sie zuerst zeterten und tobten, wie sie dann um Gnade, Erbarmen, ihre Freiheit natürlich und weiß der Teufel um was sonst noch winselten. Am Bildschirm wirkte es nicht anders als ein schlecht gemachter Horrorfilm.

Petra Hammesfahr

rororo

Der Puppengräber
Roman. rororo 25704

Lukkas Erbe
Roman. rororo 25705

Die Sünderin
Roman. rororo 25706

Das Geheimnis der Puppe
Roman. rororo 22884

Meineid
Roman. rororo 22941

Die Mutter
Roman. rororo 25707

Die Chefin
Roman. rororo 23132

Roberts Schwester
Roman. rororo 23156

Merkels Tochter
Roman. rororo 23225

Bélas Sünden
Roman. rororo 23168

Das letzte Opfer
Roman. rororo 25709

Mit den Augen eines Kindes
Roman. rororo 23612

Ein süßer Sommer
Roman. rororo 23625

Die Lüge
Roman. rororo 25708

Seine große Liebe
Roman. rororo 24034

Die Freundin
Roman. rororo 23022

Der Schatten
Roman. rororo 24051

Am Anfang sind sie noch Kinder *Roman.*
rororo 24350

Ein fast perfekter Plan
rororo 23339

Erinnerung an einen Mörder
Roman. rororo 24805

Der Frauenjäger
Roman. rororo 25636

Ann Cleeves

rororo

«Niemand beherrscht die verstörenden Untertöne so gut wie Ann Cleeves.» (Val McDermid)

Vera Stanhope ermittelt:

Totenblüte
Kriminalroman. rororo 25315

Opferschuld
Kriminalroman. rororo 25362

Seelentod
Kriminalroman. rororo 25614

Das letzte Wort
Kriminalroman. rororo 25905

Jimmy Perez ermittelt:

Die Nacht der Raben
Kriminalroman. rororo 24477

Der längste Tag
Kriminalroman. rororo 24478

Im kalten Licht des Frühlings
Kriminalroman. rororo 24710

Sturmwarnung
Kriminalroman. rororo 24711

rororo 25905

Alle Titel auch als E-Book.

Felicitas Mayall

Laura Gottberg ermittelt.

Nacht der Stachelschweine
Laura Gottbergs erster Fall
rororo 23615

Wie Krähen im Nebel
Laura Gottbergs zweiter Fall
rororo 23845

Die Löwin aus Cinque Terre
Laura Gottbergs dritter Fall
rororo 24044

Wolfstod
Laura Gottbergs vierter Fall
rororo 24440

Hundszeiten
Laura Gotbergs fünfter Fall
rororo 40526

Die Stunde der Zikaden
Laura Gottbergs sechster Fall
rororo 40551

Nachtgefieder
Laura Gottbergs siebter Fall
Geb. Ausgabe
ISBN 978-3-463-40586-5

Alle Titel auch als E-Book erhältlich

ISBN 978-3-463-40586-5

Ro 022/1 · Rowohlt online: www.rowohlt.de · www.facebook.com/rowohlt

MIX
Papier aus verantwortungsvollen Quellen
FSC www.fsc.org
FSC® C083411

Das für dieses Buch verwendete FSC®-zertifizierte Papier
Lux Cream liefert Stora Enso, Finnland.